고종황제와 제국의 마지막 여인들

구름재의 집

안윤자 저

이 도서는 조선 후기 대한제국의 이야기를 작가가 역사를 토대로 재해석한 작품입니다. 작가의 주관적인 견해를 가지고 있으며 다른 역사적인 해석과 다를 수 있음을 알려 드립니다.

고종황제와 제국의 마지막 여인들

구름재의 집

초판 발행 2021년 6월 14일
지은이 안윤자
펴낸이 안창현
펴낸곳 코드미디어 **북 디자인** Micky Ahn **교정 교열** 이형욱

등록 2001년 3월 7일
등록번호 제 25100-2001-5호
주소 서울시 은평구 갈현로 318-1 1층
전화 02-6326-1402 **팩스** 02-388-1302
전자우편 codmedia@codmedia.com

ISBN 979-11-89690-52-6 03810

정가 18,000원

고종황제와 제국의 마지막 여인들

구름재의 집

안윤자 저

역사의 지평에 서서

        21세기 서막이 오른 지도 20년이 지났다. 여기서 불과 한 세기를 거슬러 120여 년 전 19세기 말의 조선으로 돌아가 보자. 오백 년 사직이 풍전등화처럼 흔들린 혼돈의 거리와 마주하게 된다.

    그때 일본 조야는 조선을 두고 "도마 위의 널브러진 생선이다."라고 조롱했다. 사실 조선은 무도한 해적의 이빨에 물어뜯기고 피멍이 들어 목숨줄이 경각에 달린 한 마리 도마 위 생선 신세나 다를 것이 없었다. 생각해보면 지구상에서 소멸되지 않고 용케도 살아남아 오늘에 이른 우리 민족의 한 세기는 그 자체가 눈물겨운 투쟁사요, 부활의 역사다.

    생각해본다. 역사에 가정은 없다지만 만일 1897년 선포된 대한제국이 국권을 영속시킬 수가 있었다면, 그리하여 일제강점기 36년이라는 무국적 시대를 통과하지 않아도 되었더라면 이 나라의 국호는 아직도 대한제국이었을까를. 그리고 그 나라는 오늘 우리가 살아가는 세계 속의 대한민국으로 우뚝 설 수 있었을지를.

    반만년의 이 나라는 대한제국 시대까지 왕이 다스린 전제왕정 국가였다. 수천 년을 이어온 그 왕국이 고단했는지 저울추가 석양으로 기울던 무렵, 마지막 사직의 중심부에 있었던 사람들의 이야기가 나는 몹시 궁금했다. 더욱 그 시대는 은폐된 봉건왕조였기에 신비감을 불러일으켜 주었다.

이렇게 한 세기 전 궁정인들의 상념에 골몰하다 보니 역사라는 휘장 속으로 박제되어 간 그날의 숨소리가 쿵쿵 심장에 고동쳤다. 속에다만 묻어두기에는 절로 튀어나온 지식이요 관심이며 인식이었다.

이 팩션faction을 소설로 단정하기는 어려울지도 모른다. 역사평설이라고 단언하기도 애매한 구분이 될 것이다. 다만 그 두 선상의 지평에 가닿은 지난 세기에 대한 소고라고 말하고 싶다.

헌종의 계비 효정왕후(1831~1904)는 역사의 무대 뒤에 숨어있는 왕비다. 하지만 효정왕후는 유일하게 조선을 거쳐 대한제국 시대까지 생존했다. 황궁의 태후전 수인당에서 1904년 1월 2일 승하하기까지 가장 오랜 세월 대비전을 지킨 조선의 왕비요 황후이며, 처음이자 마지막이 된 단 한 사람의 대한제국 왕태후였다.

열아홉 살에 대비가 되어 후원의 여인으로 박제되어 간 그녀의 삶이 너무도 간곡하여 회상 형식으로나마 효정왕후를 역사의 전면으로 송환하고 싶었다. 이 책을 쓰게 된 동기부여 중 하나로서 보람이라 할 것이다.

대궐 문턱까지도 초가집들이 즐비했다는 느려터진 시대의 군상들. 백세청풍의 옥류동 맑고 푸른 계곡과 순화방 인왕산의 바위 기슭 아래서 시문이 낭랑히 울려 퍼진 그 시절의 한유를 못내 그리워한다. 때 묻은 흰옷 입은 사람들이 바쁠 것도 없는 느리디느린 걸음으로 종로통을 오고 갔던 그날의 거리가 눈에 시리다.

다시는 되돌릴 수 없는 이런 회구를 누군가 고맙게도 기록해 놓은 역사책에서, 소설책에서, 실록과 리포트와 인터넷 문서들에 녹아든 왕조의 편린을 쫓으며 얼마간 갈증을 축일 수가 있었다. 그 소중한 자료들을 통해 역사에 대한 무한 경외심을 느낄 수가 있었고 필력에 영감을 불어넣어 주었다. 이 책 또한 그런 위대한 문헌들의 말석에 꽂히기를 소망한다.

고백하자면 거의 반평생을 한 직장, 같은 책상에서 마친 정년퇴임 그 후, 나는 곧바로 사학과 박사 과정에 등록하고 싶었다. 수년간 원서 철만 되면 몸살을 앓으면서도 무수한 '외울 것'들에 대한 공포심으로 끝내 사학자의 꿈을 접었다. 이루지 못한 사랑처럼 열망에 들떠 발현된 원고가 이 작품이라고 고백하고 싶다. 그렇게 집필된 이 책은 나의 고백록이며, 나의 명상록이다.

『구름재의 집』이 대단원의 막을 내리기까지 막막한 항해의 길잡이가 되어주었던 선학들께 경의를 표하고 싶다. 역사평론가 이덕일 선생님, 특히 구한말의 당찬 여인 귀비 엄씨에 대해 상상력을 무한대로 확대시켜 준 소설가 송우혜 선생을 잊을 수 없다.

잊혀진 덕혜옹주를 조명하여 그녀 인생의 상흔 속으로 걸어 들어가도록 안내한 『덕혜희』의 저자 혼마 야스코 선생께도 감사를 드린다. 일본의 여성학 연구가 혼마 야스코는 꼭 한번 만나보고 싶은 작가이며 그녀로 하여 습득된 사유는 이 작품을 쓰게 한 강력한 동인이었다.

그때 그 사람들은 이제 다들 가고 여기에 없다. 다만 그들이 살았던 궁은 조선왕조 오백 년의 흔적이 되고 역사가 되어 세세대대 그날의

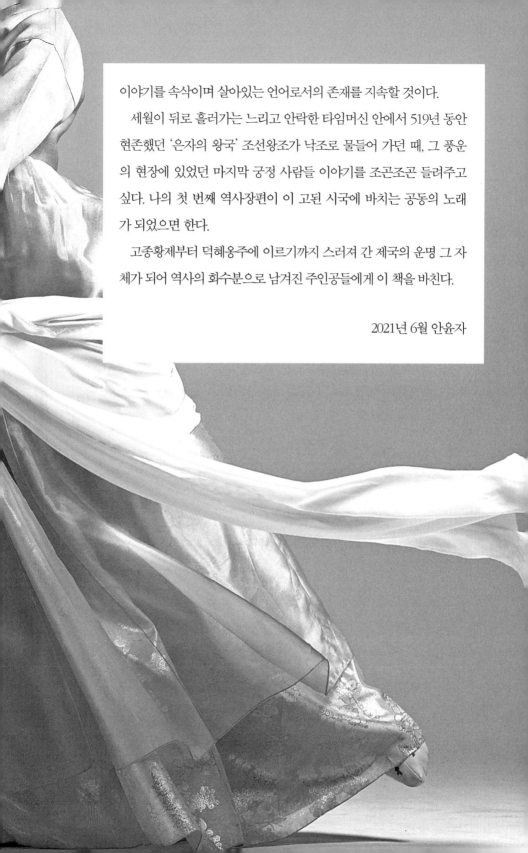

이야기를 속삭이며 살아있는 언어로서의 존재를 지속할 것이다.

　세월이 뒤로 흘러가는 느리고 안락한 타임머신 안에서 519년 동안 현존했던 '은자의 왕국' 조선왕조가 낙조로 물들어 가던 때, 그 풍운의 현장에 있었던 마지막 궁정 사람들 이야기를 조곤조곤 들려주고 싶다. 나의 첫 번째 역사장편이 이 고된 시국에 바치는 공동의 노래가 되었으면 한다.

　고종황제부터 덕혜옹주에 이르기까지 스러져 간 제국의 운명 그 자체가 되어 역사의 화수분으로 남겨진 주인공들에게 이 책을 바친다.

2021년 6월 안윤자

Contents

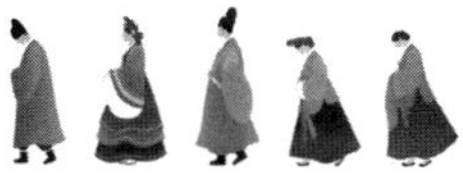

1

자고
가는
저구름

시정 풍경

은둔 왕국 조선에도 20세기의 동이 서서히 트고 있었다. 입동 무렵이다. 상강이 지나고 매찬 바람이 휘몰아치면 장안 아낙들 발걸음이 분주해진다. 곧 밀어닥칠 혹한에 대비하느라 마음이 조급해지기 때문이다. 정이월이 다 가도록 북풍한설이 휘몰아치는 도성의 겨울은 맵고도 길었다.

왜놈보다도 더 고약스런 동장군을 견뎌내려면 아궁이마다 군불을 넉넉하게 지필 땔감이 무한정으로 필요했다. 그 많은 장작더미를 광이나 마루 밑에 쟁여 놓는 일도 보통으로 품이 드는 노역이 아니다. 불쏘시개로 쓸 관솔가지와 짚단을 미리미리 추렴해놓지 않으면 무자비한 겨울 추위에 얼어 죽기 십상이었다.

허나 뭐니 해도 겨울 양식으로 긴요한 건 예나 지금이나 김장거리다. 너나없이 궁핍한 살림살이에 김장은 한겨울을 날 수 있는 반양식이나 진배없었다. 살아가는 모양들이 고만고만 도토리 키재기다 보니 김장철 집집에는 수백 포기도 넘는 속이 꽉 들어찬 배추가 산더미처럼 쌓였다.

그 바람에 개천이고 우물가를 막론하고 누런 광목 수건을 머리에 두른 여인들이 떼 지어 앉아 무 배추를 씻어대느라 여념이 없다. 이 또한 진풍경이었다. 동네 아낙들은 눈치껏 품앗이로 배추를 절이고 양념 속 버무리는 일을 누가 시키지 않아도 돌아가며 거들어 주었다.

겨우 입에다가 풀칠이나 하는 살림이지만 시원한 생태국과 입안에서 살살 녹는 돼지고기 수육 한 점이 빠질 리가 없는 김장하는 날의 풍속은 동네잔치 못잖게 살갑고도 푸짐했다. 이 무렵 도성의 좁다란 골목길에는 달착지근한 배추 밑동 냄새가 진동을 한다. 이렇듯 대궐이고 민가를 불문하고 김장이 워낙에 중대사이고 보니 김장대사라는 말까지도 생겨날 지경이 되었다.

허나 겨우살이가 어디 김장뿐이랴. 긴긴 혹한기에 호구를 해결하자면 쌀뒤주를 그득히 채워둬야만 한다. 그래야 입이 열 개나 되는 대식구가 엄동설한을 날 수 있었다. 이런 절차들은 농경사회에서 동면에 들어가는 수순이었다. 코가 쩍쩍 눌어붙는 동지섣달 질화로에 둘러앉아서 구들장 신세나 져가며 게으름을 부리는 게 민초들의 겨울나기인 것이다.

임금님이 계신 장안의 사람들이라고 해도 별반 다르지 않았다. 아랫것들을 거느린 권세가나 눈치 빠르게 장사치로 재물을 불려놓고 고개를 빳빳이 치켜들고 다니는 익선동 신흥 부잣집 마나님들이야 사람을 부리면 그만일 일이다.

그 외에는 절집이 되었던 민가든 반촌이든지를 막론하고 여인네들은 손이 열 개라도 부족하여 종종걸음을 쳤다. 값이 헐한 난전을 찾아서 마포와 뚝섬 나루를 발바닥이 닳는 줄도 모르고 드나들었다.

사대문 안에서는 그중 접근이 수월하여 번잡해진 포구는 마포나루다. 지금이야 상전벽해가 되었지만 한강 건너 광주 땅은 압구정리와 청숫골, 언주리 같은 강변의 농경지였다. 지금은 금싸라기로 변해버린 압구정동과 청담동 일대 강남땅이다. 최첨단의 신시가지로 개벽이 된 도곡동과 삼성동 일대도 감자, 고구마, 들깨밭이기는 매일반. 추수철이 되면 이곳 너른 농지에서 수확된 남새와 곡류를 실어 나르는 돛단배들이 물살을 가르며 한가롭게 한강을 건너오고 또 건너갔다.

반면 궐에 인접해 사는 도성 안 사람들은 강 건너 농작물보다는 큰 대문 밖 가까운 농지에서 수확된 작물을 선호했다. 그네들은 전통적으로 연희방이나 황새울 같은 성산동 일대와 동대문 밖 왕십리에 산재한 농지를 정해놓고 거래를 했다. 그런가 하면 아예 너른 농토를 소유하고 소작인을 두어 자급자족하는 벼슬아치들도 상당수가 되었다.

머슴들은 배춧속이 꽉 찬 김장거리를 소달구지에다 싣고 성안으로 운반했다. 그중에도 서이궁이 있는 연희방은 거의가 고관대작들 차지였다. 수백 년간을 궁방이었던 이 일대는 소작농들이 촌락을 이루고 대를 물려가며 땅을 일궈 점차 상업적인 농지대로 변모해 갔다.

허연 포말을 가르며 건너오는 황포 돛단배들의 행렬로 물 반 나룻배 반이 된 한강의 정취는 이때야말로 최고조에 이른다. 도성의 백성이라면 누구라도 놓쳐서는 안 될 아까운 구경거리다.

예로부터 사촌이 땅을 사면 배가 아픈 법. 배고픈 건 참아도 배 아픈 건 못 참는 게 우리네 인지상정이 아니었던가. 기가 세고 은근슬쩍 머리도 좋은 조선 사람들은 본시 구경거리에는 둘째가라면 서러운 민족이었다. 불난 집에 부채질은 물론이요, 홍수가 지면 흙탕물에 농작물이 넝쿨째 떠내려오고 잡동사니 세간들이 휩쓸려오는 물난리를 일을 삼아 구경을 하러 나섰다. 하기는 박이 주렁주렁 매달린 초가지붕 위로 구렁이가 뒤엉킨 채 떠내려오는 눈요기를 어느 누가 마다하겠는가.

이런 점에 있어서는 서울 사람과 시골 사람, 반상의 구별이 따로 없었다. 쪽 빼입은 진고개 신사들도 십 리 길을 마다않고 걸어서 왔다. 일제강점기에 본정통으로 불린 충무로에는 주로 일인들 상가가 밀집되어 있었다. 왜놈들이 몰려와서 장사를 해먹은 중심지로 일명 '혼마치'라고 불렸다.

한데 구경거리라면 국경도 없는 모양인지 왜인들은 게다짝을 짝짝 끌고 아작아작 한강까지 그 먼 길을 걸어서 인파에 합류했다. 해변처럼 고운 세사가 끝도 없이 펼쳐진 고적한 한강변에서 바라보는 황포 돛단배들의 향연은 그 한 시기 김장철에나 볼 수 있었던 눈에 시린 풍경이다.

육조거리에서 가까운 마포나루를 서울 사람들은 우정 삼개나루라고 불렀다. 이곳은 나룻배와 상선들이 운집한 항구다. 추수가 끝날 무렵 삼개나루터는 날이 날마다 대목장이었다.

경향 각지로부터 소금이나 햇곡을 싣고 올라온 황포 돛배들이 닻을 내린 포구는 울긋불긋한 과일로 넘쳐났다. 그런가 하면 질퍽한 나루터는 서해안을 거슬러 신선한 젓갈류를 싣고 당도한 어선들로 발 디딜 틈이 없었다.

성안 사람들은 질이 좋은 탱탱한 젓갈을 한 발짝이라도 먼저 가서 차지하려 선착장 부근으로 몰려들었다. 종류도 오만 가지. 비릿한 냄새가 진동하는 해산물 집결지다 보니 유독 목청이 큰 새우젓 장수들이 판을 치며 휘젓고 다녔는데 그 때문에 마포나루는 새젓 동네로 유명세를 떨쳤다. 여기서 "마포 새우젓 장수"라는 말이 유래한다.

새우젓을 오지독에 받아서 지게에 짊어지고 조석이면 동네방네 누빈 장사꾼들이 하나둘 소점포를 이루었고 점차 시전을 형성해 나갔다. 수상교통의 요지인 삼개나루에서 거래되는 새우젓은 그 양도 양이거니와 맛도 가히 경향 최고로 쳐주는 일등품이었다.

그런가 하면 뚝섬나루는 삼남의 내륙지에서 물길을 거슬러 하역되는 땔감과 목재들로 산을 이뤘다. 도성 부근에는 북악과 인왕, 목멱산 같은 높고도 험준한 산들이 첩첩 둘러쳐 있지만 사대문 안에서는 벌목이 엄격히 금지되어 사실상 성안에서 땔감을 구하기란 불가능한 일이었다.

그렇다 해도 쥐도 새도 모르게 훑어가는 잔솔가지와, 슬쩍 베어서 넘어트린 잡목이야 누가 일일이 다 간섭할 수 있으랴. 연료와 난방을 오로지 나무 하나에만 의존한 형편이니 산이란 산은 솔방울 하나도 제대로 붙어 있지를 못하는 민둥산이 되어갔다.

힘깨나 쓴다는 사람들은 김장감처럼 아예 도성 밖에다가 임야를 사들여 외방노를 두고 땔감과 숯가마를 조달해왔다. 그러니 안에서 부리는 머슴이나 외방노를 막론하고 눈코 뜰 새가 없이 돌아가는 게 초동의 세경인 것이다.

그나마도 부릴 사람 하나 없는 대다수 상민들은 몇 날 며칠을 두고 마포나루로 뚝섬으로 제 발품을 팔아가며 식솔들 겨우살이를 근근이 마련했다. 살림이 빡빡하기로는 명색이 종친댁이라는 구름재의 흥선군 집도 예외가 아니었다.

흥선군 이하응의 정실부인 민씨가 낳은 2남 2녀 자식과 첩실 계성월에게서 출생한 1남 1녀의 서자들도 일 년 열두 달 누런 빈궁기를 벗어나지 못했다. 구들장은 겨우 냉기나 면하고 손등이 쩍쩍 갈라지는 차가운 우물물에 김장거리를 씻어내고 삼시 세끼를 궁리해야만 되는 형편이었다.

노루 꼬리만큼 짧아진 해가 인왕산으로 기울면 저녁상이래야 꽁보리밥 한 사발이 고작인 게 민가의 밥상이다. 게 눈 감추듯 밥 한 그릇을 뚝딱 해치우고 나면 돌아서기 무섭게 허기가 진다. 그때쯤 양푼에다 한 그득 담겨 나오는 허연 배추 밑동의 쌉쌀하고도 달콤 아삭한 맛은 천하일품이 따로 없었다. 먹어본 사람이나 기억하는 초동 무렵의 별미가 아닐 수 없다.

구름재 댁의 아이

어정동지라 했던가. 길섶에 된서리 내려앉으면 어정대는 사이 하루해가 넘어간다. 그렇게 세월은 유수처럼 흘러가고, 현대건설 사옥이 들어선 계동길에는 순조의 생모 수빈 박씨를 모신 사당 경우궁이 있었다.

정조가 서른한 살에야 겨우 얻은 문효세자가 죽었다. 다섯 살, 어린 세자의 갑작스런 죽음을 놓고 온갖 소문이 난무했다. 귀하디 귀한 세자를 졸지에 잃은 생모 의빈 성씨의 상심은 이루 말할 것도 없었다. 끝내 수태 중인 몸으로 울화병이 들어 의빈은 뱃속 용종을 품은 채로 급서하는 변을 당하고 말았다.

대를 이을 자식과, 유일하게 마음을 붙이고 은애한 그 세자의 어미와 뱃속에 든 태아까지 한순간에 일가족 모두를 잃은 정조는 눈물을 흘렸다. 하늘이 무너져내린 비통함을 이기지 못하고 편전에 틀어박혀서 이십여 일간이나 식음을 전폐했다.

군왕이 되어서도 외로웠던 정조가 오직 자애한 여인 의빈 성덕임은 그가 유일하게 연모하여 두 번 세 번씩이나 승은 입기를 애걸한 후궁이다. 원자를 생산하려 정략적으로 들인 간택 후궁이 아니라, 단지 한 사람의 사내로서 지극히 연모하여 구애하고 어렵게 맞은 여인이요 사랑이었다.

무심히도 세월은 흘러갔다. 모후 혜경궁의 곡진한 청을 물리치기 어려웠던 정조는 왕조의 대계를 위해서 다시금 후궁을 간택했는데 그녀가 바로 좌찬성 박준원의 따님 수빈 박씨. 국초에는 그렇게도 번성했던 왕실이 쇠락의 조짐인지 조선 후기에 이를수록 정궁에게서는 야속하리만큼 자식이 태어나지 않았다. 그 참에 수빈 박씨가 왕자를 생산하니 자식 기근에 허덕이던 왕실에 쏟아진 단비가 아닐 수 없었다. 그 왕자가 훗날의 순조 임금이다. 행동거지가 단아하고 속이 깊은 수빈에게 정조는 차츰 마음을 붙이고 정을 주었다. 수빈 박씨는 왕비에 버금가는 의례를 치르고 무품의 빈으로 맞은 사대부가의 여인이다. 말수가 적고 예의범절이 반듯하며 자신에게 엄격했던 수빈을 조야는 현빈이라 이르고 칭송이 자자했다.

왕모가 된 수빈 박씨를 모신 사당 경우궁 터에는 천문을 맡아보는 관상감이 있었다. 백성들은 건국 초기의 명칭대로 그곳을 서운관이라고 칭했다. 그쪽 서운관에서 바라다보이는 맞은편 동네 야트막한 언덕바지를 사람들은 구름재라고 불렀다. 흘러가는 구름이 잠시 잠깐 쉬고 가는 고개라는 뜻이지.

거기 운현마루 턱, 나지막한 초가들이 옹기종기 모여 앉은 터에 낡은 기와집 한 채가 끼어있었다. 흥선군 이하응의 허름한 가옥이다. 한미한 종친이 사는 이 집을 동네 사람들은 한껏 대우한다고 안국방 구름재 댁이라 불렀다. 아무리 쳐다봐도 다른 데라고는 없는 남루한 종친 나부랭이지만 그래도 촌수를 따지자들면 임금님과 그리 멀지도 않은 일가붙이로 하늘 같은 왕족이었다.

맨 위로는 나이 차가 큰 누님과 형이 있고 제 아래로 세 살배기 누이가 하나 있는 명복은 홍선군 댁 둘째 아들이다. 아명은 명복_{命福}인데 집에서는 그냥 가릴 것 없이 개똥이라고 불렀다. 구름재 댁의 큰길가에서 오늘도 개똥이가 연날리기에 정신을 팔고 있다.

어정동지가 지나고 섣달 무렵이면 사람들은 너나없이 연을 날린다. 도성이나 먼 국경지대를 막론하고 애 어른 할 것 없이 백성들은 연을 만들어 날리느라 법석을 떨었다. 놀이래야 팽이치기나 제기차기가 고작인 시절이니만큼 연날리기는 그중에 상질의 놀이요, 풍속이었다.

연종이 한가운데 구멍을 내고 가늘게 깎은 대나무를 밀가루 풀로 덧대 붙이면 연 모양의 틀이 잡힌다. 이때 연대의 실을 단단히 잡아당겨서 살짝 휘는 모양새로 잡아주는 것이 연 만들기 요령이다. 특히 연줄은 실타래가 뒤엉키지 않게 조심해야 하는데 실에다 쓰고 남은 몽당 양초를 북북 문지르면 연실이 굵고 질겨진다. 연의 생명은 연줄에 달려 있다. 실이 허술하면 필경 공중에서 뒤죽박죽 엉키다가 끊어져 버리고 만다. 이쯤 되면 공들여서 만든 연은 공염불이 된다. 그런 연은 바람을 따라 목적지도 없이 날아가다가 종래는 다른 동네 나뭇가지에 걸리거나 산야에 처박히기 일쑤였다.

특히나 설이 다가오는 정월은 연날리기에 좋은 계절이다. 형형색색의 연들이 창덕궁이 있는 운현의 하늘을 고고히 떠다니는 정경은 가히 일품이었다. 푸른 하늘 높이 떠올라 유영하는 갖가지 연 모양은 조선인의 기개와도 일맥상통하는 풍류와 기상이 있었다. 비록 땡전 한 푼 가진 것 없는 빈털터리 인생이지만 유유자적한 관조의 멋을 즐길 줄을 아는 민초들이었다.

가난한 서생들이 모여 사는 남산골에도 한바탕 연싸움이 벌어졌나 보다. 등짝처럼 길게 휘어져 내린 목멱산의 능선을 타고 각양각색 연들이 걸려있다. 연싸움의 승패는 그중 높이 올라가서 가장 오래 떠 있는 연의 주인이 단연코 승자가 된다.

구름재 댁 안채 뒷마당에는 독야청청 한 그루 소나무가 서 있었다. 반질반질 닳아진 노송의 우듬지에도 어느 차가운 겨울날에 근사한 가오리연 하나가 턱 하니 걸려있었다. 횡재를 맞은 날이었다.

　그 집 아들 개똥이는 소문난 악동이다. 게다가 연싸움이라면 도가 터서 자다가도 벌떡 일어나 얼레를 풀며 튀어 나가는 구름재의 고수였다. 갖가지 모양의 연중에서도 개똥이는 가오리연과 방패연을 특히나 좋아했다. 파랑 빨강 태극 문양으로 한껏 멋을 부린 방패연을 목멱산보다도 더 높이, 하늘 높다랗게 띄어 놓으면 소년의 가슴은 터질 듯 탱탱한 희열로 부풀어 올랐다.

　굵다란 댕기 머리를 엉덩이까지 땋아 내린 방정맞은 사내아이처럼 꼬리를 나풀거리고 하늘로 날아오르는 가오리연도 기분을 상승시켜 주었다. 풍향의 세기를 조절해가며 얼레를 느슨히 풀고 있자면 명복은 마치 자신이 한 마리 가오리가 되어 새파란 하늘 위를 헤엄치고 다니는 듯한 묘한 희열에 빠져들었다. 아이들은 오르지 못하는 꿈을 연실에 매달아서 그렇게 하늘 높이높이 띄워 올렸다.

　노는 데 둘째가라면 서러운 개똥이는 연싸움 말고도 나무에 기어오르는 걸 좋아했다. 다람쥐처럼 쪼르르 등걸을 타고 기어올라가 잎새가 무성한 노송의 우듬지에 비스듬히 몸을 기대고 상상의 나래를 펼치곤 한다. 바다처럼 깊고 광대무변한 창공이 팔을 뻗으면 금방이라도 손끝에 와닿을 것처럼 파랗게 빛나고 있었다.

　도성을 에워싼 산악에는 만리장성 같은 성벽이 병풍처럼 둘러쳐져 있는데, 성벽 방위마다 우람한 사대문이 위용을 떨치고 서 있다. 목멱산 아래는 도성의 관문이라는 숭례문이 서 있고 저 멀리 백악의 북쪽 산기슭에는 숙정문이 아스라하다. 도성의 동쪽 육주비전이 가까운 운종가에는 흥인지문이 활짝 열려서 흰옷을 입은 백성들이 바쁠것 없는 느리디느린 팔자걸음으로 동대문을 드나들었다. 경희궁 앞 새문안 길에는 서쪽의 마루턱 언덕에 돈의문이 있었다.

하지만 그 어떤 풍경보다 북악에서 뻗어 내린 응봉의 능선이 여러 갈래 골짜기를 품고 흐름을 멈춘 곳. 그 명당 집터에 내려앉은 창덕궁의 웅대함은 어느 천하절경에 비할 것이 아니었다. 궐 담장 안에는 끝 간 데 없이 이어진 솟을대문들로 위용을 뽐내는 전각들이 첩첩이 포개져 있다. 용마루 아래 아름다운 화초담이 가없는 궐 안 풍경을 내려다보고 있노라면 소년의 가슴은 형용하기 어려운 동경으로 쿵당거렸다.

동장군이 물러나고 나뭇가지에 새순이 돋아나는 봄이 왔다. 앙증맞은 월근문 사이로 흰 매화 붉은 매화가 새벽별처럼 아스라이 피어오른다. 후원으로 올라가는 길목의 관물헌 담장에는 사백 살도 더 먹으신 홍매화 할배가 졸고 있다.

녹음방초가 우거진 삼복이 지나고 또다시 계절이 깊어지면 궁원을 샛노랗게 물들이는 은행잎과 저녁노을처럼 붉게 타오르는 단풍나무들이 이 세상이 아닌 신비한 금원으로 소년을 이끌어 주었다.

상감마마가 계신 창덕궁! 그곳 철종 임금님은 뒤주에 갇혀 돌아가신 사도세자마마의 서증손자 강화도령님이다. 노송의 우듬지에서 내려다보는 대궐 풍경은 왕가 피가 흐르는 소년에게는 피할 수 없는 동경과 몽상의 씨를 뿌려준 가깝고도 아득한 세상이었다. 그곳은 실로 이백이 꿈꾼 별유천지비인간別有天地非人間의 선계일 터다.

높다란 대궐 담장에 가려진 구중궁궐 속의 별천지. 샛문과 쪽문으로 미로처럼 얽힌 오밀조밀한 전각들과, 붉고 둥그런 기둥이 긴 회랑은 무언지 알 수 없는 엄숙하고 경건한 마음을 불러일으켜 주었다. 그곳을 유유히 지나가는 선녀 같은 궁녀들 자태는 아무리 봐도 질리지 않는 신비한 풍경이었다.

저 웅장한 대궐 안에는 상감마마와 중전마마 외에도 두 분의 대비마마가 살고 계시다 한다. 대왕대비 조씨와 그분의 며느님인 왕대비 효정왕후 홍씨다. 효정왕후는 열네 살에 헌종의 계비로 책봉되어 입궁하였다. 허나 지아비인 헌종은 후궁인 경빈 김씨에게만 오로지 눈길을 주었다. 총애를 독차지한 후궁은 왕비보다 겨우 한 살 아래 여인이었다.

새파랗게 어린 참한 왕비는 오직 왕실 법도에 순종하였고 혹독한 시앗 꼴에도 내색 한 번을 못하고 독수공방의 외로움을 속으로만 삭이었다. 그래도 중궁전의 안주인으로 내명부를 다스린 그때가 효정왕후에게는 좋은 시절이었다.

헌종이 스물셋에 승하하자 효정왕후는 그나마의 왕비 자리마저도 물러나야 했다. 한 점 씨도 받지 못한 혈혈단신으로 열아홉 살에 대비가 되신 효정왕후 마마! 넓고 너른 대궐 뒷방 늙은이로 물러앉은 효정왕후는 궐 안의 가여운 여인이었다.

여인의 투기심으로 폐비가 되어 내쫓겼다가 세자 융이 일곱 살이 되던 해 사약을 받고 죽은 생모 폐비 윤씨에 대한 통한으로 아예 확 돌아버린 연산군이 있었다. 기녀와 가무를 탐하고 포악하여 희대의 폭군으로 역사에 오명을 남긴 연산왕의 시절, 저 궁궐에는 천 명이나 되는 궁녀가 살고 있었다고 한다.

그런데 지금은 나라 살림이 어려워져 궁녀들이 삼백 명쯤으로 줄어들었노라고 예문관 대교로 출사한 재면 형님이 귀띔을 해주었다. 명복의 눈에 관복을 입고 등청하는 형님의 모습은 언제 봐도 장해 보였다.

계곡이 겹겹으로 포개져 깊어진 골짜기의 청풍명월 사이를 실뱀처럼 흘러내리는 물줄기가 중학천을 이루고, 그 물길이 합수되는 청계천은 굼실굼실 한강으로 흘러든다. 1592년 임진왜란이 터지자 선조는 도성과 백성들을 버린 채로 총애하는 후궁 인빈 김씨와 그의 서자들을 이끌고 서둘러 의주로 몽진을 떠났다.

한마디로 왜놈들이 파죽지세로 쳐들어오는 전쟁통에 임금이란 자가 무방비 상태의 도성을 나 몰라라 내팽개치고 야반도주를 친 꼴이다. 두 눈 뜨고 그 꼬락서니를 목격한 성난 백성들은 길길이 날뛰면서 궁이란 궁궐마다 모조리 불을 지르고 약탈했다.

그때의 방화로 전소된 본궁 터에는 여기저기 시커멓게 그슬린 주춧돌들만이 나뒹굴고 있다. 그로부터 이백칠십 년간이나 방치된 법궁 터는 한여름이 되면 어른 키보다도 더 무성하게 뻗친 잡초와 갈대들의 울음소리로 스산했다.

우듬지 푸른 솔가지 너머로 궐 안을 관망하노라면 명복은 마치 자신이 한 마리 독수리가 되어 도성의 하늘 위를 훨훨 날고 있는 묘한 상념에 빠져들었다. 진짜로 공중을 날아가던 새가 궤짝만 한 큰 새를 보고는 화들짝 놀라서 노송의 주변을 정신없이 맴돌다가 푸드득 먼 창공으로 도망을 쳤다.

구름재에도 눈이 내리고 한기가 몰려왔다. 그날도 명복은 또래들과 제기차기 시합을 하느라 해가 저무는 줄도 모르고 정신을 팔았다. 사랑채 담에서 위쪽으로 오르면 은신군과 남연군을 모신 사당이 있었다. 남연군 이구李球가 사도세자의 서자 은신군에게 입적이 된 연고로 하여, 정조대왕의 이복 아우이신 은신군이 명복에게는 양증조할아버지가 되신다.

바로 이 점이 은신군의 동복형인 은언군의 친손자로 후계를 잇지 못하고 눈을 감은 철종의 대를 이어서 남연군 가家로 왕위가 계승된 명분이 된다. 물론 휘장 밖에서는 숨넘어가는 계산속에 피 터지는 모의와 음험한 계략과 음모가 난무한 뒷거래의 산물이었다. 허나 천운이었다. 하늘이 내린 대운이었다.

이것이 어제까지 구름재 댁 홍선군 둘째 아들, 열두 살짜리 개똥이가 조선의 제26대 국왕으로 등극한 배경이 된다.

괴이한 일들

눈에 띄게 어머니가 달라지셨다. 닳아서 허름해진 무명옷들은 어디다 감춰 두고 어머니는 보드랍고 감촉이 고운 명주로 새 옷을 지어 갈아입혀 주었다. 또 생전 구경도 못 해본 주전부리를 만들어다 입에다가 쏙쏙 잘도 넣어주신다. 좀체 받아보지 못한 살가움이요 대접이었다.

시정에는 자리를 보전하신 임금님 환우가 오늘내일한다는 흉흉한 소문이 나돌았다. 삼삼오오 백성들이 모이는 자리면 어김없이 강화도령 임금님의 병세 타령이 늘어지곤 했다.

보령이 겨우 서른셋이신 임금님의 환우가 이제 더는 가망이 없다느니, 가엾고 딱하게 기 한 번을 못 펴보고 세상을 뜨게 생겼다느니, 하고 혀를 끌끌 차는 장탄식으로 땅이 꺼졌다. 옆에서 눈으로 보고 말하는 사람처럼 족집게 같은 소문 보따리를 어디서들 물어다가 풀어놓는 것인지 발 없는 말이 천 리를 가는 세상이었다.

명복의 눈에도 집안 돌아가는 광경이 심상치 않았고 종잡기도 어려웠다. 말씀이 일절 없는 아바님의 상기된 얼굴에는 속을 가늠키 어려운 복잡 미묘한 표정이 흐르고 사랑채는 붉은 관복의 지체 높은 고관들로 문전성시를 이뤘다. 생전 처음 구경하는 풍경이다. 어머니와 누님은 주안상을 차려내느라 정신이 없었다.

그즈음이었다. 궐의 여인들, 청록 당의에 가지색 치마를 정갈하게 차려입은 상궁마마님 세 사람이 구름재 댁으로 들어왔다. 난생처음 접하는 대사건인지라 명복은 가슴이 뛰었다. 상궁들은 말소리 하나 없이 조신하게 움직이며 다과를 척척 만들어다 사랑채로 내보냈다.

상궁마마님들이 어머니를 군부인 마님이라 부르고 대가댁 큰 어른처럼 공손 깍듯하게 대하는 모양도 요상했다. 그녀들은 여럿이 몰려다녀도 수선스럽지가 않다. 여간해서는 발소리도 내지 않고 웃음소리도 내지 않는다. 음식 만드는 솜씨는 또 어쩌나 좋은지.

뭣보다도 궐의 여인들은 예절이 바르고 깍듯하였다. 갖가지 누름적을 부쳐대는 고소한 들기름 냄새가 담장을 넘어 큰길까지 진동을 했다. 명복이 태어나서 처음으로 겪는 신기한 일들이 날마다 구름재 집에서 벌어지고 있었다.

사랑채에는 아무리 쳐다봐도 억지웃음을 짓고 있는 대궐의 내관이라는 자들, 상판대기가 굳어버린 내시들이 아바님의 시중을 들었다. 새벽마다 종각에서 덩덩 서른세 번 파루 소리가 울리면 그자들은 제일 먼저 일어나 티끌 하나 보이지 않게 마당을 깨끗이 비질하였다. 그리고 사랑의 뜰 아래 미동도 않고 장승처럼 서 있다. 내시들은 면상은 순해 보이건마는 속은 어디다 꽁꽁 싸매 두고 나온 자들인가 보다.

아바님의 수족인 사내들, 천하장안이라 별호가 붙은 그자들도 어깨에 힘께나 집어넣고 어슬렁거린다. 심술궂은 청지기들의 눈 밖에 났다 하면 운현의 문지방은 얼씬도 못하는 판국이다 보니 지체 높은 대감들까지 알아서 비위를 맞춰주는 모양이었다.

면상이 도적처럼 생겨서 산적 아재라고 놀림받는 장순규는 떡 벌어진 큰 입을 다물지도 못하고 군기를 잡는지 연신 눈을 번득거린다. 이자들과 어울린다고 하여 시정잡배로 손가락질을 당하고 무시를 받은 흥선군 이하응이었다.

구름재 흥선군의 집은 이미 땅속에서부터 세차게 파동 치는 지진파의 핵이 되어 권력의 향배를 예고하고 있었다. 구름재의 집은 순식간에 상전벽해처럼 변해갔다. 날마다 진귀한 보물을 실은 행렬이 줄을 이었다. 구름재로 넘어오려는 가마와 수레들이 서운관 좁은 골목길을 꽉 메우고 진을 쳤다. 살다 보면 쨍하니 해 뜰 날이 있다고는 하지만.

더 괴이한 일은 궐에서 나온 상궁마마님이나 내시들의 태도다. 엉겁결에 개똥이와 눈이라도 마주칠 양이면 그자들은 하나같이 지레 기겁해서 고개를 푹

수그린 채로 황급히 동작을 멈췄다. 그대로 얼음기둥이 되었는지, 별 희한한 꼴이 아닌가. 재면 형님이 장가를 들던 날에도 이렇게 술렁대지는 않았거늘. 하기는 구차한 종친댁 혼사였으니 누구 하나 자청하여 얼굴인들 내밀고 싶었으랴.

그나저나 무슨 일이 일어나고 있는 것일까. 가야산에서 백 년 묵은 산삼이라도 캐왔더란 말이냐? 충청도 예산 상가리 가야산에는 남연군 할아버님의 묘소가 있다. 정만인이라는 지관이 점지해준 길지라는데 조선 최고의 명당자리라고 나라 안팎까지 소문이 파다하다고 한다.

"이대천자지지二大天子之地라!!"

2대에 걸쳐서 임금이 나온다는 상가리의 명당 터! 생각하면 천자는 계속해서 이어져야만 하는 것이다, 헌데 요상치 아니한가. "이대천자지지"라고? 이 거룩한 왕조의 대를 세세무궁토록 이어가는 것이 하늘의 뜻이거늘 어찌하여 정만인은 "이대천자지지"라 대놓고 못을 박아버린 것인가?

아무려나 흥선군 댁 온 식솔들은 가야산 할아버님의 묘지가 발복을 해서 언젠가는 대운을 이 집안에다 안겨줄 것이라고 찰떡같이 믿고 있었다. 아니 세상이 확 뒤집어져 천지가 요동치는 개벽이라도 일어나 주기만을 학수고대하는 사람들 같았다. 특히나 명당 중의 명당이라는 남연군 할아버님 묘소에 대한 아바님의 믿음은 절대 불변으로 만고에 없는 신앙이었다.

아바님은 수릉 천장도감 대존관으로 추존 왕 익종 효명세자의 수릉을 천장하는 일에 관여한 적이 있었다. 그것을 계기로 풍수지리에 눈을 뜨고 조대비마마와도 안면을 틀 수가 있었다. 굳이 왕가의 촌수로 치자면 조대비는 흥선군에게 6촌 형수뻘이 되는 궁궐의 최고 어른이시다.

수릉 터를 잡은 지관은 정만인이었다. 바로 그자가 점지해준 조선 최고의 명당자리인 충청도 예산군 덕산면 상가리 가야산에는 아흔아홉 개 암자를 거느린 천년고찰 가야사가 있었다. 아바님은 한 번 작심한 일은 끝을 보고야 마는 집념이 무서운 사내다.

어떤 난관도 불사하고 손에 넣으리라 작정한 이 명당을 기어이 차지하려고 온갖 수를 마다치 않은 아바님이었다. 은신군의 양자가 된 덕분으로 대물림한 궁가가 안국방의 안동궁이었다. 아바님은 자신이 태어나고 부모 형제와 함께 살아온 안동궁을 온갖 무리수를 감수하면서까지 팔아치웠다. 그렇게 쥔 엽전 2만 냥의 절반을 뚝 떼어다 가야사의 주지승 손에 쥐어 주었다.

그런 후에는 고찰에 불을 지르게 하여 천년 묵은 절집을 한순간에 폐사로 날려버렸다. 아바님은 기어이 조선 최고 명당인 상가리의 절터를 당신 손아귀에다 넣었다. 그렇게 명혈의 자리에서 서리서리 유장한 세월의 이끼를 얹고 절간을 지켜 온 5층 석탑을 허물어뜨렸다.

부서져 내린 석탑 안에서는 허연 백항아리 두 개와 푸르르한 서기가 감도는 주먹만큼 큰 사리 세 알이 나왔다. 천년의 이끼가 얹힌 탑을 허물어 낸 그 터, 명혈의 자리에 연천 남송정에 모셨던 남연군 묘지를 이장했다. 명복이 태어나기 열네 해 전의 일이었으니 전설처럼 내려오는 흥선군 댁의 내력이다.

상가리 남연군의 명당이 드디어 발복을 시작한 것인가? 어쨌거나 구름재 댁이 졸지에 출세한 것만은 사실 같았다. 명복의 어깨도 절로 들썩거렸다. 콧노래가 나왔다. 군침이 도는 진귀한 먹거리들이 채반마다 그득그득 쌓이니 반지르르 고소하게 흐르는 들기름 냄새만으로도 배가 불렀다.

정승댁 도령처럼 목화솜을 펴서 누비까지 입힌 명주옷을 어머니가 새로 지어 입혀준 것도 그 무렵이다. 몸도 기분도 산들바람을 타고 두둥실 떠오른 가오리연처럼 높이 부풀어 올랐다.

화롯불에 인두를 집어넣고 달음질을 해가며 어머니는 명복이 잠이 든 윗목에서 밤마다 정성껏 손수 비단옷을 마름질하셨다. 무명을 덧댄 안감에는 솜을 두어 누비고, 큼직한 호박 단추를 단 보드랍고 포근한 마고자를 명복에게 입혀주시던 날 아침 어마님은,

"오오 귀하신 내 아드님 부디 성군이 되시오소서."

라고 나지막이 속삭였다. 그리고 당신의 품 안에 아드님을 포옥 오래도록 끌어안으셨다. 마흔이 넘은 어머니 가슴팍에서 젖비린내가 났다. 언제든 달려가 얼굴을 묻으면 세상 모든 걱정이 멀리 사라지고 안심이 되는 어머니의 품속.

"성군이 되시오소서."라니? 그 무슨 해괴한 말씀인가!? 아니다. 뭐 그게 대수라고. 어머니는 전에도 종종 개똥이를 품에 안으면,

"우리 아기는 이담에 커서 귀하고도 귀한 나랏님이 되실 몸이란다. 아무렴. 남연군 할아바님 음덕으로 점지를 받고 네가 태어났으니…!"

하고 알아듣지 못할 말을 두런거리셨다. 위로 일곱 살이나 위인 재면 형님이 장가를 들고나서 어머니는 하나 남은 어린 아들에게 더없이 지극한 모정을 쏟아주었다. 하긴 근자近者에 아바님의 태도도 이상스럽긴 매한가지다.

사랑채서 무심코 마주치기라도 할 양이면 여전히 입은 한일자로 꾹 다물고 계셔도 눈매만큼은 한결 부드러웠다. 아니 보일 듯 말 듯 엷은 미소마저 감도는 것도 같았다. 사서삼경을 간신히 외우던 날처럼 엄격한 얼굴을 더는 하지 않으셨다.

어느 날은 생각이 정지된 눈초리로 그윽이 내려다보기까지 한다. 괴이한 노릇은 또 있었다. 임금님 환우가 위중하다는 소문이 나돌기 시작한 무렵이었을 것이다. 천자의 도를 강학하시던 아바님은 전에 없이 제왕의 도리에 대한 가르침을 재삼 이르곤 했다. 앞서 전고에 대해서도 두 번 세 번 가르침을 주었다.

"명복아! 너는 너를 일러 누구라고 생각하느냐?"

"……예에?"

"너는 고귀한 왕실의 핏줄이니라. 건국 대왕이신 성成자 계桂자 할아바님의 혈통을 물려받은 후손이니."

"예에 아바님."

"하여 오백 년 역사를 거슬러서 대대로 이 나라 삼천리 강산과 백성을 다스려온 왕가의 혈통이니라. 그것을 잊어서는 아니 될 터! 윗대로는 인조대왕과 인열왕후의 적자인 인평대군 요의 직계손이니, 효종대왕의 아우시로다. 인평대군 할아바님이 너에게 8대조가 되시느니라. 이 말을 알아듣겠느냐?"

"예 아바님! 명심하겠습니다."

"남연군 할아바님은 은신군 진의 양자시다. 너는 은신군의 증손자이니라. 정조대왕의 이복 아우가 되시니 하여 손이 귀한 왕실과는 지친이 되었도다. 작금에 옥체가 미령하오신 금상께오서는 너에게 7촌 숙부가 되시느니라. 허니 군왕의 도를 무엇이라 생각하는고?"

"예 아바님. 무릇 제왕의 도는 범속의 습성과는 확연히 구분이 되는 왕도를 뜻하옵니다. 대세라는 것이 속수무책의 지경에 이르면 제갈공명의 묘계로도 능히 풀 수가 없다 하였습니다."

"옳거니! 이놈이 제법 왕도를 헤아리는도다. 어허허허. 그렇지. 용마에 올라 백만 대군을 호령한들 제 백성 하나 먹이지 못하는 군왕이라면 누가 그런 임금을 성군이라 이르겠는가? 그의 치세를 요순지절이라 누가 칭송하겠는가. 백성의 마음은 곧 천심이다 하였다. 배불리 먹이고 등을 따습게 하는 성덕이야말로 그 첫 번째 도요, 국경을 수비하고 영토를 보존하는 일이 그 두 번째 덕이 되느니라."

"……예에."

"왜적과 청국 오랑캐에 맞서 경계를 대비하지 않는다면 제아무리 제갈공명의 묘계인들 어찌 병선을 움직일 수 있으랴. 허니 제왕의 길을 가는 자는 종묘와 사직을 왕도의 근본으로 삼아야 하느니라. 그것이 태평성대를 열어가는 길이 될 것이로다."

뭣보다도 전에 없이 아바님의 밭은기침 소리가 사랑채에서 자주 요란하게 울려오는 것이 싫지 않았다. 뭐든 기분이 좋은 날에는 유별나도록 크게 울리는 아바님의 헛기침 소리가 아니던가.

꿈

구름재 댁은 날마다 몰려드는 인파로 북적였다. 사나흘 전부터는 창덕궁 외소주방에서 차출된 상궁 나인들의 숫자가 불어났다. 그녀들은 궐에서 직접 운반해온 식재료로 진귀한 성찬을 만들어 냈다. 사랑채에는 내로라하는 낯이 설은 종친들이 속속 모여들었고 그들이 합창하는 허세와도 같은 헛기침 소리로 귀가 따가울 지경이었다.

바로 그날. 창덕궁에서 나온 호화로운 가마 한 채가 구름재로 향했다. 자줏빛 곁마기를 입은 수십 명 나인들이 행렬을 지어서 뒤를 따랐다. 그녀들은 얼굴빛이 살찬 상궁들과 연을 맞춰 비단 휘장이 늘어진 가마 뒤를 따르며 엄숙하게 들어왔다.

구름재의 낡은 기와집은 순식간에 몰려든 구경꾼들로 넘쳤다. 풍성한 모본단 치마에 연두색 당의를 곱게 차려입은 노老상궁마마님이 천천히 청옥 당혜唐

玉唐鞋를 내밀고 가마에서 내렸다.

궐에서 삼백 명도 넘는 상궁 내인을 거느린 큰방상궁마마님이라고 한다. 그 어른을 제조상궁마마님이라 부르기도 한다. 그녀 뒤를 대왕대비의 교서를 모셨다는 대전상궁이 긴장한 얼굴로 뒤따랐다. 궁중 여인들의 정연한 자태에는 슬프도록 범접하기 어려운 오래된 왕실의 기품과 위엄이 서려 있었다.

아바님 어마님께 대전의 큰방상궁마마님은 자주색 우단 보자기에 싼 함을 예를 다해 올렸다. 두 어른도 답배를 하고 그 함을 공손히 받으셨다. 우단함 속에는 황금색 보자기에 몇 겹의 비단으로 덧싼 성복과 패물이 들어있었다. 이어 제조상궁은 대왕대비마마의 밀지를 아바님께로 올렸다.

구름재에 땅거미가 내려앉았다. 예전 같았으면 해가 떨어지기 무섭게 어둠이 온 누리를 뒤덮었지만 이제는 사랑채의 등촉이 밤새 꺼지지 않는다. 집안 곳곳에 매단 청사초롱으로 구름재의 집은 대낮처럼 밝았다. 권속들은 분주하게 안채와 바깥채를 소리 죽인 발걸음으로 잇고 있었다.

명복은 태어나 처음으로 밤잠을 설쳤다. 곳곳에서 훔쳐보는 호기심 어린 눈동자들로 하여 기분이 야릇해지고 머리가 공중에 붕붕 나는 탓도 있을 것이다. 게다가 술렁대는 집안 분위기는 극도의 긴장감을 주었고 심장은 두방망이질을 쳐댔다. 명복은 꿈에도 상상치 못한 파란이 자신의 코앞으로 바짝 다가와 있음을 직감했다.

언감생심 꿈을 꾸어서도 아니 되는 것! 입 밖으로 냈다 하면 그 자리가 황천길인 것을. 생각의 씨는 모반이요, 역신의 무리가 되는 그런 핏빛 회오리가 자신을 향해서 거친 파도처럼 달려들고 있음을 알아차렸다. 세상의 이목이 한꺼번에 쏟아진 변동의 한가운데 자신이 서 있다는 사실을 명복은 감지했다.

동짓달 긴긴밤이 깊어갔다. 잔뜩 긴장된 하루의 모든 움직임들이 숨을 멈추고 사위에 무거운 정적이 감돌 때까지도 명복은 잠에 들지 못하고 뒤척거렸다.

얼마간의 시간이 흘렀나. 살그머니 방문이 열리더니 어머니가 들어오셨다.

명복은 잠이 든 척 얼른 몸을 움직거렸다. 막상 어머니에게 무슨 말이라도 들을까 더럭 겁이 났다. 요 밑으로 손을 넣어 구들장의 온기를 살핀 어마님이 잠이 든 명복의 머리맡에서 오래도록 그렇게 앉아 일어나지 않으셨다.

아아 어머니 가슴팍에서 솔솔 풍겨 나오는 젖내. 내가 빨고 자라왔을 보드라운 어머니의 젖무덤! 세상의 어떤 근심도 두려움도 금방 녹여주는 어머니의 냄새를 맡으면서 명복은 스르르 꿈속으로 접어들었다. 그렇게 꿈속에서 그는 곤룡포를 입은 임금님이 되어 있었다.

아바님도 어마님도 아니 계신 넓고 너른 궁궐. 구름재의 북적거린 그 많은 권속들은 어디로 사라지고 사람 그림자가 하나도 보이지 않는다. 넓고 텅 빈 전각에는 오직 명복 혼자만이 떨어져 있었다. 날마다 우듬지에서 내려다보곤 했던 드넓은 궁궐 안, 바로 임금님이 사시는 그곳 대궐에.

이곳은 인정전이다. 어진 정치, 왕도 정치를 실현하리라는 선대왕들의 다짐과 의지가 담긴 창덕궁의 정전. 네모반듯한 전돌이 깔린 바닥과 화려찬란한 문양의 단청이 웅대한 동궐의 법전이다. 고개를 쭉 빼고 천정을 올려다보니 우물처럼 동그라니 단을 높인 중앙의 판석에는 금박으로 조각된 두 마리 봉황이 구름 사이를 훨훨 날고 있다.

북에서 남쪽을 향해 당가가 설치된 정중앙의 월대 한가운데에 보기에도 위엄이 서린 번쩍거리는 용상이 있다. 그 뒤를 하늘과 산과 바다와 숲을 뜻하는 여섯 폭짜리 병풍이 어좌를 둘러싸고 펼쳐져 있는데 다섯 개의 산봉우리가 솟은 오봉에는 해와 달이 동시에 떠 있다.

그 아래 독야청청 한 그루의 푸른 솔이 서 있는 대지로 두 줄기 폭포수가 쏟아지며 허연 포말을 일으킨다. 임금님이 거하시는 어좌에는 그곳이 어디든 반드시 펼쳐있다는 음양오행과 우주의 중심인 오, 대왕을 상징하는 일월오악도!

어느 날이던가. 아바님은 도화서의 화원에게 청을 넣어 석파란石坡蘭*을 한 점 쳐주고 어렵게 구해 왔노라는 저 존귀한 일월오악도를 서장 깊숙이에서 꺼내었다. 그리고 아주 진귀한 가보처럼 병풍의 상징들을 하나하나 설명하여 주셨다.

"무릇 임금이란 우주의 주재자와 다름없느니라. 왕조의 상속자요, 만백성의 어버이인 대왕은 하늘이 내신 성스러운 존재이니라."

권좌의 위용을 더해주는 일월오악도가 펼쳐진 월대 한가운데 번쩍거리는 금빛 어좌에는 익선관에 붉은 곤룡포를 입은 명복이 혼자 앉아있었다. 명복은 갑자기 세상 밖으로 튕겨져 나온 나사처럼이나 괴이하기 짝이 없는 이 현실이 황당하여 오금이 다 저렸다.

아아 내가 어떻게 여기에? 대체 무슨 천지조화를 일으켜서 임금님이 거하시는 존귀한 인정전의 어좌에 내가 앉아있는 것인가? 어찌하여 금관의 어좌에 몸이 묶여서 이렇게 꼼짝을 못 하고 있는 것인가. 온몸의 혈맥을 타고 폐부 깊숙이 찌르는 두려움으로 명복은 몸이 저려왔다.

명복은 어서 빨리 용상을 박차고 일어나서 구름재의 집으로 달아나고 싶었다. 헌데 아무리 발버둥을 쳐도 옥좌에 꽉 끼어버린 몸이 옴짝달싹 움직여주지를 않는다. 빙빙 몸을 돌려서 빠져나가려고 기를 쓰면 그럴수록 옥좌가 곤룡포를 입은 명복의 몸을 더욱 단단히 조여왔다.

그때다. 어디선가 새어 들어온 한 가닥 흐릿한 빛이 용상을 향해 쫙 뻗치는데 그 한가운데 노인이 있었다. 흰 무명 바지저고리를 입은 노인 한 분이 옥좌를 향해서 아주 천천히 걸어오고 있었다. 허연 턱수염이 나부끼는 부리부리한 눈매가 어디선가 본 듯 낯이 익은 초상이다. 노인이 어좌 가까이 다가올수록

---

* 석파란 : 홍선대원군이 그린 난초 그림. 그림 솜씨가 뛰어나 난초를 특히 잘 그린 홍선대원군의 호 석파 (石坡)와 난(蘭)이 결합되어 만들어진 말.

분명히 낯이 익은 얼굴이었다.

어디서 보았더라, 저 할아버지를? 명복은 느닷없이 나타난 노인의 등장이 반가운 한편으로 몸이 으스스해졌다. 헌데 한 발 한 발 점점 더 어좌로 가까이 다가온 노인의 광채 나는 얼굴을 바라본 순간 아아 할아버지! 아아, 사랑채 벽에 걸려있는 남연군의 초상화와 똑같이 닮은 얼굴! 아아, 할아버님이시다.

남연군 할아바님이?! 할아바님이 가야산에서 살아 돌아오기라도 했단 말인가! 명복은 하도 놀랍고 반가워서 옥좌에서 벌떡 일어나 할아바님을 향해 손을 잡으려고 몸을 내뻗었다.

그러나 아무리 기를 써도 손끝이 거기에까지 닿지를 않았다. 애가 탔다. 그러는 새 할아바님은 온데간데없이 사라지고 문틈으로 새들어온 실낱같은 한 줄기 부연 햇살만이 월대를 희미하게 비추고 있을 따름이었다.

"아가! 무슨 꿈을 그리도 요란하게 꾸느냐. 길몽이더냐? 너는 이제부터 하늘같이 존귀한 이 나라 조선의 만인지상이 되었느니라!"

오늘따라 분세수로 곱게 단장을 하신 어마님이 이마 위로 손을 얹고 식은땀을 닦아주고 계셨다. 신열이 있을라치면 언제고 이마에다 얹어주신 어마님의 따스한 손길, 어느새 날이 새었나. 촘촘히 움직이는 발자국 소리가 들려왔다. 아아, 구름재! 구름재의 집으로 돌아와 있네. 내가 여기 어머니가 계신 우리 집으로 돌아왔구나. 휴우…. 명복은 그제야 숨을 길게 내쉬었다.

동창이 터오고 있었다. 꼭두새벽부터 구름재 댁에는 수많은 인파가 몰려들었다. 제삿날이나 명절과는 비교도 되지 않을 푸짐한 성찬이 교자상마다 그득그득 올려졌다. 임금님이 젓수신다는 수라상만큼이나 진귀한 산해진미로 상다리가 휘었다. 하기는 대궐 수라간에서 나온 상궁마마님들이 뽐낸 솜씨니만치 창덕궁의 수라상에 버금가는 잔칫상일 것이다.

명절이든 제삿날이든 어쩌다 가야만 구경할 수가 있었던 귀한 꿩찜이 큼직한 놋대접에 올라왔다. 쳐다만 봐도 배가 부른 반지르르한 육찜에 아버님의 상에만 어쩌다가 올랐던 오색 신선로, 강회와 석산적과 구절판과 용봉족편. 가지가지 탕에 고소한 잣죽과 깨죽까지도 무엇 하나 빠지지 않고 진상되어 있다.

그중에도 명복이 제일 좋아하는 한겨울의 별미인 물냉면이 눈에 번쩍 띄었다. 이건 분명 어머니의 솜씨며 지극한 정성일 것이다. 이처럼 상다리가 휘어진 날에도 물냉면을 따로 준비한 걸 보면 어마님이 고명을 떠서 손수 아드님 입속에 넣어주고 싶어하셨던 게야.

아주 어려서부터 명복은 자주 배앓이를 했다. 그러고 나면 영락없이 뱃속이 허했고 그때마다 시원한 냉면 한 사발이 눈앞에서 왔다 갔다 하며 아른거렸다. 몇 날이 지나도록 사그라지지를 않아 쓴 입맛을 다시기만 했던 차가운 냉면 한 그릇이 그때는 얼마나 사무치도록 먹고 싶었던가.

허나 먹고 싶다 하여 냉면은 아무 때고 누구나가 다 만들어 먹을 수 있는 흔한 음식이 아니다. 귀한 별식이었다. 명색이 왕족이라 한들 살림살이가 헐거운 종친은 시정의 백성네나 하등에 다르지 않은 궁핍한 인생이었다. 그런 작은아들이 가여운지 어마님은 가뭄에 콩 나게 잊을 만하면 한 번씩 냉면을 말아주셨다.

편육을 듬뿍 얹은 쫄깃한 면에다가 고명으로 얇게 채를 썰어 올린 시원한 배를 얹고, 삶은 계란 반 개와 잣을 넉넉하게 두른 물냉면을 어머니는 정말로 열 번도 더 큰맘으로 만들어주셨다. 양지를 우려낸 맑은 육수에 어머니가 말아준 냉면의 시원한 맛은 이 세상 어디서도 맛보지 못할 별미 중의 별미가 아닌가.

수저를 놓고 나니 밥알이 동동 뜨는 식혜가 대령했다. 이 모두는 명복이 아주 좋아하는 음식들이다. 한입에 쏙 들어가게끔 앙증맞게 빚은 정과며 오색 다식에 처음 맛보는 단자와 과편 하나까지도, 하얀 은소반에 차려놓은 백자병과 색색의 병과들이 활짝 피어있는 소국처럼 앙증맞았다. 명복에게는 12첩 반상이 따로 진상되었다. 어머니는 당신은 드실 새도 없이 색다른 음식을 고루고루

하나씩 집어서 아드님 입에다가 넣어주었다.

"우리 아기, 꼭꼭 씹어 많이 드시렴."

상을 물린 아바님은 "서둘러 주시오." 이 한 마디를 남기고 사랑으로 건너가
셨다. 명복의 손을 이끌고 안방으로 드신 어머니는 이 누추한 집안에는 잘 어
울리지도 않는 낡은 자개농 문을 열고 대전의 제조상궁이 올린 성복을 꺼내어
두 손으로 고이 받쳐 들었다.

군데군데 흠집이 생기고 모서리가 낡았지만 붉은 주칠이 감도는 자개장은
어마님이 각별하게 여기는 집안의 하나 남은 장롱이다. 찌든 살림에 웬만한 혼
수는 하나씩 양식으로 바뀌어 나가고 건사하지를 못했다. 그런데도 어머니는
이 옷장 하나만큼은 무슨 일이 있어도 간수하셨다.

어머니는 희고 보드라운 속곳부터 차례대로 손수 옷을 입혀주셨다. 복건에
다 청도포를 입고 허리에는 얇은 비단의 백사대를 둘렀다. 대님을 정성껏 매어
주던 어머니의 손끝이 파르르 떨렸다. 아드님을 그윽이 올려다보던 어머니가
한 번 더 당신의 품에 명복을 꼬옥 보듬어 안고 오래도록 등을 토닥였다.

"오오, 귀하신 내 아드님! 이 어미는 우리 아기를 뱃속에 품을 수가 있어 행복
하였다오. 세상에 다시없는 광영이었소. 아가야 부디 잊지 말거라 오늘 이 아침
을! 고맙고 또 고맙사옵니다. 내 아드님!!"

"……."

"이 누추한 집에서 어미와 함께 하는 것도 오늘 이 아침이 마지막이라오. 이
날이 구름재에서 보내는 마지막 아침이 되옵니다."

어머니는 당신의 어린 자식 앞에 큰절을 올리셨다. 아무 소리도 못 내고 윗

목에서 이를 지켜보고 서 있던 재면 형님과 누님도 가까이 다가와서 아우에게 큰절을 올리는 것이었다. 어마님의 두 눈에서는 비 오듯 눈물방울이 흘러내렸다. 누님도 소리를 죽여가며 울었다. 뭔 일인지 이제는 오도 가도 못하는 무서운 일이 꼼짝없이 눈앞에서 벌어지고 있었다.

새벽 꿈속 내내 인정전의 용상에 옭아매진 채로 극심한 공포에 시달렸던 간밤의 꿈이 생각이 나자 명복은 더럭 겁이 났다. 명복의 몸은 부르르 떨렸다. 눈시울이 붉어졌다. 누님을 붙잡고 엉엉 소리를 질러 울고 싶었다. 허나 사내는 절대로 눈물을 보여서는 아니 된다, 그리 아바님께서 이르셨기에 애써 꾹꾹 눌러가며 목구멍에서 넘어오는 뜨거운 눈물을 삼켰다.

등극

윤기가 도는 검은 가죽신에 비단을 덧댄 어혜御鞋를 신고 명복은 노안당으로 인도되었다. 안채고 사랑이고를 막론하고 날이 밝기 무섭게 발 디딜 틈도 없이 몰려든 백성들로 구름재의 집 주변은 인산인해를 이루었다. 감히 올려다볼 수도 없는 구중궁궐 속의 왕자님이 아닌 구름재 나지막한 지붕 밑, 허름한 기와집에서 등극하시는 새 임금님!

연날리기 시합에는 둘째가라면 서러운 고수요, 나무타기 선수이며 팽이차기의 달인인 개똥이가 지엄한 상감마마로 등극하시는 날이다. 구름재의 백성들은 너도나도 신기해서 새 임금님 용안을 먼저 우러르려 명복이 나오기만을 기다렸다.

드디어 새 임금님이 되어 용상에 오르실 개똥이가 나타나자 백성들은 누가 먼저랄 것도 없이 하나같이 땅바닥에 얼굴을 묻고 큰절을 올렸다. 천지가 빙글빙글 돌아가고 있었다. 사랑채로 드니 어느 사이 흑단령을 단정히 착용하신 아바님이 버선발로 섬돌 아래로 내려서 하례하듯 정중하게 맞아주었다. 아바님은 아드님을 사랑 맨 윗자리에다 모시고 자신은 아래쪽 한켠으로 물러나 섰다.

　"방금 전 창덕궁에서 어가가 당도하였사옵니다."

　생전 처음 아바님이 공대를 쓰셨다. 개똥아! 하고 불호령이 떨어질 참이면 집안 어느 구석에 처박혀있든 화살처럼 튀어나와 대령해야지만 날벼락을 면할 수가 있었는데. 아바님! 범처럼 무서운 아바님이신데. 강학 시간이면 인왕산 호랑이보다도 더 엄격했던 아바님이, 꼬장꼬장한 이 어른이 지금 어린 자식에게 공대를 하고 계신다.

　"…예? 아바님! 어가라니요. 임금님이 붕어하셨는데 어찌 어가가 드신다니요? 또 누구를 뫼시고 간다 하셨습니까?"

　정신이 몽롱해진 명복은 눈길을 밖으로 돌렸다. 지체 높은 재상들이 하도 많이 마루턱이 닳도록 드나드는지라 혹여 창덕궁으로 뫼시고 나갈 큰 어른이라도 와서 계신가 하고, 벌써 사랑채 뜰 아래는 대왕대비의 교지를 뫼시고 내왕한 봉열 대열이 도착해 있었다.
　대왕대비전의 교서를 뫼신 영의정 김좌근 대감과 도승지 민치상, 기사관 박해철, 이조판서 김병국을 비롯하여 붉은 관복을 줄줄이 착용한 3품 이상의 고관대작들과 이백 명도 넘는 창검으로 무장한 근장군사近仗軍士들이 열을 지어 배열해 있었다.

백부이신 홍인군께서도 관복을 착용하고 저만치에 와 계신다. 야릇한 노릇이었다. 난생처음 고귀한 댁 도령처럼 꾸며놓은 번쩍거리는 비단옷들은 다 무엇이며 허리에다 두른 이 백사대는 또 무슨 포승줄이란 말이냐. 몸을 옥죄어오는 비단옷도, 복건도 홀홀 벗어던지고 쏜살같이 튀어서 아주 멀리, 멀고도 먼세상 밖으로 도망을 쳐버리고 싶다.

새벽 내내 악몽에 시달렸던 괴이한 꿈이 되살아나자 명복의 몸은 뻣뻣이 굳어갔다. 차라리 언덕바지 남연군의 사당으로라도 숨어들어 보이지 않는 혼령으로 화하여 연기처럼 호르르 사라져 버릴 수만 있다면.

술렁거리는 집안의 들뜬 분위기와 어마님이 한 땀 한 땀 정성껏 바느질하여 입혀주신 결이 보드라운 명주 바지저고리는 사실로 치자면 하나도 즐겁지가 않았다. 행여 진흙이라도 묻을세라, 돌부리에 걸려 넘어지면 어떡하나 하는 태산 같은 걱정으로 주눅이 들어 마음대로 운신이 되지도 못했다.

아무 때고 후루룩 걸치고 나가면 넘어지던 뒹굴던 아무런 구애가 없었던 허름한 내 옷! 통이 넓은 해진 무명 솜바지를 입고 눈발이 성성 휘날리는 저 골목 밖으로 뛰어나가고만 싶다. 무릎이 해어지면 몇 번이고 헌 천을 덧대어 어머니가 기워주신 낡은 무명옷이 이 고운 비단옷보다 백배는 더 편한 옷이다. 지금까지 무탈하게 입고 자란 편안한 헌 옷으로 갈아입고 큰길로 나가서 차가운 겨울 하늘 높이 연을 띄워 날릴 수만 있다면.

손바닥으로 따스한 온기가 스미는 늙은 노송의 가지를 타고 후다닥 올라가서 우듬지 널따란 턱에 얼굴을 묻고 눈을 감을 수만 있다면. 아아, 동네 아이들과 제기를 차고 팽이도 돌리고 얼음지치기나 하며 뉘엿뉘엿 해가 저물도록 뛰어다닐 수만 있다면. 아아, 아아.

온 세상이 얼어붙은 엄동설한에 이제 곧 천지는 새하얀 눈밭으로 변해버리겠지. 그럼 뒤꼍 사당의 언덕배기로 올라가 신이 나게 미끄럼을 탈 수 있겠네. 두꺼운 얼음장으로 변한 한강으로 나가서 썰매를 지치며 강을 건너가야 하는데.

땅바닥을 구르다가 흙탕물을 뒤집어쓰고 들어와도 어머니는 한 마디도 야단을 치지 않으셨다. 어느샌가 자취를 감춘 내 헐은 무명옷들! 언제, 어느 날부터인지 자신의 몸에 입혀진 보드랍고 고운 비단옷을 내려다보며 명복은 구슬펐다. 해진 무명옷이 몹시도 그리웠다.

옷이 찢겨 들어오면 어머니는 꾸지람을 하는 대신 얼른 다른 헌 옷을 꺼내다가 갈아입혀 주었다. 그러고는 아무 말도 없이 헝겊을 덧댄 자리에다 또 다른 헌 천을 대고 기워주었다. 헌데 이 비단옷은 의금부의 죄수들에게나 입히는 수의처럼 옴짝달싹 못하도록 몸을 옥죄이지를 않는가.

언제 누벼놓았는지 번쩍거리는 황금색 보료 위에 아바님이 명복을 앉히셨다. 그리고 오오 얼마나 더 무서운 사단이 눈앞에서 벌어졌던가. 아바님이! 키는 작달막해도 몸집이 단단하고 눈빛이 형형하여 그 두 눈을 마주 보는 것만으로도 오금이 저리는 아바님이 당신의 아들 앞에서 무릎을 꿇으셨다.

"전하! 이제로부터 전하께오서는 붕어하신 대행대왕의 뒤를 이어 즉위하게 되시오니다. 오백 년 사직을 이어온 이 나라 조선의 스물여섯 번째 군왕으로 용상에 부름을 받으셨소이다. 아비는 오로지 이날을 대비하고 살아왔소. 오직 이날만을 고대하고 견뎌냈습니다. 장안의 파락호破落戶라 조롱과 멸시를 당하고도 참아낼 수 있었던 것은 오로지 오늘, 이 자리를 위해서였소"

"……"

"멀리 인평대군 할아바님이 전하의 직계조가 되십니다. 영조대왕의 아드님 장조 사도세자마마는 전하의 현고가 되시오. 그런 연고로 오늘 대행대왕의 승통을 전하께오서 잇게 된 것이외다. 이제부터 전하는 한낱 이 아비의 자식이 아니오이다. 막중한 종사를 짊어진 이 나라 조선국 만백성의 어버이요 헌종 선대왕의 부왕이신 효명세자마마의 양자로 입적이 된 귀하고도 고귀한 용종입니다."

"······예."

"허니 이제부터 전하는 소인의 자식이 아니외다. 사사로이는 부모 자식 간 도리이나 법도로는 지엄한 대왕대비전의 양자시오. 효를 다하고 성심을 다하여 모후를 섬기셔야 합니다. 왕실의 두 분 대비전에도 마땅히 그리해야 할 줄로 압니다. 아비가 입궐하여 정사를 보필할 것이외다. 허니 심려 놓으시고 오직 강건, 또 강건하소서. 전하!"

그리고도 재차 다짐을 두려는지

"오늘 이 자리부터 금상께오서는 대왕대비전의 양자시오이다. 이 나라 조선의 새 임금으로 등극하시니 만백성의 어버이가 되신 것이오."

아바님은 자리에서 일어서 아드님께 사배를 올렸다. 사배는 신하가 임금께 올리는 예이다. 그리고 무릎을 꿇고 젖은 눈길을 들어 아드님의 두 손을 맞잡았다.

"아비로서 옥수를 만져보는 것도 이것이 마지막이지요. 그동안 부족한 부모가 되어 성심껏 모시지 못한 죄 송구할 따름이외다. 너그러이 혜량해 주시오. 주상전하! 감축드리오."

아바님을 따라서 둘러선 모든 사람들이 한목소리로 복창하였다.

"상감마마 감축드리나이다!
주상전하 감축드리옵나이다!"

마치 천둥이 우르릉거리는 우렛소리처럼 들렸다. 고개를 차마 들지 못하신 아바님의 눈에서는 고름 같은 눈물이 뚝뚝 떨어져 내렸다. 태어나서 처음으로 보는 아바님의 굵은 눈물방울이었다.

그에 앞서 사랑채에서는 봉사식이 열렸다. 익종 효명세자의 양자로 입적이 된 명복을 왕으로 봉하는 의식이다. 제25대 임금님이신 철종 선대왕께오서 어제를 일기로 붕어하셨다. 대행대왕께오서 눈을 감으시자 사전의 내밀한 각본대로 대왕대비 조씨는 옥새를 재빠르게 확보해 두었다.

한 치의 오차도 허용치 않고 신속 정밀하게 명복이 옹립될 수 있었던 모의의 수순이었다. 대왕대비전의 하명으로 원상에 임명된 정원용 대감을 비롯하여 붉은 조복의 영의정 김좌근과 청단령을 착용한 도승지 민치상이 대왕대비전의 교서를 받들어 읽어 내려갔다.

"흥선군의 둘째 아들 명복으로 하여금 익종으로 입승대통케 하라!"

마침내 구름재 댁의 둘째 아들 익선군 이명복이 익종 효명세자의 양자로 입적이 되어 조선국 제26대 국왕으로 선포된 순간이었다. 턱수염이 허허하신 큰아바님 흥인군께서도 보위에 오른 새 임금님 앞으로 나아와 사배를 올렸다. 남연군 집안의 큰 어른인 흥인군도 무릎을 조아리고,

"전하 감축드리오니다. 억조창생億兆蒼生이 새 군왕을 우러러볼 것이오, 우리 가문의 한량없는 광영이외다. 부디 강건하시어 전하의 나라가 창대하소서. 감축, 또 감축드리오. 성군이 되어주시오, 주상전하!"

본디 괴팍하다 소문이 난 어른이신지라 제대로 얼굴 한번 올려다보지 못한 큰아바님 흥인군이 아니시던가. 아아, 할아바님…!! 아니 큰아바님 흥인군의 얼굴이 새벽 꿈속의 인정전에서 용상으로 다가왔던 남연군 할아바님의 모습과 너무도 흡사하지 아니한가! 나부끼는 저 허연 턱수염에 부리부리 빛나는 저 눈망울은…! 아, 할아바님! 할아바님이 예까지 찾아와 주시다니!

정신이 몽롱해진 명복은 흐릿한 눈으로 사랑채 벽에 걸린 할아바님의 초상화를 뚫어지게 바라보았다. 그리고는 다시금 큰아바님의 얼굴로 눈길을 돌렸

다. 아아, 아아… 새 임금은 그만 신음소리를 내고 양손을 눈가로 가져갔다. 정신이 혼미했다. 놀란 어머니 민씨 부인이 황겁히 다가와 부축을 했다.

"아가!! 아이고 우리 전하! 어디가 불편하시오?!"

나직이 그러나 황급해진 어머니가 소리를 쳤다. 명복은 고개를 저었다. 갑자기 새벽녘의 악몽처럼 옥좌에 옴짝달싹 못하고 몸이 끼어버린 것만 같은 현실이 무서웠다. 눈을 비비고 아무리 다시 쳐다보아도 틀림없는 그분의 얼굴이다. 지금 눈앞에서 무릎을 조아린 큰아바님이 꿈속 인정전의 어좌로 다가오셨던 남연군 할아바님의 형상과 너무도 똑같이 닮아있지를 아니한가…!?

재면 형님은 눈자위가 벌겋게 부어올랐다. 누나지만 만이로 터울이 커서 어머니와도 같았던 누님. 어린 아우를 등에 업어주고 어르고 응석을 받아주었던 누님이 부복하여 어린 동생 앞에 공손 지극한 사배를 올렸다.

"상감마마 감축드리옵나이다. 하례하나이다. 이 나라 지존이신 전하를 혈육으로 뫼셨던 날들이 가없는 영광이옵니다. 홍복이었나이다. 부디부디 어진 성군 되오소서. 전하!"

무릎을 꿇고 속삭이던 누님은 끝내 고개를 들지 못했다. 흐느껴 울고 있었다. 놀라운 일은 계속해서 벌어졌다. 뜰 아래서는 아바님의 작은댁네 계성월이 눈물 콧물을 훔치고 서 있다. 작은댁 소생으로 무과에 급제한 서장자 재선도, 그 곁에 서 있는 서녀 우봉이도 눈가가 벌겋게 부어올랐다. 작은댁네와 우봉의 눈자위가 부어오른 걸 보니 그렇게들 한참이나 서서 훌쩍거린 모양이다.

번쩍거리는 조복에 학과 호랑이 형상의 흉배를 단 고관대작들. 그 뒤를 따르는 표정 없는 내관들의 무리와 단아한 상궁 내인들. 궐에서 나온 수많은 근장 군사들과 문무백관이 구름처럼 구름재 댁을 에워쌌다. 그들은 하나같이 엎디어 부복했다.

남치마 옥색 저고리로 한껏 단장을 한 상궁 내인들의 물결은 어리신 왕의 눈을 부시게 했다. 천하장안의 면상은 어디서건 눈에 확 들어온다. 약속이나 한 듯 어깨가 떡 벌어지고 인상이 험상궂은 그자들의 허우대 때문이기도 하거니와 인정머리라고는 손톱만큼도 없는 천하장안도 오늘만큼은 벌겋게 부어오른 눈시울을 숨기지 못하고 두리번거린다.

구름재 댁 싸리문 건너 서운관이 빤히 내다뵈는 길 너머까지 정갈하게 새 옷을 꺼내 입고 나온 백성들의 무리가 큰길을 가득히 메웠다. 백성들은 하나같이 구름재 댁을 향하여 절을 올렸다. 가까이서 또 멀리서 일제히 큰절을 올리고 또 올렸다.

"상감마마 감축드리옵나이다!
주상전하 감축드리옵나이다!"

저자들은 이제부터 명복이 다스려가야 하는 이 나라, 이 강산 조선의 유순한 백성들이다. 살을 에는 삭풍에도 아랑곳하지 않고 무명의 허연 바지저고리만을 걸치고서 길바닥으로 쏟아져 나온 헐벗고 순량한 백성들. 저 조선의 백성들이 얼어붙은 땅바닥에다 이마를 대고 새 임금님을 봉축하며 절을 올리고 또 올린다. 그들이 엎드렸다가 일어설 때마다 하얀 파도가 너울대며 밀려오는 거센 물결과도 같았다.

백성들은 소맷자락으로 연신 눈시울을 훔쳤다. 높고 높은 나라님이시건만 애처롭기 그지없는 강화도령님 선대왕마마께오서 서른셋 보령으로 승하하시니 그것이 원통하여 피울음을 쏟아냈다. 그리고 오늘은 누항陋巷의 자식으로 살아온 어리신 임금님이 보위에 오르시니 환호하는 한숨으로 눈물을 닦아내는 것이리라.

아닌 밤중의 홍두깨라 했던가. 이제 다시는 구름재 집의 개똥이로 돌아갈 수는 없을 것이다. 노송의 굵다란 우듬지에 기대어 바라보며 비몽에 젖어들곤 했던 꿈의 궁전 창덕궁! 임금님의 거소인 저 웅대한 대궐집.

대호군과 선전관이 새로 등극하는 어린 임금의 어가를 인도하였다. 수백의 근장군사들이 호위하며 백마가 끄는 교자에 올라타고 동궐로 입궐하기 위해서 한성부 안국방 구름재를 떠나오던 날. 1863년 12월 13일. 생의 대전환점을 돌아서 한 번도 가보지 못한 운명으로의 행군을 시작한 익성군 이명복! 새 임금이 태어나고 자란 잠저에서의 마지막 날 아침 정경이었다.

종친이란 사내들

방계 종친의 둘째 아들로 태어난 아이가 어좌를 탐한다는 것은 한마디로 몽중설몽이다. 꿈속에서나 꾸는 꿈같은 여망이라는 뜻이다. 그건 사실상의 천지개벽이었다.

아니면 반역의 표징일 뿐. 왕가의 핏줄로 태어났으니 종친의 반열이었다. 허나 겨우 입에다 풀칠을 모면한 궁핍 속에서 나고 자란 소년에게 종친이라는 허울은 어떠한 특권도 면책도 되지 못했다. 역으로 시절을 잘못 만나면 운수 사납게 엮여 들어 파리 목숨만도 못하게 날아가 버리고 마는 것이 종친의 가느다란 목이 아니었던가.

권문세가들에게는 눈엣가시일 수밖에는 없는 숙명을 타고난 종친이란 훈장은 벽에도 눈이 달렸던 시대에는 표적과 통제의 명찰이었다. 그들의 목숨줄은 항시 자의 반 타의 반이었다.

얼마나 대수롭잖게 살아갔으면 개똥이라는 천명賤名을 소위 왕족이라는 종친댁 도령에게 붙여 주었을까. 말이 좋아 상감마마의 일가붙이지 어린 종친 이명복에게는 어떠한 명색도 부여되지 않은 한낱 구름재의 악동에 불과한 소년이었다.

그의 초명은 재황載晃. 아명은 명복命福이다. 무궁 세세토록 복이 깃들어 팔자가 늘어지라고 지어준 성명일 것이다. 그러나 다 자랄 때까지 실제로 불린 이름은 개똥이었다. 허니 여흥부대부인 민씨는 개똥이 엄니가 되고, 목숨줄을 부지하겠다고 파락호 행세나 일삼은 흥선군 이하응은 오도 가도 못하는 구름재의 개똥이네 아범이었다.

떡두꺼비 같은 아들을 점지해달라고, 저승사자에게 잡혀가지 말고 무병장수하라고 개똥이니 섭섭이니 보통으로 달아 붙인 이름자. 허나 이는 어디까지나 누항의 백성네들이 살아가는 방식이었다. 씨가 귀한 집안일수록 수명장수를 기원하여 천명을 달아 불러주기는 했다. 그래도 종친댁 도령에게 천연덕스럽게 개똥이라 불러낸 것만 보아도 구름재 댁 실상이 기실 얼마나 평이하고 소박한 인생이었는가를 실감케 한다.

그럼에도 종친은 종친이었다. 그들은 후계구도의 상속자로서 엄연한 작위를 가진 왕족이었다. 일반 사대부와는 근본부터가 다른 특권층인 것이다. 흉중에 시퍼런 비수를 품고 본심과는 유리된 헛웃음으로 만에 하나의 요행을 꿈꾸면서 살아간 사내들. 왕이 지배권자인 조선에서 종친이란 넓은 의미의 잠룡 군단이었다. 요행 천운이 따른다면야 어제의 개똥이가 오늘은 상감마마가 될 수도 있는 권좌의 잠재적인 계승자들이었기 때문이다.

"개똥아 나무 위에서 또 잠이 들었느냐? 어서 내려와 저녁 먹으련."

어머니가 물기 젖은 손을 광목 앞치마에 닦으면서 채근하신다. 우듬지에서 느긋이 등을 기대고 내려다보면 저 멀리 아스라한 세상이 펼쳐진다. 계절 따라 오묘한 궁성의 풍경이 눈부시게 아름다웠다. 저곳에 사시는 상감마마는 개똥이와는 7촌 숙부가 되신다. 종친댁 사내아이 개똥이에게 임금님의 집인 창덕궁은 꿈의 비원이요, 상상의 나래가 펼쳐지는 종착지였다.

"이대천자지지二大天子之地라!"

남연군묘의 발복이 아니고서는 해석이 난감한 불가 현실이기에 드는 생각이다. 이야말로 하늘이 점지한 천운이었다. 가히 흥선군 가문을 노크한 일생일대의 발복이요, 대반전극이었다.

종친인 흥선군 이하응의 둘째 아들로 열두 살에 조선 제26대 국왕으로 등극한 명복은 임금의 잠저가 되어 궁궐 못지않은 궁가로 한껏 영화로워진 구름재의 옛집을 연*에 올라 거둥하였다. 뒷마당 늙은 소나무가 눈에 밟혀 하루인들 잊히지를 않았다. 푸르고 청청한 솔들이 지천으로 널린 후원을 거닐고 있자면 마음은 어느덧 구름재 집으로 달려가고 뒤울안 노송이 몹시 보고 싶었다.

창덕궁에서 구름재의 집 운현궁이라!

허허. 마주한 길만 건너면 발이 닿는 지척이건마는 천근같은 역사의 굴레를 돌고 돌아서 다시 닿은 길. 이제는 용포 속 지존이 되어 소년은 잠저로 거둥을 했다. 어리신 왕은 높고 화려한 연에서 성체를 내렸다. 지구 동쪽 일월성신이 보우하신 옛 해동성국의 나라. 이천만의 흰옷 입은 백성들이 살아가는 순하디순한 강산의 만인지상으로 돌아오신 임금님의 귀로다.

등과 어깨에는 용무늬가 새겨진 곤룡포를 입고 동안의 소년은 아직도 묵묵히 뒤울안을 지키고 서 있는 늙은 소나무에게로 걸어갔다. 그사이 등이 더 굽어진 노송의 가지를 왕은 천천히 어루만졌다. 적갈색 껍데기가 군데군데 패어 드러난 속살을 통해서 예전의 따스했던 온기가 왕의 손바닥으로 전해져왔다.

댕기머리 종친 소년의 종횡무진한 꿈을 들어주고 바라봐 주고 언제나 품어주었던 노송. 충직한 정승과도 같은 늙은 나의 소나무! 발그레해진 용안을 슬며시 굵다란 솔가지에 가져다 댄 소년 왕의 귓전으로 노송의 가쁜 숨소리가 들려왔다.

소년은 노송의 심장에다 얼굴을 대고 나직이 속삭였다. 보고 싶었노라. 잊지 않았노라고. 그리고 늙은 잠저의 노송에게 "정2품송" 관직을 하사했다. 잊지 않고 돌아온 소년을 변함없이 안아준 등이 굽은 노송의 가지에는 친히 금관자를 매달아주었다.

명복이 보위에 오르자 임금의 잠저가 된 구름재 옛집은 어제의 낡은 기와집이 아니었다. 운현궁이라는 웅대한 궁가가 되어 있다. 낮은 기와집 둘레에 올망졸망 의좋게 붙어살았던 고갯마루의 밧집들과 뛰어논 골목길은 가뭇없이 자취를 감추고 그 모든 터를 집어삼킨 거대한 궁역은 운현궁의 귀속지가 되어 있었다.

일개 종친에서 일약 살아있는 임금의 아버지가 되어 막후 정치의 실세로 부상한 국태공 이하응에게는 '흥선대원군'이 봉작되고, 어머니 여흥 민씨는 '부대부인'의 작호가 진봉되었다. 조선의 궁정에서 유일하게 살아있는 대원군으로 부상한 흥선군은 '전하' 아래 '합하'로 불린다.

조정에서 임금에게 허리를 굽히지 않아도 되는 그의 지위는 삼공 위에 둔다 하였다. 삼정승 위에 있으니 마땅히 일인지하 만인지상이요, 천하제일의 유일무이한 섭정왕으로 군림한 것이다. 독기 서린 흉심을 첩첩 여민 채 안동 김문의 도도한 턱밑에서 이를 갈고 칼날을 벼린 종친 흥선군이 원대하게 그려온 장엄한 성취의 변주곡이었다.

이는 단적으로 설명되는 종친의 위치다. 평시에는 별 볼 일 없는 방계 종친에 불과한 자일지라도 운 때만 제대로 맞아떨어져 준다면야 어제의 종친이 오늘은 어좌의 새 주인이 될 수도 있는 신분이 종친이었다. 강화도령 원범이 그러했고 구름재의 아이 개똥이가 그랬다. 하룻밤 새에 벌어진 이 같은 천지의 변동이야말로 종친에게만이 잠재된 특권이었다.

당연히 천운이라는 게 아무에게나 어느 때나 하늘에서 우수수 쏟아져 내리는 금가루는 결코 아니리라. 이는 어디까지나 천기를 타고난 극소수의 종친에게만 허락된 천명일 뿐. 임금으로 옹립된 종친보다는 왕의 핏줄이라는 허울이 족쇄가 되어 먹은 맘도 없이 개죽음을 당한 종친의 숫자가 훨씬 더 많았기 때문이다.

이처럼 종친이란 양날의 칼등 위를 위태롭게 곡예하는 광대들이었다. 해서 욕망과 본심을 꼭꼭 숨긴 채 만에 하나의 천기를 의중에 품고 살아갈 수밖에는 없는 일탈이 종친 된 자들의 숙명이었다.

반면 격렬한 권력 욕구를 제어하지 못하고 반정이나 찬탈로 기어이 권좌를 제 손아귀에다 틀어쥔 자들도 역사에는 등장한다. 국초에 태조 이성계의 5남 이방원과 그의 손자 수양대군이 대표적이다. 스스로가 나서 임금 자리를 탈취한 그 두 적자의 공통점은 그들 또한 어김없는 종친이라는 사실이었다. 그리고 그들 대군의 수하에는 군왕을 능가하고도 남을 만한 무력과 막강한 배후 세력이 포진했다는 점이다.

태조의 5남 태종 이방원은 그 자신이 역성혁명의 주체자로 건국된 새 나라 조선왕조 탄생에 누구보다도 기여도가 높은 대주주 격의 인물이었다. 시기적으로도 왕권이 확립되지 못한 국초에 태조 이성계의 무리수를 둔 후계자 책봉이 골육상쟁의 참화를 부른 원인을 자초하였다.

형제간 살상극으로 참혹한 피의 제전이 된 살육의 굿판 이면에는 목숨을 건 냉혹한 주판알이 굴렀다. 정치적 이해관계로 뭉친 자들에 의해 급조된 건국 초기의 필연적이고도 필사적인 권력 다툼의 소산인 것이다. 초장에 맞붙은 이 한판승은 왕권과 신권이 정면으로 부딪친 피비린내 나는 대결의 장이었다. 정도전이라는 강력한 후견 집단이었던 신권의 도전에 대해서 가차 없는 응징으로 맞장을 뜬 왕권파의 승전고였다.

역사는 승자 편에서 적어가는 기록이므로 이 또한 태종 이방원을 위한 변명의 소지가 다분하다. 고로 역사적 평가가 양분되는 분란을 피해 갈 수는 없다.

무심한 역사의 수레바퀴는 그 갈피마다 음험한 피바람과 통곡 소리를 끼워 넣는다. 어찌했건 태종 이방원과 수양대군 세조의 권력이 세자로 선택을 받은 배다른 어린 아우 의안대군 방석이나 용상의 아무 힘이 없는 어린 조카 단종보다도 훨씬 더 막강하고 우세했다는 사실 그 자체가 불행의 서곡이었다.

중종은 연산군의 폭정에 반발하여 월산대군의 처남 박원종이 일으킨 반정 덕분으로 거저 용상에 추대된 임금이다. 반면 스스로가 반정의 주체가 되어 이복의 숙부 광해군을 몰아내고 권좌를 낚아챈 인조와 같은 행동파 종친도 존재했다.

그런가 하면 후사를 두지 못하고 승하한 배다른 숙부인 명종의 유지대로 선왕의 뒤를 이은 하성군 선조가 있다. 선조는 조선이 창업된 이래 14대 175년 만인 1567년 7월, 적통에서 방계로 승통이 물린 첫 번째 왕이다.

왕비가 생산한 적통이 아닌 후궁 소생의 서출이라는 점. 즉 대군이 아닌 서자 계열의 종친이라는 약점으로 하성군 선조는 왕이 되어서까지도 평생을 자신의 비천함이나 반추하면서 서자 콤플렉스에서 헤어나지 못한 임금이다.

1800년 정조의 갑작스런 붕어로 겨우 열한 살이 된 순조가 즉위하였다. 장김 63년 세도는 이렇게 정조의 급작한 변고로부터 막을 올린다. 순조, 헌종, 철종 3대에 걸쳐 내리 국부 자리를 독식하고 자신들만의 리그를 구축해간 안동 김씨 일문의 세도정치는 늙은 왕조에 독버섯 같은 몰락을 재촉한 블랙홀이었다. 중앙 권력은 물론, 변방의 이방아전에 이르기까지 그들 씨족들은 벼슬이란 벼슬자리는 모조리 싹쓸이했다. 왕실까지도 능멸한 19세기 조선말의 세도정치는 이른바 왕권이 신권에게 유린당한 암흑기다.

이의 결과물로 파생된 희극적인 산물이 바로 강화도령 철종의 옹립이었다. 유식하지 못했다는 강화도령 철종과, 왕조의 실제적인 마지막 임금이 된 26대 고종의 즉위는 세도정치가 파생시킨 난맥상의 연장선상에 있다.

그들 종친은 후계구도 상으로는 사실상 예외적인 인물이었다. 그야말로 정략적인 야합의 산물인 것이다. 연달아 옹립된 종친들의 권좌는 준비되지 않은 최고 권력자의 치세가 세습왕조에 얼마나 치명적인 해독을 끼쳤는가,라는 점에서 공통분모를 찾을 수가 있다.

그럼에도 불구하고 이 또한 거역할 수 없는 역사의 순환이다. 천행을 타고난 이들 소수 종친들이 하늘이 낸 잠룡이었다는 사실만큼은 그 누구도 부인할 수가 없는 실체적인 진실이기 때문이다.

조부 은언군의 귀양지 강화섬에서 이름 없는 풀씨처럼 존재를 숨기고 살며 나뭇짐이나 해서 팔고, 한 뼘 농사를 지어 근근이 연명했던 철종 임금 또한 문자 그대로 사고무친四顧無親의 종친이었다. 할아버지 은언군을 비롯하여 그의 맏아들 상계군 이담과, 회평군 원경을 불문하고 친족들이 줄줄이 사사된 강화도 오두막에서 강화도령 원범은 왕족이라는 신분도 위장하고 하층민의 삶으로 근근이 목숨줄을 부지했다.

정조가 집권했을 당시 실권은 서인 노론파가 쥐고 있었다. 영조의 나이 어린 후비 대왕대비 김씨와 야합한 이들 여당은 사도세자의 사사를 종용한 세도가 집단이다. 영조를 옹립하고 조정의 실권을 쥐고 흔든 막강 실세들로 시쳇말로 백 년 여당이었다.

자신들의 손에 뜨거운 피를 묻히면서까지 기어이 해치운 사도세자의 죽음! 당치도 않은 아버지의 그 죽음을 고스란히 목격한 정조의 목숨까지도 수차례나 정조준했을 만큼 그들은 비정한 정치적 결사체였다. 사도세자의 아들 정조의 등극을 극렬히 막아선 노론 일파는 정조와는 결코 한 하늘을 이고서는 살아갈 수가 없는 정적이었다.

간난신고艱難辛苦 끝에 정조가 마침내 즉위하였다. 후환이 두려워진 이들 노론 일파에 의해 왕실과 가장 가까운 종친으로 부각된 사도세자의 서자들은 또다시 과녁에 정조준이 된 표적물이었다. 철종의 조부 은언군과 그의 동복同腹아우

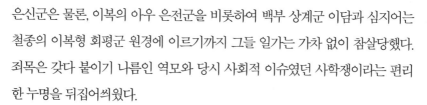

은신군은 물론, 이복의 아우 은전군을 비롯하여 백부 상계군 이담과 심지어는 철종의 이복형 회평군 원경에 이르기까지 그들 일가는 가차 없이 참살당했다. 죄목은 갖다 붙이기 나름인 역모와 당시 사회적 이슈였던 사학쟁이라는 편리한 누명을 뒤집어씌웠다.

정조와는 이복형제간으로 사도세자의 자식들이라는 운명을 숙명처럼 짊어진 이들 종친은 까딱 시대를 잘못 타고난 죄가 너무도 컸다. 줄줄이 과녁판의 표적이 되어 끝내는 개죽음을 당하였고 몰살 지경에까지 이른 억울한 시대의 종친이었다.

이것이 종친 된 자들의 피해 갈 수 없는 굴레요 천형이며 숙명이기도 했다. 그래도 천명이었는지 도성에서 떨어진 유배지 강화섬에서 숨을 죽이고 근근이 목숨줄을 부지해갔던 그들 가문의 막내 원범이 1849년 6월 등극했다. 만상의 화려한 옥좌에 좌정했건만 동화 속 비운의 왕자처럼 가여우셨던 임금님! 강화도령 철종의 이름은 변昪, 초명은 원범元範이다.

자고 가는 저 구름

동궁은 세자를 지칭한다. 또 세자와 세자빈이 거처하는 전각을 뜻하기도 하여 동궁전과 같은 의미로 사용되었다. 다음 대 보위를 이어갈 세자의 처소인 동궁전은 보통 대전의 동쪽에 두었다. 미래 권력으로서 떠오르는 태양과 같은 존재라는 상징성이다.

왕세자로 책봉된 동궁의 세자 교육은 매우 철저하고 엄격했다. 이른 새벽 눈을 떠서 잠자리에 드는 순간까지 세자의 하루는 숨 쉬는 순간을 빼면 일거수일 투족이 심화된 제왕학의 전 학습 과정이나 다름없었다.

차기 권력의 주체자인 왕세자 교육의 핵심은 유교적 이상 정치의 실현이었다. 따라서 삼강오륜의 세계관에 입각한 경서와 사서를 진강하는 것이 강학의 주 내용이었다. 여기서 제왕학이란 아이러니하게도 강력한 왕권을 규제하는 이른바 규범적인 기능의 수행을 의미하는 것이다.

이렇듯 체계적이고 반복적인 교육으로 체화된 후계자의 계단을 밟지 않고 하루아침에 용상에 옹립된 철종과 연이은 고종의 등극은 오백 년 사직이 그 명운을 다해가고 있음을 암시한 조종弔鐘 소리나 다름없었다. 꼭두각시 옥좌에 초대를 받은 이들 방계 종친의 즉위는 그 자체가 왕권의 쇠락을 의미하여 국권 쇠퇴의 지름길이 된다.

1863년 12월 13일. 태양력으로는 이듬해 1월 16일 운현의 작은아들 이명복이 보위에 올랐다. 그러나 세상은 나이 어린 새 임금보다는 그의 생부 흥선군 이하응을 더 주시했다. 누가 봐도 어린 자식의 즉위는 사친인 흥선군의 등판을 의미하기 때문이다.

안김에서 흥선대원군으로 간판만 바꿔 달았을 뿐, 사유화된 세도의 본체는 그들 잉여 지친의 전리품이었다. 대원위대감으로 군림한 흥선군은 단숨에 권력을 장악했으며 국정을 총람하였다.

'대원위 분부'라는 희대의 프리패스가 유통될 수 있었던 배경에는 그만큼 무력화된 왕권의 부재가 그 동인이다. 이 '다섯 글자'는 통할 통通자로 통하는 관습법이나 다름이 없어 '대원위 분부'라는 추상같은 한 마디는 세상에서 안 되는 일도, 통하지 못할 것도 없는 괴력 그 자체가 아닐 수 없었다. '대원위 분부'는 흥선대원군이 섭정으로 조정을 장악한 이래로 십 년의 치세 동안 왕명 위의 교지요, 지엄한 교서 위의 법령이었다.

계유년¹⁸⁷³ 10월 31일. 자신의 손으로 세운 아들 내외인 고종과 중전 민씨의 손에 축출된 그날까지 대원군의 말 한마디는 그야말로 무소불위, 무일불성으로 하늘을 찔렀다. 어느 시대를 불문하고 특정 개인이나 소수집단이 향유한 권력 독점은 국가 조직에는 막대한 해악으로 작용한다. 이는 왕조이든 민주화된 현대사회든지를 막론하고 비등하게 적용되는 권력의 독침이다.

섭정에 오른 대원군에게 어린 임금 따위는 애당초 안중에도 없었다. 사실상 그에게 일인지하는 무의미한 수사에 불과할 뿐. 살아서 대원군으로 군림하여 전무후무한 세도를 구가한 오직 한 사람의 종친으로서 그는 자신이 만들어간 만인지상의 유일무이한 표본이었을 따름이다.

서구 열강의 식민지 찬탈이 가속화된 19세기 후반은 사실상 고려로부터 이어온 천 년 왕국 조선의 명운이 그 시운을 다해간 무렵이었다. 동양의 물적 자원을 조준하고 목을 조여 온 제국주의의 광기 속에서 고래 입속으로 통째로 먹히느냐, 아니면 요행 살아남을 수가 있겠느냐 하는 두 갈래 운명의 기로 선상이었다.

달도 차면 기운다고 했던가. 60년 장김^{壯金}의 세도가 퇴조한 자리에 입점한 운현궁 사랑채 노안당은 명패만 바꿔 달린 또 다른 세도의 진앙지가 되었다. 아마도 역사의 필연이었을지도 모른다.

돌이켜보면 개인의 운명처럼 나라의 흥망성쇠 또한 어떤 불가항력적인 기류와 맞닥뜨리는 경우의 수를 목격하게 된다. 5대에 걸쳐 원나라 부마국으로 전락했던 고려 말의 망조가 그러했고, 조선왕조에서 세도의 폐해로 허물어져 간 구한말의 혼란상이 세말의 운명을 답습하였다.

대원위 권력이 정점에 달했던 시기, 구름재의 대궐이라 불린 운현궁은 임금의 권위를 능가할 만큼 그 위용이 실로 대단했다. 왕궁처럼 사대문까지도 갖추고 담장 둘레 길이만도 수 킬로에 달했다는 안국방의 또 다른 궁전이었다.

당시 운현궁의 경계는 창덕궁까지 거의 맞닿아 종로통을 거치지 않고도 대원군은 궐 안으로 등청했다. 경근문은 임금이 잠저로 거둥할 때를 위한 전용문이고, 공근문은 오직 대원군만을 위해서 세운 입퇴궐하는 전용문이었다.

황현은 "운현궁의 터를 넓히고 새로 단장하여 담장이 수리나 되었다. 거기에다 네 개의 대문을 세워 대내처럼 엄숙하게 하였다."고 『매천야록』에 적었다. 구름재의 허름한 민가였던 흥선군의 가옥이 얼마만큼 비대해졌는가를 단적으로 설명해주는 대목이다.

흥선군 이하응의 가계도 그리 번성하지는 못했다. 부대부인 여흥 민씨와의 사이에서 장남 완흥군 이재면과 작은아들 익성군 이명복, 그리고 두 딸을 두었다. 장녀(~1869)는 생년이 전해지지 않지만 맏사위 조경호(1839~1914)의 생년 명세로 보아 터울이 큰 맏이였음을 알 수 있다. 차녀(1861~1899)는 명복보다 아홉 살이나 어린 누이니 아마도 대원군 내외의 늦둥이였을 것이다.

예조참판을 지낸 둘째 사위 조정구(1862~1926)는 풍양 조씨로 한말 궁내부 요직에서 왕실 의례를 담당한 고종의 최측근이었다. 형제들 간 터울이 유독 크게 벌어진 것은 사이사이에 유사가 있었음을 짐작할 수 있다. 측실 계성월과는 서장자 완은군 이재선과 서녀 하나를 두었다.

흥선군 이하응이 경국지재임은 두말하면 잔소리다. 만일 그가 권력에 대한 지나친 천착의 소유자가 아니었다면 두 아들 중 수렴청정이 불가피했던 어린 자식을 굳이 보위에 올리지는 않았을 것이다. 당시 열아홉 살이었던 장남 이재면이 왕좌에는 더 적합한 인물이라는 것쯤 삼척동자도 알만한 이치다.

헌데 장남을 배제하고 굳이 어린아이를 보위에 앉힌 배경은 누가 봐도 속이 빤히 들여다보이는 계략이 아니고 무엇이랴. 제사상보다는 잿밥에만 정신이 팔린 잉여 권력의 구축인 것이다.

물론 장남이 대를 잇는 관습이 있었지만 그것이 나라의 대통을 잇는 일보다 더 중요한 사안은 될 수 없다. 가문의 대는 차남이 이어도 무방한 일이었다. 이는 안김에게 억압당한 세도를 되찾을 궁리에만 혈안이 되었던 조대비와 흥선군 사이 딱 맞아떨어진 이해관계의 산물이라는 뜻이다.

흥선군 이하응의 복심은 두말 필요 없이 자신이 보위에 오르는 원대한 야망의 실현이었다. 그 하나의 목표를 심중에 묻고 장김의 치하에서 숨을 죽이고 모진 수모를 마다치 않은 그다. 삼대에 걸친 국혼으로 세도정치라는 막강한 신권을 구축하여 권력을 독점했던 이들 김문은 중앙 권력은 물론 미관말직까지도 싹쓸이한 염치없는 세도의 집단이었다.

숙의 범씨 몸에서 태어난 영혜옹주 하나가 있을 뿐, 후사를 잇지 못한 철종의 병세가 화급해졌다. 안김 일각에서는 비록 그 속을 다 알 수는 없을지라도 정치적인 야심은 없다,라고 굳이 믿고 싶었던 흥선군을 차라리 군왕으로 추대하자는 의견도 있었다.

허나 그에게는 거지떼기 궁도령에 건달 파락호로 덧씌워진 이미지가 너무도 강렬했다. 그런 사람을 임금으로 옹립하기도 왕좌의 체면상 쉬운 결정만은 아니었을 것이다. 시퍼런 세도의 칼날 아래서 생건달처럼 목숨줄을 부지했던 흥선군의 지나친 보신책이 되레 독이 든 성배로 돌아온 셈이었다.

오백 년 조선왕조에는 모두 4인의 대원군이 존재한다. 후사 없이 승하한 명종의 뒤를 이은 선조의 사친 덕흥대원군과 그 선조가 총애했던 인빈 김씨 소생으로 광해군을 축출한 인조반정을 일으켜서 스스로가 권좌를 꿰차고 앉은 16대 인조의 사친 정원대원군. 가장 나이 어린 여덟 살에 등극하여 스물셋에 요절한 24대 헌종의 대를 이은 철종의 사친 전계대원군. 그리고 주도면밀한 계략으로 대권을 손아귀에 거머쥔 고종의 사친 흥선대원군이 그들이다.

하지만 앞서 세 명의 대원군은 사후 봉작된 종친들이다. 오직 한 사람, 스스로의 비상으로 작은아들을 보위에 앉히는 데 성공하여 살아있는 대원군으로 군림한 인물은 흥선군 이하응이 유일하다. 어디 용상에 오른 자식을 자신의 두 눈으로 친견한 영광뿐이랴. 조정 실권을 한 손에다 거머쥐고 임금을 능가한 권세가로서의 생을 풍미한 대원군 또한 흥선군 한 사람뿐이다.

이와 대비되는 사례가 있다. 조선왕조사가 기록한 101명의 공식적인 후궁 가운데는 대원군처럼 우연의 일치인지 국왕의 생모가 된 네 명의 후궁이 존재하였다. 제15대 광해군의 생모로 선조의 후궁이었던 공빈 김씨와, 숙종의 후궁이며 21대 영조의 어머니 숙빈 최씨. 본처 인현왕후를 쫓아내고 왕비 자리를 꿰찬 희대의 요부 장희빈. 그리고 마지막은 23대 순조의 어머니로 정조의 후궁인 수빈 박씨가 그들이다.

20대 경종을 낳은 희빈 장씨는 삼 년 반 동안 국모가 되어 곤위에 앉았으나 결국에는 제자리였던 빈으로 강등되었고 사약으로 생을 마감했다. 장희빈의 죽음에는 이설이 존재한다. 통설로 굳어진 사약에 의한 강제적인 죽음의 집행과 숙종의 어명에 따른 자진설이다.

이 네 명의 특별한 후궁 중에 살아서 아드님이 보위에 오른 영광을 누린 여인은 공교롭게도 단 한 사람. 정조가 무품의 빈으로 맞이한 수빈 박씨가 유일하다. 그녀는 비록 정궁의 신분은 아니었을지라도 임금의 왕모가 되어 왕비 못지않은 영예와 복록을 살아생전에 여한 없이 누린 후궁이었다.

한 가지 특별한 것은 역대 임금들의 별의별 후궁들 가운데서도 유독 정조의 부인들에겐 공통된 분모가 눈에 띈다는 점이다. 문효세자의 생모 의빈 성씨가 그랬고, 수빈 박씨가 그러했다. 그네들은 하나같이 조용하고 겸허하고 절도가 있었으며 무엇보다 근실 근검했다.

왕모에 오른 수빈 박씨도 예외가 아니었다. 그 영광이 살아있는 대원군에 못지않아 무려 22년간이나 군왕의 모후라는 존귀하고 막강한 위치에 있었던 수빈이지만 자신에게 엄격했던 그녀는 결코 설쳐대거나 거만하지 않았다. 한결같이 겸손하고 담백한 그 점에 있어서는 정조의 왕비 효의왕후 김씨 또한 부덕

婦德을 갖춘 여인이었다.

왕의 어머니가 되고도 수빈 박씨는 신기하리만큼 자신 주변에 권력의 울타리를 치지 않았다. 그녀는 지극히 현숙한 내전의 여인이었다. 이는 그녀들의 지아비였던 개혁군주 정조의 검약한 삶의 유전과도 무관치 않다.

모함과 암투, 시샘이라는 삼박자가 난무한 후원의 삶 속에서 그녀들이 걸어간 후궁으로서의 삶의 궤적은 급수가 달라도 너무나 달랐다. 정조의 비빈들은 임금 곁에 살포시 내려앉았다가 소리 없이 스러져 간 역사라는 하늘 위에 떠 있는 한 조각 적운과도 같은 존재들이었다.

대원위대감

섭정으로 등극한 흥선대원군은 물 만난 물고기가 따로 없었다. 품었던 야망의 부피만큼 천하를 한 손아귀에 움켜쥔 비상한 책략가. 하찮은 꼬투리 하나에도 종친의 씨를 말린 안김 치하에서 그 흔한 귀양살이도 모면하고 살아남은 그다. 끝내는 날 선 비수를 꺼내 들고 여한 없이 휘두른 사내다.

결단력과 투지, 권모술수에 능한 그를 당해낼 자는 아무도 없었다. 망국으로 치달은 구한말의 거시적인 통사 그 한가운데를 관통한 사내. 굴곡진 근현대사의 법정에서 흥선대원군은 가장 평가가 엇갈리는 풍운아다.

"이대천자지지"라는 지관의 말 한마디에 영혼까지도 팔아넘긴 자. "이대에 걸친 왕의 터"라는 천하 명당을 손에 넣으려고, 단지 그 '2대만의 영화'를 탐하여 대물림한 안동궁까지 미련 없이 팔아 치워버린 자. 권력의 집착이 얼마나 찐득했는가를 짐작할 수 있다.

홍선군 특징 중 하나는 그의 안목이 유별났다는 점이다. 절치부심했던 시절 그는 장안 건달패인 천희연, 하정일, 장순규, 안필주 등의 패거리들과 어울렸다. 명색이 종친이란 명패를 달고 살면서 별 희한한 작태가 아닐 수 없었다. 홍선군이라는 어엿한 작위까지 받은 왕족이 채신머리없게 시정잡배들과 몰려다니는 것은 그 자체가 남의 이목에는 심히 거슬리는 행위다.

이때 천하장안으로 회자된 이들 4인방과의 파락호 생활로 체득한 홍선군의 민생투어는 여염의 여망을 똑바로 간파한 경험 철학이 되어주었다. 이 같은 생생한 실전을 바탕으로 홍선대원군은 민초들의 가려운 데를 속 시원하게 긁어줄 줄 아는 비법을 터득했다. 집권 초기 그가 거침없이 내갈긴 처방전도 따지고 보면 여항의 잡배로 떠돌던 시절 온몸으로 익힌 전술이었음은 두말할 나위 없다.

그런 대원군이 실권을 잡자 우선순위에 둔 정책은 땅바닥까지 실추된 왕권의 회복이었다. 그는 지방 관아의 돈벌이 수단으로 전락한 환곡제를 폐지하고 민간주도형 곡물 대여 기관인 사창제도를 만들었다. 또 명분 없는 잡세를 폐지하는 한편으로 양반에게는 고금에 없었던 호포제를 시행하여 나라의 빈 곳간을 채워갔다.

당쟁의 온상이 된 서원 철폐령과 양반 과세, 관제 변경 등 기득권층이 당연시 누려온 특권에 대해 대원군은 과감하게 손을 봤다. 이렇듯 홍선대원군이 집권 초기 단호하게 추진한 개혁안들은 평생의 수혜자였던 양반과 사대부가에는 거센 반발을 불러일으켰지만 반대로 백성들은 환호하였다.

그중에도 지방 특산물을 궐에 상납한 진상제도의 폐지는 오직 홍선대원군만이 내릴 수가 있었던 결단이다. 그 외에 세도정치의 방패로 전락한 비변사를 폐지하고 의정부를 부활시켰으며 사치 근절을 위한 복식 간소화 등 섭정 초기 그가 밀어붙인 수많은 개혁안들은 대원군의 빛나는 치적이었다.

이 모든 입안의 근원지는 노안당이다. 세도의 숙주가 되어버린 안김을 숙청하고 국가의 기틀을 조정해 간 정책들은 어김없이 노안당에서 발의된 성과물이었다. 운현궁의 사랑채 노안당은 그 자신이 은인자중 속에 마침내는 권력의 최정상에 올라 원도 한도 없는 세도를 구가하면서 국사를 주무른 풍운의 현장이었다.

자기 판단만이 옳다는 유아독존과 곰팡이처럼 식을 줄도 모르고 피어오른 탐욕은 마침내 자식인 국왕 내외마저도 적수로 간주하기에 이른다. 노안당으로 물러난 대원군은 수차례에 걸친 재집권이라는 무리수를 두었다. 영욕이 교차한 그때마다 하야라는 쓴잔을 맛보았으며 나라에는 엄청난 혼란과 파란이 휘몰아쳤다.

수시로 역모를 시도했던 대원군은 실각과 복권을 거듭하다 결국에는 유폐 아닌 유폐의 길에 갇히게 된다. 그것도 자신이 내세운 자식과 며느리 손에 내침을 당한 신세가 되었다. 임금이 비록 아비의 눈에는 미숙한 자식으로만 보일지라도 그 역시 하늘 아래 일인지하라는 엄중한 한계만큼은 건너뛸 수 없었던 일개 신하의 존재에 불과한 몸이다.

노안당을 떠난 대원군이 죽을 자리를 찾아서 말년에 은거하며 파란만장한 생의 막을 내린 곳은 공덕리 별장 아소당이다. 그 터에 딸렸던 우물의 디딤돌과 풍상에 부대낀 한 개 비석만이 구석진 모퉁이서 뒹굴고 있어 무상한 세도의 바람을 느끼게 해주었다. 아소당은 마포구 염리동에 지은 아흔아홉 칸 대저택이었다.

섭정 십 년! 사실상 옥새와도 같았던 '대원위 분부!' 이 다섯 글자는 임금의 권위를 한껏 깔아뭉갠 원흉이었다. 경복궁을 중건하는 무리수로 온갖 원성을 한 몸에 받으면서까지 실추된 왕권의 회복을 위해서 고군분투한 그다. 그러고는 용상의 권위를 스스로가 나서 뭉개버린 자도 다른 사람이 아닌 바로 그 사람, 홍선대원군이었다. 이야말로 내로남불의 전형이 아니고 무엇인가.

'대원위 분부'는 섭정왕 홍선대원군을 규정하는 표상이었다. 이 다섯 글자는 대원군의 서슬이 퍼렇던 시기 운현궁의 권위에 맞서는 그 어떤 불경도 용납지 않겠다는 강력한 으름장과 다르지 않았다. 그가 권력을 휘두르는데 얼마나 서슬이 파랬으면 대원군의 말 한마디에 산천초목이 떨었다고 하였겠는가. 백성들은 귀신이 항시 제 뒤에서 목덜미를 낚아채는 공포감으로 주변을 두리번거리고 매사 혀끝을 경계했다.

제아무리 철옹성을 친 대원군 이하응일지라도 운명의 신이 비켜 갈 리는 만무한 법. 십 년 권세가 만인지상임을 증명해 주었으나 그의 세도 또한 권불십년에 화무십일홍이었다. 허나 60년 세도를 구가한 장김의 권문세가들조차 노안당 월대 밑에서는 허리를 굽히고서야만이 대원위대감을 알현할 수가 있었으니 권불십년이라 한들 그리 허망한 치세만은 아니지 않았겠는가.

반면 19세기 중반의 세계사적 조류는 서세동점기로 접어든다. 제국주의 광풍이 극동의 오지로까지 침투하였고 식민지 확장에 열을 올린 제국주의자들이 약소국을 노크하는 방식에는 한 가지 공통점이 있었다. 첨단 무기인 포대를 앞세우고 해상을 통한 무단 침투로 개항을 요구하는 무력시위를 벌인다는 점이다. 이른바 포함외교의 전형이었다.

예의에 벗어난 이런 폭거는 고요한 아침의 나라 은둔 왕국의 성리학적 이념에 대한 전면적인 도발로서 조정을 광분시켰음은 물론이다. 대원군은 함포를 턱밑에까지 들이대고 개항을 요구하는 무례한 서양 오랑캐들에게 쇄국으로 맞장을 떴다. 외세로의 문호 개방은 억압과 통제로 유지된 폐쇄 왕국 조선의 운명을 통째로 집어삼키는 충격파가 되기 때문이다.

결과론적인 이야기지만 문명이 충돌하는 극한의 전환기에 살아남는 방법은 대세로의 영합이 불가항력적이다. 여기서 문호 개방을 강력하게 주장한 신진엘

리트 그룹이 등장한다. 일명 왕비파로 분류되며 공사관이 밀집한 정동을 중심으로 활동하여 정동파라 불린 개화파의 신군단이었다. 이들이 당대 신문화의 표상인 쓰디쓴 가비차를 홀짝거리며 세태를 논한 거점이 정동 손탁호텔이다.

한편 젊은 그들 개화론자에 맞서 왜양일체론倭洋一體論을 주장하고 외세와의 통상을 단연코 거부하여 오직 쇄국만이 사직의 안위를 보존하는 길이옵니다, 하고 핏대를 올린 위정척사파들이 있었다. 대개 전통적인 유교 사상에 경도된 유생들로 이른바 흥선대원군의 사단이었다. 이들은 서로가 타협할 수 없는 요설로 대립했다. 바로 그 한가운데를 관통한 인물이 명성황후와 흥선대원군이다.

그보다 조금 이른 1853년 에도시대 말기. 전함 4척을 이끌고 도쿄만에 침투한 매튜 C. 페리 제독이 일본에 개항을 요구해왔다. 미국 제국주의 이념의 신봉자인 페리 제독이 통상을 강요한 일성이었다. 일명 쿠로후네 사건이다. 삼면이 바다로 둘러싸인 중국대륙에 달랑달랑 매달려서 오직 사대로 명맥을 유지했던 옆 동네 가련한 나라 조선은 25대 철종의 재위기였다. 외척 안동 김씨가 세상 만사를 농단한 암흑기다.

섬나라 일본이 기지개를 켠 1853년부터 1871년에 이르는 19세기 중후반기. 일본의 무가 정권 도쿠가와 에도 막부는 정권 말기를 향해 치달았다. 개항 압력의 거센 반발에도 불구하고 이듬해 재차 침투하여 통상을 압박한 페리의 위압에 막부는 굴복했다. 1854년 3월 가나가와조약에 전격 서명함으로써 미일화친조약이 체결되었고, 두 개의 항구를 열어준 이때를 기점으로 일본은 문호를 전격 개방하기에 이른다.

1858년 6월 미일수호통상조약이 이루어졌다. 이를 기점으로 일본은 영국을 비롯한 유럽의 패권 국가들과 연이은 통상조약에 서명했고 본격적인 개방 개화의 길로 나섰다. 일본이 적극적으로 문명개화의 용트림을 하던 시기인 1863년 철종이 승하하였다. 그의 뒤를 이어 열두 살의 어린 종친 고종이 즉위했다.

이후의 조선 또한 병인양요와 신미양요를 겪으며 문호 개방이라는 절체절명의 도전에 직면했다.

서구 열강의 통상 압력에 반외세 쇄국으로 맞선 대원군의 조선과는 달리 일본은 1868년 메이지유신을 단행하였다. 메이지천황이 열도의 통수권자로서 중앙집권적인 통일국가의 기틀을 마련한 일본은 서양의 신기술과 제도를 목마르게 흡입하였고 급속한 문명개화의 길로 나섰다. 이때가 일본 열도에 자본주의와 개혁 개방의 힘찬 고동 소리가 울린 시점이다.

시작은 비록 외세에 의한 굴복이라는 피동적인 순응이었지만 일본은 철저히 실리주의에 입각하여 서구식 문물을 학습하고 빨아들였다. 변신해야 할 시점을 정확히 포착하고 베팅한 결과는 대성공작. 동기야 어디 있던 변화의 시점을 놓치지 않고 근대화라는 국가 대개조의 길로 유턴한 까닭이다. 시대의 패턴을 읽은 일본은 마침내 제국주의로 나가는 국가 대변혁의 동승자가 된다. 외세를 무조건 배척하기보다는 서구의 문물을 받아들여 부국강병을 꾀한 실리론의 결실이었다.

이른바 메이지유신이 성공 가도를 향해서 힘차게 닻을 올린 그때 개항이냐, 쇄국이냐 하는 두 장의 청구서가 조선의 조정으로도 날아들었다. 대원군은 노발대발 강경 일색으로 진노했다. 제 그림자에 놀라 지레 겁을 집어먹고 날뛰는 사자처럼 선택이고 말고를 가릴 여지도 없는 분노의 표출이었다.

난세의 기류에서는 타의에 의한 혹독한 선택을 강요받는다. 물론 개인의 인생사에도 이 같은 원리가 적용되어 두 갈래 갈림길에서 선택을 강요받는 시점이 누구에게나 분명히 닥친다. 최악이냐, 기회냐 하는 선택의 기로! 그 길에서 흥선대원군은 주저 없이 쇄국이라는 패를 뽑아 들었다. 급변하는 국제정세의 파고를 읽지 못한 소치다.

이미 조선호는 물이 철철 새 들어오는 난파선이 되어 개조가 불가피한 실정이었음에도 경국지재라는 대원군은 구태에 젖어 쇄국이라는 패를 고집했다.

세계정세에 어둡고 아집이 강한 실권자의 '우리끼리, 우리 방식으로'라는 소국주의적인 단견이 빚어낸 참화다. 세계사적인 조류와는 정반대의 길을 고집한 결정적인 실기가 조선과 일본이라는 두 나라 간의 명암을 극명하게 가른 운명의 갈림길이 되었다.

조금 앞서 개항을 하고 서구의 문물을 흡수한 명치유신의 성공은 일본에 대망의 선진화를 선사해 주었다. 그 결과 국력과 군사력이 막강해진 일본은 자신들이 불과 이십 년 전, 미국에 당했던 치욕과 똑같은 포함외교의 방식을 그대로 베껴서 무력 함대를 이끌고 강화진에 출몰하였다.

그리고 페리 제독이 자신들에게 내밀었던 방식과 똑같은 청구서를 조선의 조정에다 들이밀고 개항을 요구해왔다. 철저히 힘의 논리로 열강의 흉내를 낸 패권의 전주곡이었다. 병인년1866에 일명 서학쟁이라는 천주교도에 대한 대대적인 박해가 자행되었다. 프랑스인 가톨릭 선교사 중에 앵베르 주교와 샤스탕, 모방 신부 등 9명의 자국인 선교사가 처형되었고 남종삼을 비롯한 천주교도 8천여 명이 학살당한 병인년 대참화다.

그해 5월 사지에서 간신히 탈출했던 프랑스의 리델Felix Clair Ridel 신부는 톈진에 주둔한 인도차이나 함대 사령관 로즈Pierre Roze 제독에게 박해 사건의 전모를 알렸고 이에 로즈 제독은 격분했다. 9월의 1차 원정에 이어 다음 달, 프랑스 해군은 7척의 함대에 600여 명의 해병으로 구축된 군함을 이끌고 강화도 갑곶진 진해문 고지를 점령했다.

교전 끝에 프랑스 해병은 강화도의 민가와 요새를 불사르고 외규장각에 보관되었던 의궤류와 고문서 등 수많은 서적과 어새, 은궤 등의 보물을 약탈해서 돌아갔다. 이른바 병인양요다. 서양 오랑캐들이 여세를 몰아 도성 안까지 쳐들어올 것을 겁낸 백성들은 산속으로 피난을 떠나느라 난리를 쳤다. 이때 약탈당한 각종 문화재와 외규장각 서적들은 이후 서양에서 동양 연구의 귀중한 기초

자료로 활용되었다. 세계정세에 까막눈이었던 대원군은 오히려 쇄국양이 정책의 기치를 더욱 높이 치켜들 따름이었다.

베르사유 별관 파손 창고에 보관되어 있었던 외규장각 도서 중의 한 권을 1993년 9월 한국을 처음으로 방문했던 프랑수아 미테랑 대통령이 상징적으로 반환해 주었다. 그 후에 나머지 도서들은 "5년 단위 자동 갱신 임대"라는 형식으로 296권 전권이 사실상 반환되었다. 국가 보물인 강화도의 외규장각 도서들은 그렇게 127년 만에야 제자리로 돌아올 수가 있었다.

병인양요가 일어난 5년 뒤인 1871년, 아시아로의 팽창을 모색하고 있던 미국은 J. 로저스 사령관이 이끈 아시아 함대로 강화도를 침입하였다. 5척의 군함을 들이대고 그들은 화친과 통상을 요구하며 해상 무력시위를 벌였다. 신미양요의 발발이다.

대원군은 일언지하로 외세의 요구를 묵살했다. 그뿐 아니라 눈에 잘 띄는 전국의 요로마다 척화비를 세우고 쇄국의 기치를 더욱 드높여 갔다. 일본의 천지개벽 정도는 귓전으로라도 들었으련만, 대문을 꼭꼭 닫아건 폐쇄만을 능사로 알고 오직 그 길만이 체제 유지의 비결이라 단정한 대원군은 요동치는 국제정세 따위에는 아랑곳하지도 않았다.

우연의 일치일까? 고종의 등극과 대원군이 실권을 장악한 비슷한 시기, 일본은 메이지유신의 성공으로 서구식 근대화에 착지하였다. 반면 개화 자체에 부정적이고 신경질적이었던 흥선대원군은 쇄국정책을 고집하며 땡전 한 푼도 없는 나라의 문단속에만 골몰했다. 그는 개화된 민중의식을 두려워한 것이다.

고종과는 동갑내기인 일본의 메이지천황은 다각적인 면에서 고종과 유사성을 지닌 인물이다. 우선 두 사람의 나이가 동갑이라는 공통점과 통치 기간이 고종 44년 메이지 45년이라는 점. 고종은 1863년 12세에 즉위하여 1907년 7월까지 통치했고 메이지는 16세가 된 1867년 즉위하여 1912년 사망하기까지 일본을 다스렸다. 세칭 메이지시대의 개막이었다.

동시대에 고종과 메이지는 각각 조선과 일본의 통치자로 경쟁자의 위치에 있었지만 두 사람의 운명은 극명하게 갈라졌다. 한 사람은 오백 년 사직을 통째로 말아먹은 패장으로, 또 한 사람은 최초의 식민지를 거느린 승자가 되어 역사의 거인으로 추앙받은 것이다.

고종이 자신의 왕국을 평생의 숙적이었던 동갑내기 일본 왕에게 고스란히 상납한 반면, 메이지는 일본 역사의 숙원을 이뤄낸 영웅이 되었다. 그의 나라 일본은 마침내 대륙의 관문인 조선을 식민지로 밟고 제국주의의 대열에 편승할 수 있었다.

한마디로 말하자면 동갑내기 사내가 씨름판에서 샅바를 잡았는데 한 아이는 맥없이 떨어져 나간 반면, 다른 한 아이는 전리품까지도 몽땅 챙긴 승자가 되었다는 뜻이다. 같은 나이, 같은 시간대에 출발했는데 메이지는 부국강병을 이룬 제국주의자의 반열에 올랐고 고종은 오백 년 역사를 고스란히 상납한 망국의 왕으로 전락했다. 어디에 기인한 것일까.

'개항'이라는 문제지를 숙제로 받아든 답안지의 차이에 있지는 않았을까? 기회라는 선택지를 집어 든 개방과, 망조라는 선택지를 집어 들은 쇄국의 결과물이다. 물론 일본 근대화의 시발점은 메이지시대가 열리기 수년 전인 에도 말기부터 이미 태동이 되고 있었다.

승자가 된 메이지천황과 적수에게 유폐 당한 고종황제! 우연의 일치라 치부하기에는 고종황제와 메이지천황, 그 두 통치자가 역사의 무대에서 펼쳤던 상황극이 너무도 흡사하다. 일본에선 마지막 막부의 통치기가, 조선에서는 흥선대원군의 집권기였다는 점에서 그러하다. 여하튼 개화와 쇄국이라는 각각 상반되게 집어 들은 이 한 장의 패는 조선과 일본이라는 두 나라 모두에게 운명의 갈림길이었다.

대원군이 국정을 총람했던 10년이란 그 기간은, 즉 1864년에서 1873년에 이르는 그 시기는 공교롭게도 일본이 서구 열강이라는 높고도 긴 사다리에 올라타서 국운 상승의 티켓을 확실하게 거머쥔 결정적인 시간대였다는 사실이다. 한반도 역시 고종을 등 뒤로 세운 대원군의 치세가 노쇠한 왕조에 새 공기를 주입하고 근대로의 이행을 촉구한 절호의 기회가 될 수 있었다는 점에서 비감을 토로하지 않을 수 없다.

민생 피폐의 원흉이었던 세도라는 망조의 벽을 허물고 왕국의 빛을 반짝 되살려갔던 그 시기. 노쇠한 조선이 중세적인 관념의 틀을 깨고 문명개화라는 근대의 바다에 합수될 수 있었던 절호의 기회가 흥선대원군의 집권기인 바로 그 시간대였다는 점이다.

흥선대원군의 배포라면, 무엇보다도 그가 역사의 물꼬를 되돌릴 만한 인재였음을 아무도 부인할 수는 없을 것이다. 허나 그는 국제정세에 너무도 무지했다. 한 국가를 운영하는 통치자의 정견과 직관이 남보다 앞서가야 할 것임에도 불구하고 시대를 관망하는 안목과 혜안의 부재가 초래한 결과는 참혹했다. 이후 급속히 기운 시계추는 왕조에 회복 불능이라는 퇴행의 진단서를 내민다.

당대의 경세가 흥선대원군은 백성과 국가의 안위에 대해 사심 없는 충정을 지닌 인물이었던가? 늙어빠진 이씨 왕조의 현상 유지만을 고집하고 자신의 권력에 천착한 또 다른 세도가의 전형은 아니었는지? 그가 가부장적인 욕망으로 국가에 되돌릴 수 없는 상해를 입힌 탐욕스런 권력의 화신이었다는 점을 부인하기는 어렵다. 내가 아니면 안 된다는 옹고집이 경세가로서 흥선대원군의 한계이자 패인이었다.

오백 년 조선왕조는 바다 밑으로 가라앉는 범선이었다. 그 시점에서 만일 대원군이 일본의 변신처럼 과감히 국가 개조를 위한 혁신에 착수했더라면, 살바 싸움 같은 백해무익한 권력에 함몰되지 말고 개혁 개방이라는 근대화의 길로 결연히 행군해 주었더라면 지금 우리는 어떤 세상을 보고 있을까? 그에게는 그만한 실권과 막강한 책무가 부여되어 있었기에 드는 생각이다.

가뭇없이 기울어간 구한말. 왕조의 미래를 재설계할 수도 있었던 만큼의 권력을 행사한 흥선대원군이었기에, 그의 어깨에 짊어져 있었던 역사의 막중한 소임에 대해 묻지 않을 수 없다. 역사는 차가운 시선으로 당대의 기록을 써가고 있다.

천우신조로 권력의 아성을 구축하는 데 성공한 흥선군이었다. 그에게는 봉건제의 해체가 몰고 올 모험이 두려웠을 것이다. 시대의 바람을 읽지 못한 최고 권력자의 오판은 늙은 전제국가에 멸망의 시침을 앞당긴 결과를 초래하였다.

아무도 흉내 낼 수 없는 집념으로 권력 쟁취에는 성공했으나 그 역시 우물 안 늙은 개구리의 한계를 벗어나지는 못한 구태의 정객이었다는 사실 또한 그에게 씌워진 역사의 굴레가 아닐 수 없다.

아스라이 사라져간 왕조의 마지막 시간대에 국가 명운에 절대적인 영향권을 행사했던 흥선대원군은 끝내 민족의 전설로 남지 못했다. 한낱 시대의 이단아였을 뿐. 그 역시 구국의 대열에서 영웅이 되지 못한 일개 세도가에 불과한 인물이다.

간택

병인년1866 음력 3월 21일. 어슴푸레 흐르는 하현 달빛 아래 꽃 내 그윽한 구름재에도 봄기운이 방만하게 퍼졌다. 이맘쯤 창덕궁 후원에는 모란이 지천으로 피어난다. 풍염하고 현란한 꽃송이에 기품이 서려 부귀화로 통하고, 흔히 목단이라 불린 모란을 왕실 여인들은 유난히 좋아했다.

봄이 정점에 다다르면 궐 안은 눈을 돌리는 데마다 탐스런 목단꽃이 화들짝 웃고 있었다. 백화의 여왕이라는 모란을 후원의 비빈들이 다투어 탐을 냈다. 대조전 후원에도 색색의 모란꽃이 만발하였다. 온 세상이 파랗게 붉게 번지는 봄의 정점에서 민자영은 한 살 아래 국왕의 왕비로 책봉이 되어 입궁했다.

1851년 11월 17일 자영은 여주 근동면 섬낙리의 선영에서 민치록과 그의 후실 한산 이씨와의 사이에서 태어났다. 쇠락한 명문가인 민치록은 사별한 첫 부인과는 자식을 두지 못했다. 재취로 맞은 좌찬성 이규년의 딸 한산 이씨는 1남 3녀를 낳았으나 막내딸인 자영만을 건사할 수 있었다. 씨족사회에서 대를 이을 아들을 얻지 못했다는 것은 그 자체로 가문의 쇠락을 의미한다.

예조참판을 지낸 민기현의 외동아들 민치록은 숙종의 계비인 인현왕후의 부친 여양 부원군 민유중의 5대 종손이다. 1826년 문음으로 장릉 참봉이 되었고 과천 현감, 선혜청 당상 등의 관직을 거쳐 영주 군수를 끝으로 낙향했다. 민치록이 선영에서 만년을 보내던 여주 섬낙리 묘막에서 자영이 태어났다.

대가 끊긴 민치록은 민치구의 셋째 아들 승호를 양자로 들였다. 5대조가 한 할아버지인 종가에 양자로 들어온 민승호는 자영과는 남매가 되었고 종택의 제사를 받들었다. 훗날 마지막 척족 정치의 구심점으로 부상한 인물이다.

민승호는 고종의 어머니인 부대부인 민씨의 친동생이다. 외가로 먼 친척뻘인 고종과 민자영의 국혼이 성사되자 흥선대원군과 민승호는 처남 매부 간에서 사돈이 된 이중의 척족 관계가 형성되었다.

말문이 트면서 자영은 책을 읽었다. 양반가라 해도 여자에게는 글을 가르치지 않았으나 슬하에 자식이라곤 어린 딸 하나뿐인 민치록은 자영에게 소학과, 효경 같은 서책을 읽히고 학문을 가르쳤다. 타고나기를 명석한 아이였다. 자영은 역사물, 특히 고사에 관심이 많았는데 이는 5대조 대고모이신 인현왕후에 대한 경외의 발로라고 여겨진다.

자영이 여덟 살 되던 해 부친이 세상을 떠났다. 통상적으로는 그때까지 여주의 묘막에서 생활했던 것으로 알려졌지만 민치록은 조지서별감을 지낼 무렵에 감고당으로 옮겨와서 살았다. 그러니 아마도 안국방의 종택에서 세상을 떠났을 것이다. 하나뿐인 여식을 생각하여 부모는 일찍 섬낙리 선영을 떠나 도성의 종가에서 거주했다.

어린 나이에 부친을 여읜 자영은 홀어머니를 모시고 살았다. 바로 그 점, 외척이 되어 설쳐댈 피붙이가 하나도 없는 혈혈단신의 사고무친이라는 그 한 가지 장점으로 하여 자영은 흥선대원군에게 왕비로 발탁이 된다.

숙종이 처가에 지어준 감고당은 장희빈의 모사로 쫓겨났던 인현왕후가 복위되기까지 5년여간을 은거한 집이었다. 안국방의 유서 깊은 이 고택은 대대로 종손에게로 대물림이 되었는데 민유중의 본가인 인현왕후의 고택이 곧 자영의 집이다.

적모이신 인현왕후가 승하한 지 갑년이 된 1761년 영조는 왕후의 안국동 본가를 찾았다. 한 점 혈육도 남기지 못한 인현왕후는 숙빈 최씨의 아들 연잉군을 귀애하였고 숙종이 총애한 그의 생모 숙빈에게도 자애를 베풀었다.

훗날에 왕모가 된 숙빈은 궁중비화에서 가장 유명세를 떨친 여인이다. 여러 이설로 부풀려진 숙빈에 대한 일대기가 마치 실화처럼 살이 붙어 뻗어나갔다. 그 대표적인 신데렐라 영웅담이 영조의 어머니 숙빈 최씨가 무수리였다는 통설이다. 이는 사실이 아닌 낭설에 불과한 이야기다.

일곱 살에 침방나인으로 입궁하여 전형적인 궁녀 과정을 밟은 최복순은 궁인 생활 내부분을 침방과 시밀에서 보냈다. 침방은 궁녀들에게는 지밀 다음의 중요한 소임지였다. 인현왕후가 중전이 된 이후의 어느 즈음 최복순은 침방을 떠나서 중궁전의 지밀나인으로 옮겨갔는데 이때 창경궁 통명전에서 왕후를 모신 듯하다.

적자를 생산치 못한 내전에서 원자를 낳은 장희빈은 숙종의 총애에 기대어 기고만장했다. 교활한 후궁의 독기와 요설에 밀린 인현왕후는 끝내 폐서인이 되었고 감고당으로 내쳐졌다.

억울하게 폐위된 왕비를 잊지 못한 궁녀 최복순은 인현왕후의 탄신일이 되면 그가 잘 드시던 소찬 몇 가지를 차려놓고 모두가 잠이 든 한밤중에 홀로 왕비의 무사 안위를 빌었다. 변덕쟁이 낭군에게 버림받고 죄 없는 왕비가 쫓겨난 지도 어언 4년의 세월이 흘렀다. 천지에 봄기운이 방만한 그날은 왕비의 탄신 전일이었다.

임신년1692 4월 22일. 봄의 정령이 부연 안개처럼 피어오른 밤. 창덕궁 후원에 어둠이 깊자 궁녀들의 오밀조밀한 방을 별 무리처럼 수놓았던 등촉이 하나둘씩 꺼졌다. 모두가 곤한 잠에 빠져든 봄밤이 깊어갔다. 침방나인 최복순은 그제야 심지를 돋우고 홀로 앉아 그해도 어김없이 폐비의 안위와 복위를 천지신명께 빌었다.

그녀의 지극정성이 하늘에까지 닿음인가. 나른해진 봄밤. 상선만을 대동하고 궐내 잠행에 나섰던 숙종은 후원 먼 데서 반짝거리는 희미한 불빛 하나를 보았다. 야심한 이 시각에 어인 불빛인고? 왕은 반딧불이처럼 흔들거리는 흐릿한 불빛을 향해 후원 깊숙이로 다가갔다.

임금의 발길이 멎은 외진 전각은 뜻밖에도 나인들의 처소였다. 호롱불이 가물가물 흔들거리는 문틈으로 새어 나온 방안 정경은 괴이하기 짝이 없었다. 웬 젊은 궁녀 하나가 소반을 차려놓고 두 손을 모아서 간절하게 빌고 있지 않은가. 호기심이 발동한 숙종은 점잖게 지나치지를 못하고 기어이 기척을 냈다.

"……으흠! 괴이한 일이로고. 칠흑 야밤에 웬 굿이란 말이냐!"

기겁하여 놀란 나인은 인현왕후마마의 생신상을 차려놓고 폐왕비의 무사하심을 빈 것이라고 이실직고를 했다. 탄신일을 잊지 않으려고 폐비께옵서 좋아하신 소찬을 마련해 마마의 안위와 복위를 빌고 있었노라고…. 서슬이 퍼런 장희빈이 시퍼렇게 두 눈을 부릅뜨고 중궁전에 버티고 있거늘 참 기도 안 찬 궁녀의 당돌함이었다.

때마침 표독한 장옥정에게 염증이 난 숙종이었다. 죄도 없는 어진 본처를 내친 일이 내심 후회막급이던 임금에게 봄기운이 난무한 아닌 밤중의 이 같은 정황은 적잖은 충격파로 후려쳤다. 생각지도 못한 시간에 뜬금없는 광경과 맞닥뜨린 숙종의 심경이 순간 멍해졌다. 그리고 보니 바로 내일이 폐비의 탄일이었다.

천지신명의 가호이던가. 생각지도 않은 그 밤의 생신상이 운명의 변주곡이 될 줄이야. 침방나인 최복순에게는 상상치도 못한 날에 예기치 않게 맞닥뜨린 일생일대의 변곡점이 아닐 수 없었다. 엄벌로 다스려지기는커녕 하늘의 별을 딴 천복으로 갚음을 받았기 때문이다.

춘몽야화의 결실인 숙종과 숙빈 최씨 사이에서 첫아들 영수가 태어났다. 1693년 10월이었다. 이로 미뤄 당찬 궁녀 최복순은 그 밤 이후의 어느 은밀한 날에 승은을 입었을 것이다. 날로 임금의 총애를 독차지한 숙빈 최씨는 첫아들 영수를 두 달 만에 잃었는데 그때 복중에는 이미 또 다른 용종을 수태하고 있었다. 그만큼 숙종과 숙빈 두 남녀 사이의 정분이 도타웠다는 방증이다.

이듬해 9월 13일 둘째 왕자 금昑이 태어났다. 그가 보위에 올라 장장 52년간이나 조선을 통치하고 83세까지 장수한 영조대왕이다. 조선의 임금 중 재위 기간과 수명으로 타의 추종을 불허하며 후기 조선의 르네상스 시대를 열어간 제21대 영조 임금. 사도세자의 부왕이며 정조의 조부인 그는 역사에 참 말도 많고 탈도 많은 군주로 이름을 날렸다.

영조는 적모이신 인현왕후를 잊지 못했다. 인현왕후 또한 폐비로 내쳐졌다가 천신만고로 복위가 된 지 세 달 후에 태어난 연잉군을 자신의 소생처럼 각별하게 여겼다. 뭣보다도 자신의 복위에 숙빈의 베갯머리송사가 절대적이었다는 사실을 그녀는 알고 있었다. 영조는 안국동 적모의 사가를 거둥했던 날에 '감고당敢古堂'이라는 당호를 친히 어필로 써서 내렸다.

그로부터 172년의 세월이 흘러갔다. 1866년 인현왕후의 큰오라버니인 민진후의 5대손 민자영이 26대 고종의 왕비로 간택되었다. 3대 태종비인 원경 왕후를 비롯하여 인현왕후에 이어 여흥 민씨 가문에서 세 번째의 왕비, 명성황후가 탄생한 순간이다. 명성황후는 인현왕후가 겪으신 인고의 세월을 되새길 적마다 모친을 모시고 단출하게 살았던 감고당을 회상하곤 했다.

고종 2년 무술년. 열다섯 살이 된 자영은 꿈을 꿨다. 어둠 속에서 서기가 어리더니 그 한가운데에 인현왕후가 현신하였다. 왕비는 옥규玉圭 하나를 자영의 손에 꼭 쥐여주면서 말씀하기를,

"자영아, 너는 마땅히 내 자리에 앉게 될 것이다. 내가 너에게 복을 주어 자손에게까지 미치게 하리니 오래오래 이 나라를 평탄하게 하라."라는 한마디를 남기고 홀연히 사라졌다. 꿈이었다. 그즈음 어머니 한산 이씨도 비슷한 꿈을 꾸었다.

"자영이를 잘 가르쳐야 할 것이니라. 나는 나라를 위해서 이 아이에게 크게 기대하고 있다."라는 인현왕후의 미몽을.

이듬해 봄인 1866년 음력 3월, 민자영은 마침내 고종의 왕비로 간택되었다. 2월 25일 창덕궁 중회당에서의 초간택을 시작으로 재간택과 삼간택三揀擇의 수순을 거치며 민자영이 왕비로 최종 낙점이 된 날은 을축년 3월 7일이다.

그길로 자영은 어머니와 살아온 감고당을 떠나서 별궁이 된 운현궁의 노락당老樂堂으로 처소를 옮겼다. 노락당은 고종이 즉위하자 조대비의 명으로 내탕금을 들여 1864년에 신축한 운현궁의 안채다.

부대부인 민씨가 거처했던 노락당은 궐의 내전과 비교해도 손색이 없을 만

큼 격식과 품격을 갖춘 건물이었다. 빛의 투과를 극대화한 불발기 창호가 아직도 온전한 형태로 남아있다. 정면 10칸 측면 3칸 집으로 운현궁에서 가장 웅장한 규모의 한옥으로 꼽힌다. 둥글게 깎은 짧은 서까래인 부연을 장연 위에다 잇대어 길게 늘인 겹처마로 한결 그윽한 정취를 자아낸다.

삼간택에서 최종 낙점이 된 규수는 본가로 돌아가지 않고 곧바로 별궁으로 향했다. 낙점이 된 순간 왕비로 내정이 된 것이므로 더는 사가의 여인이 아니었다. 예비 국모는 국혼일까지 별궁에서 왕비의 덕목인 제례와 예법, 그리고 왕실 법도를 익혔다. 이를테면 주입적인 왕비 수업 기간으로 국모가 지녀야 하는 위엄과 부덕의 예를 닦은 시기다.

이어진 대혼과 책비례는 3월 20일에 있었다. 다음날 진시에 고종은 친히 별궁으로 행차하여 왕비를 데리고 입궐하는 친영례를 거행하였다. 친영은 가례의 중심이 되는 의식으로 육례 중 마지막을 장식한 혼례식의 절정이다. 3월 22일 창덕궁 인정전에서 왕비가 문무백관의 하례를 받는 의식이 거행되었다.

이 모든 절차를 거치며 민자영은 제26대 고종의 왕비가 되었다. 그녀에게 닥칠 파란만장한 인생의 서막이 서서히 개막되고 있었다. 명실공히 내전의 주인으로 등극하고 대조전으로 입성했던 첫날밤은 친영례 당일이었다.

금박의 구봉원삼에 봉황이 수놓인 화관을 머리에 얹은 새색시 차림으로 동온돌에서 다소곳이 초야를 기다리는 중전 앞에 새신랑 고종은 끝내 얼굴을 내밀지 않았다. 중전 민자영이 첫날밤에 소박을 맞았다.

아직도 동안 티를 못 벗고 솜털이 숭숭한 열다섯 살의 새신랑에게 장엄한 궁중 의례를 총동원하여 정략적으로 맞아들인 왕비는 운현궁의 부모님이 정해준 부담스런 부인이었다. 이미 색정에 눈이 떠버린 소년에게는 사나이의 동정을 바쳐 정욕을 불태우는 다른 여인이 있었다.

소년 왕의 몸과 마음을 사로잡은 여자는 대전 지밀 이상궁이었다. 어느 날

뜬금없이 용상에 앉혀졌지만 기실 어린 왕에게는 아무런 힘도 할 일도 주어지지 않았다. 조정의 모든 대소사와 실권은 오로지 아바님 대원위대감의 차지가 되었다. 어린 왕은 교지나 다름없는 추상같은 권위로 노안당에서 내려보내는 결정대로 "그리하라!"는 한 마디의 공허한 옥음만을 반추할 뿐, 새장에 갇힌 앵무새의 처지나 다를 것이 없었다. 모든 처분은 대원위대감의 뜻이며 권한으로 어린 왕에게는 아무런 실권이 없었다.

구름재를 무대로 천지 분간을 못하고 휘젓고 다녔던 활달한 소년에게 이리 가도 넘어지고 저리 가도 어긋나는 따분한 격식과 엄격한 궁중의 법도는 지루하기 짝이 없는 그물망이었다.

"전하 아니 되옵니다!"

내시 대장 상선은 임금의 말 한마디, 행동 하나, 하다못해 숨을 쉬는 소리 하나까지도 법도에 어긋나지 않도록 하라고 간섭을 하고 지적질을 해댔다. 눈을 뜨는 순간부터 감시와 주시의 눈초리 속에서 덩그러니 넓고 너른 희정당은 화려하게 치장된 감옥소와 별반 다른 곳이 아니었다.

단조롭고 무료한 나날이 따분하기만 했던 소년 왕에게 살포시 여취를 솔솔 풍겨대며 눈웃음을 살살 날리는 지밀내인이 있었다. 소년을 사내로 만들어 주고 날마다 밤마다 쾌락의 늪으로 이끌어가며 궁인 이씨는 어머니처럼 큰누님처럼 어린 왕을 품어주었다. 졸지에 승은상궁이 된 눈치 9단의 이 영악한 내인은 임금보다도 아홉 살이나 더 먹은 연상녀.

여자 나이 스물네 살. 벌어질 대로 쩍 벌어진 농익은 여체가 아닌가. 연상녀의 농염한 살냄새에 몽롱해진 왕은 여체가 부리는 황홀한 요술의 늪에 손쉽게 빠져들었고 점차 눈빛이 몽롱한 소년이 되어갔다. 아직 철도 제대로 들지 않은 어린 왕에게 이상궁의 달고 단 여체는 대궐이란 감옥에서 숨을 쉴 수 있는 유일한 해방구가 되어주었다.

그래도 그렇지 철부지 신랑이요 임금이었다. 정작 사달이 난 쪽은 왕비를 모시는 중궁전의 내관들과 상궁 나인들이었다. 좌불안석 안절부절을 못하고 동동거리는 궁인들의 기색이 난처하다 못해서 새하얗게 질린 절망감으로 일그러졌다. 그들은 임금이 드실 애꿎은 선평문을 눈이 빠져라 쏘아보면서 한숨으로 그날 밤을 지새웠다.

별의별 일을 다 겪고 사는 궐이라지만 초야에 왕비가 소박을 맞은 일은 살다가도 처음 겪는 별 희한한 못 볼 꼴이었다. 초조히 타버린 초야가 사그라들고 동창이 밝아올 때까지도 동온돌에는 등촉이 꺼지지 않았다. 꿈쩍하는 미동도 없었다. 원삼에 족두리를 벗지도 못한 새색시 왕비가 비석처럼 다소곳이 앉아서 첫날밤을 뜬눈으로 지새운 모양이다. 그렇게 긴 밤이 지나갔다.

날이 밝자 특급의 이 해괴한 소문은 날개를 달고 사방팔방으로 퍼져나갔다. 궁녀들은 첫날밤에도 어린 임금을 제 가랑이에 끼고 놓아주지 않은 능구렁이 같은 이상궁 년이 치가 떨리게 미웠으나 속으로는 시샘을 부렸다. 뒤죽박죽 끓어오르는 분통과 질투심으로 그녀들은 영보당 쪽을 향해 눈을 하얗게 흘겼다. 부제조상궁에게 득달같은 기별을 접한 후원의 세 분 대비들도 말이 막히고 기가 차기는 매한가지였으리라.

"쯧쯧쯧, 어찌 그리 해괴한 일이⋯. 그래 새 중전이 얼마나 놀라셨을꼬!"

입으로는 혀를 끌끌 차면서도 대왕대비 조씨는 아차 싶은 안도감으로 가슴을 쓸어내렸다. 대원군과의 밀약대로 친정 문중의 아이를 골라다 중전으로 앉혀놓았더라면 오늘 아침의 오장육부가 다 틀어지는 이 꼴을 자신이 고스란히 감당한 처지가 되었으리! 휴우, 대왕대비는 속으로 숨을 길게 내뿜었다.

풍양 조씨 가문과 혼사를 맺기로 조대비와 대원군 간에 찰떡같은 약조가 되어 있었다. 그리하고도 내가 언제 그랬냐는 듯 뻔뻔하게 안면을 몰수한 무례한 작자가 바로 대원위다. 딴청을 부리는 그자의 허튼짓거리가 참으로 가증스럽고 해괴했다.

조대비가 누구인가! 자기 손으로 왕을 만든 여인이다. 헌데 한낱 종친 따위 흥선군에게 간 쓸개를 다 내어주고도 모자라서 보기 좋게 한 방을 얻어먹고 뒷 방의 늙은 아녀자로 치부된 그녀였다. 생각하면 열통이 터지고 소태를 씹어먹 은 입맛이었다.

한 상 잘 차려다가 지나가는 들개에게 진상을 한 꼴이 아니고 무엇이랴. 그 리 음흉을 있는 대로 떨어대더니만 기껏 한다는 짓이 부대부인의 먼 아우뻘이 라는 사고무친의 아이를 데려다가 중전으로 들여앉혔겠다!

"흐흥. 가만히 앉아서 중전 자리를 통째로 날린 줄로만 알았거늘 이리 약이 되어서 돌아올 줄이야. 까딱 내 이 두 눈에 고름이 고일 뻔하였도다. 하하하 하…"

운현궁 굴뚝에서도 연기가 폭폭 솟아올랐다.

"대감마님. 소인 희연이옵니다. 잠시 여쭙겠나이다."

천희연이 사랑채에 대고 아뢰었다. 대원군의 수족이 된 천씨를 비롯하여 한 몸처럼 4인 1조로 움직이는 천하장안! 이자들을 두고 세간에서는 무뢰배란 소 문이 자자하지만 실은 소문처럼 무뢰배 출신은 아니다. 그자들은 중인 계급치 로 힘깨나 쓰는 건달들이었다. 이들로 말하자면 흥선군이 소위 상갓집 개 노릇 을 할 적부터 명색이 왕족인 그의 뒤를 따라다닌 이른바 장자방이다.

흥선군이 살아있는 대원군으로 군림을 하자 천하장안도 하루아침에 팔자가 뒤바뀌었다. 대원위대감이 움직이는 곳이면 그림자처럼 뒤따르는 호위무사로 격상이 된 까닭이다. 사정이 이럴진대 그들의 허세가 하늘 높은 줄을 모르고 올라가 덩달아서 귀하신 몸으로 행세하기에 이른다.

대원군의 눈과 귀가 된 천하장안의 턱밑을 거치지 않고는 운현궁의 문지방 을 넘어설 수는 없는 노릇. 궁기가 좔좔 흐른 흥선군의 인물됨을 무슨 수로 알아보았는지, 굳이 사람 보는 안목으로만 치자면야 비범하기가 대원군 뺨을 치는 인걸들이라 아니할 수 없다.

"어험, 들어오너라. 웬 수선인고."

"대감마님. 실은 그것이…."

"고하거라."

"간밤에 전하께오서 내전에 듭시지 않았다는 전갈이옵나이다."

"그 무슨 허튼 소린고?"

"그것이…."

"……흐음, 주상은 어디서 거하셨다 하더냐?"

"저녁 수라 후에는 이상궁마마님 처소에서 내쳐 머무셨다 하옵나이다."

"……흐음, 소란 떨 일 아니니라. 어허허허."

"예이. 대감마님."

"사내가 그럴 수도 있는 법! 물러가라."

　노회한 대원위의 얼굴에는 얄궂은 표정이 스쳤다. 분명 낭패감은 아니었다. 그리 나쁜 패가 아니라는 듯. 한편으로는 철부지인 줄로만 알았던 어린 자식이 제법 사내가 되어 가는구나, 하는 아비의 심정에서 일견 대견하고 만족스런 빛마저도 띠고 있었다. 초야에 놀랐을 새 며늘아이 중전을 딱하게 여기는 시아비의 자애심은 그 얼굴 어디에도 손톱만치도 남아있지 않았다.

　뵈신 게 얼마인데 부처님 손바닥이지. 이하응의 복심답게 희연은 척하면 삼천리인 눈치 구단이었다. 대원군의 뱃속을 손금 보듯 꿰뚫는 자다. 들어갈 때와는 사뭇 다른 표정의 천가 또한 미묘하게 이글거리는 낯빛으로 사랑채를 물러나왔다. 흐흐 그럼 그렇지 대원위대감이 누구시라고….

　대원군의 용병술에는 남다른 괴팍함이 있었다. 머리가 획획 돌아가고 번갯

불에 콩 구워 먹듯 눈치가 빠르고 거기에다 힘이 드센 기골을 만나면 그는 흡족하다 여겼다. 자기 사람으로 곁에 둘 자라면 반드시 용병술과 호탕한 기질에다 척하면 척으로 말귀가 빠르고 말발이 센 사내여야만 했다. 어디서건 허튼소리를 뻥뻥 질러대고 백전백승인 허풍 장사치를 뽑아다가 그는 운현궁의 식솔로 거둬주었다.

추사 김정희로부터 서체를 익힌 흥선대원군은 30대에 이미 예서와 묵란도에 독보적인 경지에 오른 빼어난 예술가였다. 그런데도 이상하리만치 선비를 경원시하였고 온순 세련된 남산골샌님 같은 허약한 자들을 그는 경멸하고 밥맛이 없다 여겨 두 번 다시는 거들떠보려고도 하지 않았다. 워낙에 본인 자체가 이해 불가한 인물이기는 하다.

그러니 경향 각지에서 한다하는 건달들은 가진 재물을 탈탈 털어다가 온갖 연줄을 총동원하여 운현궁에 줄을 댔다. 운이 좋은 자들 가운데 더러는 대원위의 눈에 들어서 발탁이 되었다. 그런 자들은 하급 말단 벼슬 한자리씩을 꿰차고는 운현궁의 개가 되어 충성을 바쳤다.

같은 시간, 노락당에서도 중궁전 지밀상궁이 간밤의 자초지종을 고하고 있었다. 똑같은 얘기를 안채와 사랑채에서 같은 시각에 듣고 있건만 반응하는 온도 차는 천양지차다. 부대부인 민씨의 얼굴은 새하얗게 질렸다. 인현왕후의 부친인 여흥 민씨 6대조 민유중 대감이 그녀들에게는 한 조상 할아버지가 되신다.

며느리가 된 중전은 민유중의 장자인 민진후 자손으로 종손 집안이며 부대부인 민씨는 민유중의 3남 민진영의 가계다. 친동생 승호가 종가댁에 양자로 들어갔으니 중전은 친정 집안의 12촌 동생뻘에 더하여 자신의 막내며느리가 된 아이였다. 그런 중전이 부대부인은 몹시도 안쓰러웠다.

"쯧쯧쯧…. 어찌 그런 해괴한 일이! 그래 중궁께오서 족두리도 내리지 못하셨단 말인고?"

"예 부대부인 마님. 털끝만 한 미동도 없으신 줄로 아옵니다."

"오오 딱도 하셔라. 어찌 그런!"

"……"

"가여워 어찌하나. 얼마나 참담했을꼬."

"뫼시는 소인네들이 망극할 따름이옵니다."

"아침 수라는 뜨시던가?"

"예 한 시저 흉내만 겨우 내셨사옵니다."

"쯧쯧쯧…."

"되려 낯빛 하나 흩어짐 없어 소인네들이 몸 둘 바를 모르겠더이다."

"오호 당차신 성정이로고. 그래 주상께서는 편전으로 드셨는가."

"예 마님. 영복당에서 곧바로 희정당으로 납시었나이다."

"야속한지고. 어찌 그리 무심하단 말인고. 조강지처에게."

"……"

"이상궁이라. 방자한 것 같으니."

"……"

"잠시 참에 입궐하여 중궁을 위로할 것이네. 그리 알고 돌아가 보시게."

"예 부대부인 마님! 그리 아뢰겠나이다."

중궁전의 봄

조선 최고의 귀부인이요 고귀한 왕비가 되었다. 하건만 독수공방 살을 맞고 고진감래 끝에야 가뭄에 단비처럼 빨아들인 전하의 옥체다. 뒤늦은 초경으로 수줍게 벌어진 왕비의 앳된 여체는 음문을 활짝 열고 그리도 갈망한 사내의 긴장된 몸을 빨아들였다. 폭풍 같은 운우지정雲雨之情의 밤이 깊어만 갔다.

중전은 완벽하게 피어날 수 있었던 자신의 육체에 대해 스스로가 대견하고 경이로웠다. 남자와 여자의 두 몸이 하나가 된 전하와의 동침은 성애를 넘어 마침내 일심동체가 무엇인지를 알게 해준 신비하고도 황홀한 체험이었다.

저지른 잘못 하나 없이 초야에 소박데기 신세가 된 왕비다. 이태가 지나도록 동짓달 기나긴 밤을 한 허리를 베어내고 낭군의 발자국 소리에 귀도 가슴도 짓무른 대조전의 스산한 밤이 얼마이던가. 아얏 소리 한 마디를 못 내고 끓어오르는 분기를 안으로만 삭혀낸 중전에게 요사한 이가 년은 갈아 마셔도 시원찮을 요물이었다.

그만큼 절실하게 기다려 온 첫날밤이었다. 사내의 몸을 흡입한 해체의 진동! 터져나갈 듯 뜨겁게 팽창된 지아비의 몸과 보드라운 여체가 교합된 성애의 절정은 단순한 배설의 욕구를 넘어선 천지조화일 터다.

"내 기어이 씨를 받아내고야 말리. 전하의 씨를 이 복중에다 반드시 잉태하고야 말 것이니라."

중전은 밋밋한 자신의 복부를 어루만져 본다. 이 복중에 간절하게 품고 싶은 용종. 왕비로 간택을 받고 입궁한 지도 어언 두 해가 훌쩍 흘러갔다. 이제 와서야 생각이 난 모양인지 주상이 내전으로 발걸음을 했다.

실인즉 산달이 가까워져 배가 동산만 하게 부풀어 올랐다는 이상궁을 생각한 적선이라는 것쯤 삼척동자도 다 안다. 염치로만 따지자면 천불이 날 지경이 아니고 무엇이랴. 허나 목이 타는 쪽은 자신인 것을, 발밑에 떨어진 콩고물인들 어찌 마다하겠는가.

뒤늦은 이 밤이 그나마 왕비라는 허울마저도 걷어 채일 수가 있는 절체절명의 순간이 되리라는 것쯤 영특한 중전은 능히 알았다. 민자영은 유체가 이탈되는 몽롱함 속에서 혼신을 다하여 몸부림쳤다. 성욕으로 달궈진 사내의 몸은 불타는 수풀처럼 절절 끓어오른 갈망의 샘에서 몸을 식혔다. 닳고 닳아 흐물흐물해진 이상궁의 육체와는 판이 다른 농염하고도 신선한 늪이었다. 그렇게 뜨거운 초야가 지나갔다.

지밀의 한상궁이 번쩍거리는 놋대야에 따스하게 데워진 온수를 받쳐 들고 내전으로 들어섰다.

"마마! 면부面膚얼굴에 빛이 가득하여이다."

"오호 그래 보이는가. 내 이제야 조종祖宗에 낯을 들게 되었도다."

"감축하오이다 마마. 홀로 다스린 세월이 얼마더이까."

"그러했느니. 인현왕후마마의 가호가 있어 견딘 세월이었더니라."

"소인의 기쁨 또한 한량이 없나이다. 마마!"

"내 자네들 보기 민망했으이."

"어인 말씀이오니까. 소인네들은 그저 감개무량할 따름이옵니다."

"대전께오서 약조하셨네. 날마다 드시겠노라. 허니 이제는 괘념치 말거라."

"예 마마!"

타고 남은 불씨처럼 여음이 채 가시지 않은 중전의 눈망울에 곤한 음기가 서렸다. 달큰한 피로감에 젖은 새댁의 해쓱해진 얼굴을 훔쳐보면서 한상궁의 음성이 젖어 들었다. 그간에 대조전 수하들의 마음고생이 이만저만이 아니었던 모양이다.

모시는 상전의 처지가 곧바로 자신들의 운명이 되는 궐살이에서 한몸처럼 동질화된 동병상련이리라. 중전 민씨는 오늘에야 진정한 왕비로 거듭난 것 같은 자신감이 충만했다. 조종조에 죄를 씻었으며 국모라는 존재감을 확인받은 밤이었다.

벌나비가 찾아들지 않는 꽃은 향기가 없다. 임금이 들지 않는 중궁전은 속 빈 강정이 아니고 무엇이랴. 외양이 제아무리 번듯하고 처마 끝이 하늘과 다섯 치라 할지라도 을씨년스런 상갓집이나 무엇이 다르리. 대조전의 주인 역시 벌나비처럼 날아드는 상감인 것을.

한 번 중궁전으로 날갯짓을 시작한 호랑나비는 새로 빤 꽃술에 단맛을 들였는지 날이 저물기가 무섭게 날아들어 단 꿀을 파고 또 핥았다. 그는 지아비의 본분으로 돌아와서 거친 숨소리를 뿜어대며 아내의 맑은 육체를 탐험했다. 남녀상열지사의 밤이 포개질수록 중전에 대한 임금의 정은 도타워만 갔다.

방년 열여덟 살. 톡 치면 탁하고 터질 꽃봉오리다. 절제에 길이 든 자영이건만 성애에 눈을 뜬 젊은 왕비는 멀건 대낮에도 촉촉하게 젖는 음부의 감촉으로 볼이 발갛게 달아올랐다. 동온돌 환락의 밤을 그녀는 기다렸다. 성애에 빠진 여인은 남자의 하중을 무제한으로 받아들인다고 했던가.

아홉 살이나 연상인 궁인 이씨와의 다년간에 걸친 실전으로 여체의 비밀을 속속들이 잘도 섭렵한 주상은 온갖 기교와 방사술을 총동원해 중전의 몸을 밤마다 핥아주었다. 펄펄 끓는 용광로 속에서 시뻘겋게 달궈진 쇠망치가 된 벌건 하체를 실어 중전의 몸을 뜨겁게 태워주었다.

임금은 성애의 달콤한 피로감에 젖어 지아비 팔을 베고 혼곤히 잠이 든 아내를 내려다보며 사내로서의 용솟음치는 희열에 전율했다. 일찍이 느껴보지 못한 자신감이었다. 운현궁 어마님과는 먼 일가붙이로 한 번씩 구름재에 문안을 들었던 자영을 명복은 감고당 아주머니라고 불렀다. 명복보다 한 살 위의 자영은 외가인 여흥 민씨 집안의 윗대 항렬이다.

가례를 치르고 아내로 맞았으며 왕비가 된 명실상부한 조강지처건만 발길이 돌려지지 않았던 껄끄러운 내력도 따지고 보면 그러한 감상에 연유했을 것이다. 몸을 섞은 성애의 밤이 지나고 비로소 내 사람이 된 중전을 바라보니 그렇게나 당찬 중전도 지아비의 품을 파고드는 한낱 가녀린 지어미에 다름 아닌 연약한 여인이었다.

타고난 멋과 감각이 뛰어난 왕비는 중궁의 권위를 한껏 돋보이도록 해주는 의상으로 치장을 했다. 그녀는 오직 왕비에게만이 허락된 황국색 비단 저고리와 능라금의를 착용하고, 평시에는 끝동과 아랫단에 널따란 금박이 들어간 반회장 연둣빛 저고리에 진홍 대란치마를 즐겨 입었다. 짙은 남색 치마도 왕비가 좋아한 빛깔이다.

중전은 지극정성으로 몸을 가꾸고 치장을 했다. 초저녁의 수라를 들고 사위에 어둠이 깔릴 즈음 왕비는 사향 가루를 녹인 따스한 온수에 느긋이 몸을 담갔다. 우윳빛 보드라운 살결에 은은한 향내가 스몄다. 얼굴에는 옅은 분단장을 하고 지아비를 맞이할 준비를 했다.

분통 같은 속살엔 실루엣이 얼핏얼핏 드러나는 진줏빛 엷은 속곳을 입었다. 그 위로 향낭을 매단 소고의를 받쳐 입고 녹의홍상으로 중전의 밤 단장은 마무리된다. 이때쯤이면 내전으로 들어설 지아비의 발소리에 온 촉각이 곤두선다.

지밀상궁이 백동의 오방 촛대에 불을 밝혔다. 다섯 송이의 연꽃이 흔들거리는 은연한 빛이 동온돌 창호에 신비한 분위기를 자아냈다. 백동에 반사되어 너울대는 오방색의 환영이 흡사 색동옷을 입은 무희의 춤사위와 같다면서 전하는 소년처럼 즐거워했다. 어느 날 또 무슨 변덕이 끓어 발길이 뜸해질지 알 수 없는 호랑나비 같은 사내다.

동서고금을 막론하고 왕실의 혼사는 정치적인 이해관계의 산물이었다. 정략결혼인 것이다. 반면 승은을 입고 후궁이 된 여자는 왕이라는 한 남자로부터 일단은 선택을 받은 여자였다. 신분의 고하를 떠나 눈이 맞은 남녀 사이에는 불꽃이 튀기 마련이다.

거기에 웃전의 못마땅한 눈초리라도 보태지는 판국이면 두 남녀 사이의 애정행각은 불을 뿜는다. 함께 대처해야만 하는 장애물에 애틋한 공동전선이 구축되기 때문이다. 비록 종묘에는 이름을 올리지 못하는 첩일지라도 외면당한 의례적인 왕비보다는 총애 받는 후궁이 따지고 보면 더 실속 있는 여자의 인생이 아니었나 싶다.

정글과도 같은 엄혹한 궐집. 껍데기라도 붙어 있으려면 그 누구든 함부로 건드릴 수 없는 권력의 울타리가 절실했다. 오직 그 길만이 자신을 지켜줄 방패가 되어주리라는 걸 왕비는 알아차렸다. 궐 안은 맹수가 우글거리는 살벌한 정글이다. 이것이 독수공방살이 이태 동안 중전 민씨가 처절하게 깨우친 진실이었다.

그 비책은 오직 하나, 원자를 생산하는 일이다. 변덕스런 주상의 총애 따위는 새벽 풀숲의 이슬방울처럼 허무한 것! 다음 대 용상의 주인이 될 원자를 내 속에서 나온 용종으로 세우는 일이야말로 안전한 울타리가 되어줄 것이다. 조정의 모든 질서가 내 치마폭을 휘돌아가는 권력의 향배만이 국모라는 이 막중한 자리를 굳건히 지켜줄 것이었다. 장차 내 배가 아파서 나올 세자를 중전은 애타게 희원하고 또 기다렸다.

장희빈의 교사로 하루아침에 감고당으로 내쳐진 인현왕후 대고모님이 그 본보기가 아닌가. 선대의 전철을 되밟지 말란 법이 어디 있으리. 중전은 자신을 지켜줄 철벽이 절실함을 느꼈다. 피붙이 하나가 없는 외로운 처지였다. 방패막이가 되어줄 권력의 울타리가 그녀에게는 무엇보다도 필요했다. 오직 하나 그것은 전하의 씨다.

나잇살이나 처먹은 이가 년만이 주상의 애첩은 아닐 터. 기실 몇백 명이나 되는 새파랗게 젊은 것들이 주상의 용안 하나만을 바라보지 않는가. 여색에 제대로 눈이 떠버려 날이 갈수록 색골의 경지에 이르고 있는 상감의 날개를 단단히 휘어잡아야만 하는 책무가 자신에게 있다는 것을 영리한 중전은 깨닫고도 남았다.

까짓것 교태쯤이야! 간교 좀 부린다 한들 법도에 어긋나리! 미물 같은 계집들이 다 떠는 아양을 중전이라고 못할성싶더냐. 기방의 천한 것들이나 뿌려대는 농염한 눈웃음인들 나라고 흘리지 말란 법이 어느 법전에 적혀있던가. 주저치 않으리. 제대로 한번 색을 쓰는 여자가 돼볼 참이니라. 주상을 이 널따란 대란치맛자락 속에 휘휘 감아 가둬둘 수만 있다면야…!"

생각하면 『춘추좌전』 속 영웅호걸들의 가호가 중전을 호위해 주는 것처럼 여겨지는 근자다. 무엇인가, 어디선가 섬광처럼 뻗치는 강렬한 기운이 중전의 온몸을 관통하는 안락하고도 신성한 이 안정감.

이태가 넘는 세월을 어린 중전은 홀로 널고도 널따란 서온돌에서 은인자중하여야만 했다. 이때의 독수공방살이는 그렇고 그런 왕비로 역사의 뒤안길로 명멸해 갔을지도 모르는 중전 민씨를 노련한 승부사로 단련시켜준 계기가 되었다.

중전이 파악한 고종은 여염집 아낙처럼 지아비라 믿고 턱없이 의지하기에는 가슴 밑이 허해지는 사내다. 그는 결코 장부의 호방한 기질을 타고나지 못하였다. 한낱 범부의 초상일 뿐. 능구렁이가 다 되어 사내의 음경이나 빼는 나잇살 처먹은 계집의 허벅지에서 허우적대느라고 초야에 왕비를 소박 놓은 위인이 아니던가.

그리고는 두 해가 훌쩍 지나서야 방금 전에 혼례청을 빠져나온 새신랑 같은 해맑간 얼굴로 발길을 돌린 주상이었다. 조목조목 따져서 책하기로 들자면야 별 희한한 소인배라 아니할 수 없겠거늘. 용장의 규규무부赳赳武夫도 지장의 용병술도, 덕장의 대범함도, 그 어느 것 하나 갖추지 못한 조족지혈이다.

자고로 사내는 뱃가죽이 두꺼워야 하는 법이다. 품은 뜻이 태산 같아야 이룰 것도 큰 법이거늘. 떡잎을 보면 열매를 안다 하였거니, 군왕이라는 자가 솜털이 채 가시기도 전에 여색에나 빠져 해가 뜨는지 달이 기우는지를 알지 못하였다. 이 어찌 정사에 대의를 품은 용부의 면모라 할 수 있으리.

시아버지 대원위대감은 상감의 여색을 은근히 방관하는 눈치다. 아니 정확히는 기술껏 부추기고 있다. 조정 권력을 틀어쥔 자신의 치세가 영구하기 위해서는 그편이 뱃속 편한 방책이라는 것쯤 노회한 대원위는 훤히 꿰고 있는 것이다.

중국대륙을 호령한 영웅호걸들의 호방한 그릇에 견주어 보건대 절로 한숨이 나오는 부자간의 전후불각前後不覺이 아닌가. 대원위도 인물 축에 끼지 못하기는 매일반일 터. 왕비 민씨의 눈에 비친 이들 부자는 영웅의 도에서 벗어나도 한참이나 벗어난 한낱 아류의 군상이었다.

주상에게는 제왕의 도를 익히지 못하고 하루아침에 종사를 떠안은 졸군의 티가 역력하다. 준비되지 못한 미욱한 군주의 티끌이요, 대붕의 자질을 타고나지도 못한 졸장부의 근성이었다. 하기는 한미한 종친댁 둘째 아들로 태어나서 개똥으로 키워진 사내다. 명당의 기를 받고 태어난 복록으로 거저 보위에 앉혀졌으니 그를 놓고 무슨 영웅호걸의 도를 논하랴.

게다가 천신만고로 옥좌에 앉힌 어린 자식이 행여 정치를 알까 저어하는 대원위대감이 매 같은 눈을 번득거리며 경계의 끈을 풀지 않고 있다. 상감은 정사에 관심 따위를 가질 필요가 없다는 으름장 아닌 위협을 대원군은 서슴지 않았다.

"전하! 복잡한 내정은 이 아비가 알아서 처리할 것입니다. 전하께오서는 그저 여여하소서."라고.

대원위! 그의 야망은 오직 권력의 최정상에서 물러나지 않는 것. 틀어쥔 권력의 끈을 놓지 않겠다는 심보가 그가 도모하는 정치술이요, 치세의 법칙이거늘.

사실 그는 마지막 눈을 감는 순간까지도 권력에의 집착에서 벗어나지 못하였다. 허니 임금이 여색에나 빠져 조정 일은 안중에도 없는 편이 오히려 해롭지 않은 판이다. 생각이 이쯤에 이르면 중전의 심장은 인두로 담금질을 당하는 통증을 느꼈다. 언젠가는, 내 언젠가는 기어이 종사를 바로 세우고 말리라.

스스로가 현명하지 않고서는, 자강을 도모하지 않고서는 늑대의 굴속 같은 비정한 궐살이에서 진정 살아남기 어려울 것이다. 주상에게는 여차하면 대를 물릴 완화군이 무럭무럭 잘도 자라나고 있는 판국이다. 외척의 발호를 엄단하는 데만 혈안이 된 대원위가 정작 며느리인 자신의 딱한 처지는 외면하고 보란 듯이 강 건너 불구경을 한다. 그러고도 대놓고 완화군과 그 어미를 끼고도는 저의가 의뭉스럽지 아니한가.

역사의 수레바퀴는 돌고 도는 법. 자칫 인현왕후의 전철을 되밟지 말란 법이 없으리. 조정 돌아가는 꼴이 희한하게도 그때와 흡사하지 아니하냐. 후사를 생산치 못한 인현왕후는 원자를 낳고 기고만장해진 장희빈의 모사로 끝내 폐위를 당한 참화를 입었다. 완화군을 떡하니 내질러 놓고 운현궁을 제집처럼 드나드는 영보당 또한 기고만장이다. 생각이 이쯤에 이르자 중전은 몸서리를 쳤다.

수태

어둔 밤이 지나고 있다. 첫날밤부터 외면당한 이후로 동창이 밝아오는 새벽이면 왕비는 이대로 심장이 멎기를, 내일이 다시 오지 않기를 소원했다. 제발 눈을 뜨지 말게 해달라고 천지신명께 빌었다. 소리를 죽이고 삼킨 피울음이 한강수를 이루고도 남을 것이다.

이제는 그만 포기하자고, 실낱같은 자존감으로 버틴 한 가닥 의지마저도 내려놓고 싶을라치면 『춘추좌전』 속 불멸하는 영웅호걸들의 준엄한 꾸지람이 귓전을 때렸다. 저마다 불굴의 시간대를 건너서 역사의 승자로 우뚝 선 영웅호걸들의 전사는 어린 중전에겐 자신을 채찍질하고 다스린 버팀목이었다.

어떤 역경에 처할지라도 영웅은 절대로 물러서지 않는 법이다. 오직 앞으로만 나아갈 뿐. 일보 뒤로 후퇴한다면 그것을 초극의 단서로 삼아 이보 전진이 있을 뿐이다.

그들은 역사의 주도자들이었다. 금상의 그릇이 여기 미치지 못하니 지어미라도 방패가 되어 임금이 아닌 자가 휘두르는 권력에서 종묘와 사직을 지켜내야 하지 않겠는가. 중전은 주상이 춘추좌전 속의 영웅호걸처럼 왕도를 바로 세우고 정사를 주도적으로 이끌어가는 성군이 되어주기를 간절히 소망했다.

이제 경복궁의 축조가 완성되면 새 법궁으로 이어移御가 시작될 것이다. 모든 궐이 화마로 잿더미가 되었던 임진년의 파란 이후 광해군 때 동궐인 창덕궁과 창경궁은 중건이 되었다. 그런데 정작 법궁은 270여 년간이나 폐허로 방치가 되어 있었다. 재정이 턱없이 부족한 탓도 한 원인이었다. 거기다 건국 초에 법궁에서 자행되었던 핏빛 역사에 대한 원죄 의식 때문인지 선왕들은 북궐의 중건을 누구 하나 나서서 짐을 지려 하지 않았다.

그 법궁의 대역사를 실추된 왕권의 복원이라는 원대한 포부를 품고 조대비가 나서 경복궁의 중건을 엄명했으며 흥선대원군의 주도하에 드디어 법궁은 본래의 모습을 드러내기 시작하였다. 이야말로 영웅적인 치적이었다. 지난 수 세기에 걸쳐 법궁 역할을 대신했던 창덕궁을 떠나 어가는 이제 북궐로의 환어를 서두르고 있었다.

대군과 왕자들로 번족했던 건국 초기의 창성한 종사가 다시금 재현될 법궁으로의 환어! 중전 민씨는 북악 아래 장중하고 화려하게 중건된 교태전에 대한 기대로 가슴이 부풀어 올랐다. 선왕후마마들의 음덕이 깃든 교태전. 법궁의 그 신묘한 내전에서는 내 반드시 원자를 생산하리라. 바라옵건대 선대왕 제위들이시여, 왕후마마들이시여! 창대한 조선의 앞날을 위해서 신첩에게 건강한 원자를 점지하여 주오소서.

"마마 액상額上에 한우汗雨가 게오시니이다. 이마에 식은땀이 나셨습니다."

"때 없이 몸이 젖는구나."

"면부얼굴 또한 창백하시니이다. 옥체 미령하오시니까?"

"체기가 들었는지 속이 더부룩한 것이…"

"송구하오나 마마! 이달에도 환경環經생리을 거르셨사옵니다."

"……으음."

"중전마마! 혹여 회임이? 소인의 예감으로는…"

"회임이라!? 으으음…"

"초려치 마오소서 마마! 경사가 드는 징표인 줄로 아나이다."

"그리만 하다면야 오죽이나 좋을꼬."

"소인 또한 아모라타 없이측량할 길 없이 기쁘오니이다."

그랬다. 중전 민씨가 수태를 했다. 첫 회임은 성공했으나 그 기쁨도 잠시 유산의 낭패를 겪어야 했다. 그로부터 두어 달이 지난 1871년 2월, 다시금 왕비의 회임 소식이 날아들었다. 구중궁궐 내전의 안주인으로 들어앉은 지도 어언 다섯 해가 지났다. 중전은 스물한 살의 농염한 여인이 되었고 한번 정을 붙이기 시작한 지아비의 총애는 날로 도타워만 갔다.

전의의 진맥으로 회임이 확인되자 교태전은 또다시 환희의 물결로 넘쳤다. 원자의 소식이 들리지 않으니 시름이 깊었던 내전에서 가슴을 졸이고 중전마마를 모신 상궁 내인들도 덩달아서 감격에 겨웠다. 마치 자신들이 수태라도 한 양으로 들떠있었다.

효명세자와 조대비의 외아들인 헌종의 탄생 이후로 정궁의 몸에서는 더 이상 태기가 돌지 않았다. 효정왕후도 원자를 수태치 못했으며 철인왕후는 가까스로 왕자를 하나 낳았으나 곧바로 잃었다. 그런 후 정궁의 몸에서 태기가 돌았으니 궐 안이 야단법석을 떨고도 남을 일이었다. 손이 번창한 태평성대에도 중전의 수태는 나라의 경사였거늘, 하물며 한발이 든 이때에 이르러서야. 소문은 날개를 달고 삼시간에 시정의 밥상머리까지 날아갔다.

"개성댁! 중전마마가 회임을 하셨다는구먼."

"그게 참말인가요? 경사가 났네. 경사가!"

"얼마 만에 듣는 중전마마의 회임 소식인가. 왕실에 씨가 말라버렸다더니만 한시름 놓이는구먼."

"그러게요. 초야에 소박을 맞은 중전마마신데."

"칠거지악인지 뭔지로 입을 아주 봉해놨으니 벙긋도 못한 그 속이야 오죽했으랴."

"귀하신 체면에 악 소리도 못 내고…"

"아무렴. 그래도 대찬 양반이 낯에 티 하나 붙이지 않았다는구먼."

"아무리 왕후장상이면 뭐해. 걸친 옷이 화려하지 속이야 똑같은 여자인걸."

"그러게나 말이네. 분풀이할 데가 없으니 애꿎은 서책만을 끼고 살았다지 뭔가. 첩년이 뻔뻔해도 유분수지. 상감보다 아홉 살이나 더 처먹었다는 게 글쎄 여우짓을 퍽도 해댔다지 않은가."

"영보당인지 뭔지 하는 이상궁이 꼴사납게 돼버렸네요."

"첫날밤부터 중전마마를 끌탕 먹이려 작정을 하고 덤벼들었다지?"

"나잇살이나 처먹은 게 넘봐도 분수가 있지. 왕자 하나 먼저 내질렀다고 부리는 유세가 보통이 아니라네요."

"장희빈이 환생한 줄로 알았다지 뭐야."

"민중전이 죄인도 그런 죄인이 없었다나 봐요. 아휴 체증기가 확 뚫리네."

"호호호. 떡두꺼비 같은 원자 애기나 떡하니 내려놓으셔야 할 텐데…."

참 소문이 걸쭉하게도 퍼져나갔다. 착한 백성들이다. 누항의 아낙들은 제 발밑의 불똥이라도 치워진 양 소문에 소문을 보태가며 십 년 묵은 체증을 날려보냈다. 조강지처는 조강지처라서, 첩년은 첩살이의 동병상련으로 이심전심 통하는 게 우리네 인지상정이었다.

순량한 아낙들은 의기투합하여 떡두꺼비 같은 왕자를 먼저 낳아놓고 분수없이 나댄다는 이상궁을 공동의 적으로 몰아세웠다. 그렇게 작살을 내가며 민중전의 회임을 송축했다. 예나 지금이나 시절은 다를 게 없어 백성들은 권력자의 장단에 맞춰 춤을 추기 마련이다. 헌종과 철종 대를 거치면서 왕비마다 원자를 생산치 못하는 게 은연중 백성들에게까지도 우환거리가 되었나 보다.

원자를 생산치 못한 탓에 죄인으로 숨을 죽이고 살아온 왕대비 효정왕후와 대비 철인왕후 김씨도 중전의 회임을 성심으로 반겼다. 조정의 원로대신들도 중궁의 수태를 국운의 융성으로 송축했다. 중전의 회임은 가뭄 끝에 해갈이 된 단비처럼 왕실과 백성을 하나로 엮는 대경사가 되었다.

임금의 씨, 이른바 용종을 수태한다는 것은 오직 왕이라는 최고 권력자의 총애를 입은 극소수 여인들에게만이 허락된 특은이며 영광이었다. 그녀들은 세상을 다 가진 희열을 맛본 여자들이었을 것이다. 그런 맥락에서 명성황후는 지지리도 자식 복이 박한 왕비다. 고종과 29년에 걸친 국혼 기간에 왕비는 여섯 번 수태를 했고 다섯 번의 해산을 경험했다.

그러나 성장한 자식은 마지막 망국의 가시면류관을 쓴 네 번째 왕자 척坧! 그 순량하고 약해 빠진 순종 단 한 사람뿐이었다. 첫아이를 유산하고 다섯 아이를 연달아 출산했지만 겨우 자식 하나만을 건사했을 따름이다.

고종실록과 승정원일기에는 가례 후 5년째가 된 경오년1870 시월, 최초로 중전 민씨가 회임을 하였다는 낭보를 알린다. 허나 그 흥분도 잠깐, 두 달 뒤에는 안타깝게 핏덩이로 유산되고 말았다. 첫 회임인데다 영보당이 낳은 세 살이 된 완화군이 무럭무럭 자라고 있을 때라서 왕비가 느꼈을 초조와 당혹감은 상상을 초월하고도 남았을 것이다.

요행히 연이어 회임을 했고 대내를 들뜨게 하더니 이듬해 11월 드디어 대망의 첫 왕자가 탄생했다. 출산까지는 모든 일이 행복하고 순조로웠다. 허나 귀하디 귀한 원자로 태어난 이 왕자 아기시는 항문이 막힌 선천적인 기형아로 쇄항증이라는 해괴한 병명을 달고 나왔다.

기가 찰 노릇이었다. 왕자는 세상에 나오고 닷새째나 통변이 되지 못하니 갓난아기 배가 풍선처럼 통통 부풀어 오르다가 기어이 숨을 거두었다. 이 아기가 대원군의 산삼탕 사건과 연루되어 역사에 길이 회자된 비화의 주인공이다.

고종 10년 계유년1873 2월 13일 중전 민씨는 셋째 아이 공주를 출산했다. 고종에게서 태어난 유일한 적녀. 그런데 한창 재롱을 떨던 8개월째에 공주가 돌연 유사했다. 2월에 태어나서 9월에 죽었으니 7개월 15일간을 살아주어서 그나마 가장 오래 생존한 자식이 되었다. 갖은 재롱과 옹알이로 부왕과 모후에게 행복감을 안겨주었을 이 공주는 조선왕조의 마지막 적녀라는 명함을 달고 홀연히 날아갔다.

왕비 민씨의 네 번째 출산은 순종의 탄생이었다. 이척拓! 조선왕조의 마지막을 장식한 가련한 임금 순종은 1874년 윤2월 8일 창덕궁 관물헌에서 태어났다. 출생부터가 시원찮았으나 천지신명의 가호를 입었음인지 요행히 살아남아주었고 모후에게는 소망과 기우, 그 자체가 되었던 유일한 적자다.

유약한 심신으로 국난의 시대에 파란만장한 풍상을 겪어내며 멸망해간 오백 년 왕조의 가시관을 머리에 얹어야만 했던 비운의 황태자 척! 그렇게 조선조 마지막 운명을 장식한 융희제 순종황제는 가엽고 또 가련한 망국의 면류관을 썼다. 52세가 된 1926년 4월 25일. 순종은 일본의 식민지로 전락한 패망한 나라의 군주로 유폐살이를 한 창덕궁 대조전에서 한 많은 생을 마감했다.

순종이 태어난 다음 해인 1875년 4월. 관물헌에서는 명성황후의 다섯 번째 출산이 있었다. 헌데 무엇이 그리도 급하다고 갓 태어난 이 왕자는 세상 구경을 나오기가 무섭게 생후 13일째가 되던 날 서둘러 떠나갔다. 절손되다시피 했던 마지막 조선왕조의 왕비에게서 무려 네 명의 적자가 태어났지만 겨우 인사만을 남기고는 홀연히 떠나버린 안타까운 이별이었다.

명성황후 생애 마지막 출산일은 1878년 2월 18일이다. 왕비의 나이 스물여덟 살이 된 이른 봄. 막내아들이자 왕조의 마지막 적자인 왕자가 태어났다. 간난신고 끝에 얻은 세자 척坧이 그럭저럭 자라고는 있다 하지만 워낙에 병약하니 노심초사하던 중에 왕자를 품에 안은 왕비의 안도감은 컸을 것이다.

허나 어인 팔자소관인지. 무탈하게 태어난 이 아기도 백일을 겨우 넘기더니 생후 4개월 13일 만에 돌연 세상을 등졌다. 그래도 117일간이나 왕과 모후 곁에 있어 준 마지막 적자의 애달픈 이별이었다.

명성황후는 1870년 10월에 있었던 첫 회임을 시작으로 1878년 2월의 마지막 출산까지 무려 8년간을 임부 상태로 지냈다. 그 사이 네 명의 왕자와 한 명의 공주를 출산했고 첫아이는 유산이 되었다. 여자 나이 20대의 황금기를 날마다 배가 부른 만삭의 임산부로 살았다는 이야기다.

그만큼 왕비와 고종 내외의 금슬은 돈독했다. 그 사이 궁인 장씨에게서 서자 의화군 강堈이 태어났지만 중전이 연이어 수태한 것을 보면 왕비의 지속적인 회임 상태서도 고종의 총애가 사그라지지는 않았음을 짐작할 수 있다. 이로 미루어 명성황후와 고종의 합방이 처음으로 성사되었던 1868년 무렵부터 고종은 중전 민씨에게서 한시도 눈을 돌리지 않았고 온전히 아내에게 집중했다는 사실을 알 수 있다.

그런데도 건사한 자식은 고작 네 번째 아이 하나뿐이니 그 허탈함, 그 안타까움이야 어찌 필설로 표현하랴. 그나마 발육상태도 시원찮고 심신이 유약하니 초조한 어미가 무당에게 굿으로 액막음을 하고 전국 방방곡곡 명산대찰을 찾아 치성을 드리게 하느라 수만 냥의 내탕금을 탕진하였다. 초조했던 모정이 민심 이반의 단초를 자초한 셈이 되었다.

금강산 일만 이천 봉우리마다 촛불을 켜고 관악산 선희봉, 지리산 노고단과 전국 명산대찰을 찾아서 기도를 올리고 또 빌었다. 그렇게 치성을 드리고도 모후의 가슴을 졸이게 했으니 자식 운이 없기로는 명성황후만큼 기박한 여자도 다시 없을 것이다.

이 무슨 액살이었을까. 혹자는 원자 콤플렉스에 시달린 명성황후가 소생에 집착한 나머지 몸에 이롭다는 약재란 약재를 중구난방식으로 복용한 데 따른 산부중독증이라 말하기도 한다. 아니면 촌수가 멀긴 해도 혈통 간 교배 상의 어떤 문제점은 혹 아니었는지? 예외적이었을 만큼 유독 명성황후에게서 태아 사망률이 높았던 안타까움에 드는 생각이다.

낳는 족족 자식을 잃는 왕비건만 해가 갈수록 중전에 대한 고종의 믿음은 두터워갔다. 왕비 민씨는 명실상부한 대궐의 안주인이었다. 그녀의 위치도 점점 난공불락으로 굳건해져 갔다. 중전의 한마디 명은 서릿발처럼 단호하고 추상 같았다.

가례 당일부터 단 하루도 거르지 않고 웃전에 올렸다는 조석 문안을 보더라도 중전이 왕실 법도를 얼마나 충실히 따랐는지, 매사 자기 관리가 얼마나 철두철미한 여인이었는가를 엿보게 한다. 내전에는 대왕대비 조씨를 비롯하여 왕대비 효정왕후와 대비 철인왕후가 계셨다. 세 명의 과부들이 층층 시야로 뒷방에 물러앉아 상전 노릇을 해대는 경우도 흔치는 않았던 만큼 규방의 삶이 결코 녹록지만은 않았을 것이다.

더욱이 조대비는 고종의 양모가 되니 법도로는 시어머니로서 가장 어려운 웃전이었다. 효성이 한결같고 이치에 밝으며 한치 소홀함도 용납지 않는 어린 곤전에게 대왕대비 조씨는 내명부의 모든 대소사를 맡긴다는 전교를 서둘러 내릴 만큼 중전에 대한 신뢰가 깊었다.

사실로 중전은 웃전에게 매우 효성스런 며느리였다. 특히 왕가의 조상을 받드는 종묘 배례에 대한 효경이 지극하고 남달랐다. 그처럼 이성적인 왕비도 시앗 꼴에는 등을 돌리고 냉혹함을 숨기지 못했다. 주상의 서장자 완화군을 비롯하여 이상궁이나 장상궁 같은 첩실들에게까지 아량을 베푸는 어진 본처의 덕에는 턱없이 미흡하여 표독한 큰마누라의 근성을 여과 없이 발휘하였다.

2

비문명의 오욕

화무십일홍

베갯머리송사만 한 묘약도 세상에는 다시없는 법이다. 자고로 세상을 지배하는 자 남자지만 그 사내를 조종하고 길들이는 것은 여자의 한 치 혀다. 동서고금을 막론하고 권력은 부자지간에도 결코 나눌 수 없는 속성을 지니나 몸도 생각도 하나인 부부 사이에는 유일하게 권력을 공유한다. 이해관계가 서로 잘 맞아떨어진 일심동체가 발산하는 시너지의 효과는 우주 상의 그 어떤 기의 상승보다도 폭발적이다.

보위에 오른 지 어언 십 년. 고종의 보령 22세. 주상은 처자와 후궁까지 거느린 어엿한 가장이었다. 친정에 임했어도 한참 전에 되었어야 하는 세월이 흐르고도 한참을 더 지났다. 하지만 유일무이 살아있는 대원군은 물러설 기미가 추호도 없었다.

헌헌장부가 된 군왕을 언제까지나 허수아비 곁가지로 제쳐놓고서 그는 요지부동이었다. 이런 쇠심줄 같은 아비와 벌여야만 했던 고종의 친정체제 구축은 부자간의 총성 없는 전쟁이었다. 한창 왕성한 나이의 국왕 내외는 심기일전 공동전선을 구축했다. 대원위 일색인 조정에서 상대가 상대니만큼 계란으로 바위치기라는 한계를 능히 알고 있었다. 그래도 명분상으로는 밀리지 않는 싸움이었다.

수렴청정이 불가피한 어떤 경우에도 성상의 나이 15세가 되면 철렴하는 것이 왕실의 전통이고 법도다. 항차 왕실 큰어른인 대비의 수렴청정도 그럴진대 하물며 옹립된 사친이야 말해 뭣하리.

고종의 친정은 백번 지당한 말씀이었다. 아무리 성정이 유한 아들이기로서니 더 이상의 허깨비 왕 노릇에 염증을 느낄 때도 한참이나 지났다. 이제부터는 명실상부한 군왕으로서의 입지를 구축하고자 했던 국왕 부부에게 이러한 공동전선은 더는 미룰 수 없는 합일의 명분이 되기에 충분한 조건이었다.

중전 민씨는 지략이 출중한 여자다. 타고난 천품이 총명하고 통찰력 또한 깊었다. 대조전의 밤을 홀로 지새워야만 했던 소박데기 시절, 서책을 벗 삼아 때를 갈고 기다린 내공의 결과물이기도 하다. 직관과 예지력이 비상하여 가히 한 시대를 풍미하고도 남을 책략가의 면모를 갖춘 여인이었다.

난세는 영웅들의 무대다. 변화무쌍한 정치판에서 예리한 직관과 권력욕까지도 겸비한 명성황후가 만일 사내로 태어났더라면 춘추좌전 속의 영웅호걸에 버금가는 시대의 영웅이 되었을지도 모를 일이다. 제 몸을 사르면서 빛을 발하는 촛불처럼 심지가 녹아서 타들어 간 내전의 길고도 긴 밤에 중전은 먼동이 터 올 때까지 춘추좌전 속 영웅호걸과 밀담을 나누곤 했다.

반면 고종은 온유 무탈한 신사풍의 사내다. 온화한 풍모를 지녔으나 통찰력과 과단성이 결여된 인물이었다. 권력 욕구는 타고났다지만 그것을 받칠 만한 뒷심과 정치적인 철학이 부족했다. 실제로 조선왕조 마지막을 장식하며 격변의 시대를 이끌어간 그는 결정적인 국난의 매순간마다 영웅적인 결기를 보여주지 못했다. 난세에 뒷북이나 치면서 우유부단의 전형으로 무능한 군주라는 오명에서 결코 자유롭지 못한 인물이다.

망국으로 치달은 존폐의 기로에서도 고종은 살신성인하는 결기로 국가와 민족에 대한 헌신을 보여주지 못하였다. 독립협회가 요구한 입헌제 정치 개혁안을 끝내 무산시키고 막판까지 오직 왕권 강화에만 눈독을 들인 그다. 국가보다는 일신상의 안위가 우선이었던 임금. 결국에는 스스로가 패왕의 운명을 자초했다.

역사의 갈피마다 "아하, 그때나마 이렇게 되었더라면…" 하고 숨 막히는 부호를 가장 많이 찍어놓은 임금 또한 고종이다. 명성황후가 떠난 뒤 그의 통치력이나 분별력이라는 것은 사실상 돛대가 부러져서 이리저리로 흔들리는 난파선의 혼란상과 별반 다르지 않았다.

만일 그의 치세가 태평성대였더라면 고종은 온유한 품성으로 성군 반열에 이름을 올렸을지도 모른다. 허나 쇠망의 기운이 독버섯처럼 번져간 난세에 덤으로 옥좌에 앉혀진 군주로서 그의 역량은 자주 시험대에 올랐다. 오백 년 사직을 자신 대에서 멸망으로 이끌었으니 변명의 여지가 없을 것이다. 그런 고종도 상대의 허를 찌르는 반격의 한 수에는 능했는데 바로 그 점에 있어 이토 히로부미가 질색을 했다.

한두 박자가 부족한 우유부단과 유약함으로 고종은 자신보다 기질이 강한 여인이었던 명성황후나 후궁 엄비의 치마폭에서 헤어나지 못한 것도 같은 맥락이다. 자신을 조정해 줄 수 있는 어떤 강력한 컨트롤 타워가 태생적으로 고종에게는 필요했던 것이다. 그러한 지아비를 보필하면서 풍운의 시대에 사실상의 여제로 국정에 개입한 뱃심을 보아서도 명성황후의 그릇이 고종을 능가하고도 남음이 있다.

소년 왕의 첫사랑이라는 연상녀 따위에 빠져 첫날밤 중전에게 소박을 놓은 왕이었다. 인고의 세월이 지나고 지아비의 총애를 한 몸에 받게 되자 중전은 서장자 완화군을 낳고 한껏 유세를 떨었던 연적 이상궁을 견제하고 냉혹하게 처분했다. 하찮은 이상궁의 존재야말로 중전 민씨를 오래도록 분노케 한 장애물이었다.

병자년1876 윤5월, 관례를 올리고 법도대로 대궐 밖으로 출궁한 완화군을 따라서 궐 밖으로 내쳐진 이상궁은 다시는 고종의 용안을 바라보지 못했다. 사실상의 내침이었다. 천연두로 열세 살에 요절한 아들의 거소인 완왕궁에서 홀로 생을 보낸 그녀는 후궁 중에도 명은 가장 길어서 1928년 12월, 식민지 시절까지 장수했다. 86세에 죽은 최장수 후궁이다.

구한말의 한 시대를 풍미했던 세도가들은 거의 민유중 후손들로 명성황후를 둘러싼 친인척들이었다. 난세에 국왕 내외가 믿고 기댈 언덕이 결국에는 혈연이었던 셈이다. 중전에게 친가인 여흥 민씨는 고종에게는 외가다. 운현궁을 중심으로 이렇듯 양가가 친인척으로 얽힌 사람들이 구한말 세도가로 부상한 여흥 민씨다.

속칭 민자만 붙었으면 모두가 다 출셋길에 올랐다. 전대의 외척인 안동 김씨, 풍양 조씨나 다를 게 없는 혈연 집단의 발현이었다. 흥선대원군이 그토록 절치부심했던 척신의 발호. 하기는 어찌 보면 대원군 자체가 권력의 몸통이었으니 이래저래 종국에는 세도로 나라에 망조가 든 꼴이 되었다. 쇄국주의자 대원군이 물러나자 고종은 개혁 개방의 길로 급히 선회했다.

군왕의 총애는 절대왕정에서 더할 수 없는 완벽한 울타리임에 틀림없다. 그러나 한편으로는 그처럼 불완전한 난간도 없는 법이다. 왕의 총애나 신임이라는 게 기실 언제고 손바닥 뒤집히듯 변할 수가 있는 불안정한 장치이기 때문이다.

중전은 양오라버니 민승호와 같은 항렬의 민규호를 정점으로 조카뻘이 되는 아이들을 조정의 요직에 포진시켰다. 이어 조대비의 친정 조카 조영하와 그의 주변인들로 세를 규합했다. 고종을 옹립하는데 주동적인 역할을 하고도 정작 실권을 쥔 대원군으로부터 철저히 토사구팽을 당한 일에 앙심을 품고 있었던 인사들을 중심으로 조직적인 포섭을 감행한 것이다.

왕실 최고 어른인 대왕대비 조씨조차 우군으로 끌어들인 포석이었다. 또한 장김의 중심인물인 김병학과 김병기, 대원군의 친형임에도 불구하고 권력 서열에서는 철저히 배제가 되었던 흥인군 이최응과도 결탁했다. 사실 대원군과 그의 중형 이최응은 소싯적부터 사이가 나쁘기로 소문이 난 형제간이다.

고종의 하나뿐인 동복형 이재면 역시 부친과는 관계가 그다지 좋지 않았다. 심지어 대를 이을 장남과도 척을 진 것을 보면 흥선대원군이 독특 기묘한 성격의 소유자라는 걸 알 만하다.

중전은 상대의 약점을 정확히 파고든 치밀한 작전으로 있는 대로 공을 들여 완흥군 이재면을 우군으로 끌어들이는 데 마침내 성공한다. 그를 통해서 운현궁의 세세한 기밀들이 속속 염탐되었다. 그 위에 천군만마처럼 얻은 상소의 달인이며 유림의 거물인 면암 최익현을 대원군 축출의 선봉장으로 내세웠다. 진용은 완비가 된 셈이었다.

재위 십 년. 1873년 11월 고종의 보령 22세. 십 년이면 강산도 변한다는데 처첩과 자식까지 거느린 어엿한 국왕을 빈 껍데기로 만들고 흥선대원군은 운현궁의 조정이나 다름이 없는 노안당에서 상왕처럼 군림했다. 대원군의 기세는 하늘을 찔렀다. 허허 어림도 없는 소리, 용퇴라니! 누가 감히 나더러 그따위 망언을…!

열세 살의 성종이 보위에 오르니 왕대비가 된 정희왕후가 수렴청정에 임했다. 수렴청정의 효시가 된 세조의 비 윤씨다. 하지만 성종이 20세가 되자 대비는 두말없이 발을 걷고 철렴했다.

패악한 계모의 독살설이 난무했던 중종의 장남 12대 인종이 재위 8개월 만에 31세로 승하하였다. 효심이 지극한 성정으로 성군이라 일렀던 인종의 갑작스런 죽음을 백성들은 애통하게 여겼다. 사악하고 표독스런 계모 문정왕후가 결국에는 전실 자식을 잡아먹은 것이라고 입을 모았다. 수차례나 인종의 목숨을 겨냥했던 문정왕후는 소원대로 자신의 소생인 열두 살짜리 명종을 그날로 즉위시킨다.

오로지 이날이 오기만을 학수고대한 문정왕후가 수렴청정의 발을 올렸다. 중종의 계비 문정왕후는 역대 왕비 중 가장 극악하기로 악명을 떨친 폭비다. 여제로 등극한 대왕처럼 권력을 휘둘러댄 문정왕후지만 명종의 보령 스물이 되자 그녀 역시도 스스로가 물러났다. 현종의 외아들 숙종은 열네 살에 보위에 올랐으나 1674년 즉위와 더불어 친정체제에 돌입했다.

세월이 또 흘러갔다. 조선 후반기에 이른 1800년 6월. 부국강병을 설계하며 정사에 혼신의 힘을 쏟아부었던 제22대 정조가 붕어하였다. 마지막 숨을 가쁘

게 몰아쉬면서 정조가 뇌인 말은 '수정전! 수정전!', 이 한 가닥의 외침이다. 정순왕후의 처소인 대비전을 지목한 것이다. 정조가 죽음의 문턱에서 신음할 때 마지막으로 대면한 사람이 정순왕후였다.

임금을 대놓고 증오했던 냉혹한 대비가 죽어가는 손주 앞에 나타나서 마지막 순간에 내뱉은 본심 한마디, 살기에 찬 그 말 한마디에 정조가 경악한 것은 아니었을까. 마지막 숨이 넘어가면서까지 '수정전!'을 부르짖은 이유가 어디 있었을까? 이 처절한 외침 또한 역사의 의문부호가 아닐 수 없다.

정조가 승하하자 경황 중에 열한 살의 왕세자 순조가 즉위하였다. 어금니를 박박 갈며 날카로운 발톱을 숨긴 채로 이날만을 벼른 정순왕후가 수렴청정의 발을 높이 치켜올렸다. 개혁군주 정조가 밤잠을 잊고 박차를 가했던 조선의 개조는 정확히 그 시간을 기점으로 물거품으로 화해버리고 말았다.

수렴청정과 동시에 대비 김씨는 정조가 평생을 두고, 바로 어제까지만 해도 병상에서조차 노심초사했던 근대국가로의 청사진을 일거에 무위로 되돌려놓았다. 한마디로 싹 다 뒤집어엎어버렸다. 그것도 부족했는지 정순왕후는 사도세자의 죽음에 동정적이었던 시파를 비롯하여 선왕이 아낀 신하들에 대한 가차 없는 숙청의 피바람을 일으켰다. 그녀가 한 짓이라고는 오로지 정조의 정책을 뒤집고 부정한 일이었다.

조강지처인 정성왕후가 죽자 열다섯에 영조의 계비로 책봉된 정순왕후는 영조와는 쉰한 살의 차이가 나는 어린 왕비다. 그녀는 자신보다도 열 살이나 더 먹은 자식뻘인 사도세자를 몹시 거슬려 했고 끊임없이 음해했다. 정적으로 찍은 사도세자를 죽음의 길로 몰고 간 일등공신이었다.

정순왕후는 그런 사도세자의 아들로 가시처럼 목에 찔리는 정조의 등극을 끝까지 훼방 놓았다. 그러니 그런 전후의 모든 사정을 환히 꿰뚫고 심중에 묻어둔 손주 벌인 정조까지도 정적으로 치부했다. 보이지 않는 독화살을 날리며 정조를 조준했던 정순왕후는 정조가 승하하자 수렴청정으로 자신의 권력을 원 없이 휘둘렀다. 그녀는 조정 대신들을 대전으로 불러들여 전무후무하게도 신하들로 하여금 충성서약을 받아낸 사건으로 유명하다.

권력의 참맛을 있는 대로 보여준 조선판 여제의 등극이었다. 개혁군주 정조의 죽음! 바로 그 시점이 사실상 조선왕조가 멸망의 수순으로 접어든 시간대다. 돌아보면 겨우 49세로 한창 정사를 펼쳐갈 정조의 급서는 그 자체가 조선의 죽음을 의미한다. 이후 노쇠한 왕조는 급속도로 쇠락의 하강 곡선을 긋기 시작하였다.

정순왕후 또한 역사의 갈피마다 도처에 한숨이라는 부호를 찍어놓은 여인이다. 허나 그녀의 시간이 다행히도 그리 길지는 않았다. 순조가 열다섯이 된 1804년 스스로가 철렴하고, 이듬해 역사 너머로 사라져갔기 때문이다.

병이 들어서 할 수 없이 퇴장한 철렴이었는지, 아니면 관례대로 열다섯 살이 된 순조에게 친정을 열어준 법도였는지는 알 바 없다. 어쨌거나 조선 후반기에 수렴청정에 임했던 대비들은 하나같이 임금의 나이 열다섯이 되면 수렴청정을 거두고 물러난 것이 상례가 되었다.

역사상 가장 어린 나이로 즉위한 임금은 제24대 헌종이다. 효명세자 외아들로 순조의 손자다. 할아버지 정조를 그대로 쏙 빼닮았다는 효명세자가 외척인 안김 세력에게 포위가 되어 절치부심하던 부왕의 뜻을 받들어서 대리청정에 임하였다.

효명세자는 성정이 유약한 부왕이 감히 손을 댈 엄두조차 내지 못한 외척 안동 김문에 대한 숙청작업을 치밀한 방식으로 단행하기 시작했다. 순조와는 다른 결기로 대리청정에 임했던 세자가 거침없이 펼쳐갔던 공명정대한 정사는 누가 봐도 세의 판도가 뒤집히고 있다는 사태를 감지한 변화의 쌍곡선이었다.

효명세자는 기술껏 외척을 배제하였고 그 자리에는 속속 개혁적인 젊은 인재들로 채워나갔다. 안김의 일곽에선 당황하는 빛이 역력했다. 효명세자는 할아버지 정조의 판박이로 흡사 분신과도 같은 왕재였다.

　서책을 가까이하여 학문이 깊었고 시문에 능했으며 정사에는 개혁적이었다. 조부의 유산을 받들어 개혁에 박차를 가한 효명세자마저 돌연 스물두 살이라는 약관으로 요절했다. 성군 자질을 타고난 후기 조선의 마지막 등대와도 같았던 효명세자의 죽음을 역사는 과로사라고 적고 있다. 허나 야사는 효명세자를 경계했던 자들의 독살이라고도 흘린다. 겨우 여덟 살이 된 세자의 외아들인 헌종이 승하하신 할바마마 순조의 뒤를 이어 경희궁 수정문에서 즉위하였다.

　헌종은 역사 이래로 가장 어린 나이에 등극한 임금이다. 금상의 보령이 너무도 어리니 할머니인 왕대비 순원왕후가 수렴청정에 임하였다. 친정에 60년 세도정치의 대문을 활짝 열어준 안동 김문의 대모가 된 여인이다.

　허나 철의 여인이라고 일컫는 그녀조차도 헌종이 열다섯이 된 1841년, 스스로가 철렴하여 손자에게 친정체제를 열어주었다. 이처럼 섭정에 임했던 대비들은 폭비가 되었든 현비가 되었든 간에 하나같이 전례와 왕실 법도에 충실히 따라주었다.

　이렇듯이 주상의 나이 열넷, 열다섯 살에 이미 친정체제가 확립된 선례에도 불구하고 장장 십 년간이나 흥선대원군은 얼굴에 철판을 깔고는 요지부동이었다. 고종 즉위 10년. 스물두 살로 멀쩡한 어른이 된 국왕의 권위를 무력화시키면서까지도 살아있는 대원군은 권좌에서 물러날 기미를 보이지 않았다.

　엄격히 따지자면 흥선대원군은 대비나 왕비처럼 왕실의 어른도 못 되는 자다. 단지 친친親親의 계열에 속한 종친에 불과한 왕족일 따름이었다. 금도를 벗어난 대원위의 야욕은 비정한 노욕으로 만시지탄이 되었다. 조야의 불만이 고조되었으나 그의 서슬이 하도 시퍼래서 감히 철렴 따위를 입 밖에 내는 자가 없었다. 그러니 흥선군을 일약 살아있는 대원군으로 만들어 준 대왕대비 조씨의 배신감은 얼마나 극에 달했으랴.

"권력에 눈이 먼 철면피 능구렁이 같은 고얀 영감탱이로다. 적반하장도 유분 수거늘!"

허나 마이동풍. 흥선대원군의 심중에 철렴이란 두 글자는 아예 없었다. 그의 골수에는 자신이 직접 보위에 오를 수는 없는 몸이었기에 고종은 그런 아비를 대신해서 용상에 거저 앉혀놓은 대용물에 불과한 존재일 따름이었다. 그는 권력 유지를 위한 수단이라면 못할 짓이 없는 사람이었다. 장남 이재면이든 장손 자 준용이든, 심지어는 서장자 이재선까지도 염두에 두고 여차하면 용상을 갈아엎을 궁리로 수차례나 역모를 시도했다.

마지막 죽는 순간까지도 손에서 놓지 못한 권력에의 집착은 국말의 어지러운 정세에 기름을 붓고 크고 작은 정변을 부채질하여 국란을 가중시킨 요인 중의 하나다. 국기를 뒤흔든 정변과 음모의 배후에는 어김없이 흥선대원군이 등장했다. 직접이든 배후가 되었든 간에 그는 매번 분란의 중심에 얼굴을 내비쳤다.

외척의 발호를 그토록 증오한 흥선대원군인데 정작 그 자신이 더 악착스럽고 더 몰염치하고 더 가증스럽도록 왕권을 유린한 주범이었다는 사실을 그 자신은 알고나 있었을까?

면암 최익현

왕비는 민승호를 내전으로 들였다. 운현궁 시어머니 부대부인의 셋째 남동 생인 승호는 같은 항렬로 12촌 오빠뻘이 되지만 종가로 입적이 되자 중전 민씨와는 남매지간이 되었다. 스물한 살이나 위인 아버지 같은 오라버니다. 뜻밖에도 누이가 왕비로 책봉이 되자 민승호는 벼락출세길에 들어 하루아침에 병조판서에까지 올랐다.

"오라버니! 조정 돌아가는 형국을 어찌 보십니까?"

민승호는 전에 없이 뜸을 들이는 중전의 의중을 간파하느라 바짝 긴장했다.

"대원위대감을 어찌 생각하는가 하고 물었습니다. 주상의 보령 스물이 지나신 지가 언제인데 말입니다."

아하, 번쩍 감이 잡힌 민승호는 왕비가 간절히 듣고 싶어 하는 직언을 주저치 않고 정공법으로 찔러 주었다.

"대원위께서 마땅히 물러나셔야지요. 암요. 성상의 친정이 때가 지나도 한참 지났지를 않습니까. 여기서 더 미룬다면 조종에 죄를 짓는 일이 될 것이옵니다."

사실 처한 현실이 그러했다. 주상의 보령 스물이 넘으신 지가 언제인가. 스물하고도 두 해가 더 지났다. 조정 대신들도 친정의 필요성에는 공감을 하고 있지만 서슬이 하도 퍼런 대원위의 기세에 눌려서 입도 벙끗 못하는 형편이었다. 그 점에서는 주상도 다르지 않아서 자신의 친정이 혹여 불효로 비쳐질까 벙어리 냉가슴만 앓고 있다. 보다 못한 중전이 총대를 메기로 단단히 작심을 한 모양이었다.

"옳게 보셨습니다 오라버니! 바로 그 점이지요. 전하의 보령 스물을 넘으신 지가 언제 적 얘기랍니까. 헌데 누구 한 사람 나서 주청하는 상소를 올리는 자가 없다는 말씀이지요. 지금 이 나라가 누구의 나라입니까. 신하라는 자들이 대원위 심기나 살피느라 급급하지를 않습니까. 아무리 둘러봐도 주상의 신하는 단 한 사람도 보이지를 않습니다. 통탄할 노릇이지요. 이게 대원위의 천하지 주상의 나라입니까."

"신하 된 자로 중전마마를 대할 면목이 없사옵니다. 이제라도 이 오라비가 나서 보도록 하겠나이다."

"암요, 그리하셔야 하고 말고요. 허나 신중을 기해야 할 줄로 압니다. 조정이 모두 대원위의 사람들로 채워져 있으니 되레 발목을 잡히지 않으려면 일사천리로 밀어붙여야 할 것입니다. 첫째는 원자 문제입니다. 중전인 내가 엄연히 주상의 총애를 입고 있거늘 천한 궁인 소생을 세자로 삼겠다니요. 대원위의 저의가 무엇이겠습니까. 주상의 치세는 아직 열리지도 않았는데 완화군으로 서둘러 세자를 봉하고 나면 다음에는 중전인 나를 폐하겠다, 그리 으름장을 놓겠지요. 그것이 다음 대까지도 권력을 독점하려는 용심이 아니고 무엇입니까. 이 문제만큼은 오라버니가 나서 반드시 쐐기를 박아야 할 줄로 압니다."

"여부가 있겠나이까 마마! 심려 마오소서. 세자 책봉만큼은 절대로 대원위의 의중대로 되지는 않을 것입니다. 중전께오서 이리 한창이시고 더욱이 회임 중에 계시거늘 누가 감히 완화군을 원자로, 세자로 봉한다는 말입니까. 언감생심이지요. 아무리 대왕대비전에서 완화군을 귀애한다 한들 서출로 세자를 책봉하는 일만큼은 용납지 않으실 것입니다."

"당연히 그리되어야 하고 말구요. 그래야만 나라의 본이 바로 설 것입니다."

왕비는 노골적으로 민승호를 압박하고 있었다. 갑자년[1864]에 증광문과에 병과로 급제하여 홍문관 교리, 규장각 직각이라는 미관말직을 전전한 민승호는 누이가 왕비가 되자 호조참판에 이어 병조판서를 제수받고 승승장구 벼락출세의 길을 가고 있었다. 그간의 경위가 이럴진대 왕비인 내가 무너지는 날에는 당신의 처지도 어떻게 될지 알라는 무언의 협박이 아니고 무엇이랴.

"예 마마. 소신이 상소 올릴 자를 물색하겠나이다. 마마께오서는 심기를 편히 하소서.”

“그리하시지요. 이제는 우리도 유아독존으로 고립해서는 살아남을 수 없는 세상입니다. 대원위께서는 세상 보는 이치를 몰라도 한참을 모르고 계십니다. 왜국은 비록 사무라이들이라 하나 정치적인 촉수가 제대로 밝은 자들입니다. 항구를 개방하고 서방과 통상을 하여 자고 나면 공장이 들어서고 나라가 번듯해지는 부국강병을 이루어가고 있지 않습니까. 우리 조선도 왜국처럼 문명개화를 이뤄야지만 살아남을 수가 있다는 말입니다. 이런 판국에 척화비라니요! 쯧쯧쯧….”

“백번 지당하옵니다 마마!”

“왜국은 국방을 제외하고는 모든 제도를 다 갈아치웠다고 합니다. 속말로 계집 하나만을 남기고 바꾼다는 뜻입니다. 관영공장과 광산을 민간에게 불하하고 은행을 만들어 화폐사용을 근대화하였어요. 은행은 산업을 부흥시키는 주체가 되었습니다. 산업이 융성해지니 세를 덜어주고 신교육을 제도화하고 인재를 선진제국으로 파견하여 사람을 길러내니 일자리가 넘쳐납니다. 국가 재정이 탄탄해져 백성들은 신명이 날테지요. 이런 호기를 잡아서 메이지는 대륙 진출을 꿈꾸고 정한론을 들먹거리는 지경에까지 이르렀다 이 말씀입니다.”

“허허 작금의 처지가 그리되었습지요.”

“헌데 우리 조정은 대체 뭐하는 곳이랍니까? 여기저기 척화비나 늘리는 대원위가 아니십니까. 빈대 한 마리 잡겠다고 초가삼간을 태우는 격입니다. 입만 열면 척양이요, 척왜니 하는 타령이나 하면서 이 나라를 어디로 끌고 가려는 심보인지. 이젠 문을 꽁꽁 닫아걸고 살아갈 세상이 아니라는 걸 알아야지요. 대명천지가 되었다는 말입니다. 대명천지가! 세상 돌아가는 장단에 맞춰서 춤을 춰야 만이 겨우 살아남을 수가 있는 세상이 오고 있다는 말입니다.”

“마마! 소인의 머릿속이 훤히 뚫리는 혜견이나이다. 규방의 여인이신 마마께오서 앉아서 천 리를 보고 계시니 어찌 그리 명료한 혜안을 열어 보이시나이

까. 신은 민망하여 몸 둘 바를 모르겠나이다. 마마의 성의를 받드는데 이 한 몸
바치겠나이다. 오라비를 믿어 주오소서."

"오라버니 새겨두세요. 쇄국으로는 나라의 존체를 보존할 길이 없습니다. 망
국의 증좌입니다. 대원위의 실책은 개혁을 한다면서 독단을 하고 문을 활짝 열
어도 모자랄 판에 빗장을 굳게 닫아거는 쇄국을 한다는 데 있습니다. 뒷걸음질
을 치는 짓입니다. 세상 돌아가는 수를 읽을 줄을 알아야 합니다. 나라의 문을
처닫는 것은 더는 사직을 위한 길이 아니에요. 구국의 결단은 더욱 아니지요.
나라야 어찌 되었든 권력이나 움켜쥐겠다는 심보란 말입니다. 영보당이 낳은
서자를 세자로 삼겠다는데 이를 옳지 않다 바른 상소를 올린 영의정을 가차없
이 쫓아낸 사람입니다. 못된 심술보지요. 대원위의 언어도단이란 말이올시다."

중전은 작정을 했는지 울분을 쏟아냈다. 차가우리만큼 감정을 절제하던 중
전이 퍼붓는 분노의 표출이었다. 민승호는 혀를 찼다. 내전에서 글줄이나 왼다
는 여인네인 줄은 알고 있었다. 허나 대명천지로 화한 일본의 정세부터 문명개
화된 서양 제국의 실상 하나에 이르기까지, 세상 돌아가는 판세를 족집게처럼
짚어내는 데는 놀라움에 앞서 두려움이 일었다. 앉아서 천 리라더니 중전을 두
고 하는 말이었다.

민승호는 자식 같은 왕비가 대견하고 일견 더없이 연민스러웠다. 비록 한 부
모의 태에서 나온 혈육은 아니지만 중전에게는 친정의 형제라고는 오로지 자
기 자신 하나뿐인 세상에 둘도 없는 누이였다.

민승호는 미처 생각지도 못한 곳에서 주군을 만난 격이 되었다. 장기의 말은
이미 판을 뒤집고 있다. 이 한 몸 내던져 주상의 친정을 이루는데 목숨을 걸으
리라. 아니 반드시 그리되어야만 한다. 기실 전하가 미덥지 못한 구석이 있었기
에 차일피일한 신하들이 없지 않았다. 허나 이렇듯 영명한 중전이 계시니 능히
치세를 이끌고도 남음이 있으리라.

얼마 후 고종은 꼬장꼬장 대쪽같은 선비로 이름이 난 유림의 거물 면암 최익현을 승정원 부승지로 임명하였다. 서원 철폐령으로 유림의 기반이 송두리째 뽑힌 마당에 최익현은 곧은 소리라면 목에 칼이 들어와도 멈추지 않는다는 꼿꼿한 선비다.

경복궁 공사가 빚은 피폐한 민생을 질책하면서 무소불위한 대원군의 폭정을 조목조목 따지고 신랄하게 비판한 이도 최익현이었다. 1873년 10월 신하 된 자의 도리는 목숨을 불사한 충언에서 비롯된다 하며,

"친친親親의 열列에 속한 사람은 지위와 녹을 높여줄망정 정치에 관여하게 해서는 안 됩니다."

하고 십 년 섭정 동안에 독불장군식 폭거로 적폐를 태산같이 쌓아 올린 대원위를 질타하는 격렬한 상소문을 직소하였다. 이는 친정을 도모하는 측으로부터 은밀히 유도된 언탁도 있으려니와 한편으로는 대원군의 서원 철폐라는 구원舊怨에 대한 씻지 못할 보수 유림의 대반격이었다.

면암은 엄연히 성년이 지나신 국왕이 계시는데 대원위에게 계속 정치를 위임한다면 언제 또 임진란과 같은 국난을 자초할지도 알 수 없다고 대원위의 실정을 낱낱이 거론하며 비판했다.

추상같은 언어의 수첩인 계유상소는 20세가 넘으신 국왕을 두고 이미 섭정 명분이 사라진 대원군의 급소를 가격했다. 이 한 통의 상소는 대원군의 노욕을 준엄히 질타하고 그의 아성을 허물어뜨리는데 결정적인 한 방으로 작용하였다.

선비의 나라에서 총칼보다도 무서운 게 붓의 힘이다. 붓의 본때를 유감없이 발휘한 최익현의 계유상소는 대원군 하야를 공론화시켜 축출의 명분으로 삼고자 했던 중전 민씨의 고도의 전술이었다. 한 자루 붓의 힘이 공중에 나는 새를 떨어트린 격이 되었다. 철옹성 같기만 했던 대원위의 권좌를 하루아침에 권불십년으로 되돌린 단초가 되었던 것이다.

강직한 면암의 생애를 두고 상소의 삶이라 부를 만큼 면암 최익현은 가히 상소의 달인이었다. 국난의 매 고비마다 대상의 높낮이나 사건의 경중을 따지지 않고 피를 토하며 직보한 그의 상소는 매번 꽉 막힌 국정의 난맥상을 뚫어준 해독제와도 같은 반향을 불러일으켰다. 심지어는 광무 9년인 1905년 11월, 을사늑약으로 국가 외교권을 박탈당한 황제를 겨냥하여 최익현은 또다시 피를 토하는 상소문을 썼다.

"명성황후가 살아계실 때 내전의 미천한 시위상궁이었던 천한 엄상궁의 치마폭에서 임금이 헤어 나오지를 못한다."

라고 황제의 미거를 질타하는 상소를 올렸다. 줏대 없는 임금의 처신을 난타한 이 상소로 말미암아 고종이 대로한 것은 물론이다. 신하의 피 터지는 상소문을 읽어내려가면서 고종이 느낀 심사는 무엇이었을지가 자못 궁금한 노릇이다.

유생의 유일한 주권을 결연히 증명이라도 하려는 듯 면암은 이후에도 조정과 황제의 실정에 대해서 어떠한 묵인도 허하지 않는 즉각적인 직보로 정도에 나설 것을 촉구했다. 거슬러 1876년 1월에는 병자수호조약이 체결되었다는 비보를 접하자 그는 머리채를 산발하고 풀어헤쳤다.

"아, 저 일본의 적은 실로 백 대의 원수로서 임진왜란에 이릉=陵의 화를 입은 것을 어찌 차마 말하겠는가? 억지로 맺은 병자수호조약이 너무도 부당하니 이 수호조약을 강요한 일본 사신의 목을 베라."

최익현은 광화문 앞에다가 거적때기를 깔고 죽을 각오로 전하를 부르며 지부복궐持斧伏闕하였다. 일명 '도끼 상소'로 회자된 그 유명한 면암의 상소가 올려진 날이다. 1905년 을사조약이 체결되자 비분강개하여 역사에 씻을 수 없는 죄를 지은 매국노 박제순, 이지용, 이근택, 이완용, 권중현 같은 을사오적을 처단하라는 '청토오적소請討五賊疏'를 올린 최익현은 문도 사백 명을 이끌고 이듬해 2

월에 전북 태인에서 거병하였다.

이제는 하잘 것 없어진 붓을 놓을 때다. 비록 이 한 몸 늙었으나 적과 맞서 싸우는 길만이 오직 남아있을 따름이다. 그는 결연히 격전지로 향했다. 73세 최고령 의병장이었다. 순창에서 왜군과 맞붙었으나 면암을 생포하려고 혈안이 된 관군과 일본군에게 결국은 체포되었다. 일본은 최익현을 서울로 압송하지 않고 대마도로 유배를 시키라고 조정을 겁박했다.

눈빛만이 형형할 뿐, 허물어진 노구를 이끌고 마지막 의병장 최익현은 멀고 먼 왜구의 땅 대마도로 죽음의 길에 올랐다. 면암은 유배지에서도 왜놈의 밥은 먹지 않으리라, 음식 일체를 거부하고 단식으로 항거하였다. 동년 11월 17일, 저 멀리 아득하게 수평선 너머로 조선의 산하가 가물거리는 적지 대마도에서 의병장 최익현은 마침내 순국한다. 가히 역사를 거슬러 회자될 절개의 표상이었다.

충신과 매국노가 뒤얽혀 살아가는 세상. 서로의 면전에다 삿대질을 해대며 하극상의 극을 달린 험난한 격동기에 대쪽 같은 절개와 지사적인 삶으로 일관한 최익현의 생애는 파란만장의 극치요 위대한 경종이었다.

멸망해가는 나라에 더는 바칠 것이 없으니 이 한 몸 노구라도 이끌고 격전지로 나간다고 외친 마지막 의병장의 절규였다. 결국 적지의 하늘 아래서 파란만장한 생을 마감한 그의 죽음은 선비의 나라 조선의 죽음이라 아니할 수 없다.

그로부터 56년이 흘렀다. 1962년, 식민지민의 굴욕을 딛고 부활한 대한민국은 최고령 의병장 면암 최익현에게 건국훈장을 추서했다. 그가 목숨을 바친 11월 17일을 대한민국은 순국선열의 날로 기린다.

단 한 사람의 반려

고종 즉위 십 년. 1873년 11월 5일 마침내 친정이 선포되었다. 면암의 상소에 이어 전광석화처럼 임금의 교서가 떨어졌다. 재위 십 년, 성상의 나이 22세가 되어서야 상왕 아닌 상왕을 몰아낸 역린이었다.

"대원위대감은 정무에서 물러나 편히 쉬시라"는 교서를 접한 대원군은 기가 찼다.

"뭣이라!? 이제는 그만 쉬시라고? 어허허허, 누가 누구더러 쉬라 마라 한다더냐!"

마른하늘의 청천벽력이었다. 이럴 수는 없는 법! 제놈이 감히 누구의 은공으로 그 자리에 앉아있거늘! 무엇이 잘못되어도 크게 잘못된 일일 것이다.

"옥교를 대령하라."

분노로 얼굴이 벌겋게 일그러진 대원위가 급히 옥교에 올랐다. 허나 대궐문은 이미 굳게 닫혔다. 섭정왕 대원군 권세의 상징이었던 공근문은 운현궁에서 창덕궁으로 직통하는 오직 대원위대감을 위한 전용문이었다. 이미 궁궐 수비대가 대못을 치고 굳게 걸어 닫힌 궐문 앞에서 대원군은 아연실색했다.

"네 이놈! 감히 내가 누군 줄을 알렸다!"

"네이. 대원위대감이신 줄을 아옵나이다."

"알고도 이리 무엄하다니, 네 목이 무사할성 싶으냐."

"송구하나이다. 그 누구든 출입을 삼가라는 어명이옵니다."

"그 누구든이라!? 어허 이놈 보게나, 나더러 그 누구든이라?!"

"황공하나이다 합하!"

"어허, 알았으면 당장 문을 열지 못할까! 상감을 만나야 할 일이로다."

"합하! 이만 돌아가소서. 아무도 들이지 말라는 특명이옵나이다."

대궐 문이 굳게 닫혀버린 것을 끝으로 살아있는 대원군의 시대는 막을 내렸다. 내려올 때는 '그 누구든'으로 추락한 그의 세도도 권불십년의 옛이야기가 되었다. 오백 년 역사 이래 그 어느 누구도 궐로 드나드는 전용문을 가진 자는 없었다. 그만큼 하늘 높은 줄을 모르고 서슬 퍼런 위세의 상징이었던 전용문이 폐쇄되었다.

당연히 물러나야 할 때를 알면서도 쇠심줄처럼 들러붙은 노욕이 자초한 참사다. 마른하늘 날벼락처럼 떨어진 한 장의 교서는 결국 손톱 밑의 때만도 못하게 여겼던 수문장 놈에게까지 괄시를 당한 역지사지로 돌아왔다. 만인지상의 본때는 이따금은 하늘 같은 위력을 행사하는 법이다. 권력이란 지나가는 바람인 것을, 인생사 새옹지마라는 걸 그제나마 알았더라도….

허수아비인 줄로만 알았던 임금이 내린 교서 한 장으로 대원군의 치세는 막을 내렸다. 마침내 고종의 시대가 도래하였다. 권력의 향배는 점차 중전의 친위대들로 재편되어갔다. 대원위의 실각은 중전의 뱃속에서 무럭무럭 자라고 있는 일곱 달이 된 용종龍種을 지키기 위해서라도 절대로 물러설 수가 없는 한판승이었다.

생각하면 이 모든 인과의 근원은 금강산에서 캐왔다는 한 뿌리의 산삼에서부터 비롯된 것이 아닌가. 쇄항증을 달고 나온 첫아들을 고작 닷새 만에 잃은 것이 중전 민씨에게는 천추의 한이 되었다. 그 모든 액운의 단초가 시아버지 대원군의 심술보에서 비롯된 사달이었다고 굳게 믿는 중전이었다.

원한의 산삼탕 위로 시아버지에 대한 며느리의 분노가 먼지처럼 첩첩 쌓여갔다. 잊을 만하면 한 번씩 완화군을 들먹거리며 세자 책봉 운운하고 으름장을 놓는 심술궂은 노인네에게 중전의 오장육부는 타들어 갔다.

"중전! 산달이 다가오는구려. 배가 동산만 하게 부풀었소이다."

"예 전하! 이월이옵니다. 이리 발길질을 해대니 힘이 센 용종인가 보옵니다."

"오오 그래야지요. 모쪼록 원자를 생산하여 종사를 튼튼히 하여 주시구려."

"예. 신첩이 꼬옥 그리할 것이옵니다."

"과인이 만기친람하고 복중의 아이도 잘 자라니 심경이 이리 편할 데가 없구려. 종사에 면목이 섰습니다그려. 현명한 중전의 덕이오."

"이 모두가 전하의 홍복이지 않사옵니까."

"아닙니다 중전! 말이야 바로 해야지요. 지혜로운 중전 덕분이오. 중전이 아니면 무슨 수로 내 아바님과 대적할 수 있었으리. 진즉 이리 되었어야 하오만."

"종사를 위해 여간 다행한 일이 아니옵니다. 열성조께서도 안심하실 것입니다. 전하! 부디 종사에 길이 남는 성군이 되어주소서."

"내 그리 약조하리다 중전! 언제까지나 과인에게 힘이 되어주시오."

고종과 왕비 민씨가 국왕 내외로서, 또 부부애로도 이 시기만큼 도탑고 대망에 부풀어 의기투합했던 시절은 다시없을 것이다. 이후의 행적으로 보면 고종에게 왕비는 국사를 터놓고 의논할 수 있었던 단 한 사람의 지기요 반려였다. 고종은 친정에 임하면서 국정의 동반자로 또 책사로 주저 없이 내자를 선택했다.

그로부터 이십여 년의 세월이 흐르고 홀로 남겨진 고종은 중전 민씨가 "성정이 선량하고 분명하며 과단성이 있고 타고난 슬기와 지혜로움으로 간사한 것과 옳고 그름을 식별하는데 신과 같았다."고 회고했다. 왕비를 원통하게 잃고 난 지아비의 자책 깊은 회억이었다.

"중전은 과인이 근심하고 경계하면 그때마다 해답을 찾아내어 풀어주었다. 과인이 잘못하여 화합을 깨트리는 일이 있으면 반드시 아침을 기다려서 자리했다."

제갈량 같은 지혜로 비상한 답안지를 꺼내놓고 언제나 해답을 주었던 지어미의 부재를 고종은 애통해했다. 실제로도 왕비가 눈앞에서 사라진 1895년 10월 8일 을미사변의 그 새벽 이후로부터 고종이 노출한 분별력은 정도를 넘는 퇴화와 모호성으로 일관한다.

여인의 정치 참여가 금기시되었던 봉건왕조 시대에 명성황후는 명실공히 국왕의 정치적 동반자요 동지가 되었다. 유교적인 금기를 허물고 왕비가 국정을 좌지우지할 수 있었던 배경도 타고난 그녀의 영명함에 기인했다.

그녀의 박학다식은 방대한 독서로 체화된 복합적인 사고체계와, 가히 동물적이랄 수 있는 정치적인 후각과 직관이 비상한 데 있었다. 실제로 중전 민씨는 어느 누구와 대적을 한다 해도 정론을 펼친 드문 인재였기에 가능한 일이었다.

부친 민치록으로부터 글을 익힌 명성황후는 『선원보략』, 『동국세보』, 『대전회통』, 『자치통감강목』 같은 방대한 사서를 읽었고 평생 손에서 서책을 떼지 않았다. 『사서오경』이나 『춘추좌전』 같은 명서는 몇 번이고 독파한 책이다. 이렇게 방대한 독서를 통해서 '백성이 없으면 나라도 없다.'라는 민본 사상이 일찍이 움텄다.

내전의 서안 위에는 언제나 책이 펼쳐져 있었다. 예와 지로 무장을 한 실력파 명성황후는 사실 당대 최고의 정객이라 칭해도 과언이 아닌 지식인이었다. 그녀는 이 나라 최초의 신여성이다.

그 외에도 『소학』, 『효경』, 『중용』, 『내훈』과 같은 생전의 황후가 손에서 떼지 않았던 수많은 서책들은 명성황후의 사후 홍릉에 부장되었다. 훗날 순종이 된 황태자 척坧이 쓴 『예제행록睿製行錄』의 행간에는 금슬 좋은 국왕 부부가 내우외

환이라는 난세의 살얼음판을 디디며 시대의 어둠과 맞서 서로에게 의지했던 인간 고종 내외의 일상이 담담하게 그려져 있다.

고종에게 아내인 명성황후는 세월의 뒤안길을 돌아와서 '이제는 거울 앞에 선 내 누이'와도 같은 여인이 아니었을지.

"어머니와 아버지 양위분의 일상생활을 몰래 살펴보면 밤이 깊어도 곤
녕합 내전의 불빛이 환히 비쳤고 말소리가 낭랑하였다."

어둠이 일찍 찾아드는 구중궁궐의 밤이 깊어가도록 건청궁의 내전 곤녕합에는 불빛이 환했다. 도란도란 이야기꽃을 피우는 금실이 좋은 국왕 내외의 모습 속에 일상적인 그들의 단면이 흑백사진 한 장처럼 떠오른다.

고종이 친히 적은 『어제행록御製行錄』에는 무진 고생만 시키다가 비명에 떠나보낸 아내를 그리는 홀로 된 황제의 첩첩한 심경이 묻어있다.

"아, 황후가 대궐에 있으면서 정사를 도와준 것이 30년인데 간고하고 험
난한 일만 당하다가 제 명을 살지도 못하고 45세 중년의 나이에 죽었다.
이것이 어찌 하늘 탓이겠는가. 황후가 훌륭한 공덕으로 짐을 잘 도와주었
기 때문에 정사를 잘 다스릴 수 있었다. 짐은 오늘날까지 살아있으나 황후
는 볼 수가 없으니 아 슬프도다···.
황후는 경복궁의 곤녕합에서 무자년 10월 8일음 8월 20일 묘시5:30~6:30에
세상을 떠났다. 이날 새벽에 짐이 황후와 곤녕합 북쪽 소헌에 있을 때 흉
악한 역적 패들이 대궐 안에 난입하여 소란을 피우니 황후가 개연히 권하
기를
'원컨대 종묘사직의 중대함을 잊지 말 것입니다.'
하였는데 위급함 중에도 종묘사직을 돌보는 마음이 이와 같았다. 조금

후 황후를 다시는 볼 수 없었으니 오직 이 한마디 말을 남기고 천고에 영
원히 이별을 하게 되었다….

……

개국 504년 10월 8일 묘시에 황후가 곤녕합에서 승하하였노라.'"

고종 32년 1895년 10월 15일자 그날의 승정원일기 기록으로 "천고에 영원
히 이별"을 한 왕비를 그리면서 회한에 사무친 고종황제의 심회가 절절한 행
록이다.

고종의 등극은 제왕의 길이 무엇인지를 알 바 없는 어린 소년의 즉위였다. 경
자년1863 12월 13일 창덕궁 인정전에서 보좌에 올랐을 때 명복은 정치가 뭔지, 용
상의 무게가 어떤 것인지를 알 리 없는 한미한 종친댁의 어린 소년이었다.

생가 뒤꼍 노송의 등을 타고 기어 올라가서 무성한 솔잎파리 속에 머리를 박
으면 스르르 남가지몽南柯之夢의 상념에 빠져들곤 했던 꿈의 궁전 창덕궁! 그날
의 꿈과 상상은 거짓말처럼 현실이 되었고 우듬지 아래서 졸던 소년은 꿈속 왕
궁의 주인이 되어 등극하였다.

곤룡포에 번쩍이는 면류관을 썼지만 아무 할 일이 없었던 소년 왕은 눈앞에
서 얼쩡대는 농염한 계집들의 분 냄새에 손쉽게 성애의 늪으로 빠져들었다. 서
당 개 삼 년이면 풍월을 읊는다고 하물며 임금 노릇 십 년이야! 미몽에서 깨어
보니 정작 자신에게는 줄을 선 신하 하나가 없는 용포 속의 허수아비였다는 사
실을 알아차렸다.

조정의 모든 실권은 대원위대감의 차지다. 왕 위의 왕으로 군림한 자! 그의
분부 한마디면 산천초목이 떨었다. 아바님은 두 눈을 감기 전에는 움켜쥔 권력
을 절대로 그 손아귀에서 내려놓지 않을 양반이다.

고종은 벙어리 냉가슴속에 아직도 두렵기만 한 아바님의 눈치나 살피는 왕

이었다. 겁이 많은 자식에게 묘책이 있을 리가 없다. 그러나 법도에 만부당한 이 같은 상황의 종료를 벼르던 중전은 눈 하나 깜빡 않고 일순간 모든 것을 제자리로 되돌려놓아 주었다. 임금은 임금의 자리에다, 대원군은 운현궁의 노안당으로.

이렇듯 중궁은 지아비가 난관에 봉착할 때마다 더욱 살뜰한 정성과 지략으로 왕도를 바르게 이끌어주었다. 연약한 내자가 독수리 부리 같은 시아버지와 당당히 맞선 용기와, 명분 앞에서는 결코 겁을 잊은 중전의 장수 같은 대범함이 가히 놀라울 따름이었다.

비록 아녀자의 허울을 몸에 둘렀지만 영웅호걸에 버금가는 천부의 기상이 아니고 무엇인가. 중전은 인재를 등용함에도 선과 명분이 분명해야 한다고 이르곤 했다.

"국가가 어진 사람임을 알면 그에게 전적으로 맡기고 의심치 말아야 합니다. 만일 그가 어질지 못함을 알면 속히 내쳐야지요. 요순도 사람을 제대로 알아보기는 어려웠습니다. 간사할지도 모른다는 것을 알면서도 그 자리에 둔다면 종사에 우환을 키우는 일입니다."라고.

건청궁의 내전에서 명성황후가 무참히 살해된 그 새벽은 조선왕조가 개국된 이래로 가장 치욕스럽고 가장 참혹한 능욕의 현장이었다. 역사의 시침이 정지된 곤녕합의 그 새벽, 조선 주재 일본 공사 미우라는 일본군대와 우범선, 이두황, 이진호 같은 친일파 별기군 끄나풀들을 앞세우고 건청궁을 습격했다.

을미년[1895] 10월 8일 묘시. 덩덩 더더 덩덩덩. 새벽 4시 통행금지를 해제하는 종각의 파루 소리가 서른세 번 울렸다. 둔탁한 쇠북의 여음이 육조거리의 혼미한 어둠을 헤집고 흩어져 갔다.

사대문이 열리면 도성의 새벽이 기지개를 켜고 깨어난다. 북악과 인왕산이 포개진 협곡에서 불어닥치는 냉기가 스산한 새벽녘. 작전명 '여우 사냥'에 혈안이 된 살인귀들은 건청궁을 향해서 한 발 한 발 접근해오고 있었다. 폭도들의 목표물은 '늙은 여우'라 칭한 조선의 국모 중전 민씨다.

경복궁 깊은 후원. 험준한 백악의 주봉이 가파르게 내려와 앉은 산정 아래 묻힌 건청궁은 궁궐 속의 내밀한 궁이었다. 친정체제가 선포된 1873년 조정의 반대에도 뜻을 꺾지 않고 내탕금을 들여서 고종이 건립한 별궁이다.

전형적인 사대부가의 한옥 구조인 이 별궁에서 고종 내외는 흥선대원군의 섭정을 종식시키고 마침내 친정을 선언했다. 굳이 선언이라고 표현하는 것은 친정을 선포하기까지의 길이 하도 지난하고 숱한 곡절과 파란을 거쳐야만 했기 때문이다.

이로써 건청궁은 고종의 정치적인 자립 의지가 반영된 궁이라는 상징성과 더불어 개화기 근대화의 산실이 되었다. 그토록 험난한 여정 속의 건청궁은 황후의 피를 부른 을미사변이라는 뼈아픈 역사가 중첩된 현장이다.

250칸 규모인 단아한 한옥의 건청궁을 고종 내외는 맘에 들어 했다. 불필요한 격식에서 탈피하여 단출하게 정사에 임할 수 있는 안전함 때문이었다.

경복궁의 중건이 완료되자 왕실은 동궐 생활을 접고 왕조의 창업이 이루어진 법궁으로의 환어라는 가슴 벅찬 희열을 맛보았다. 그 후로 명성황후가 시해된 1895년까지 이십여 년간에 걸쳐 국왕 일가는 창덕궁과 경복궁을 오가며 생활했다.

난세의 기류가 팽배해진 구한말에는 신변 안전에 대한 불안감 때문이었는지 어가는 이어와 환궁을 반복했다. 1876년 발생한 경복궁 내전의 대화재가 한 원인이었다. 특히 웅대한 교태전을 비워두면서까지 굳이 외진 후원의 건청궁에서 동궁 내외와 머문 연유도 따지고 보면 신변 안전의 노파심에 기인한다.

은둔의 왕국에 해일처럼 밀려든 신문물의 여파는 개화기 조선사회를 혼돈의 소용돌이로 휘몰아갔다. 19세기 말의 이 노쇠한 왕조는 소화 불량증에 걸린 배앓이 환자처럼 골골거렸다. 한동안 창덕궁에서 머물던 어가가 김옥균 등이 일으킨 갑신정변의 혼란이 겨우 수습되자 이듬해 1월에 다시금 법궁으로의 이어를 단행하였다.

1895년 청일전쟁에서 승리한 일본은 그 여세를 몰아 내정간섭을 노골화했다. 공공연히 송곳니를 드러낸 침략의 야욕이었다. 피해 갈 구멍을 찾기에 고심했던 명성황후는 이이제이로 맞받아쳤다. 오랑캐로 오랑캐를 물리친다는 외교의 기본 전략이었다. 일본의 야욕을 강력한 러시아 군사력이 대신 막아줄 것이라고 억지로라도 믿고 싶었던 실낱같은 기대의 표출이었다.

하지만 나라 간의 이해관계처럼 비정한 계산법은 어디에도 없다. 어느 시대를 불문하고 힘의 논리가 우선시되는 국제관계에서 영원한 우방도, 영원한 적도 존재하지 않는다. 시대가 바뀌어도 그 진리는 변함이 없다. 제아무리 특출난 제갈량의 모계라 한들 국력이 뒷받침되지 않는 국제관계는 백해무익한 전법이다.

배일친러 정책을 구사한 황후 민씨가 일본 권부에는 눈엣가시처럼 따가웠다. 마침내 그들은 왕비의 제거를 결의하기에 이른다. 제국주의적인 망상에 혈안이 된 일본 군부의 목표는 반도를 넘어 대륙 깊숙한 땅 광대한 만주 벌판이었다.

만주의 등을 타고 유럽대륙에까지 일장기를 꽂으려 한 일본 군국주의에게 조선 반도는 반드시 밟고 넘어서야만 되는 대륙으로 가는 길목이었다. 이를 녹록지 않게 방해하는 황후가 그들 눈에는 죽여 없애 버려야만 되는 늙은 여우 한 마리쯤으로 비쳤던 모양이다.

쇄국주의자 흥선대원군과는 달리 고종 내외는 서구의 신문명을 동경했다. 우마차와 가마가 유일한 교통수단이었던 시대에 도성 바닥에 전차선로와 전화선을 깐 나라도 조선이었다. 화끈하게 최첨단 문명의 이기인 전등을 건청궁에 가

설했으며 우편제도를 발 빠르게 완비한 것만 보아도 고종 내외가 신세계 조선의 청사진을 얼마나 야심 차게 구상하고 개화된 세상을 열망했는지 알만하다.

1885년 미국인 선교사 아펜젤러가 최초의 신식 교육기관 배재학당을 설립했다. 고종은 친히 교명을 내리고 어필로 새긴 현판을 하사했다. 다음 해 노비 세습제가 전격 폐지되었다. 단계적으로, 그러나 신속히 의식의 영역이 확대되어간 사회 진보의 과정이다. 이는 양반 사대부만을 위한 나라였던 조선사회의 근간이 해체 수순으로까지 접어든 개화의 초석이었다.

1886년 연세대학교의 전신인 언더우드 학당과 이화학당이 문을 열었다. 이어 최초의 국립 근대식 관립 학교 육영공원이 정동 길목에 개교했다. 문명의 유입이 차단된 폐쇄국가가 외부의 문명과 접목되는 첫 관문은 개항이라는 불요불급한 과정을 통해서 이루어진다. 어느 나라든 이와 같은 통로로 외부의 문명이 유입되었다. 그다음의 순서가 기독교 선교사들의 입국이며 활약상이다.

19세기 말에 이르러서야 문명화에 대한 욕구가 분출된 유교 국가 조선의 근대화 역시 개항과 외국 선교사라는 두 가지 매개체를 통해 가시화되었다. 우선적으로 교육기관과 의료기관을 설립하고 기독교 정신과 접목시켜 사회 진화를 이끈 선교사들의 영향력이 그만큼 지대하였다. 그들의 등장이 폐쇄 국가 조선을 깨운 자명종 역할을 해냈다는 사실을 부인할 수는 없을 것이다.

19세기 말의 조선사회는 다시는 후진하기 어려울 정도의 개화 바람이 넘실댔다. 그런 사실적인 근거로 일본의 식민 통치가 조선사회를 근대화시켰다고 주장하는 요설은 적반하장의 어불성설에 불과하다. 식민 통치 이전부터도 이미 신문명의 유입과 근대화 작업이 기저에서 활발하게 진척되고 있었던 까닭이다.

유사 이래 전깃불이 처음 들어온 장소는 건청궁이다. 1887년 3월 6일 에디슨이 전구를 발명한지 불과 8년 후의 일이었다. 지구상의 오지 두메산골에 그것도 당시 문명의 총아라 일컫은 전깃불이 밝혀졌다. 문화 대국이라는 중국은 물론 개화의 첨단을 걷고 있다는 일본보다도 2년이나 빠른 신문명의 유입이었다.

이는 결코 우연의 일치가 아니다. 이런 문화적인 촉수는 전자 분야에서 세계 최고의 고지를 점령한 우리 민족의 DNA와도 무관치 않은 기질적인 속성의 발현이었다. 당시의 정세를 고려할 때 국왕 부처가 얼마나 심도 깊게 선진화를 추구하고 근대화된 국가의 개조를 열망했는지 짐작할 수가 있다.

그보다 2년 앞선 1885년에는 전신 선로가 개통되어 유럽까지 전보 통신이 가능하게 되었다. 에디슨은 지구상에서 그 존재 유무조차도 몰랐던 극동의 은둔국 조선왕으로부터 전등 가설을 요청하는 서한을 받고는,

"오오 맙소사. 세상에 이런 일이! 동양의 신비한 은자의 왕국에서 내가 발명한 전등이 켜지다니 꿈만 같은 일이다."

라고 놀랐던 그날의 심경을 일기장에 기록했다. 발명왕 에디슨도 흥분의 도가니로 빠트린 상상을 초월한 주문인 모양이었다. 호롱불이 전깃불로 대체되었다는 것은 밤의 칠흑 같은 야성이 전설의 문으로 퇴장했다는 것을 의미한다. 그것은 에디슨이 놀란 수준을 넘어선 창망한 조선의 개명이었다.

그날도 고종은 내전에서 여느 밤이나 다름없이 중전과 이야기꽃을 피우느라 자정이 넘어서야 장안당으로 들었다. 그런데 까닭을 알 수 없는 불길한 기류가 왕의 가슴을 짓누르고 어침을 방해했다.

새벽을 알리는 종각의 파루 소리가 더더덩덩 천근 같은 여음으로 울려 퍼졌다. 임금은 서둘러 내전으로 건너갔다. 언제 기침했는지 왕비는 정시합에 단정히 앉아 책을 읽고 있었다.

"이보오 중전! 세상 돌아가는 꼴이 하 수상하구려. 잠을 내쳐 설쳤소. 파루 소리에 묻혀 어렴풋했으나 광화문 쪽에서 쇳소리가 울린 듯도 하오. 중전께서는 일신에 각별히 유념토록 하시오."

"예 폐하. 신첩도 첫소리를 들었나이다. 지난달 부임한 왜국 공사 미우라가 아관을 끌어들인 신첩을 단단히 벼르고 있다 하지 않사옵니까."

"그자들의 모의가 단순한 위협 정도로 그치지 않을 수도 있습니다. 심상찮은 기류가 감지된다는 첩보도 있었소이다."

"신첩 또한 밀통을 접했나이다. 허나 대명천지에 아무리 막돼먹은 사무라이라 한들 설마 폐하께오서 번연히 계신 이 법궁이야 어쩌겠나이까."

"알 수 없습니다. 중전! 본색이 사악한 종족이오. 칼잡이들이란 말이외다."

"심려 마오소서 폐하! 미우라 공사는 도성에 부임한 지 이제 겨우 한 달이 지났을 뿐입니다. 그런 자가 무얼 도모하겠나이까. 기우일 것이옵니다."

"과인의 심기가 이리도 미혹하니 중전께서 당분간 피접避接을 나가는 게 어떨까 싶소만, 임오년의 환난을 돌아보오."

"폐하께오서 이리 강녕하시고 우리 태자가 강건한데 내전보다 더 안전한 데가 어디 있겠나이까. 설령 귀신도 모르게 궐문을 빠져나간다 해도 소문은 금세 난무할 것이고 위험에 노출될 것입니다. 임오년과는 다르게 세상이 번잡해지지 않았나이까."

어둠의 장막이 서서히 걷히고 먼 산기슭에서부터 부옇게 먼동이 터오고 있었다. 때를 같이하여 가로등이 졸고 있는 건청궁 담벽으로는 몸을 바짝 붙인 정체불명의 검은 그림자들이 일사불란한 동작으로 움직였다. 무덤 속처럼 섬뜩하게 지축을 울린 미세한 진동이 전신을 통과하여 감전되었다.

순간 고종은 스프링처럼 튕기듯이 벌떡 일어서 중전의 손목을 끌고 재빨리 복도의 구석진 소헌으로 몸을 피했다. 함광문 쪽에서 한 발 한 발 가까이로 접근해오는 미세한 파동을 감지한 것이다. 일순간 천근같은 침묵을 깬 사람은 중전 민씨다.

"위급한 상황이 닥친 듯하옵니다. 어서 피하소서. 폐하!"

"중전을 두고 어디로 피하라 하시오!?"

"부디 성체를 보전하셔야 하옵니다. 폐하! 속히 장안당으로 드오소서."

"오오 이런 낭패가! 중전도 속히 여기를 빠져나가야 합니다."

"아닙니다 폐하! 신첩과 함께 하시면 폐하마저 위태로워지나이다. 폐하께오서 위험에 처하게 되시옵니다."

"이미 경황이 없으니 우리 두 사람 함께 있어야만 하오."

"폐하! 역도의 무리가 표적하는 건 신첩입니다. 저들도 인간일 터이니 장안당까지야 어찌 범하리까. 부디 옥체를 보존하오소서!"

"이보오, 중전! 일이 화급하오, 종사를 위해서 내 그리 따르리다. 속히 뒷문으로 빠져나가 어디로든 피하시오. 부디 임오년의 환난을 명심하고 존체를 보존해 주오. 반드시 살아남아 있어야 합니다. 중전!"

"그리하겠나이다 폐하! 원컨대 종묘사직의 중대함을 잊지 말 것입니다."

사위엔 트지 못한 어둠이 흐르고 있었다. 광화문을 침범한 폭도들은 이미 경복궁을 쑥대밭으로 짓밟았다. 자객들은 홍례문을 통과하여 왼편으로 돌아서 경회루를 끼고 구중궁궐 속 건청궁을 향해 발소리를 죽이고 움직였다.

황후를 찾아내기까지 흉도들은 그 앞을 가로막는 궁녀와 내관, 병졸들을 가리지 않고 가차없이 베고 나갔다. 당시 명성황후의 시의로 중명전 옆 예원학교 터의 위쪽에 살고 있었던 언더우드 목사 부인 릴리어스 호튼은,

"평온한 시기였는데 새벽에 궁에서 갑자기 총소리 같은 게 들려와 굉장한 사건이 벌어졌구나, 하고 직감했습니다."

라는 증언을 한다. 이로 미뤄서 낭인들은 광화문을 지키는 경비병과 순검들의 저항에 무차별적인 발포로 응사하며 거침없이 건청궁으로의 난입을 시도한 것으로 드러났다. 파루 소리에 묻혔던 광화문의 총성은 황후 살해의 신호탄

이었던 셈이다.

자객들은 광화문과 동북쪽의 춘생문, 서북의 추성문 등 세 군데 궐문으로 동시적인 난입을 시도했다. 광화문에서는 경비병과 순검들의 저항에 총격전이 벌어지자 훈련대 연대장 홍계훈이 결연히 나서 폭도들을 질타했다.

"대체 이게 무슨 짓이란 말인가!" 그 순간 두 마디를 들을 필요도 없이 자객의 총구가 홍계훈의 가슴팍을 겨눴다. "야 이 조센징 빠가야로!" 고함과 동시 날아온 한 방의 총탄에 훈련대장 홍계훈이 고꾸라졌다.

홍계훈은 임오군란의 폭동 속에서 상궁 옷으로 변장을 한 명성황후를 호위하고 궐문을 빠져나가 왕비의 목숨을 구해준 충직한 무인이었다. 그의 심장에서 뜨거운 검붉은 피가 펌프처럼 솟구쳤다. 반격할 틈도 없이 일본도와 권총으로 무장한 낭인들이 휘두른 총검에 고작 방패막이로 대항을 하였던 순검들은 온몸에 벌집이 뚫린 채로 고꾸라졌다.

궐 안에는 왕궁수비대가 있었지만 일본의 견제로 신무기를 보급 받지 못한 상황에서 말 그대로의 오합지졸일 뿐. 무장해제를 당한 왕궁수비대가 따발총으로 무장을 한 괴한을 상대하기란 턱도 없는 전력이었다. 작정하고 달려든 폭도들의 기습에 수비대의 목은 추풍낙엽처럼 떨어져 나갔다.

살인마들은 전시도 아닌 평상시에 이웃나라 왕비를 그 나라 심장부인 법궁으로까지 쳐들어가서 능욕을 하고 살육하였다. 더욱이 외교관이라는 일본 공사 미우라가 주모자로 범행 일체를 진두지휘하였고 주재국 왕비를 살해했으니 이런 참담한 경우가 세상 천지에 어디 또 있단 말인가.

왕비의 시신은 석유를 흠뻑 붓고 불에 태워 그 증거를 인멸했다. 차마 인간의 탈을 쓰고는 저지르지 못할 잔악한 만행이었다. 불과 126년 전의 사건으로 일본정부가 주도하고 고의로 방조하여 자행된 조선 왕비 살해극의 전모다.

강화조약으로 문호를 개방할 때만 해도 고종 내외는 개화된 일본에 호의를 갖고 있었다. 그러나 1884년 일본을 등에 업고 김옥균, 박영효, 유길준 등의 친일 급진파가 일으킨 갑신정변을 기화로 조정은 거일 노선으로 급선회하기에 이른다.

이후 명성황후는 완전히 친러정책으로 돌아섰다. 황후를 대륙 침탈이라는 거대한 청사진의 최대 걸림돌로 지목한 일본 권부는 급기야 조선 왕비 살해라는 패륜적인 만행을 저지르고 만다.

섬사람들은 태생부터 배타적인 성향이 있다. 육지에 대한 잠재울 수 없는 욕망을 타고나기 때문이다. 섬나라 일본은 가장 근접한 조선 반도를 틈만 나면 호시탐탐 노렸고 약탈과 노략질을 일삼았다. 육지를 향한 저들의 태생적인 동경과 호전성은 수시로 재발하는 괴질과도 같은 악습이었다.

광활한 만주대륙! 따지고 보면 고구려와 발해의 영토로 우리의 고토가 아닌가. 압록강과 두만강을 건너서 끝없이 펼쳐진 만주 벌판으로 향한 불타는 야욕으로 일본은 그 길로 가는 진입로인 조선 반도를 정조준했다.

거기에 부동항을 선점하려 남진 정책을 꾀한 러시아와 기존의 맹주 청나라 등 한반도를 둘러싼 주변 강대국들에게 조선은 먼저 차지하면 임자가 되는 패권의 먹이사슬이었다. 오백 년 사직이 가물거리는 풍전등화의 계절이었다.

히젠토

명성황후 시해의 부인할 수 없는 증좌는 히젠토다. 조선의 심장을 찌른 칼! 을미년의 새벽, 명성황후를 난자한 그 칼을 일본은 지금도 국보처럼 아낀다. 황후의 침전에 난입한 살인귀 토오 가쓰아키가 황후 시해 사건 13년 뒤인 1908년 후쿠오카 구시다 신사에 바쳤다는 피 묻은 칼. 이름하여 히젠토!

나무로 만든 칼집에는 "瞬電光刺老狐순전광속노호 – 순간 번개처럼 늙은 여우를 단칼에 베었다."는 글귀가 선명히 새겨져 있다. 낭인배들은 45세 단아한 조선의 국모 명성황후를 단지 늙은 여우 한 마리 때려잡겠다는 결기로 해치워버렸다. 우익 단체 소속의 토오 가쓰아키는 황후를 직접 살해한 범인으로 지목된 인물이다.

그런데 일본이란 나라는 이웃나라 왕비를 살해한 명백한 증거물인 히젠토를 공공연히 특급의 유물로 모셔두고 있다. 무슨 심장으로 그런 비문명적인 만행을 서슴지 않는 것인가. 그들은 대체 무슨 염치, 무슨 양심으로 120여 년이 흘러간 오늘날까지도 신사 한가운데 보란 듯이 히젠토를 전시하고 승자의 기분을 반추하는 것일까? 그것도 특급 보물단지처럼 벌벌 떨면서까지 말이다.

살인의 역사에 대한 일본인의 자학적인 근성을 보는 것 같아 매우 불편하다. 뿐만이 아니다. 후쿠오카 구시다 신사의 하카타 역사관에는 히젠토 외에도 명성황후 시해 현장에서 낭인들이 휘둘렀다는 여러 개의 장도가 미공개 보물로 보관되어 있다.

히젠토 환수를 강력히 주장한 대한민국 민간 환수위원회의 요구를 그들은 들은 척도 하지 않았다. 아니 완강히 거부했다. 안중근 순국 100주년을 맞은 2010년 3월 25일 출범한 '히젠토 환수위원회'의 전 승려 혜문 김영준씨는 이 칼의 존재를 알게 된 후 구시다 신사를 직접 방문하여 칼과 칼집, 그리고 봉납 기록을 확인한 바 있다.

16세기에 제작된 이 칼은 길이 120cm, 칼날 길이 90cm의 장도다. 구시다 신사는 '황후를 이 칼로 베었다'라고 적힌 문서까지도 고이 보관하고 있었다. 날의 길이가 무려 90cm에 이르는 검劍은 전쟁이 횡횡했던 에도시대에 오직 살인을 위한 도구로 만든 장인의 칼이다.

칼의 주인 토오 카츠아키는 '황후를 이 칼로 베었다'고 가는 곳마다 무용담처럼 떠벌리고 다녔다. 이웃나라 왕비를 무참히 도륙한 살인마가 일말의 양심은 커녕 그 사실을 낭인배 일생일대의 영웅담으로 떠벌리면서 자랑을 하고 다녔다는 방증이다.

'히젠토 환수위원회'는 살인범 토오 카츠아키가 실토한 만큼 명성황후 살해의 명백한 범행도구인 히젠토를 돌려달라고 거듭 촉구했다. 아무리 군국주의 시대의 망동이라 하더라도 이웃나라의 국모를 벤 살인도가 가해자의 나라에서 버젓이 국보 대접을 받으며 전시된다는 사실은 역사의 비극을 넘어 인류사의 코미디가 아닐 수 없다.

의아한 일은 또 있다. 실제로 명성황후로 판명된 진본 사진이 국내외에서 아직까지 한 장도 발견되지 않았다는 점이다. 그것은 국내에는 이미 황후의 진본 사진이 남아있지 않다는 추론을 뒷받침해 준다. 이 또한 일본이 저지른 파렴치한 간계가 아니고 무엇이랴.

1895년이면 선교사들로부터 유입된 사진기로 개화기의 왕실에서는 심심찮게 사진을 박았다. 그 시절의 고종과 황태자 사진도 여러 컷이 남아있으므로 이는 일본의 조직적인 은폐가 아니고서 상식적으로 이해가 불가한 일이다.

비슷한 시기 워싱턴 D.C. 로건서클 15번지 빅토리아 양식풍의 주미조선공사관에서는 대조선국 국왕 부처 사진이 걸린 회의실에서 매일 아침 조회가 열렸다고 한다. 조선왕조는 1882년 5월 22일 서방과는 처음으로 미국과 조미수호통상조약을 체결하였고 1888년 1월 17일 박정양을 초대 주미전권공사로 파견하였다.

이듬해 2월 13일을 기하여 백악관 앞 라파에트 광장에서 1.5km 떨어진 로건서클 15번지에 3층짜리 적갈색 벽돌로 지어진 대조선주미공사관을 개관하였다. 주미공사관은 대한제국이 외국에다 설치했던 공사관 중에서 유일하게 원형이 보존된 건물이다.

그로부터 3년 후인 1891년 12월 1일, 고종이 하사한 2만 5000달러의 내탕금으로 공사관 건물을 인수하였고 등기까지도 마쳤다. 최초로 국외에 매입한 대한제국공사관 건물이었다. 그 돈은 당시 왕실 예산의 절반에 해당되는 거액이었다.

미국은 고종 내외가 하늘에서 내려온 동아줄이라고 믿고 싶었던 선교사들의 나라다. 그것은 멀고 먼 태평양 건너 미합중국이라는 낯선 열강에라도 기대어서 근대화된 조선을 설계하고 싶어했던 고종부처의 처절한 갈망이며 비원이었다.

1905년 11월 이토 히로부미의 강압으로 중명전에서 을사늑약이라는 만고에 없는 강제적인 유린 사태가 벌어졌다. 황제가 절대로 수락하지 않았고 수결치 않은 옥새건만 그날 이후로 대한제국은 외교권을 일본에게 빼앗긴 참사를 당하고야 말았다. 명성황후 살해에 이어진 2탄으로 착착 진행되어간 외교권의 박탈은 사실상 일제 식민지하로 입장하는 서막이었다. 이후 기본적인 국가 주권이 차례대로 속속 일본의 검은 손아귀로 빨려 들어갔다.

예정된 수순이며 각본이었다. 영토, 국민, 주권이라는 국가의 세 가지 요소가 통째로 일본의 목구멍으로 넘어갔노라고 선포가 된 날은 1910년 8월 29일. 문자 그대로 옥새를 탈취하여 강제로 날인된 경술국치가 무더웠던 그해 여름날을 기해 선포되었다.

이즈음 역사에서 가장 주목되는 단어는 '강제'라는 두 글자다. 옥새의 날인이 가짜로 찍혀진 을사늑약도 강제, 소위 한일병합이라고 말하는 조선이 통째로 먹혀버린 경술국치도 날강도의 행진처럼 강제로 이루어졌다.

그날로부터 불과 3일이 경과했을 뿐인 1910년 9월 1일이었다. 외교권을 빼앗긴 을사늑약 사태 이후, 주미공사관에서 펄럭이던 태극기를 일본이 강제로 끌어내린 지는 5년이 지난 훗날의 사건이었다. 일본은 워싱턴 로건서클의 대한제국공사관 건물을 단돈 5달러에 매입하여 통째로 말아 먹는 기염을 토했다. 19년 전에 조선정부가 2만 5천 달러의 내탕금을 들여서 매입했던 건물을 달랑 5달러에 제멋대로 먹어 치우다니! 사악한 놈들이, 누구 마음대로?

미국의 눈을 의식해서인지 날강도 같은 철면피로 빼앗은 공사관 건물을 일본은 곧바로 어떤 미국인에게 매도해버렸다. 국가의 재정이 휘청거릴 만큼의 엄청난 예산을 투입하여 푸른 꿈을 안고 사들였던 워싱턴 공사관 건물은 그렇게 공중으로 분해가 되었다.

단돈 5달러에 조선과 미국이라는 연결고리를 완전히 끊어내고 흔적마저도 아예 지워버려 조선의 자취를 영구적으로 삭제하려고 시도했던 단말마적인 만행이었다. 이는 한일병합문서의 먹물이 채 마르기도 전에 일본이 최초로 대한제국을 가격한 증거인멸의 대참사다.

역사의 강물은 도도히 흘러간다. 대한제국주미공사관의 게양기에서 국기가 하강한 지 무려 113년. 그날이 2018년 5월 22일이었으니 한 세기가 훌쩍 지난 시점이었다. 다행스럽게도 로건서클 모퉁이에서 그 자리를 그대로 지켜주고 있었던 최초의 대한제국공사관 건물의 원형복원이 완료되었다. 외관부터 내부의 집기 하나에 이르기까지 면밀한 고증을 통해서 복원시킨 워싱턴 대한제국공사관이 재개관된 날이다.

그날의 그 공사관 건물에서는 113년 만에 국기 게양식이 거행되었다. 대한제국주미공사관의 초대 서기관 월남 이상재의 증손자 이상구가 재개관 행사에서 대한민국의 태극기를 게양하였다. 그 사이에 공사관 건물은 휴양소와 미국 화물운수 노조사무소 등으로 사용되어오다가 1977년부터는 티머시 젱킨스 가족이 매입하여 거주하고 있었다.

불의 부당하게 빼앗긴 지 107년 만인 2012년 문화재청이 국가 예산 350만 달러를 투입하여 옛 주미공사관 건물을 돌려받았다. 다행스럽고 눈물겨운 일이다. 대한제국의 고종황제가 사들이고 강제로 수탈당한 옛 주미공사관을 대한민국이 140배에 달하는 프리미엄을 얹어서 다시금 되찾아 온 날이다. 소멸된역사의 복원이었다.

그런데 주미조선공관이 철수될 당시 벽에 걸려있었다는 명성황후의 사진이감쪽같이 사라지고 흔적조차 묘연하다. 일본이 국내외에 있었던 황후의 사진을 낱낱이 수거하여 조직적인 은폐를 시도했을 것이라는 추측이 가능한 부분이다. 이어진 길고 긴 식민치하로 그들의 시도는 완전범죄가 될 수 있었을 것이다. 아마도 일본 천황이 사는 궁성의 고쿄 내부 깊숙한 서고 어딘가에는 명성황후의 진본 사진이 분명 고이 보존되어 있을지도 모를 일이다.

다시 말하거니와 을미사변은 일본정부의 암묵적인 묵인과 동조 하에서 일본의 군관민 합작으로 저지른 정부주도형의 만행이었다. 누가 봐도 아주 치밀하게 사전 모의가 된 각본에 따라 신임 일본공사 미우라 고로의 연출로 무대에올려진 국모 살해극의 전모인 것이다.

육군 중장 출신 미우라 고로는 명성황후 제거라는 오직 하나의 지령을 수행하려고 일시적으로 공사 부임이라는 형식을 취했던 자다. 그는 목적을 달성하자 곧바로 본국으로 돌아갔다. 범죄의 세세한 정황이 '웨베르 보고서'에 그날의일지처럼 빼곡하게 드러나 있다.

2015년 5월, 평생을 일본 연구에 바쳐온 세계적인 역사학자 187인이 날이 갈수록 심화되는 아베 정권의 과거사 부정과 교묘한 혹술로 국가적 책임을 부정하는 역사 왜곡을 질타하고 나섰다. 미국 코네티컷 대학의 알렉시스 더든 교수가 추진한 '아베 정권의 역사수정주의'를 비판한 이 서명운동에는 전 세계 500여 명이 넘는 교수들이 동참하였다. 양식 있는 일본인 교수 상당수도 이 서명운동에 참여했다.

명성황후 살해를 첫 번째 원인으로 지목하며 1909년 하얼빈에서 조선 침략의 원흉 이토 히로부미의 심장을 쏜 안중근 의사는 『동양평화론』에서 이렇게 천명한다.

"이웃 국가는 공존의 대상이지 침략의 상대가 아니다."라고.

지구상의 수많은 인종 가운데 DNA가 구분하기 어려울 정도로 닮아있다는 한국인과 일본인의 피의 유사성! 이 또한 인류유전학자 오모토 게이이치 도쿄대학교 명예교수가 밝힌 말이다.

제2차 세계대전의 전범국인 독일과 피해국 이스라엘의 관계 개선은 오늘을 살아가는 인류에게 사표가 되고 있다. 인류에게 영원한 적은 없다는 교훈과 더불어 과거사는 과거지사로 돌려질 수도 있다는 용서와 화해의 메시지를 그들은 행동으로 보여주었다.

제2차 세계대전의 가해국 독일의 진심 어린 거듭된 사죄는 선진화된 인류의 귀감이라 할 만할 것이다. 일본이라는 나라도 진심을 다해서 반성하고 거듭 사죄할 때만이 아직도 가슴속에 원한의 핏빛 강물로 흐르고 있는 씻어내리지 못한 살인의 인과에서 자유로워질 수가 있지 않겠는가.

그런 후에야만이 조선의 국모를 참혹하게 살해한 히젠토의 저주에서 벗어날 수가 있을 것이다. 이웃나라의 심장을 찌른 히젠토의 저주가 다음에는 어디로 향할지 누가 단언할 수 있겠는가? 오늘의 대한민국이 어제의 조선왕조가 아니듯 오늘의 일본이 내일에는 어떤 역사로 기록이 될지 그 누구도 예측할 수 없는 미래의 장이기에 드는 생각이다.

에이조 보고서

1895년 10월 12일자 뉴욕타임즈The New York Times는 명성황후의 시해 사실을 긴급 보도했다. 사건 4일 만의 속보다. 빨라야 며칠씩 걸리는 전신전보나 국제 증기선으로 배달되는 현지 신문 기사를 통해서만 외국 소식을 접할 수가 있었던 19세기 말의 실정에서 전광석화와도 같은 타전이었다. 사건 나흘 후면 현지에서조차 오지 사람들은 감감무소식인 시간대다. 뉴욕타임즈는 명성황후의 시해를 저물어가는 19세기 지구상의 최대사건으로 규정하였다.

"전시도 아닌 평상시에 일본이 조선의 궁전에 난입하여 왕비를 살해했다는 점에서 사상 유래를 찾을 수 없는 만행이다."라고 뉴욕타임즈는 보도했다.

그밖에도 시해 전모를 증언했던 보고서들은 공통으로 "차마 필설로는 형언키 어려운 잔인함의 극치"라고 입을 모았다. 그들이 입을 모아 외친 "필설로는 다 쓸 수가 없는 잔인함의 극치"란 대체 무엇을 가리키는 말이었을까.

주권 국가의 왕비를 그 나라 구중궁궐 침전으로까지 난입해서 난도질을 하여 처죽이고, 그것도 성에 덜 차서 왕비의 몸을 벗겨 스스로가 일명 국부 검사라고 칭한 성폭행까지 가했다는 점. 그 몸에 석유를 붓고 죽어가는 왕비를 불에 태워 증거를 인멸했다는 점. 그런 잔악무도한 비문명적인 가해를 두고 혀를 내둘렀다는 뜻일 것이다.

사건이 있은 지 한 세기가 지난 2000년 10월 러시아정부 문서관리소에서 공개한 300여 쪽에 달하는 웨베르 공사의 보고서가 이를 명명백백히 증명해 준다. 제정 러시아 황제 니콜라이 2세가 친히 검토하고 서명한 보고서의 하단에는, "실로 격분할 만한 사건의 결말이로군."

이라는 니콜라이 황제의 친필 메모가 적혀있다. 이 문서에는, "조선 왕비가 복도로 달아나자 뒤쫓아 가서 쓰러뜨린 뒤 가슴을 짓밟고 칼로 베었다."는 기록이 나오고, 1895년 당시 미국 언론의 "칼로 살해한 시신에 석유를 부어 불에 태웠다"는 보도에 세계는 경악했다. 또한 자객조의 한 사람으로 현장에 투입되었던 일본인 고문관 이시즈카 에이조가 직접 제 눈으로 보고 써서 남긴 이른바 〈에이조 보고서〉에서는, "왕비를 끌어내어 두세 군데 칼로 상처를 입히고 옷을 벗겨 국부검사를 하고, 기름을 뿌려 소실했다. 불행하게도 어떤 미국인이 현장을 목격하고 있었다 하니 일방적으로 말살해버릴 수 없다."라고 했다.

– 두세 군데 칼로 찌름. 왕비의 옷을 발가벗김. 국부검사라 칭한 성폭행을 가함. 몸에 기름을 뿌려 소실함. 어떤 미국인의 목격. –

요약하면 이런 내용이다. 그런데 1895년 11월 18일자 LA헤럴드는 위스콘신의 밀워키 센티널 보도를 인용한 "Corea's Murdered Quee.조선의 시해된 왕비"라는 기사에서 살해하고 시신을 불태웠다는 지금까지의 속설과는 상반된 설을 보도했다.

"일본 낭인배들이 조선의 왕비를 살해했으며 배후에서 일본의 군대가
도왔다. 그들이 여왕의 침소에 들어왔을 때 네 명의 여인이 있었다. 그 무
리는 왕비의 얼굴을 몰랐기 때문에 네 사람 모두를 살해했다. 칼로 도륙한
시신들은 이불에 싸서 뒷마당으로 옮겨져 석유를 뿌린 후 불에 태웠다. 왕
비는 살아있는 상태에서 불태워졌다.The Queen was cremated alive."

LA 헤럴드의 이 기사는 그간의 통설인 '살해 후 시신 소각'설을 전면 뒤집는 내용이다. 일본인 자객들은 왕비 얼굴을 몰랐기 때문에 침전에 같이 있었던 궁녀 세 사람을 도륙 낸 뒤, 이불에 돌돌 말아서 뒷마당으로 옮기고 석유를 흠뻑 부어 불에 태웠다. 이어 '왕비는 살아있는 상태에서 불태워졌다.'라는 기록이다.

살해 현장의 참관자인 에이조가 기록한 〈에이조 보고서〉에는 미국인 목격자

내용이 다시금 등장한다.

> "득히 무리들은 안으로 깊숙이 들어가서 왕비를 끌어내어 두세 군데 칼
> 로 상해를 입혔다. 그리고 왕비를 발가벗긴 후 국부검사를 하였다. 마지막
> 으로 기름을 부어 소실시키는 등 차마 이를 글로 옮기기조차 어렵도다. 그
> 외에 궁내부 대신을 참혹한 방법으로 살해했다. 불행하게도 어떤 미국인
> 이 현장을 목격하고 있었다 하니 일방적으로 말살해버릴 수 없는 일이다."
> – 이시즈카 에이조, 〈에이조 보고서〉

바로 이 문구다. 그들 자객조의 참견인으로 투입된 일본인 고문관이 현장에서 벌어진 사건을 목격하면서 실황을 그대로 옮겨 적은 이 기록이 그날의 가감 없는 진상이었다.

사건 당일 미국인 목격자가 송고한 로스엔젤레스 헤럴드 신문기사와 일본인 고문관 에이조가 기록한 위의 〈에이조 보고서〉를 종합하면 명성황후 시해 현장의 전모가 드러난다. 바로 이 기사와 보고서를 통해서 우리는 명성황후 시해와 관련된 매우 의미 있는 단서를 유추해 낼 수가 있다.

> "첫째 왕후는 서너 명의 흉도들에게 칼로 도륙을 당하고 살해되었다. 둘
> 째 왕후는 복수의 흉도들에게 이른바 국부검사라고 칭한 성폭행을 당하였
> 다. 셋째 왕후는 숨이 채 끊어지지도 않은 상태에서 불태워졌다."

라는 사실이다. 그런데 두 번째 항목과 세 번째 항목 사이 모종의 혼란이 가중된다. 〈에이조 보고서〉에는 소위 국부 검사라는 성폭행을 당할 때 왕비가 숨이 끊어진 상태였는지, 아직은 살아있는 상태에서 성폭행을 당한 것인지에 대한 언급이 없기 때문이다. 이는 명성황후가 시체로 불태워졌는가, 아니면 산 채

로 화형에 처해 진 것인가에 대한 단서가 되는 매우 예민한 문제점이다.

왕후에 대한 폭도들의 성폭행! 칼로 난자질을 당하고 피를 흘리며 쓰러져 죽어가는 왕비가 그들 눈에는 "도마 위에 널브러진 한 마리의 생선"쯤의 존재로 비쳤을 것이다. 이것이 호전적인 사무라이들의 나라 일본, 그 흉도들의 눈에 비친 이 나라 조선의 모습이었다.

그렇다면 명성황후는 아직 숨이 붙어 있던 살아있는 상태에서 폭도들에게 성폭행을 당한 것인가? 아니면 목숨이 막 끊어진 시신 상태로 능욕을 당한 것인가? 죽어서냐? 살아서냐? 이 문제 또한 역사의 수수께끼로 넘어가 버린 듯하다. 죽은 후의 분사설은 산 채로의 화형설과 더불어 아직도 영구 미제로 남겨져 있다. 실로 유구무언이다.

명성황후는 일본에 있어 제 나라의 명줄을 잘라 놓은 철천지원수도 아니다. 풍전등화와도 같은 자신의 왕국 조선을 위해서 단지 외교적인 선택과 노선으로 일본의 침략을 막아내려고 있는 혼신의 힘을 다해 몸부림친 조선의 국모일 따름이었다.

이러한 구중궁궐 속의 이웃나라 왕비를 좀비 같은 악성으로 처참하게 뜯어먹은 살상극이라니! 그들은 인간의 탈을 뒤집어쓴 사무라이의 악귀들이 아닌가. 인륜적으로는 이해도 용서도 불가한, 일본이라는 나라가 저지른 천인공노할 만행이었다.

이불에 돌돌 말린 왕비는 건청궁 인유문 뒤쪽 후원의 녹산 아래에서 석유를 듬뿍 뒤집어쓴 채로 불에 태워졌다. 일각에서는 "옥호루에서 붙잡혀 시해된 후 건청궁 후원의 녹산에서 불에 태웠다"는 사후 분형설을 대체로 인정하고 있다. 그런데 그 시해 현장에는 폭도들 외에 적어도 두 사람의 외국인 목격자가 있었다.

그중의 한 사람은 위의 〈에이조 보고서〉에서 언급된 "미국인 목격자"인 퇴역

대령 출신의 다이W.M.Dye 장군이다. 다이는 1888년 4월 고종의 초빙으로 연무공원 수석교관으로 입경하였다. 후에 궁중수비대를 총지휘한 다이는 그날 현장에서 시해의 참상을 처음부터 끝까지 낱낱이 목격한 외국인이었다.

또 한 사람의 외국인은 우크라이나계 러시아인 아파나시 이바노비치 세레딘 사바틴A.I.Sabatin이다. 건축설계가 사바틴은 다이 장군과 함께 부감독관으로 국왕의 근저에서 경계근무를 서고 있었다.

사바틴은 현재 3층 탑부의 잔재가 남아있는 정동의 옛 러시아공사관과 중명전, 정관헌, 석조전, 손탁호텔 등 대부분의 서양식 건물을 설계한 건축가였다. 러일전쟁이 발발하자 1904년에 쫓겨나듯 출국하여 블라디보스토크로 피신하기까지 무려 14년 동안이나 고종의 측근으로 대한제국에서 활동한 개화기의 대표적인 외국인이다.

을미사변 당일 그 새벽의 기록들은 자료와 증언마다 미세한 차이를 드러낸다. 그러나 명성황후를 수색하여 살해하고 사태를 마무리하기까지 걸린 시간이 불과 45분 남짓이었다는 사실만은 대체로 일치하고 있다.

시해 장소에 대해서도 약간의 이견이 존재한다. 이는 〈에이조 보고서〉와 그날의 참상을 전파했던 장본인인 다이 장군과 사바틴의 전달과정에서 빚어진 소소한 차이점일 것이다. 보통은 명성황후가 곤녕합 옥호루에 숨어있다 변을 당한 것이라고 알려져 있다.

그러나 실제로는 옥호루에서 붙잡힌 왕비가 질질 끌려 나와 고종의 침전인 장안당과 곤녕합 담장 사이, 즉 장안당 뒤쪽 부분의 우측 담장 아래 땅바닥에서 살해되었다고 한다. 지금도 장안당 담벼락의 뒷마당은 허허 빈터로 남겨져 있다.

건청궁 뒤로는 지금은 흔적조차 사라졌지만 서양관이라는 양옥이 있었다. 일본이 특히 유럽을 두려워한다는 말에 솔깃한 고종이 왕궁에 지은 최초의 서양식 주거 건물이다. 이곳에는 궁궐수비대 대장 다이 장군과 사바틴을 비롯하여 몇몇의 미국인과 러시아, 프랑스, 영국인들이 거주하고 있었다.

국왕 내외는 서양인들이 있으면 일본이 그들의 시선을 의식해서라도 함부로 궐내 난입을 시도하지는 못할 것이라고 여겨 건청궁 가까이에 서양인들을 위한 주거공간을 지었다. 난세에 참으로 딱하고 비감한 군주 내외의 궁여지책이 아닐 수 없었다.

명성황후 시해 사건이 가해국인 일본의 의도와는 다르게 낱낱이 세계로 중계될 수 있었던 배경도 그 서양관에 기거하면서 그날의 참상을 현장에서 직접 목격한 사바틴과 다이 장군이 있었기에 가능한 일이었다.

한 치 눈앞이 보이지가 않았던 격동의 시대. 임금의 거소인 궐 안에서조차 국왕 내외가 얼마나 가쁜 숨을 몰아쉬었는지 숨이 막히는 회고가 아닐 수 없다.

"대군주폐하! 속히 피신하여야 하옵니다. 소인이 모시겠나이다."

고종을 호위한 사바틴은 자객들이 왕비를 찾으려고 혈안이 된 사태를 목격하고는 아연실색했다. 그러나 때는 이미 늦었다. 사태의 심각성에 직면한 사바틴은 임금의 신변만이라도 보호하려면 저 흡혈귀처럼 미쳐 날뛰는 자객들을 피해 신속히 고종을 피신시켜야 한다고 판단했다.

"왕후를 해하려고 날뛰는 저놈들의 시뻘건 눈깔을 보시오. 필시 큰일이 나고야 말 것이다. 중전의 목숨이 경각에 달렸거늘 어디로 나만 혼자 살겠다고 도망을 치라는가! 아니 될 말이로다."

"대군주폐하! 속히 이 자리를 벗어나셔야 하옵니다. 궐을 빠져나가 미국공사관으로 옥체를 피하소서. 후일을 도모하셔야만 하옵나이다."

"아니 될 말이로다! 내 무슨 변고를 당한다 한들 여기서 한 발자국도 움직이지 않을 것이다. 짐이 있어야만 중전께서 몸을 피할 틈이 생긴다. 저 악귀들이 설마 나까지야 어찌하리."

그러나 사태는 고종의 뜻대로 되어주지 않았다. 뉴욕타임즈와 로스엔젤레스 헤럴드가 왕후 시해 사건 직후 가장 신속하게 사건의 전모를 보도할 수 있었던 배경에는 현장에서 흉도의 무리와 대치하고 있었던 다이 장군의 생생한 송고에 힘입은 바가 크다. LA헤럴드는 이어서 보도했다.

> "왕후 시해 당시 조선을 위해서 싸운 미국의 한 장군이 있었다. 그는 이번 소요의 목격자로 자객이 궁궐에 난입했을 때 수비대를 지휘하였고 영웅적인 저항을 하였다. 그는 몇 방의 총탄을 맞고 거의 절명을 할 뻔했다. 만일 그가 생명을 잃었다면 일본정부는 미국과 아주 심각한 문제에 직면했을 것이다."

"왕비를 끌어내 두세 군데 칼로 상처를 입히고 옷을 벗겨 국부검사를 하고 기름을 뿌려 소실했다."는 에이조 보고서에 더하여 다이의 송고를 받은 LA헤럴드의 기사는,
"조선의 왕비는 살아있는 상태에서 불태워졌다.The Queen was cremated alive."는 얼핏 같은 것 같으면서도 실상은 전혀 상반된 견해를 전하고 있다.

이시즈카 에이조와 다이 장군! 일본과 미국인으로 국적이 서로 다른 이들은 각각 한 사람은 가해자의 일원으로, 다른 한쪽은 방어자라는 상반된 입장에서 살육의 현상에 마주하고 있었다. 가해자와 방어자라는 판이한 두 입장과 시각을 가졌던 목격자가 동시에 보고 기술한 일치된 진술을 토대로 당시의 상황이 재현된다. 즉,
"왕후는 죽은 후가 아닌 아직은 숨이 붙어 살아있는 상태에서 불태워진 것임." 이라는 단서에 대한 확인이다. 명성황후가 아직은 목숨이 붙어 있는 상태로 발가벗겨지고 복수의 폭도들에게 성폭행을 당하고, 아직은 심장이 헐떡거리는 살아있는 상태에서 석유를 흠뻑 뒤집어쓰고 불에 태워졌다는 사실을 이 기사

는 말해주고 있다.

　과연 역사의 진실은 어디에 묻혀있는 것일까? 이보다 더 악랄하고 이보다 더 참혹하며 이보다 더 잔악무도한 범죄의 현장이 지구상에 또 있기나 했었던가? 그 여인이 기울어가고 있던 오백 년 사직의 이 나라 오래된 왕국의 국모였기에, 그것이 불과 한 세기 전에 이 나라의 법궁에서 자행된 생생한 실황이기에 상념에 젖어드는 것이다.

"원컨대 종묘사직의 중대함을 잊지 말 것입니다."

　황급히 몸을 숨긴 곤녕합의 소헌에서 고종에게 당부한 이 한마디가 명성황후 생전의 마지막 유언이 되었다. 목숨이 경각에 달린 위급함 속에서도 왕비는 오로지 이 나라 조선의 종묘사직을 근심하였다. 이 말을 끝으로 왕비는 죽었고 임금은 살았으니 그 순간이 국왕 내외가 영원히 이별을 고한 생사의 갈림길이 되었다.

　대군주폐하 고종은 임오군란 때와 마찬가지로 환난의 순간에 왕비를 또다시 지켜주지 못했다. 그나마 임오년의 변란 때는 궁녀로 변장을 하고 요행 궁을 빠져나갈 수가 있어 멀리 장호원까지 도망을 쳤다.

　그때는 지켜주는 자들이 있었고 살아남아서 내전으로 복귀할 수가 있었다. 허나 벼락처럼 내리친 을미년 시월의 그 싸늘했던 새벽, 왕비는 영영 돌아오지 못할 길을 떠났다. 조금 전까지만 해도 지아비와 머물렀던 내전의 그 차가운 마룻바닥에서.

　추색이 짙어간 새벽녘, 향원정 서늘한 물결 위에는 마른 버들잎이 흐르르 떨어져 내리고 있었다.

　호러스 알렌Horace Newton Allen은 선교사이자 외교관이며 최초의 근대식 병원 제중원을 설립한 미국인 의사다. 구한말의 정치 무대에서 주한미국공사관 공사와 서울주재 총영사를 지낸 알렌의 영향력은 매우 비중 있었고 그의 위치는 외교가에서 화려했다. 고종의 정치 고문 알렌은 명성황후 사후 두 달이 지난 1905년 12월 14일자 미육군 소장 윌슨에게 보낸 한 통의 편지에 이렇게 썼다.

"조선의 국왕 고종은 끔찍하게 나약한 사람입니다."라고.

어소에서 두 눈을 멀쩡하게 뜨고도 왕비가 왜놈 폭도들에게 살육을 당하는데 그대로 바라볼 수밖에는 없었던 조선의 대군주폐하! 그는 분명 눈을 부릅뜨고 죽은 전장의 일개 장수만도 못한 허깨비 왕이었다. 구중궁궐 연거지소에서 아내인 왕비를 지켜주지도 못한 군주! 고종은 잠이 든 황제다.

조선의 죽음

"때려잡은 늙은 여우를 불에 태워 흔적을 남기지 말라."

작업을 마친 명성황후 살해의 주범 미우라 고로가 마지막 내뱉은 한마디다. 국모 살해 음모의 전 과정에 행동대원으로 동참했던 조선인 훈련대장 우범선에게 내린 명령이었다. 증거인멸의 지시를 받은 우범선은 녹산의 나무들로 단을 쌓아 왕비의 육신을 그 위에다 올려놓고 석유를 듬뿍 부어 불에 태웠다.

우범선은 왕비의 신체가 불에 타서 소각되고 남겨진 인골을 주섬주섬 추려다 향원지 깊은 못 속에다 힘껏 집어던졌다. 타고 남은 재와 부스러기 뼛조각들은 아무렇게나 녹원에 구덩이를 파고 묻었다.

살인귀들에게 조선의 왕비가 그렇게 무참히 짓밟히고 살해되고 유기되었다. 제 한 목숨을 내던져서라도 국모를 지켰어야 하는 별기군 훈련대장 우범선은 왜놈의 편에 달라붙어 제나라의 왕비를 참살하는 데 앞장을 선 적괴의 하수인 이었다.

명성황후가 정사에 주도적으로 관여하기 이전의 조선은 은둔 왕국이었다. 속방 관계인 청국에 조공을 바치러 오가고 대마도에 조선통신사를 파견하는 일 외에는 어느 나라와도 상통을 하지 않은 전제군주 국가다.

물건을 만들어 사고파는 통상이 없으니 상공업이 무엇인지 알 리가 없고 오로지 천수답에만 의지하여 두더지처럼 땅이나 파먹으며 살아간 백성들이다. 유교적 근본주의 이념에 갇혀 창의력이 고갈되었으니 나라 살림은 수백 년이 흘러도 지독한 가난을 면치 못했다. 세계는 이런 조선을 신기한 은자의 왕국이라 하고 '동방의 작은 은둔국'이라 불렀다.

그나마 추수거리가 바닥이 나는 보릿고개가 되면 도성의 길가에도 굶주림으로 누렇게 부황이 떠서 죽어가는 사람들이 허다했다. 빈곤에 찌든 백성들이 입에 풀칠이라도 할 수만 있다면, 아아 그럴 수만 있다면, 이것이 가난한 나라의 왕비가 노심초사했던 19세기 말 조선의 모습이었다.

백성들이 배곯지 않게 먹고사는 나라! 그러기 위해서는 빗장에다 쇠못을 친 고립무원의 벽을 허물고 밖으로 눈을 돌려 새로운 선진문명을 받아들이는 국가의 대개조가 절실했다. 대를 물려가며 배를 곯는 우리끼리만의 은둔에서 벗어나 근대화된 나라를 꿈꾼 사실도 따지고 보면 백성들의 살림살이가 펴지기를 소원한 국모의 소박한 염원에서 비롯되었다.

명성황후는 태자 척坧이 이어갈 조선을 백성들이 배불리 먹고 살아갈 수 있는 나라로 물려주고 싶었다. 그것만이 오직 왕비의 간절한 여망이었다.

대세의 흐름에 촉수가 밝았던 명성황후는 고종과 더불어 서방세계와의 외교 관계를 확대해 나갔다. 1882년 미국과의 통상외교를 수립하고 이어 영국과 독일, 이탈리아, 프랑스, 벨기에, 러시아 등에 상주 공사관을 설치하였고 전권공사를 파견하여 세계를 향해 빼꼼히 고개를 내밀었다. 오백 년 왕조의 끝자락에

와서야 가늘게 실눈을 뜬 변혁의 조짐이었다.

허무하게 명멸해 간 청나라도, 초강대국이라고 찰떡같이 믿었던 러시아에도 기댈 곳이 없어진 대한제국 시대에는 호전적인 일본을 견제할 묘책으로 고종은 머나먼 미국과의 연미책을 추진하려 무진 노력했다. 그러나 선교사들의 우호적인 헌신과는 달리 패권주의에 열을 올린 루즈벨트Roosevelt 정부는 극동의 보잘것없는 전제왕국의 호소 따위에는 냉담하기 그지없었다.

1883년 7월 고종은 민영익, 서광범을 주축으로 한 보빙사를 미국으로 파견했다. 이것이 근대화의 모델로 일본을 찰떡같이 믿고 있었던 급진 친일 세력의 경계심을 자극한 계기가 된다. 우범선 또한 친일 개화를 주장한 대표적인 한 사람이었다.

이날의 참상에 대해 무슨 생각이 들었는지 왕비의 타다 남은 유골 한 줌을 향원지에 힘껏 내던지면서 우범선은 홀로 상념에 빠져들었다.

"숲처럼 무성하게 에워싸고 온갖 세도를 부린 민씨네 일족. 당신의 발아래 부복하여 명령 한 마디면 조선 천지가 벌벌 떨고 국모라 칭송을 하였던 이천만의 백성들. 마마! 그들은 지금 다 어디에 있나이까. 당신의 숨통이 한칼에 잘릴때 오직 나 한 사람 우범선만이 두 눈으로 마마를 똑똑히 보았소이다."

"네 이놈. 이 철천지원수 놈아! 우범선이라 하였더냐. 천하고 천한 무부 놈이 감히 내 몸을 능욕하였도다. 이 나라 국모인 나는 인두겁을 뒤집어쓴 네놈들의 손아귀에 기어이 명줄이 끊기고 말았느니라. 짐승만도 못한 천하에 무도한 살인귀 같으니. 네 이놈 우범선아 들으라! 너는 오늘 나에게 무슨 짓을 하였느냐. 무엇을 보았던가. 이 나라 조선을 집어삼키려 혈안이 된 왜놈의 주구가 되어 국모를 도륙 내는 일에 앞장섰도다. 그도 모자라던가? 나의 뼈와 살을 산산이 조각내고 향원정 깊은 못에 집어던지는구나! 그것이 이 나라 군부의 훈련대장이라는 자가 할 짓이라 여겨지더냐."

"당신은 저에게는 국모가 아니올시다. 일찍이 암탉이 울면 집안이 망한다고 하였소. 소인은 별기군 훈련대 제2대대장 우범선! 조선이 개화되기 위해서는 일본의 지도편달이 필요하다, 그 정도는 알고 있나이다. 이 막중지사에 시끄럽게 울어대는 암탉의 모가지를 비틀지 않고서는 길이 없다 여기기에 힘을 보탰을 뿐, 하등의 죄책감도 후회도 없소이다. 구중궁궐에서 그만큼 부귀영화를 누렸으면 억울하다 생각지 마시오. 그저 세상이 허망타 그리 여기시오."

"네 이놈 우범선아! 정녕 몽매한 자로다. 무지한 네놈에게 무슨 정견이 있을손가. 왜국이 이 나라를 개화시킨다? 흥, 어떤 자가 그리 혹술하더냐? 그래도 한학과 병서를 읽었다는 자가, 참령으로 국록을 축낸 네놈이 폭도들의 개가 되어 짖고 있다니. 너는 만고에 없는 역적이니라. 오늘 네놈들로 하여 무참히 더럽혀진 내 죽음으로 이 나라 조선은 오백 년 사직이 무너졌도다. 망국지한, 망국지민이 될 것이로다. 보거라! 너 같은 역신의 무리가 이 나라를 간악한 왜구의 손아귀에 쥐여준 것이라고 역사는 그리 적어둘 것이니라."

"천만의 말씀이올시다. 이 나라를 망친 이는 바로 조금 전에 만고의 변을 당한 민비! 당신이란 말이오. 권력의 단맛에 빠져서 나는 새도 떨어뜨린다는 민씨네 척족들이 이 나라를 도탄에 빠트렸다 이 말씀이오. 나는 일본을 본으로 삼자는 개화의 파수꾼일 뿐, 그 길로 가는데 걸림돌이 된 암탉의 목줄을 끊어버린 시대의 선각자라 이 말씀이외다."

"가련하도다. 어리석은 자로다. 왕비가 없어졌다 하여 왜국이 이 나라를 지켜줄 성싶던가. 누가 그리 망발하더냐. 우매한 자의 오판이로다. 눈이 있으면 두고 보거라. 내가 사라지매 이 땅의 백성들은 필경 망국지민이 될 터이니. 동서남북 그 어느 방위에도 머리를 누일 데가 없어질 것이로다. 뿔뿔이 만방으로 흩어져 나가리라. 제 땅에서 살아도 왜놈의 노예요, 북풍한설이 휘몰아치는 만주벌판으로, 시베리아의 극지를 부평초처럼 떠돌다가 이름 없는 혼백으로 사라져 갈 것이니."

"만부당한 말씀이외다."

"반역의 역괴인 네놈 또한 살아있는 것이 죽은 목숨만도 못한 신세가 되리니. 유령처럼 왜국을 떠돌거라. 언제고 충직한 내 백성의 손에 기어이 네놈의 명줄을 끊어내고 말리라. 너의 자식들은 대대로 반역의 무리라 낙인이 찍힐 것이로다. 나의 죽음이 곧 조선의 죽음인 것을…!"

통렬한 냉소일까, 영웅심의 발로일까. 지엄한 왕정시대에 국모를 살해하는 데 앞장을 선 별기군 훈련대장 우범선이 그날의 현장에서 느낀 심사의 일단이다. 우범선의 냉소 또한 정치 권력에 뼛골이 빠진 고단한 민초들의 탄식이라는 점에서 통한이 사무친다.

비문명의 오욕

명성황후의 살해부터 소사에 이르는 전 과정에 뒤처리까지 완벽하게 가담한 인물 중의 한 사람이 조선인 훈련대장 우범선이다. 군국기무처 의원이었던 별기군 훈련대 제2대장 우범선은 사전 모의대로 폭도들이 건청궁에 난입하자 군병을 풀어 담장을 에워싸고 궁성수비대의 접근을 무력화시켰다.

낭인들 앞에서 명성황후의 얼굴을 확인해준 자도 우범선으로 알려져 있다. 그는 방금 전에 죽여 없앤 왕비를 녹산에서 불에 태워 소각하였고 수습된 재는 아무렇게나 흙을 덮었으며 남은 뼛조각은 되는 대로 주워다가 향원지 깊은 못 속에 던져버렸다. 제 나라의 국모를 적군의 주구가 되어 처참히 짓밟고 유기했다.

별기군 훈련대 대장의 신분으로 그는 휘하 군졸을 이끌고 왕비의 시해 음모 과정부터 증거 인멸의 마지막 처리 단계까지 완벽하게 떠맡았다. 그는 왜 꼭 일본의 개가 되어 그렇게까지 극악한 패륜을 저질러야만 했는가.

우범선은 세계적인 원예육종학자로 명성을 날린 우장춘 박사의 부친이다. 41년이라는 시차를 두고 너무도 다른 입장에 선 부자간이었다. 정변 때마다 궁궐수비대가 단숨에 뚫리는 것을 걱정한 고종은 난세의 급변 상황에 대비하여 궁궐 수비를 강화시켰다.

일본인 군관 밑에서 훈련받는 별기군은 일본공사관의 지휘통제 하에 있는 사실상의 조선인 일본군대나 다름없었다. 제1, 제2대대 별기군 훈련대 대장은 이두황과 우범선이었다. 고종은 일본 군관의 영향권 아래 있는 별기군 훈련대를 애당초 믿지 못하여 홍계훈을 연대장으로 임명해서 그들을 감시하고 통제하도록 했다.

조정은 미국인 퇴역 대령 다이를 교관으로 초빙하여 신식 군대의 양성을 위임했다. 새로운 궁성수비대를 만들어 별기군 훈련대와 대체하려는 계획을 실행에 옮긴 것이다. 이런 실상에 대해 해체 일로에 몰렸던 별기군은 격렬히 반발했다. 실제로 을미사변이 일어나기 바로 전날, 고종은 마침내 별기군의 해산을 명령했다. 이는 곧바로 별기군 해체를 의미하며 한마디로 그들은 직업을 잃고 내쫓긴 낙엽 신세가 된 상황이었다.

우범선은 무인 집안에서 태어났다. 1876년 무과 급제 후에 별기군 참령으로 있을 때 밀항선을 타고 비밀리 일본을 갔다 온 전적이 있는 인물이다. 태생적으로도 일본을 동경한 급진파임을 알 수 있다. 그 후 이노우에 가오루의 건의로 훈련대 제2대대장에 발탁이 되었고 신사유람단 일원으로 70여 일간 개화된 일본을 견학하고 돌아온 전력이 있다. 당시 근대화의 성공으로 신천지가 된 일본 각처를 들러보면서 그가 받은 충격은 컸을 것이다.

당시의 체험을 계기로 우범선의 신념은 더욱 확고해졌다. 구태의 늪에서 허우적대는 조선도 일신하여 개혁개방을 통한 문명개화의 길로 선회해야 한다는 친일 숭배 의식이 우범선의 심중에 더욱 확고하게 뿌리를 내렸다. 그러려면 적폐의 원흉으로 찍은 민씨 일족의 타도가 우선시되어야 한다는 적의를 불태우기에 이른다. 중인 태생의 그는 체제에 대한 불만과, 권력을 독점하고 전횡하는 민씨 척족에게로 향한 반감이 불타올랐다.

우범선의 머릿속에는 친러로 돌아선 황후만 없어진다면 세상이 단번에 뒤집혀서 조선은 금방이라도 일본의 영향권 아래서 신세계로 탈바꿈할 수 있을 것이라 믿었던 모양이다. 일본 공사가 통제하는 별기군 훈련대 대장이면서 체제에 대한 불만이 극에 달한 우범선은 그들의 각본대로 명성황후 살해극의 시나리오에 매우 적합한 조연이 아닐 수 없었다.

사건 5일 전, 미우라는 우범선을 음모단의 일원으로 포섭하는 데 손쉽게 성공한다. 몸담고 있는 조직이 해체 위기에 몰린 훈련대 대장의 입장이라면 선택의 여지가 없는 추종일 수도 있었을 것이다. 조선의 근대화를 위해서라면! 그 나름의 신념 또한 가담의 명분이 되기에 부족이 없었다.

우범선이 별기군 조교 때의 일이었다. 군사훈련 때면 나이가 어린 양반의 생도들은 자신을 지도하는 조교인 우범선에게까지 대놓고 "네 이놈" 하고 해라를 했다. 반면 훈련 교관 우범선은 생도들에게 "네 도련님" 하고 존대를 꼬박꼬박 올려붙이면서 체제에 굴종해야만 했다.

사대부 양반이 못된 중인의 자식으로 태어난 죄로 신분제가 주는 제도적인 모순을 뼈가 저리도록 통감하며 분기탱천해야만 하는 인생이었다. 작고 힘없는 나라의 근대화라는 이상을 가슴속에 품고 의식이 박힌 피 끓는 무인의 입장이라면 구체제에 대한 불만이 차오르지 않을 수 없었을 것이다.

무부武夫적인 근성과 지사志士적 기질이 농후했던 우범선이 민씨 세도의 몸통으로 지목한 명성황후의 제거를 나름대로는 우국충정으로 받아들였으리라는 해석이 가능하다.

　일본은 명성황후의 척살을 그녀와는 견원지간인 시아버지 흥선대원군과 조선훈련대의 반란으로 교묘히 포장하려는 흉계를 꾸몄다. 유길준에 의하면 흥선대원군은 수차례나 왕후를 없애달라고 비밀리 일본 공사에게 줄을 댔다고 한다. 이런 시뻘건 음모 속에서 우범선은 그들의 각본대로 착착 잘 걸려든 범행의 소모품이었다.

　우범선은 자신이 추종한 일본의 개가 되어 기꺼이 완벽하게 국모 살해의 전 과정을 수행하였다. 명치유신의 성공으로 아시아에서는 유일하게 근대국가로의 진입에 성공한 일본이 우범선에게는 선망의 대상이고 이상향이었다.

　명성황후가 사라진 조정은 하루아침에 친일파들의 세상으로 둔갑을 했다. 아마도 이 시기가 우범선에게는 그의 일생 중, 가장 희망에 부풀어 올라 분기탱천했던 시간대였을 것이다. 그로부터 불과 4개월 뒤, 고종은 전격 아관망명을 단행하였다. 또 한 번의 허를 찌른 고종의 특기사항이다.

　흔히 아관파천으로 불리지만 정치적인 이유로 하여 일본에 의한 감시와 살해 위협이 심각했다는 점에서 파천보다는 망명이라는 용어의 선택이 합당할 것이다. 아관파천은 일본이 고종의 망명을 평가 절하하기 위해서 고의적으로 썼던 식민사관에 입각한 용어다.

　1896년 2월 11일 새벽. 고종은 궁녀의 좁은 가마 뒤쪽에 깊숙이 성체를 구부리고 삼엄한 감시 하의 경복궁을 빠져나왔다. 사태는 급변했다. 그 누구도 예상치 못한 임금의 탈출극이었기 때문이다. 아관으로 들어간 직후 고종은 총리대신 김홍집과 이근택, 유길준, 정병화 등 친일 내각과 우범선, 이두황, 이진호 같은 을미사변의 동조자와 천안문사건의 밀고자들을 즉각 참수케 하라는 추상 같은 첫 교서를 내렸다.

　살벌한 거리에는 포고령이 나붙었다. 도성에는 또다시 피비린내가 진동했다. 신변 상의 위험을 느낀 우범선과 그 일당들은 일본공사관으로 다급히 몸을 피했다가 제물포항에서 우편선을 타고 황급히 망명길에 올랐다. 일군의 엄호 속에 그토록 갈구해 마지않았던 정신적인 고향 일본으로의 귀향이었다.

도쿄에 정착한 우범선은 일본정부의 비호를 받으며 재일조선인들의 눈을 피해서 숨어 살았다. 을미사변의 원흉들은 다른 망명자들에 비해 우범선을 특별히 우대해 주었다. 그만큼 누구보다도 철저하게 그는 일본에 충성한 사람이다. 고국에 아내와 어린 딸을 남겨놓고 황망히 도망쳤는데 도일渡日 일 년 뒤에는 일본 여자 사카이 나카와와 다시 결혼하여 2남 1녀의 자식을 낳았다.

〈요시찰 조선인 거동〉이라는 일본 외무성 보고서에는 우범선이 매달 일본정부로부터 이십 엔의 지원금을 받았다는 기록이 남아있다. 당시 이십 엔은 쌀세 가마니 정도의 가치로 일반 서민층의 한 달 생활비를 웃도는 적지 않은 지원금이었다. 일본정부는 을미사변에 대한 우범선의 공과 친일의 순수성을 높이 알아주었고 다른 망명자들과는 다르게 특별대우로 관리했다.

우범선은 도쿄와 교토, 고베, 히로시마, 구레를 오가면서 새로 이룬 가족들과 비교적 평탄하게 생활했다. 비록 언제 어디서 날아올지 모르는 자객의 마수에 늘상 쫓기는 입장이었지만 일본에서의 삶이 영웅처럼 당당했다는 기록으로 보면 국모 살해의 가담자라는 자신의 전적에 스스로가 정당성을 부여하고 살았던 듯하다.

일본정부는 그런 우범선에게 호의적이었고 그가 암살당한 이후에도 남겨진 자식들에 대한 보살핌을 거두지 않았다. 박영효의 주선으로 우범선의 두 아들은 조선총독부로부터 학비를 지원받기도 했다.

그 학비를 수령하려고 우범신의 아내 사카이 나카와가 조선으로 건너와서 총독부를 방문한 적이 있다. 막상 일본정부로부터 외면을 당했던 갑신정변의 주역인 김옥균 등 여타 친일파와는 결이 다른 후한 대접이었다.

살해당한 당시 우범선의 가족들이 동서 내외와 기거했던 히로시마현 구레시 와쇼 거리 2,079번지는 상가로 변해 있다. 자신이 동경해 마지않았던 일본에서 일가를 이루고, 처자식과 함께 평탄하게 살아간 구레의 목조건물 2층집 자신의 방에서 우범선은 명성황후의 저주대로 끝내 참살을 당하고야 만다.

지인으로 위장하고 주도면밀하게 접근했던 고영근의 손에 그는 기어이 죽임을 당했다. 우범선의 나이 47세로 명성황후가 시해된 지 8년이 지난 1903년 11월 24일의 일이다.

황국협회 부회장, 만민공동회 회장을 지낸 고영근은 거사가 성공하자 그 즉시 대한제국 황실로 전보를 쳤다. 우범선이 국모 살해의 역적임을 밝히고 "대한의 신하 된 몸으로 같은 하늘을 이고 살아갈 수가 없어 오늘 일본 구레시에서 원수를 갚았음을 알립니다."라는 짤막한 내용이다.

거사를 단행한 당일 저녁 고영근은 인근의 와쇼마치 파출소에 직접 찾아가서 자수를 했다. 우범선의 암살에 비상한 관심을 보인 일본 언론은,

"강개의 지사인 우범선이 살해당한 것은 비문명의 오욕"이라는 논평을 일제히 내보냈다.

'비문명의 오욕'이라니!?

가증스런 언어적 유희가 아닌가. 일개 주재국의 공사 따위가 준동을 하여 이웃나라의 왕비를 살해하고 그 시신까지도 불에 태워 흔적조차 유기한 비문명의 극치! 인간이라면 차마 저지를 수 없는 오욕의 극단을 달려간 자들이 내뱉는 철면피한 이중성이라니. 이야말로 가히 문명에 대한 오욕이 아닌가!

화장 후 분골이 된 우범선의 유골은 구레시 한 사찰에 묻혔다. 일본인들의 묘비 가운데 섞인 유일한 조선인의 묘석이었다. 그렇게 그는 평생의 소망대로 일본의 흙으로 돌아갔다. 우범선이 살해되자 을미사변 주모자였던 낭인들과 일단의 일인들은 비석과 묘지를 만들어주고 제사 비용을 모금하는 등의 성의를 보여주었다.

우범선 암살사건이 일어나고 한 달 후인 1903년 12월 24일 히로시마 법원에서는 고영근에 대한 1심 공판이 열렸다. 고영근은 최후진술에서 법관이 사용한 모살자라는 용어에 강한 거부감을 표명했다.

　"모살자라고 하는 것은 유감이다. '적괴참살복국모수敵魁慘殺復國母讐'라고 하라. 나는 단순히 살인을 한 것이 아니다. 국모의 원수를 스스로 갚은 것이다."

　라고 증언했는데 그의 태도가 매우 의연하고 당당했다. 1903년 12월 2일자 고베유신신보는 "일본과 한국에서 암살의 배후에 대한 의혹이 제기되었을 때 양국이 동시에 고종을 지목한 것은 이채로운 일"이라고 보도했다.

　참살당한 우범선에게는 일본인 처 사카이 나카와의 사이에서 큰아들 장춘이 태어났다. 식물유전육종학 연구자 우장춘 박사다. 그는 역사에 씻을 수 없는 죄를 짓고 오명을 남긴 부친을 대신하여 아버지가 창망히 등진 해방된 대한민국으로 돌아왔다.

　우장춘은 일본 농학도들 사이에서는 육종의 신으로 추앙받은 과학자였다. 한 사람의 인재가 절실했던 전후의 한국정부와 이승만 대통령은 우장춘 박사의 귀국을 끈질기게 부단히 요청했다. 식민지시대와 6. 25 한국전쟁을 거치며 1950년대 폐허로 화해버린 한국에는 인재가 전무했다. 그토록 절박한 때 일본에서도 잘나가던 농학자가 고향 도쿄와 일가족을 버리고 굳이 한국을 선택했다는 건 그 자체가 매우 이채로운 일이다.

　자신이 태어난 땅에서 전도유망했던 과학자가 낮이 설고 궁핍한 부친의 나라를 굳이 선택할 이유가 없었기에 그의 귀국은 보통의 결단이 아니었다면 실행 자체가 불가능한 대단한 결심이었다. 그를 키워준 일본정부도 우장춘 박사의 한국행을 강력히 막았고 방해했다.

　허다한 곡절을 물리치고 단신으로 당도한 고국이었으나 전후의 부친의 조국 대한민국이 처한 실상은 상상을 초월한 피폐함, 그냥 허허벌판이었다. 제대로 된 실험기구가 하나도 갖춰져 있지 않은 문자 그대로의 불모지였다. 세계 제일의 빈국이었던 이 땅에 자신의 삶을 송두리째 바치려고 결심한 우장춘은 부친 우범선을 대신하여 대한민국에 속죄하고 또 속죄했다.

우범선은 역사에 씻을 수 없는 죄를 지었고 오명을 남겼으며 조국에 너무나도 큰 상해를 입힌 역적 매국노다. 그러나 그의 아들 우장춘은 부친과는 정반대의 삶을 택했다. 일본인 어머니와 초등학교 교사였던 아내 와타나베 고하루, 어린 자식들과 나고 자란 익숙한 고향 땅과 자신이 쌓아갔던 모든 명성을 뒤로하고 아버지가 버리고 떠난 헐벗은 대한민국으로 그는 돌아와 주었다.

생후 처음으로 발을 디딘 이방의 땅이었지만 그 자신이 영원히 왔기에 고국 땅으로 돌아온 것이라고 첫 일성으로 그는 외쳤다. 그만큼 우장춘에게 한국은 낯설고 물이 설은 이국의 땅이었지만 한편으로는 조국이었다. 굳이 그가 이 나라로 돌아와 주지 않아도 아무런 상관이 없는 귀국이었기에 그의 선택이 시사하는 의미는 크고도 깊다.

우장춘은 국내에 단 한 사람도 없는 육종 연구자와 종묘 배양 기술자를 양성하여 농업 기반을 구축하는 데에 온 심혈을 기울였다. 굶주린 사람에게 한 끼 밥을 덜어주고 돌아서기보다는 그 밥을 배곯지 않고 계속해서 먹을 수 있도록 기반을 만들어주는 농업 기술을 전수해 주려고 결심을 한 것이다.

식량 증산을 위한 연구에 촌음을 아끼려 한국말을 배울 틈도 없었다는 우장춘! 그가 온 심혈을 기울여서 전념한 식물과 벼의 우량종자 개발 성과는 식량 보급에 획기적인 기여가 되었음은 물론이다. 또한 열악하기 짝이 없었던 이 땅에 농업발전의 기반을 닦아놓고 최빈국이었던 1950년대의 경제력 향상에도 이바지해 주었다.

백성들이 배부르게 먹고 살아가는 나라! 그런 나라는 생전의 명성황후가 그토록 간절하게 꿈꾸고 소망한 나라다. 그 소원을 하필이면 자신의 몸을 불에 태워서 향원지에다 내던져버린 역적의 수괴 우범선의 자식이 이루어줄 줄이야. 참 별의별 인연도 우연도 다 있네, 하고 역사의 아이러니로 치부하기에는 진정 짓궂은 운명의 장난이 아닐 수 없다.

허나 이를 어찌 우연의 일치라고만, 운명의 장난이라고만 치부할 수 있을 것인가. 생각하면 그것은 우연의 일치가 아닌 역사의 필연인 것이다. 백성들이 배를 곯지 않고 배불리 먹으며 살아가는 나라는 국모인 명성황후만이 아니라 그 국모를 살해하는 데 앞장을 섰던 별기군 훈련대 제2대장 우범선이도 간절하게 꿈꾸고 염원한 나라였기 때문이다.

역사란 굽이굽이 흘러가는 강물과도 같은 것이다. 봄이면 제주도의 산하를 황금색 물결로 채색하는 유채의 향연도, 밀감밭으로 풍요해진 제주 농가의 부요함도 따지고 보면 우장춘 박사의 손길을 거치지 않은 것이 없는 '종의 합성'의 결과물들이다.

아버지 우범선과 그의 아들 우장춘! 이들 부자는 거세게 휘몰아친 격변의 소용돌이 속에서 격랑에 휘말려 떠내려간 불행한 시대의 지사들이었다. 우범선은 차마 조국에 저질러선 아니 되는 반역의 도당이었지만, 그의 아들 우장춘은 부친과는 정반대로 대한민국에 없어서는 아니 되었던, 조국이 간절하게 부르고 기다린 선물이었다.

우범선의 아들 우장춘의 선택은 빈곤에 찌든 그의 조국 대한민국에는 축복이었고 다함없는 은혜가 되어주었다. 이렇게 그들 부자는 한 뿌리인 육종肉種에서 나왔지만 그 열매는 너무도 달랐다.

우범선은 지사적인 곧은 용맹을 타고난 무인이었다. 허나 그는 기울어가는 조국을 위해서 자신을 올바르게 세우지 못한 시대의 이단아다. 그는 시대를 노여워하고 나라를 부정했으며 마침내는 아물 수 없는 칼자국을 조국의 심장 깊숙이에 꽂고 도망을 쳐서 망명지 적국의 하늘 밑을 맴돌다가 죽었다.

반면 그의 아들 우장춘은 부친의 망명지인 일본에서 태어나고 그 사회의 일원으로 성장하여 세계적인 농학자의 반열에 올랐다. 그렇게 출세했으나 그는 자신의 나라가 약속한 성공과 명성을 뒤로하고 굳이 선택하지 않아도 되었을 부친이 버리고 떠난 고국의 하늘 밑으로 돌아왔다. 아버지의 나라이니 자신의 조국이기도 한 대한민국의 부름에 기꺼이 응답해 주었다.

우장춘은 먹고살 길이 막막하기만 했던 전후의 한국사회에 자신의 피와 땀을 남김없이 쏟아부어주었다. 그런 일상에서 누적된 과로로 병을 얻었고 세상을 떠났다. 스스로의 몸을 보시로 내어주어 부친의 죄를 속죄하리라는 각오가 아니고서는 감당하기 어려운 헌신이었다. 우장춘은 자신의 육신을 송두리째 부수어서 그의 부친이 더럽힌 조국의 토양에 한 줌 거름으로 뿌려진 것이리라.

육종학자 우장춘 박사는 반역의 무리가 된 부친 우범선을 대신하여 고국의 산하로 돌아왔으며 이 땅에 그의 뼈를 묻었다. 부산항에 첫발을 내딛고 귀국 인사를 할 때 그는 이미 말했다.

"부친 우범선을 대신해서 조국에 속죄를 하기 위해 나는 가족을 버리고 왔습니다."라고

미시즈 릴리어스

국운의 쇠퇴기에 이이제일, 인아거일引俄拒日정책은 명성황후가 취한 대표적인 외교노선이다. 외세를 이용하여 또 다른 외세를 물리치자는 고육책으로 달리 선택지가 없는 선택이기도 했다. 이를테면 곡예와도 같은 줄타기 외교전술이었다.

폐쇄 왕조를 지탱해온 동력이며 기반이었던 봉건제도가 붕괴된 19세기 말의 사회 현상은 급진 변혁 사상이 움튼 다변화의 길목이었다. 산업혁명으로 부강

해진 서구 열강은 소비재 시장이 무한대로 필요했고 경쟁적으로 식민지를 개척해나갔다.

때를 같이하여 명치유신의 성공으로 근대화에 착지한 일본은 제국주의 대열에 발 빠르게 편승하였다. 일본은 조선 땅을 밟아야만 대륙으로 진입할 수가 있는 섬나라다. 광활한 만주 벌판은 물론, 제국주의자들의 식탁이었던 동남아로의 진출을 위해서도 한반도는 그들에겐 필연적인 육지로 통하는 관문이었다.

아시아를 넘어 유럽까지 도모했던 군국주의 일본의 첫 목표물은 조선의 병탄이었다. 그때 일본 조야는 "조선은 도마 위의 널브러진 생선이다."라고 대놓고 조롱하며 맘껏 멸시했다.

사실로 구한말의 조선은 무도한 해적의 이빨에 물어뜯기고 피멍이 들어 목숨줄이 경각에 달린 한 마리 도마 위의 생선 신세나 다를 것이 없었다. 생각하면 지구상에서 국명이 사라졌다가 소멸되지 않고 부활하여 오늘에 이른 대한민국의 한 세기는 그 자체가 눈물겨운 투쟁사다.

군데군데 뚫어진 구멍으로 바닷물이 철철 새들어온 은자의 왕국 조선! 이 오래된 거선에 저마다 구둣발을 한 짝씩 들이밀고 호시탐탐 기회만을 엿본 정동의 외교가는 고도의 술책과 음모가 난무한 거리였다.

세기를 불문하고 이이제이以夷制夷는 국제관계에서 가장 통상적인 외교술이다. 세계정세의 파고를 감지한 명성황후는 친청, 친러, 친미 카드를 동원하여 다각적인 외교술로 격변기에 근대화를 통한 부국강병을 모색하였다.

이것이 친미, 친러 성향의 정동파 인사들이 출현한 계기가 된다. 이와 때를 같이 하여 미국 공사 시일John Mahelm Berry Sill, 호러스 알렌Horace Newton Allen, 러시아 공사 칼 이바노비치 웨베르K.I.Waeber는 고종의 정치 고문으로 활동한 대표적인 선교사와 외교관들이다. 특히 웨베르는 일본의 침략에 대한 방어책으로 친러정책을 종용한 장본인이기도 하다.

극동 전문가로 정세분석가인 웨베르 공사는 탁월한 전략가답게 화려한 외교적 수사를 구사했다. 그는 1884년 7월 7일 조인된 조로수호통상조약의 러시아 대표다. 이듬해 초대 조선주재공사에 부임하였고 1897년 8월 24일 이임하기까지 대부분의 외교관 생활을 조선에서 마친 동북아의 베테랑이었다.

같은 시기 혜성처럼 나타나서 정동의 외교가를 주름잡은 서양 여인이 있었다. 사교계의 프리마돈나 손탁Antoinette Sontag이 그 주인공이다. 그녀는 조선의 역사상 최초로 등장한 사교계의 신데렐라로 무한 선망을 받았고 정가에 적지 않은 영향력을 행사한 독보적인 서양의 신여성이었다.

언니 부부인 웨베르 공사를 따라서 1885년 내한한 손탁은 영어 외에도 독어, 프랑스어, 러시아, 한국어 등 다국적 언어에 능통했다. 국왕 부처가 홀딱 반할 만큼 미모와 재기가 넘친 신비한 파란 눈의 여인이었다.

다변화의 길목에서 외교 관계와 대외 교섭으로 외국어에 능통한 인재가 필요했던 궁내부는 손탁을 정식으로 채용해 주었다. 그녀는 궁내부 소속으로 궁성을 방문하는 외국인의 접대를 주로 맡았는데 고종 부처의 두터운 신임과 총애를 바탕으로 점점 막대한 영향력을 발휘했다.

후에 친러반일 운동의 책원지가 된 정동 29번지 이화여고 정문 부근의 손탁 사저는 외교관과 선교사들이 모여든 사교장으로 유일한 살롱이었다. 나비 같은 서양 의상으로 성장을 하고 새하얀 피부, 노랑 곱슬머리에 파란 눈의 마담이 샐러드와 샌드위치 같은 신기한 서양 요리를 직접 만들어서 선보인 호텔식 커피숍은 가히 신천지가 아닐 수 없었다. 갓 쓰고 도포자락을 펄럭거린 구닥다리 조선의 유생들에게는 숨이 꼴깍 넘어갈 만큼의 문화적인 충격을 느낄 수밖에는 없던 신세계였기 때문이다.

이것이 호텔경영의 효시가 된 일명 손탁빈관이다. 정동 손탁빈관은 구한말에 외교가의 중심 무대로 화려하게 부상하였다. 꽃무늬 화사한 찻잔에 모락모락 김이 오르는 한 잔의 쓰디쓴 가비차를 앞에 두고 갓을 쓴 젊은 선비들은 나라 밖 문명 세계를 동경하며 문명개화를 열띠게 논했을 것이다.

커피의 쓴맛에 길이 들은 고종황제도 황궁의 정관헌에서 손탁빈관에 양탕국을 친히 주문하여 멋을 내며 새 문물의 상징인 커피를 음복했다. 손탁의 커피숍은 배달 문화의 효시가 되었다.

"미스 릴리어스! 대양 건너 미국은 어떤 나라입니까?"

"예 왕비전하! 미합중국은 현재1889 38개의 주 정부가 합쳐진 연방공화국이옵니다. 다민족국가지요. 북아메리카의 민주주의 나라입니다."

"오오, 여러 인종이 모여서 한 나라를 이루었다 그 말이오?"

"예. 국민이 대통령을 선출하고 상원, 하원 양원제 의회에서 정한 헌법대로 평등하게 살아가는 나라이옵니다. 이런 정치를 의회 민주주의라 하옵나이다."

"오호 의회 민주주의라! 평등하다?! 그럼 미국에는 양반도, 상놈도 없는 모든 백성이 똑같은 신분이란 말이오?"

"예 왕비전하! 미국에도 흑인을 종으로 부린 노예제도가 있사옵니다. 흑인은 주인의 농장에서 종일 노동을 하는데 그 덕으로 백인 농장주들은 막대한 부를 축적했어요. 그런데 청교도들의 나라인 미국에서 인간이 같은 인간을 종으로 부리는 건 죄를 짓는 일이지요. 하여 노예제도를 없애려는 북부와 찬성하는 남부 간에 전쟁이 벌어졌답니다."

"오호 상놈인 흑인을 해방하기 위해서 내전까지 벌였다, 이 말입니까?"

"예 전하. 치열한 남북전쟁이었사옵니다. 결국 노예제도를 반대한 북군이 승리했습니다. 북군의 최고사령관 에이브러햄 링컨 대통령은 1862년 노예해방을 선언했어요. 그러나 대부분의 노예들은 자신이 살아온 남부의 농장을 떠나지 않았고 백인 농장주의 소작농으로 남아서 지금도 계속 면화를 생산하고 있사옵니다."

"오호 미국도 그리 큰 환난을 겪었구려. 우리 조선은 양반과 상놈으로 반상의 구별이 엄격하였소. 지금은 평등을 향해 가고 있소만…."

"예 마마. 인간은 평등한 존재이옵니다."

"미스 릴리어스! 그대가 신봉하는 신교는 양반도 상놈도 없고 남녀유별도 없으며 사람이면 누구나가 다 똑같다, 그리 가르친다지요?"

"예 전하. 인간은 신 앞에서 모두가 평등한 존재라고 생각하옵니다. 하지만 주상전하와 왕비전하와 같이 하늘이 내려주신 고귀한 신분도 계시옵니다. 세계에는 많은 왕국에 고귀한 군주들이 계시옵나이다."

"호호호 당연한 일이오. 그러면 미국에서는 누가 백성의 왕이 되는 것입니까?"

"예 마마. 선거라는 투표 제도를 통해서 대통령을 뽑고 결정하옵니다. 또 국민이라면 누구나가 넘버원의 사람, 대통령으로 출마할 수가 있사옵니다."

"오호라 그거참 신기하구려. 백성이면 누구나가 다 왕을 하겠다고 나설 수가 있다니. 어찌 그리 망측한 일이! 그러면 여자도 투표를 하고 왕이 될 수가 있다는 말인가. 미스 릴리어스?"

"미국에서도 여성에게는 아직은 참정권이 주어지지 않았답니다. 대통령을 선출하는 투표권이 없는 것이지요. 허니 대통령에 출마할 자격도 없는 것이옵니다. 하오나 여자에게도 참정권을 달라, 투쟁하고 있으므로 미구에는 반드시 여자도 대통령이 되는 날이 오리라 확신하옵니다."

"오호 미스 릴리어스! 놀라운 일이오. 내 그리되도록 축원하겠소. 미국은 참말로 신세계인가 보오. 그대를 다시 부르리다. 그만 퇴궐토록 하오"

그렇게 하문하는 왕비의 반짝이는 까만 눈동자는 대양 너머에 있다는 미국에 대한 지적인 호기심으로 빛났다. 창백하고 맑은 얼굴에 이목구비가 또렷하여 날카로운 인상을 주지만 사람의 속마음을 꿰뚫어 보는 깊은 눈동자와 반짝이는 영민함은 이 동양 여왕의 권위를 한층 더 돋보이도록 해주었다.

왕비전하는 "국민이라면 누구나가 대통령이 될 수도 있다!?"는 미시즈 릴리어스의 말에 눈을 크게 뜨고 되물었다.

"미스 릴리어스! 여자도 수령을 뽑고 또 수령이 될 수도 있다 그 말이오?"

그렇게 묻는 왕비의 얼굴은 발갛게 홍조를 띄고 있었다. 그 속에는 자신의 왕국에 대한 가없는 연민이 서려 있었다. 참으로 애처로운 여왕의 얼굴이었다.

명성황후는 외국인 여선교사들을 이따금 내전으로 불러 미지의 문명에 대한 이야기를 듣는 것을 좋아했다. 무겁고 칙칙한 은둔의 베일을 걷고 살그머니 빗장을 열어 놓은 그때, 세계의 동향에 대한 왕비의 관심과 호기심은 참으로 지대하였다.

그녀의 인식은 놀랍도록 예리하고 정확했다. 구중궁궐 속의 왕비가 어디서 그렇게 다양한 지식을 쌓았는지 세상 돌아가는 물정을 손바닥에다 훤히 그려 놓고 꿰뚫었다. 어느 날은 왕비가 어두운 낯빛으로 말문을 열었다.

"밥때가 되어도 민가의 허다한 굴뚝에서는 연기가 솟아오르지를 않아요. 그 것이 이 사람의 가슴을 저리게 합니다."

백성들이 굶는 것을 밥 먹듯 한다는 사실을 그녀도 잘 알고 있는 듯했다. 가난과 무지로 찌든 이 나라 조선을 개화된 문명국, 부국강병의 나라로 만들려 고심하는 애절한 열망도 따지고 보면 그게 이 나라 백성들을 오직 배불리 먹이고 싶어했던 왕비의 소박한 기원이었다.

호러스 그랜트 언더우드Horace Grant Underwood 목사의 부인 릴리어스는 왕비를 가까이서 친견할 수 있었던 몇 안 되는 특별한 외국인이었다. 그들의 눈에 비친 조선의 왕비는 두뇌가 명석하고 해박하며 나라 걱정에 밤잠을 이루지 못하는 국모요, 귀부인이었다.

무엇보다 주상전하를 모시고 세자와 함께 백성들이 밥때를 걱정하지 않아도 되는 세상에서 살아가게 해주고 싶어 한 지어미요, 어머니였다.

릴리어스 호튼 언더우드Lilias Horton Underwood는 1851년 뉴욕 주 알바니에서 태어났다. 명성황후와는 동갑내기다. 시카고 여자 의과대학 간호학과를 졸업하고 동부의 한 대학병원에서 임상 실습을 하고 있던 1888년, 릴리어스는 미국 북장로교 선교위원회 요청으로 미지의 왕국 조선에 의료 선교사로 파견되었다. 38세의 노처녀는 이듬해, 4년 전에 입경하여 선교 활동을 하고 있던 여덟 살 연하의 언더우드 목사와 결혼을 했다.

릴리어스는 서울에 도착한 직후, 그녀를 주치의로 쓰고 싶다는 왕비의 부름을 받았다. 그날 이후 건청궁을 드나들며 왕비와는 우정을 나누는 관계로까지 친밀해졌다. 릴리어스는 왕비를 알현하여 그녀의 자문에 응하는 특권을 누렸다. 그녀는 명성황후와의 만남이 생애 최고의 영광이었다고 후일에 회고한 바 있다. 릴리어스는 명성황후의 첫인상에 대해서,

"창백하게 마른 얼굴에 이목구비가 어딘지 날카로운 느낌을 주며 사람을 꿰뚫어 보는 것 같은 총명한 눈을 가진 여왕으로서 힘과 지성, 강한 개성을 느끼게 하는 인상"이라고 회고했다.

"왕비는 진보적인 정책을 널리 펴는 실력자였다, 또한 애국자였으며 자신의 왕국에 이익이 되는 것을 위해 몸을 바쳐 백성들의 형편을 피어나게 해주려 고심했다. 이것은 모두 우리가 동양의 왕비에게서 기대할 수 있는 수준을 훨씬 넘어서는 것이었다. 무엇보다 왕비는 매우 자상하고 따뜻한 품격을 지닌 귀부인이었다."라는 인상기를 『조선견문록』에 남겼다.

한 인간에 대한 평가는 그 대상에 대한 이해의 척도나 그가 처한 시대 상황, 그리고 개개인의 관점에 따라 얼마든지 달라질 수가 있다. 명성황후에 대한 세간의 평가 또한 따지고 보면 그런 이치다. 한 가지 간과할 수 없는 것은 특히 명성황후에 대한 평가는 일제강점기를 거치며 식민사관에 의해서, 고의적으로 조작되고 날조되어 부정적인 측면이 지나치게 강조되었다는 사실이다.

명성황후! 그녀는 내전 깊숙이 들어앉아 내명부나 다스리는 규방의 여인으로만 머물지도 않았다. 그녀를 구성하고 있던 지적인 요소나 정치적인 감성, 그리고 강인한 개성 탓도 있었겠으나 무엇보다 시대가 그녀를 내전의 여왕으로만 놓아주지도 않았다. 당대 최고의 지식인이며 실력자였던 왕비에게는 개화

기의 혼란한 시대상이 내전에서의 안주를 허락지 않았던 것이다.

제국주의의 광풍이 휘몰아친 구한말. 문자 그대로 격랑과 격변, 혼돈과 혼란의 소용돌이 속에서 광장 한가운데로 끌려 나온 여인이 바로 명성황후다. 그녀에게 내전의 여왕이라는 중전마마로서의 역할보다 정치적인 상징성이 더 크게 부각될 수밖에 없는 이유도 그런 시대상에 기인한다. 이것은 왕조의 실제적인 마지막 임금인 고종에게도 똑같이 적용되는 이치다.

통치의 때가 요순시대였다면, 무엇보다 군왕인 고종이 강인하고 꿋꿋하여 난세를 척척 요리해 나갈 위인이었으면 왕비가 뭣 때문에 그렇게까지 살벌한 국정의 전면에 나설 필요가 있었겠는가.

상상력을 작동시켜 구한말의 조정으로 걸어 들어가 보자. 명성황후는 역대 어느 왕비들과는 비교가 불허되는, 시쳇말로 매우 유식하고 영민하고 잘난 여자였다. 대상이 누구든 막힘없이 국정을 논할 수 있었던 유일한 여성 논객이었고 어떤 분야든지 해박한 식견으로 예지와 직관을 겸비한 인텔리였다.

반면 고종은 "끔찍하게 나약한 사람"이라는 알렌의 말을 군이 빌릴 필요도 없이 심지가 약하고 뒷심이 부족하여 한 마디로 난세를 요리할 능력이 결여된 군왕이었다. 그런 태생적인 환경으로 인해 전사가 되어야만 했을 명성황후는 낙조처럼 기울어 간 왕조의 운명과 함께 숱한 비화를 흩뿌리고 역사의 언덕 저 너머로 스러진 비운의 국모다.

타고난 총기와 박학다식, 왕비가 행사한 실권으로 볼 때 그녀는 실제로 곤위에 있었던 역대 37인의 조선 왕비 중에서도 타의 추종을 불허한 인재였음은 두말할 나위 없다. 조종 소리가 딩딩딩 음험하게 울려 퍼진 세기말의 왕실에서 종묘사직을 못내 근심하며 불 속으로 뛰어든 한 마리의 나방과도 같았던 여인, 민자영!

중전 민씨는 난세에 대가 약한 지아비를 보좌하였고 과감히 쇄국의 빗장을 풀어 여명을 향해서 달려간 불행한 시대의 여걸이었다.

3

근대화
의길

개항

근대사의 기점이 되는 '조일수호조규'가 1876년 2월 27일 강화도에서 조인되었다. 병자년의 강화도라 하여 '병자수호조약' 혹은 '강화도조약'으로 불린다. 일본의 강압에 굴복해서 맺은 불평등조약이지만 국제법에 의거하여 국가대 국가로는 최초로 체결한 통상조약이라는 점에서 역사적인 의의가 있다.

경위야 어떻든지 조일수호조규는 조선사회가 봉쇄의 눈꺼풀을 걷어내고 근대로 이행하는 이정표가 되었다는 사실을 부인할 수 없다. 허나 그날의 개항이 우리 민족에게는 수난의 질곡으로 입장하는 티켓이 되었다는 사실 또한 간과할 수는 없는 일이다.

"대감마님 큰일이 터지고야 말았습니다요."
"큰일이라니! 왜놈들이라도 쳐들어 왔다더냐?"
"예. 강화도에서 무슨 조약인가를 맺었다 하옵나이다."
"……. 그예 그리되었다!?"
"예. 조선 천지가 게다짝 소리로 귀 따가워질 날도 머지않았다 하옵니다."
"쯧쯧쯧 어리석은 놈들 같으니, 쯧쯧…."

집곡산장에 칩거하며 울분을 토해내듯 난을 치는 대원군의 손끝이 파르르 떨렸다. 아직도 삭이지 못한 권좌에의 미련 때문인가. 그즈음 흥선대원군의 난초에는 전에는 볼 수 없었던 노근난이 자주 등장한다. 묵화마다 뿌리가 앙상하게 드러난 노근난을 보면 세상 권력을 잃고 분노를 삭이지 못한 심경의 일단이 그대로 노출되어 있다.

대원군이 국정을 총람한 시기, 세계는 제국주의가 팽창일로의 서세동점西勢東

^渐기로 접어든 시간대다. 쇄국만이 왕조의 존체를 보존하는 길이라고 그는 쇠 같은 고집을 부렸다. 거센 비바람에 흔들거리다 그 문이 강제로 열렸을 때를 대비한 어떠한 방책도 없는 다만 심정적인 배척이요 고집이었다. 굳이 핑계라 면 나라가 강해졌을 때 문을 열어야 한다는 지론일 뿐.

세상의 선택은 첫째도 둘째도 타이밍이다. 근왕주의에만 목을 맨 흥선대원 군은 세차게 파동치는 격랑의 국제정세를 해독하지 못했다. 폐쇄로 유지된 늙 은 왕조의 현상 유지에만 방점이 찍힌 절대권력자의 오만이며 무지의 소치라 아니할 수 없다.

흥선대원군의 쇄국정책은 한 세기가 지난 후의 오늘날 북한의 내정과 매우 흡사한 양상이다. 체제 단속과 인민 통제로 유지된 세습왕조가 가는 길, 그 길 이 봉착하게 될 지점은 자명하다. 절대권력자의 독재와 착취, 숨통을 조이는 통 제와 감시로 일관된 문단속은 지독한 가난과 고립으로 귀결되기 마련이며 이 는 망국으로 직행하는 티켓이 되는 것이다.

자유민주주의 체제라는 개방 개혁의 혁명적인 혁신을 통해서 부요한 선진 화를 이룬 대한민국과, 통제와 폐쇄적인 억압주의로 우리끼리만의 적자생존을 고집한 북한 체제는 남북 간이 천지 차이가 난 극명한 대조로 이미 증명되었 다. 우연하게도 당시의 일본과 조선이 각각 선택했던 노선이다.

북한의 현 실정은 19세기 말의 봉건왕조가 정권 유지를 위해서 쇄국을 고집 했던 대원군 치세의 복사판이라는 느낌을 지울 수가 없다. 이미 한 세기 전에, 선택을 강요받았던 개방 개혁과 쇄국이라는 시험지는 대한민국과 북한이라는 답안지로 만천하에 그 결과가 공표된 바다.

개인이든 국가든 변해야 하는 시점에서 타이밍을 놓치고 나면 도태되는 것 은 세상의 이치며 상식이다. 흥선대원군의 쇄국정책은 나라의 백년대계를 설 계한 거시적인 비전이 되지 못했다. 오로지 세습 봉건왕조의 유지에만 방점이 찍힌 복고로의 전향이었을 따름이다.

고종 내외는 대원군과는 달리 시대의 흐름에 뒤늦게나마 편승하였다. 개항은 선택이 아닌 필수적인 수순이었고 곧 개화의 공식이 되었다. 다만 경험과 능력의 부재로 처음 마주 앉은 국제적인 거래에서 스스로가 참패를 자청했다는 점. 강화도조약의 결과물인 조항들은 받아낸 건 하나도 없이 힘에 부치는 상대인 일본의 요구에 지레 겁을 먹고 자충수를 둔 실속 없는 결과지였다는 점이다.

"전하! 왜국은 20년 전부터 서양의 문물을 받아들여 신천지가 되었다 합니다. 고래ㅎ來로부터 우리 조선을 통해 문물이 건너간 열도가 아니옵니까."

"허허 그렇지요."

"헌데 작금의 왜국은 개명 천지가 되었습니다. 그런 일본이 수차례나 개항을 압박하지만 대원위께서는 일언지하로 자르지 않으시더이까."

"그랬지요. 왜국은 본시 천성이 조악한 도민이오. 삼한의 선조들이 도래인으로 기틀을 잡아준 열도입니다. 헌데 그자들은 왜구가 되어 틈만 나면 우리의 근해를 침범하고 양민을 살육하였어요. 임진란 때는 도공들을 강제로 끌고 가서 섬나라의 문명을 개조해버린 파렴치한이란 말입니다."

"허나 작금에는 세상이 바뀌지 않았더이까. 서양과도 교류하며 세상이 점점 좁혀지고 있습니다. 거기 편승한 일본은 우리에게 은혜를 구걸한 예전의 그 왜구가 아니란 말씀입니다."

"아바님께서는 일본의 국서를 받지도 않으시고 관계를 단절하였습니다. 헌데 이제와서 과인이 그걸 뒤집는다면 어찌 되겠소?"

"왜국은 비록 패악하나 청국만큼 가까운 이웃입니다. 헌데 저들은 셈 빠른 전략으로 우리를 한참이나 앞질렀습니다. 구본신참으로 저들의 청을 용납해야 할 줄로 아옵니다."

"중전의 생각은 구만리를 내다보는 탁견이구려. 나라 간에는 구원을 씻고 실리를 취하는 것이 백번 지당한 이치요. 중전의 혜안이 깊은 줄로 압니다."

"황공하나이다 전하. 일전에 일본을 다녀온 자가 신첩에게 한 장의 세계지도를 주었습니다. 하도 신기하여 펼쳐놓고 보고 또 보았더이다. 겨우 조선 땅을 찾아냈나이다. 조선은 극동의 중국대륙에 아슬아슬 매달린 형국이었지요. 신첩이 지도를 거꾸로 펴 놓고 다시 보았습니다. 하온대 어인 일입니까. 신기하게도 우리 조선이 거대한 중국 땅을 등에 지고 지구의 정중앙에 솟아오른 봉우리가 아니더이까. 넓고 너른 대양 한가운데 산봉우리처럼 우뚝 솟은 나라! 그 나라가 조선이었습니다. 바로 놓고 보면 대륙의 끄트머리에 대롱대롱 매달린 형국이나, 거꾸로 놓으니 진주의 핵처럼 대양 한가운데에 영롱하게 박힌 지구의 숨구멍이라 여겨지더이다. 신기했사옵니다."

"오오 과연 그러했소?"

"예. 이것이 무엇을 뜻하는 것이니이까. 대륙 끝에 매달린 조선이 중국만을 쳐다보고 사대를 하면 언제까지나 종속국의 처지를 피할 도리가 없다는 뜻이지요. 허나 생각 한번, 각오 한번 다지면 무량한 바다를 향해 세계로 나가는 해로가 열립니다. 무한대의 기회가 기다리고 있다는 암시가 아니고 무엇이리까. 그럴진대 바로 곁에 떠 있는 열도와의 관계마저 끊고 산다면 오직 청국에만 목을 매단 종속국의 신세에서 벗어날 도리가 없다는 뜻이지요."

"오호라, 중전의 혜안이 과연 탁견이구려."

"예 전하! 예로부터 바다를 지배하는 자, 천하를 다스린다 하였나이다. 청해진의 장보고가 그러했나이다. 대륙 간에는 땅뺏기로 혈안이 되어 허구한 날 총대질이지만 바닷길은 금이 없으니 임자가 따로 없지요. 저 무량한 대양으로 눈을 돌리면 수없는 기회가 열릴 것입니다. 제세안민濟世安民을 위해서라도 왜국과는 서둘러서, 그리고 서양 제국과도 신중히 통상을 추진해야 할 줄로 아옵나이다."

"오오 중전의 혜안이 놀랍소. 광활한 바다처럼 경계의 끝이 없소이다그려. 허나 아바님이 닫아 걸으신 문을 과인이 잘못 열었다가 낭패라도 보는 날엔 조정의 원성을 어찌 감당하리오?"

"전하! 나라의 대운은 흥망성쇠가 따르는 법이옵니다. 흥할 때도 쇠할 때도 하늘이 정한 이치가 있나이다. 다만 들어온 운마저도 놓치는 소치는 망조를 자초하는 우거한 짓입니다. 나라 간에는 적이 되어 비록 으르렁거릴 때일지라도 뒤에서는 화친을 논하는 법이지요. 허니 자국의 이로움을 따져서 셈하는 외교술이 필요한 것입니다. 눈을 크게 뜨오소서. 세상이 넓고도 넓으나 또한 가깝다 할 수도 있나이다."

"과연 옳은 말씀이오 중전! 이제는 우리끼리만 오손도손 살아가기는 다 틀렸소이다그려. 세상이 번잡해져 가는 듯하오."

"괘념치 마소서 전하. 남의 나라를 오랑캐라, 왜적이라 적대하면 저들도 우리를 견원지간으로 하대를 하려 들 것입니다. 우리 조선도 은둔의 베일을 걷고 만방과 통교하여 새로운 개국을 모색해야 할 때이옵니다. 바라옵건대 전하께오서 부디 천년 대계의 문을 열어 주오소서."

대원군이 실각하자 호시탐탐 엿보던 일본이 때맞춰 조선의 각 해안을 염탐하였다. 남해안을 거슬러 해안 정탐에 열을 올린 일본은 5척의 군함을 이끌고 강화도 초지진을 침범했다. 1875년의 한여름이었다. 도성 수호의 전초기지인 초지진은 해상의 적을 방어하려 효종 때 구축한 해안 요새다. 병인양요[1866]를 일으킨 프랑스 함대와 운요호의 침범으로 치열한 격전지로 화했던 서해상의 최전선 방어진이었다.

1871년에는 미국 함대가 초지진에 상륙하여 치열한 전투가 벌어졌다. 이른바 신미양요다. 그로부터 4년이 지난 을해년, 무단으로 침투한 일본 함대 운요호와의 포격전에서 아군의 희생은 상상외로 컸다. 그동안 문헌상으로만 존재했던 초지진을 1973년 복원하였는데 장송이 우거진 성벽에는 포탄의 흔적이 역력하여 그날의 상흔을 떠올리게 해주었다.

"중전! 통상조약은 상호 간이 이롭도록 하는 것이 아닙니까?"

"마땅히 그래야만 하는 것이지요."

"헌데 왜국과의 강화도조약은 개항지에서 치외법권이 설정되어 있습니다. 저자들은 제멋대로 조선 땅을 밟고 바닷길을 항행하며 해안을 측량하는데도 우리는 그치들에게 얻은 것이 없소이다. 자유 무역에서 불간섭 원칙이라는 자주 관세권도 포함시키지 못했소. 우리 조정에는 심히 불공정한 조건들을 매달고 있습니다."

"신첩도 그걸 아옵니다 전하! 우리나라가 부산, 인천, 원산항을 개항하여 거류지의 지원을 명확히 한 데 반해 일본은 그 무엇도 제시하지 않았습니다. 더욱이 일본 함대가 해안을 임의로 측량한다는 것은 국토 방위상의 심대한 위험입니다. 삼면이 바다인 영토에서 전쟁이 나면 해안선이 곧 요새가 되는 연안의 특성 때문이지요. 허니 해안 측량은 곧바로 해항의 침략을 뜻하는 것입니다."

"그런 불공정한 조건을 달면서까지 굳이 왜국에 문을 열어줘야 하는가? 아바님이라면 과연 이 조치를 어찌 생각하시겠소?"

"신첩도 그 점이 분하옵니다. 왜인들이 작정을 하고 달려드는데 아무리 무례한 요구를 한들 우리 조정이 거부할 수 없는 궁색한 처지라는 걸 빤히 꿰고 있는 소치지요. 원통할 따름입니다."

"어허허허…"

"솔직히 지금 저들을 대적할 힘이 우리에게는 없지 않사옵니까. 손에 쥔 패가 없지요. 공평함은 양쪽의 힘이 비슷할 때나 적용됩니다. 이번에 저들의 요구를 들어주지 않으면 왜는 머잖아 더 억지를 쓰고 겁박해 올 것입니다. 왜놈들이 대놓고 정한론을 들먹거리는 판국이 아닙니까. 하오니 일단은 그점을 잠재우소서. 지금은 그것이 최선의 방어책이 되나이다."

"오오 실로 개탄스럽구려."

"허나 미구에 저들과 대등한 입장이 되는 날 오늘의 이 통한을 반드시 되갚

을 때가 올 것입니다. 두 걸음 전진을 위해서 일 보 뒤로 물러선다 그리 여기오
소서."

그러했다. 조일수호조규는 일본의 정한론에 굴복하여 강제로 맺은 불공정한
조약이었다. 반대로 일본은 해안선의 지형을 측량하고 가항성이라는 두 가지
목적을 충족하여 대륙 침략의 교두보를 마련한 대성공작이었다.

그러함에도 조일수호조규는 국제법이라는 토대 위에서 은둔의 왕국 조선이
처음으로 국가 간의 교류를 공식화하였다는 점에 그 의미를 둘 수 있다. 이유
식을 갓 뗀 어린 아기 같은 걸음마였다.

조일수호조규를 기점으로 외국인이 금단의 영토인 조선 땅에 공식적으로 상
주를 할 수 있게 되었다. 이를테면 국제화의 신호탄이었다고 할까. 개국 이래로
외국인의 입국을 허용치 않았던 동토에 문호 개방이라는 개안의 자명종이 울
렸다. 허나 시작이 중병이 된 꼴이었다.

그 대가는 머지않은 날 명성황후의 시해와 식민 통치로 귀결된 오욕과 시련
의 역사로 점철되기 때문이다. 철저하게 힘의 논리로 집행되는 국제관계에서
조일수호조규는 역사 이행 과정의 필요악이었다고 치부하는 부분이다.

정세의 변동

비록 정한론에 굴복한 불평등조약이지만 이를 기점으로 조선은 동아시아를
넘어 세계를 바라보는 눈을 떴다. 1882년 미국과의 조미수호통상조약에 이어

이듬해 11월에는 영국과 독일 제국과의 수호통상조약을 맺었다. 그후 이탈리아, 러시아제국, 프랑스, 오스트리아-헝가리 제국, 청국, 벨기에, 덴마크 등 유럽의 국가들과 차례로 상호통상조약을 체결했다. 불과 20년 사이에 대표적인 유럽 제국주의 국가들과의 국경이 열렸다. 놀라운 진전이었다.

오랜 쇄국의 빗장을 풀고 조선은 그제야 잠에서 깨어난 아기처럼 눈을 비비고 걸음마를 떼고 있었다. 특히 19세기를 장식한 마지막 연도에는 누대에 걸친 치욕적인 주종관계의 고리를 끊고 종주국 청국과 수평적인 통상조약을 맺은 것은, 그것이 비록 어떤 흑막의 산물이었던 간에 조선의 역사에서는 매우 특기할 만한 대청산임이 분명했다. 대물린 중국과의 속방 관계를 청산하고 건국 이래 처음으로 대등한 위치에서 마주 바라본 상호조약이었기 때문이다.

희열이었다. 그러나 청나라와 맺은 대등 관계라는 것이 실인즉슨 우리 스스로가 건진 전리품은 물론 아니다. 또 다른 음모의 산물이었다. 더 음험한 왜세의 책략과 고도의 술책으로 계산된 콩고물이었던 셈이다. 19세기 말의 희한하게 굴러간 역사의 수레바퀴 속에서 잠시 잠깐 희열을 맛본 환각제쯤이었다고나 할까.

1894년 7월 25일 개전하여 이듬해 4월에 끝난 청일전쟁에서 청나라는 주변국의 예상을 뒤엎고 일본에 참패했다. 그 결과 중화사상으로 아시아 대륙의 맹주로 군림했던 거대 국가 청국은 늙은 아편쟁이에 이빨 빠진 맹수로 전락하였고 무기력한 권태의 늪으로 빠져들어 갔다.

반면 전승국 일본의 입장에서는 근대화가 성공적으로 안착했다는 사실을 만천하에 증명해 보인 명치유신의 전리품이었다. 다윗과 골리앗의 싸움이라 회자되었던 일본과의 전쟁에서 청국이 패하리라 그 누가 예상이나 했겠는가. 세계 문명의 중심이라는 중화를 자처했던 중국의 맥없는 추락은 조선의 운명에도 적잖은 암운을 예고한 서곡이었다.

왜는 흡사 타오르는 불꽃과도 같았다. 그들은 청국과의 일전에서 승전국이 된 자만심에 욱일승천했지만 그것으로 만족하지 않았다. 과녁을 향해 패권의 활시위를 힘껏 당긴 일본의 야심은 결코 중국대륙으로는 성이 찰리 없었다. 그들은 또 다른 전쟁을 준비하고 있었다. 2단계 3단계로 짜여진 각본 속에 군부는 일사불란하게 움직였다. 저 막강한 아라사러시아야 언감생심 넘볼 수 있겠냐마는….

　왕정복고로 천황이 군의 통수권자가 된 새 헌법은 안 그래도 충성심이 유별난 일본군대에 불꽃 같은 단결심의 원동력이 되었다. 사무라이들은 일단 상대를 찌르고 난 후에야 그다음을 생각하는 법이다.

　한번 건드려본 대국과의 일전에서 승리의 희열을 맛본 일군의 다음 목표는 러시아의 광활한 영토가 될 것임은 자명한 이치다. 중원을 장악하여 대륙의 등을 타고 백곰을 밟고 마침내 법국과 덕국이 있는 유럽의 심장부에 일장기를 꽂는 것! 그것이 사무라이 왜군들이 눈을 뜨고도 꿈을 꾸며 부르는 전승가였다.

　"어허허허…! 중전의 혜안이 전고미문前古未聞입니다. 제갈량의 일계가 따로 없구려. 허나 왜국이 제아무리 국력이 세졌다 한들 감히 아라사까지야!"

　"전하! 왜놈들은 타고난 불량기로 필히 한 칼 한 칼, 베면서 나갈 것입니다. 하오나 고래 싸움에 새우 등이 터지니 그것이 난리지요. 청국과 왜의 전쟁이 그러했듯 아라사와 왜가 한판을 벌인다면 그 역시 조선의 안마당이 아닐런지요? 아무 죄도 없는 소사벌이 저자들의 군홧발에 초토화되지 아니했나이까. 우리 땅에서 벌어진 고래 싸움에 새우 등가죽이 터질 노릇이니 그것이 분한 꼴이 아니고 무엇이겠나이까."

　"듣고 보니 기막힌 비유올시다그려. 어허허."

　"왜국이 노린다는 시베리아 철도가 완공되는 날 우리 조선의 운명은 또 어떻게 뒤집힐런지요. 일본 수상 야마가타는 공공연히 정한론을 떠벌리고 다닌다 하옵니다. 이 나라 조선을 아예 제 목구멍에다 처넣겠다는 심보가 아니고 무엇이리이까."

"그렇소. 우리로선 왜와 대적할 힘이 없습니다. 청국이 저 지경으로 나가떨어진 마당에 하물며 조선이야… 아라사에 구원을 요청하는 편이 옳을 듯도 하오만. 중전의 의중은 어떠시오?"

"신첩의 생각도 전하의 어심과 다르지 않나이다. 청국이 허망하게 무너졌으니 아라사와 손을 잡고 일본의 마수에서 종묘사직을 지켜내야 할 줄로 아옵나이다. 하오나 외세로 나라의 안위를 도모하는 것은 두고두고 후환을 남기는 법입니다. 이 땅에서 벌어진 청일전쟁도 결국에는 동학농민란을 진압하려고 끌어들인 일본의 개입이 빌미가 되지 아니했나이까."

"종국에는 그리된 참이지요."

"전하! 미욱한 신첩의 생각이온대 청나라와 왜의 싸움은 단순한 전쟁이기 앞서 고래의 대륙세력과 일본이라는 신진 해양세력 간의 한판승이 아니었는지요? 그 결과 대륙의 힘은 퇴하고 해양세력인 일본의 힘은 날로 창대해진다는 걸 신첩은 느끼겠더이다. 왜국과 똑같은 섬나라 영길리英國는 또 얼마나 강성 제국입니까. 해가 지지 않는 나라라고 하옵니다만."

"과인도 그리 알고 있소. 중전은 규방에서 수만 리 밖을 훤히 내다보고 있구려."

"오호호 전하! 신첩은 서양 사람들에게 세상 돌아가는 이야기를 듣사옵니다. 하온대 묘하게도 서양의 강성대국은 해병이 강한 나라들입니다. 우리도 더 늦기 전에 대양에 관심을 기울여야 할 줄 아옵나이다. 천 년 전에도 바다를 장악하고 해상무역을 전개했던 신라 사람 장보고가 있지 않았사옵니까. 조선반도는 삼면이 바다입니다. 무량천지 바다로 눈을 돌리시오소서."

청일전쟁의 결과는 아시아 대륙의 전통적 질서인 중화사상에 종지부를 찍고 일본을 신흥 제국주의 반열에 패자로 등극시킨 분기점이 되었다. 반면 중국은 열강 간의 분할 경쟁 대상으로까지 전락한 수모를 겪어야만 했다.

거대한 대륙에 거대 인민의 나라 중국은 이후 깊고 깊은 수렁 속으로 빠져들어 '잠자는 사자'라고 조롱을 받는 신세로까지 전락했다. 반면 조선은 일본 제국주의의 본격적인 먹잇감이 되어서 잔혹한 인적, 물적인 수탈의 시대로 접어들었다.

청일전쟁의 원인 자체가 조선 땅을 사이에 둔 장군 멍군식의 바둑판 놀음이었다. 일본의 압력으로 성사된 조청통상조약은 따지고 보면 버거운 상대인 청국으로부터 약체 조선을 일단 떼어놓고 대조선 침략 전술을 밀어붙이려 했던 일본의 용의주도한 술책이었다. 고도의 전술적 책략이었다.

고요한 동아시아가 예측할 수 없는 회오리로 요동쳤다. 제국주의의 광풍이 휘몰아치던 때, 동북아의 끄트머리에 매달려서 이제야 겨우 실눈을 뜨고 긴 잠에서 깨어나던 은둔의 왕국 조선에게 유럽의 열강들은 앞을 다투어 음흉한 러브콜을 보내고 있었다.

청일전쟁에서 승리를 거둔 일본은 그 여세를 몰아 대놓고 내정 간섭을 본격화했다. 1894년 2월 동학 농민란의 진압을 구실로 제물포에 상륙한 일본군은 경복궁을 무력으로 포위하고 이때를 기점으로 조선왕조는 사실상 회생 불능의 나락으로 빠져든다. 무력한 고종을 다그쳐 강제 칙령을 받아낸 일본은 총리대신 김홍집을 주축으로 친일 내각을 구성하였다.

갑오개혁은 일본이 세운 친일 내각이 1894년 7월 갑오년에 추진한 문자 그대로의 이른바 개혁 정책이었다. 그러나 이 개혁안이 결코 조선사회의 개명을 위한 촉구는 되지 못했다. 식민화를 염두에 둔 포석으로 기본적인 사회적 인프라를 구축하려는 의도적인 집행이었기 때문이다.

일본의 외무대신 무쯔는 "일본의 이익을 최종 목표로 삼는 정도에 그칠 것이며, 감히 우리의 이익을 희생시킬 필요는 전혀 없다"고 갑오개혁에 임하는 음침한 속내를 드러냈다. 무쯔의 이같은 발언은 조선사회의 개혁을 기획한 일본

권부의 속내를 여과 없이 표출한 의중이었다.

한편으론 비록 외세에 등을 떼밀린 개혁임을 감안하더라도 조선의 조정이 주도한 최초의 근대화 운동이었다는 점에서 그 의미를 결코 평가 절하할 수만은 없다. 이것이 갑오개혁이 지닌 양면성이다.

비록 타율에 의한 시동이었지만 구체제에 대한 피로감이 임계점에 이른 가운데 분출되어진 사회진화론적인 변동 과정이라는 것이다. 다만 순차적으로 이행된 서구의 근대화와는 달리 일본이라는 타자의 개입으로 강요된 피동적인 순응이었다는 점에서 의식의 전환으로는 승화되지 못한 한계를 노정하였다.

그럼에도 불구하고 일본의 야욕에 대한 반발과 아관망명이라는 돌발변수로 인해 좌절되지만 않았더라면 문명개화의 이정표가 되기에 손색이 없었을 것이다. 1894년 7월부터 시작하여 1896년 2월 11일까지 19개월에 걸쳐 시행된 3차 갑오개혁이 비문명적인 관습을 걷어낸 전환점이 되었음을 부인할 수는 없다.

1894년 7월 27일부터 11월 사이 추진된 1차 목표는 급진적인 정치사회제도의 개혁안으로 반봉건적인 혁신에 방점이 찍혔다.

개국 기원 연호 사용, 과거제 폐지, 정부 재정의 일원화, 문벌과 신분 타파, 천인의 면천, 연좌제 폐지, 조혼 금지 및 청상과부 재가 허용, 의복 간소화 등 작금의 우리가 당연시 구가하는 인권 문제가 이때를 기점으로 전격 바뀐 사항들이다. 또한 국왕에게로 집중이 되었던 인사, 재정, 군사권의 권한을 축소한 점은 매우 획기적인 변화라 할 수 있다.

김홍집, 박영호 연립 내각에 의해 1894년 12월부터 1895년 7월 사이에 추진된 2차 개혁안의 주요 골자는 사법권의 독립과 재판소 설치 문제다. 치안과 경찰권을 일원화하고 한성사범학교와 외국어학교의 관제 공포 등 치안과 신교육에 대한 현안이 골자를 이루었다.

을미개혁이라고도 불리는 3차 개혁안은 1895년 8월부터 1896년 2월 11일 사이에 시행되었다. 건국 이래로 쓰고 있는 음력을 폐지하고 역법으로 양력을 사용할 것. 국내 통신망 개설로 개성, 수원, 충주, 안동, 대구, 동래에 우체사 설치, 서울에 관립 소학교 설립, 근대식 학교 설립, 독자적인 연호 사용, 군제 개혁, 상투와 망건을 제거하고 간편한 의복 착용을 허용하며 단발령의 시행 등 실생활과 밀착된 생활형 개혁안들이었다.

조정은 1896년 1월 1일을 기해서 독자적인 연호 '건양建陽'을 선포했다. 그러나 을미사변으로 격앙된 반일 감정과 단발령의 무리한 결행은 개혁의 최대 걸림돌이 되었다. 고래의 풍속을 침해당한 자존감의 상처로 결집된 민심은 대규모의 의병 봉기를 촉발하기에 이른다. 때 맞춰 결행된 고종의 아관망명으로 김홍집 내각이 붕괴되자 갑오개혁의 모든 시도는 일시에 물거품으로 화해버렸다.

국모를 살해하고 조정을 장악한 일제에 의한 김홍집 친일 내각의 사회개혁안은 호불호를 넘어서 그 자체가 반일 감정으로 점화되기에 충분한 조건이었다. 백성들은 온몸으로 저항했다. 위의 세목에서도 알 수 있듯이 갑오개혁의 시행령에는 구태의 일소와 봉건체제의 전환을 촉구하는 사회변혁적인 요소가 대부분으로 가히 혁명적인 개혁의 집대성이라 할 수 있다.

그럼에도 고래의 관습을 일거에 타파하겠다고 막무가내식으로 밀어붙인 단발령이 그 발화점이었다. 단발령은 명성황후 시해 직후인 을미년 12월 30일 공포되었는데 친일 내각의 강요에 떼밀려서 고종이 마지못해 내린 칙령이다.

당시 고종은 단발령에 반신반의하는 의중을 숨기지 않았다. 외교관과 서양인들의 거듭된 진언으로 단발의 효용성에는 공감했으나 결단은 유보한 상태에서 내무대신 유길준의 상소로 전격 시행이 되었다.

상투를 자르다

단발령은 성년 남자의 상투를 자르고 서양식 상고머리로 짧게 깎으라는 칙령이다. 간편하고 머리 감기도 수월해서 위생과 청결에 이롭다는 것이 단발령의 취지인데 생각하면 헛웃음이 나오는 지당한 말씀이다. 그러나 백번 지당해도 시대와 민심이 받쳐주질 않으니 생난리가 났다.

대대로 물려온 풍습이라는 것은 법 위의 법으로 이른바 관습법이다. 단발령으로 폭발된 민중의 항거는 천지를 요동친 혼란과 분노, 그리고 탄식과 반항으로 집약된다.

조선시대의 남자들에게 상투는 인륜지대사에 버금가는 효심과 남존여비를 상징하는 대표적인 수호물이었다. 장가를 든 성인 남자는 누구나 머리 꼭대기에 상투라는 자존심을 하나씩 틀어 올리고 살아갔다. 상투는 소년에서 어른이 되는 표징인 동시에 오직 성인 남자만이 누릴 수 있는 봉건시대의 유물이었다.

열두세 살이 되면 혼인을 했던 조혼 시대에 나이가 몇 살이든 상관없이 남자는 장가를 가야 상투를 틀 수 있었고 상투를 틀어야만 어른으로 대접을 받았다. 따라서 상투는 사내아이가 어른이 되는 할례와도 같은 숭고한 민간 의식이었다.

장가를 못 든 사내의 턱에 제아무리 거무스레한 구레나룻이 생겨도 사람들은 존댓말을 써주지 않았고 하대하며 아랫사람 취급을 했다. 상투를 틀지 못한 남자는 나이가 몇이든 철이 덜 든 미숙한 인간으로 치부되었다.

반대로 열세 살 먹은 사내아이가 장가를 들면 그날로 머리에 상투가 올려지고 그 시부터 그 아이는 성인으로 존대를 받는다. 이처럼 상투가 조선 남자에게는 그냥 돌돌 말아서 틀어 올린 흑발 뭉치라는 의미를 넘어, 소년이 어른이되고 아버지가 되며 한 집안의 가장이 되는 관습으로써의 신성한 표징이었다.

상투잡이의 풍습은 고대 기록과 회화에도 등장하는 것으로 미루어 그 기원이 상고시대까지 거슬러 올라가는 한민족의 원형질과도 같은 의식임을 알 수 있다.

단발령이 내려진 당일 고종과 왕태자는 시범적으로 단발을 했다. 시대가 급변하니 임금마저도 상투를 베어내고 고종은 최초로 서양풍의 단발을 한 왕이다. 고종은 농상공부農商工部 대신 정병하에게 자신의 상투를 자르라 명하고 내부대신 유길준은 왕태자의 상투를 잘라주었다. 연이은 조정 각료들의 단발이 이어졌다.

"허허 괴이한지고, 상것이 따로 없도다."

고종은 머리 꼭대기에 틀어 올린 상투가 싹둑 잘려나가자 단발머리가 된 자신의 허전한 머리가 괴이하다 하면서 면경을 가져오라 하여 보고 또 보고 스스로가 몹시도 계면쩍어 했다.

단발령의 시행은 상투를 싹둑 잘라내고 상고머리를 하는 단순한 체발剃髮의 의미만은 아니다. 그것은 단군 이래 수천 년간 지속돼온 봉건시대의 유물인 동시에 구습을 끊어낸다는, 그야말로 새 문화의 이정표가 되기에 충분한 대사건이었다.

일본에서도 촌마게라는 일본식 상투를 잘랐을 때 어느 정도의 잡음이 있었기에 일본군은 단발에 대한 백성들의 소요가 정도를 넘을 것이라 예상했다. 만일의 사태에 대비하여 군대가 궁성을 포위하고 대포까지 설치해서 가시적인 태세에 돌입했다. 어찌 보면 단발령이야말로 갑오개혁이 시도한 가장 실제적이고도 핵심적인 개혁의 급소였던 셈이다.

시대를 불문하고 남보다 앞서가는 인물들이 있다. 단발령 이전에도 단발을 하고 다닌 자들이 간혹 있기는 했다. 최초로 머리를 단발한 사람은 고종 이전의 개화파 인사들이다. 대한제국 시대 최고의 시민으로 가장 탁월한 인물 한 사람을 꼽으라면 단연 윤치호를 들 수 있겠다. 그는 정치 외교의 달인이며 언론, 교육, 인권운동가로서 자타가 공인한 당대 최고의 수재이고 지식인이었다.

윤치호는 영어는 물론 중국어, 일본어를 자유자재로 구사한 언어 감각이 뛰어났다. 특히 영어는 한글에 없는 단어까지도 묘사할 정도로 유창한 어휘력과 본토 상류층이나 쓰는 고급의 회화 능력을 갖춘 인재다. 영어 통역관이 전무했던 시대에 당연히 조정은 그를 중용했고 전적으로 영어 통역을 그에게 의뢰했다.

윤치호는 1883년 5월 통리교섭통상사무아문*의 주사로 임명이 되었는데 초대 주한 미국 공사 루시우스 하워드 푸트Lucius Harwood Foote의 통역관을 겸하였다.

그는 고종을 비롯하여 서재필, 박영효, 김옥균, 서광범, 홍영식 등 대표적인 개화파 인사들과 푸트 사이를 연결하는 교량 역할을 담당했다. 윤치호는 조선이 살아남기 위해서는 혁명에 버금가는 개혁이 필요하다는 지론을 고종에게 주청한 인물이다.

"폐하! 우리 조정에 대한 청국의 무례한 내정 간섭을 용납지 마옵소서."

"수백 년을 섬겨온 사대를 이제 와서 무슨 수로 그만둔단 말인가?"

"미국과 유럽의 서방국들과 통교하여 그들 방식대로 근대화를 도모하소서. 이 나라가 부강해질 때만이 청국과의 사대를 완전히 청산할 수가 있사옵니다."

"그런 개혁이 우리 조정에 가당키나 하다 여기는가."

"당연하옵니다. 근대사회로 나가려면 먼저 전제왕권이 청산되고 백성에게도 참정권을 부여해야 하옵나이다."

"백성에게 참정권을 부여하라!?"

"예 폐하! 전통사회의 유물이라 할 수 있는 근왕주의에서 벗어나 백성들의 정치 참여를 보장하는 것이 근대사회로 진입하는 관문인 줄로 아옵나이다."

* 통리교섭통상사무아문 : 조선 후기 고종 19년(1882년)에 설립된 정부기관으로, 주로 외교와 통상 사무를 담당하던 관청이다.

일찍이 서구 문물을 접한 온건 개화파로 자주독립과 민중 참정권, 부국강병을 주창한 윤치호의 신념은 확고했다. 이것은 당대 개화파 지식인들이 공유한 정치사상이기도 하다. 전제국가에서 임금이 스스로의 기득권을 내려놓지 않는 한 개혁은 사실상 물 건너간 꼴이다. 임금에게 편중된 왕권을 내려놓는 그자체가 진정한 개혁의 시발점이었다.

근대 국가를 지향한 대한제국 시대에도 고종은 끝내 민중의 정치 참여나 참정권 부여 같은 개혁의 주체가 되는 전제왕권의 기득권을 포기하지 못했다. 포기는커녕 오히려 근왕주의를 강화하고 황제의 권력을 확대하는 데만 열을 올렸다. 그것이 돌이킬 수 없는 망국의 결정타가 되었다.

당시 곤사 직임에 있었던 부친 윤웅렬이 향언비의 비문을 깎아내린 것과 별기군을 유임시킨 일로 탄핵을 받자 윤치호는 부친의 무고함을 변론하는 상소를 올렸다. 이 변론문의 유려하고 완결된 문장과 필치가 고종의 마음을 사로잡았다. 이를 비판한 일각에서 상소가 빗발쳤지만 윤치호라는 드문 인재를 단박에 알아본 고종은 끝까지 그를 비호해 주었다.

개량적인 근대론자인 윤치호는 김옥균, 박영효, 홍영식과 같은 급진 개화론자들과는 일정하게 거리를 두었다. 그래도 당대 개화론자들의 우상이었던 김옥균만은 그도 믿고 따랐는데 김옥균을 중심으로 일으킨 1884년 12월의 갑신정변에 윤치호는 동조하지 않았다.

국기를 뒤흔들 만한 거사가 의외로 졸속 추진되는 과정을 주시한 윤치호는 이미 거사의 실패를 예감했다. 그는 목숨을 건 혁명 주체들의 조직이 너무도 허술한 점과, 동조자가 예상외로 적은 점을 실패의 두 가지 요인으로 꼽았는데 윤치호의 판단은 적중했다.

갑신정변이 실패로 돌아간 직후 이들과의 친분이 문제가 될 것을 우려한 윤치호가 해외로 나갈 뜻을 건의하자 고종은 쾌히 윤허했다. 그의 출국을 금지하라는 상소가 쏟아졌고 근왕파들의 거센 반발이 줄을 이었지만 윤치호라는 드문 인재를 아낀 고종은 '지도知道'라는 친필 서명까지 내려주면서 출국길의 안전을 보장해 주었다.

애초 그는 미국으로 떠나고 싶었으나 여의치 않자 청국으로 망명성 유학길에 오른다. 망명지 청국에서 생활하는 동안에 윤치호는 방대한 분량의 일기를 남겼다. 이는 19세기 말의 지식인이 망명지에서 어떻게 살아갔는가를 엿볼 수 있는 생생한 기록물이다. 망명 당해인 1885년 어느 날 일기장에 윤치호는 자신이 상투를 자르게 된 동기와 경위를 적어놓았다.

"신학문을 공부하기 위해 상하이로 건너가 학교에 가고 또 서양 사람들과 상종하려 불편한 상투를 잘라버리고 양복을 입었다. 이렇게 상투를 자르고서 내 모양을 보니 퍽도 가소롭구나."

그 외에도 단발령 이전부터 상투를 자른 사람들이 있다. 소수의 기독교 신자들이다. 우리네 삶의 방식과는 너무도 판이한 선교사들의 살아가는 모양을 접하며 기독교에 경도된 이들 중의 일부가 자진 단발을 한 사례다.

그밖에 외국물을 먹었거나 소위 신식 문물을 접한 사람들은 비효율적인 상투의 거추장스러움을 익히 알기에 단발령 이전부터도 자진 삭발하는 이들이 하나둘 출현했다. 특히 외국 공관에 직임을 받고 나갔을 때 상투는 그 나라 정가에서 희한한 구경거리가 되었다.

1897년 충정공 민영환이 영국 공사로 부임했을 때의 에피소드다. 런던에 도착한 민영환이 의사당이 있는 템스 강가를 거니는 사람들과 다른 나라 외교관들의 행색을 보니 모두가 하나같이 머리는 세련된 단발에 산뜻한 서양식 양복을 입고 있었다. 상투에 망건을 쓴 민영환은 너불너불 늘어진 소맷자락을 휘젓고 다니는 자신의 모양에 심각한 문화적 충격에 빠졌다.

거리 곳곳에서 그는 구경거리가 되었다. 하루 이틀도 아니고 남의 시선이 거북하기도 하려니와 조선에서와는 달리 의복이 몹시 거추장스러워진 민영환은 어느 날 과감히 스스로가 상투를 자르고 양복으로 갈아입었다. 이는 고위층의 자발적인 단발의 예다.

쏙 빼입은 단발머리 신사로 변신을 하고 귀국한 그는 영국에서와는 달리 역으로 호된 비난과 눈총에 시달려야만 했다. 민영환이 단발로 인해 겪은 수모는 여기서 그치지 않는다. 런던에서와는 또 다른 구경거리로 이번엔 장안의 명물이 되었다.

당시 영국 여왕은 유럽의 어머니라 불리며 태양이 지지 않는 나라를 만들어 간 빅토리아다. 정가에 퍼진 민영환 공사의 상투 이야기에 호기심이 발동한 여왕은,

"내 일찍이 조선이라는 나라는 평생에 머리를 자르지 않고 상투를 튼다는 말을 들은 적이 있는데 참으로 의아하다. 짐이 그 모양을 한번 보고 싶으니 민영환 공사를 들라 이르라."

아뿔싸, 하필이면 민영환이 여왕의 부름을 받기 하루 전날에 그놈의 문화적인 충격을 이기지 못하고 상투를 방정맞게 잘라내 버리고 말았으니, 빅토리아 여왕은 조선의 상투잡이를 구경할 뻔하였다가 놓쳐버렸다. 민영환 또한 평생에 한 번 버킹엄 궁전에서 영국 여왕을 알현하는 영광을 누릴 뻔하였다가 간발의 차로 놓쳐버리고 말았다.

갑신정변 이후 국외로 망명한 개화파 인사들은 주로 일본이나 중국 등지를 떠돌았는데 상투를 틀고 갓을 쓴 복색이 여간 불편한 게 아니었다. 남의 시선을 즐길만한 입장도 못 되거니와 상투로 인해 망명객의 신분이 들통이라도 나는 날에는 자객의 표적이 될 게 뻔했다. 그들은 목숨 보전을 위해서라도 상투를 잘라내야 했다. 상투를 잘랐으니 다음 순서는 서양 옷으로 갈아입었다.

그런가 하면 구한말 온건 개화파로 내각 총리대신을 지낸 박정양이 1888년 1월 17일 첫 주미전권대사로 워싱턴에 도착했다. 그는 영국의 민영환 공과는 정반대로 상투에 망건까지 눌러쓰고 허연 도포 자락을 휘휘 너풀거리며 자유

인의 표상처럼 워싱턴 시내를 활보하고 돌아다녔다. 남의 이목을 맘껏 끌어들이고 즐긴 사내다.

문객 특유의 자유분방한 정신의 소유자였던 박정양은 어떤 무도회에서 예의 뉴패션으로 시선을 끌었는데 도포 자락을 휘날리며 서양 춤을 근사하게 추어 댄 것이다. 그의 화려 찬란한 이국적인 퍼포먼스에 한 명사의 딸이 홀딱 반하고 말았다.

이후 박정양과 이국의 여인 사이에 싹튼 신식 로맨스는 미국 정계에 미풍 같은 스캔들을 일으켰다. 돌이켜 보면 상투에다 망건과 도포자락은 남이 도저히 흉내를 낼 수 없는 천하의 이색적인 퍼포먼스가 분명했다.

건양建陽 원년1896 초하루, 내무대신 유길준은 이날을 기해 약력을 채용한다고 전격 선포했다. 공식적으로는 이날로부터 태양력, 즉 양력을 상용화하기 시작하였다. 일명 세계화의 출발선상인 셈이었다.

그날 이후 조정의 모든 공문에는 일제히 약력을 차용했으나 그 외 공사 간은 습관대로 음력을 썼다. 이것은 120여 년이 흐른 현재까지도 통용되는 잔재다. 공식적으로는 약력을 쓰지만 민간에서는 아직도 음력으로 계산하는 식의 이치와 같다. 신정, 구정을 따지고 설날을 음력인 구정으로 쇠는 습성이야말로 DNA 속에 뿌리 깊게 박힌 관습인 것이다.

상투를 자르라는 갑작스런 단발령의 포고문은 전쟁 이상의 충격파로 다가왔다. 그 즉시 도성으로 입성하는 대문에서 일제히 강제적인 단발이 시행되었는데 멋도 모르고 사대문 안으로 발을 들여놓던 행인들은 날벼락을 맞고 말았다. 혜화문과 소덕문을 비롯한 사소문과 거리 곳곳에서 무식하게 가위를 들고 나온 관리들이 행인을 붙잡고 마구잡이로 상투를 자르는 해괴한 작태가 벌어졌다. 일언반구 사전 예고도 없이 급습한 단발령은 엄청난 소요를 유발했다.

당시 도성과 접한 경기도민의 상당수는 단발령을 피해서 산골로 숨어든 성안의 백성들이었다. 그들은 오직 상투를 잘리지 말아야 한다는 일념 하나로 멀쩡하게 잘 살아온 도성의 집을 버리고 도망을 쳐 깊은 산속에서 화전을 일궜다.

그곳마저 위험이 닥친다 싶으면 더 깊고 깊은 산속의 동굴로 들어가는 자들까지도 생겨났다. 신앙을 지키려고 산으로 몸을 숨긴 서학 교도들이 아닌 오로지 상투를 잘리지 않겠다는 일념으로 도망을 다니는 백성의 무리다.

으으흑 흑흑 내 상투…! 미처 달아나지 못하고 걸려든 남정네들은 쏙 잘려나간 상투 자루를 꾀죄죄한 바지 주머니에다 쑤셔 넣고 도성의 거리를 헤매며 초상난 사람처럼 울부짖고 다녔다. 어찌하여 19세기 말의 조선인들은 상투에 그다지도 목을 맨 것일까?

경쟁심이라는 게 뭔지도 모르고 그런 건 아예 가질 필요조차도 없었던 혈연 씨족사회의 구성원들은 대대로 전승된 유가적인 가치관으로 인간 본연의 순수성을 유지하고 살아갈 수가 있었다. 문명 세계와는 차단이 된 자연 순응적인 생활환경 그 자체가 삶의 보호막이 되어준 까닭이다.

단발령에 대해 그토록 처절하게 반항한 집단적인 항거의 본질은 어찌 보면 씨족사회가 파생시킨 자연스런 부산물이다. 부모로부터 물려받은 신체의 최상층부인 머리칼이 기복 신앙화되어버린 데서 파생된 일종의 이반 현상이었다.

즉 부모로부터 물려받은 머리칼, 그 머리칼을 정수리에 틀어 올린 상투머리는 언제부터인지 효의 상징이 되었고 그로 하여 배태된 효심은 단발령을 혐오스런 삼강오륜의 파괴로 인식했다.

1920년대 들어서는 여성의 단발도 출현했다. 여자도 결혼 전에는 머리를 길게 땋아 댕기를 드리고, 혼인하면 삼단 같은 머리채를 돌돌 말아 목뒤로 붙여서 비녀를 꽂는 쪽을 졌는데 그것으로 처녀와 부인이 구분되었다.

비녀의 종류로 신분 차이가 드러나서 행세 깨나 하는 집안의 여자들은 금비녀나 은비녀, 옥비녀를 꽂은 반면에 가난하고 신분이 낮은 계층의 여자들은 주로 사기로 된 비녀나 개중에는 나무를 깎아서 만든 비녀를 꽂았다.

여성 최초의 단발녀는 허정숙이다. 냉철한 이론가로 한 시대를 풍미했던 허정숙은 사회주의자 독립운동가다. 그 여자 뒤로도 신여성을 중심으로 간헐적인 단발이 이어졌다.

상투와는 다르게 거북함이 덜한 쪽 찐 머리는 현재까지도 맥이 이어져서 예인이나 시골에서는 아직도 쪽진 노인을 심심찮게 만날 수가 있다. 강제 단발령의 소요 속에서 가장 난리를 친 그룹은 아무래도 지방의 꼿꼿한 유생인 성리학자들이었다.

그들 대쪽 선비들은 "신체발부는 수지부모"라 하여 부모로부터 받은 신체발부를 감히 훼상치 않는 것을 효의 근본이라고 믿은 사람들이었다. 그러니 머리칼을 함부로 자르는 행위는 불효막심한 불충이고 그것을 지켜내려 지방의 유생들은 목숨까지 불사하며 상소의 연판장을 돌렸다.

당초의 예상보다도 단발령에 대한 백성들의 저항이 수그러지지 않고 험악해지자 학부대신 이도재는 "단발로 인한 이로움은 보이지 않고 해로움만 당장에 보이고 있기 때문에 그 명령에 따를 수 없다."라는 상소를 올린 뒤 사임을 하고 낙향했다.

그는 개화를 상징하는 단발령이 인륜의 파괴로 전통을 짓밟고 야만 인종으로 떨어지게 하는 비인도적인 조처라며 항의했다. 급기야 단발령의 강제 시행은 반일, 반개화 운동으로까지 점점 확대되어 갔다.

그 대표 주자로 면암 최익현을 빼놓을 수가 없다. 최익현은 "나의 목은 자를 수 있으되 두발은 자를 수 없다."라는 기찬 상소를 올렸다. 단발령에 대한 민중의 항거가 얼마나 드셌는가를 단적으로 설명하는 사례다. 이와 무관치 않게 전국 각지에서 의병 봉기가 일어났다. 당황한 조정은 의병 진압군으로 친위대 군사까지 동원시켰다. 들불처럼 번진 민중 봉기에 당황한 일본은 경복궁을 수비하고 있던 병력을 빼내어 삼남지방으로 급파했다.

궁성을 첩첩 포위했던 일군들이 의병 진압군으로 대거 이탈한 다음 날의 바로 그 새벽! 이 절호의 기회를 틈타 아관망명이라는 전대미문의 대탈출극이 벌어진다. 단발령은 고종의 아관망명을 계기로 일단락되었다. 친일 내각이 전멸하고 갑오개혁이 중단되자 고종은 흐트러진 민심의 수습 차원에서 "단발령의 철회" 조칙을 내렸다.

조선 천지를 곡소리로 물들이며 아비규환이 따로 없었던 단발령도 "백성들은 각자가 원하는 대로 편하게 하라."는 선심성 칙령 한마디에 한때의 고난의 행군처럼 사그라져 갔다. 본시 개혁은 혁명보다 어려운 법이다.

1900년 이후 고종황제에 의한 광무개혁이 다시금 추진되었고 이때 또다시 단발령이 시도되었다. 위생상 편리하고 단정하며 머리 감기에도 수월하다는 실용주의가 재점화를 불러일으킨 동력이다. 여기에는 위생과 실용적인 측면을 우선시하는 선교사들의 지속적인 건의와 훈수가 크게 작용했다.

반면교사인지 그때는 시범적으로 군인, 순검, 관원 등과 경무청 소속의 관인에 한해 우선적인 단발이 시행되었다. 나라의 녹봉을 받는 관리부터 확대하여 1902년에는 재차 의무적인 단발을 결행했다. 이때는 선교사들의 협조를 받아 단발을 신학문을 배울 수 있는 특혜와 연계시킨 융통성을 발휘했는데 이 방법이 호응도가 꽤나 높았다.

그렇게 말도 많고 탈도 많았던 곡절을 거치는 사이 단발은 시대의 대세로 차츰 자리를 잡아갔다. 눈치 빠른 상술로 서울과 평양, 수원에는 이발사와 이용원까지도 등장했다. 최초로 문을 연 이발소들이다.

이발소라는 데를 가서 의자에 앉아 막상 상투를 자르고 나니 온몸이 날아갈 듯 가볍고 세상이 어쩐지 달라 보였다. 우선 제일로 간편하여 개화의 첨단을 달리는 사람마냥 기분이 으쓱해졌다. 무엇보다도 단발이 효도나 불효와는 아무런 상관도 없다는 사실을 백성들은 그제야 깨달아 갔다. 문명개화가 민중의 일상과 의식 속으로 스며든 것이다.

날고뛰는 눈치 빠른 사람들이 문을 연 신식 이발소는 손님으로 연중 만원사례를 구가했다. 이제야말로 동토의 땅에 문명개화의 자명종이 세차게 울리고 있었다. 갈수록 단발의 편리성에 길이 들자 차츰 상투는 불편한 구시대의 퇴물로 여겨지고 단기간의 퇴화 과정을 거치면서 사라져갔다. 하지만 전통을 숭상하는 소수의 보수 유림을 중심으로 상투잡이는 1950년대까지만 해도 심심찮게 마주친 풍경이다.

문화란 그런 것이다. 원시 자연의 상태를 벗어나 문명의 이기에 접속이 되면 삶의 질이 향상되는 것. 그런 문명화의 시작이 곧 개명이요 개안이다. 한번 체화된 문화적인 속성은 다시는 본래의 원시적인 회귀를 원치 않는다.

의병 봉기까지 일으켜가며 요란 난리법석을 쳐댄 조선의 문명개화는 빠르게 시차에 적응하면서 정착되어갔다. 고래의 낡은 풍습을 벗고 문명의 숨결을 호흡한 바로 그 시점을 출발선으로 조선은 사실상의 근대사회로 진입하였다.

쇄국의 빗장을 풀고 외부 세계를 향해 얼굴을 빼꼼히 내민 1876년 2월! 국제법상으로 최초로 일본과 조인된 '조일수호조규'를 근대사의 기점으로 보는 이유다.

이상한 가비차

경복궁 남서쪽 정동 언덕배기에는 그림 같은 아라사공관이 서 있었다. 숲이 무성한 이곳 고지대를 상림원이라 불렀는데 그 꼭대기에 상앗빛 화강암으로 지은 하얀 양관은 르네상스풍의 이국적인 멋을 물씬 풍겼다. 그곳에 올라가면 버섯처럼 낮게 누워있는 도성의 지붕들이 한눈에 내려다보였다.

푸른 숲속 언덕 위의 하얀 집. 이곳이 구한말 도성에서 최고의 전망을 자랑한 아라사공관이다. 사람들은 러시아를 로서아魯西亞, 아라사俄羅斯, 노국魯國, 또는 아국我國이라고 불렀다.

정치 문화 외교의 중심지였던 정동 일대에는 미국공사관을 비롯하여 유럽 각국의 공관과 신식 학교인 학당과 교회, 선교사들의 거주지가 밀집되어 있었다. 서양 사람과 서양 집들이 많아서 도성 안의 작은 외국과도 같았던 정동은 이국적인 분위기가 물씬 풍긴 도성의 이방지대였다.

정동은 구한말에 개방과 개혁을 상징하며 근대화를 견인한 구락이다. 그 한 가운데 대한제국의 황궁 경운궁이 있다. 정동에는 고종의 아관망명 등 굴곡진 근현대사의 흔적들이 아직도 산재하여 역사 속의 내밀한 공기를 호흡하게 해준다. 오늘도 정동 길을 무심히 걷노라면 그때 그 시간 속으로의 이동을 체험하게 된다.

명성황후가 시해된 이후 고종은 일본 사람의 그림자만 비쳐도 오금이 저렸다. 구렌다이 부대가 경복궁을 포위한 궐 안에서 그는 사실상의 인질이었다. 임금과 왕태자에게는 앉아있는 자리가 곧 바늘방석이요, 눈을 돌리는 시선마다 장전된 감시자의 총구나 다름없었다.

자객과 독살! 이 두 낱말은 고종이 가장 피하고 싶은, 진정 부닥치고 싶지 않은 글자였으리라. 궁성에 어둠이 몰리는 칠흑 같은 밤이면 시커먼 자객을 두려워했고, 혹여 독이 든 성배라도 삼킬까 염려하여 임금은 밤이고 낮이고 근심했다. 황후가 사라진 자리에 남겨진 유약한 두 남자, 고종과 왕태자에게 경복궁은 생지옥보다도 못한 철창이었다.

친일 내각의 주모자들과 일본군대는 현재 권력인 고종과 미래 권력인 왕태자를 하나로 묶어 감시했다. 최악의 경우, 두 사람 중 하나라도 수중에 확보하고 있어야만 다음을 기약할 수가 있기 때문이다. 고종 부자는 친일파 대신들과 밀정들의 독사 같은 눈초리에서 한시도 벗어날 수 없는 수인이었다.

수족 같은 지밀상궁과 내관들조차 언제 누구에게 포섭된 첩자인지 그 속을 알 길이 없으니 궐 안에는 단 한 사람도 믿고 의지할 자가 없었다. 심지어는 치독毒毒에 대한 병적인 불안증으로 소주방에서 올리는 수라상마저도 뜨지 못하는 지경에까지 이르렀다. 의심과 절망, 분노로 억눌린 용상에서 고종은 자신을 정조준하고 노려보는 보이지 않는 총구로부터 도망을 치려는 암중모색에 절치부심한다.

고종이 친정체제를 선포하고 조정을 장악한 이래로 중전 민씨는 가장 믿는 아내이자 의지처인 국정의 동반자가 되었다. 중궁은 비록 치마를 두른 여자 몸이지만 그 영민함이 끝 간 곳 없어 세상의 이치에도 통달했다. 내전의 여왕으로 군림했음에도 독수공방 살을 맞고 묵묵히 세월을 낚아온 철인이었다. 인고의 날에 홀로 갈고닦은 내공이 그녀를 대리석처럼 반듯하고 단단한 거물로 키워놓았다.

역사의 주인공이 된 영웅들의 행적을 가슴에 새기고 세상 이치에 문리가 트였음인지 중전의 식견은 마르지 않는 샘과도 같았다. 외국 문물을 체험한 당대의 천재라는 윤치호나 서재필, 유길준 같은 젊은 해외파 석학들도 중전 앞에서는 고양이 앞의 쥐걸음으로 경청자의 수준에 불과하였다.

반면 국정을 쇄신하고자 하는 뜻은 태산 같았으나 고종은 성정이 유야무야하고 우유부단한 군주다. 그런 임금에게 왕비는 가장 믿을 수 있는 동지요 뒷배가 되었다. 책사이며 참모로서 마음을 놓고 기댈 수 있는 언덕이었다. 그러나 쥐도 막다른 골목에 이르면 고양이를 문다고, 외양은 온유한 신사풍이나 내심 끈질긴 능한 근성이 고종의 양면성이다.

1898년 9월 8일. 경운궁에서 황제 독살 음모 사건이 벌어졌다. 그날은 대한제국 황제가 처음으로 맞이한 탄신일로 만수성절이었다. 성찬이 끝날 무렵 황제에게는 양탕국이 올려졌다. 고종 부자가 아관에 머물던 때 식후에 으레 그들의 습성대로 서양 탕국이라는 커피를 음복했는데 쓴 차의 묘미에 제대로 빠져있었다.

바로 이 점을 노린 독다사건毒茶事件이 황궁에서 발생했다. 황제와 황태자에게 올린 커피에 다량의 아편을 넣어 사실상의 독살을 시도한 사건이다. 한 모금 넘기려다 말고 뱉어낸 고종황제는 다행히 화를 모면했지만, 착해빠진 황태자는 아편이 녹아든 커피를 한 모금 삼키고 그대로 정신줄을 놓았다. 세칭 김홍륙의 독다사건이다.

임금의 아관망명 시절에는 조정과 관련된 모든 업무가 러시아어와 연계되어 자연히 러시아어에 능한 통변의 활약이 중대사로 대두되었다. 함경도 국경의 오지인으로 요행 러시아어를 익혀둔 이들에게는 뜻하지 않은 행운이 찾아왔다. 저마다 통변으로 선발이 되었고 벼슬길이 열린 것이다.

그런 자들 가운데 추풍 사람 김홍륙이 있었다. 김홍륙은 러시아어뿐 아니라 처세에도 능해서 그의 기량을 따를 자가 없었다. 통변으로 선발된 김홍륙은 단박에 황실의 총애를 독차지했다. 임금이 거처시는 아관에 그도 따라 묵으면서 자고 나면 벼슬이 올라가고 급기야는 학부대신을 거쳐 귀족원경에 이르렀다. 사람들이 줄을 서자 김홍륙은 졸지에 귀하신 몸이 되었다. 워낙에 고속출세가 도를 달리면서 권세가로 부각이 되니 늘어난 위세만큼이나 사방에서 적이 생겨났다.

낯선 변방인의 출세가 눈꼴사나운 적대자들의 모함과 견제가 뒤따랐는데 문제는 그의 호시절이 너무도 짧았다는 것이다. 아관에서의 피난 생활을 접고 어가가 경운궁으로 환어하자 용도 폐기된 러시아어 통변들에게는 일대 위기가 닥쳤다.

그중에도 단시일 내 권력의 단맛에 톡톡히 빠져든 김홍륙의 추락이 가장 비참했다. 만수성절에 세칭 황제 독다사건에 연루가 되어 처형되었기 때문이다. 도성에서 가장 먼 오지 두만강 너머의 변방 사람에게 씌워준 월계관의 대가치고는 너무도 혹독한 대접이었다.

　독다사건의 진실 또한 역사의 미궁이다. 심증만이 무성할 뿐 물증이 없는 유야무야한 사건으로 흐지부지 되고 말았다. 김홍륙은 황제 독살이라는 역모의 혐의를 뒤집어쓰고 진실 여부와는 아무런 상관도 없이 불귀의 객이 되었다.

　참으로 염치없고 비정한 인심이었다. 김홍륙의 황제 독살사건은 사실과 진실 여부를 떠나서 역사라는 먼지 더미 속에 파묻힌 퍼즐에 불과하다. 그의 처형은 풍운의 시대상을 대변한 코믹하고도 불우한 몰락이었다.

　어찌 되었건 그날의 독살사건으로 스물다섯 살 젊은 황태자의 치아가 18대나 망실되었다. 거기에다가 며칠 동안이나 쏟아낸 혈변으로 부실한 그의 몸은 더욱 약골로 삭았고 녹아내린 아래쪽 치아는 엉성한 의치로 대치되었다.

　순종은 제아무리 진수성찬을 대령해도 식욕을 거의 느끼지 못하는 상태로 평생을 살아가야 했다. 흔들거리는 의치로는 음식 맛을 제대로 감별하기가 어려웠고 음식 맛을 잘 모르니 살 재미마저도 자연히 반감된 이치다.

　그 여파는 순종의 정신과 신체에까지 영향을 미쳐 얼굴이 어딘지 불편하고 부조화스런 인상으로 바뀌게 된 원인을 제공했다. 이로써 독다사건은 반듯하고 강인해야 할 황제의 몸과 정신에 돌이킬 수 없는 상흔을 새긴 세기의 불충이 되었다.

　그 시대만 해도 일반인들은 접할 수가 없었던 신기한 차가 가배차다. 가배는 커피를 한자로 음차한 말이고 왕실에서는 양탕국이라고 불렀다. 미국인 선교사들을 통해 처음 궁중으로 유입된 커피를 고종 일가는 문명의 이기처럼 흡입했다. 특히 명성황후는 커피의 독특한 향과 쓴맛의 여운을 음미할 줄 아는 마니아 수준까지 이르렀고 모후에게 가배차 마시는 법을 배운 황태자도 커피를 즐겨 음용했다.

　그날의 독다사건이 그 정도로 마무리가 된 것은 그나마의 천우신조다. 동서양을 막론하고 살인의 가장 손쉬운 방법은 독살이다. 매수자만 확실하면 흔적을 남기지 않고도 신속 간편하게 목표물을 제거하는 살인의 도구이기 때문이다. 명성황후 사후 치독에 대한 고종의 두려움은 병적일 만큼 심각한 수준이었다.

　겁도 없이 대전의 비단 금침 속으로 엉큼하게 기어들었다가 대노한 중전에게 죽음 직전, 개 쫓듯 궐 밖으로 내쳐진 지 꼭 십 년! 구사일생으로 명줄을 건진 그 여자의 나이는 서른두 살이었다. 그로부터 장장 십 년 뒤, 마흔두 살의 노인이 다 된 전직 궁녀 엄상궁을 임금은 은밀히 대전으로 불러들였다. 명성황후가 비명에 간지 고작 5일 만에 벌어진 사건이다.

　궐 안에서는 어느 누구 한 사람도 속을 내보일 자가 없었던 고종이 궁여지책 끝에 번개처럼 생각해낸 인물이 고작 궐 밖의 엄상궁이었다. 믿을 자만 있다면야 물에 빠진 지푸라기라도 건져내고 싶었을 임금에게 그래도 남과는 다른 것이 예전에 승은을 내린 내전 상궁이었다. 그녀는 포섭의 손길이 아직 미치지 않은 안전지대에 있었으면서도 대전의 생리를 꿰뚫고 있는 궁인이었으므로 어찌 보면 최적의 인물이었다. 그렇게 엄상궁은 지밀로 다시금 돌아왔다.

　그 옛날 대노하여 펄펄 뛰던 중전의 손에서 죽음 직전까지 내몰린 엄상궁을 고종은 무슨 맘을 먹고 그랬는지 애걸복걸 왕비에게 읍소하면서까지 그녀의 목숨을 구명해 주었다. 그렇게 간신히 목숨줄이 붙어서 엄상궁은 궐 밖으로 내쳐졌다.

　아쉬우면 쇠뿔도 약이 된다고 출궁당한 뒤에는 까마득히 잊었던 엄상궁을 고종은 수소문 끝에 은밀히 불러들였다. 편전에 갇혀 전전긍긍하였던 임금이 꺼내든 희대의 비장한 카드는 대성공작이었다. 엄상궁의 재입궁이 역사에 엄청난 파장을 분사시킨 비책이었음은 당대의 가장 큰 이슈가 되었던 아관망명이 증명을 하여 준 바다.

릴리어스의 도시락

임금은 미세한 기척에도 몸을 움츠렸다. 아니 몸이 오그라들었다. 을미사변 후에는 수족과 같은 지밀상궁과 내관들마저도 매수된 자들로 대놓고 바꿔치기를 당한 형편이다. 그러니 대전의 일거수일투족은 유리 상자가 되었다. 저변의 사정이 이럴진대 무슨 독이 들어간 줄을 알아서 수라인들 마음 놓고 뜰 수가 있겠는가. 그렇다고 언제까지나 굶고 지낼 수만도 없으니 기가 막힌 노릇이었다.

고종은 흠집이 없는 싱싱한 날계란과 자신의 눈앞에서 개봉한 깡통에 든 연유로 연명했다. 언더우드 부부는 고종황제 내외가 가장 신임한 최측근 선교사들로 명성황후 사후 독살 위험에 시달리던 고종이 애처로워 물심양면 도움의 손길을 뻗친 사람들이다.

릴리어스는 궁리 끝에 유럽의 한 공사관 부인과 번갈아가며 음식을 헌신적으로 조리하여 수라 시간에 맞춰 궐로 들여보냈다. 임금이 드실 수라는 주로 릴리어스의 집 주방에서 만들었다.

매 끼니를, 그것도 다른 사람도 아닌 폐하가 드실 수라를 준비하고 때마다 운반한다는 건 보통으로 신경을 써야 하는 일이 아니다. 릴리어스는 가엾은 대군주폐하를 위해서 영양가가 풍부하고 신선한 재료로 정성껏 음식 몇 가지씩을 조리해서 식지 않는 놋그릇에 담았다.

그 놋그릇을 다시 네모반듯한 오동나무 상자에 넣고 튼튼한 예일 자물쇠로 봉한 다음에 언더우드 목사가 직접 들고 편전으로 들어갔다. 열쇠는 언더우드가 따로 소지하고 임금의 목전에서 자물쇠를 따고 음식을 꺼내어 올렸다.

그제야 고종은 안심을 하고는 선교사 부인들이 손수 마련해 정성껏 올린 수라를 맛있게 들었다. 그것을 눈여겨 염탐하던 고종의 부친 흥선대원군 이하응이 어느 날 편전에서 물러 나오는 언더우드를 우정 기다렸다가 붙잡고는 수작을 걸었다.

"언더우드 씨! 그 좋은 음식을 무엇 때문에 폐하게 드리시오? 폐하께는 그런 음식이 필요 없소이다. 나는 늙었다오. 게다가 이도 다 빠져버렸으니 폐하보다는 내게 그런 음식이 더 필요하다오."

참으로 교활하고 무정한 부정이었다. 며느리 명성황후의 참혹한 죽음을 조장하고 고소하다는 눈초리로 강 건너 불구경을 한 노인네다. 그러니 속으로는 백 번도 천 번도 더 손바닥을 쳤을 것이다. 명성황후가 시해되었던 그날 새벽 대원군이 강녕전 부근에서 목격되었다는 사실이 이를 증명하고도 남는다.

운현궁이든 집곡산장이든 공덕리 아소당이든지 간에 틀어박혀 있어야 할 일흔여섯이나 먹은 노인네가 그 꼭두새벽에 뭣 하려고 심술 맞게 궐 안에서, 그것도 건청궁을 주시하며 어슬렁거려야 했겠는가.

그가 명성황후의 시해에 직접 관여했다는 확실한 근거는 없다. 다만 적어도 을미사변의 전모를 사전에 흥선대원군이 숙지하고 있었고 나아가 적극 부추겼다는 정황은 세상 사람이 다 아는 비밀이었다.

유길준에 의하면 "을미사변의 배후에는 흥선대원군이 있으며 그가 일본 공사에게 수시로 황후를 제거해 달라고 애걸했다."라고 말했다. 이는 흥선대원군이 황후의 제거를 미리부터 알고 있었을 뿐만 아니라 직접, 간접적인 가담자라는 지적에서 자유롭지 못하다는 뜻이다.

흥선대원군은 단 한 번도 며느리 민씨를 은애하지 않았다. 그에겐 오직 자기 자신의 권력 유지를 위한 방패막이로 용상에 건성으로 앉혀 놓은 작은아들처럼 사고무친의 며느리도 쥐 죽은 듯이 의례적인 왕비로 숨도 쉬지 말기를 강요한 시애비다. 그런 의중에 조금이라도 반할라치면 자식이 되었든, 며느리가 되었든 가차 없이 정적으로 대적한 비정한 노인이었다.

마르지도 않는 끈질긴 권력욕에서 헤어나지 못한 대원위의 노욕은 그 도를 넘어서 '이도 다 빠진 늙은이'가 되어버린 칠십 마당에까지 탐권낙세의 욕망을 누르지 못했다.

홍선대원군은 권력의 속성을 꿰뚫고 있는 사람이었다. 그 자신 누구보다도 권력의 추종자였으며 최정상에서 원 없이 권력을 향유하고 휘두른 사내다. 그러나 그는 가장 중요한 진실을 애써 외면했다. 세상의 어떤 권력도 끝이 있으며 물러나야 할 때가 온다는 진리를.

그 당연한 이치를 실기한 데서 홍선대원군은 권력의 독침을 맞고 그저 그렇고 그런 권력자의 초상으로 낙인이 찍힌 오욕을 자초했다. 그는 생의 마지막 순간까지도 권력에 대한 미련을 접지 못하여 주상을 폐위하고 장손자 이준용을 용상에다 대체하려는 음모와 공작을 멈추지 않았다.

뉘엿뉘엿 저녁해가 서산으로 지고 왕궁에 어둠이 내리면 고종은 짝 잃은 기러기처럼 안절부절을 하지 못했다. 황후가 떠나고 난 후로 덧난 버릇이다. 궁궐이라는 곳이 워낙에 광대한 면적이고 숲이 깊은 후원이 외진 곳이고 보니 암흑 속에서 무슨 음모가 벌어지는지 아무도 모른다.

황궁의 함녕전에서도 임금은 매일 밤을 그렇게 뜬눈으로 지새웠다. 그런 밤이면 용상의 부름을 받고 구름재 집을 떠나오던 날, 그날 새벽의 꿈속에서 악몽에 시달렸던 예지몽이 떠오르곤 했다. 마치 어제 일과도 같이 선연했다.

사람 그림자 하나 없는 텅 빈 인정전. 일월오악도가 펼쳐진 월대 한가운데의 용상에는 붉은 곤룡포를 입은 명복이 홀로 앉아있었다. 명복의 몸은 꽉 조여진 용상에 끼어서 꼼짝달싹을 못하고 버둥거리고 있었다.

마치 어제 일 같기만 한데 무심한 세월 속에서 삼십여 년이 흘러갔다. 그날의 악몽이 떠오를 때마다 황제는 진저리를 쳤다. 그리고 몸을 이리저리 뒤척거리다 먼동이 틀 무렵에야 겨우 눈을 붙였다. 그러니 조반을 겸한 점심 수라를 뜨는 것이 황제의 첫 일과가 되었다.

대한제국 시기 고종이 가장 믿고 의지했던 사람은 미국인 선교사들이다. 정치가나 외교관들처럼 사심이 없는 선교사들은 가련한 조선의 임금에게 어떤 압박도 부당한 요구도 하지 않았다. 오로지 조선을 위해서 기꺼이 헌신해 준 이방인들이었다. 특히 미국인 선교사들을 임금은 밤마다 가까이 경호원으로 두고 안전을 보장받고 싶어 했다.

명색이 군주가 되어 궁여지책을 동원해야 만이 잠들 수가 있었을 만큼 고종의 심리는 불안정했고 그가 가진 권력의 힘은 턱없이 미약했다. 이런 가련한 임금을 보호해주려고 헐버트는 조선말이 유창한 언더우드와 에비슨이 주축이 된 경호 조를 조직해서 움직였다.

외국인 선교사들은 3인 1조로 칠 주 동안에 걸쳐 미제 38구경 리볼버를 속주머니에다 푹 쑤셔 넣고는 밤마다 침전에서 불침번을 섰다. 여차하면 본인들의 목숨이 위험해진다는 사실을 알고 있었지만 덫에 걸린 한 마리의 들짐승처럼 오들오들 떨고 있는 가엾은 임금을 외면할 수가 없어 자원한 희생이었다.

뒤에야 고백한 일이지만 선교사들은 이런 사실을 부인들에게는 일체 함구했다. 혹시라도 알게 되면 아내들이 반대하고 동요가 일 것을 염려하여 어디에도 비밀에 부친 채 밤마다 편전에서 고종을 지키는 경호를 섰다.

외국 사람, 특히 미국인들이 자신을 밀착 경호해 주니 임금은 그제서야 안심이 되는지 어침에 들었다. 칠흑 같은 어둠을 틈타 음모를 꾸미는 자객이 설령 해코지를 하려고 잠입을 했다가도 미국 사람들과 맞서는 두려움으로 더는 행동에 옮기지 못할 것을 알기 때문이다.

외국인이 미국 국민을 해쳤을 경우, 그 나라가 얼마나 분노에 찬 보복과 응징을 반드시 가하고야 만다는 사실을 일본도 익히 경험으로 알고 있었다. 그러기에 서양 사람, 특히 미국인을 건드리는 행위를 그들은 피했다. 그처럼 철저히 자국민을 방어하는 장치는 오늘까지도 이어지는 미국의 위대한 힘이며 정신이다. 이는 세계 어느 나라도 결코 흉내를 내기 어려운 미국 국력의 상징이 되어 있다.

수십 년간을 통치한 자신의 왕궁에서 어제까지만 해도 충복이었던 신하에게까지 감시의 대상으로 전락한 고종. 그것은 한 나라의 임금이 감내하기에는 수모의 한계치를 넘어서는 굴욕이다. 명성황후가 사라진 괴괴한 법궁에 덜렁 내쳐진 고종은 아무런 미련도 애착도 남아있지 않았다. 이제 법궁은 그에게는 한시라도 속히 벗어나고만 싶은 두렵고 떨리는 감옥이었다.

또다시 해가 기울고 바닷속 같은 심연이 깔리면 고종의 몸은 더더욱 작게 오그라들었다. 널따란 궐 안, 음침한 구석에 몸을 숨긴 변장을 한 살인귀가 튀어나와서 목에다 비수를 겨누는 환영으로 임금은 밤마다 시달렸다. 경복궁 넓고도 너른 후정에서부터 천근 같은 어둠이 퍼지는 밤의 궁원은 혼자가 된 고종에게는 몸서리가 쳐지는 두려운 암흑이었다.

무덤 속 같은 괴괴함이 임금의 울분을 가중시켰다. 갈바람에 휘휘거리는 메마른 나뭇가지들의 울음소리는 목전에까지 쳐들어온 왜적의 펄럭거리는 깃발처럼 섬뜩하기만 하다. 대전 앞에서 어른대는 내관들의 너른 소맷자락도 비수를 숨긴 자객의 음흉한 동작으로 느껴져 소름이 끼쳤다.

1392년 고려의 정전인 개성 수창궁에서 등극한 태조 이성계가 그로부터 2년 뒤에 새로 축조된 한양성으로 천도하였다. 그 이래로 반천 년 새 왕조의 역사를 써 내려간 성스러운 전당. 첩첩 왕조의 영욕이 아로새겨진 조선의 법궁 경복궁! 굽이굽이 흘러내린 역사의 강물 속에는 찬연히 빛나는 영광의 날들도 무수했을 것이다. 그리고 피맺힌 절규가 원한의 검붉은 혈흔이 되어 흘러내린 역사도 함께 써갔다. 그렇게 북궐은 조선왕조의 미륵이 되어가고 있었다.

밀고자 이진호

1895년 11월 27일 새벽. 경복궁을 포위한 구렌다이 부대의 감시망을 뚫고 대궐을 은밀히 빠져나가려던 귀인이 있었다. 이른바 춘생문사건의 주인공이다. 명성황후 시해 사건 40여 일 후에 시도된 국왕의 탈출 작전이었다. 임금을 빼내어 궁성 밖으로 피신시키려 한 이 모의에 연루된 참가자들의 면면은 화려하다.

고종의 삼종형제 시종원경 이재순을 비롯하여 전 시종원시종 임최수, 휴직 참령 이도철, 정위 이민굉, 중추원의관 안경수 등 전현직 고위 관료와 정동파 인사들로 구성된 이범진, 이완용, 윤치호, 현응택, 윤웅렬, 이윤용, 이채연 등이 주동적으로 의기투합하여 도모한 거사다.

그들 뒤에는 외국인 선교사 언더우드와, 에비슨, 헐버트를 비롯한 미국공사관 서기관 알렌, 러시아 공사 웨베르 등 구미 외교관들과 친미, 친러파를 총망라한 정부의 고위직 인사가 대거 춘생문사건의 모의에 직간접으로 가담하였다.

춘생문사건은 친일파에게 포위되어 극도의 불안증으로 시달리는 고종을 미국공사관으로 피신시켜 대국면 전환을 꾀하려 했던 모의 사건이다. 결국은 실패로 끝나고 만 천안문사건의 주모자들 가운데는 현장을 미처 빠져나가지 못하고 잡힌 임최수와 참령 이도철 등 수많은 주동자들이 처형과 유배형에 처해졌다. 상당수는 국경 밖으로 달아나서 후일을 도모했다.

거사 당일 그들은 건춘문으로의 잠입을 시도하였다. 그러나 삼엄한 경계로 2차 계획안을 작동시켰는데 삼청동 동북쪽의 춘생문을 통해서 재차 궐로의 진입을 시도했다. 친위대 제2대장 이진호가 궐문을 열어주기로 약조가 되어 있었다. 그런데 뜻을 같이하기로 찰떡같이 믿은 이진호가 막판에 변심을 하여 군부대신서리 어윤중에게 사건의 전모를 밀고하기에 이른다.

그 결과로 친위대 숙위병들의 맹렬한 반격을 받았고 결국 춘생문사건은 미완의 결사로 끝이 났다. 거사가 실패하자 주동자 중의 일부는 선교사들의 집으로 황급히 숨어들었고 상하이나 러시아 등지로 일시적인 망명길에 올랐다. 곧바로 때를 노려 잠입한 이범진, 윤웅렬, 이완용 등이 고종을 다시금 러시아공사관으로 피신시키려는 모의를 하고 극비리에 움직였다.

춘생문사건이 터진 그날 밤에도 언더우드는 에비슨, 헐버트와 함께 목숨을 건 불침번을 섰다. 바로 그 시각, 헐버트는 "대원군이 궁궐 후원의 작은 전각으로 들어가는 것을 보았다."라고 회고록에서 밝혔다.

황후가 처참하게 시해된 을미사변의 그 새벽에도, 국왕이 종묘사직을 위해 필사적인 탈출을 기도했던 천안문사건의 그날 밤에도 궐 밖 사저에 있어야 할 대원군이 어김없이 배후에서 포착되었다. 국기가 뒤흔들린 사태가 벌어진 사건의 배후에는 어김없이 흥선대원군의 실체가 도사리고 있었다.

밀고자 이진호는 1888년 4월 조선정부에서 미국인 윌리엄 다이William Mcentyre Dye를 수석 군사 교관으로 초빙하여 설립한 연무공원의 생도 출신이다.

연무공원은 고급 군인, 즉 장교를 양성하려고 고종의 특명으로 설립된 이른바 최초의 사관학교다. 이진호는 현대식 군사 교육과 훈련을 받은 엘리트 군인으로 교육 성적이 우수하고 영어 소통이 웬만하여 다이의 신임을 받은 학생이다.

조선군대는 1882년 임오군란으로 신식 군대의 양성이 좌절되었다. 앞서 일본을 돌아보고 충격을 받은 윤치호는 군대 통솔권을 일원화하고 상무 정신을 강화한 국방군의 양성이 시급함을 통감했다.

윤치호는 미국인 군사 교관을 초빙하여 군사사관학교를 설립해 줄 것을 고종에게 상언했다. 신식 군대의 필요성을 역설한 윤치호의 건의에 따라 조정은 군사 교관의 파견을 미국정부에 요청하였다. 1888년 4월 수석 교관 다이와 조교관 커민즈Cummins.E.H, 일본의 미영사관에서 근무중이던 닌스테드Nienstead.F.J.H 등 네 사람의 미국인 교관이 입경하였다.

연무공원이 배출한 대표적인 생도는 이진호, 이범래, 남만리, 이병무 등이 있다. 신식 무관의 양성에 이바지한 연무공원은 1894년 7월 27일 제1차 갑오개혁 때 경복궁을 점령한 일본군대로부터 무장해제를 당하였다. 일체의 신식 무기를 압수당한 상태에서 명목상으로만 유지되고 있던 연무공원은 고종의 칙령으로 군사 기관이 군무아문軍務衙門으로 흡수되자 폐교되었다.

그렇다면 이진호는 막판에 와서 무슨 이유로 변심을 한 것인가, 어째서 밀고자의 길을 택했는지 모를 일이다. 아니 애초에 그는 존왕파가 아닌 밀정의 신분이었는지도 알 수 없다. 다만 그가 엘리트 장교로 스승인 수석교관 다이에게 두터운 신임을 받은 생도였다는 점에서 뜻을 함께한 스승마저도 배신을 한 군인이 되었다는 사실이다.

춘생문사건이 불발되자 보복이 두려워진 이진호는 일본 공사관으로 도망쳤다. 체포할 수 없는 안전지대에서 우범선, 이두황, 장박 등 십여 명이 함께 은거했다. 그러나 꿈에도 생각지 못한 고종의 아관망명이 터지고 세상이 다시금 요동을 치자 철통같은 일군의 비호를 받으며 우편선에 몸을 실었다.

일본의 망명객이 된 이진호는 철저하게 친일파로 변신했다. 1900년, 유길준을 중심으로 일본 육사 출신의 청년 장교들이 모여 대한제국을 전복시키려 한 음모가 있었다. 친일정부를 세우려고 시도했던 비밀 작전에서 이진호는 단연 주동적인 인물이었다. 그는 쿠데타의 총지휘자로 내정이 되었으나 어쩐 일인지 모의 자체가 실행에 옮겨지지는 못하였다.

이진호가 다시 돌아온 것은 망명 11년이 지난 1907년인데, 통감 이토 히로부미의 특사로 귀국하자 곧 사면되었다. 황제가 눈을 뜨고 번연히 살아있는 아직은 대한제국의 하늘 아래건만 친일파들이 득세한 세상에서 황제를 정면으로 배신한 그는 빳빳이 고개를 치켜들고 활보하고 다녔다.

이토 히로부미는 통감이 임명하는 차관 정치로 관료 조직을 손쉽게 장악했다. 이른바 군사, 외교, 정치의 삼각 편대라는 국왕의 통수권을 초대 통감으로 부임한 이토가 개입함으로써 이미 식민지 수순으로 돌입한 것이다. 외교권 박탈에 이어 통감 정치가 개시된 이때가 사실상의 일제강점기가 개막된 시점이다. 제 세상을 만난 친일파들은 앞서거니 뒤서거니 물을 만난 고기떼들처럼 현해탄을 건너서 돌아왔다.

천지는 또다시 친일파의 세상이 되었다. 갑신정변 때 도피했던 망명자들과 어깨를 나란히 하고 당당하게 귀국한 이진호는 조선총독부 중추원 부참의로 임명되었다. 육군 참령 친위대 대대장이라는 고위직 군인으로 국가를 위해서 목숨을 바쳐도 부족한 자가 망해가는 조국을 미련 없이 뱉어버린 매국노로 변신하였다. 그 후 친일파들의 열망대로 일본의 식민지가 된 땅에서 그는 승승장구 출세 가도를 달려갔다.

평안남도 관찰사를 지낸 이진호는 민족의식을 고양하는 사립학교의 확산을 막으려 설립한 관립 평양보통고등학교 교장으로 임명받았다. 식민지 교육을 말살하려는 일제의 공작에 충성스런 하수인으로 주체적인 역할을 담당하기 위해서였다. 이어 평안남도 관찰사, 전북도지사, 조선총독부 학무국장을 역임하는 등 그는 누구보다도 민족을 능멸한 압제자의 나사가 되어 동족의 목을 조이는 일이라면 주저치 않고 앞장을 섰다.

1919년 1월 21일 새벽 태황제 고종이 승하하였다. 독살설이 파다한 가운데 인산일을 기해 삼일만세운동이 일어났다. 당황한 친일의 개 이진호는 시위대를 진압하는 자제단을 곧바로 출범시켰고 독립운동의 뿌리를 뽑는 일에 혈안이 되어 움직였다. 식민지 조국의 독립은 황국 신민이 된 그에게는 감히 꿈도 꾸지 말아야 하는 악몽이었다.

중추원 참의와 부의장, 일본 제국의회 귀족원 칙선의원에까지 오른 이진호는 친일의 대가를 여한 없이 누렸다. 해방이 되고 이듬해 천수를 다한 그날까지 충성스런 일제의 신민이 되어 조국과 민족을 박해한 대표적인 친일 반민족 행위자로 그는 살아갔다. 2008년 소유권 문제가 제기되었던 이진호의 잔여 토지에 대해 국가 귀속 결정이 내려졌다.

아관망명 그리고 이범진

한강에는 아직 녹지 못한 얼음장이 둥둥 떠다니고 구석진 길섶엔 잔설이 희부연한 새벽녘. 1896년 2월 11일.

정교의 『대한계년사』는 그날 새벽 고종이 궁녀의 가마에 몸을 숨기고 경복궁을 빠져나와 아라사공관으로 들어간 시각이 오전 7시 20분경이었다고 기술한다. 이걸 토대로 아관까지의 동선을 어림잡으면 다급했을 그날 새벽의 윤곽이 드러난다.

을미사변 이후에 건청궁을 떠난 고종은 후원의 어느 전각에서 거하고 있었다. 그러니 그 후정 어디쯤에선가 출발한 가마가 경복궁을 빠져나간 시각은 적어도 상오 7시 이전이었다는 이야기다. 덩치가 큰 성인 남녀 두 명씩을 메고 가는 가마꾼의 가쁜 숨으로 재어 보건대 족히 30분 이상이 소요되고도 남을 거리다.

서술자에 따라서는 가마가 빠져나간 문이 동문인 건춘문이다. 서문인 영추문이다, 하고 이견이 분분하다. 문이 있는 기점으로만 따지면 영추문을 통해 아라사관으로 빠지는 길목이 조금은 더 가깝고 눈에 덜 띄는 한적한 행로다.

그런데 당시의 영추문은 관원들이 주로 입퇴궐 하는 문이고 건춘문은 왕족과 종친, 상궁 내인들이 드나드는 문이었다. 하면 그날 새벽 경복궁을 빠져나간 두 대의 가마는 궁녀의 가마로 위장이 되었으므로 건춘문을 통과했을 개연성이 다분하다. 거리상으로는 조금 돌아가더라도 자연스럽게 건춘문으로 고종과 태자를 태운 두 대의 가마가 궐문을 감쪽같이 빠져나갔다.

아관망명의 그 새벽으로부터 126년의 세월이 더 흘러갔다. 2021년 2월 11일의 상오 7시는 먼동이 트지 않은 어두운 새벽이다. 아관망명이 단행된 그 새벽, 그해의 날씨는 온난화로 인하여 기온이 상승한 오늘보다 날 새는 속도가 훨씬 느리고 추웠을 것이다. 고종과 왕태자가 궁녀의 작은 가마 뒤쪽에서 성체를 깊숙이 숙이고 건춘문을 통과한 그 새벽의 기류는 스산한 어둠 속이었다.

전날 밤, 고종의 침전은 납덩이처럼 가라앉은 폭풍전야의 그것과 다르지 않았다. 워낙에 은밀한 작전이었기에 누구도 이 엄청난 음모를 눈치챈 자는 없었다. 심해 같은 장막이 궐을 덮고 우우하고 불어대는 세찬 늦겨울의 삭바람이 훑고 지나간 후원은 점점 혼곤한 미몽 속으로 빠져들었다.

곱은 손을 비비적대며 수비병은 새벽마다 첫 일과처럼 예사롭게 출타하는 두 채의 가마에 별다른 의혹도 품지 않았다. 아니 오히려 어서 볼일이나 속히 보고 오시게나, 하는 찐득한 눈빛으로 얼어서 굳어 터진 안면에 억지 웃음기까지 지어 보이며 육중한 대궐문의 빗장을 풀어주었다.

언제부터인지 날이 새기가 무섭게 출궁을 하는 엄상궁의 가마다. 게다가 얼마 전부터는 심복 내인 하나까지 방자처럼 달아 붙이고 꼭두새벽이면 귀신처럼 나타나는 엄상궁의 행차기에 아무런 의심도 없이 통과시켰다.

꼴에 정승댁 마님도 아닌 것이 어인 풍신이라고 엄상궁은 뒷가마에다 내인 하나를 매달고는 바짝 뒤따르게 하고서 출타했다. 어느새 의지가지없어진 임금님의 총애를 한껏 독차지하고 위세깨나 부린다는 엄상궁이다. 그런 엄상궁의 친정집은 광화문에서 지척인 서소문에 있었다.

한 치의 오차도 없이 귀신처럼 그 시간에 딱 맞춰 출행한 오늘 새벽의 가마 두 채도 수상한 낌새라곤 감지하지 못하였다. 다만 가마꾼들의 덩치가 평시와는 달리 유별나게 건장한 사내들로 교체되었다는 사실뿐. 날로 기세등등해져 가는 엄상궁의 출타이기에 아무런 의심도 품지 않았다.

지지리도 못생긴 외양이지만 엄상궁은 걸걸하고 구수하고 화끈하며 인심이 후한 사람이었다. 한마디로 간이 큰 여인이었다. 그녀가 출타할 때마다 군은살이 박힌 문지기의 손바닥에는 묵직한 엽전 뭉치가 쥐어졌다. 언제부터인지 건춘문의 당직병에게 엄상궁의 출타는 첫 새벽의 예사로운 일과가 되었다. 바로 그날 새벽의 이 중대차한 결행을 위해서 미리부터 치밀한 작전으로 계산하고 연출하여 행동에 옮긴 숨가쁜 예행 연습 덕분이었다.

아관망명은 춘생문사건 때처럼 한다한 거물들과 백성들이 나서 혈서까지 써가며 너도나도 줄을 서준 그런 거사가 아니다. 단지 궐 밖에서 지하 조직처럼 숨을 죽이고 움직인 몇 명의 반일 인사들은 춘생문사건의 뼈저린 실패를 거울 삼아 소리소문도 없이 대군주폐하를 탈궁시킬 묘안에 고심했다. 그러나 정작 당사자인 고종에게 신호조차 보낼 방법이 없었다. 그만큼 대전을 둘러싼 궐 안팎의 감시는 삼엄했다.

이때 이범진의 뇌리에 한 얼굴이 번개처럼 스쳤다. 십 년 만에 재입궁했다는 대전 지밀의 엄상궁이었다.

아하 엄상궁! 이범진은 자신의 무릎을 탁하고 쳤다. 이 여자가 있었구나. 아하, 이 여자야말로 임금의 수족이 아닌가. 더하여 승은까지 입은 임금의 여자다. 게다가 도통 두려움을 모른다는 천하의 배짱머리에다 머리 회전이 획획 잘도 돌아간다고 하니 들리는 소문대로라면 그 이상의 적임자도 없었다. 바로 문제의 대전 지밀 엄상궁이었다. 이범진은 회심의 미소를 흘렸다.

자객과 독살이라는 이중고에 시달리던 고종의 총애를 십 년 만에 다시 되찾았다는 엄상궁이다. 하룻밤의 승은으로 쫓겨났던 궁인이 십 년 후에 재차 부름을 받았다는 예는 듣도 보도 못하였다. 그러니 임금과의 재상봉이 엄상궁에게는 죽었다가 다시 살아난 천복이 아니고 무엇이랴. 죽지 않고 요행 살아있었기에 찾아온 행운이었다. 그렇게 슬금슬금 위세가 붙기 시작한 엄상궁과의 내통을 어떻게든 성사시키려고 존왕파들은 치밀하게 작전에 돌입했다.

여자라면 누구이든 혼을 빼앗기는 장신구나 금은보화에는 한없이 약한 속성을 드러낸다. 아니 비단 여자의 영역만이 아니다. 금은붙이를 싸들고 쫓아와서 들이대는 물량 공세에 넘어가지 않을 심지가 몇이나 되겠는가.

다섯 살에 애기나인으로 궐살이가 시작되어 궁녀로 늙어간 자체가 가난한 천민의 태생이라는 방증이다. 이범진은 욕심이 많고 물욕이 강하다는 소문이 퍼진 엄상궁에 대한 첩보를 십분 활용하였다.

　그래서 여자라면 누가 되었든 유혹을 물리치기 어려울 만큼의 뇌물 공세로 엄상궁의 환심을 사두는 데 일단 성공하였다. 웬만한 일에는 겁을 모르고 두뇌 회전이 척척 돌아간다는 그녀답게 동조를 이끌어내는 일은 예상외로 선선했다. 승은을 입은 여자에게 임금의 안위는 곧바로 자신의 운명과도 직결이 되는 문제임을 그 자신이 먼저 간파했을 것이다.

　황현의 『매천야록』에는 이범진 등이 은괴 사만 냥을 엄상궁에게 뇌물로 주고 거사에 나서도록 설득했다고 한다. 아관망명을 추진하면서 친미, 친러파 인사들이 엄상궁을 포섭하기 위해 얼마나 공을 들였는지 짐작이 가는 대목이다.

　진상이야 어떻든 목숨을 내놓아야 하는 공작을 모의하면서 이범진이 엄상궁을 거사의 주동적인 인물로 점 찍어 둔 것은 실로 탁월한 묘책이었다. 사실 엄상궁은 굳이 은괴 사만 냥이라는 눈이 돌아갈 만한 뇌물이 아니었어도 임금을 구명하는 일이라면 앞장을 서서 지옥이라도 갔다 오고도 남았을 여자다.

　얄궂은 운명의 장난인지 명성황후의 죽음이 엄상궁에게는 반대로 천운이 되었다. 천우신조로 재입궁하여 승은을 되찾은 전직 상궁에게 앙꼬 같은 임금을 빼고 나면 무엇이 남겠는가. 늙어빠진 후줄근한 몸뚱이뿐일 것이다. 그러니 핑핑 돌아간다는 엄상궁의 그 좋은 머리라면 계산이 금방 나올 법도 하다.

　자신의 휘황한 영달을 위해서라도, 임금의 총애를 되찾은 여자의 애달픈 심사로라도 이 위험천만한 감시자들의 총구로부터 성상을 지켜드릴 수만 있다면 지옥 불인들 마다하랴. 한목숨 걸고서라도 대군주폐하를 지켜내는 일이 엄상궁에게는 어느새 그녀 자신의 운명으로 환치되었다.

　엄상궁의 가담으로 거사는 구체화되고 척척 진척이 되었다. 워낙에 능수능란한 그 여자의 수완과 시침 뚝딱 떼고 밀어붙이는 배포가 거사 성공의 일등 공신이다. 두 번 머뭇거리지 않는 결단력이야말로 그녀의 주무기였다. 어느 누구 하나 이 비밀스럽고 위험천만인 거사에 끌어들일 동조자가 전무했던 궐 안에서 엄상궁은 연출과 동시에 주연 배우 역할을 톡톡히 감당해냈다.

엄상궁은 자신의 두툼한 손바닥을 불끈 쥐었다가 다시금 활짝 펴보았다.
"중년 고생이나 말년에는 부귀영화 공명상."
이라는 손금이 오늘따라 선명하게 운명선을 가로지르고 있었다. 이 나라 조
선의 운명이 내 이 손바닥에 새겨져 있었다니! 이런 확신이 번쩍 들자 엄상궁
은 솟구치는 흥분을 가눌 수가 없었다.

그것이 성공했을 연후에 몰려들 엄청난 파장! 생각만으로도 가슴이 저릿저
릿해 오는 이 떨림. 해일처럼 자신을 향해서 밀려들고 있는 부귀영화 공명의
달콤한 환상에 젖어들자 엄상궁의 심장은 부어올랐다.

아아, 천지가 개벽되는 일이로다! 진정 생각만으로도 전율하여 그 퉁퉁 부어
오른 몸뚱어리가 공중부양이라도 하려는지 붕, 하고 떠오르는 희열을 엄상궁
은 맛보았다. 몽롱한 도취감이었다.

이제 대군주폐하를 아관으로 탈궁시키는 일은 내 손으로 기어이 성사시켜야
하는 나의 운명이다. 나의 길이 되었다. 이 한목숨 갈아서 버릴지라도, 아니 설
령 하늘이 두 쪽이 난다 하더라도 반드시 임무를 완수해야만 하는 엄상궁 자신
의 운명으로 점차 바뀌어 가고 있었다.

서릿발보다 더 지엄하고 밤하늘의 별보다 더 찬란히 빛나고 반짝이는 다이
아몬드보다도 더 영롱한 명성황후마마의 권위! 중전마마가 누리신 부귀영화
의 휘광이 어느덧 자신의 코앞에서 알짱대며 '나 잡아 보아라!'하고 바짝 다가
왔다가는 저만치로 도망을 쳐버리고 마는, 환영으로 엄상궁의 오장육부는 달
아올랐다.

경계가 제아무리 삼엄한들 죽기보다야 더하랴. 대군주폐하를 내 치마폭 속
에 꼭꼭 숨겨서 궐문을 빠져나가고야 말리. 엄상궁의 혼백은 이미 철통같은 경
복궁의 담장을 사뿐히 넘어가고 있었다. 상림원 저 언덕배기에 우뚝 솟아있는

아름다운 서양 집. 귀부인 같은 하얀 양관의 아라사공관 깊숙한 밀실로 그녀는 이미 들어서고 있었다.

밖에서는 이범진과 이완용, 헐버트 같은 인사들이 러시아 공사 웨베르 측과 긴밀히 접촉하고 만일의 사태에 대비한 만반의 준비 태세로 공동보조를 취하고 있었다. 헐버트와 같은 선교사들이야 침략자의 폭압과 감시로 목숨이 위태해진 힘없는 나라의 폐하를 위해 사심 없는 충정으로 돕고 있을 것이다.

그러나 군이 따지고 들자면 천안문사건의 주모자들인 그 외의 인사들은 저마다 정치적인 주판알을 굴리면서 치밀한 계산으로 움직이는 자들이다. 그것이 정치판의 냉혹한 생리다. 그들은 이번 거사에 제각기 일생일대의 승부수를 띄우고 있을 터다. 어찌 되었건 각양각색의 충정과 주판알들이 모아져서 아관망명이라는 초유의 대탈출극이 계획되고 완결되었음은 주지의 사실이다.

나라의 운명이 경각에 달린 이 판국에도 조정은 언제나 그래왔듯 파당과 파벌로 시끄러운 난장판이었다. 청당과 왜당, 아당으로 갈라진 파벌들이 서로가 편을 가르고 청국과 일본과 러시아파들이 번갈아 가며 국정을 농락했다. 이 나라를 지배해온 사대국 청당의 기세가 돌연 허물어지나 싶더니만 뜬금없이 왜당이 정권을 유린했고, 작금에는 아예 왜놈들이 판을 치는 세상으로 변해버렸다.

이제 그 왜당마저도 물러가면 이범진, 이윤용, 이완용으로 대변되는 아당의 집권기가 도래할 것이다. 임금이란 자는 청풍과 왜풍에 눈치껏 끌려다니느라 줏대를 잃고 갈지자로 휘청거리는 광대가 되어버린 지 오래다. 이제 왜풍을 몰아내고 나면 광활한 극지의 아라사인들이 어떤 기세로 시베리아의 한풍을 몰고 달려올지 아무도 예측하기 어려운 장이었다.

웨베르는 러시아공사관의 수비를 명분으로 제물포에 정박 중이던 무장한 수병 백여 명을 입경시켰다. 만일의 사태를 대비한 물샐틈없는 경계 태세에 돌입하였다. 정치적인 촉수가 뛰어난 사람이라면 이즈음 경복궁과 정동 사이의 하늘 위에 무언지 알 수 없는, 모호하고 팽팽한 휘발성의 전운이 감돌고 있었다는 사실을 눈치채고도 남음이 있었을 것이다.

정가는 김홍집, 유길준 등의 친일 내각이 국정을 장악한 상태에서,

"조선의 대군주가 고통스런 국면 타개를 위해 곧 조선주재 미국공사관이나 아라사공관으로 피신하려 한다."는 첩보가 일본의 일간신문에까지 버젓이 떠도는 판국이었다. 이는 경복궁을 둘러싸고 조만간에 어떤 거대한 음모가 가시화되리라는 예측 가능한 시나리오로, 공공연한 비밀이 되어버린 뉴스 아닌 뉴스였다. 그것이 '언제? 어디서? 어떤 방식으로?'인지가 모호한 카오스로 맴돌고 있었다.

왕후 민씨가 참변을 당하고 피 말리는 공포감으로 떨던 때, "나를 구출하라."는 한마디의 밀조를 고종은 친미파 인사를 통해서 극비리 하달했다. 이것이 결국 미수로 끝나버린 미완의 결사 춘생문사건의 발단이었다.

그로부터 숨 막히는 적막 속에 40여 일의 시간이 더 경과되었다. 손안에 들어와 잡히지는 않지만 폭풍전야의 고요 같은 음산한 기류가 대궐을 온통 휘감고 있었다. 실체 없는 그 무언가가, 그리고 어디선가 교활한 음모꾼의 비밀스런 내통이 진행되고 있을법한 시간이 축적이 되고도 남은 시간이다.

필시 터지고야 말 일이었다. 폭음 내 같은 휘발성의 싸한 공기를 눈치가 빠른 사람이라면 이미 흡입하고 있었을 것이다.

일본군대는 극도의 경계심으로 대군주폐하와 동궁 주변의 감시를 강화했고 철통같은 수비로 경계에 만전을 기했다. 당시의 정세로 미뤄서 생각할 때 경복궁 주변의 분위기가 얼마나 삼엄하고 긴박하게 돌아갔는지 상상이 되고도 남는다. 숨이 턱 밑까지 차오른 난세의 가파른 기류가 휘몰아치고 있었다.

어차피 아관망명이라는 고종의 탈출극은 엄상궁의 능청맞은 뱃심으로, 그리고 천기의 흐름대로 거사의 성패가 좌우될 수밖에는 없는 단막극이었다. 그만큼

조연이 불필요한 썰렁한 무대 위에는 오직 주연 배우만이 분주하게 움직였다.

이미 문고리 권력에 바짝 다가가고 있었던 이 노회한 대전상궁의 욕망을 있는 대로 부추겨서 풍선처럼 날아오르게 만든 고단수의 심리전을 구사한 자! 온갖 세상 풍파를 헤쳐온 이 늙은 궁정의 여인을 기술껏 조정해 간 남자! 아관망명의 거사는 대한제국 전문 외교관 이범진의 회심의 역작이었다.

이범진은 흥선대원군 치세에서 무위도통사와 공조판서를 지낸 이경하의 서자로 태어났다. 당시 이경하는 군사와 경찰권을 장악한 막강 실력자였다. 헤이그에 밀파된 대한제국의 외교관 이위종이 이범진의 아들이며 독립운동가 이범윤은 그의 친척 동생이었다.

이범진은 고종 15년 식년시 병과에 급제하였고 용맹 우직함으로 명성황후의 총애를 입었다. 춘생문사건이 무위로 돌아가자 그는 상하이로 몸을 급히 피했다가 이듬해 초 국내로 잠입하여 고종의 아관망명을 성사시켰다.

이범진은 왜당을 쓸어낸 자리에 들어선 아당의 새 내각에서 법무대신과 경무사에 임명되었다. 서양과의 교섭이 시작된 직후에는 미국과 유럽을 순회하며 외교통상업무의 틀을 익혔다. 명성황후의 이이제이 전략으로 친러 외교를 강화했으며 목숨이 다한 그날까지 대한제국을 대표한 충직한 외교관이었다.

1901년 러시아 전임공사로 부임하여 독일, 오스트리아, 프랑스 공사를 겸임한 이범진은 고종이 가장 믿고 의지했던 신하다. 그만큼 나라에 충직하였고 오직 대한제국의 독립을 위해서 그 한 몸을 불살랐다. 1901년 제정 러시아의 수도 상트페테르부르크의 초대 상주 공사로 임명이 된 이범진은 국제사회에 신생 대한제국을 알리고 대변하는 일에 온 생애를 바쳤다.

일제의 혹독한 핍박과 감시하에서도 러시아와 대한제국 사이의 외교 업무를 총괄하고 극비리에 고종황제의 친서를 니콜라이 2세에게 전달하는 임무를 수행해 왔다. 연해주 블라디보스토크를 여러 차례 방문하여 항일 운동을 후원하고 고종황제의 독립 자금을 비밀리 전달하는 등 대한제국의 신하로서 이범진은 공식, 비공식적인 수많은 밀사 업무를 묵묵히 수행하였다.

1905년 을사늑약으로 국권을 유린당하자 일제는 제일 먼저 대한제국의 외교권을 찬탈한 동시에 각국에 주재한 공사들을 소환했다. 특히 주러시아공사 이범진을 강력히 지목했는데 고종황제의 밀명으로 그는 끝까지 소환에 불응했다. 황제의 칙명이 내리기 전에는 절대로 소환에 응하지 말라는 밀서가 북경 주재 러시아 공사를 통해서 극비에 하달되었다.

1906년 초 명맥이나마 유지하고 있었던 상트페테르부르크 대한제국공사관이 문을 닫았다. 그는 폐쇄된 공관을 떠나서 상트페테르부르크 시내의 비좁은 아파트로 거처를 옮긴 일개 망명객의 신분이 되었지만 국권 회복을 위한 밀사로서의 비밀스런 활동을 멈추지 않았다. 나라를 빼앗긴 한 충성스런 대한제국 외교관의 애국심에 감명을 받고 일본 몰래 체류비를 지원해 준 제정 러시아정부의 비공식적인 후원이 있었기에 가능한 일이었다.

1910년 8월 29일 대한제국이 국치를 당한 그날까지 이범진은 여권 발급 등의 비공식적인 공사 업무를 계속하였다. 고종이 헤이그 만국평화회의에 비밀리 파견했던 밀사들의 신변 안전을 러시아 황제에게 요청하여 확답을 받아낸 사람도 그다.

이렇듯 러시아정부의 막중한 배려를 받는 입장에서도 막상 러시아가 이범진을 통해서 압록강 유역의 삼림 채벌권을 연장하려 하는 시도에는 단호히 거부했다. 러시아정부가 용암포를 조차租借하려는 계획에도 극구 반대하여 결국에는 무산시켰다. 이범진에게는 자신이 받은 사사로운 은혜보다는 대한제국의 국권 수호와 국익만이 우선했던 것이다.

이범진은 단순한 친러파 인사이기 앞서 어떤 상황에서도 조국 대한제국의 국익을 최우선으로 생각하고 행동한 애국자이며 외교관이었다. 그의 생애는 대한제국의 수호를 위한 투쟁으로 일관되었다고 해도 과언이 아니다. 일신상의 안일과 출세만을 앞세운 여타의 친일, 친러파 인사들과는 격이 다른 인물이었다.

끝내 나라를 빼앗긴 한일병합이 선포되고 대한제국이 국치를 당하자 이범진은 더는 목숨을 바칠 나라마저도 사라져버렸다고 절규했다. 조국을 떠나서 십여 년간 북구의 하늘 밑을 맴돈 그였지만 이제는 망국의 신민이 되어 발을 디딜 땅도 사라진 비참한 현실을 그는 잘 알고 있었다.

일제가 급파하는 자객을 피해서 옮겨 다니느라 항시 몸을 숨기고 살아야만 했던 이범진이었다. 국치 4개월여가 흐른 1911년 1월 13일, 상트페테르부르크의 한 비좁은 아파트에서 이범진은 밧줄로 목을 매고 머리에다 권총 세 발을 난사하여 한 많은 생을 마감했다.

국권 침탈은 북구의 하늘 밑을 허허하게 떠돌던 한 충성스런 대한제국의 외교관 이범진에게는 더이상 목숨을 지켜야 하는 이유도 희망도, 물거품처럼 사라진 통한이 되었다. 그는 고종황제와 쿠즈네초프 경찰서장에게로 보내는 짧은 유서를 남겼다.

> "존경하는 폐하! 우리나라 대한제국은 망했습니다. 폐하는 모든 권력을 잃으셨습니다. 저는 왜적을 토벌할 수도, 복수할 수도 없는 이 상황에서 깊은 절망에 빠져있습니다. 자결 외에는 제가 달리 할 수 있는 선택이 없습니다. 오늘 이제는 그만 이 목숨을 끊으렵니다."

짤막한 유서 한 장을 남겼을 뿐이다. 러시아정부의 한 인사는 이범진의 자살은 "압제자 일본에게는 가장 잔인하고 치명적인 복수를 한 것"이라고 평가했고 이제는 사라져간 충성스런 한 대한제국 외교관의 죽음을 애도했다.

이범진의 순국은 고종에게는 팔다리가 잘린 비통이었다. 피눈물이었다. 그의 죽음으로 그나마 비밀리 세계와 내통을 하고 있었던 대외의 모든 비공식 창구마저 영구히 닫혔다. 이제 고종은 오른팔도, 왼팔도 잘려 나간 불구의 태왕이 되었다. 이범진의 한 많은 유해는 그가 마지막 순간까지 머무른 상트페테르부르크의 공원묘지에 안장이 되어 있다.

난해한 정사

아리따움과는 거리가 먼 추녀의 대명사! 대한제국의 안방마님 귀비 엄씨를 회자하는 말이다.

고종황제의 후궁으로 황궁의 안주인 노릇을 톡톡히 해대며 일약 황귀비에까지 오른 엄상궁에 대해서는 상상의 영역이 무한대로 확장된다. 양귀비를 연상케 하는 '황귀비'라는 직첩이 무색하도록 엄상궁의 외양은 볼품이 없었다.

귀비 엄씨의 자태가 박힌 인물사진은 흔히 나돌아서 그녀의 실물을 상상해 보는 일은 어렵지 않다. 물론 여기서 시비를 거는 대목은 황제의 후궁으로 대한제국 황실의 안방마님이라는 고귀한 신분으로서의 용모를 트집 잡고 싶은 것이다. 아리아리 고운 티라고는 하나 없이 모과처럼 제멋대로 생겨 먹었다는 엄상궁의 얼굴. 후궁의 자태가 어지간만 했어도 백 년 뒤의 세상에서 이렇게까지 시비를 걸지는 않았을 터다.

1885년 어느 날. 서른두 살이나 먹은 김빠진 중궁전의 시위상궁이 승은을 입었다. 허허 기가 찰 노릇이었다. 첩보를 입수한 명성황후가 표출시킨 극단의 분노를 이해할 법도 하다. 딱히 시앗 꼴에 발악을 떠는 투기심 많은 본처의 히스테리이기 앞서, 하도 기가 차고 어이가 없어서 허탈해진 큰마누라의 치떨리는 분노를 어느 정도는 헤아릴 수도 있을 법하다.

반대급부로 생각하면 고종황제가 그만큼 대책이 없는 사내라는 방증이 된다. 대전의 비단 금침 속으로 스물스물 음흉스럽게 기어들어간 계집이 고작 자신의 수족과도 같은 늙은 시위상궁이라니!

　분을 못 이긴 중전은 치를 떨었다. 발에 채는 게 어린 것들이거늘 하필이면 저리 하마 같이 생겨 먹은 늙은 계집이라니. 취미도 참 고상하구나. 메줏덩어리 같은 년! 그 면상에 눈치 하나는 구단인지라 가까이에 두었더니! 믿는 도끼에 발등이 찍혀도 유분수거늘….

　참말로 고종은 왜 굳이 엄상궁을 도끼로 찍었을까? 쉽게 말해 볼 것이라고는 하나도 없는 나이 처먹어 볼살도 뱃살도 축 늘어진 계집을. 그것도 법도로 치면 금기 조항인 중궁전의 시녀가 아닌가.

　때깔 고운 과일이 맛도 좋다 하였거늘 그나마의 고운 기색마저도 사그라진 박색의 엄상궁을 대체 뭣에 홀려 비단 금침 속으로 끌어들였는지 알다가도 모를 일이었다. 발각이 나면 '죽음'일 줄을 뻔히 알고 있는 엄상궁은 왜 또 그런 무모한 도박에 불나방처럼 날아들었을까?

　중전은 아무리 머리를 짜내도 답이 나오지 않았다. 어쨌거나 그날 밤 편전에서 벌어진 고종과 늙은 내전 상궁의 희한한 동침은 실은 대단한 역사였다. 향후 조선의 미래에 변곡점이 될 대서사의 서곡이었다.

　야사에서조차 엄상궁처럼 늙고 못생긴 면상으로 임금에게 총애를 입었다는 후궁 이야기는 들어보지 못했다. 나이를 처먹었으면 장희빈이라도 되던가. 여하간 중궁전의 수족 엄상궁의 승은은 당시 궁중 최고의 비사이며 스캔들이었다. 더더욱 훗날 아관망명의 주인공으로 재등장하여 보란 듯 역사의 전면으로 부상한 그녀다.

　아무리 메줏덩이 같은 박색이라지만 이부자리 속에서의 남녀 관계는 아무도 속단하기 어려운 법이다. 하룻밤을 품고 보니 임금은 흡족해서 넋이 다 빠져나갔다. 어느 참에 꿰놓은 방중술인지 고단수의 색기로 사내의 몸뚱이를 흐물흐물 녹여 놓은 모양이었다.

그렇기에 두 눈에 쌍심지를 켜고 저년을 쳐 죽이겠노라, 날뛰는 중전에게로 달려가 손이 발이 되게 빌어 붙이면서까지 체면이고 나발이고 간에 읍소한 게 아니겠는가. 고종은 길길이 날뛰는 중전의 치맛자락을 잡고 읍소했다.

"저 애를 제발 죽이지는 말고 궐 밖으로 내치시오. 그래도 오랫동안 중전을 모신 아이가 아니오? 내 두 번 다시는 거들떠보지도 않으리다…."

하시라도 엄상궁을 또 다시 침전으로 끌어들이겠다거나, 하는 일시 모면 따위의 꿍꿍이속은 사내가 먹은 딴맘이 아니었다. 내전을 드나들 때마다 낯을 익힌 시간이 길었고 우연인지 하룻밤을 품고 보니 기가 찬 명물인지라 심정에 걸리는 구석이 있었나 보다. 결과적으로는 그날의 읍소가 그들 상간 남녀에게는 먼 후일의 기약이 되었다.

고종이 손을 댄 어떤 궁인에게도 예외 없이 중전 민씨는 가혹하게 처분했다. 그런 경우가 한두 번도 아니련만 그때마다 고종은 귀머거리, 봉사처럼 아무것도 모르는 양으로 일관했다.

그런 사내가 무슨 맘을 먹었길래 저리 체통마저도 불사한 것인지. 그 바람에 저승 문턱까지 갔다가 돌아온 엄상궁은 그길로 궐 밖으로 내쫓겼다. 그래도 구사일생 목숨을 구명할 수가 있었으니 성은이 망극하였다. 요행 죽지 않고 살아남은 자의 복록으로 십 년 세월이 흐른 뒤, 행운의 여신이 엄상궁을 불러냈다. 그녀의 나이 마흔두 살이었다.

대한제국 시대 내전 시위상궁 출신의 후궁이 내명부의 품계를 초월하여 귀비에까지 오른 행적은 고금에도 없는 출세이며 파격이었다. 무대가 요행 황제국이었기에, 더욱이 황후가 부재한 내전이었기에 후궁이 '황귀비'라는 무품의 직첩에까지 오를 수가 있었다. 허나 이 모두는 엄상궁이 타고난 복이고 능력 아니었겠는가.

대한제국의 슈퍼스타 엄상궁의 일화는 단지 임금의 총애만으로 해석하기에는 설명이 궁색해진다. 엄상궁이라는 희대의 한 비범한 여자가 던진 승부수의 전리품으로 볼 수 있기 때문이다. 일개 후궁이 정궁에 버금가는 첩지를 거머쥐고 고종에게는 막내아들 영친왕까지 안겨준 그녀의 앞날은 거침없이 뚫린 고속도로였다.

비록 박색의 용모에 투기도 심한 엄상궁이지만 그녀의 장기는 누구도 따라올 수 없는 비상한 두뇌와 두둑한 배짱에 있었다. 게다가 수완도 특출나고 이재에도 밝아 재물에의 탐욕이 끝이 없었다.

삼정이 문란해진 국말에 매관매직으로 쓸어 모은 금은보화가 경선궁의 창고에 산을 이뤘다. 엄상궁은 타고난 능력의 한계치를 초월하여 출세 가도를 힘차게 달려간 여인이다. 천형처럼 늘어 붙은 못생긴 외모를 상쇄하고도 남을 만큼의 부귀와 공명을 누린 오직 대한제국이 배출한 단 한 사람의 여걸이었다.

그녀가 황제를 조정하면서 휘둘러댄 권력은 상전이었던 명성황후와 비교를 해도 결코 뒤지지 않을 고도의 술법이었다. 재물을 긁어모으는 수완도 타의 추종을 불허하여 장안 곳곳에만도 수십 채의 가옥과 토지가 산재했다. 국경 오지에까지 광대한 임야와 전답이 있었고 최남단 무안, 광양, 해남 등지를 비롯한 바다 한가운데 섬까지 조선팔도에 걸쳐 엄상궁이 긁어모은 부동산의 명세서는 헤아리기조차 어려운 양이었다.

그런데 엄상궁의 비범한 인물됨을 어떻게 알아보았는지 눈치껏 줄을 서준 김가 지밀나인이 있었다. 엄상궁이 궐 밖으로 행차할 때마다 뒷가마에 타고 바짝 붙어서 졸졸 따랐던 문제의 그 김가 나인이다. 그녀는 아관파천의 유일한 조연이었다. 그날 새벽 유별나게 건장한 사내들이 멘 두 채의 가마가 아직 동이 트지 않은 미명에 삼엄한 경비망을 뚫고 유유히 궐문을 빠져나갔다.

1896년 2월 11일. 회색 구름이 덮인 희부연 새벽하늘은 낮게 내려앉았다. 좌측에는 2층 망루인 동십자각이 있고 건춘문 앞 삼청동 길에는 북악의 골짜기에서 중학천이 흘러내렸다. 궐문을 빠져나온 가마가 육조거리를 가로질러 오른편 좁은 골목으로 재빠르게 접어들었다.

정동으로 넘어가는 샛길은 수목이 울창했다. 그 언덕배기에서 종소리를 딸랑딸랑 울리며 작은 수레를 끌고 내려오는 두부 장수 옆을 두 채의 가마가 나란히 비켜서 지나갔다. 정월의 차가운 여명 속에 상궁의 가마 속 뒷자리에 깊숙이 몸을 묻고 빠져나온 삼엄한 대궐 문이었다.

참담한 실패로 끝나버린 춘생문사건은 고종에게는 뼈마디가 녹는 좌절을 안겨주었다. 모르쇠로 일관하여 위기는 억지로 모면했지만 그건 눈 감고 야옹 하는 식의 속이 다 들여다보이는 거짓이라는 것쯤 누구라도 다 안다. 일본군의 감시는 더욱 심해졌다. 유사 사건이 재발할 시는 무슨 일이 벌어질지 장담할 수 없다고 대놓고 위협을 당하는 지경이었다.

고종은 태후마마전에 하직 인사도 고하지 못하였다. 지나가는 바람소리에도 속내를 들킬까, 그렇게 만 가지를 조심하느라 살얼음 길을 빠져나온 법궁이었다. 한 나라의 국왕이 자신의 궐을 출궁하는데 월담하는 도망병만도 못한 대접을 받으면서 내뺀 이런 경우는 두고두고 역사의 우환이 될 것이다.

그 어둑한 새벽의 명색 없는 어가행렬이 실은 얼마나 기막히도록 역사의 물꼬를 뒤바꾼 행로였는지 모른다. 어스름한 새벽 거리에서 마주친 순라군들과 궐을 지키라고 세워둔 동십자각의 수문병 놈조차 그렇게나 오금이 저리는 관원일 줄이야 어찌 알았으리. 지난밤 엄상궁은 거듭 임금에게 낮은 목소리로 주청을 드렸다.

"대전마마 필연코 수일 내로 변란의 기미가 있을 것이옵니다. 성체를 보존하셔야 하옵나이다. 소인을 믿자오소서. 대전마마! 내일 새벽을 기해 결행할 것이옵나이다."

물론 당사자인 임금이 어찌 모르겠는가. 엄상궁은 오늘 새벽 서소문 본가에서 은밀히 내통한 이범진으로부터 극비리 하달 받은 첩보를 아뢰었다. 낮말은 새가 듣고 밤말은 쥐가 듣는다고 편전의 장지문만 열고 나가면 누가 내 편이고 누가 첩자인지 분간하기도 어려운 살벌한 적지나 매한가지의 어소御所다.

궐 안팎의 사나운 눈총을 일부러 끌어모으면서까지 엄상궁이 새벽마다 두 채의 가마를 동원하여 우정 설쳐댔던 이유도 실은 내일 새벽으로 임박한 비사를 염두에 둔 의도된 예행연습이었다. 암묵적으로는 이번의 거사가 마지막이라는 사실을 임금도 저도 알고 있다.

고종은 생사의 기로에 서 있었다. 엄상궁은 하늘이 두 쪽이 날지라도 반드시 폐하의 탈궁을 성사시킬 것이라는 확신에 찬 다짐을 두 번 세 번 아뢰고는 대전을 물러 나왔다.

" ……으음.

내 정녕 너를 믿어 볼 참이니라.

곡히 따를 것이니라.

과거*하지 말라.

한 치의 오차 없이 나를 출궁케 하라!"

꼭 오늘내일하는 변란이 아니더라도 고종은 이미 충분히 떨고 있었다. 궐 안에 사실상 유폐시킨 임금을 적들은 노골적인 경멸과 무시로 목을 조여왔다. 언제 어떻게 닥치든 변란의 기미는 대전 가까이 상존하고 있었다.

내일 일어날지도 모를 변고라면 기회는 이 밤뿐이다. 무망한 이 어둠 속뿐이다. 야음이 깊어지자 임금은 국본인 태자를 은밀히 불러들였다.

---

* 과거(過擧) : '실수', '정도에 지나친 행동'을 뜻하는 궁중 용어.

4

왕조의
석양

왕태후폐하 효정왕후

　가마가 아관에 당도하였다. 그제야 임금은 휴우, 하고 한숨을 내뿜었다. 요행 태자까지 대동하고 화탕지옥火湯地獄을 빠져나왔으니 천지신명의 음덕이었다. 왕후가 마지막 새벽까지도 애절하게 지키고자 했던 종묘사직! 그 조선의 운명을 건사할 수가 있게 되었다는 안도감으로 임금은 숨을 깊게 내뱉었다.

　웨베르 공사는 천신만고 끝에 법궁을 빠져나와 아라사공관으로 몸을 의탁해 온 귀인을 위해서 만반의 준비 태세를 갖추고 대군주폐하의 일행을 정중히 맞아주었다. 아무런 영문도 모른 채로 유달리 무거웠던 가마를 메고 언덕길을 오르느라 고생한 가마꾼들은 그 자신들이 메고 온 가마 속의 주인공이 누구인가를 알게 되자 기겁을 하고 엎어졌다.

　"…망극하옵나이다! 죽여주시옵소서."

　미리 준비해 두었는지 엄상궁은 묵직한 엽전 뭉치를 엎어진 그들 손바닥에 턱턱 던져 주었다. 아관에 좌정한 고종은 황망 중에도 당장 법궁에 남겨두고 온 태후마마와 태자빈을 서궁으로 속히 이어케 하라는 어명을 내렸다. 처음으로 떨어진 옥음玉音이었다. 이어 백성들에게 칙명이 하달되었다.

　　"8월의 변고는 만고에 없었던 것이니 차마 입에 담을 수 있겠는가? 역적들이 명령을 잡아 쥐고 제멋대로 위조하였으며 왕후가 죽었는데도 석 달 동안이나 조칙을 반포하지 못하게 막았다. 고금 천하에 어찌 이런 일이 있을 수 있는가? 생각하면 뼈가 오싹하고 말하면 가슴이 두근거린다. 사나운 돼지가 날치고 서리를 밟으면 얼음이 얼게 된다는 경계를 갑절 더해야 할 것이다. 을미년 음력 8월 22일 조칙은 모두 역적 무리들이 속여 위조한 것이니 다 취소케 하라."

　　　　　　　　　　　　　　　　－『고종실록』 33년(1896. 2. 11)

이는 을미사변 직후에 명성황후를 폐서인으로 내친 것을 두고, 그것은 본시 자신의 뜻이 아니라 "뼈가 오싹하고 가슴이 두근거리는" 겁박 속에서 일본과 친일파들의 협박에 못 이겨 강제된 것이므로 이를 취소한다는 요지다.

경복궁에 남아계신 태후폐하는 헌종의 계비 효정왕후 홍씨를 가리킨다. 계묘년[1843] 8월, 열여섯 살의 원비 효현왕후 김씨가 대조전에서 승하했다. 당대의 세도가 김조근의 따님인 효현왕후는 가례를 올리고 불과 두 해 만에 병사하였다.

이듬해 판돈령부사 익풍부원군 홍재룡의 여식 효정왕후가 헌종의 계비로 책봉되었다. 그녀 나이 열네 살이었다. 원자를 생산치 못하니 무늬만이 중전일 뿐, 효정왕후는 헌종의 그림자도 밟기 어려운 처절히 소외된 공방살이를 했다.

젊은 왕의 가슴속에는 다른 여자가 들어앉아 있었다. 헌종의 애달픈 사랑을 한 몸에 받은 여인은 후궁으로 입궁한 한 살 아래의 순화궁이다. 순화궁 경빈 김씨는 계비 간택 때 삼간택까지 최종 올랐는데 왕실 최고의 어른인 대비 순원왕후가 '더 참하게 생겼다'는 이유를 들어 효정왕후로 낙점을 했다.

하필이면 삼간택 때 얼굴을 슬쩍 내비쳤던 헌종의 마음은 안타깝게도 마지막에 낙방한 이 처자에게로 큐피드의 화살이 꽂히고야 말았다. 불난 데 기름을 붓는다고 가례를 올리고 2년이 지나도록 효정왕후는 원자를 수태하지 못하였다.

이를 핑계라고 헌종은 김재청의 딸을 정1품 빈으로 간택해서 순화궁이라는 궁호를 내리고 맞아들였다. 중전의 나이 고작해야 열일곱인데 마치 석녀石女라도 되는 것처럼 죄인 취급을 하며 보란 듯 왕비에 버금가는 성대한 가례로 간택 과정의 경쟁자였던 경빈을 들어 앉혔다.

젊은 지아비 헌종을 사이에 두고 효정왕후는 왕비라는 형식적인 명분을 쥔 대신에, 비록 첩실이지만 경빈 김씨는 감성적인 왕의 지고지순한 사랑을 한 몸에 독차지한 애첩이 되었다.

열애의 기간이 20개월로 짧은 석별이었기에 그들의 사랑은 동화가 되었다. 조선조의 모든 왕비와 후궁을 통틀어 생각해도 경빈 김씨만큼 임금의 순후한 연정을 한껏 받은 여인은 다시 없을 것이다.

최연소 왕으로 여덟 살에 등극한 헌종은 23세에 요절했다. 헌종의 죽음으로 순애보적인 애틋한 이 청춘 남녀의 사랑 이야기는 막을 내린다. 그러나 헌종은 사랑하는 연인 순화궁을 위해서 그 짧은 열애 기간에도 불구하고 창덕궁 안에 다 또 다른 궁인 '낙선재'를 지어 경빈에게 헌성하였다.

후궁을 위해 왕이 궁 안에 또 다른 궁을 지어서 바친 예는 일찍이 없었으니 경빈 김씨야말로 비록 짧았을지라도 가장 지고지순한 임금의 사랑을 한껏 받은 여인이었다.

1847년 헌종은 낙선재를 짓고 자신과 경빈이 거처하는 서재와 사랑채로 삼았다. 이듬해 낙선재 일곽에 아담한 석복헌을 앉혀서 경빈 처소로 내어 주었다. 책 읽기를 좋아한 헌종은 낙선재 옥루에서 옆집의 경빈이 들으라고 일부러 목청을 높여가며 음독音讀하고는 했다. 빈에 대한 젊은 왕의 애달고도 절절한 연심이었다.

증조할아버지 정조와 아버지 효명세자를 닮았는지 학문을 좋아하고 예술적인 심미안이 섬세했던 헌종은 낙선재에서 유필을 벗 삼아 경빈과 함께 머무는 것을 지상의 큰 낙으로 여겼다.

겨우 한 살 아래 시앗에게 두 눈이 멀어버린 임금. 심봉사 뺨치는 서방의 눈꼴 시려운 애정행각을 두 눈 멀쩡히 뜨고 보면서도 못 본 척, 모르는 척, 대조전의 밤을 홀로 지새우며 벙어리 냉가슴을 앓아야만 했던 효정왕후의 억장은 수도 없이 무너져 내렸을 것이다.

눈이 있어도 보지를 말고 귀가 있어도 듣지를 말아야 한다. 그래야 숨이라도 삼키고 명줄을 이어갈 수 있는 것이 나이 어린 본처의 혹독한 시집살이다. 저지른 잘못도 없는데 있는 대로 눈치가 보이는 바늘방석이 효정왕후가 앉아있는 곤위였다.

그나마도 복이라고 새파랗게 젊은 헌종이 요절을 하자 효정왕후는 졸지에 처량한 과부 신세가 되었다. 그의 뒤를 이어 강화도령 원범이 철종으로 즉위했다. 효정왕후는 열아홉 살에 대비가 되어 뒷방의 늙은이로 물러앉았다.

1857년 안김 60년 세도의 안방마님으로 서슬이 퍼렇던 대왕대비 순원왕후 김씨가 승하했다. 효정왕후의 나이 스물일곱 살이었다. 세자빈으로 일찍이 과부가 된 시어머니 조대비가 버티고 있었지만 효정왕후는 새파랗게 젊은 나이에 혈혈단신 외로운 궁중의 어른이 되어갔다.

어린애의 재롱이나 보며 무료함을 달래려고 효정왕후는 철인왕후와 같이 네살짜리 양반가의 한 계집애를 데려다가 대비전에서 키웠다. 이 아이가 후일 조선왕조의 마지막 궁녀 중의 하나가 된 천일청 상궁이다. 민란의 시대라고 불린 혼란기에 뜬금없이 보위에 올랐던 강화도령 철종이 계해년1863 12월, 33세로 붕어하였다. 그로부터 십여 년 뒤에는 철인왕후가 떠나고 고종 27년인 경인년1890에는 대왕대비 신정왕후마저 승하했다.

중전인 명성황후를 비롯하여 웃전, 아랫전이 모두 다 떠나고 없는 적막한 후원에서 효정왕후는 오직 혼자만이 남아 왕실 최고의 어른이 되었다. 어느덧 그녀의 나이도 예순에 접어들었다. 왕비라는 존귀한 관을 머리에 얹었으나 여자의 일생으로 치면 이보다 더 눈물이 나오는 팔자도 다시없을 것이다.

태조의 성업이 펼쳐진 경복궁! 도성의 북쪽에 있어 북궐이라 불리었지. "만세를 두고 왕과 그 자손과 온 백성이 태평성대의 큰 복을 누리기를 축원하노라."라는 『시경』의 문장을 빌어다 명명한 법궁, 곧 경복궁이다.

효정왕후는 무거운 상념에 젖어들었다. 나마저 오늘로 이 궐을 떠나고 나면 왕실이 이제는 영영 법궁으로 환궁할 기약이 없을 것이다. 죽지 못해 살아남아서 오백 년 사직이 가물거리는 무참한 꼴을 두 눈을 뜨고 멀쩡히 바라보고 있어야만 하다니!

아, 어이 이다지도 기구한 팔자인고. 왕태후는 이 나라가 창업된 법궁에서의 삶도 오늘로써 그 마지막을 고하고 있다는 예감이 들자 회심에 젖었다. 못 볼 꼴을 참 많이도 견디면서 감내한 효정왕후의 인생이었다.

서릿발 같은 할마마마 순원왕후와 시어머니 조대비, 외롭기로는 동병상련이 었을 철인왕후마저도 먼저 떠나고 어느덧 예순여섯이나 먹은 늙은 태후가 되어 떨구지 못한 낙엽처럼 매달려 있다. 효정왕후는 날로 곤고해져만 가는 자신의 처지가 야속했다. 그럴 때는 먼저 떠난 웃전들이 하염없이 부러웠다.

이리 오래도록 살아서 못 볼 꼴을 겪는구나. 피붙이 하나 없는 왕실의 식객이 되었으니 열성조를 무슨 낯으로 뵈올 것인가. 막막한 신세가 야속하도다. 넉달 전에는 중전을 처참하게 잃었다. 멀건 대낮에 날강도를 당해도 유분수거늘, 그것도 모자라서 오늘 새벽 눈을 뜨니 대전마저 쥐도 새도 모르게 아라사공관으로 내뺐다고 한다.

오오, 천지신명이여! 금상이 법궁에서 도망을 치다니요. 이 무슨 해괴한 변고입니까. 오백 년 종묘사직이! 태조 할아바님께오서 창업하신 거룩한 오백 년의 종묘사직이! 아아, 어찌하여 죽지도 못하고 홀로 남겨진 몸이 이렇듯 처참 지경을 감당해야만 하는 것이옵니까.

갑자기 심장의 박동이 빨라지고 어깨가 부들부들 떨렸다. 왕태후는 두 손으로 서안을 짚고 천정을 올려다보았다. 자경전 육중한 전각이 흔들거리나 싶더니 기왓장이 와그르르 굉음을 쏟아내면서 허물어져 내렸다.

지변이라도 일어났는가? 보료가 솟구치고 대청마루를 떠받친 우람한 기둥들이 와당탕하고 뿌리가 뽑혀 늪처럼 깊게 파헤쳐진 구덩이 속으로 빨려 들어갔다. 이글이글 타오르는 불구덩이 속에서 시커먼 악마가 입을 딱 벌리고 온 세상을 집어삼킬 듯이 노려보고 있었다. 순식간에 펼쳐진 환영이었다.

왕태후는 질겁해서 고함을 질렀다. 헌데 입속에서만이 맴돌 뿐 소리가 입 밖으로 터져 나오지를 않는다. 부지불식간에 창호를 잡고 문을 열려는데 그 기척에 놀랐는지 조상궁이 황급히 들어섰다.

"마마 어인 일이시오니까. 액상顔像 이마에 식은땀이 흥건하여이다."

"아아, 휴우…"

"문안이 게오시니이까. 편찮으시니이까 어의를 부르올까요?"

왕태후는 손을 저으며 만류했다.

"아니다. 괜찮느니라. 울렁증이 도졌는지 정신이 잠시 혼미하였다."

"태후마마! 아라사에서 대전의 칙명이 당도했나이다."

"오호 주상께서는 무고하신가?"

"예 아관에 무사히 당도하셨다 하옵니다."

"휴우 다행이구먼. 천지신명의 가호를 입었음이야. 태자도 탈이 없는가?"

"예 대전마마 받자옵고 아라사에 무사히 당도하셨다 하오니이다."

"오오 그리하면 성상은 누가 모셨느냐?"

"예 그것이…. 대전의 엄상궁이란 자가 가마 두 채에 대군주폐하와 왕태자전
하를 받잡고 출궁했다 하오니이다."

"가마라니!? 상께서 여인네 가마를 타고 궐을 나가셨다 그 말인가?"

"예, 그리 알고 있나이다."

"에이그머너나 망측도 해라. 가여우신지고, 대전이 누구시더냐. 하늘 같은 주
상이 아니신가, 쯧쯧쯧. 엄상궁이란 자가 일전에 성상께서 십 년 만에 불러들였
다는 계집이 맞드냐?"

"예. 승하하신 왕후마마의 시위상궁이었더니다. 나잇살이나 처먹은 낯짝에
다 꼴에 성상을 무슨 수로 홀렸는지 귀신이 곡할 노릇이라고들 하였나이다. 그
자가 발칙하게 승은을 입고 대노하신 중전마마께 쫓겨난 엄가 바로 그 계집이
옵나이다."

"오호 천한 것이 대전의 승은을 빙자하여 오만방자하다 여겼거늘. 내전의 가

마를 두 채씩이나 끌어내어 궐을 휘젓고 다닌다 하지 않았는가. 내 한번 불러 따끔히 이르려던 참이었느니라. 정녕 그 계집이 맞더냐."

"예 태후마마 그런 줄로 아옵니다."

"오호라…. 이제야 내막이 짚이는 구석이 있도다. 필시 물건은 물건이로다. 머리통 하나는 썩 잘 굴렸느니라."

"예에…?"

"그런 게 있느니라. 열성조께서 가호하여 주셨음이야."

"두 분 마마께오서는 서궐로 속히 이어移御하시라는 분부시옵니다. 억울하게 폐서인 당하신 왕후마마의 조칙이 무효라는 칙명도 내리셨다 하옵니다."

"오오 왜 아니 그렇겠는가. 중전에 대한 바른 조처를 황망 중에도 하교하셨 구면. 지당한 분부시니라. 동궁에는 기별을 넣었더냐?"

"예."

"떠날 채비를 서두르게."

조상궁이 물러가자 왕태후는 그제야 안도의 한숨을 토해냈다. 간밤에 세상이 어떻게 개벽이 되었는지를 이제야 선후가 짚이는 구석이 있었다.

그 물건이 대전의 부름을 받고 재입궁했다는 통문이 나돌 무렵부터 두세 달이 경과한 뒤쯤이었는가? 갑자기 궐이 시끌벅적했다. 궐이라는 데가 본시 있는 듯 없는 듯 쥐 죽은 듯이 살아도 탈이 많은 곳이다. 하물며 주인 잃은 내명부의 기강이 무너지고 대전의 비호가 제아무리 크다기로서니 납득이 가지 않는 구석이 한두 가지가 아니었다.

십 년 만에 다시 들어왔으면 궐살이가 뭔지쯤은 알 만한 계집이다. 헌데 종4품 숙원 첩지도 받지 못한 상궁 나부랭이가 그리 설쳐대니 이해가 난망하였다. 제멋대로 가마를 두 채씩이나 끌어내어 새벽마다 궐 밖 출입을 한다지 않았는가. 어디서 그리 발칙하고 요망한 계집이 있는가 싶었다.

게다가 가관인 것은 가마 한 채에는 심복 내인을 방자처럼 매달고 아예 이달 들어서는 하루도 거르지 않고 날 새기가 무섭게 궐 밖 출입을 해댄다 하였겠다. 하는 짓이 퍽도 가소로워 필시 무슨 곡절이 있으려니 짐작하였거늘….

내인들은 가마 귀신이 붙었다느니, 엄상궁이 꼴값을 떨어도 제대로 떤다느니, 세상이 말세가 되니 별 꼬락서니를 다 본다느니 하고 입을 삐죽거렸지만 아무리 곱씹어 봐도 제정신이 아니고서야 있어도 뭔가 단단히 속이 있겠거니 싶었다.

열네 살에 입궁하여 산전수전 볼 꼴 못 볼 꼴을 겪어내며 왕실 밥을 얻어먹은 지 어언 반백 년. 가지가지 곡절을 헤쳐 오는 동안에 척하면 삼천 리라고 남의 뱃속까지도 훤히 들여다보이는 효정왕후였다.

"오호라, 그 물건이 막중대사를 제멋대로 요리하고 있었도다!"

태후의 뇌리에는 불과 수십 일 전, 무위로 끝나고 만 춘생문사건이 스쳤다. 조선 천지에서 날고 긴다는 한다한 사내들이 다 모여서도 헛다리만 짚었다. 헌데 엄상궁이란 아이가, 그것도 사내도 못 되는 계집이 혼자서 그 큰일을 뚝딱 해치우고야 말았겠다!

한강수 같은 배짱이 아니고서야 어찌 그자가 달랑 가마 두 채로 금상과 태자를 감쪽같이 빼돌릴 수가 있었더란 말인고? 그것이 어찌 하찮은 계집의 머리통에서 나온 소견머리라 할 수 있으며 이 일이 어떻게 제 혼자의 뱃심으로 감당한 막중지사더란 말인가!

난세에는 인물이 생각지도 않은 곳에서 튀어나온다 하였더니 그 물건이 필시 인물은 인물이로다. 아아, 왕태후는 망치로 머리를 세게 얻어맞은 것처럼 아연했다. 심장이 두방망이질을 쳐대는데 묘하게도 가슴속은 서늘했다.

진정 어이없는 수작이로다. 천부적인 지략이요 쇠심줄 같은 배짱이로고, 수백의 군사가 호위한 행차도 아닐진대 달랑 '두 채의 어가'로 첩첩 옥중인 대전에서 감쪽같이 성상을 빼돌릴 수가 있었다니!

역사의 회전추를 오늘 새벽 궐문을 빠져나갔다는 '가마 두 채'로 돌려놓은 강심장이로다. 기가 막혀서 벌어진 입이 다물어지지 않는다. 왕태후는 몸서리를 쳤다. 이제 세상은 안 봐도 뻔한 노릇. 엄상궁이라는 교활한 그 계집의 손바닥 위에서 요리가 될 터니. 이날로부터 주상은 필시 그 물건의 치마폭에서 헤어나오지를 못할 것이로다.

볼 꼴 못 볼 꼴을 참 많이도 겪고 내전의 아낙으로 늙은 죗값치고는 너무도 가혹하지 않은가. 앞으로는 별 꼬락서니까지 다 보게 생겼구나. 이제부터 왕실은 저 천하고 대가 센 늙은 상궁의 손아귀에서 요리가 될 것이다. 종사가 어찌 이리도 박하게 굴러간다더냐. 주름이 깊게 패인 왕태후의 안정에서 안수가 흘러내렸다.

새벽의 적막을 깨고 자경전이 수선스럽다. 서랍장을 여닫는 소리, 다락 속 침구와 비단 옷가지 등속을 꺼내어 서궁으로 옮겨갈 짐을 챙기느라 대비전은 갑자기 부산스러웠다. 보물함의 각종 노리개와 예복들은 지밀에서 따로 건사를 할 것이다. 왕실도 여염이나 다르지 않아 짐을 싸 들고 이사를 하는 풍속이 번잡하기는 매한가지다.

역시 궁궐의 주인은 임금이다. 주인이 버리고 떠난 경복궁의 풍경은 한기가 든 구들장만큼이나 스산했다. 이제 곧 태후와 태자빈까지 서궁으로 이어를 하고 나면 법궁은 또다시 주인을 잃은 허허 빈궁으로 남겨질 것이다. 왕실의 권위를 회복하려고 혹독한 희생을 불사하면서까지 새로 중건한 법궁이리마는….

궁궐은 왕과 왕족을 중심으로 사대부 관료들과 중인 계급의 실무자들, 궁을 경비하는 호위 병력과 천민 기술자에 이르기까지 수백, 수천의 인력들이 머물고 드나드는 삶의 현장이었다.

이미 오래전에 태어난 집과 부모 형제를 떠나 온 수백의 궁녀들. 꽃나비 떼처럼 나불거리고 북적대던 경복궁에서 대군주폐하와 태자전하만이 떠났을 뿐인데 이 넓고도 너른 천지가 하루아침에 폐궁이라도 되어버린 양 기가 다 빠져 나갔다. 궁인들의 낯빛에도 불안한 기색이 역력했다.

졸지에 섬길 주인을 잃은 궁녀와 내관들은 이제는 어디로 돌아가야 하는 것인지? 태후전과 동궁전에서 웃전을 뫼신 식솔들은 서궐로 주인을 쫓아 따라갈 수가 있으니 큰 복을 받은 자들이다. 나머지 궁녀와 내관들은 대체 어디로 돌아가야 한단 말인가? 협소한 경운궁으로 옮겨가는 일이니만큼 조만간에 평생을 궁에서 주인을 섬긴 자신들의 처지가 오갈 데 없어질 것은 자명한 이치다.

한번 궁녀는 영원한 궁녀. 한번 내시는 영원한 내시다. 그들에겐 늙어 꼬부라지거나 병이 들어 죽음이 임박했을 때 외에는 궁을 떠날 자유가 허락되지도 않았다. 대궐은 왕과 왕비의 직계 혈족인 동궁 내외와 그들의 자손 외에는 병이 들어도, 죽어서도 아니 되는 신성불가침의 영역이었다. 이점은 후궁도 예외가 아니어서 긴 병이 들면 후궁은 본가로 나가 임종을 준비해야만 했다.

궁녀와 내관들은 하나같이 어린 나이에 부모와 형제를 떠나서 왔다. 대궐은 먹고 자고 일하는 평생의 삶터였기에 궁은 그들에게도 집이었다. 네댓 살에 입궁한 어린 생각시는 궁에서 자라 아이가 되고 처녀가 되어 관례를 치렀으며 마침내는 늙은 상궁이 되어서 병이 깊어졌을 때나 세상 밖으로 출궁을 할 수가 있었다. 불귀를 맞으려는 환속이었다.

이처럼 궁궐은 궁녀와 내시들에게도 그들의 삶이 펼쳐진 인생의 바다가 되었다. 돌아갈 곳이 막막해진 상궁 나인과 내시들은 차마 떨어지지 않는 발걸음을 옮길 때마다 자꾸만 궐이 있는 북악의 하늘 밑을 뒤돌아보며 낯이 설은 도성의 어느 비좁은 골목, 그 골목길들로 흩어져 갈 것이다.

그 시간 황당하기로는 친일 내각의 대신들도 덜하지 않았다. 춘생문사건 이래로 임금을 눈앞에서 한시도 떼어놓아선 안 된다는 일념으로 군부대신 조희연을 비롯한 친일파들은 숙직을 자청하면서까지 대전에서 한시인들 눈을 돌리지 않았다. 경계심을 늦추지도 않았다.

헌데… 상태로 치자면야 경악한 그들의 처지가 더 곤혹스러울 지경이었다. 옛말에도 열 사람이 도둑 하나를 막지 못하는 법이라 했다. 그물망 속에 잡아 둔 대어인 줄로만 알았는데 한눈 한 번 잘못 판 사이에 놓치고 말았으니 닭 쫓던 개 지붕 쳐다보는 격이 되었다. 이 모든 천지조화가 오늘 새벽 유유히 궐문을 빠져나간 두 채의 가마로부터 비롯된 사달이었다.

한 많은 경복궁

임란 때 잿더미로 화한 후 270여 년이 지나도록 경복궁은 폐허로 방치되었다. 국초에 흩뿌려진 피의 저주 때문인지 법궁은 깊은 잠에서 깨어나지 못했다. 사람 키를 덮는 갈대와 온갖 잡풀로 뒤엉킨 드넓은 궁원은 노루, 다람쥐, 독수리가 새끼를 치는 들것들의 낙원이었다.

한여름 삼각산에서는 늑대가 출몰하고 이따금 인왕산 호랑이가 지축을 뒤흔들어 궐 밖 사람들은 공포에 떨었다. 밤마실이 유일한 낙인 아낙들도 저녁 먹기가 무섭게 문 밖 출입을 삼가고 대문의 빗장을 닫아걸었다.

경복궁이 중건에 돌입한 날은 고종 2년인 을축년1865 4월이었다. 국정을 장악하고 대원군이 맨 먼저 시도한 대업은 60년 안동 김씨의 세도정권을 분쇄하고 당색과 문벌을 타파하여 인재를 고루 등용한 탕평책이었다. 그러나 실상은 말이 세도정권의 분쇄요 타파이지 그는 영향력 있는 안김의 인재들을 계속해서 중용했다.

대원군은 왕실의 오랜 숙원인 법궁의 중건을 조대비의 뜻을 받들어 총대를 뗬다. 그것은 효명세자와 헌종이 꿈을 꾸었던 대망이었다. 말도 많고 탈도 많고 온갖 소요와 난동이 끊이지 않은 법궁의 중건은 정조 때 축조된 수원 화성과 더불어서 실로 조선왕조 최대의 국책 사업이었다.

대원군은 경복궁 중건을 위한 영건도감을 설치하고 나라의 모든 재정을 총동원했다. 그러나 비축된 내탕금만으로는 막대한 경비를 충당하기에 턱없이 부족했다. 원납전에 당백전을 찍고 도성의 출입문마다 세금을 물리니 민생은 피폐해지고 백성들의 원성은 하늘을 찔렀다.

엎친 데 덮쳐 공사 시작 일 년 만에 실화失火인지 방화放火인지 모를 큰불이 일어나 다 지어 놓은 수십 동의 전각이 한순간에 재가 되고 자재 창고는 잿더미로 화했다.

더는 공사를 진척할 수 없는 한계점에 봉착했다. 처음에는 자발적으로 부역에 나섰던 백성들의 원성이 점차 하늘을 찔렀다. 그래도 대원군은 아랑곳하지 않고 오직 실추된 왕권의 복원이라는 신념 하나로 법궁의 중건을 밀어붙였다. 온갖 곡절을 딛고서야 1867년 드디어 경복궁은 완공이 된다.

문자 그대로 사대부 양반을 비롯하여 온 백성에 이르기까지 강요된 희생과 고혈의 결과물이었다. 흥선대원군의 독기가 아니었던들 조선 후기 건축과 공예 미술의 결정판이라는 경복궁의 중건은 상상 속 옛 법궁의 전설로만 회자되었을 것이다.

그렇게 온갖 난관을 무릅쓰고 중건된 법궁에서 불과 22년 뒤, 국모가 끔찍한 변을 당할 줄이야 그때는 누가 상상인들 했으랴. 국초 골육상잔의 뜨거운 피로 얼룩진 법궁의 저주가 수백 년 세월이 흘렀어도 다 씻어내리지 못한 업장으로 흐르고 있었나 보다. 그날의 인과가 왕후의 죽음을 부른 것일까.

475년 간 고려 도읍지였던 개경의 수창궁을 버리고 한양으로 천도한 1394년 10월, 경복궁 초기 규모는 그리 크지 않았다. 법궁치고 오히려 너무도 협소해서

390여 칸에 불과한 면적이었다.

태조 이성계가 환궁하여 국사를 처리할 수 있게끔 필요불가결한 전각들만을 우선 배치해 놓고 천도를 서두른 까닭이다. 개국 당시에 있었던 중심 전각은 근정전을 비롯하여 강녕전, 연생전, 경성전의 내전 외에 왕의 집무실인 보평전이 있었다.

그 외 내전과 외전 주변에는 의식주를 담당하는 상의원과 군무 기관 중추원을 두고 도성 방위를 위한 삼군부 등의 전각이 들어찼다. 그 후에도 2년여에 걸쳐서 경복궁의 중건이 계속되었는데 궁궐의 체계가 완비된 1396년 10월 27일, 새 왕조의 두뇌 삼봉 정도전은 각각의 전각마다 이름을 지어 올렸다.

제2대 정종은 한마디로 과도기적인 왕이다. 참혹한 왕자의 난을 겪고 어린 동생들의 피가 흩뿌려진 용상에서 그는 비정규직처럼 앉혀졌다. 정종은 비릿한 살육의 피 냄새로 얼룩진 새 왕궁보다는 옛 도읍 개경을 그리워했다. 즉위 이듬해인 1399년 정종은 기어이 개경의 수창궁으로 환도하였다. 개국의 문이 열리자마자 법궁은 주인이 떠난 퇴궐로 남겨졌다.

과도기의 틈새 임금 정종이 동생의 눈칫밥을 먹다가 2년 2개월 만에 물러나고 제3대 태종 이방원이 용상을 차지하였다. 이방원은 조선왕조 창업에 온몸을 던진 대주주 격의 인물이었으나 여기까지 당도하는 길이 참 멀고 험난했다. 태종5년인 1405년 10월, 이방원은 조선왕조의 성업이 이루어진 한양성으로 다시금 천도하였다.

개경은 이미 멸망하여 자취가 없어진 고려의 옛 성일 따름이었다. 무엇보다도 태조 이성계가 창업한 새 왕조의 도읍은 한양이다. 그곳에는 창창히 써 내려가야 하는 이씨 왕조의 법궁이 있으며 무한히 번영해가야 할 도성이 있었다.

그로부터 200년의 세월이 더 흘러갔다. 1592년 임진왜란으로 궁궐이 전소되기까지 경복궁은 명실상부한 조선왕조의 법궁이었다. 국초의 난무했던 변수를 딛고 비로소 나라가 안정기에 접어든 제4대 세종조에 이르러 경복궁은 최고의 전성기를 구가한다.

학문을 숭상한 학자 임금 세종은 집현전의 기능을 확대하고 젊고 유능한 학자들을 대거 등용했다. 세종은 집현전 학사들과 더불어 훈민정음의 토대를 완성했으며 우리글 한글을 창제하였다.

조선왕조에서 경복궁이 낳은 가장 위대한 인물이 세종대왕이요, 경복궁이 이룩한 가장 창대한 업적은 한글 창제다. 세종대왕은 한글이라는 고유 문자를 만들어서 세세대대 자자손손이 멸하지 않고 민족의 문화가 길이 창달될 수 있도록 하드웨어를 깔아놓은 성왕이다.

오늘날 한국의 세계화는 그 원천이 곧 한글이라는 문자로부터 기인하므로 세종은 대왕을 넘어서 민족의 전설이요, 성왕으로 불릴만한 조상 할아버지가 되었다.

소리음인 말은 사고의 체계이고, 문자는 그 사고 체계의 표현인 소리 말의 기록체다. 만일 머릿속 생각들이 밖으로 내뱉는 순간, 혹하고 날아가 버리고 마는 일회성의 소리로만 존재한다면 어찌 되었을까. 그런 생각과 소리를 기록으로 남기고 계승할 수 있는 문자의 체계가 없었더라면 오늘의 문명 대국이 가능이나 하였을까. 아마도 이 지구상에서 진즉에 사라지고만 소멸된 민족이 되었을 것이다. 한민족의 씨를 말리려 문화 말살 정책을 집요하게 획책했던 일제 36년이라는 혹독한 식민지 치하를 건너와야 했기 때문이다.

이름과 나랏말인 국어와 역사를 통째로 빼앗겼던 36년의 압제 상황에서 한글이라는 민족 고유의 문자가 없었더라면 어떻게 조직적인 항거가 가능하였고, 무슨 수로 민족의 얼을 계승해 나갈 원력이 있었겠는가. 그렇기에 어느 민족이든 말과 문자를 빼앗고 말살시키는 행위는 곧바로 그 민족의 정수를 훼손시키는 일이며, 얼과 정신을 박제하는 짓이다. 즉 민족의 혼을 빼먹는 살생 행위인 것이다.

지구상에서 가장 오래된 강인한 인종이었던 아메리칸 인디언이 백인 점령자들에 의해 허망하게 사라져간 역사도 따지고 보면 그들에게는 문자가 없었기 때문이었다.

입 밖으로 내뱉는 순간, 공기 속으로 분사되어 흩어져 버리고 마는 소리 체계인 말은 그들에게도 있었다. 하지만 그 말과 사고의 영역을 기록으로 남기고 전승할 수 있는 매체인 문자를 불행히도 아메리칸 인디언은 갖지 못했다.

곧 문자는 지속성과 전래의 수단이다. 민족이든, 문화든 소멸되지 않고 번영할 수 있는 영구적인 장치, 그 창달의 도구는 소리 말이 아닌 문자라는 기록의 체계인 것이다.

우리 민족의 투쟁사가 남들보다 유별나게 치열했던 이유는, 우선 기질적인 측면을 들 수 있다. 그러나 그 무엇에 앞서 문화적인 자존감에서 비롯된 정기였음은 두말할 나위가 없다. 문자의 전달로 하여 문화와 사상이 배달될 수 있었다는 점, 그러한 의식의 고양이 불굴의 정신으로 승화될 수가 있었다. 바로 이런 정신력의 총합이 어떤 압제에도 굴하지 않은 한민족의 동력이 되었음은 물론이다.

왜란이 끝나고 몽진에서 돌아온 선조는 정릉동 옛 월산대군의 사저를 임시 행궁으로 삼았다. 덕수궁이 처음으로 역사에 명암을 내민 시점이다. 끝내 법궁의 용상으로 돌아가지 못한 선조는 1608년 덕수궁 석어당에서 영면했다. 이후 경복궁은 그대로 방치되었고 길고 긴 잠 속으로 빠져들었다.

흥선대원군의 가장 큰 치적은 누가 뭐라 해도 경복궁의 중건이다. 이때의 경복궁 중건은 왕조의 마지막 기회로서 운명론적인 선택이었다. 조선왕조의 창업과 더불어 시작과 끝을 장식한 경복궁! 그 법궁을 빼고서는 조선조 오백 년을 이야기할 길이 없다.

그때 조대비의 지시와 대원군의 병적인 집착, 집요한 근성의 결과물이 아니

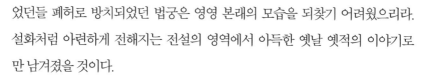

었던들 폐허로 방치되었던 법궁은 영영 본래의 모습을 되찾기 어려웠으리라. 설화처럼 아련하게 전해지는 전설의 영역에서 아득한 옛날 옛적의 이야기로만 남겨졌을 것이다.

오늘 옛 법궁을 거닐며 사라져간 왕조의 자취를 회고하고 역사의 뒤안길을 더듬어 볼 수 있는 특전은 순전히 흥선대원군에게 감사해야 할 일이다. 고생고 생 무진 고생에 내던져졌을 당시의 선조들에게는 무한 염치없는 노릇이다.

허나 왕조의 멸망이 코앞으로 다가왔던 구한말의 그 어지러운 세태에서 마치 신탁처럼 추진되었고 완결이 된 법궁의 중건은 조선 역사의 복원이라는 측면에서 눈물겹도록 다행한 일이었다.

새로 중건된 경복궁은 전각들이 빼곡하게 들어찬 웅대한 왕궁이었다. 건국 초기의 390여 칸에 비하면 500여 동 7,200여 칸에 이르렀으니 그 장엄함이 대단했다. 후원의 전각들만 해도 용문당을 비롯하여 256칸이나 되었고 담장의 길이는 2.4km에 달했다. 경복궁의 중건이 완료되자 어가는 창덕궁을 떠나 법궁으로 환어하였다. 실로 수 세기 만에 재현된 감격스런 왕가의 행군이었다.

그때가 일본은 800년간을 쇼군의 무대였던 에도시대가 끝나고 이른바 명치유신이라는 왕정복고로 근대화가 추진된 시점이다. 명치유신은 막부가 천황에게 통치권을 이양한 대정봉환大政奉還을 기점으로 국가 부흥이라는 대단한 프로젝트로 개혁 개방에 박차를 가한 대전환기다. 이 시기를 기점으로 일본은 신속하게 근대화의 길로 나갔으며 사실상의 탈아시아를 꿈꾸었다.

메이지시대는 1868년에 막을 올렸다. 그 시기, 대원군의 집권기인 조선은 일본과는 정반대로 쇄국의 기치를 높이 치켜들었다. 일본의 시선이 열도 밖의 먼 세계를 향해서 달려갔다면 조선의 눈은 그와는 정반대로 반도의 논밭과 강산으로 좁혀들었다. 이미 수백 년 전에 바닷길로 왕성한 통상 교역을 전개했던 신라, 고려의 개방성과 상반되는 폐쇄주의로 조선은 축소된 노선을 견지했다.

개혁 개방이냐 쇄국이냐 하는 두 갈래의 갈림길에서 일본은 근대화는 물론

탈아시아를 꿈꾼 제국주의의 큰 그림을 그려간 반면, 대원군의 조선은 쇠 빗장을 더욱 단단히 닫아걸고 우리끼리만의 폐쇄를 고집했다. 통상 개방이냐 쇄국이냐에 대한 이 시간대의 선택이 일본과 조선의 명암을 극명하게 가른 운명선이 되었다.

정권을 장악한 흥선대원군은 구악을 일소한 내정에는 상당 부분 과감했으나 세계사적인 흐름에는 둔감했다. 자신이 알고 싶지도 않은 나라 밖의 변화에는 애써 눈을 감고 오로지 쇄국정책으로 일관한 데서 늙고 낡아빠진 거선에 국가 개조라는 쇄신의 활력을 불어넣는 데 결정적으로 실기한 것이다.

세계사적인 흐름으로도 대원군의 노선은 전진이 아닌 후진 정책이었다. 바로 그 역사의 터닝포인트에서 절대권력을 행사했던 대원군이 과감하게 체제를 일신하였더라면 조선은 일본처럼, 아니 그보다 더 앞서간 새로운 전기를 맞았을 수도 있었을 것이다. 당시 세계사적인 조류는 폐쇄된 약소국을 식민지로 복속시키려는 약육강식의 시대로 접어들어 문호 개방과 개혁에 사실상 선택의 여지가 없는 절체절명의 시대상이었다.

거인의 수염을 잡고 그의 사다리에 올라탄 일본은 그 점에 있어 매우 탁월하게 정치공학적인 선택을 한 것이다. 돌이켜보건대 한 국가의 운명이라는 것은 최고 권력자의 철학과 비전에 따라 흥망성쇠가 좌우된다는 사실을 절감하게 된다.

'스스로 변하지 않는 민족은 망한다'고 한다. 이 논리는 현재도 변함없이 적용되는 정글의 법칙이다. 체제에 대한 과감한 혁신이 요구되었던 시대적인 소명에도 불구하고 변화의 타이밍을 외면한 것이 언제나 불행의 단초가 되었다.

'우리끼리만의 왕국'을 고집했던 우물 안 개구리들로 우글거린 19세기 말의 조선은 썰물처럼 밀려든 외세에 대응할 힘을 잃었고 스물스물 가라앉는 목선의 신세로 전락했다. 춥고 어둔 밤이 지척에 와 있었다.

오늘 새벽 대군주폐하가 상궁지조傷弓之鳥에 이른 궁을 버리고 아라사로 피신한 사태가 벌어졌다. 도망을 갔다는 파천인지, 정치적인 이유로 하여 몸을 피했다는 망명인지는 사실 모호하다. 다만 나라의 운명을 걸머진 군주의 입장에서 극심한 생명의 위협을 받고 있었으니 망명이라고 칭하는 것이다.

오백 년 단일 왕조의 조선! 이제는 그 법궁의 대운이 다한 것인가? 생각하면 왕후가 무참히 비명횡사를 했던 날, 경복궁의 명운은 이미 시운을 다하였고 마지막 인사를 고했는지도 모른다.

대군주폐하가 탈궁한 것을 끝으로 북궐은 허허한 빈 궁으로 다시금 남겨지게 될 것이다. 조선왕조가 개국한 지 505년. 법궁의 역사를 써 내려간 지는 503년이 지난 병신년1896 2월 11일의 새벽을 기해 벌어진 대환란이었다.

경복궁은 반천 년의 긴 한숨을 토해내고 이제는 고단해서 눕고 싶노라, 조선의 모든 백성들에게 그렇게 작별을 고하는 듯이 보였다.

왕손의 결핍

석양의 조선왕조에 가장 먼저 드리운 암운은 왕손의 결핍이다. 건국 초기에는 창성한 국운만큼이나 왕실이 번창 일로에 있었다. 제2대 정종은 차치하고라도 태종 이방원은 원경왕후 민씨와의 사이에서 4남 4녀를 낳았고 총 12남 17녀의 왕자녀를 생산했다.

세종대왕은 소헌왕후에게서 8남 2녀의 적자를 두고 총합 18남 4녀라는 동전 꾸러미와도 같은 자식들을 낳아 조선왕조는 창대한 흥청을 구가했다. 38세에 승하한 성종은 언제 그렇게도 많은 왕자녀를 속속 만들어 놓았는지 16남 12녀라는 번족한 일가를 이루어 초기 왕실의 안정에 힘을 보태었다.

허나 개국 중반이 지나고 후반기로 접어든 17대 효종 무렵부터 국말에 이르는 동안 왕가는 급속한 쇠락의 길을 걷는다. 우선 왕손의 숫자가 턱없이 줄어들어 왕자 생산은 물론이고 왕녀도 뜸하여 핏줄 자체가 귀해진 상황이 도래했다.

겨우 하나나 둘, 아니면 사도세자처럼 멀쩡하게 잘 낳아서 장성한 후계자마저도 당쟁의 희생 제물로 날리거나 효명세자처럼 하나뿐인 적자가 대리청정 중에 요절하는 비운이 겹친다. 단단히 든 망조였다.

정조와 헌종은 각기 한 대씩을 건너 세손의 신분으로 영조와 순조라는 조부의 대를 이어갔다. 여기서 '간신히'라고 표현하는 것은 정조는 시도 때도 없는 정적들의 암살 기도로 목숨을 부지하기가 힘겨웠던 세손 시절을 요행 통과하여 보위에 오르고, 헌종은 8세에 용상에 올랐으나 스물셋의 나이로 요절했다는 뜻이다.

헌종의 요절로 왕권은 방계로 다시금 넘어가서 강화도령 원범이 철종으로 깜짝 등극하는 사태에 당면했다. 철종은 사도세자와 숙빈 임씨 사이에서 태어난 은언군 인의 손자로서 그의 부친은 전계군 광이다. 조부 은언군이 정조의 이복 아우이므로 철종은 정조의 서손자뻘이다. 철종은 철인왕후 김씨와의 사이에서 적자를 하나 두었고 후궁들에게서도 아들을 넷이나 얻었지만 태어나는 족족 유사했다.

강화도령 시절 철종은 이름 없는 하층민으로 생활했다. 농사를 지어 먹고, 나무를 해다 파는 농민으로 살았으니 건장한 체질이었을 것이다. 그런데 용상에 오르고 김문의 시퍼런 세도 아래서 목숨을 부지하려는 자구책이었는지 여색에 골몰하다 재위 14년 만에 33세로 붕어하였다.

철종 대는 아예 자식에 기근이 들었다. 공식적으로는 여덟 명이나 되는 처첩에게서 5남 6녀를 두었지만 숙의 범씨 소생의 영혜옹주만이 겨우 성장해 출가했을 뿐, 개화파의 거두이며 친일파라는 오명을 남긴 금릉위 박영효가 철종의 하나뿐인 사위다. 그런데 그 영혜옹주마저도 혼인한 지 고작 3개월 만에 죽었다.

그렇게 철종은 본래도 소외되고 외로웠던 처지를 대변이라도 하고 싶었는지 한 점 혈육도 남겨두지 않고 떠났다. 어느 날 붙잡혀와 왕 노릇을 시작한 지 14년. 가시방석처럼 찔리기만 했을 옥좌를 한도 미련도 없이 차버리고 떠꺼머리 왕은 홀홀 조종의 품으로 돌아갔다. 조선왕조에서 주인이 아닌 손님처럼 왔다가 존재감 하나 없이 떠나버린 임금이다.

왕위는 또다시 얼키설키 방계로 이어져서 열두 살짜리 어린 종친 소년 고종에게로 낙찰이 되었다. 후기 조선 왕실은 자손이 번족하지 못하여 적막강산으로 화해버린 종가처럼 황량하고 헐거워져 갔다. 세자가 없는 왕실에서 철종의 병세가 깊어지자 조대비의 암중모색이 깊어 갔다.

"궐 안에는 꽃다운 젊은것들이 지천으로 널렸건만 어찌하여 씨가 맺히지를 못한단 말이오. 가세가 기운 세간처럼 적막하기 이를 데 없도다."

조대비는 한숨을 폭폭 내리쉬었다. 아무리 자식에 기근이 들었기로 왕실이 이리도 허전할 수야… 필경 쇠할 조짐이로다!

재위 기간 고작 9개월, 서른한 살로 요절한 12대 인종을 두고 백성들은 표독스런 계모 문정왕후에게 독살을 당한 것이라고 한을 품었다. 세칭 '인절미론'이다. 독살스럽기가 한량없었던 문정왕후가 들고 와서 억지로 들이밀었다는 인절미를 먹고 인종이 급체하여 죽었다는 이야기다. 인자하고 효성스러운 젊은왕의 죽음에 누항의 백성들은 가슴이 미어터져 통분했다. 야사는 표독한 계모에게까지 효성이 지극했다는 임금님의 죽음을 천수가 아닌 악랄한 계모의 독살이라고 흘린다.

인종에 이어 명종이 12세로 등극했다. 명종은 인순왕후에게서 순회세자를 얻었지만 가례를 치른 직후인 열세 살에 돌연 하나뿐인 세자가 세상을 등졌다. 백성들은 거봐라, 인과응보니라 하고 입방아를 쪄댔다. 비록 계모지만 어진 전실 자식을 독살한 저주가 손자에게로 떨어졌다는 것이다. 문정왕후의 아들인 명종 대에 이르러 개국 171년 만에 처음으로 왕실의 대가 뚝 끊겼다.

그 후 최초의 방계 승통을 열어간 이가 제14대 선조다. 하성군 균은 중종과 창빈 안씨 사이에서 태어난 덕흥군의 셋째 아들로 중종의 서손자다. 적자가 아닌 후궁에게서 태어난 방계 혈통이라는 콤플렉스로 하여 선조는 평생을 시달렸다.

그런 선조가 여덟 명의 후궁에게서 14남 11녀를 두었다. 계비 인목왕후와의 사이에 적자로 태어난 영창대군이 있었지만 겨우 세 살 때 부왕이 승하하자 당시에 서른네 살이었던 공빈 김씨의 둘째 아들 광해군이 보위에 올랐다.

인조반정으로 광해군을 축출하고 승통을 탈취해간 이는 인빈 김씨의 손자 능양군이다. 광해군을 낳고 산후병으로 죽은 제1후궁 공빈 김씨와 능양군의 어머니 인빈 김씨는 생전에도 선조를 사이에 두고 치열하게 맞선 연적이었다. 그런데 그 후손들까지 왕위를 찬탈한 숙적이 되었으니 공빈과 인빈은 죽어서도 으르렁댄 철천지원수인 모양이었다.

선조의 서손자 인조는 인열왕후에게서 태어난 대군 넷을 비롯하여 6남 1녀를 두었고 그의 자식 복은 한때나마 국초로 돌아간 듯한 홍복을 느끼게 해주었다. 그러나 그것으로 끝이 아니었다. 소현세자의 애사가 터진 것이다. 병자호란으로 인질이 된 세자가 심양으로 끌려갔다. 볼모 생활 9년 만에야 겨우 살아서 돌아온 소현세자는 아비인 인조에게 의문의 횡사를 당한 비운의 왕세자가 되었다.

소현세자의 독살로 보위를 물린 봉림대군 효종과 그의 아들 현종은 다행히 정궁과의 사이에서 원자 하나씩을 생산하여 적통을 이어주었다. 참으로 적자

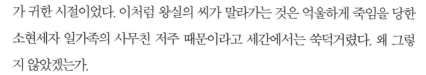

가 귀한 시절이었다. 이처럼 왕실의 씨가 말라가는 것은 억울하게 죽임을 당한 소현세자 일가족의 사무친 저주 때문이라고 세간에서는 쑥덕거렸다. 왜 그렇지 않았겠는가.

제19대 숙종은 후궁 장희빈과 숙빈 최씨 사이에서 경종과 영조 두 아들을 각각 두었다. 그런데 희한한 것은 정비인 인경왕후와 인현왕후, 인원왕후는 하나같이 후사를 두지 못했다는 사실이다. 조강지처인 인경왕후는 공주 둘을 낳았으나 성장하지는 못했다. 이런 현상은 비단 숙종 대만의 해당 사항이 아니라 후대에까지 이어진 패턴이기에 후기 조선왕조에 망조가 들었다고들 입방아를 찧는 것이다.

본시도 허약했던 경종은 즉위 4년인 1724년 서른일곱에 승하했다. 그의 뒤를 이복 아우 왕세제 연잉군이 이었다. 제21대 영조 임금이다. 숙종의 아들들로 이복 형제인 경종과 영조 또한 장희빈과 숙빈 최씨라는 희대의 연적 사이에서 출생한 왕자들이다.

이씨李氏네 왕실의 딸들은 잘 안된다는 속설이 있다. 그런데 영조 때는 그런 와중에도 꿋꿋이 살아남아 부왕의 사랑을 독차지한 화완옹주의 횡포가 극에 달했다. 화완옹주에 대한 영조의 독애는 화완의 친오라버니 사도세자의 죽음에 심대한 영향을 끼쳤을 만큼 옹주의 본성은 교활하고 사악했다.

부왕의 총애만을 믿고 화완옹주는 청상과부가 된 이후에도 궐 안에 들어와 살았다. 아무리 임금의 자식이라도 출가외인은 법도로 금기된 사항이다. 화완옹주는 자신의 민망한 처지를 희석하려 함이었는지 역으로 오라버니 사도세자를 모함하는 데 열을 올렸다.

화완옹주는 그즈음 영조의 총애를 독차지한 문숙의와, 세자보다도 열 살이나 나이 어린 부왕의 계비 정순왕후 편에 바짝 달라붙었다. 괴팍한 변덕쟁이 임금을 사이에 두고 각각의 이해관계가 맞물린 악녀 삼인방이 똘똘 뭉쳐 사도

세자의 애사를 연출한 것이다. 그럴수록 제 편이 하나도 없는 고립무원의 세자 선(鮮)은 점점 더 극심한 자폐의 길로 들어섰다.

"고연 놈, 발칙한 놈 같으니. 이제는 세자 그놈이 아주 광인이 되어가는구나. 쯔쯔쯔…. 오오라 그놈의 해괴함이 하늘에 닿았도다!"

예순여덟 살의 늙은 임금 영조는 어깨가 들썩거리도록 부르르 떨었다. 그즈음 세자는 꼼짝없는 모함에 엮여 들어 시달림을 당했다. 늙은 부왕을 제거하고 보위를 찬탈하려는 역모를 꾸몄다는 고변이다. 개거품을 물고 세자를 당파 싸움의 희생 제물을 만들기에만 골몰했던 그들. 끝내 세자를 겨냥하여 죽음으로 몰고 간 서인의 노론파는 부왕의 편집증을 견디다 못해 숨이 막혀서 밖으로 나도는 세자를 두고,

"세자가 궐을 벗어나 돌아다니는 것은 음모를 꾀하기 위함이다. 세자의 일거수일투족을 감시하고 보고하라."

는 밀명을 수령 방백에게까지 내리고 세자의 꼬투리를 잡는 데에 혈안이 되었다. 아예 죽여 없애려고 작정을 한 총질이었다. 이런 모함에 치를 떤 세자는 자신이 보위에 오르는 날에는 노론 일당을 싹 쓸어내리라, 호언장담을 했다. 세자가 등극하면 꼼짝없이 당할 것을 염려한 노론은 오로지 고사 작전으로 세자를 사지로 몰아넣었다.

고하면 날벼락이니 경희궁에 계신 아바마마 모르게 궐을 빠져나간 세자가 기어이 평양행을 단행했다. 이왕지사 욕을 얻어먹을 바에는 평양 기생들과 질펀하게 한번 놀아나 보고 싶었다. 그 화려한 외출이 결국 사도세자를 뒤주 속으로 처넣은 입장권이 되었다. 역모를 획책하기 위해서 극비리 평양으로 갔다는 밀고로 꼼짝없이 걸려들고 만 것이다.

세자에 대한 영조의 도를 넘은 구박은 그의 온몸과 정신을 병들게 했다. 날이 갈수록 편애와 변덕이 심해지는 부왕께로 향한 극도의 공포심으로 사도세자는

외줄을 타는 광대의 처지가 되었다. 그럴수록 심화병은 도져서 천불이 나고 울화가 치밀면 광증으로까지 번지니 참말로 미쳐 날뛰는 광인이 되어갔다. 영조는 마침내 세자를 죽여 없애버려야만 하는 '미친 개'로 치부하기에 이르렀다.

불난 집에 부채질을 하느라고 화완은 날이 갈수록 정도가 심해가는 오라버니의 기행을 조목조목 잘도 염탐해다 부왕에게 낱낱이 고해바쳤다. 그걸로도 성이 덜 차서 친조카인 어린 세손마저 폐하려는 음모와 간계를 꾸미고 전전긍긍하는 손위 올케 혜경궁 홍씨에게도 갖은 핍박을 가하였다.

한편으로는 자신의 양아들 정후겸을 보위에 앉히려는 패악한 역모를 극비리에 진행시켰다. 공주도 못 되는 서녀 주제에 오로지 부왕의 총애 하나만을 믿고 오만방자하게 설친 사악한 옹주다.

"전하! 부디 영민했던 세자 저하의 어린 시절을 기억해 주소서. 얼마나 출중한 무예 실력과 문예 솜씨였나이까. 학문을 통달하는 데 그다지도 영특했던 세자가 누대에 어디 있었나이까. 저하는 어린 사람답지 않은 공정함과 통찰력과 백성들에 대한 어진 심성을 가진 분이었습니다. 그의 성군 자질을 기억해 주소서. 그의 기를 일으켜 본색을 회복케 해주소서. 전하의 완벽에 가까운 주문과 주변의 기대 심리에 눌려 질책만을 받게 되니 자신의 의지와는 상관없이 자꾸만 어긋나는 것이옵니다. 바라옵건대 세자에 대한 부왕의 사랑을 거두지 마시고 부디 타고난 어진 성정을 되찾도록 하여 주오소서."

영정조 시대의 명재상 번암 체제공이 흡사 마주 보고 달리는 두 대의 열차같이 날이 갈수록 충돌의 골이 깊어만 가는 영조와 사도세자 부자의 처지를 보다 못하고 올린 상소문이다.

"공은 세자의 저 비뚤어진 기행을 보고도 모두가 과인의 탓이라고 책망만 하는구려. 과연 그러한가? 이 모두가 과인의 부덕 탓이니 이제부터 세자에게 선위하면 해결될 일이 아니겠소?"

"전하 모두가 세자 저하를 잘못 모신 신들의 불민한 탓이옵니다. 망극하나이다. 세자의 총명함이 한낱 당쟁의 희생 제물이 되어 불행한 사태로 치닫는 듯하와 하도 서글픔에 북받쳐 올린 소신의 심회였나이다. 부디 통촉하오소서."

영빈 이씨 소생으로 그나마 죽지 않고 장성하여 헌헌장부가 된 외아들 사도 세자다. 신사년1762 7월의 어느 한여름 날, 영조는 내리쬐는 땡볕 아래 세자를 뒤주 속에다 가두었다. 뒤주에 갇힌 지 8일 만에 생으로 자식을 미쳐 죽게 만든 장본인이다. 보위를 이어갈 하나뿐인 왕세자를 그토록 참절하게 죽여 없애버려야만 직성이 풀렸는지 광폭한 역사의 폭풍이 아닐 수 없다.

대리청정에 임했던 세자 선의 나이 28세. 겨우 하나 살아남아서 장성한 세자마저 부왕 스스로가 잡아먹은 꼴이 되었으니 자복이나 요사 따위를 논할 계제가 아니었다.

숙빈 최씨

기미년1724 8월. 31세에 즉위한 영조는 숙종과 숙빈 최씨 사이에서 태어난 숙종의 둘째 아들이다. 이름은 금昑. 무려 52년간 통치하여 후기 조선의 번영을 견인한 임금으로 많은 치적과 그에 버금가는 비화를 흩뿌렸다.

성격이 괴팍하고 변덕이 죽 끓듯 했지만 백성들에게는 인자한 군주로 정평이 난 영조대왕. 그는 노비제도 해체의 중요한 단서가 된 노비종모법을 실시하였다. 민생 안정과 조세 불균형 해소를 위한 균역법 시행, 행형 제도 개선, 신문고 부활, 청계천 준천 사업 등 근세에서 근대 국가로 넘어가는 토대와 발판을 닦아 놓은 임금이다.

영조는 중세적인 가혹한 형벌 제도인 압슬형과 불에 달군 쇠로 몸을 지지는 낙형, 죽은 자를 무덤에서 파내어 시체의 목을 다시 치는 부관참시, 주리를 트는 천도주뢰형 등의 잔혹한 고문 제도를 없앴다. 신분을 위장하고 잠입하여 지방관아의 악덕 탐관오리를 단죄한 암행어사 박문수의 이야기도 영조의 작품이다.

무엇보다도 영조는 숙종 대부터 서인, 남인, 노론, 소론으로 갈가리 찢겨져 대립의 극한 고지에 이른 사색당파의 폐해를 막으려는 탕평책에 주력했다. 실학을 관장하여 조선 후기의 르네상스 시대를 열어간 개혁군주다.

영조는 『어제팔순유곤록御製八旬裕昆錄』에서 "평생 자신이 한 일은 탕평"이라고 소회했다. 불편부당 탕탕평평! 그만큼 망국의 근본이었던 붕당을 없애고 세신을 정치의 요체로 삼았다는 뜻이다. 83세의 최장수 왕으로 52년이라는 길고도 긴 재위 기간에 허다한 치적과 숱한 비사를 남긴 영조는 가정사에서도 사도세자의 애사哀史라는 타의 추종을 불허한 실화를 남겼다.

적적했던 후기 왕실에 서출이나마 두 명의 왕자와 일곱 옹주가 줄지어 태어났다. 허나 알고 보면 이름도 붙여주지 못한 채 유사한 자식들이 부지기수다. 혹자는 유독 극심했던 왕실의 영유아 사망률에 대해 권력 다툼의 소산으로 연관 짓기도 한다.

영조는 부왕인 숙종의 성정을 닮아서인지 변덕스럽고 다혈질이었다. 정도 많은 성격이었다. 거기다 정궁에게서 원자로 태어난 부왕과는 달리 서자 콤플렉스까지 더해지니 한 마디로 유난스럽고 극성맞은 인물의 전형이었다.

장희빈의 독기가 극에 달했던 시기에 잉태되어 어머니 숙빈 최씨가 살얼음판을 딛고 매사를 조심, 또 조심해야만 했을 태교도 그의 의식 발달 구조에 영향을 미쳤을 것이다.

영조는 침방나인 출신의 어머니인 숙빈 최씨에게로 향한 효성이 지극했다. 보위에 오르기 6년 전에 49세로 세상을 떠난 어머니를 그는 평생 애처롭게 여겼고 모후를 그리며 차마 눈물 없이는 읽지 못할 사모의 정을 여러 기록물에다 남겼다.

일반적으로 숙빈 최씨에 대해 잘못 알려진 오류가 있다. 흔히 숙빈을 무수리 출신이라 말하고 그것이 정설인 양 통용되고 있다는 사실이다. 그건 정황상으로도 사실일 가능성이 희박하다. 그녀의 본격적인 인생 행로는 숙종 때 그 유명했던 왕실 애증사의 한 축을 장식한 신데렐라의 출연으로부터 시작되었다.

숙빈 최씨는 스물세 살이 된 1692년 음력 4월 23일 그즈음의 어느 날에 숙종의 승은을 입었다. 이듬해 10월, 큰아들 영수가 태어났다. 숙빈 최씨의 승은은 인현왕후와 장희빈 사이, 즉 서인과 남인 사이의 복잡다단하게 얽힌 내정으로 정치적인 딜레마에 빠져있던 숙종에게 반전의 한 수를 제공해 준 기회가 되었다.

무수리설 또한 침방나인 출신의 미천한 숙빈 최씨가 승은을 입고 중전인 인현왕후와 중전급인 장희빈, 이 세 여인 간에 벌어진 궁중 암투에서 최후의 승자로 등극한 드라마틱한 인생 유전에서 기인한다. 거기에다 후기 조선 최고의 군주라고 일컫는 영조라는 한 걸출한 임금의 어머니로 신화적인 요소까지 가미되어 각색되어진 전래 동화가 아닐까 한다.

그녀의 아들 연잉군은 이복형 경종이 보위에 오르자 왕세제가 되었다. 연적이었던 장희빈의 견제와 질투심으로 숙빈이 칼날 위를 걸어야 했던 것처럼, 임금이 된 경종 밑에서 연잉군은 살얼음판을 지나야만 했다.

다행히 경종과 영조는 자신들의 어머니가 불꽃 튀는 연적이었음에도 오직 둘뿐인 이복형제로 우애가 있었다. 정적인 남인들의 끊임없는 무고로 연잉군의 목숨이 한때 경각에 달렸으나 경종의 비호로 목숨을 건사할 수가 있었다.

경종이 단명했기에 망정이지 제대로 살았더라면 아마도 영조의 시대는 영영 열리지 못했을 것이다. 남인과 소론 일파의 집중적인 포화를 맞고 목숨을 부지하기가 어려웠을 터이기 때문이다.

영조는 자신을 끝까지 지켜준 형님 경종과, 목숨이 경각에 달릴 때마다 구원 투수로 나서서 바람막이가 되어주었던 대비 인원왕후를 잊지 못했다. 당쟁의 폐해를 누구보다도 절감한 자신이기에 험난한 가시밭길을 헤치고 즉위를 하자 영조는 집권 기간 내내 당쟁을 없애는 일에 혼신을 기울였다.

조선왕조 전반기의 성군으로 세종대왕과 성종을 꼽는다면 후반기는 주저할 것 없이 후기 르네상스를 열어간 영정조 시대를 꼽을 수 있다. 그만큼 영조는 가정사에서도 정치사에서도 타의 추종을 불허한 인물이다. 사도세자의 애사라는 고금에도 없는 소재의 연출자이고 보니 그들의 가정사 자체가 한편의 드라마틱한 구전의 집합체가 되었다.

언제부터인지 숙빈 최씨가 무수리 출신으로 각색이 되어 전래동화처럼 흘러들었는지는 알 수 없다. 다만 그의 아들 영조의 치세가 그만큼 길었고 특별했으며 막강했다는 점에서 다양한 얘깃거리의 소재를 제공했을 것이라는 추론이 가능하다.

분명한 것은 영조의 어머니 숙빈 최씨는 무수리가 아닌 일반의 궁녀였다는 사실이다. 지극히 정상적인 코스를 밟아간 그 시대의 전형적인 궁녀다. 1676년 최복순이라는 일곱 살짜리 고아 아이가 침방나인으로 궐에 입궁했다는 근거에서도 증명이 된다. 무관 출신의 아버지 최효원은 숙빈이 세 살 때 죽었고 어머니 남양 홍씨도 이듬해 세상을 떠났다. 당시 인구의 상당수가 기근과 역병으로 죽어갔던 경신 대기근의 여파로 추측이 된다.

언니와 최후라는 이름의 오빠가 있었으나 최복순은 네 살에 부모를 여읜 고아가 되었다. 그 몇 해 후, 누군가의 손에 이끌려서 최복순이 궐에 들어왔다. 일곱 살이지만 1670년 12월 17일생이니 만으로는 겨우 다섯 살짜리 어린아이였다. 헌데 그렇게 작은 어린애가 허드레 막일을 전담하는 무수리로 궐에 들어온 사례가 있었던가?

궐에서 가장 중요한 처소인 지밀과 침방의 아기 내인들은 전통적으로 어린 아이를 뽑아서 교육시켰다. 지밀은 보통 사오 세, 침방은 육칠 세에 선발하여 동몽선습과 소학, 내훈, 한자, 한글의 궁체를 가르치고 궁중 예법을 주입시켜 철두철미한 궁중의 여관으로 길렀다. 그 외의 처소가 열두어 살 때 입궁한 사례와 비교하면 지밀과 침방은 궐에서도 매우 중요시한 소임지로 특별하게 관리되었음을 알 수 있다.

어려서 입궁한 내인을 애기나인, 혹은 생각시라고 불렀는데 입궁 후 보통 15년이 지나면 관례를 치렀다. 관례를 치러야 정식 나인이 될 수 있었고 나인이 되고 15년이 더 지나야만 상궁이 되었다. 그 경쟁이 아주 치열했다.

이런 실례를 참작할 때 숙빈 최씨는 일곱 살에 입궁하여 침방에서 정통 코스를 밟아간 전형적인 궁녀라는 사실이 입증된다. 무엇보다도 정사에는 숙빈 최씨가 무수리였다는 기록이 단 한 줄도 없다. 이는 출신 성분이 미천한 숙빈 최씨의 전적을 트집 잡아서 집요하게 영조를 흠집 내려고 달려들었던 남인들의 조직적인 음해 공작의 산물로 볼 수 있다.

숙빈은 침방나인 시절인 1692년 스물세 살에 숙종의 승은을 입었다. 알고 보면 상궁으로 알려진 대부분의 궁녀 출신 후궁들은 거의가 나인 시절에 승은을 입었다. 승은과 동시 봉해진 특별상궁이라는 직첩으로 인해 상궁으로 인식되었을 뿐이다.

상궁이 되려면 아무리 빨라도 삼십 대 중후반에나 가능한 일이었다. 천신만고로 임금의 눈에 띄어 후궁 첩지를 받는다 해도 모두가 왕의 어머니가 되는 건 더더욱 아니다. 일이백 년 만에 한 번 나올까 말까 한 그야말로 특별하고도 특수한 신분인 것이다.

궁녀가 후궁이 되고 비록 사후에나마 임금의 모후가 된다는 사실은, 하늘의 별을 따는 것보다도 더 어려운 행운이었다. 그만큼 숙빈은 왕의 여자들 가운데 서도 타의 추종을 불허한 특별하고 독보적이며 입지전적인 여인이었다.

반면 반상의 구별이 엄격했던 신분사회에서 하다못해 중인 계급도 못 되는 침방나인 출신의 어머니가 지존이 된 영조에게는 콤플렉스로 작용했을 것이 라는 사실 또한 자명한 이치다.

후궁치고도 숙빈 최씨가 어디 보통의 후궁이었나? 조선조 제일가는 애증사 의 주인공인 인현왕후와 장희빈 사이에서 삼인방의 한 축을 이루었던 쟁쟁한 주역이 아니던가. 비록 곁가지로 끼어들었으나 결과적으로는 삼인방의 유일한 승자로 군림한 여인이 숙빈이라는 사실도 그녀를 입지전적인 인물로 부각하 기에 부족함이 없었으리라.

치열하게 대립한 정파의 대리인이 아닌 온화하고 잔잔한 숙빈의 품성에서 숙종은 편안함을 느꼈기에 오래도록 은애했다. 이처럼 다채로운 이력이 설화 처럼 부풀려지고 윤색되는 동안에 언제부터인지 숙빈 최씨의 무수리 설이 마 치 실화처럼 살이 붙어 굳어진 게 아닌가 여겨진다.

누군가의 손에 이끌려서 일곱 살 때 생각시로 궐에 들어온 이후 줄곧 침방나 인으로 누비를 꿰맸다는 숙빈이다. 스물세 살에 승은을 입은 그녀가 어느 틈에 무수리 노릇까지 할 시간이 있었겠는가 말이다. 기록대로 숙빈은 입궁한 뒤 줄 곧 침방나인으로 있었고, 어느 시점인가 인현왕후를 모시는 창경궁 통명전의 지밀나인이 되었다.

진짜 무수리는 물을 긷고 아궁이에 불을 때며 드넓은 전각의 청소와 허드렛 일을 도맡은 하급의 인부다. 우선적으로 힘이 좋아야만 했던 그들은 주로 민가 의 결혼한 여자들로 궐에서 궂은일을 처리한 여성 잡역부들이었다.

"어머니! 침방에 계실 적에 무엇이 그중 힘든 일이었더이까?"

어느 날 숙빈의 처소 보경당에서 연잉군이 어머니에게 물었다.

"허다한 바느질 중에도 누비를 만드는 일이 그중 힘들더이다. 중누비, 오목누비, 납작누비가 있지요. 한 땀 한 땀 세밀한 바느질이 모두가 어려웠지만 그중에도 결이 고운 세누비가 어미에겐 가장 힘이 들었다오."

침방나인으로 왕실의 바느질을 했던 어머니 숙빈의 고백이었다. 지난 시절 어머니가 겪은 애환을 들으며 성격이 화끈한 연잉군은 그 자리에서 누비 토시를 벗어버렸다. 왕이 되어서도 영조는 다시는 누비옷을 몸에 걸치지 않았다. 바느질로 손가락 마디마다 심이 박힌 어머니의 굵고 거친 손이 애처로웠기 때문이다.

숙빈의 거친 손에 대한 연민 때문에 곤욕을 치른 여인은 따로 있었다. 정성왕후 서씨다. 정성왕후는 비록 후사를 잇진 못했으나 조강지처로 영조와는 목숨이 위태했던 세제 시절부터 동거동락을 해온 아내다. 부부애도 그리 나쁘지는 않았다. 헌데 사달이 났다. 하루는 영조가 손가락이 가늘고 비단결처럼 보드라운 왕비의 손을 어루만지면서 물었다.

"오호, 중전은 나이가 들어도 손이 어찌 이리 고운 것이오?"

"신첩은 사대부가의 딸로 나고 자라서 손에 물을 묻히지 않고 살아온지라 손결이 고운 것이옵니다."

이날 부로 영조는 두 번 다시는 왕비의 손을 만지지 않았다. 아니 중궁전의 출입마저 끊고 소박을 놓았다. 그 순간 침방나인으로 수를 놓고 누비를 꿰매느라 손가락 마디마다 굵은 심이 박혔던 어머니의 거친 손이 생각났기 때문이다. 정성왕후가 제대로 걸려들었다. 그러잖아도 괴팍하기 이를 데 없는 남편의 자존심을 있는 대로 긁어놓았으니 손은 비단결이었을망정 눈치는 없는 딱한 왕비였던 게다.

숙빈 최씨는 새문안 건너편 여경방의 서학동에서 1670년 12월 태어났다. 언행이 간묵하고 희로애락의 감정을 좀체 낯빛에 드러내지 않는 매사 세심하고 조심성이 많은 여인이었다. 숙종은 조신하고 배려가 깊은 빈의 이런 성정을 아끼고 귀히 여겼다. 영조는 자신이 태어나고 자란 창덕궁의 보경당에서 어머니에 대한 추억에 젖어들곤 했다.

해마다 3월 9일 모후의 제삿날이 되면 영조는 보경당으로 거둥하여 하룻밤을 묵었다. 그곳에 아로새겨진 숙빈의 체취를 맡으며 어머니를 그리는 사모의 정에 잠기곤 했다.

숙종은 비록 장자지만 허약한 경종보다는 든든한 둘째 아들 영조에게 보위를 물릴 계획을 진행했었다. 부왕에게 이렇듯 아낌을 받은 영조는 혼인한 후에도 오랫동안 궐에서 살았다.

사저인 창의궁으로 출궁한 이후에도 입궐할 때면 어머니의 처소인 보경당에서 묵었다. 그러니 보경당은 영조에게는 추억이 서린 집이었다. 영조 40년 기묘년[1764] 3월 10일, 71세가 된 영조는 숙빈의 기일 다음 날에 보경당에서 모후에게로 향한 절절한 사모의 문장을 또다시 남긴다.

"……아아 이날은 어머님께서 돌아가신 날이다. 아, 이 당은 곧 내가 탄생한 곳이며 예전에 부모를 모신 곳이다. 아아! 칠순을 바라보며 상복을 입고 이 달을 만나고 이 날을 맞아 나를 낳아 길러주신 이 집에서 유숙하누나. 아! 옛날 이 해에 어머님이 이 집에 계셨고…"

세조 연간에 지어진 보경당은 유서 깊은 전각이었다. 수 세기를 내려오며 편전이나 별전으로 사용되었던 선원전 뒤쪽의 보경당은 창덕궁에서도 여러 임금들이 애용한 전각이다. 13세의 성종이 즉위하자 세조비 정희왕후는 최초의 수렴청정을 이곳에서 행하였다.

　친정에 임한 성종은 단아한 이 전각에서 글을 읽고 경연을 열었다. 현종의 외아들 숙종은 보경당에서 원자로 책봉되고 숙종의 뒤를 이은 경종 또한 여기서 책례를 행하였다. 보경당이 수백 년에 걸쳐 왕가의 사랑을 받아온 왕들의 영역이었음을 알 수 있다. 조선 후기로 넘어오면서 보경당은 임금의 별전에서 점차 왕자를 낳은 후궁들의 처소로 그 역할이 바뀌어 갔다.

　숙종 20년인 1694년 9월13일, 보경당에서 영조가 탄생하였다. 즉위한 후에 영조는 자신이 태어난 보경당에다 탄생당膝生堂이라는 편액을 걸고 모후를 회고했다. 그로부터 한 세기가 더 흘러갔다. 순조의 어머니가 된 수빈 박씨가 1822년 12월 26일 보경당에서 53세로 훙서하였다.

　증조할머니 숙빈 최씨로부터 증손주 며느리인 수빈 박씨에 이르기까지 영광스런 임금의 모후가 된 이들 4대에 걸친 영조 가문과 보경당과의 인연도 그날을 끝으로 역사의 지평으로 멀어졌다. 숙빈 최씨와 수빈 박씨는 출생 연도가 꼭 100년의 시차가 나는 증조모와 증손주 며느리 사이다.

　외교권을 침탈당한 1905년 통감 정치가 시행되자 궁궐의 전각들이 무작위로 헐려 나갔다. 왕조의 흔적을 지워 없애려 했던 침략자의 폭거다. 유서 깊은 보경당이라고 예외가 될 리 없었다. 순종황제가 새 황궁인 창덕궁으로 환어할 즈음에 때맞춰, 보경당이 철거되었다. 무엇 때문이었는지 그 이유를 알 수 없지만 그날 이후 오늘에 이르기까지 백 년이 넘는 세월을 보경당은 허허 빈터로 남겨져 있다.

　지금 그곳은 선정전 뒤편, 후원의 숲에 텅 빈 마당으로 남아 있다. 그렇게도 아름다웠다는 전각과 거기서 머물다간 숙빈 최씨와 수빈 박씨라는 모후들의 자취는 가뭇없이 사라지고 민들레 홀씨가 흩날리는 빈터가 바람결에 옛이야기를 흘려준다. 5월이 되면 보경당 옛터에는 모란이 지천으로 피어난다.

고희가 된 늙은 영조대왕이 어머니 숙빈마마를 그리워하며 눈시울이 젖어 들었다는 전각! 침방나인 출신의 최숙빈과 숙종의 로맨스가 솜사탕처럼 부풀어 올랐던 옛 보경당이 복원이 되어 단아한 그 전각을 볼 수 있다면 얼마나 좋을까.

1776년 3월, 영조의 손자이자 사도세자의 아들인 세손 이산이 즉위하였다. 호시탐탐 자행되었던 암살의 살기를 딛고 변덕쟁이 할아버지 영조의 뒤를 이어서 제22대 임금으로 등극했다.

아이러니하게도 숙빈 최씨의 아들 영조로부터 마지막 임금 순종에 이르기까지 조선왕조는 7대 186년의 역사를 숙빈 최씨의 혈통으로 써 내려갔다. 철종까지는 직계로, 고종은 숙빈의 가문에 입적이 된 양자의 연으로 대를 이었다.

여인 천하 삼인방의 신데렐라를 뛰어넘어서 숙빈 최씨는 역사의 진정한 승자가 되었다. 영조와 정조라는 개혁군주의 모후요, 후기 조선 왕실의 조상 할머니가 되어 길이 역사에 족적을 새긴 것이다. 외유내강의 전형이었던 숙종의 여인 숙빈 최씨는 살아서보다 죽은 뒤에 더 영광스럽고 더 영화로워진 진정한 빈이요 귀부인이었다.

수원 화성의 꿈

역대 왕들 가운데 유독 애처로움이 느껴지는 임금이 있다. 이산祘 정조는 1752년 10월 28일 사도세자와 혜경궁 홍씨 사이에서 태어났다. 세손은 열한 살 때 아버지 사도세자가 조부의 명으로 한여름 폭염 속의 뒤주에 갇혀 죽어가는 참상을 낱낱이 목격하였다.

이후 어린 세손은 사도세자를 제거한 노론의 집중적인 표적이 된다. 부왕에 대한 트라우마로 언제 세손 자리에서 내쫓길지 모르는 불안감과 어디서 날아들지 알 수 없는 독화살을 의식하며, 의관을 편히 하고 잠자리에 든 적이 없을 정도로 정조는 암살 위험에 시달렸다. 심지어는 용상에 오른 후까지도 보복을 두려워한 정적들의 살해 시도가 있었다.

파란만장한 가시밭길을 헤치고 등극한 정조는 유능하고 참신한 인재를 찾아 등용했다. 왕실 도서관인 규장각을 두어 학자들을 발굴하고 육성하여 그들 규장각 학사들을 중심으로 문화정치를 펼쳤다. 세종대왕에게 집현전이 있었다면 정조에게는 규장각이 있어 조선왕조의 전후기 성군들이 문화의 르네상스 시대를 꽃피워 갔다.

그 영향으로 정조가 지극히 아낀 정약용은 물론, 일명 백탑파라 일컬어지며 탑골 주변에 살았던 불우한 문사들인 서얼 출신의 박제가, 류득공, 이덕무, 서이수, 이가환 같은 북학파가 등장했다. 신분의 벽에 갇혀 학문을 펼칠 데가 없었던 이들 서얼 출신의 해박한 학자들이 규장각의 검서관으로 등용이 되어 출사했다.

고금의 희귀한 책을 다루고 벗하면서 오로지 학문 연구에만 몰두할 수 있었던 규장각은 백탑파 서얼 학자들에게는 문자 그대로의 낙원이었다. 이는 중세적인 신분 질서의 벽을 허물고 서얼허통령을 내려 아무리 학문이 깊어도 백면서생이어야만 했던 불운한 서얼 학자들을 품어준 정조의 배려 덕분이다.

책만 보는 바보라는 뜻의 간서치看書痴라 불린 북학파 문신들의 해박한 문장에 힘입어 수많은 문집과 다채로운 저작의 재간행이 이루어졌다. 실학자 연암 박지원은 이들 모두를 엮는 스승이었다. 정조 역시『홍재전서』를 저술한 학자이기도 하다. 이렇듯 실학을 중시한 정조의 규장각은 새로운 문화시대의 여명을 튼 근대를 향해서 열린 창문이었다.

세습군주답지 않게 정조는 훌륭하게 잘 준비된 군왕이었다. 대학자의 반열에 들어도 손색이 없는 그의 학문은 깊고 실용적이었으며 문무를 겸비한 조선 후기 최고의 성군이다. 영조의 유지를 이은 탕평책으로 국가 운용의 기술을 발휘하여 정적인 노론을 견제하고 아우르면서 정치적인 균형의 추를 유지해 나갔다.

18세기의 조선에서 자급자족형 상공업도시를 수원에 설계한 투지만으로도 정조가 개혁 중흥 군주로서 얼마나 심도 깊이 근대화된 나라의 실현에 박차를 가하고 있었던가를 상상해 볼 수 있다. 정조의 구상은 부강한 조선이었다. 수원 화성은 그런 정조의 꿈과 야망이 가시화된 미래 조선의 원대한 청사진이다.

둘레 길이 5.7km에 달하는 수원 화성은 정조가 11년 동안에 걸쳐 축조한 최대의 야심작이었다. 수원을 상공업 중심도시로 설계한 것은 18세기 후반에 이미 근대화된 국가를 설계한 정조 꿈의 시원이었다. 그때 관의 지원을 받는 상인이 출현했고 화성 근처에는 어물전, 포목전, 미곡상 같은 시전이 대로변에 생겨 번잡한 대도시 같은 풍경이 펼쳐졌다.

정조가 꿈꾼 실학의 결집체인 수원 화성은 근대사회로의 진입을 간절히 열망했던 정조의 노력과 구상이 집약된 민족 중흥의 설계지라 할 수 있다. 시대의 타이밍을 한발 앞서 옮겨 뛰며 근대로의 이행에 박차를 가한 계몽 군주 정조에게도 자식 운은 한없이 야박했다.

서른한 살에야 의빈 성씨에게서 첫아들을 본 정조는 안도의 숨을 내쉬었다. 자신감에 찬 정조가 승지와 신하들 앞에서 하교하기를,

"종실이 이제부터 번창하게 되었다. 이는 내 한 사람의 다행일 뿐만 아니라 머지않아 이 나라의 경사가 계속 이어지리라는 것을 확실히 알 수 있으므로 더욱더 기대가 커진다. 개인적으로는 비로소 아비라는 호칭을 듣게 되었으니 이것이 다행스럽다."

군주이기 이전에 삼십에 득남한 사내로서의 기쁨이 서려있다. 그만큼 원자

의 탄생은 왕실이 고대한 열망이었고 외로운 정조에게는 신명을 불어 넣어준 생명의 원천이었으며 조정에는 크나큰 경사가 되었다.

후계를 군건히 하여 종실의 안정을 꾀하고 싶은 원이 얼마나 간절했으면 정조는 태어난 지 겨우 40여 일밖에 안 된 핏덩이를 서둘러 원자로 책봉했다. 가례를 치룬지 20년이 넘도록 효의왕후는 수태하지 못했다. 정조는 원자가 세 살이 되자 조정의 반대에도 불구하고 어린 원자를 세자로 책봉하였다. 문효세자 순이다.

자신의 소생이 원자로 책봉이 되자 의빈은 정3품 소용의 직첩을 받았고 2개월 뒤에는 정1품 빈이 되었다. 그만큼 정조는 왕실의 안위를 도모하고 국사에 자신감을 북돋아 준 의빈에게 애정과 고마움을 표했다. 부왕의 자애 속에 무럭무럭 자라나던 문효세자가 생후 3년 8개월 만에 갑자기 세상을 등졌다. 그해 4월에 홍역이 창궐했는데 역신이 높고 높은 궁금의 담장을 기어이 넘어와서 귀하디 귀한 세자에게 병을 전염시켰다.

높고 웅장한 돌담이 끝 간 데 없이 이어진 화려한 궁중은 궁금한 구석이 너무도 많은 세계였다. 민초들에게 궁궐은 궁금宮禁의 신성한 영역이었다. 더구나 일체 접근으로부터 차단이 되어 신비와 비밀로 가득 채워진 구중궁궐. 그런 금단의 성역에도 심심찮게 반갑잖은 역신이 침투를 했다.

의학적인 식견이 탁월했던 정조는 친히 약제를 처방하고 구제책을 발표했다. 손수 처방한 약제를 달여서 세자의 입에 떠 넣는 근심에 찬 아비가 되어 어린 세자의 곁에 붙어 간병에 전념했다. 임금의 지성에 하늘도 감복하였는지 세자의 홍역이 완치되었다. 시약청을 철수시킨 정조는 대사면령을 내려 백성들과 세자의 완쾌를 자축했다. 그렇게 마음을 내려놓은 지 꼭 한 달 후, 무탈한 줄 알았던 세자가 갑자기 창경궁 별당에서 죽었다.

그로부터 네댓 달 후에는 의빈 성씨가 돌연 세상을 등졌다. 그녀는 수태한 산부의 몸이었다. 갑작스런 세자의 죽음으로 상심한 어미의 비통이 끝내는 제

몸과 태중의 아이마저 건사하기 버거운 고통이었나보다. 정조 일가를 강타한 대재앙이었다. 이 장면을 정조실록에는,

"이때에 이르러 병이 이상하더니 결국에는 이 지경에 이르고 말았다. 이 제부터 국사를 의탁할 데가 더욱 없게 되었구나."

하는 정조의 기막힌 탄식을 싣고 있다. 자식 기갈이 들어 허덕이던 왕실에 세자를 낳아준 유일한 여인. 세자의 모후임에도 더없이 겸손하고 온유하며 웃전을 지극한 예로 섬겼던 의빈의 급작스런 죽음은 궐 안을 온통 슬픔의 심연으로 빠트렸다. 극심한 고통으로 넋이 빠진 자전 혜경궁은,

"하늘이 무심하시도다. 무심도 하시도다!" 하고 가슴을 쳤고 왕실은 끝 모를 상심과 절망으로 빠져들었다. 의빈 성덕임은 승은을 입기 전에는 창경궁 자경전에서 혜경궁을 모신 궁녀였는데 늘 자전께 문안을 들렸던 정조의 눈에 띄었다.

다른 궁녀들과는 달리 의빈은 정조의 눈길에도 아랑곳하지 않고 "내전이 아직 수태하지 못했으니 감히 받을 수 없다"고 말하며 임금의 승은을 한사코 거절한 궁인이다. 그래도 물러서지 않고 명을 내리자 거듭된 간청에 마지못해 울면서 승은을 받아들인 여인이었다.

정조는 종사를 비춰주는 등대와도 같았던 어린 세자의 급작한 죽음과 연이어 수태 중이던 의빈의 홍서로 졸지에 온 가족을 다 잃은 가장이 되었다. 옹알이로 부왕을 아비의 나른한 행복감에 젖게 해주었을 첫돌도 채 지나지 않은 옹주가 돌연 사망한 뒤에 일어난 연이은 흉사다.

애상이 너무도 곡진하여 20여 일이 지나도록 신열에 들뜬 정조는 침전을 닫아걸고 나오지 않았다. 이를 보다 못한 신하들의,

"전하 이제 고만 정사를 돌보소서."

하는 주청이 이어지자 그제야 접견을 허락해 주었다. 이어진 왕자녀들의 죽

음과 태중의 아기와 함께 유일한 의지처가 되었던 의빈마저 떠난 뒤의 홀로 남겨진 사내의 심정이야 오죽했으랴.

세간에서는 문효세자와 의빈의 죽음을 두고 "어떤 빌미가 있지 않은가?" 하며 독살을 의심하는 소문이 구구했다. 왕실과 여염을 막론하고 의혹과 분노의 심사가 사나웠다. 어린 세자가 떠나고 임금의 슬픔이 워낙에 곡진하니 조정과 여항의 백성들마저도 나라의 대계를 근심하는 지경까지 이르러 내쉬는 한숨 소리로 땅이 꺼졌다. 정조는 의빈의 수태에 실오라기 같은 한 가닥 기대를 품고 있었으니,

"죽은 문효세자가 다시 태어나서 내 아들로 오는구나 싶더니…."

문효세자가 태어났을 때는,

"나라의 본을 세울 수가 있어 아주 기쁘다."

라고 세상을 다 얻은 사내처럼 들떴던 임금이었다. 그나마 의빈이 곧바로 수태를 하자 이번에는 죽은 문효세자가 환생을 해서 내 아들로 다시 오려나 보다고, 굳이 그렇게 억지로라도 믿고 싶었던 아비의 절원이요, 인간 정조의 처절한 탄식이었다.

정조의 모든 희망은 하루아침에 물거품이 되었다. 6개월 사이에 옹주와 문효세자, 유일하게 후사를 이어주었던 의빈과 그 뱃속의 태아까지 줄줄이 네 식구 모두가 정조의 곁에서 떠나갔다.

일가족을 여읜 이듬해 정조는 좌찬성 박준원의 딸을 빈으로 맞이했다. 종실과 조정의 근심이 이만저만이 아니므로 후사를 얻기 위한 비상책이었다. 가순궁이라는 직첩과 궁호를 받고 입궁한 수빈 박씨는 다행히 왕실의 소망에 기대를 저버리지 않았다.

정조 14년 정축년¹⁷⁹⁰ 7월, 마침내 수빈은 왕자를 출산했다. 제23대 순조다.

정조는 그제야 안도의 숨을 크게 내쉬었다. 근심 깊던 용안에는 안개가 걷히고 얼마 만에야 맛본 희열인지 감격의 기쁨을 군이 숨기지 않았다. 순조의 탄생은 자식 기근에 허덕인 왕실에 단비 같은 해갈이 되어주었다. 정조의 보령 마흔에 이르도록 세울 후사조차 없었으니 왕권마저 위협당할 처지에 이르러서야 얻은 원자다.

가순궁 수빈 박씨는 예절이 바르고 사치를 멀리했으며 매사 절제력이 깊은 현모양처의 전형이었다. 장차 보위를 이어갈 세자의 어머니가 되었음에도 결코 거만하게 굴지 않았고 안존하고 겸손했다. 웃전인 왕대비 정순왕후 김씨와 시어머니 혜경궁, 중전 효의왕후를 공손히 모시어 어진 후궁이라는 현빈으로 칭송이 자자했다.

매사 검약했던 지아비의 영향 때문인지 효의왕후와 의빈 성씨, 수빈 박씨에 이르기까지 정조의 부인들은 하나같이 사치를 멀리했고 사대부가의 아낙만도 못한 근검절약이 몸에 밴 청빈한 생활을 했다.

수빈 박씨는 살아생전에 아드님이 보위에 오른 영광을 누린 단 한 사람의 후궁이다. 왕비에 버금가는 영예와 칭송을 한 몸에 받은 드물게 복된 여인이었다. 살아있는 임금의 아버지로 흥선대원군이 있다면 살아있는 왕모에는 가순궁 수빈 박씨가 유일하다.

흥선군은 살아있는 대원군의 위세로 권세가 하늘을 찔렀지만 수빈 박씨는 위세를 멀리했고 권력을 추구하지도 않았다. 대한제국 시절인 1902년 특진관 이주영이 수빈을 황후로 추존해 줄 것을 간청하였는데 고종에 의해 거절되었다. 비록 보위에 오른 선대왕의 생모이기는 하나 정실이 아닌 후궁의 신분이었으므로 위계상의 벽을 허물 수는 없다는 것이다.

첫아들 문효세자와는 달리 정조는 둘째 아들 이공에게는 세자 책봉을 서두르지 않았다. 원자가 열한 살이 된 1800년 1월에야 책례를 행했는데 그로부터 겨우 5개월이 지났을 뿐인 6월 28일 정조가 돌연 영춘헌에서 붕어했다.

이 또한 무슨 해괴한 운명의 장난이던가! 이 어이 말이 되는 소리며, 어째서 정조의 가족들은 하나같이 급작스러운 죽음을 당해야만 했는지? 문효세자도, 수태 중이던 의빈 성씨도 그리고 졸지에는 임금인 정조마저도 왜, 어찌하여…?

창경궁의 내전 통명전 동쪽으로는 아주 널따란 바위가 흘러내린 기슭이 있다. 그 가장자리 끄트머리 지점에 앉은 영춘헌은 남향의 소박한 전각이다. 영춘헌 후면에 네모반듯한 마당을 두고 미음자로 이어진 5칸짜리 행각이 바로 집복헌이다. 주로 세자빈과 후궁들의 처소로 사용되었는데 사도세자와 순조가 이곳 집복헌에서 태어났다.

정조는 원자를 생산하여 종사에 후환을 덜어준 수빈 박씨에게 다시금 마음을 붙이고 수빈의 처소 집복헌으로 자주 내왕했다. 집복헌과 마주한 영춘헌을 독서실 겸 집무실로 사용하면서 그곳에서 신하들을 접견했다.

아직도 창경궁에 실재하는 영춘헌은 왕의 연거지소라 하기에는 믿기지 않을 만큼 소박한 전각이다. 평생 검약이 몸에 배어 명주 이불마저도 사치로 여기고 굳이 무명이불을 덮었다는 정조대왕. 그나마도 이불깃이 다 낡아 헤질 때까지 그것 하나만을 고집한 임금님!

이때 정조의 나이 마흔아홉이었다. 화가 심장으로 들어서 발기된 종기로 몸 져누운 지 보름째 되던 날에 임금이 승하했다. 사도세자에서 이어진 정조 가족들의 비운은 매번 희한하리만큼 갑작스런 날에 닥쳤다. 역사는 정조의 죽음에 대해 의문사라는 꼬리표를 거두지 않는다.

하필 이 시점에서 닥친 정조대왕의 때 이른 죽음은 조선의 미래를 위해서는 참으로 난망한 상실이었다. 속으로 이를 갈고 칼을 간 대비 정순왕후는 정조의 죽음으로부터 영원히 자유롭지 못한 인물이다. 역사가 정조대왕의 죽음에 독살이라는 의문부호를 거두려 들지 않기 때문이다.

조선왕조 사상 나이 차이가 가장 많이 난 커플은 영조와 정순왕후다. 정순왕후는 15세 때 쉰한 살이나 더 먹은 예순여섯 살 늙은 영조의 계비가 되었는데 자신보다 열 살이나 더 많은 사도세자를 몹시도 미워해서 끊임없이 세자를 음해하였다.

정조가 보위에 오르자 사도세자의 죽음과 관련하여 대비를 처벌하라는 잇단 상소가 빗발쳤는데 정조는 할아버지 선대왕을 생각하고 관대하게 대해주었다. 그런데도 뒷전으로 물러난 대비는 정조의 뒤통수나 칠 궁리를 했다. 그녀는 날카로운 발톱을 군이 숨기지도 않고 끊임없이 대립각을 세운 노론의 자식이었다.

승하하기 직전 정조가 마지막으로 대면한 인물이 정순왕후다. 숨을 거두면서 내뱉은 한마디의 외침도 '수경전!'이었다. 정조는 '수경전! 수경전!'을 되뇌이며 숨을 거두었다.

무엇을 말하고 싶었던 것일까? 떠나기 애틋하여 할마마마를 찾은 연모가 아닌 바에는 마지막 순간에 그 무언가를 토설하고 싶은 간절한 절규가 아니었을까 싶다. 정조는 대비전인 '수경전'의 정순왕후를 지목하면서 무슨 말을 그토록 안타깝게 발설하려 했던 것인가.

어이없이 급습한 개혁군주 정조의 죽음으로 근대로의 이행에 박차를 가하였던 조선의 푸른 꿈은 산산조각이 났다. 그때 왕세자 순조의 나이 불과 열한 살. 정치적 견해와 이해관계가 대립한 정순왕후의 섭정이 개시되었다. 독기를 품고 벼른 그녀의 세상이 바야흐로 눈앞에 펼쳐지고 있었다.

역사에 가정은 없다지만 만약에 정조가 그 시점에서 그리 허망하게 죽지 않고 종기가 덧났다는 병고를 툭툭 털고 일어나 주었더라면! 마흔아홉의 그가 십년만이라도 더 살아서 순조가 부왕의 유지를 받들 수 있는 나이까지만이라도 버텨주었더라면 조선의 운명은 망조와는 정반대의 길을 갔을지도 모를 일이다.

개혁군주 정조가 추진했던 근대화의 이행 과정은 일본의 명치유신보다도 반세기 이상을 앞서간 설계지였기 때문이다. 그도 아니라면 순조보다 여덟 살 위였던 정조의 맏아들 문효세자가 있었다. 정조가 승하했을 때, 열아홉 살이 되었을 것이니 문효세자라도 죽지 않고 살아 있어 주었어도 정순왕후의 섭정만은 막을 수가 있었을 것이다.

그만큼 정치적인 대척점에 있었던 대비 정순왕후의 수렴청정은 역사의 이정표를 한참이나 뒤로 후진시킨 결정타가 되었다. 국운이 다하여 놓쳐버린 역사의 퇴행이었다. 이 또한 역사의 가정이다. 생김새도 타고난 기질도 할아버지 정조를 쏙 빼닮았다는 효명세자가 있었다.

개혁적 성향과 성군의 자질까지 그대로 물려받은 순조의 아들 효명세자가 대리청정 중에 그리 허망하게 요절만 하지 않았어도, 단언컨대 조선은 정조의 개혁적인 기조가 이어져서 근대화의 과정으로 직행할 수 있었을 것이다. 그 이후 어떤 형태의 국가로 변했을지는 상상이 가능하지 않은가. 조선과 일본이 종속국과 지배국이라는 극에서 극의 위치로 운명이 이동된 배경은 메이지유신의 성공이 결정적이었다.

일본이 미국의 포함외교에 굴복하여 개항을 했던 그 수십여 년 전에, 이미 정조는 외세의 어떠한 훈수가 없이도 자발적인 국가 중흥의 마스터플랜을 작동시키고 있었던 것이다.

제22대 국왕 정조는 국가의 백년대계를 내다보고 미래 조선을 설계한 군주다. 자립 경제의 상징물인 수원 화성을 통해서 조선의 마지막 중흥을 꿈꾸었던 정조의 급작한 죽음은 근대화의 동력과 기회를 동시에 상실한 조선의 탄식이 아닐 수 없었다. 수렴청정으로 권력을 장악한 정순왕후는 정조가 추진했던 모든 정책을 일거에 무위로 날려버렸다. 수렴청정한 그녀가 맨 먼저 착수한 일은 오로지 정조의 구상을 파투 내고 부정한 일이었다.

그녀는 정조가 중용했던 인재들에 대해서도 가차 없는 보복으로 일관했으며 왕권은 급속도로 약화되어갔다. 향후 60년간 초침이 멈춘 안동 김씨의 세도시대가 개막되었고 조선왕조는 침몰의 수순을 밟게 된다. 정조의 죽음은 곧 조선의 죽음이었다.

조선 후기 왕들의 내력

24년이라는 재위 기간에 비해 정조는 안쓰럽도록 자식 복이 없는 임금이다. 개혁군주에게도 자식 농사만큼은 뜻대로 되는 게 아닌지 초라하기 짝이 없는 성적표였다. 입에 풀칠하기도 어려운 누항의 백성들은 자고 나면 고구마 줄기처럼 새끼들이 쑥쑥 잘도 딸려 나오련만, 고대광실 미색의 후궁들이 진을 친 상감에게선 감감무소식이었다. 도대체 무슨 동티가 났기로 자식 하나 태는 게 그리도 어려웠는지.

경종, 영조, 정조 3대 내리 80년 동안에 정궁인 중전들은 원자를 생산하지 못했다. 국운이 기울 조짐이었다. 그나마 세제로, 세손으로 간신히 이었지만 헌종대는 그마저도 완전하게 대가 끊겨 방계 종친의 시대가 열렸다. 이는 후반기 조선왕조의 권력 구조에 심각한 누수 현상으로 국운 쇠퇴의 결정적인 단서가 된다.

적선여경積善餘慶이라는데 자식 가뭄에 시달리는 왕실을 두고 시정의 백성들은 소현세자 일가가 저주를 내린 것이라고들 수군댔다.

비운의 왕자 소현세자! 후궁 조귀인의 모사에 빠진 인조는 큰아들 소현세자 내외를 몹시도 박대했다. 소현세자가 심양을 떠나서 모궁으로 귀환하던 날, 장안 백성들은 홍화문 앞까지 달려 나와 거리를 메우고 환호했다.

이와는 사뭇 대조적으로 궐 안 풍경은 찬바람이 일었다. 인조는 큰아들의 귀환을 반기지도, 더더욱 달가워하지도 않았다. 스스로가 반정의 주모자로 왕위를 찬탈한 전적이 있는 인조는 권좌에 대한 자격지심인지 의심이 유별났다.

입경한 지 두 달 뒤인 1645년 4월 부왕의 냉대를 견디다 못한 소현세자가 서른넷에 급서하는 변을 당하였다. 창경궁 환경전에서 심화병으로 몸져누운 지 3일 만의 훙거로 실로 어처구니없는 젊은 세자의 생죽음이다.

갑작스런 세자의 죽음을 두고 궐 안팎에선 부왕에게 세자가 독살을 당했다는 가담항설街談巷說이 난무했다. 수습을 한 전의들이 목격한 소현세자의 육신은 참혹스러웠다. 시신은 새까맣게 변색이 되고 신체의 일곱 구멍에서는 검붉은 피가 흘러나왔다. 실록은 그날의 장면을,

　　"세자의 온몸은 새까맣게 변했고 일곱 구멍에서는 선혈이 있었으며 마
　　　치 약물에 중독이 되어있는 것 같았다."

라고 기록한다. 세자가 독살을 당한 것이라고 이보다 더 크게 외칠 수는 없다. 백성들은 소현세자의 비극적인 죽음이 인조가 총애하는 간악한 후궁 조귀인의 사주로 빚어진 참살극이라고 믿었다.

광해군 때의 숨은 실권자 상궁 개시介屎와 정인홍, 이이첨, 유희분 등 수십 명의 권신이 참수되고 수백 명이 귀양살이에 처해진 인조반정은 조선의 역사에서 가장 잔혹한 쿠데타로 기록되었다. 스스로가 반정의 주역이 되어 왕위를 찬탈한 콤플렉스 때문인지 인조에게는 유별나게 사람을 믿지 못하는 의심병이 있었다.

권력욕에는 자식도 예외가 아니다. 인조는 소현세자를 죽인 것만으로는 성이 덜 차서 이듬해 애첩 조귀인과 척진 큰며느리 세자빈 강씨마저도 임금을 독살하려 했다는 누명을 씌워 사약을 내렸다. 인조의 광기는 여기서 그치지 않았

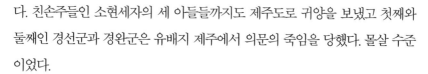

다. 친손주들인 소현세자의 세 아들들까지도 제주도로 귀양을 보냈고 첫째와 둘째인 경선군과 경완군은 유배지 제주에서 의문의 죽임을 당했다. 몰살 수준 이었다.

명색이 아비가 되어서 죄 없는 세자에 대한 적개심이 얼마나 깊었다고 연좌 제로까지 묶어 장남 일족을 몰살시켰는지 알다가도 모를 일이다. 겨우 하나 살 아남은 세자의 막내아들은 효종조에 강화도 교동으로 유배되었다가 1659년에 야 풀려나 경안군에 봉해졌다.

구중궁궐 궁금을 넘어 민들레 씨앗처럼 사방팔방으로 폴폴 날아간 소현세자 일가족의 몰살기는 백성들의 밥상머리와 술상머리에서 눈물 어린 안주거리가 되었다. 피눈물을 흘리며 죽어갔을 소현세자 일가족의 저주가 왕실에 내려 그 렇게 자식에 기근이 들었다는 이야기다.

정조의 외아들 순조가 열한 살에 보위에 올랐다. 34년간이라는 긴 재위 기간 에 비하면 존재감이 없는 유약한 왕이다. 5년간에 걸친 대비 정순왕후의 수렴 청정이 끝나고 15세에 친정체제가 확립되었는데 그때부터 장인인 김조순을 비롯한 안동 김문의 본격적인 세도정치가 막을 올렸다.

제23대 순조는 순원왕후 김씨와의 사이에서 효명세자를 두었고 공주와 옹주 를 하나씩 얻었다. 효명세자는 숙종 이후 148년 만에 정궁의 몸에서 태어난 적 장자다. 대군이며 원자로 실로 오랜만에 왕가의 정통성을 흠 없이 완벽하게 갖 춘 효명세자는 네 살에 왕세자로 책봉되었다.

그러나 이 또한 망국의 조짐인지 보옥 같은 효명세자마저 대리청정 중이던 1830년 스물둘의 나이로 돌연 요절했다. 이 역시 하룻밤 사이의 갑작스런 죽음 이었다. 사실상 효명세자의 죽음은 그나마 마지막 재기의 불꽃이었던 조선왕 조에 구제 불능의 장막을 드리웠다.

성정이 유약한 순조는 효명세자의 나이 19세가 되자 건강 악화를 핑계대고 세자에게 대리청정을 명했다. 순조는 외척의 극심한 세도정치로 인해 땅바닥까지 실추된 왕권을 회복하라는 밀명을 극비리 세자에게 내렸다. 자신과는 다르게 강인하고 개혁적인 성향의 아들 손을 빌려서나마 외척의 전횡專橫을 누르고자 고심했던 순조의 막다른 자구책이었다.

대리청정에 임한 효명세자는 비록 3년이라는 짧은 치세였지만 조정에 커다란 변수와 소용돌이를 일으켰다. 효명세자는 외가인 안김을 배제하고 그 자리에는 젊고 유능한 인재를 등용했다. 결연한 소신으로 효명세자는 외척의 수뇌부를 기술껏 축출하였고 그들의 권력을 약화시키려 주력했다. 모든 요직을 독식한 안김은 효명세자가 대리청정에 임했던 3년 3개월 동안에 숨을 죽이고 잠수를 탈 정도로 긴장하지 않을 수가 없었다.

정조에 이은 효명세자의 요절은 오백 년 조선왕조의 명운이 이제는 그 시운을 다했음을 알리는 조종 소리나 진배없었다. 지금도 창덕궁 후원의 연못가 곳곳에는 젊은 세자가 명월이 창망한 밤에 독서에 골몰했던 연경당과 의두합, 관물헌 같은 오래된 누각들이 남아 있다. 단명했으나 비범하여 마지막 왕조에 반짝 빛을 뿌려준 효명세자다.

효명세자가 급서하자 독살설이 파다했다. 그러나 대리청정으로 인한 과로사라는 병사설도 만만치 않다. 흠결 하나 없이 태어나준 정통성에 현군의 자질까지도 갖추었던 효명세자의 허망한 죽음은 이미 석양으로 기울던 조선왕조의 시계추를 더 이상 되돌릴 수 없게끔 못을 박은 애곡 소리나 다름없었다.

세도정치가 극에 달했던 19세기 초, 효명세자와 조대비의 적자로 태어나서 여덟 살에 보위에 오른 헌종도 역시 스물세 살의 젊은 나이에 요절했다. 최연소 국왕으로 등극한 헌종은 7년 동안 할머니 순원왕후의 수렴청정을 받았다.

짧은 헌종의 치세는 안동 김문의 구심점인 대왕대비 순원왕후 김씨와 또 다른 외척으로 등장한 모후 조대비의 풍양 조씨 양대 세력에게 유린당한 세도의

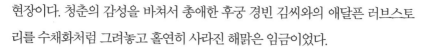

현장이다. 청춘의 감성을 바쳐서 총애한 후궁 경빈 김씨와의 애달픈 러브스토리를 수채화처럼 그려놓고 홀연히 사라진 해맑은 임금이었다.

헌종의 요절을 끝으로 오백 년 조선왕조에는 이제 단 한 사람의 왕자도 남아있지 않았다. 그 지경에서까지도 권력 유지에만 급급했던 안김은 금기시된 항렬의 장유유서마저도 무시하고 강화도령 원범을 데려다 보위에 앉혔다. 제25대 철종 임금이다.

마지막 황제 순종의 탄생

관물헌에 새벽이 트고 있다. 작야에 중전에게 이슬이 비쳤는데 새벽까지도 양수가 터지지 않으니 산모는 기진맥진이었다. 출산을 원활하게 돕는 불수산에 자소음과 인삼정말, 익모초, 궁귀산을 달인 탕제를 이월 초하루부터는 하루도 거르지 않고 올렸건만 중전의 산고는 감해지질 않는다.

"마마! 날이 새고 있나이다. 조금만 더 힘을 주오소서. 예, 그렇게 하오소서. 태세는 바르게 잡히었나이다. 애기씨가 곧 나오실 참이옵니다."

태동이 불안하여 전의가 불수산에 익모초 달인 약제를 다시금 올렸다. 산통으로 탈진한 중전 곁에서 꼼짝을 않던 수의녀는 애가 타는지 덩달아 제 아랫배에 힘을 줘가며 좌불안석이다. 애간장이 타들어 가기는 다른 의녀들도 매한가지였다.

한 의녀가 산실의 북쪽 방위에 써 붙인 최생부催生符*를 뚫어져라 쳐다보며 뭔

---

* 최생부 : 조선시대 때 산모의 순산을 기원하는 목적으로 사용되었던 부적.

가를 중얼거린다. 수의녀가 산모를 잡은 손목을 살그머니 내려놓고 일어섰다. 그녀는 주묵으로 쓴 최생부를 떼어다 촛불에 태운 다음, 재를 따스한 정온수로 개어서 왕비에게 올렸다. 왕비는 부적 태운 물을 쎕듯이 천천히 들여 마셨다.

"천지신명이여, 조선을 돌아보소서. 이 나라 조선의 백년대계를 위한 대업이 옵나이다. 왕실의 번영을 위해 이리 간곡히 비옵나이다. 원자를 출산하도록 가호해 주오소서. 천지신명이여, 선대 제왕마마와 모후들이시여!"

밤새 내린 궂은 비는 멎었지만 자욱한 새벽의 한기가 뼛속으로 스며들었다. 촉각을 곤두세우고 밤을 꼬박 새운 피로감 때문인지 당직 의관과 의녀들의 눈꺼풀이 자꾸만 내려앉는다.

산실청 깊숙한 아궁이에서 자작자작 군불 타들어 가는 소리가 관물헌의 새벽을 흔들고 있다. 백탄이 순하게 타고 있는 또 다른 아궁이의 반들거리는 가마솥에는 졸졸 끓는 물 한 솥이 축문처럼 희뿌연 김을 내뿜으며 하늘로 퍼져 올라갔다. 애기시를 씻기을 정온수를 데우는 무쇠솥이다.

희정당에서 산실청을 내왕하는 대전 상궁들의 잰걸음이 빈번해졌다. 침수에 들지 못한 금상께오서 순산의 낭보를 고대하시는 모양이다. 최고의 의료진이 포진한 궁궐이지만 산모와 태아가 잘못되는 일이 빈번하기에 출산은 왕실에서도 가장 가슴을 졸이는 일이었다.

왕실의 출산 과정은 정교한 절차와 예법에 따라서 이루어진다. 그날이 고종 11년 갑술년으로 1874년 2월 8일, 먼동이 터오는 무렵이었다.

고종에게는 영보당에게서 얻은 일곱 살이 된 완화군이 무럭무럭 잘도 자라고 있었다. 웃전들의 귀염을 독차지한 고종의 서장자다. 그러나 아직껏 후궁 첩지도 받지 못한 승은상궁 처지의 자식이 제아무리 빼어나다 한들 무슨 대수랴. 정궁의 배가 아파 나온 적자에 어찌 비하겠는가.

의녀가 손을 넣어 틀어진 산자리를 매만졌다. 산자리는 맨 아래 정갈하게 닦아 손질해둔 볏단을 고르게 펴서 깐 다음 촘촘히 엮은 가마니를 얹고 그 위에 또 보드라운 풀로 짠 돗자리를 다시 덧깔았다. 거기에 귀가 온전히 달린 흠집 하나 없는 보드랍고 눈부신 백마 가죽을 깔고 마지막으로 분비물이 흘러내리는 것을 막으려 기름칠을 한 장판지를 얹어 깔았다. 그렇게 하면 목화솜을 들여서 누빈 요처럼 두툼하고 푹신한 산자리가 완성이 된다.

백마 가죽의 흰색은 백의민족의 상서로움을 나타내고, 백마는 살아 움직이는 활기찬 기운으로 남성의 양기를 뜻한다. 이렇게 온갖 숭고한 의미를 담아 만들어진 백마 가죽 위에서 산모가 몸을 푸는 것이 왕실의 오랜 전통이었다.

산자리에 볏짚으로 촘촘히 짠 가마니를 여러 겹 까는 데는 나름의 속뜻이 있었다. 영양분이 많아서 소의 여물이 되고 촉감이 따뜻한 볏짚은 보온성이 뛰어날 뿐만 아니라 가사에도 매우 실용적인 물건이었다.

농경 문화에서 양식과 땔감이 되고 멍석이나 소쿠리 같은 생활용품을 만들어 쓰니 버릴 게 하나도 없는 볏단은 민가에서뿐 아니라 왕실에서도 아주 유용하게 썼다. 무엇보다 낟알이 촘촘한 낟가리는 풍요의 상징으로 다산을 염원한 왕실에서는 필수적인 의례 용품이었다.

몸속에 남아 있는 기운 한 점까지도 뽑아내려는지 산모는 사력을 다해 아랫배에 힘을 주었다. 황갈색 사슴 가죽으로 둥글게 마름질을 하여 두 줄로 천정에 매단 줄을 잡은 손에서 흐르르르 힘이 빠져나갔다.

순간 부풀어 오르기만 하던 산모의 동산만 한 뱃속에서 분비물들이 쑥쑥 쏟아져나왔다. 중전은 정신이 아득했다. 밤새도록 난산의 산통에 시달리다가 막바지에 이르러서야 빠져나온 황홀한 배설이었다.

으앙 하는 첫울음 소리를 내며 모태와 연결된 탯줄을 타고 원자가 세상의 빛 속으로 나왔다. 뱃속에서부터 세자인 순종의 탄생이다. 핏덩어리 아기씨를 두 팔로 받아든 어의녀의 눈초리가 매의 예리한 동공처럼 재빠르게 태아의 정수리에서 아랫도리를 거쳐 발가락 사이에 이르기까지 순식간에 훑고 지나갔다. 안도의 엷은 미소가 내의녀의 얼굴에 번졌다.

"마마 감축드리나이다. 중전마마! 흠결 하나 없는 왕자 아기시가 탄생하시었 나이다."

혼절했던 왕비의 눈에서 두 줄기 눈물이 볼을 타고 흘러내렸다. 얼마나 듣고 싶었던 원자의 울음소리인가. 고종 재위 11년. 스물네 살이 된 왕비의 절원이 하답을 받는 순간이었다.

중전 민씨는 이내 혼몽한 잠 속으로 빠져들었다. 1874년 2월 8일, 추근추근 내리는 봄비가 그치고 먼동이 터온 묘시. 여기 성스런 관물헌에서 조선왕조 제 27대 군왕, 대한제국 제2대 황제이며 조선왕조의 마지막 임금이신 순종이 탄 생하였다.

원자의 휘諱는 척, 자는 군방群邦, 호는 정헌精軒이다. 출생 직후 원자로 봉해진 척은 이듬해 책례를 행하였다. 네 살 때부터는 사부와의 상견례를 시작으로 본 격적인 제왕학의 학습에 들어갔다. 세 돌도 채 안 된 아기의 세자 수업! 고종 내 외는 어린 세자를 가르치는 일에 온 심혈을 기울였다. 제왕학을 익히지 못하고 보위에 오른 반사 작용인지 고종은 세자의 교육에 유난스럽도록 열을 올렸다.

한편으로는 귀하고 귀한 세자가 독애로 인해 혹여 버릇이 없어질 걸 염려하 여 자애한 부정을 절제하는 아비이기도 했다. 부왕이 아들을 학문으로 정진시 키는 동안, 모후는 세자의 만수무강을 기원하는 주술에 의지해서 온갖 치성을 드리느라 내탕금을 탕진했다. 거듭된 출산에도 불구하고 겨우 하나만을 건사 한 외아들 세자니만큼 노심초사가 이만저만이 아니었다.

양전의 극애 속에서 온순한 천성을 타고난 세자는 부모를 섬기는 데 효성이 지극한 아들로 성장했다. 세자 척은 타고난 품성도 인자하고 덕이 있었다. 양전 의 침전에 불이 꺼지기 전에는 결코 먼저 자리에 눕는 법이 없었고 색다른 음식은 반드시 양전께 올리고서야 자기 입으로 들어가는 지극한 효심이었다.

순종이 총명하고 기억력이 비상하다는 것은 그를 한 번이라도 만나본 사람이면 누구나가 인정하는 사실이다. 순종은 한 번 본 사람은 지위 고하를 막론하고 잊지 않았다. 그의 용모와 이름과 소소한 특징까지도 기억해내어 상대방을 황공무지하게 만드는 재주가 특출났다.

곤도 시로스케는 1907년 궁내부 사무관으로 특채되어 황실 재산을 관리하는 창덕궁 내장원의 출납 과장이었다. 15년 동안 창덕궁의 재정을 담당하면서 순종을 지척에서 모신 곤도는 회고록『대한제국 황실 비사』에서 이렇게 전한다.

> "창덕궁 이왕전하께서는 한 번 듣고 본 일에 대해서는 절대로 잊는 법이 없는 출중한 기억력과 온화한 성품을 지니신 분으로 경탄할 일이다. 전하께서는 과거 수십 년 전으로 거슬러 올라가 세세한 일은 말할 것도 없고 왕조의 역사에 능통하여 역대 전고에 밝았으며 궁중과 부중의 신료는 물론이고 변방의 장수 이름도 기억하셨다. 또한 거처나 침식의 규율을 정연하게 하시어 달리 규범을 가르쳐 드릴 필요가 거의 없었다."

일본인 관리조차도 순종의 탁월한 기억력과 온화한 습성에 탄복을 하고 칭송을 아끼지 않았다. 순종은 수하의 누구에게도 거만하거나 까다롭지 않았다. 제왕의 권위에 앞서 천성 자체가 선량하고 순정한 인품을 지닌 사람이었다. 세간에서 억측하는 '모자란 사람'이 결코 아니라는 방증이다. 자로 잰 것처럼 반듯한 성품이 굳이 흠이라면 흠이었다고나 할까.

출중한 기억력의 소유자로 절제력이 강하고 인정이 넘친 사람이었음을 알 수 있다. 곤도 시로스케는 순종을 일컬어 "살벌함과 잔인함을 가장 싫어하셨을 뿐 아니라 논쟁이나 다툼을 인간이 가진 최고의 악으로 여긴 평화의 왕자"라고 덧붙인다.

순종은 학문이 깊었고 모후의 영향인지 특히 전고典故에 통달했다. 어휘 하나를 사용함에도 경솔하거나 어긋남이 없었다. 스스로 성현이 될 수 있는 어진 천품을 타고난 왕재였던 것이다. 금지옥엽으로 태생부터가 귀인이었지만 단 한 번도 왕권을 제대로 행세해보지 못한 비극적인 왕이었다.

분명 그는 제국의 황제였지만 볼모가 된 임금이었다. 눈을 감은 그날까지도 망국의 가시관을 힘겹게 떠받치고 첩첩 감옥이 된 창덕궁에서 수인 신세를 면치 못한 불운하고 가여운 마지막 황제! 조선조의 마지막 임금 순종황제에게는 생존 그 자체가 망극한 형극이었으리라.

그렇게도 명석한 순종이 어딘가 멍한 인상으로 바뀐 것은 모후의 시해라는 불행을 겪은 뒤부터다. 건청궁에서 양전을 모신 순종은 낭인패들에게 명성황후가 처참하게 살해된 을미년의 참상을 무력하게 바라보아야만 했다. 그날 목격하고 당했던 참사로 인한 정신적인 상해를 입고 유순한 성품의 세자는 얼이 빠진 사람처럼 멍한 표정으로 변해갔다.

그리고 3년 뒤인 1898년 고종이 대한제국 황제로 등극하고 처음 맞이한 만수절 축하연에서 세칭 김홍륙의 독다사건이 발생했다. 다량의 아편이 녹아든 커피를 한 모금 삼킨 세자의 온몸은 그야말로 만신창이가 되었다. 그때의 후유증이 초래한 안면 변형과 저하된 삶의 짐을 그는 평생 업보처럼 짊어지고 살아가야만 했다.

본시부터 허했던 신체가 더욱 쇠해졌지만 그래도 타고난 어진 천품은 변함이 없어 한 번이라도 대면한 사람은 이름을 기억해 주는 다정함도 여전하였다. 남다르게 탁월한 기억력으로 주위 사람들에게 감동을 주었던 순정한 그의 성품은 어떤 고난에서도 탁해지지 않은 청수와도 같았다.

1907년 7월 순종은 황제로 등극했다. 대한제국 제2대 황제이자 마지막 황제. 무력을 앞세운 이토 히로부미의 협박에 못 이기고 강제로 퇴위당한 고종의 양

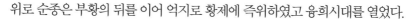

위로 순종은 부황의 뒤를 이어 억지로 황제에 즉위하였고 융희시대를 열었다.

융희 4년 8월 29일, 영원히 막을 내린 순종의 치세는 망국지한의 비사와 함께 저항의 통사가 씌여진 파란만장한 페이지다. 조선이 일본의 식민지로 전락하여 1392년 개국한 조선왕조가 영원히 역사의 종언을 고한 장이기 때문이다.

국가 명운에 패색이 짙은 석양 무렵에 태어나서 인고의 가시관을 써야만 했던 조선의 마지막 황제 순종! 일제의 식민지로 화해버린 자신의 제국에서 순종은 끝내 창덕궁 이왕으로 강등되는 수모를 감내해야만 했고 유폐된 무관의 황제로 전락했다.

망국의 비운을 한 몸에 뒤집어쓰고 꼭두각시의 얼굴 같은 인생을 살다간 순종황제는 1926년 4월 26일 6시 15분경 심장마비로 대조전에서 붕어하였다.

순정효황후

갑진년[1904] 9월, 황태자비 민씨가 세상을 하직했다. 순종의 원비로 순종황제가 보위에 오르자 황후로 추존된 순명효황후 민씨다. 황태자비의 3년 상을 마친 황태자는 열세 살이 된 해풍부원군 윤택영의 딸을 태자비로 맞이했다. 순정효황후는 스무 살이나 위인 병약한 남편 순종을 보필하면서 조선왕조의 마지막 국모가 되어 망국지탄의 슬픔과 회한을 그 작은 몸으로 고스란히 담아낸 여인이다.

대한제국의 국권이 피탈된 한일병합조약은 1910년 8월 22일 조인되었고 일주일 뒤인 8월 29일 발효되었다. 사실상 조선왕조 최후의 날이었던 1910년 8

월 22일 경술국치의 순간, 창덕궁 대조전 흥복헌 뒷방에서 순정효황후는 어전 회의를 엿듣고 있었다. 더이상 버티기 어려운 강압과 협박 속에서 이미 결판이 난 싸움이었다. 조약 체결에 어새 날인이라는 문서상의 형식만을 남겨놓고 있었다.

일설에는 어전회의에 참석한 박제순, 조중응, 윤덕영 등의 친일파 대신들이 순종에게 한일병합조약안에 날인을 강요하자 황후가 이를 저지하려 상선이 들고 가던 어새를 재빠르게 낚아채서 치맛자락 속에 숨기고 내어주지 않았다고 한다. 그렇다고 망조가 든 나라가 없던 일로 되돌려질 리 만무하건만 열일곱 살 어린 국모가 할 수 있는 최대의 항거였으리라.

그러나 황후가 된 조카딸이나 팔아먹으면서 호의호식을 독식한 친일파의 거두 윤덕영은 세도에만 눈이 먼 무식하고 교활한 역신의 무리였다. 그들 부류에게는 이미 힘이 쇠한 조선 따위는 안중에도 없었다. 충성을 바쳐야 할 나라는 다 망한 대한제국이 아니라 날로 강성대국으로 커져만 가는 일본이었다. 충성 경쟁에 눈이 먼 윤덕영의 무리는 일본 황실에까지 기어이 쫓아가서 한일 합방을 재촉하는 간청을 읍소한 자들이었다.

굶주린 늑대처럼 달려든 윤덕영이 조카딸인 황후를 냅다 밀쳐내고 치마 속에 감춘 옥새를 빼앗아다 강제로 조약안 문서에 날인을 했다고 한다. 하지만 실제로 그런 일이 가능했을지는 의문이다.

곤도 시로스케는 『대한제국 황실 비사』에서 한일병합조약이 체결된 1910년 8월 22일 바로 운명의 그날, "국새와 옥새를 보관하고 있는 금고에 이변이 없도록 조용히 감시하라"는 특명을 받고 흥복헌이 보이는 대조전의 맞은편 방에서 줄곧 대기상태에 있었다고 한다.

헌데 그의 책 어느 구석에도 황후의 옥새 탈취에 대한 에피소드가 한 줄도 끼어있지 않다. 다만 당대의 사람들이 을사오적 중에서도 가장 악랄했던 친일 매국노 윤덕영을 너무도 증오했던 까닭에 그 같은 비화가 생성된 배경이 아닐까 싶다.

그 순간을 기점으로 대한제국의 국권은 일제에 피탈되었고 식민지 땅으로 화한 제국은 역사의 저 언덕으로 영원히 사라져 갔다. 오백 년 조선왕조가 마지막 종언을 고한 바로 그날, 그 시각의 풍경이다.

어린 황후는 몇 날 며칠을 식음을 전폐하고 흐느꼈다. 한 세기가 흘러 이제는 무심히 돌아보는 역사의 뒤안길이지만 조선왕조의 멸망사가 탈취당한 한 순간의 옥새 날인으로 결판이 나고 말았다니 이는 비극을 넘어 희대의 희극이 아닐 수 없다. '마지막'이란 단어가 생애 내내 관형어처럼 붙어 다닌 대한제국의 마지막 왕비 순정효황후는 순종과 함께 영화보다도 더 영화 같은 곡절의 한 생을 살다가 갔다.

비록 허울뿐인 식민지의 황후였으나 오직 의지처가 되어준 순종황제마저 붕어한 뒤에는 궁궐의 한쪽 모퉁이 낙선재에 머물면서 이제는 몇 명 남지도 않은 늙은 상궁들과 더불어서 지냈다. 차라리 이 꼴 저 꼴 보지 않고 하루라도 먼저 떠난 왕가의 지친들을 그녀는 부러워했다.

1945년 극악무도한 일제가 패망하고 해방이 되었다. 나라를 잃은 지 36년 만에 해방을 맞은 조국의 산하에 다시금 봄이 찾아왔다. 그러나 이미 황실은 사라지고 없었다. 홀로 남겨진 황후에게는 더 길고도 추운 시련의 겨울이 기다리고 있었다. 천지가 요동을 친 8. 15 해방의 기쁨도 잠시, 민족상잔의 6. 25 한국전쟁이 발발했다.

황후는 운현궁의 큰어머니인 흥친왕 이재면의 비 여주 이씨와 피난민 행렬에 끼어 고난의 행군이 된 피난길에 나섰다. 1. 4 후퇴 직후에 낙선재를 떠나서 부산까지 떼밀려 내려갔는데 경남도지사의 배려로 황후 일행은 다행스럽게도 관사에서 지낼 수 있었다. 그러나 서울을 사수하지 못하고 부산까지 후퇴한 이승만 대통령 일행에게 밀려나 도지사 관사를 비워주어야 했다.

피난지 부산의 낯선 길거리로 내몰린 황후는 오갈 데가 없는 피난민이었다. 겨우 어느 포교당布教堂의 한 칸 방을 얻어서 간신히 피난 짐을 풀었다. 그런데 그마저도 복이라고 뒤따라 피난을 내려온 의친왕 일가에게 내어주었다. 정작 자신은 제대로 몸을 누일 방 한 칸도 얻지 못한 채로 동가식서가숙東家食西家宿을 하는 신세가 되었다.

이를 딱하게 여긴 한 시민의 배려로 구포의 어느 집에 방 한 칸을 얻었고 간신히 피난 짐을 풀었다. 1953년 7월 휴전 협정이 체결되어 서울로 환도할 때까지 황후는 그렇게 고된 피난살이를 했다.

서울이 수복되자 상경한 황후를 대하는 이승만 정부의 태도는 냉랭하기 그지없었다. "창덕궁이 국유재산으로 귀속되었으니 궁에서 속히 나가 달라"고 통보를 해온 것도 이승만 정부다. 본래의 주인이었던 왕조의 단 하나 살아남은 늙은 황후를 제집인 궁에서까지 불문곡직하고 내쫓겠다는 심보가 아니고 무엇이랴.

이승만 대통령은 전주 이씨 양녕대군파 17대 후손이다. 자신이 왕손이라고 떠벌리고 다닐 때는 언제고, 미국에서는 프린스 리로 자랑하며 본인을 내세웠던 자칭 왕자 신생 공화국 대통령의 처신치고는 옹졸하기 짝이 없는 처사가 아닐 수 없었다.

그 자신이 대한제국의 신민으로 고종황제의 밀명을 받들고 미국정부에 밀서를 전달한 이력이 있는 신하의 몸이었다. 이승만 박사는 나라를 멸망시킨 왕가의 책임을 전쟁통에 겨우 목숨을 부지해 돌아온 죄 없는 황후에게라도 전가하고 싶었던 것일까.

아니면 조선왕조가 멸망하고 사라진 이제 와서, 대한민국의 새 주인은 왕가의 잔재들이 아닌 공화국의 대통령이 된 이승만 자신이라는 걸 이참에 제대로 한번 보여주고 싶었던 심사였는지도 알 수 없다.

결국 황후는 오백 년 사직의 종묘가 모셔진 궁에서도 내쫓겨서 또다시 거리로 나왔다. 이를 딱하게 여긴 백락승이라는 한 사업가가 그의 별장을 내어준 덕으로 정릉 수인재에서 그나마 칩거할 수가 있었다. 살아남은 것이 죄가 된 마지막 황후의 궁핍하고 처량한 세월이다.

　　1894년 구한말의 격동기에 태어난 순정효황후 윤씨의 삶은 거친 폭풍에 나부끼는 깃발처럼 고비 고비가 형극의 가시밭길이었다. 조선왕조에서 태어난 왕비의 나라는 잠시 잠깐 대한제국이라는 황금빛 옷으로 갈아입더니 이내 역사 속 저 너머로 소멸해 간 제국이다.

　　그 후 길고 긴 일제 식민 통치의 어둔 터널을 지나고 8. 15 해방을 맞이했다. 그러나 안도의 기쁨도 잠깐, 한 나라 같은 민족이 이념과 사상으로 국토가 양분된 처절한 불행을 그녀는 뼈가 삭는 국모의 심정으로 바라보아야 했다. 6. 25 동족상잔과 4. 19 학생 의거, 5. 16 등 혼란의 극에서 눈을 뜨기조차 어지러웠던 굴곡진 현대사의 격랑 속에 격동의 외다리를 그녀는 온몸으로 딛고 건너갔다.

　　조선의 하늘 아래서 태어난 윤씨는 제국의 황태자빈으로 간택되었고 황후가 되었다. 나라를 빼앗긴 일제강점기에는 식민지 치하에서 창덕궁 이왕비로 전락한 수모를 감내했으며, 한 여자의 일생에서 몇 생의 고비를 견뎌내야 했다. 27대 519년의 조선왕조가 자신의 코앞에서 역사의 유물로 사라져간 비애를 목격한 유일한 왕비다.

　　그나마도 신생 대한민국에서는 철저히 잊혀져서 한낱 이름 없는 무명의 노인으로 황후는 마지막 생애를 살다가 갔다. 그녀는 곡절이 많은 가련한 황국의 마지막 왕비가 될 운명을 짊어지고 태어난 수인이었다.

　　19세기 말인 1890년을 전후해 출생한 조선 사람들은 모두가 그렇듯이 기구한 팔자를 타고난 인생들이다. 바람 앞의 등불처럼 국운이 흔들거린 격동의 시대에 조선 사람으로 태어나서 장유유서를 익힌 그들은, 성장과 더불어 대한제국이라는 황제국의 신민이 되어 있었다. 성인이 된 그들은 나라를 잃었고 역사상 가장 참혹했던 일제강점기의 식민지민이 되어 조선 노예들의 삶을 합창했다.

노년에 이른 해방 공간에서 그들은 6. 25의 참상을 겪었다. 그러던 어느 사이에 백성이 아닌 국민으로 그들은 변신해 있었다. 민족 분단과 불꽃처럼 타오른 혁명의 시대와 대한민국이라는 민주공화국을 한 사람의 일생에서 전사처럼 두루 다 섭렵하며 참으로 기구한 국민 노릇을 해내다가 사라져갔다. 기가 막히도록 불행한 시대의 초상들이다.

1961년 들어선 5. 16 군사정부의 수반 박정희 최고회의 의장은 이승만과는 달리 남아 있는 구황족에게 온정적이었다. 군사정부의 배려로 순정효황후는 정릉 수인재의 생활을 청산하고 10년 만에 창덕궁 낙선재로 다시금 돌아왔다.

윤씨는 끝까지 자신을 모셔준 세 명의 대한제국 상궁들과 기거하면서 정부에서 매달 보조해주는 17만 원의 생활비로 빠듯하게 살았다. 식민 치하와 6. 25 전쟁을 거치는 사이 세상 인심은 돌변하였고 마지막 조선의 황후를 기억하는 백성은 더는 존재하지도 않았다.

다시 환궁한 순정효황후의 낙선재에서의 삶은 비교적 평온했다. 군신도 백성도 수백의 시종들도 사라지고 없는 썰렁한 빈 대궐이었으나 그래도 종묘를 모신 궐에서 지낼 수가 있었으니 여간 다행스럽지를 않았을 것이다.

낙선재로 옮겨간 순정효황후와 옛 상궁들은 소일거리로 한글 소설을 쌓아두고 돌려가며 읽었다. 한 권 두 권 모아진 책들이 무려 2,000여 권이나 되었다. 그 책은 전권 '낙선재 문고'로 한국학 중앙연구원 장서각에 배열되어 있다.

낙선재에서 투명 인간처럼 소멸해간 생애였지만 황후는 어떤 상황에서도 왕비의 품격을 결코 잃지 않았다. 그래도 옛 황실의 잔재인 박창복, 김명길, 성옥염 상궁들이 끝까지 마지막 황후를 모셨기에 조금은 덜 처량했다.

21세기가 막을 올린 2001년 5월 4일, 81세로 세상을 떠난 조선의 마지막 상궁 성옥염은 "죽어서도 황후마마를 모실 수 있게끔 내 위패를 황후마마를 모신 강릉 백운사에 안치해 달라."는 한마디 유언을 남기고 숨을 거뒀다. 그녀 또한 파란만장한 조선의 마지막 상궁이다.

순정효황후는 총명 단아하고 자존감이 강한 여인이었다. 13세에 황태자비로 입궁하여 오직 받들고 의지했던 남편 순종황제가 붕어하자 홀로 남겨진 40년의 세월이 기구하고 길었다. 혼자가 된 서른세 살 이후의 행적만을 놓고 보더라도 참으로 의연하고 몸가짐이 당찬 귀부인이었다.

순정효황후는 열네 살부터 귀하신 황후의 몸이었다. 선생을 초빙해 배운 일본어로 황후의 일어 실력은 현지인과의 대화가 가능할 정도로 유창했다. 독학으로 익힌 영어 실력도 수준급이어서 말년에 이르도록 타임지를 구독했다. 클래식에도 조예가 깊었고 외로움을 달래려 낙선재에서 배운 피아노로 연주를 하기도 했다. 당차고 반듯한 반가의 여인이었다.

워낙에 극적인 삶을 살다간 시어머니 명성황후의 그늘에 가려져서 그녀는 존재감에 비해 조명을 받지는 못했다. 조선왕조의 마지막 왕비 순정효황후는 유일하게 왕실과 황실, 그리고 일제 식민치하와 민주화된 대한민국에서 이름 없는 한 노인으로 삶을 마치기까지 이 나라 근현대사의 모든 역정을 오롯이 담아낸 여인이다. 생애 자체가 역사책이 된 기구한 운명을 타고난 조선의 마지막 국모다.

1966년 2월 3일 오후 7시 10분경, 순정효황후가 낙선재 석복헌에서 영면했다. 그날 저녁 이승에서의 마지막이 된 수라를 들었고 오후 6시쯤 몸을 씻고 나오다가 현기증이 나서 어지럽다는 말 한마디를 남기고 쓰러졌다. 심장마비로 떠난 72년간의 여정이었다.

살아온 삶의 역정은 지난했지만 '저녁을 먹고 목욕까지 깨끗이 마친 상태로 심장마비로 쓰러진' 죽음의 순간은 짧고 명료했다. 만년에는 고독을 달래려 함인지 불교에 귀의했고 대지월이라는 법명으로 불심에 기대었다. 고종황제와 명성황후가 잠들어 있는 능역, 거기 순종황제와 합장된 금곡의 유릉에서 조선의 마지막 왕비 순명효황후는 영면에 들어 있다.

슬픈 황제 즉위식

부황이 멀쩡하게 살아 계실진저! 고종황제의 양위 사건은 황태자 순종에게는 진실로 원치 않은 슬픈 용상이었다. 1907년 헤이그에 극비리 파견한 밀사 사건이 그 빌미가 되었다.

사사건건 간섭과 통제가 심화된 통감 정치하에서 겉으로는 순응하는 척하다가 뒤돌아서면 매번 교묘히 뒤통수를 쳐대는 고종이 이토 히로부미에게는 골치를 때리는 존재가 아닐 수 없었다.

그렇게 귀결된 순종황제의 슬픈 즉위식은 1907년 8월 27일 경운궁 돈덕전에서 거행되었다. 일제에 의해 연출되고 강행된 대한제국의 제2대 그리고 마지막이 된 황제의 즉위식이었다.

> "상제는 우리 황제를 도우소서
> 독립 부강하여 태극기를 빛나게 하옵시고
> 권이 환연에 떨치어 오천 만세에
> 자유가 영구케 하소서
> 상제는 우리 대한을 도우소서."

애국가의 처음과 끝 구절에서 노랫말이 반복되며 황제의 안위를 축원하는 가사곡이다. 〈대한제국 애국가〉는 역사상 최초로 작곡된 서양 음악으로 순종의 즉위식에서 처음으로 불렸다. 경술국치로 나라를 잃은 뒤에는 일본의 〈기미가요〉가 공식 국가가 되면서 대한제국 국가는 지배자들의 폭거로 금지곡이 되었다.

그러나 제아무리 교활한 일제가 부르지 못하도록 입을 틀어막았어도 애국가는 결코 사라지거나 소멸되지 않았다. 개사된 형태로 독립의 염원과 전의를 다지면서 독립군들에 의해 목이 터져나가라 불렸기 때문이다.

삼천리 방방곡곡을 넘어 사할린, 연해주, 상해, 미국 그 어느 나라 어느 도시, 어느 산속에서든 독립군의 발길이 닿는 곳이면 어김없이 혁명가처럼 울려 퍼진 노래가 애국가다. 미국에서 활동한 독립투사들은 대한제국의 애국가를 개사하여 독립가로 불렀다. 그런 시간, 그런 세월의 염원과 일성이 모아져 광복의 날을 맞이하게 되었을 것이다.

즉위식에 초대를 받은 내빈들은 '순종황제 만세'를 세 번 복창하고 허리를 굽혀서 하례하였다. 이어진 순종황제의 퇴장으로 황제 즉위식은 싱겁게 끝이 났다. 무슨 기념식처럼 짧고 간단한 수순이었다. 전통 복식을 한 문무백관이 하열한 가운데 무릎을 꿇고 머리를 바닥에 조아리고 새 임금에게 신하로서의 지극한 충성의 예를 표하고 그것을 반복했던 종례의 전통적인 즉위식과는 품격이 달라도 너무나 다른, 한마디로 우스운 예식이었다.

즉위식에서 애국가를 부르고 황제의 복식이 곤룡포에서 육군 대장 복장으로 바뀐 것은 서구적인 대관식을 모방한 것이었다. 이는 황제 즉위식의 주관처가 대한제국의 조정이 아니라 총감부였다는 사실을 의미한다.

군악대는 1901년 궁중에 신설된 서양식 악대로 당시에 연주되었던 애국가는 독일 작곡가 프란츠 폰 에게르트Franz von Eckert 군악대 교사가 작곡했다. 이 노래는 1902년 8월 15일, 〈대한제국 애국가〉로 공식 제정되었다. 공사관이 상주한 수교국과의 공식적인 행사에서 국가를 대표하여 제창할 수 있는 애국가가 없는 것을 안타깝게 여긴 고종황제의 지시로 작곡되었다.

궁중 의례인 의관 예악이 대한제국에 엄연히 계승되고 있었지만 순종의 즉위식은 고유의 전통적인 의례대로 치러지지 못했다. 황제에 대한 서구식 인사법과 복장, 악대의 연주 속에 서양식의 간단한 예절로 싱겁게 끝이 났다. 즉위식의 주인공인 황제도, 참가자였던 조정의 인사들도 서로가 황당하여 얼굴을 마주 보기가 민망했다는 마지막 즉위식의 풍경이다.

이것을 두고 단순히 구식에서 신식으로 넘어가는 패러다임이었다고 말할 수 있을 것인가? 아니다. 일본은 식민 정치가 본격적으로 개시되기도 전에 이미 조선의 전통과 문화에 대한 말살 정책을 고도의 술책으로 실행하였다는 반증이다. 그런 획책을 과감하게도 고유하고 신성한 궁중 의례인 황제의 즉위식에서부터 본때를 보임으로써 본격적인 전통 문화의 해체 작업에 돌입한 것이었다.

통감부는 고종에게서 강제로 빼앗아다 순종의 머리 위에 억지로 씌워준 양위를 통해 그들이 향후 전개해 나갈 조선의 식민화 정책에 대한 일종의 음모론적인 비전을 제시한 셈이 되었다.

고종 시대까지의 독립적이고 전통적이었던 조선은 이제 더는 존재하지 않는 과거의 유물로 사라져 갔다는 뜻이다. 식민화된 일본화, 신식이라는 미명 아래 그럴듯하게 포장된 일본식의 개조가 기다리고 있을 따름이었다.

실제로 순종은 단 한 번도 왕권을 제대로 행사해보지 못한 왕이다. 즉위 직후인 1907년 7월 24일 강제된 한일신협약부터 차관정치가 개시되어 통감 이토 히로부미에 의해서 임명된 사람들이 정부의 요직을 다 차지하고 국정을 장악했다.

애초 이토는 각부의 대신 자리를 노렸으나 강행될 경우에 수반될 민심의 이반을 우려하여 실무를 관장하는 차관 선에서 나름의 실리를 택했다. 이때부터

대신을 능가한 차관이란 벼슬자리는 일본인만이 앉을 수 있는 막강한 권력의 대명사가 되었다.

이들의 진짜 목적과 임무는 황제의 수족들을 고립시키고 독립자금이 될 수도 있는 황실의 자금줄을 차단하여 황권을 무력화하는 데 초점이 맞춰져 있었다. 순종은 일본의 그 어떤 부당한 음모나 간섭에도 일절 저항하지 못했고 그저 순한 양인 양으로 순응하고 살았다.

그런 황제에게 행사할 권리와 요구할 주권이 어디 있었겠는가. 순종황제의 처절한 순응은 포기와 무방비책에서 나온 무관의 슬픔이었다. 일부 유생과 울분에 찬 민초들만이 일제의 야만적인 찬탈에 항거하는 의병을 일으켜서 투쟁의 선봉에 나섰을 뿐이다.

조선 병탄倂呑의 대표적인 설계자 오가와 헤이키치는 이토 히로부미의 대조선 정책을 두고 "끝내는 말려 죽이기 정책"이라고 일갈했다. 1905년의 외교권 탈취를 시작으로 우호적이었던 나라들과의 고리를 신속 정확하게 끊어낸 일제는 1907년 차관정치의 개막으로 내정을 장악했으며 이어진 조세, 경찰, 사법, 군사, 교도 행정권을 접수함으로써 국가 유지의 기본 시스템인 권력 체계를 완전히 장악할 수가 있었다.

그들은 조선군대의 해산으로 마침내 그 대미를 장식하였다. 병탄의 목적을 사실상 달성한 것이다. 이미 조선에는 침략자의 폭거를 견제할 만한 황권도, 국치를 당했건만 목숨을 내놓고 항거하는 신하도 백성도 사라지고 없었다. 그저 모두가 무력한 구경꾼이 되어 절차대로 순순히 식민지민으로 순응해갔을 따름이다.

"물이 높은 데서 낮은 곳으로 흐르듯 무력을 가진 자가 그 무력을 행사하는 것은 당연한 이치다. 강한 일본이 문약한 조선을 침략하는 것은 자연스러운 일이다."

라고 일본의 역사가 야마지 아이잔이 대놓고 일갈한 때도 이즈음이다. 이러한 괴변은 조선 강탈을 지극히 당연한 정당행위로 치부했던 일본 조야의 일반화된 통념이었고 철학이었다. 근대화된 일본의 가장 큰 제물은 바로 조선의 병탄이다.

일본 도민들 역시 건국 이래 처음으로 가져본 사유 재산처럼 조선 반도를 식민지로 만들어준 자신들의 조국이 너무나도 뿌듯하여 미친 듯이 환호했다. 서구에 빼앗긴 국부를 만회할 수 있는 제국주의자가 되었다는 자긍심으로 열도는 가라앉을 만큼이나 흥분의 도가니로 빠졌다. 그때부터 그들은 스스로의 땅을 내지라고 불렀다.

1910년 8월 22일 늦더위로 나른해진 월요일 오후. 창덕궁 대조전 흥복헌에서 불과 한 차례만 달랑 열렸을 뿐인 어전 회의를 끝으로 조선왕조는 사실상 영원히 막을 내린다. 흥선대원군 이하응이 그렇게도 닫고 싶어 했던 문! 그 대문을 닫은 쇄국이 아니라 나라가 망해서 강제로 닫혀버린 망국이었다.

개국 519년의 유장한 세월 속에는 13년 동안의 황제국 대한제국이 끼어있었다. 대한제국의 총리대신 이완용과 데라우치 마사타케 통감 간에 오간 조약안 서명으로 싱겁게도 끝이 나버린 사방 삼천 리 반도, 2천만의 백성들이 살아간 국경이 폐쇄되었다. 반만 년 동안 지속되어온 군주제도의 폐막이었다.

그날 치욕스런 국치의 현장 그 어디서도 항거의 기백은 눈 씻고 찾아볼 수가 없었다. 다시 말해 조선의 망국은 세상 돌아가는 이치를 몰라도 너무나 몰랐던, 아니 알면서도 눈을 감아버리고 싶었는지는 알 수가 없는 막판의 쇄국주의로부터 그 단초를 추궁할 수 있을 것이다.

거슬러 올라가면 정조의 죽음을 끝으로 제국주의가 확장일로에 있었던 19세기에 들어 내리 몇 대를 두고 군주다운 군주가 출현하지 못했다는 점. 계속된 수렴청정이 빚은 세도정치의 폐해와 국정 농단에 따른 부패의 고리들이 망국으로 치달은 시침을 앞당겼다는 사실이다. 허나 이 모든 일련의 사건은 결과론적인 견해에 불과하다.

어전회의는 오후 2시가 조금 넘어 열렸다. 창덕궁의 수많은 전각을 놔두고 왜 하필이면 대조전의 흥복헌에서 망국 회의를 열었는가? 왜 군이! 나라가 망하는 미증유의 어전회의 장소가 하필이면 왜 흥복헌興福軒이었는가 말이다. "복을 불러서 일으킨다"는 '흥복興福'의 당호가 이날처럼 서글프고 낯 뜨거운 날도 다시 없었을 것이다.

그토록 미증유의 참담했던 날, 역사는 조선의 그 마지막 날의 풍경을,

"아무 소요도 없이 평온하게 해가 저문 하루"

였노라고 기술한다. 일제의 예상을 뛰어넘을 만큼 평온한 가운데서 단 한 차례의 회의가 열렸을 뿐이라고. 이를 두고 역사가 신복룡은 "한 민족이 멸망하면서 대한제국처럼 무기력했고 침묵한 민족이 흔치 않았다."라고 개탄했다.

그날의 어전회의에 참석했던 사람은 한일병합조약에 대한 전권을 순종에게서 강제적으로 위임받았다는 내각총리대신 이완용과 내부대신 박제순, 법부대신 이재곤, 탁지부대신 고영희, 농상공대신 조중응이었다.

학부대신 이용직은 한일병합에 반발하여 궐석했다. 왕족 대표에는 고종황제의 친형 이희를 비롯하여 원로 대표 김윤식, 국왕 융희황제의 측근인 궁내 대신 민병석, 시종원경 윤덕영, 시종무관 이병무 등이 참석하였다.

그 비운의 날에 국새를 지키라는 밀명을 받고 대조전의 맞은쪽 방에서 대기하며 현장의 모든 움직임을 세세히 관찰하고 있었던 궁내부 사무관 곤도 시로스케는 역사적인 현장의 모습을 이렇게 스케치해 놓았다. 침략자 일본인의 눈과 관점에서 본 대한제국 망국일의 풍경이다.

"내가 있던 곳이 운 좋게도 그 앞쪽 복도가 대조전으로 가는 통로여서 출입하는 대관들의 모습을 볼 수 있었다. 그들은 긴장한 모습이라기보다는 오히려 한 나라의 운명이 여기서 결정되고 마는구나 하는 몹시도 슬픔

이 감도는 느낌을 갖게 하였다. 어전회의는 약 한 시간 만에 끝났는데, 마침내 왕 전하께서 이완용 총리에게 한일병합협약 체결 전권위원장을 내리셨다."

누구의 말로는 그날의 어전회의가 불과 20분 남짓이었다고도 한다. 자리를 잡고 도장을 찍었다는 시간을 두고 한 말일 것이다. 이날로부터 순종황제는 창덕궁 이왕李王으로 강등되었다. 조선의 황가가 일본 황가의 일개 슬하로 전락하여 귀속된 날이다. 고종 또한 덕수궁의 이태왕이 되었다.

그렇게 황제의 나라는 슬프게 막을 내렸다. 그날의 어전회의는 너무도 고요해서 오히려 더 비감했다는 가해자 측의 이야기다. 유구한 역사와 전통을 지닌 오백 년 왕조가 멸망하는 날, 그날의 풍경이 그리도 정물화처럼 고요하고 단조로웠다니!

조선 민족은 역사가 시작된 이래 처음으로 이민족에게 나라를 잃은 유랑지민의 신세가 되었다. 그것이 역사의 비상한 암호였을 것이다. 낡고 익숙했던 구체제의 허위를 한 방울도 남김없이 쏟아내 버리고 온전히 비워내야만 했던 그 절망의 순간, 그 속에는 또 다른 여명의 씨앗이 배태되고 있었다는 사실을….

식민지가 된 순종의 시대는 조선왕조의 이념과 전통, 고유한 문화와 풍습들이 하나둘씩 재빠르게 허물어져 사라져간 허무한 시대이기도 하다. 왕실의 잔재를 쓸어내려고 발악한 일제가 제일 먼저 손을 댄 작업은 왕조의 상징인 궁궐에 대한 가차 없는 훼손이었다.

눈에 보이는 조선왕조의 표징인 궁궐의 전각들을 파괴하고 뜯어내어 왕조를 지탱해 왔던 신성성과 상징성이 망각의 늪에 묻히도록 이간질한 교묘한 수법이었다. 임금이 계신 궁궐은 백성들의 우러르고 바라보는 심정적인 구심점이었다. 그 유장한 전각들은 순식간에 훼손되어 이름 없는 유곽의 정문으로, 개인집 연못가 정자로 세워져서 일개 장식품으로 전락한 치욕을 감수했다.

나랏님이 계신 궁금의 신성불가침한 영역이었던 궁! 그 궁궐을 격하시키려는 음모로 창경궁을 동물원과 놀이공원으로 만들고 창경원으로 개칭한 것이 그 대표적인 사례. 원유회 날 잿빛 중절모에 모닝코트를 입고, 비단으로 정성껏 지은 어혜 대신 구두를 신은 순종이 순금이 박힌 지팡이를 들고 영국 신사처럼 창경원에 등장했다. 거기에 나왔던 백성들은 기겁을 하고 등을 돌렸다.

그들 눈에는 순종의 모습이 낯선 광대처럼 비쳤을 것이다. 몇몇 사람들은 차마 임금의 용안을 똑바로 바라보지도 못하고 끓어오르는 분기로 혀를 찼다. 그러나 어느 누구도 순종의 내심을 알아차리지는 못했다. 보수적인 성품의 순종이 침략자의 장단에 맞춰주느라 견디어야만 했을 꼭두각시놀음의 비애를 헤아린 백성은 그 아무도 없었다.

조선 왕실에 대한 일본의 모욕은 여기서 그치지 않는다. 메이지천황에게 하례를 강요하면서 병약한 순종을 기어이 도쿄로 인질처럼 끌고 가서 그의 앞에다 무릎을 꿇렸다. 평생의 숙원이었던 조선의 패장을 일본 조정에 입조케 하여 보란 듯이 축배를 든 그들이다. 1917년 6일 9일 순종은 요시히토를 억지로 알현하기 위해 17박 18일 일정으로 부산항을 출발했다.

이는 2대 총독 하세가와 요시미치가 획책한 야비한 술책이었다. 그들이 그토록 열망한 조선 반도가 일본의 귀속물이 되었다는 점과 동시에 조선 왕실이 일본 황실의 하부조직으로 귀속되었다는 사실을 조야에 확인시키려는 작업이었다. 그것은 일본에 대한 문화적 우월감이 큰 조선인의 자존감을 통으로 짓밟는 묘수이기도 했다.

순종은 침략자의 도시 도쿄에 입조하여 황제 내외와 히로히토 황태자를 알현하고 요시히토의 발아래 깊숙이 허리를 구부렸다. 그리고 그들의 조상인 역대 왕들의 묘지를 참배하는 수모를 감내하였다.

이제 분명하게 조선은 황제의 나라도 왕국도 아니다. 섬나라 일본의 식민지가 된 일개 망국의 땅이었다. 관물헌의 그 새벽 만물의 축복 속에서 그리도 존귀한 원자로 태어난 황제가 어찌하여 망국의 관을 쓰게 되었는가? 어찌하여 쓰디쓴 죽음보다도 못한 수모로 점철된 일생을 살아가야만 했는지 참으로 한스런 운명이었다.

융희황제 순종은 1926년 4월 26일 승하했다. 창덕궁 너른 궁원이 온갖 색색의 꽃으로 채색되고 새들이 지저귀는 청명한 봄날 새벽 6시 15분경, 마지막 임금 순종은 53세를 일기로 대조전 동온돌에서 숨을 거뒀다. 창덕궁에 유폐되어 조롱거리가 된 무관의 황제가 고단하고 슬펐던 귀양지에서 해방이 되었으니 이제는 편안히 조종祖宗의 품으로 돌아갔을 것이다.

1910년 8월 29일 한일병합조약을 공포한 칙유문에는 국새와 순종황제의 친필 서명이 없다. 결론적으로는 '한일병합조약'은 불법, 합법을 따질 계제도 못 되는 그 자체가 국제법상으로 성립되지 않는 무효였다는 사실이다. 나라와 나라 간의 통합 조약 문서에 어떻게 상대국의 국새와 국왕의 친필 서명이 빠질 수가 있는가. 그것은 명확하고 분명하게 순종황제가 거부한 의사의 표명이었다.

순종황제가 고의적으로 친필 서명을 거부했다면 한일병합조약은 국제법적으로도 당연히 무효다. 그 결과 일제는 36년간 남의 나라를 무단으로 점거했던 폭거의 책임을 피할 수가 없다. 이는 순종황제가 도저히 거부할 수 없는 강제된 상황에서조차, 본인은 이 조약안에 찬성하지 않는다는 점을 명확히 해두려고 일부러 결격 사유를 유도한 고단수의 책략으로 해석할 수 있기 때문이다.

하여 실제로 순종은 유서에 그 점에 대한 자신의 견해를 분명히 밝혀놓았다. 비록 먼 미래의 어느 날인가 병합 인준이 가짜였다는 점, 그로 인한 파기나 그와 비등한 실마리라도 한 점 남겨놓으려 고심한 흔적이었을 것이다.

제국의 마지막 황제라는 상징성에도 불구하고 순종에 대한 기록은 미미하다. 무엇보다 그의 치세가 짧았으며 식민지화라는 시대적인 불운과 겹쳐 그의 역할과 존재성이 희석된 이유기도 하다.

한편으로는 역사의 전면에 등장한 마지막 황제라는 막중한 위치에도 불구하고 그의 어깨에 지워져 있었던 역사의 어느 갈피에서도 그의 목소리가 들리지 않았다는 점이다. 국왕으로서 결단하고 항거하여 역사의 물꼬를 되돌리려 무한 투쟁을 불사했다는 그 어떤 단서조차 그는 역사의 페이지에 끼워두지 못하였다.

순종은 승하하기 전 한 장의 유서를 남겼다. 사적으로는 둘째 고모부인 조정구에게 맡긴 유언장이었다. 이 한 통의 유서에는 침략자의 폭압 아래 죽지 못해 목숨을 부지한 패왕의 절절한 슬픔이 묻어 있다. 그리고 자신을 '깊은 곳에 갇힌 몸'으로 꼼짝할 수도 없는 수인 신세였다는 사실을 백성들 앞에 비로소 고백했다.

참고하면 1910년 국권 피탈 당시 조정구는 일제가 준 은사금과 남작 작위를 거부하고 끝까지 항거한 인물이다. 두 번이나 자결을 기도했지만 뜻을 이루지는 못했다. 후에 중국으로 건너가서 고종의 비자금으로 독립운동을 지원하였고 왕실 가족의 일원이라는 책임감으로 지사적인 삶을 살았다. 조정구에게 전해진 순종황제의 유서 전문이다.

"이제 한목숨을 겨우 보존한 짐은 병합 인준의 사건을 파기하기 위하여 이 조칙을 내리노니,

지난날의 병합을 인준한 것은 강린 일본이, 역신의 무리인 이완용, 윤덕영, 송병준 등과 더불어 저희들이 마음대로 해서 제멋대로 선포한 것으로 모두가 내가 한 것은 아니다.

오직 나를 유폐하고 나를 협박하며 나로 하여금 명백히 말을 할 수 없게 일을 저지른 것으로써 오직 내가 스스로 의도한 대로 한 것이 아니니 고금에 어찌 이런 도리가 있다는 말인가?

짐이 생각해보니 구차히 살아가며 죽지 못한 지가 벌써 17년이나 되었

구나. 종사에 죄인이 되고 이천만의 생민에게 죄인이 되었으니 이 한목숨이 꺼지지 않는 한 잠시도 이를 잊을 수는 없는지라.

내가 깊은 곳에 갇힌 몸이 되어 말할 자유조차 없이 금일까지 이르렀으나 지금 내가 병이 위중하여 생각해보니 말 한마디 남기지 않고 죽는다면 짐이 죽어서도 어찌 눈을 감을 수 있을손가?

지금 나 경에게 위탁하노니, 경은 이 조칙을 종외에 선포하여 백성들에게 병합은 내가 한 것이 아니라는 것을 분명히 알게 하면, 이른바 이전에 이루어진 소위 병합 인준과 양국의 조칙은 스스로 파기하여 돌아가고 말 것이노라.

만백성들이여 노력하여 광복하라.

짐의 혼백이 어둠 속에서 명명한 가운데 여러분들을 도우리라."

- 1926년 7월 28일자 『신한민보』 보도문

관물헌

제20대 보좌에 오른 왕세자 윤昀의 세자 수업을 위해서 숙종이 지은 전각이 창덕궁 일곽에 남아 있다. 관물헌觀物軒이다. 창덕궁 성정각 울안 뒤편의 관물헌에는 작년까지만 해도 '緝熙집희'라는 편액이 걸려 있었다. 실록과 궁궐지에 나와 있는 '집희緝熙'는 "밝음이 계속되어 오래 빛난다"는 뜻이니 선왕의 덕업을 계승한다는 의미임을 알 수 있다.

서툰 느낌을 주는 편액의 필체는 고종이 보위에 오른 이듬해, 그러니까 열세 살이 된 고종이 관물헌에서 수학하며 쓴 어필이다. 고종은 등극 직후부터 이른바 제왕학을 학습했는데 어린 임금 고종이 수학 과정에서 스스로에게 학문에 임하는 자세를 다짐하는 각오로 썼던 편액일 것이다.

한적한 성정각 뒤울안의 관물헌은 세자가 학문을 닦은 장소로 본래는 통제된 공간이었다. 정조는 규장각의 인재 양성을 위해 초계문신 제도를 만들고 문과에 합격한 37세 이하의 젊은 인재들을 관물헌에 따로 모아서 경서를 외우는 시험을 치르게 했다.

관물헌은 숙종이 장희빈의 아들 윤昀을 왕세자로 책봉한 후, 체계적인 세자의 교육을 위한 장소로 1689년 성정각을 건립할 때 지은 전각이다. 특히 효명세자는 관물헌을 가장 애용한 왕자로서 다섯 살 된 효명세자가 천자문을 익힌 곳이기도 하다.

효명세자가 성정각에서 대리청정을 시행한 시기인 1827년 관물헌 뒤쪽으로 대종헌이라는 집을 한 채 지어서 연결했는데 아쉽게도 현재는 남아있지 않다. 창경궁과 후정으로 가는 길목 낮으막한 언덕바지의 관물헌에서는 대비를 비롯한 웃전들의 생활 공간인 창경궁으로 국왕 내외가 문안을 드는 행렬이 빤히 내려다보였다.

관물헌이 있는 성정각 일대는 창덕궁에서도 경치가 빼어난 명소 중의 명소로 꼽힌다. 정면 6칸 측면 3칸짜리 아담한 구조의 겹처마 팔작지붕에 용두와 토수가 장식된 관물헌의 구조는 가운데 두 칸애는 대청마루를 두고 양옆으로 각각 온돌방을 들였다. 동온돌에는 별도로 반 칸의 누다락을 들여서 침구나 의복과 책을 보관하는 공간으로 사용했다.

관물헌은 동궁전에 속한 정자 같은 아담한 전각이다. 별 치장이 없는 소박한 느낌의 띠창살문으로 사대부 가옥의 안채처럼 아늑함을 느끼게 한다. 단아하고 편안한 구조 때문인지 왕세자뿐 아니라 임금들도 이곳을 많이 애용하였다. 실제로 정조나 고종은 관물헌에서 책을 보고 경연을 열었으며 편전으로도 사용했다. 특히 명성황후는 두 번씩이나 관물헌을 산실청으로 삼고 몸을 풀었다.

편전인 희정당과 가까운 곳에 자리한 성정각은 세자의 주연이 열린 장소로 왕세자와 관련된 각종 의례가 치러진 곳이다. 떠오르는 태양으로 차기 권력의 주체인 세자궁은 편전의 동쪽에다 두고 동궁전이라 명명했다.

세자는 반드시 하루 세 번 서연에 나가 강학했는데 조강, 주강, 석강으로 구분된다. 유가적인 학풍과 인성 교육을 중시한 강학 제도는 매우 엄격하여 동궁을 거쳐서 보위에 오른 대다수의 조선 왕들은 하루일과의 대부분을 학업에 정진했다. 저절로 왕이 된 것이 아니라 갈고 닦은 수행의 결정체였다는 뜻이다.

이렇듯이 철두철미한 세자의 교육 제도 덕분인지 역대 제왕들은 사실상 하나같이 문장가요 빼어난 명필이었다. 예부터 우리네처럼 문文을 숭상하고 교육을 중시한 민족도 지구상에서 다시는 찾아보기 어려울 것이다.

『구당서舊唐書』 동이전 고구려조에는 "고구려의 풍속이 서적을 좋아하여 누추한 집안부터 천역하는 집에 이르기까지 각기 길가에다 큰 집을 지어놓고 이를 경당이라 하는데 자제들이 결혼하기 전에 여기서 책을 읽고 활쏘기를 익혔다." 라는 기록이 남아 있다.

유가적인 성리학적 이념에 경도되었던 조선시대에는 모든 정책이 문치주의의 일변도로 흘러 나라의 힘이 쇠하였다. 총칼로 땅뺏기를 하던 시절에 오로지 문文을 숭상하여 나라를 지키는 무인은 경시하였으니 어찌 강국의 반열에 들 수 있었겠는가.

조선왕조에서 문文의 열기는 오백 년 내내 지속되었다. 19세기의 임금 순조는 "천하의 만사는 성誠에서 벗어남이 없나니, 힘쓰고 힘쓰며 쉬지 않고 노력해야 한다."고 '성정각誠正閣'이라는 당호를 동궁에 내렸다.

창덕궁 성정각의 누각과 관물헌은 차기 권력의 주체인 세자가 닦아야 할 학문과 덕목을 익히는 배움의 장소다. 스물두 살에 요절한 순조의 장남 효명세자가 대리청정을 했던 시기, 관물헌의 사계와 아름다움을 노래한 「관물헌 사영시」가 『궁궐지』에 수록되어 있다.

옥계에 바람 자니 매미울음 좋은데
꽃나비 날고 날아 나의 방을 찾는다.

바람 찬 고각에서 비단 휘장 걷으니
분분한 새 발자국 은빛 눈 위에 박혔네."
— 사계 중 여름, 겨울을 노래한 시

   문사적 기질이 농후했던 그의 아들 헌종도 왕세자로 책봉을 받자 조부의 명으로 관물헌에서 학습하였다. 그때의 습관인지 여덟 살에 보위에 오른 어린 임금은 항시 서책을 옆구리에 끼고 살았다.

   '관물觀物'은 뜻 그대로 사물을 면밀히 관찰한다'는 의미다. 전각이 완성되고 처음으로 걸었던 편액에서 이 집이 건축된 용도를 헤아릴 수 있다. 넓고 넓은 창덕궁의 동궁 뒤편 언덕바지에 단아하게 들어앉은 이 전각을 역대 임금들은 많이 애용하였다.

   그중에도 정조는 특히 관물헌에서 많은 시간을 보낸 군왕이다. 여간해서는 속내를 드러내지 않는 과묵한 정조는 태생적으로도 한적한 곳을 찾아 책 속에 파묻히는 것을 더없이 좋아했다. 검약을 강조하고 검소한 생활을 몸소 실천한 습성인지 정조는 소박한 관물헌에 거하면서 정책을 구상했다.

   특기할 점은 구한말 천하 대권을 쥔 흥선대원군도 이 작은 누각을 애용했다는 점이다. 입궐하여 머무는 동안에 대원군은 휴식의 장소로 관물헌을 사용했다. 이렇듯 관물헌이 역대 왕들로부터 애호를 받았던 배경에는 편전인 희정당과 가깝고 한적하다는 이점과 별당 같은 편안함을 동시에 느낄 수 있는 장소이기 때문이었을 것이다.

1920년 정초, 고종의 일 년 상을 마친 덕혜옹주는 순종황제가 계신 창덕궁으로 거처를 옮겨갔다. 고종의 위패를 모셨던 효덕전이 창덕궁으로 옮겨짐에 따라 덕혜옹주도 덕수궁을 떠나서 창덕궁 관물헌으로 처소를 옮겼다.

덕혜옹주가 떠나간 바로 그 시점이 덕수궁에서 왕실 가족들이 사실상 영원히 떠난 마지막 시간대다. 덕혜보다 서른여덟 살이나 위인 순종은 막냇동생인 옹주를 딸처럼 아끼고 보살폈다.

다함없는 축복과 기원 속에서 46년 전 순종이 태어나신 곳. 원자 척의 백일을 기하여 고종 내외가 대신들에게 처음으로 원자의 친견을 윤허한 장소. 덕혜옹주가 그곳 관물헌에서 어머니 귀인 양씨와 살았던 5년간의 세월이 관물헌에서 왕족이 머문 마지막 시간이 되었다. 왕조의 끝둥이로 태어난 덕혜옹주 또한 '처음'과 '마지막'이라는 수식어를 유독 많이 달고 다닌 왕녀다.

관물헌 담 안쪽에는 당산나무 같은 오래된 살구나무 한 그루가 서 있다. 창덕궁을 중건하던 시기에 심은 나무라고 한다. 무심한 역사의 촉광인 양 겨울을 재촉하는 차가운 비바람이 늙은 살구나무의 마지막 잎새들을 후루루 떨구며 지나가고 있었다.

어느 왕비인들 예외였을까마는 명성황후는 간곡하고 애달게 원자의 탄생을 열망한 중전이다. 그러니 어느 왕자보다도 더 강건하고 더 영민한 원자를 생산하고 싶은 소망이 간절하였다. 숙종조 이후로 관물헌은 그런 왕세자들이 제왕의 자질을 닦고 학문을 연마한 세자궁의 요람이었다.

선대 제왕들의 원력이 서린 유서 깊은 관물헌에서 중전 민씨는 성군이 될 원자를 생산하고 싶었나 보다. 선대왕들의 가호와 체취가 배어있는 관물헌을 산실청으로 연거푸 몸을 푼 명성황후의 비원이 깃든 전각. 그 관물헌이 성정각 뒤편의 그때 그 자리에서 지금도 옛이야기를 들려주고 있다.

5

아아
대한제국

제국의 퍼스트레이디

"대전마마 밤사이 침수 안녕히 허우오셧나이가? 편히 주무셨나이까"

"잠을 이루지 못했느니라."

"수라를 나아오시리이까? 진지 올릴까요"

"시저 들 생각이 없다."

"대전마마 시원한 곽탕미역국이오니다. 수라 한 시저 뜨오소서. 기미를 보겠나
이다."

"……"

"대전마마! 수라를 못 진어하시옵니다."

"입맛이 떫다. 물리도록 하라."

"문안이 게오시니이까. 편찮으시니이까"

"괜찮느니. 곧 나아질 것이다."

"대전마마 크오신 심려 거두오소서."

아관에서 머문 일 년 동안 엄상궁은 임금을 지극정성으로 섬겼다. 온정신과
몸과 성심을 다하여 모셨다. 생각하면 할수록 엄상궁에게는 천우신조라 아니
할 수 없었다. 하늘이 내린 일생일대의 복운이었다.

대군주폐하를 이리도 가까이에서, 이리도 온전하게 모실 수 있는 행운이 주
어지다니! 엄상궁에게 아관에서의 하루하루는 파랑새가 노래하는 무릉도원이
따로 없었다. 어디서 넝쿨째 굴러온 천복인지 알 수가 없어 꿈에서조차 꿈을
꾸는 몽환의 날들이 계속되었다.

춘생문사건 이래 대전을 에워싼 일본군대의 감시와 독사 같은 친일파들의
눈초리는 총성 없는 전쟁터를 방불케 했다. 풍설에는 대군주폐하의 퇴위가 임
박했다는 흉흉한 소문이 공공연히 나돌아 다녔다. 그들이 노리는 최종 목표는

폐하의 목숨값이었다. 을미사변 이후 고종은 사실상 경복궁이라는 감옥에 갇힌 수인 신세나 다름없었다.

역사에 가정은 존재하지 않는다. 다만 아관망명이 그 시점에서 성사되지 않았거나 춘생문사건 때처럼 실패로 끝나고 말았더라면 황제의 신변에 어떤 변수가 생겼을지는 누구도 장담하기 어려운 상황이었으리라.

그 임금님이 지금 경비병 하나가 딸리지 않은 상궁의 가마 속에 지엄한 성체를 숨기고 탈궁을 하려 하신다. 엄상궁은 눈을 꼭 감고 상대의 허를 찌르는 정공법으로 돌파하리라 작정했다. 없는 날개라도 돋아나서 훨훨 궐담을 넘어간다면야 오죽이나 좋으랴. 어차피 걸어서든 누워서든 저 궐문을 빠져나가야만이 다음을 기약할 수가 있는 것이다.

허니 이처럼 황당무계한 발상은 달리 선택지가 없는 선택이기도 했다. 고종은 이런 계획에도 놀라지 않았다. 이래도 저래도 죽은 목숨. 그 하나뿐인 목숨을 내던져야만이 죽든 살든 길이 열릴 판이었다.

고종의 머릿속에 계산된 비의는 따로 있었다. 궐 안에서의 자신은 이미 죽은 사람이나 매일반이다, 시체 같은 존재나 다름없다. 그럴 바에야 차라리 속 시원하게 목숨이라도 한번 걸어보자. 그 길만이 나름의 구상이요 비책이었다. 일단은 살아서 궐문을 빠져나가야만 한다. 그것이 종묘와 사직을 보전하라는 왕비의 마지막 소원이었다.

궐 안이 모두 혼곤한 미몽에 빠진 여명을 틈타 숨 막히게 움직이는 사람들이 있었다. 그 새벽 후원에서 출발한 두 대의 가마가 이윽고 건춘문에 다다랐다. 아무리 배포가 두둑한 엄상궁이기로서니 제 귓속까지 쿵쿵 울려대는 심장의 고동소리로 온몸이 굳어왔다. 두려웠다. 한편으로는 죽음을 불사하니 없던 배짱도 생겨나는 것도 같았다. 엄상궁은 한껏 능청을 떨며 달덩이 같은 얼굴을 가마 밖으로 쓱 내밀었다. 그리고 여느 때보다도 더 묵직해 보이는 엽전 뭉치를 철썩 경비병의 손에다 던져 주었다.

"히히히, 엄상궁마마님이 신수처럼 인심이 여간 후한 게 아녀."
"중전마마가 변을 당하시니 늑대 같은 엄상궁만 살판이 났네 그려"
"흐흠 나라님은 아는지 모르시는지…."

대군주폐하는 유유히 경복궁을 탈궁하시고 아관망명의 비사는 그렇게 막을 내린다. 아관에서는 기다리다 못해 애간장이 녹아내린 이범진과 이완용, 웨베르 공사가 초조히 사지를 뚫고 무사하게 당도한 어가를 맞이했다. 거사를 주도한 이범진은 가마에서 내리는 임금을 부축하면서 폐하를 부르고 흐느꼈다. 긴장이 풀린 고종의 용안에도, 왕태자의 눈에도 용루가 서렸다.

목숨을 초개와 같이 내던지면 안 될 것이 무엇이 있으랴! 이것이 무모하리만큼 단순하게 결행된 아관망명의 전말이다. 당연히 아관망명의 일등 공신은 엄상궁이었다. 그리고 단 한 사람의 수혜자도 엄상궁이다. 목숨을 내건 그녀의 활약이 있었기에 가능했으며 완성된 거사다.

달리 말해 아관망명의 성공은 엄상궁이 화려한 주인공으로 등극할 새 시대의 도래를 알린 팡파르였다. 결국 고종의 아관망명은 내명부 정5품의 전직 상궁이 궁에서 비참하게 내쫓긴 이래, 죽은 목숨처럼 연명해야만 했던 청계천변의 미꾸라지에서 용이 되어 승천한 대망의 퍼포먼스가 되어주었다.

명성황후의 시해와 더불어 조선국 고종의 탈궁 비사는 세계사에서도 그 유례가 없는 19세기 말을 장식한 최고의 이벤트로 기록되었다. 전시도 아닌 때에 한 나라의 왕비가 제 나라 궁전의 침전에서 수교국 공사에게 죽임을 당하고, 임금은 자신의 궁을 버리고서 남의 공사관으로 도망을 친 희대의 살인극이요 탈출극이었기 때문이다.

이 사건은 세계를 깜짝 놀라게 만든 동방의 고요한 아침의 나라에서 벌어진 19세기 말의 파문이다. 이렇게 기막힌 탈출극을 두고 서방세계는 한결같이 "아관망명"이라 보도한 반면, 유독 이해 당사국인 일본만은 굳이 "아관파천"이라고 사건 자체를 폄하하려 안간힘을 써댔다.

그렇다면 엄상궁은 무엇 때문에 하나뿐인 자기 목숨을 내던지면서까지 이 위험천만한 도박에 왜 뛰어든 것일까? 재물에 눈이 멀어서? 아니다. 그것은 오직 지옥 같은 죽음의 터널을 건너본 자만이 낼 수 있는 용기였다.

엄상궁은 십 년 전에 이미 승은을 입은 여자다. 그로 하여 죽음과도 같은 형극의 길을 헤쳐 온 사람이었다. 엄상궁에게 있어 고종은 지엄하신 폐하 이전에 자신의 몸을 바친 애달픈 사내요, 연모하는 지아비였다.

바로 이 점이 엄상궁으로 하여금 제 한 목숨을 초개같이 내던지도록 하여 준 원동력이었다. 그리고 무엇보다도 이 거사가 성공했을 경우에 수반될 부귀영화와 공명에의 계산서 또한 엄상궁의 용기를 백배 천배로 부풀려준 빌미가 되었다.

결과론적으로 아관망명은 엄상궁이라는 한 늙은 내전 상궁이 순정한 충정에서 출발하여 자신의 부귀와 영달을 위해 목숨을 건 일생일대의 도박이었다는 사실을 간과하지 않을 수 없다.

이후 엄상궁의 인생은 그녀가 꿈꾸고 상상했던 그 이상으로 승천한다. 일약 대한제국 막후의 권력자로 떠올라 그 자신도 미처 다 계산하지 못했을 만큼의 부귀와 영달, 그리고 권세까지도 거머쥔 제국의 퍼스트레이디로 부상하였다. 그녀 앞에는 무한 질주해도 싫증이 나지 않는 부귀영화, 공명이라는 고속도로가 닦여 있었다.

을미사변 이전의 조정은 고종과 명성황후의 공동집권체라 해도 손색이 없을 만큼 왕비의 입김이 막강했다. 단호하고 명석한 왕비의 동물적인 후각이 맺고 끊음에 있어 어정쩡한 고종을 유도하며 우월한 정치력으로 작용했다.

고종은 매사를 왕비에게 의존하였다. 외동으로 자라나서 스스로를 연마한 강인함과 타고난 직관과 조정하는 외교술에 있어 중전 민씨는 임금을 능가하고 남는 노련한 정객이었다. 평생 서책을 손에서 떼지 않은 왕비는 일찍이 스스로를 닦고 가다듬은 자강불식의 지혜로 조정의 권력을 분배했다.

십 년 전으로 거슬러 올라가서, 중궁전의 시위상궁 엄씨는 제 주인의 분노를 시험했다. 중전마마의 몸종인 시위상궁 주제에 감히 예상이 가능한 불공 죄를 저지른 것이다. 상전의 콧수염을 뽑으면서까지 불사한 대전과의 동침이었다.

권력의 추가 어디로 기울던 때인가. 세자도 무탈하게 자라고 있고 임금은 모든 정사를 중전에게 의지하며 중궁전의 서슬이 퍼렇던 때다. 걸렸다 하면 죽음인 줄을 뻔히 알고도 남는 엄상궁은 겁 없이 대전으로 날아든 한 마리의 불나방이었다.

엄상궁! 미모는커녕 우락부락하여 하마와는 형님, 아우님하고 통성명을 해도 이상하지 않은 그여자의 외양은 가히 추녀의 대명사와도 같았다. 게다가 조혼 풍습이 있었던 당시로는 할머니가 다 된 나이로 서른두 살이나 먹은 늘어질 대로 늘어진 여자의 몸이었다.

늙어빠진 엄상궁의 승은에 충격을 받은 쪽은 비단 용심이 많은 중전만이 아니다. 대궐 안 모든 이가, 특히 어리고 풋풋한 궁녀들은 기가 막히고 허탈해서 실의에 빠진 대사건이었다.

본시부터 고종은 여자를 섭렵하는 데 세 가지 형태의 무개념을 보여주었다. 나이, 숫자, 신분의 고하를 따지지 않은 이른바 삼무三無 현상이다. 그에 발맞춰 시앗 꼴을 차마 눈 뜨고는 보지 못한 중전 민씨도 고종의 색기에 뒤지지 않는 살벌한 본처 근성을 여지없이 발휘했다.

그 예로 완화군의 생모 이상궁은 임금의 서장자를 낳은 귀한 몸인데도 후궁

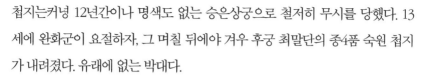

첩지는커녕 12년간이나 명색도 없는 승은상궁으로 철저히 무시를 당했다. 13세에 완화군이 요절하자, 그 며칠 뒤에야 겨우 후궁 최말단의 종4품 숙원 첩지가 내려졌다. 유래에 없는 박대다.

중전에게 시앗 꼴은 차마 눈을 뜨고는 볼 수 없는 증오의 대상 그 자체였다. 초야에 이상궁이라는 늙은 시앗으로 하여금 소박데기로 버림을 받은 전력 때문인지 그때의 비참한 기억은 왕비를 분노케 한 평생의 트라우마가 되었다.

조선의 왕에게 있어 궐 안 모든 상궁 나인이 실상은 임금의 여자들이었다. 마음만 내키면 언제든 누구이든 편전의 이부자리 속으로 끌어들이면 그것이 곧 승은이었다. 수백의 궁녀들은 대기 중인 임금의 공인된 해방구였던 셈이다. 건국 초기에는 궁녀를 궁첩, 또는 잉첩이라 불렀다. 일정 기간이 지나면 비록 신랑이 없어도 관례를 치르는 궁녀들이고 보면 사실상 언제든 왕이 마음대로 취할 수 있는 궁첩의 신분이었던 셈이다.

어린 나인들은 가슴속에 승은이라는 꿈을 품고 살았다. 반면 아무리 지엄한 중전이라 해도 편전의 내밀한 스캔들에 대놓고 투기를 부릴 수는 없는 법이다. 그것은 여자의 본성만을 옭아맨 칠거지악의 위배 조항이었다.

그뿐만 아니라 승은 입은 첩실을 시샘하거나 욕을 보여서도 아니 되는 것이 지엄한 왕실의 법도다. 따지고 보면 이는 왕실 여인에게만 부과된 부덕은 아니었다. 양반 사대부든 천민이든 하늘 같은 남편을 떠받들고 살아가야만 했던 조선의 모든 본처들에게 할당된 부덕이라는 이름의 올가미다. 그러니 아내는 땅이요, 남편은 하늘이었다.

허나 동서고금 신분 고하를 막론하고 서방님 스캔들의 내력이 어디 법전의 조항대로 운용되는 율법이던가. 덧없이 엄격한 칠거지악의 지엄한 법도 아래서도 조선의 왕비사에는 치정으로 얽힌 비극이 드물지 않다. 심심찮게 터지는 편전의 스캔들이 때로는 권력의 향방을 좌지우지한 변수가 된 경우도 한두 번이 아니다. 그러니 대가 센 왕비들은 잉첩들에 대한 견제와 투기심으로 하룬들 편할 날이 없었다. 그때마다 중궁전의 뒤뜰은 피를 토하는 단발마의 비명과 고신으로 물들었다.

세종의 모후이며 태종 이방원의 비 원경왕후 민씨가 있었다. 여흥 부원군 민제의 딸로 그녀는 성품이 강하고 투기가 매우 심했다. 그로 인해 폐위 직전까지 몰렸을 뿐만 아니라 외척의 발호를 엄단하려는 사나운 이방원의 견제로 쟁쟁한 공신 가문인 친정집이 하루아침에 쑥대밭이 된 멸문지화를 당했다.

이방원과 원경왕후는 혁명동지와도 같은 결사체. 궁지에 몰려 목숨줄이 경각에 달렸던 이방원이 용상을 차지할 수 있었던 배경도 실상은 아내 원경왕후의 공이 결정적이었다. 4남 4녀의 대군과 공주들의 모후인 원경왕후는 전사적인 기질의 소유자였다. 강대강의 독종들이 부딪친 이들 내외의 불화는 결국 죽음을 앞둔 마지막 길에서까지도 끝내 서로가 화해를 하지 못한 견원지간으로 막을 내렸다.

패망으로 기운 고려 말, 삼봉 정도전은 개국의 단초가 된 역성혁명의 지도를 그렸고 그가 추대한 이성계가 새 왕조의 태조가 되었다. 그와 대척점에 선 인물은 고려 말의 충신 포은 정몽주. 돌이킬 수 없는 망국의 왕에 대한 구국의 충정으로 역성혁명의 걸림돌이 된 정몽주는 선죽교에서 방원의 쇠망치에 맞아 죽는다.

조선 개국의 행동대장 이방원이 없었다면 역성혁명의 결실인 새 왕조의 건국은 사실상 구상이라는 미완의 단계에서 물 건너가고 말았을지도 모를 일이다. 그러나 재상이 중심이 된 왕도정치의 실현을 꿈꾸었던 삼봉 정도전의 야심으로 이방원은 보기 좋게 토사구팽을 당하고 말았다. 이방원은 태조의 5남이다.

방원은 부당하게 왕위 서열에서까지도 미끄러져 목숨마저 위태한 처지로 내몰렸다. 이렇게 국초의 난무한 변수를 딛고 기어이 왕비 자리를 스스로가 폐차고 앉은 여인이 바로 태종 이방원의 처 원경왕후 민씨다.

12남 17녀를 둔 태종에게는 자식을 낳은 공식적인 후궁만도 열한 명에 이른다. 국초 허약한 왕실의 번영을 도모하려 작심하고 들여앉힌 첩실들이라지만 그때마다 원경왕후의 투기는 불을 뿜었다. 기가 센 것으로 치자면야 태종을 능가하고도 남는 그들 내외는 끝내 동지에서 적으로 척을 진 원수가 되었다.

반면 숙종의 계비 인현왕후 민씨는 표독한 적수인 희빈 장씨를 만나 역으로 본처가 첩의 기세에 눌려 폐비가 되는 봉변을 당한 경우다. 그리고 늙은 시앗으로 말미암아 초야에 소박데기 신세가 된 명성황후 민씨에 이르기까지 시대를 달리한 이들 삼인의 왕비들은 한 혈족인 여흥 민씨 가문의 딸들이었다.

역사의 시간은 흘렀다. 조선조 말, 고종의 비가 된 명성황후 민씨는 선조인 원경왕후와 여러모로 유사성을 보인 인물이다. 특히 후궁에 대한 가차 없는 응징과 시앗 꼴을 절대로 용납지 못한 큰마누라의 투기심에서 더욱 그러했다.

그들은 남편인 임금을 능가하는 장부의 기개를 타고난 시대의 여걸들이었고, 무한 권력을 추구한 왕비였다는 사실에서도 흡사한 면모를 보인다. 치마를 두른 장수였던 그녀들의 지략은 제왕의 권위를 누르고도 남을 만큼 출중했다.

중전이 쳐 놓은 촘촘한 레이더를 뚫고 엄상궁이 어떻게 대전의 금침 속으로 두 다리를 밀어 넣을 수가 있었는지는 의문이다. 다만 그날에 목숨을 건 일생일대의 도박이 있었기에, 훗날 대한제국 황실의 황귀비마마로 등극할 수가 있었다. 권력의지는 비단 왕이나 정실부인만의 전유물은 아니었다.

"저런 천하에 찢어 죽일 년! 내 너를 귀히 여겨 눈앞에 두었거늘 천한 년이 끝내 면종복배面從腹背를 하였구나. 상전의 뒤통수에다 대고 칼을 꽂다니! 내 일찍이 믿는 도끼에 발등을 찍히는 법인 줄은 알고 있었다만 감히 네년이 그리할 줄이야! 늑대 같은 년! 어디 그 뻔뻔하고 사악한 낯짝을 쳐들어 보거라."

"……"

분을 사귀지 못한 왕비의 입언저리가 실룩거렸다.

"차라리 저년이 경국지색이나 되었으면 내 이리 참담치는 않았으리. 추한 것이 교활하고 방자 하기까지 하도다. 에이 망측한 년 같으니."

"……"

"여봐라. 저년의 뻔뻔한 낯짝을 지지거라. 다시는 어느 잡놈에게 붙어먹지 못하도록 본을 보일 것이다."

"마마. 중전마마. 용서하여 주오소서. 소인이 죽을죄를 범했나이다. 부디 목숨을 다해 사죄할 기회를 주소서. 마마. 중전마마!"

"저리도 뻔뻔 무도한 년이 있나! 네 감히 그러고도 목숨을 부지하리라 어겼더냐. 이제야 숨이 넘어가느냐. 여봐라, 저년의 주리를 틀라!"

악에 치받친 중전은 주상에게까지 잡놈으로 치부하는 망언을 서슴지 않았다. 죽음의 공포에 질린 엄상궁은 하늘의 별과 같이 우러러 떠받들었던 중전마마를 감히 올려다보지도 못하고 울부짖었다. 이런 불같은 상황을 뻔히 알았을 터에도 정말 알다가도 모를 엄상궁의 속내였다.

후원에서 피비린내가 진동할 때마다 은근히 고소했던 엄상궁이었다. 여자의 적은 여자라 하지 않는가. 허나 제 목숨이 경각에 달리고 보니 아무리 대가 센 엄상궁인들 아래윗니가 딱딱 부딪치고 몸은 뼈마디가 녹아드는 공포로 오그라들었다. 개죽음으로 이렇게 끝이 날 승은이었다니.

아, 주마등처럼 스쳐가는 세월. 선왕이신 철종 10년의 기미년이었다. 상궁이신 고모 손에 이끌려서 선영은 젖내도 채 가시지 않은 다섯 살 아기 내인으로 궐에 들어왔다. 허기라도 면하라고 손을 끌고 데려온 궐이다. 궁궐에서 오지게 먹는 밥에 볼살이 늘어지고 이 눈치 저 눈치에 눈칫밥만으로도 배가 부른 세월이었다.

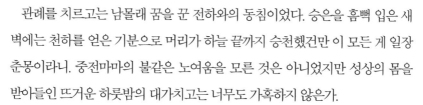

관례를 치르고는 남몰래 꿈을 꾼 전하와의 동침이었다. 승은을 흠뻑 입은 새벽에는 천하를 얻은 기분으로 머리가 하늘 끝까지 승천했건만 이 모든 게 일장춘몽이라니. 중전마마의 불같은 노여움을 모른 것은 아니었지만 성상의 몸을 받아들인 뜨거운 하룻밤의 대가치고는 너무도 가혹하지 않은가.

바로 그 순간 황겁히 내전으로 향하는 발소리가 있었다. 임금이었다. 저승의 문턱에서 고종의 만류로 엄상궁은 구사일생 목숨을 건졌고 중전은 못 이기는 척 더러운 물건을 내던져버리듯이 궐 밖으로 엄상궁을 내쳤다.

수족처럼 부린 아이를 해하자니 그도 심사가 편치만은 않았던 모양이다. 이후 십 년 동안 엄상궁이 궁 밖 세상에서 무얼 먹고 어떻게 살았는지는 아무도 모른다.

그녀가 황자의 어머니가 되고 일약 귀비에까지 오르면서 귀하신 몸이 되었을 때, 전적에 대한 구구한 소문과 억측이 난무했지만 아무것도 확인된 것은 없었다. 다만 서소문이라는 친정집이 곤궁했으니 나이 서른이 넘어서 궐에서 내쫓긴 늙은 궁녀가 죽지 못해 연명했을 것이라는 추측만은 가능하다.

한 가지 확실한 점은 전부가 아니면 전무, 이 승부사적인 기질이 유감없이 발휘된 승은이라는 도박에서 엄상궁은 일생일대의 잭팟을 터트렸다는 사실이다. 그 야심한 밤에 돌직구 했던 한 장의 패가 지존의 금침이었기에 가능한 일이었다.

아관에서의 하루하루가 그녀에게는 구름 위를 나는 새처럼 가뿐 사뿐 황홀한 꿈길이었다. 누구의 간섭도, 그 누구의 눈치도 볼 것 없이 대군주폐하를 온전히 당당하게 품은 무릉도원이었기에 말이다.

엄상궁은 수라상을 감독하면서 대군주폐하가 드실 수라에 반드시 먼저 기미를 보았다. 엄상궁이 데려온 서너 명의 심복 내인들이 미래의 안주인을 떠받들며 눈치껏 보좌하고 있었지만 그래도 만사는 불여튼튼.

아관에서의 생활 일 년 만에 엄상궁은 마흔네 살이라는 나이가 무색하게 용종을 잉태한 기염을 토했다. 그 시절로 치면 손주가 주렁주렁 달리고도 남았을 나이니 대단한 기력이요, 뚝심이었다.

유길酉吉이! 1897년 광무 1년 10월 20일 정유년의 닭띠 해에 태어나서 수탉처럼 고고 일성으로 세상을 깨우라고 아바마마가 내리신 이름 석 자. 이유길.

제국의 새벽을 간절하게 꿈꾼 고종의 염원이 마지막 황자 유길의 이름 속에 고스란히 녹아있다. 스물넷이 된 황태자 순종과 스물한 살의 의친왕 이강에게는 자식 같은 이복동생이 하나 생겨났다.

고종의 총애를 한 몸에 독차지한 생모 엄상궁의 간계와 대한제국을 실효 지배하고 있었던 일본의 이해관계가 맞물려서 유길은 스무 살이나 위인 어미 없는 이복형 의친왕을 제치고 제국의 황태자가 되었다. 유길은 영친왕 이은李垠의 아명이다.

구한말! 기존의 모든 질서와 가치관이 뒤죽박죽 혼재되고 전도되었던 풍운의 이 시기는 십 년간이나 은인자중하며 세월을 낚은 끈질긴 한 여인의 손을 번쩍 들어주었다. 명성황후가 떠난 이래 중궁전의 황후 자리는 내내 비어있었다. 이는 궁중 법도에 어긋나며 전대에는 더더욱 없는 일이다.

어처구니없게도 그것은 단지 엄상궁, 이 투기심 많은 후궁이 막아선 방해 공작의 결과다. 엄상궁이 우람하게 큰 덩치로 고종의 앞을 막는 바람에 대한제국 시대에는 황제는 있어도 황후의 좌는 끝내 빈 상태로 막을 내렸다.

중궁전이 비어있던 대한제국 시대에 일개 후궁으로 귀비 엄씨는 황제의 비공식적인 부인 노릇을 톡톡히 해냈다. 호랑이가 떠난 굴에서 여우가 왕 노릇을 한다고, 왕비가 부재한 내전에서 후궁 따위가 정궁에 버금가는 권세와 영화를 맘껏 누린 것이다.

엄상궁이 만상의 여인으로 등극을 할 수 있었던 배경에는 아관망명이라는 결사를 통해 목숨값을 빚진 고종의 부채 의식이 절대적이라는 건 주지의 사실이다. 그러나 그 이면에는 그만한 역할을 당당히 감당해 낼 수가 있었던 황귀비라는 한 인물의 끝없는 야망과 비상한 책략이 있었기에 가능한 일이었다.

이권 쟁탈전

러시아공사 웨베르의 정중한 안내를 받으며 임금이 아관으로 첫발을 내디딘 직후 조정은 순식간에 요동을 쳤다. 고종은 총리대신 김홍집과 내무대신 유길준, 군부대신 조희연, 법부대신 장박, 농상공대신 정병하 등 친일 내각의 주축이 된 대신들을 병신丙申 오적으로 규정하였다.

곧바로 그들에게 동조한 이범래, 이진호 등 극렬 친일파를 처형하거나 귀양을 보낸다는 교서가 떨어졌다. 왕후를 잃고 잔악한 일본에 대한 원한이 뼈에 사무친 고종의 대반격은 그가 이를 갈고 벼른 최소한의 복수전이었다.

마른하늘의 청천벽력과도 같은 교서가 떨어지자 총리대신 김홍집은 내각의 책임자로서 직접 폐하를 뵙고 진상을 파악해야겠다며 일어섰다. 위험하다고 극구 말리는 대신들의 권유에도 아랑곳하지 않고 그는 아관의 임금을 알현하려고 길을 나섰다.

뒤를 따라나선 농상공대신 정병하와 궐문을 막 벗어났다. 그 찰라 이들을 알아보고 떼를 지어 달려든 흥분한 군중들의 돌팔매질에 총리대신 김홍집은 그 자리에서 맞아 죽었다. 온건 개화파 김홍집은 비록 친일 개화 내각의 수반이었으나 보기 드물게 공정하고 균형이 잡힌 대신이었다. 몇 번이고 사양하다가 결국은 국가가 처한 위급함을 외면할 수만은 없어서 마지막 충정으로 수락한 총리대신직이었다.

김홍집은 헤아림이 깊고 정쟁에 치우침이 없는 원만하고 드문 정객이었다. 격변의 시대를 무사히 건너지 못한 안타까운 죽음이다. 친일파라면 이가 갈린 백성들에게 '왜 대신'으로 지목이 되어 지은 죄도 없이 참형에 처해진 꼴이 되었으니 못내 서글픈 희생이었다.

손발이 뒤로 묶인 이들의 시체는 육조거리를 질질 끌려다니느라 형체가 망가져서 그 처참함이 이루 형언키 어려웠다. 영의정과 좌의정을 역임하고 예조판서와 독판교섭통상사무를 겸하여 외국과의 협상에서 국가를 대표한 책임자로 매번 임무를 수행해 준 탁월한 노대신이었다. 온건 개화파의 거두로 중도 개혁 노선을 지향했던 김홍집의 최후는 세찬 난세의 기류에 허망하게 휩쓸려 간 한 오라기의 지푸라기 같은 운명이 되었다.

혼이 빠진 탁지부대신 어윤중은 향제 보은으로 달아나다가 용인의 한 주막에서 잠시 숨을 고르려던 참에 행색을 알아본 군중들에게 붙잡혀 그 역시도 노상에서 개죽음을 당했다. 군부대신 조희연이 군대를 동원해 수습하려고 발버둥을 쳤지만 때는 이미 늦은 뒤다. 사태의 심각성에 놀란 내부대신 유길준과 십여 명의 친일 대신들은 일본공사관으로 다급히 몸을 피했다.

그들은 일본으로 망명했고 외부대신 김윤식은 제주도로 유배되었다. 이렇게 광기로 치달은 피의 제전은 아관망명 당일 임금이 내린 한 장의 교서로부터 촉발된 죽음의 대행진이었다. 명성황후가 시해된 날로부터 꼭 4개월째, 1896년 2월 11일의 참상이다.

그날 대군주폐하의 거소가 된 정동 아라사공관 인근의 풍경은 실로 장관이었다. 제물포항에 정박 중인 러시아 함대에서 상륙한 백여 명의 수병이 무장을 하고 아관 주변을 물샐틈없이 에워쌌다.

그 외중에도 황제의 용안을 보려고 몰려든 남녀노소 인파로 정동 일대는 인산인해를 이루었다. 그새 황제에게 줄을 대려는 고관대작의 가마들도 심심찮게 눈에 띄었다. 외국인 선교사들과 공사관 주재원이 한가롭고 우아하게 거닐던 한적한 정동길은 일순간에 소란스런 혼란의 도가니로 화해버렸다.

당시 아관으로 올라가는 이화학당 맞은편 언덕에는 언더우드 목사의 기와집이 있었다. 언더우드의 부인 릴리어스 호톤의 기록을 보면 그날의 가닥이 대충 들어온다. 사실 여부와는 상관없이 역사의 현장에 있었던 한 외국인의 눈과 감성으로 바라본 아관망명의 경위부터 당일의 소요가 소상히 드러나 있다. 생생한 역사의 기록이기에 전문을 소개한다.

"임금 가까이에 있는 한 사람에게서 들은 얘기는 다음과 같다. 그 사건으로 지치고 병든 전하께서는 여자들의 숙소로 물러앉았다. 그곳에서 그는 자기 적들의 진저리 나는 감시를 얼마만큼 피하면서 시간을 보냈다.

적은 임금을 감시하려고 나이 먹은 여자 둘을 보냈는데, 대원군의 부인과 또 다른 여자였다. 이들의 임무는 낮과 밤으로 번갈아 가며 임금을 감시하는 일이었다. 그러나 그들의 경계는 어떤 식으로든 충분히 벗어날 수가 있었으므로 궁중 나인 두 사람이 임금을 빼낼 계획을 짰다. 그것이 어떻게 성공했는지는 다음과 같다.

앞서 말한 대로 번갈아서 한쪽은 감시하고 한쪽은 잠을 자고 하던 그 두 감시꾼은 어느 날 어떤 이의 탄신 축하연에 임금과 함께 참석해 달라는 초대를 받았다. 엄청난 술과 기나긴 여흥이 있는 큰 잔치였다. 임금의 감시꾼들은 흥청망청 먹고 마시고 동이 트기도 전에 둘이 다 곯아떨어졌다.

얘기인즉 이렇다. 그러나 내 생각으로는 그 여자들 중의 하나가 임금의 어머니였으므로 그 부인은 불행한 아들에게 안타까운 마음을 갖고 일부러 감시를 늦춘 것이 아닐까 한다. 여기서 따뜻한 인간애의 손길을 발견한다는 것은 앞서 했던 길고도 우울한 그 얘기들에 대한 쓸데없는 치장이겠다. 아무튼 대궐 사람들 모두가 임금과 왕세자가 잠들었을 거라고 생각을 하고는 경비를 풀었을 때 그들은 저마다 대기하고 있던 여자용 가마를 탔다.

이 가마의 가마꾼들은 특별히 고른 사람들이었으나 가마 하나에 두 사람을 태운다는 것만 알고 돈을 받았을 뿐이다. 대궐의 여자들이 그런 식으로 자주 그들의 집으로 나가곤 했기 때문에 가마꾼들은 달리 생각하지 않았다. 그래서 가마 하나에 나인이 한 사람씩 임금과 세자 앞에 막아 앉아서 누가 들여다보지 못하도록 했다.

성문의 파수꾼들에게는 뜨거운 음식과 독한 술을 잔뜩 먹여서 완전히 매수를 해놓았기 때문에 그 소중한 짐을 실은 가마가 지나갈 때 보지도 못하고 훼방도 놓지 않았다. 그들은 러시아공사관으로 갈 참이었다. 러시아공사관에서는 해병 120명을 그때 막 소집했었다. 해병대는 급히 길을 떠나 1896년 2월 11일 아침 일곱 시인지 여덟 시인지에 서울에 도착했다.

이것은 왕위를 뺏으려는 자들의 몰락을 뜻했다. 임금이 사라짐으로써 권위와 권력에 대한 그들의 모든 권한도 함께 사라진 것이었다. 또 그것은 조선 문제에 관한 일본의 영향력이 당분간 끝이 났다는 것, 그리고 이 나라는 거의 러시아의 손안에 떨어졌다는 것을 뜻했다. 이 일은 오로지 '일본의 특권을 확립'하려 했던 각료들의 멀리 못 본 정책 때문에 일어났다.

우리 집은 러시아공사관에서 아주 가깝고, 같은 거리에 마주 보고 있었기 때문에 뭔가 심상찮은 일이 벌어졌다는 것을 금세 알았다. 길거리는 눈길이 닿는 곳마다 밀려드는 사람들 곧 서민들, 가마들, 양반의 심부름꾼들로 꽉 찼다. 길을 따라서 몇 발짝마다 경비병들과 파수꾼들이 서 있었고, 소리소리 질러대서 엄청나게 시끄러웠다. 그 시끄러운 소리들과 혼란 속에서 무슨 말을 하는지 알아듣기는 어려웠다. 나는 언더우드 씨의 조수 한두 사람을 그곳으로 보냈다.

그들은 조금 전에 임금이 러시아공사관에 도착하여 정권을 장악했으며, 군대와 관리들과 백성들이 임금의 주위에 몰려들어 남보다 먼저 충성과 복종을 맹세하려고 열을 올리고 있다고 말했다."

– 릴리어스 호톤 언더우드, 『언더우드 부인의 조선 견문록』

극한의 혼돈 속에서 최대의 돌발 변수로 등장한 사건이 바로 고종의 아관망명이다. 그날로 즉시 친일 내각이 무너지고 조정은 박정양을 비롯한 친러파에 의해 접수되었다. 친일파의 득세로 은인자중하던 황후의 척족과, 사태의 추이를 관망한 친미, 친러 성향의 정동파 인사들이 권력의 전면으로 재부상하기에 이른다.

친일파가 물러난 자리에는 러시아의 영향력이 극대화되었고 모든 인사와 정책은 러시아공사와 친러파에 의해 좌우되었다. 정권의 중심축이 친일에서 친러로 급회전하면서 배일 친러 경향이 완전히 자리를 잡게 된다.

친러 내각의 중심에는 아관망명을 기획하고 총지휘한 이범진이 법부대신과 경무사를 겸한 핵심적인 인물로 부각되었다. 그 외 이완용을 비롯하여 박정양. 조병직. 이윤용. 윤치호. 고영희. 이상재 등이 요직에 임명되었다. 특히 망명 당일 외부대신으로 임명된 이완용은 학부대신 서리와 농상공대신 서리까지 맡아 세 개나 되는 감투를 한꺼번에 썼다.

새로 임용이 짜인 친러 내각은 백성들의 불만이 폭동으로까지 비화된 단발령의 시행을 보류하고 공세를 탕감하며 의병을 회유하는 등 사나워진 민심 수습책에 나섰다. 곧바로 갑오개혁과 을미개혁 등 일본의 주도하에 반강제적으로 진행되었던 모든 개혁안을 일시에 중단하고 내각을 의정부로 환원시켰다.

의정부로 환원이 된 신내각은 일본인 고문관과 교관을 전격 면직하고 그 자리는 러시아인들로 대체했다. 일본이 축출된 자리에 러시아가 들어앉은 모양새다. 자강력을 상실한 조정에서 이미 자치의 시대는 물 건너간 꼴이었다.

한편 고종의 아관망명으로 속수무책이 된 쪽은 당연히 일본이다. 조선의 식민지화를 염두에 두고 사전 정지작업쯤으로 밀어붙인 개혁 조치들에 심대한 차질이 불가피해졌기 때문이다. 그러나 러시아와의 정면충돌은 시기상조이므로 우선 고종의 돌발사태로 인해 빚어진 열강의 태도를 주시했다.

일본의 기대와는 달리 조선 내정에 불간섭 원칙을 견지한 외국 공사관들의 무대응이 이어지자 일본은 러시아를 상대로 불리한 외교 교섭을 벌여야만 하는 을의 입장이 되었다. 일본 외상대리 사이온지 긴모치Saionji Kinmochi는 러시아 공사 히트로 보Hitro Vo와 만난 자리에서 작금의 사태를 인정하고 향후 조선의 현안에 대해서는 양국이 공동보조를 취한다는 타협안을 도출했다.

이로써 전문 4개조로 구성된 제1차 러일 협정문 웨베르-고무라Waeber-Komura 각서가 체결되기에 이른다. 결과적으로는 조선 땅이 청일전쟁에 이어 또다시 러·일의 각축장으로 화한 실마리가 마련된 날이다.

그 기간 러시아를 비롯한 구미 열강은 왕실을 옹호한다는 미명 아래 숟가락을 얹고 국가 이권을 약탈하는 데에 여념이 없었다. 아관망명이라는 돌발변수로 인해 일본의 횡포가 일시적으로 지연되기는 하였으나 러시아공사관에서의 체류가 길어질수록 조선의 자주성과 국력은 날로 손상을 입고 상해가 깊어갔다.

고종의 아관살이 4개월이 된 1896년 6월 9일 러시아 황제 니콜라이 2세의 대관식이 모스크바에서 거행되었다. 바로 그날 러시아는 일본과 극비리 조선 문제에 관한 공동간섭을 원칙으로 하는 로바노프-아리모토 의정서를 체결하였다.

4개 안건의 공개 조항과 2개 안건의 비밀조항 문서인 밀약의 골자는 향후 필요한 경우 러일 양국이 조선을 공동으로 점거할 수 있다는 데 대한 합의안이다. 이어진 또 다른 밀실에서는 로바노프-민영환 비밀 회담이 열렸는데 5개조의 원조를 약속하는 조건으로 조선 측에 막대한 이권을 요구하는 내용이 담겼다.

내정이 러시아와 친러파 쪽으로 빠르게 잠식되면서 조선 천지는 열강 간 이권 침탈의 각축장으로 변해갔다. 정부 인사와 정책은 물론 경원 종성 광산 채굴권, 인천 월미도 저탄소 설치권, 압록강 유역과 울릉도 산림 채벌권 등의 주요 국가 이권들이 속수무책 러시아의 손아귀로 빨려 들어갔다. 러시아는 알렉시에프Alexiev.K를 탁지부 고문으로 앉혀놓고 조선의 재정을 자기들 입맛대로 요리했다.

이권 쟁탈은 비단 러시아만의 병기는 아니었다. 숨이 금방 넘어가고 있는 한

마리의 짐승을 뜯어먹겠다고 사방에서 달려든 굶주린 이리떼의 습격처럼 다른 열강들도 혈안이 되어 달려들었다.

어차피 먼저 차지하는 놈이 임자가 되는 자원 침탈에 눈알이 발개져서 남의 것을 가지고 그들은 기회균등을 요구했다. 전차 철도 부설권, 산림 채벌권, 금광, 광산 채굴권 등 개발과 시설 투자에 관한 각종 이권을 씨가 마르도록 퍼내고 또 파갔다.

당황한 일본은 열강으로부터 전매를 받는 간접 형식으로 이권 쟁탈전에 끼어들었다. 눈 깜빡할 사이에 국가 재정이 바닥을 드러낸 파탄 지경에 이르렀다. 그쯤이면 나라도 아니다. 이미 거덜이 난 영토가 되었다. 스스로 자강 능력을 상실한 정부를 어찌 국가라 할 수 있으며 남의 공관에나 숨어서 은신하고 있는 임금을 어찌 군주라 할 수 있으랴.

아관에서 고종의 생활은 그런대로 평온했다. 일단 신변이 안정되고 편안해지자 고종도 태자도 아관에 있는 동안에 건강이 좋아지고 얼굴에는 뽀얗게 살이 올랐다. 그러나 외세에 억지로 기생해서 얻은 평화라는 것이 기실 얼마나 극단적이며 위험한 칩거인가.

고종의 가슴은 다시금 옥죄어오기 시작했다. 또 다른 차원의 경계에 대한 불안감이었다. 고종이 목숨을 불사하면서까지 군이 아관으로의 피신을 감행한 것은 러시아라는 막강한 힘에 기대어서 난국을 타개해 나가려 했던 이이제이以夷制夷의 구체적인 실현으로 그 나름의 전술이었다. 그러나 피난 집정이 길어지자 러시아도 일본과 다르지 않은, 아니 더 혹독한 가면을 쓴 침략자라는 사실을 임금은 그제야 깨달았다.

아관에 몸을 맡긴 고종을 이용해 노골적인 내정간섭과 약탈에 눈이 벌건 러시아는 두 얼굴을 가진 제국주의의 화신이었다. 고종의 고뇌는 날로 깊어 갔다. 어차피 주구장창 아관의 식객으로만 떠돌 수도 없는 몸이다. 그렇다고 아무리 머리를 짜내어도 작금의 사태를 해결할 묘수가 떠오르지 않았다. 고종은 자신에게 우상이었던 비명에 간 중전이 몹시도 그립고 아쉬웠다.

면밀히 살펴보면 고종의 아관망명은 청일전쟁 이후에 동아시아에서 주도권을 잡으려고 혈안이 된 일본과, 남진 정책으로 이를 저지하려는 러시아 간의 패권 다툼에서 파생된 산물이다.

사바틴의 설계로 1890년 준공된 러시아공사관은 개항기의 대표적인 양관이었다. 이국적인 멋이 물씬 풍기는 최초의 공관 건물로 한성의 랜드마크가 되었고 사람들은 이 서양집을 아관이라고 불렀다. 광화문에서도 지척인 정동 언덕바지의, 수목이 울창했던 상림 지대에 자리한 빼어난 명당 터다.

그곳에 올라가면 확 트인 전망으로 겹겹한 성벽 아래 나지막이 누워있는 버섯 집 같은 도성의 풍경이 그림처럼 한눈에 펼쳐졌다. 경운궁과 턱 밑의 미국공사관, 영국공사관, 정동교회와 성공회 교회당과 군데군데 흩어져 있는 각국의 공사관들과 선교사들이 세운 학당과 그들의 집 울안 꽃밭까지도 훤히 다 내려다보였다. 아쉽게도 건물 본채는 6·25 전쟁 때 폭격으로 파괴되어 흔적이 사라졌으나 다행히 3층 탑부와 지하 비밀통로가 남아 있어 구한말의 가쁜 숨을 몰아쉬게 한다.

옛 러시아공사관 지하 3m 지점에는 동서로 가로지른 비밀의 밀실과 땅굴이 있다. 아관망명 85년만인 1981년 이 터의 발굴 과정에서 발견된 땅굴이다. 을미사변의 공포증으로 극심한 신변의 위협에 시달린 고종을 생각하면 경운궁 선원전 쪽으로까지 땅굴이 연결되지 않았을까 하는 상상을 하게 된다. 아마도 극비리의 작업이었을 것이다.

신변안전에 대한 불안감이 증폭되었던 아관망명 직후에 고종은 육중한 아관의 석조건물 밑바닥에 쥐도 새도 모르게 숨겨진 땅굴의 완벽한 지하 밀실에서 한동안 머물렀을지도 모른다.

고종은 경복궁으로 환어하기를 원치 않았다. 불행하게 살해된 왕비에 대한 아직도 치가 떨리는 분노의 기억. 무엇보다 또다시 재현될지도 모를 일본의 위협과 폭압이 두려웠다. 그래도 신하들은 법궁으로의 환궁을 강력히 주청했지만 아관으로 도망질까지 초래한 치욕스런 악몽이 끝내 법궁으로의 귀환을 허락지 않았다.

경운궁의 대대적인 수리와 확장공사가 마무리된 1897년 2월 20일 고종은 아관에 의지했던 일 년간의 피난살이를 청산하고 마침내 어가를 경운궁으로 돌렸다. 법궁을 떠나서 러시아공사관에 몸을 의탁한 지 374일 만의 환어다.

임진왜란 때 몽진에서 환도한 선조가 이궁으로 삼았던 경운궁은 이후 대한제국의 황궁이 되어 다시금 역사의 전면으로 부상하였다. 이른바 대한제국 시대의 개막이었다. 조선왕조는 대한제국이라는 황금빛 곤룡포로 갈아입었고 황제국으로의 일대 변신을 시도했다.

일본의 위협과 온갖 간섭과 폭거로 누더기처럼 기워가며 두르고 있었던 13년간의 연미복과도 같았던 황금빛 곤룡포! 그 제국은 오백 년 조선왕조가 무너지던 전야에 목청껏 소리를 질러 외쳐본 마지막 축제 날의 구슬픈 조곡이었는지도 모른다.

그리고 다시금 태동해야만 하는 "청포를 입고 마침내 찾아올 손님"을 기다리며 건너간 징검다리와도 같은 제국이었다. 서글프도록 짧았고 약소했으며 이 세상에서 가장 작고 가여웠던 황제의 나라 대한제국!

이쯤 국가의 존망이 다시금 수면 위로 떠오르자 사태를 관망하고 있던 전국 유생들의 상소가 빗발쳤다. 입헌 군주제로의 개혁을 강력하게 주창한 서재필의 독립협회를 비롯하여 개화된 지식인 등 각계 요로에서 고종의 환궁을 요청했다.

열두 살에 옥좌에 올라 종묘사직을 감당한 지 어언 삼십사 년. 이 나라 조선은 태자 척^坧으로 이어져서 자자손손 만대에까지 뻗어나가야만 하는 태조 할아버님이 세우신 나라가 아닌가. 세종대왕이 하늘에서 굽어보시는 신국이다. 임진년의 왜란에서도 한 치의 땅을 빼앗기지 않은 삼도수군통제사 이순신이 두 눈을 부릅뜨고 지켜보는 나라다.

돌이켜보면 병자호란, 임진왜란의 참담한 국난 속에서도 끄떡없이 보존되어 온 사직이었다. 작금에 이르러 북방의 아관에 의탁한 신세가 되었지만 내 기어이 이 모멸의 퇴로를 열고 나가리라. 무엇보다 조선은 아아, 짐의 신국이니라.

이제는 그 어느 곳으로도 피해 갈 구멍이 없다는 사실을 고종은 잘 알고 있었다. 이대로 환궁하지 않고 아라사에서 버틴다면 이번에는 백성들이 임금을 뻗어버릴 것이다. 고종은 러시아 군사교관의 훈련 지도로 궁궐 수비대의 병력이 갖춰지자 마침내 경운궁으로 어가를 돌렸다. 광무원년 2월 20일이었다.

결국 법궁인 경복궁으로 돌아가지 못한 것은 미국과 러시아를 비롯한 구미 공관들어 인접한 경운궁이 왕실의 안전에 유리하다는, 오직 그 한 가지의 믿음 때문이었다. 궁녀의 가마에 몸을 숨기고 궐문을 빠져나온 아관망명의 그 새벽을 끝으로 고종에게 경복궁은 다시는 돌아가고 싶지 않은 한 서린 폐궐이 되어 있었다.

아아 대한제국

아라사공관을 나온 여마가 경운궁에 다다랐다. 정동 길목을 가득히 메운 백성들은 눈물을 흘리면서 임금을 소리 높여 환호했다. 고종의 뇌리에는 문득 열두 살에 용상에 올라 운현궁을 떠났던 마지막 날 아침의 정경이 떠올랐다. 그해 한겨울이었던 그날도 백성들은 얇은 흰옷을 입고 나와 창덕궁으로 향하는 여마를 향해서 오늘처럼 환호해 주었다.

독립협회를 비롯한 개화파, 수구파를 막론하고 조야는 칭제 건원을 건의하였다. 조선 개국 506년, 1897년 8월 16일 마침내 고종은 '광무 원년'으로 건원하여 조선이 자주 국가임을 선포했다.

의식 장소인 남별궁 터 원구단과 환구단은 현재의 소공동 조선호텔 자리다. 환구단은 당대 최고의 도편수 심의석이 설계하였다. 1897년 10월 12일 새벽 5시 문무백관을 거느린 고종은 환구단으로 나아가서 천제를 올렸다. 고종은 조선이 청나라와 왜국과 어깨를 나란히 하는 황제국임을 만백성 앞에 천명했다.

천제를 마치고 경운궁으로 환어하는 길목에는 가을비가 내렸다. 빗속에 환궁하는 어가행렬을 향해서 백성들은 목이 터지라고 '광무황제 만세!', '대한제국 만세!'를 소리쳐 불렀다.

황제국의 백성이 되어 '만세'를 외쳐본 것은 이때가 처음이 아닌가 한다. 이어 즉조당에서는 만조백관이 부복한 가운데 황제 즉위식이 거행되었다. 고종은 마침내 대한제국의 제1대 황제로 등극했다. 한 사람의 임금이 두 번씩이나 즉위식을 거행한 경우는 고종이 처음이자 마지막으로 만고에 없는 일이다.

국호는 명나라 황제에게 받은 '조선'에서 마한, 진한, 변한의 삼한을 아우른 큰 한국, 즉 "대한大韓"으로 제정하고 대내에 선포하였다. "대한大韓"은 곧 한국韓國을 뜻한다. 대한민국과 구별하려 구한국, 또는 구한말이라는 표현을 사용한다.

황제국은 국왕을 황제라 칭하고 황제가 내리는 명은 '조칙'으로, 국왕은 스스로를 '짐'이라 지칭한다. 왕국이 황제국으로 명찰만을 바꿔 달았다고 무슨 큰 덕이 될까마는 국운의 막다른 골목에서 자주독립의 열망과 의지를 재천명해 보여야만 했던 대한제국의 절규이며 다짐이었을 것이다.

비록 그 제국의 수명이 짧았다 해도 대한제국 선포는 조선이 자주독립국가

임을 만천하에 천명한 역사적인 이정표다. 일본은 반일 감정을 무마시키려 가장 먼저 대한제국의 주권을 승인해 주었다. 사실 조선이 청국과 대등한 황제국으로 격상된 것이 큰 그림을 그리고 있던 일본으로서는 자국의 국익에 결코 해롭지만은 않다는 판단에서 은근히 부추긴 면이 있다.

곧이어 러시아와 프랑스가 승인하였다. 평생의 종주국이었던 청국의 반발이 거셌지만 청국 역시도 칭제 건원을 한 대한제국의 지위를 인정해 주었고 양국 황제의 서명으로 1899년 통상조약을 체결하기에 이른다.

대한제국의 실효성을 평가 절하했던 국제사회 또한 평등한 주권국가의 베스트팔렌 원리Rex est Imperator in regno sue*에 입각하여 문호를 개방한 대한제국을 승인하였다. 그간에 열강이 '조선'과 맺은 국제조약은 일괄 대한제국으로 승계되었다.

황제 즉위식을 마친 당일에 고종이 최초로 내린 조칙은 낮 12시를 기해서 왕후 민씨를 "명성황후로 책봉하고 추존한다"는 칙령이었다. 다음날 10월 13일 아침 황제는 명성황후의 빈전에서 황후의 예로 성대하게 제사를 올리고 오전 8시 태극전에서 제국의 국호를 "대한大韓"이라 선포하였다.

대한제국이 반포되고 40일이 지난 1897년 11월 22일. 그때서야 명성황후는 청량리 홍릉의 유택에 안장될 수가 있었다. 구천을 떠돈 지 2년 2개월째, 775일 만의 장례식이다. 황후의 유해는 소각이 되어 산산이 흩어지고 없었다.

다만 장례식에는 그나마 수거했던 타고 남은 재에다가 손바닥으로 훑어 찾아낸 흙모래가 뒤섞인 손가락 뼛조각 하나를 수습하여 그 위에 석회를 바르고

---

* 베스트팔렌 원리(Rex est Imperator in regno sue) : 1648년 수립된 주권국가의 개념이다. '왕은 자신의 영토 내에서는 황제'로서 절대적인 주권을 행사하는 동시에 외교권과 조약 체결권이 확보된다. 일례로 리히텐슈타인과 같은 작은 도시국가도 대국과 동등한 입장에서 조약을 체결할 수 있다는 권리로 글로벌 스탠더드로 자리 잡은 현대 국가의 주권 원리를 뜻한다.

비단옷을 입혀서 관속에 뉘었다.

칭제 건원이 순조롭게 진행되어 대한제국이 순항을 할 수 있었던 배경은 개화파인 독립협회와 집권당인 수구파 사이에 연합과 공조가 원활해진 결과물이었다. 그러나 그 두 대표적인 정치집단은 체제개혁이라는 대전제 앞에서는 또다시 격돌하여 첨예한 논쟁과 요설로 대립했다.

우선 개화파는 입헌대의군주제立憲代議君主制로 체제 전환을 강력히 요구했다. 이미 열강에 대다수의 이권을 빼앗긴 상태에서 전제주의는 황제 한 사람의 동의만으로도 국가의 대계를 찬탈당할 수가 있는 위험한 제도라는 것이 증명되었다. 그런 이유에서 임금이 독단적으로 국사를 결정할 수 있는 전제군주제를 입헌대의군주제로 전환해야 한다고 주장했다. 이는 선출직 대통령의 권한이 너무나도 비대하여 발생되고 있는 작금의 대한민국 현실과도 무관치 않은 일이다.

그에 대한 명제로 제시된 사안은 백성에게 참정권을 주는 의회의 설립이었다. 국가의 주요 사항을 비롯해서 외국과의 조약은 반드시 의회라는 헌법 기관의 승인을 거쳐야만 가능할 것. 이는 곧 근대적인 헌법 기관이 결정권을 행사하는 입헌군주제로의 체제 전환을 뜻하는 것이다.

그러나 권력을 독점한 집권층인 수구파는 이들의 개혁안을 단호히 거부했다. 그들은 러시아와의 밀월 관계를 계속 유지하는 친러 정책으로 현재의 전제군주제를 유지해나가야 한다고 주장했다. 그들이 추구한 목표는 국가의 만년대계가 될 수도 있었던 체제의 전폭적인 개혁보다는 눈앞의 소소한 권력 유지가 더 중요했던 것이다.

수구파, 특히 근왕주의자勤王主義者들의 주장은 정치적인 현안에서 매번 의회의 승인을 거쳐야 하는 것은 민권을 신장시키는 결과로 황제의 지휘력을 약화시킬 우려가 있다는 논리다. 고종 또한 입헌대의군주제로 체제가 변동될 경우에 왕권은 약화되고 민권만이 증대된다는 이들의 주장에 점차 동조하였다.

누누이 말하거니와 개혁은 혁명보다 어렵다. 개혁에는 개혁의 주체인 기득 권자들의 권리 포기가 선행되어야 하기 때문이다. 바로 이 시점에서 조선은 꺼져가던 국권을 회복시킬 수가 있었을지도 모르는 마지막 기회를 또다시 실기하고 만 우를 범하였다.

구체제의 변혁을 결단코 거부했던 수구 집단의 이기심과 미시적인 단견이 초래한 결과다. 나라가 망하느냐 흥하느냐 하는 절체절명의 갈림길에서도 기득권자들은 오로지 시대착오적인 권력 다툼과 집권욕에만 천착하였다.

1898년 3월 독립협회는 종로에서 사상 초유의 시민궐기대회를 개최했다. 제정 러시아가 요구한 절영도^{부산 영도} 석탄고 기지의 조차지 반대, 러시아의 군사 교관과 재정고문 철수, 대한제국의 자주독립 강화 등을 결의하며 러시아의 경제 침략을 저지하려는 시민운동의 시원이었다.

그들은 국토의 일부를 외국에 조차해 주는 것은 침략의 시발점이라 천명하고 이를 격렬히 비판했다. 독립협회와 만민공동체의 강력한 저항에 부딪치자 러시아는 절영도 조차지의 요구를 철회했고 군사교관과 재정고문을 즉각 철수시켰다. 일본 역시 국내 석탄고 기지를 되돌려 주었다.

한반도에서 러시아와 일본 세력이 잠시 후퇴하자 한때나마 국제세력 간의 균형추가 유지되어 대한제국의 자주적인 입지에 편안한 시기가 도래하는 듯도 하였다. 이를 절호의 기회로 판단한 독립협회는 1898년 4월 3일 또다시 자유민권운동을 전개하여 의회 설립을 요구하는 상소를 올렸다. 그러나 수구파의 체제 유지에 마음이 기운 고종황제는 개화파의 요구에는 귀를 닫고 반대로 일관했다.

이듬해 10월 1일, 독립협회는 마침내 철야 상소 시위를 벌였다. 결과적으로는 친러 수구파 정권을 붕괴시키고 박정양, 민영환을 중심으로 개혁파 정부를 수립하는 데 일단은 성공한다. 이로써 역사상 최초의 의회설립법인 〈중추원신관제〉가 공포되기에 이르렀다.

17조의 〈중추원신관제〉는 50명의 상원을 설치하는 내용으로 반은 황제와 정부가 임명하고 나머지 반수인 25명은 독립협회에서 투표로 선출하기로 결정되었다. 개화파의 숙원인 입헌대의군주제로의 개혁이 첫발을 떼는가 싶은 순간이었다.

입헌제가 수립되면 실권에서 배제될 것으로 다급했던 수구파는 모략 전술을 폈다. 독립협회가 고종황제를 폐하고 박정양을 대통령, 윤치호를 부통령으로 추대하는 공화제를 수립할 것이라는 전단을 독립협회의 이름으로 살포한 것이다.

이 같은 거짓된 보고에 화들짝 놀란 황제는 경무청과 친위대를 총동원하여 독립협회의 간부들을 모조리 체포하라 명령했고 그 즉시 수구파 정부를 복원시켰다. 국가 개조의 성공 일보 직전에서 사실상 독립협회를 중심으로 한 개혁파가 전멸을 당한 순간이었다.

고종은 대한제국은 전제군주 국가이므로 이를 뒤집고자 하는 모든 시도를 반역 행위로 엄단할 것임을 공표했다. 역사를 개관하다 보면 아아 그때가, 바로 그 시점이 국운의 마지막 선택이었고 기회였구나, 하는 데에 통분을 금할 길이 없는 시점과 맞닥뜨리게 된다.

'역사의 마지막 순간'은 쥐도 새도 모르게 도둑처럼 어느 날 갑자기 닥치는 돌발변수가 아니다. 누군가는, 어느 구석에서는 반드시 울부짖는 통곡 소리로 경고음을 울려대지만 단지 외면당할 뿐이다. 기득권의 공작은 어느 시대를 불문하고 선의 탈을 쓰고 백성을 수탈하는 정치권력의 산물이었다. 고종은 민권의 확립을 통해 국가의 체제를 개혁하려는 희망에 부풀어 올랐던 독립협회에 점점 부담감과 강한 반감을 느꼈다.

거기에 대한제국에서 자주독립을 주창하는 개화파를 싹 쓸어내야만이 반도의 침략이 용이할 것으로 판단한 주한일본공사 카토 마스오는 고종황제에게 친구처럼 바짝 다가앉아 훈수를 뒀다. 친위대를 출동시켜 독립협회를 싹 다 잡아들이라고. 악어의 속삭임은 달콤한 법이다. 1898년 12월 25일 독립협회와 만민공동회의 지도자 430여 명이 일시에 무차별적으로 체포당했다.

구체제의 과감한 개혁을 요구하면서 늙은 전제국가에 새로운 비전을 제시했던 독립협회의 푸른 꿈은 그렇게 산산조각이 나고 말았다. 이후 신생 대한제국은 '영원히' 브레이크가 없는 해체의 수순으로 돌입한다. 여기서 '영원'이라는 뜻은 그 수년 후에, 대한제국은 일제의 식민지로 전락했으며 국호마저도 사라졌기에 황제국 〈대한제국〉은 지구상에서 영원히 소멸되었음을 말하는 것이다.

전제왕권과 입헌군주제의 갈림길에서 수백 년간 누려온 절대권력의 맛을 고종은 내려놓지 못했다. 백약이 무효해진 나라에 대한 마지막 처방지가 될 수도 있었을 왕권 포기각서를 끝내 그는 거부했다. 결과적으로는 창업 이래 이 나라를 다스려온 26명 조선의 제왕들을 대표해서 국가와 백성을 위해 바칠 수가 있었던 마지막 충정의 기회를 황제 스스로가 차버리고 만 꼴이 되었다.

독립협회를 해산시킨 고종은 황제 직속의 법규 교정소를 설치하였고 1899년 최초의 근대적인 헌법이라 할 수 있는 만세불변의 전제정치 법령 〈대한국 국제〉를 제정하기에 이른다. 유감스럽게도 출발부터가 시한부 생명이었는데 역으로 황제의 권한은 더욱 막강해졌다. 9개 조로 된 〈대한국 국제〉의 조항이다.

제1조 대한국은 세계 만국이 공인한 자주독립제국이다.
제2조 대한국의 정치는 만세불변의 전제정치이다.
제3조 대한국의 대황제는 무한한 군권을 누린다.
제4조 대한국의 신민은 대황제의 군권을 침해할 수 없다.
제5조 대한국 대황제는 육해군을 통솔하고 군대의 편제를 정하고 계엄을 명한다.

제6조 대한국 대황제는 법률을 제정하며 그 반포와 집행을 명하고 대사, 특사, 감
　　　형, 복권을 명한다.

제7조 대한국 대황제는 행정 각 부서의 관제를 정하고 행정에 필요한 칙령을 공포
　　　한다.

제8조 대한국 대황제는 문무 관리의 출척 및 임명권을 가진다.

제9조 대한국 대황제는 각 조약의 체결 국가에 사신을 파견하고 선전, 강화 및 제
　　　반 조약을 체결한다.

국제법에 의거하여 대한제국은 세계 만국이 공인한 자주독립국이며 그 나라는 황제가 군통수권, 입법, 사법, 행정권의 모든 권한을 행사한다고 명명하였다. 그런데 〈대한국 국제〉는 통치권자의 막강한 권한만이 강조되었을 뿐, 민권에 대한 규정은 전무한 법령이다.

백성들의 권리 신장은 애당초 고려의 대상이 아니었음을 알 수 있다. 그러나 군주의 권한을 최소한 법이라는 테두리 안에서 행사하려 고심했다는 흔적만은 그나마 진일보된 개념이라 평가할 수 있겠다.

한편 고종은 피폐해진 황실의 재정을 확보하기 위해서 황실 주도형 개혁 사업을 추진하려 고심했다. 그러나 국가의 재정 상태는 이미 파탄지경으로 바닥이 났고 개혁사업을 추진할 만한 동력을 상실한 뒤였다.

고종 아관망명의 후유증은 그만큼 심대하였다. 제집으로 피난을 온 난파 선장을 살려준 대가를 빌미로 제정 러시아로부터 동해 포경권을 비롯한 마산항 일부 토지의 조차권과 용암포 조차권 등의 수많은 알짜배기 핵심 이권들이 속속 러시아로 강탈되었다.

그런 러시아에 대한 균형적인 조치라면서 일본에게는 동해와 서해의 어업권 일체를 어이없게 빼앗겼다. 이쯤에서 그치지 않고 금광과 광산 채굴권, 전국의 황무지 개간권과 산림 벌채권을 비롯하여 국내외 통신권 등 대다수의 국가 이

권에 대한 탈취 모의가 지속적으로 강행되었다. 대한제국은 이미 홀랑 발가벗겨져서 뼈를 앙상하게 드러낸 몸뚱이가 되어버린 꼴이었다.

제국 선포 6년이 지난 1903년 11월, 국가 존폐의 기로에서 고종은 돌연 영세중립국을 선언하였다. 그런다고 열강들이 고개를 끄덕이나 하겠는가. 어느 한 나라도 대한제국 황제의 그런 호소에 반응조차 보이지를 않았다.

개인이건 국가건 간에 그가 지닌 힘의 부피만큼만 그의 주장에 권위가 실리는 법이다. 스스로를 지킬 힘도 없는 대한제국 황제의 중립선언이라는 것이 국제사회에서 얼마나 싱거운 공염불이었는지. 게다가 영세중립국을 선언한 그 마당에서도 뒤에서는 제정 러시아에 의존하려는 미련을 끝내 버리지도 못한 황제다.

'조선'이 '대한민국'으로 건너오기 전의 그 사잇길에는 '대한제국'이라는 황제국이 있었다. 1897년 10월 12일 출범하여 1910년 8월 29일 문을 닫은 대한제국은 13년 동안 존재한 단명한 제국이다.

그럼에도 분명 대한제국은 한반도와 그 부속 도서를 통치한 오백 년 조선왕조를 이은 엄연한 황제국이다. 안타깝게도 일본이라는 제국주의의 비정한 블랙홀 속으로 속절없이 빨려 들어가 세계지도에서도 지워진 비운의 제국이 되었다.

중국과 러시아라는 거대한 대륙 세력과 일본, 미국으로 통하는 해양 세력이 충돌하는 지정학적 요충지에 대롱대롱 매달린 한반도는 폭풍의 언덕과도 같은 위험 지대다. 그나마 하나의 국호 아래 온전히 한 민족으로 살아갔던 마지막 시간대가 대한제국이었음을 상기하게 된다.

돌이켜보면 대한제국은 전제왕정에서 식민지 시대의 암흑기를 거치며 현대 국가로의 이행을 준비하고 기다린 대한민국의 여명기였을지도 모른다. 다만 제국의 수명이 너무나도 짧았기에 인식의 언저리에서조차 모호해진 역사가 되었다.

역사는 과정보다 결과에 치중한다. 그것이 역사의 속성이다. 뒤돌아보기도 싫은 망국의 역사를 누가 펼쳐 보고 싶겠는가. 연해주와 중앙아시아에 흩어진 옛 조선의 유민들은 아직도 스스로를 고려인이라고 지칭한다. 패망하여 없어진 조선이 싫기 때문이다. 아무도 기억해 주지 않는 역사는 죽은 페이지다. 그것이 비록 치욕스러운 과거사일지라도 마주해야만 하는 이유가 될 것이다.

　대한제국을 보호국으로 만들려는 일본 내각의 각본은 추밀원 의장 이토 히로부미에게는 필생의 꿈이었다. 조선 통감으로 부임하여 1905년 11월 15일 고종황제를 알현한 이토 히로부미는 일본정부가 대한제국의 외교를 담당하겠다는 제안 아닌 명령서를 내던졌다. 대놓고 통으로 먹겠다는 공식적인 겁박이었다.

　고종은 여기에 순순히 응할 리 없었고 의정부 회의와 중추원의 자문을 거쳐서 검토한 후 결정하겠다는 사실상의 거부 의사를 분명히 했다. 그러자 이토 히로부미가 뭐라고 대답했는지 기억하는가?

　"대한제국은 전제국가이므로 임금 외의 다른 의견은 필요치 않습니다."

　라고 보호조약의 체결을 거부한 황제를 대놓고 힐난했다. 독립협회가 국가의 안위를 위해서는 국가적인 주요 사항과 외국과의 조약에는 반드시 의회의 승인을 거치도록 하는 입헌군주제로 전환하라고 피 터지도록 요구했던 바로 그 사태에 직면한 것이다.

　다음 날 아침 도성의 풍경은 살벌했다. 무장한 일본군대가 경운궁을 포위하고 위협적으로 도성 안으로 진군한 것이다. 통감부가 있는 남산 왜성대의 포대는 황궁을 향해 조준되었고 일군은 전시처럼 무력 시위를 벌였다. 병력의 일부가 황궁을 포위하는 바람에 관리들은 덜덜 떨며 대한문을 드나들었다. 이토는 한일협약에 반대하는 황제와 대신들은 물론 백성들에게까지도 눈을 부라렸다.

　마침내 고종황제가 불참한 가운데서 경운궁 수옥헌에서 어전 회의가 열렸다. 어전 회의에서도 반대하는 의견이 속출하자 회의를 주재한 일본공사 하야시는 당황하여 이토에게 보고한다. 이토는 대한제국 주차군사령관 하세가와 요시미치와 헌병 대장을 앞세우고 황제의 알현을 요구했지만 고종은 칭병하고 만나주지 않았다.

당황한 이토는 어전회의에 참석한 대신 한 사람, 한 사람을 붙잡고 일대일로 찬성을 강요했다. 집요한 수준의 협박이었다. 물 밑으로 가라앉고 있는 난파선을 습격한 해적 두목이 선원들을 기관실 한쪽으로 밀어붙이고서는 '저 성난 파도 속으로 뛰어들겠느냐, 아니면 보물지도를 내놓겠느냐' 하고 윽박지르는 정황과 무엇이 다르랴.

그런 위협에도 탁지부대신 민영기, 법부대신 이하영, 참정대신 한규설은 일본이 조선을 보호국으로 삼겠다는 조약 체결에 결연히 반대한다는 의지를 분명히 표명했다. 그러나 이미 대세는 기울었다. 친일파로 변신한 학부대신 이완용과 외부대신 박제순, 군부대신 이근택, 내부대신 이지용, 농상공부대신 권중현 등은 원안에서 약간의 수정을 요하는 형식적인 조건을 내걸며 찬성으로 돌아섰다.

손바닥 뒤집는 것보다도 쉽게 고쳐먹은 매국이었다. 이토는 조약 체결에 찬동한 을사오적, 즉 다섯 대신 만으로 회의를 다시 주재했고 이른바 '한일협상조약안'에 멋대로 위조된 날인을 했다. 이것이 1905년 11월 9일 수옥헌에서 벌어진 을사늑약의 실체다. 그 순간부터 제국의 운명은 사실상의 해체 수순으로 접어들었다.

외교권을 강탈한 일본이 대한제국의 식민화를 본격화하면서 가장 먼저 착수한 일은 친일파 양성이었다. 체제 전복을 위한 일종의 현지 전투요원의 투입인 셈이다. 다음은 기간산업을 접수하고 각 부처에 일본인 고문관을 배치한 이른바 차관정치로 행정권을 장악했다.

이런 일련의 과정을 차곡차곡 밟으며 급기야 국권 피탈에 이르는 대장정을 완결하기에 이른다. 회유와 친일파를 앞세운 자체적인 부식 작전으로 대한제국의 숨통을 단발마적으로 끊어간 고도의 침략 전술이었다.

무력적인 계엄 상황에서 "을사조약은 일본이 강제한 것이지 짐이 승인하지 않았다"고 고종은 헐버트와 수교국 7개국의 원수에게 보낸 친서에서 호소했다. 이는 당시의 대한제국주차군사령관 하세가와 요시미치의 보고서가 수록된 일본 육군성이 편찬한 자료집 『육군정사陸軍正史』의 내용과 일치되는 대목이다.

일본이 대한제국의 주권을 강제적으로 빼앗은 조약안의 공통점은 특이하게도 황제의 서명이 빠져있거나 국새가 위조 날인된 흔적이 역력하다는 점이다. 국가 주권을 대상으로 한 조약 체결에 황제의 전권위임장이 빠졌고 황제가 조약을 승인한 비준서가 없으며 조약안의 명칭이 적혀있지 않다는 점, 일본이 외부대신의 관인을 강탈하여 조약안에 임의로 낙인했다는 점. 이와 같은 위조야말로 조약 무효의 명백한 근거가 되는 것이다.

1905년 11월 강제된 을사늑약이 을사조약, 을사5조약, 한일신협약 등 공식 명칭이 아닌 여타의 이름들로 혼란을 야기한 것도 바로 조약안 원본의 첫 줄이 빈칸으로 남겨져 있는 사유에 기인한다. 조약안의 첫 줄에 공식 명칭인 제목조차 붙이지 못할 만큼 전혀 합의되지 않은 억지 조약이었다는 뜻이다.

결과적으로 대한제국의 외교권을 박탈당한 을사늑약은 국제간의 조약 체결에 필수 요건인 위임, 조인, 비준이라는 3대 여건이 단 한 가지도 충족이 되지 못한 서류상의 안건에 불과하다. 을사늑약은 사실상 조약체결이 아닌 '조약안'에 불과한 문서라는 것이다.

나라를 강탈당한 1910년 8월 22일의 한일병합도 최고 결재권자이며 이해 당사자인 순종황제가 비준을 하지 않았다는 것이 본인의 유서를 통해서 명백하게 밝혀진 진실이다. 이 조약은 1965년 6월 22일 한일국교를 정상화하는 한일기본 조약(혹은 한일협정) 제2조항에,

"1910년 8월 22일 및 그 이전에 대한제국과 대일본제국간에 체결된 모든 조약 및 협정이 이미 무효임을 확인한다."

라는 조항을 통해 외교권을 탈취한 을사늑약도, 나라를 통째로 집어삼킨 한일병합도 사실상 무효였음을 대한민국과 일본 양국이 먼 훗날에 상호 인준하였다. 그러나 111년 전, 불법으로 남의 나라를 멸망에까지 이르게 한 일본제국주의에 대한 책임은 어디에다 물어야 하는 것인가?

을사늑약 체결 직후인 1905년 11월 20일 일본은 대한제국과 외교 관계에 있던 서방의 재외정부에 일괄 철수를 통보했다. 일본의 대한제국 통합을 승인한 미국이 닷새 뒤에 기다렸다는 듯이 맨 먼저 공사관을 철수시켰다. 이어서 서방의 공관들이 하나둘 철수함으로써 대한제국 내의 모든 재외공관은 일체의 외교통상업무를 중단했다. 배달의 역사가 닫히고 있었다.

그해 11월 20일 장지연은 『황성신문』에 "시일야방성대곡是日也放聲大哭"을 기고하여 일제의 침탈과 을사늑약에 불의한 방법으로 조인한 친일매국 5대신을 을사오적으로 지목하면서 통렬히 비판하였다.

『제국신문』『대한매일신보』도 조약에 대한 무효를 알리는 논설을 싣고 반일여론을 확산시켜 나갔다. 그러나 그해 뜨거운 여름이었던 1910년 8월 29일 공포된 한일병합조약으로 대한제국은 영원히 역사의 장막 뒤로 사라졌다.

러일전쟁 직후인 1905년 7월 29일 일본 수상 가쓰라 다로와 미육군 장관 윌리엄 하워드 태프트는 도쿄에서 대한제국과 필리핀의 지배권을 상호 승인하는 소위 가쓰라-태프트 밀약을 맺었다. 미일 양국이 극비에 부쳐 1924년에야 세상에 드러난 내막이다. 당시의 미국 대통령 시어도어 루즈벨트와 그의 정책보좌관들은

"대한제국이 국제경쟁에서 패배한 열등한 민족국가의 표본으로써 동북아시아의 평화와 안정을 위해서는 속히 지구상에서 사라져가야 할 나라다."

라고 생각한다는 본인의 소회까지 친절하게 밝혀두며 일본의 대한제국 지배

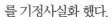

를 기정사실화 했다.

"국제 경쟁에서 패배한 열등한 민족 국가"는 지구상에서 신속히 사라져버려야 하는 나라인가? 이야말로 제국주의 시대에 침략자들이 약육강식의 정당성을 여과 없이 표출시킨 언어적 폭거가 아닌가. 여기에 신흥 열강으로의 편입을 갈망한 일본은 국제 경쟁력이 상대적으로 미약했던 아시아 국가들을 차례대로 군홧발로 짓밟으며 제국주의적인 망령에 사로잡힌 침략자의 대열에 합류했다.

오백 년 사직의 문이 닫히던 날, 그 비극적인 절차를 실행하는 데는 고작 20여 분 남짓밖에 걸리지 않았다고 한다. 싱겁도록 맥없이 끝나버린 병합 당일의 분위기가 말해주듯 도성의 풍경은 너무도 한가롭고 평화로워서 되레 긴장하여 만반의 준비 태세에 돌입했던 일본 당국을 놀라게 했다.

대한제국! 마지막 남은 간난의 핏방울과 온 백성과 열성조의 염원을 합쳐 재기의 간절한 소망을 담아서 세운 가없는 황제국! 그 대한제국이 문을 연 지 12년 10개월 17일. 조선이 개국한 지는 519년 만의 망국이었다.

멸망의 단초는 하나다. 조선이 이어진 대한제국은 한마디로 비전과 철학이 부재한 나라였다. 제국주의의 팽창으로 세계정세가 재편된 20세기 초의 세계사적 조류에 역행한 군왕은 전제왕권의 강화와 황제의 기득권 확보에만 열을 올렸다.

대의를 잃은 권력자들은 마지막 순간에도 일신의 안위와 영달만을 추구했다. 결국 이들의 총체적인 무능과 사악함으로 새로운 이데올로기의 확립과 방향 제시에 실패했다는 결론이다. 한마디로 대한제국은 얼이 빠진 제국이었다.

국제우편연합UPS : Universal Postal Union과 같은 국제기구는 현재까지도 대한제국이 가입한 1900년을 대한민국의 국제우편연합 가입 연도로 인정하고 있다. 오늘의 대한민국 역사는 그 법통이 대한제국으로부터 이어지고 있다는 반증이다.

한 국가의 연수치고는 너무도 짧아서, 애처롭기 짝이 없는 가련한 역사가 아닐 수 없다. 황제국인 대한제국 13년의 치세는 어찌 보면 519년의 조선왕조가 소멸되기 전, 단군 왕검으로부터 이어 온 무구한 반만년의 역사가 그 문을 닫기 전에, 저녁 하늘을 붉게 물들인 낙조의 처연함이 아니었나 싶다.

그 노을 속에서 태어났다가 사라져간 영친왕 이은과 덕혜옹주 또한 제국의 저녁노을처럼 애처로운 운명을 타고난 황실의 아이들이었다.

기울어가는 조선의 독립을 선언하고 중국 황제에게나 쓰는 줄로만 알았던 '폐하!'를 칭하며 천세가 아닌 '만세'를 목이 터지라 합창했던 유일한 시대. 왕후 민씨가 진정한 '명성황후'로 거듭난 처음이자 마지막이 된 황제국은 이렇게 반만년 역사의 왕정사를 장식한 피날레가 되었다. 저물어간 노을 그 저편에는 대한민국이라는 여명이 잉태되고 있었다.

황후 좌를 넘본 여인

고종의 존재성을 가만히 들여다보면 몇 가지의 특징이 드러난다. 하나는 명성황후나 대가 센 엄비 같은 후궁의 치마폭에 휘감겨 이리 쏠리고 저리 쏠리느라 평생을 기가 승한 적이 없는 인생이었다는 점이다. 소싯적으로 거슬러 올라가면 아홉 살 연상녀인 이상궁의 허벅지 사이를 파고드느라 초야에 중전에게 소박을 놓은 위인이다.

나름대로의 생존법칙인지, 아니면 그만큼 기댈 언덕이 절실했던 사내의 심약한 소치인지는 알 수 없다. 다만 그가 일개 범부가 아니니 뒷소리가 무성한 것이다. 군왕의 그런 무권위, 우유부단은 백성의 눈에는 아무래도 심각한 불안 감으로 작용한다. 나라 꼴을 자꾸만 간섭하고 싶어지니 말이다.

한편 국왕에 대한 정반대 시각도 만만치 않다. 구한말 임금을 자주 알현했던 외국인들의 평을 종합하면, 고종은 반듯한 용모에 온화하고 남을 배려하는 성 품이며 국제신사의 면모를 갖춘 매우 훌륭한 인격자라는 것이다.

또한 학식이 깊고 해박하며 국제정세에도 식견이 풍부한 국왕으로 신문명을 선호하였고 나라의 발전을 위해 부단히 노력하는 임금이라는 평가를 한다. 고 종이 가장 신뢰했던 밀사이자 대한제국의 국권 회복을 위해서 전 생애를 바친 역사학자 호머 헐버트는 "황제가 유약하다는 사람들은 틀렸다."라고 단정했다.

어쩌면 고종은 동전의 양면처럼 무능과 유능을 겸비한 군주였으리라는 생각 이 든다. 한 인격체가 동시에 내보인 양면성이다. 다변화와 혼돈의 길목이었던 19세기 말의 시대적 상황이 고종에게 매우 불리하게 작용한 사실만은 분명하다.

그점을 십분 감안해도 단언컨대 반정이 되었건, 추대가 되었건 조선왕조에 서 방계 종친으로 어느 날 뜬금없이 보위에 오른 인물치고 인재는 없었다. 선 조나 인조, 철종처럼 준비되지 않은 왕들이 노출한 인성적인 결여와 정치공학 적인 철학의 부재에 따른 무능이라는 공통점이 고종에게서도 여과 없이 표출 되었다.

명성황후 또한 접견했던 많은 외국인들로부터 당대 동아시아의 왕비 중 가 장 식견이 깊고 국가를 사랑하는 명석한 여왕이라는 찬사를 받았다. 외국인들 은 '동아시아에도 이렇게 박식하고 우아하며 국제정세에 능통한 왕비가 있었 는가'하는 사실에 자못 놀람과 경의를 표하곤 했다.

"왕비는 갓 마흔을 넘긴 듯했고 아주 우아한 자태에 늘씬한 여성이었다. 머리카락은 반짝반짝 윤이 나는 흑단 같았으며 피부는 매우 투명하여 마 치 진주 가루를 뿌린 듯했다. 눈빛은 날카로워 이지적으로 보였다. 왕비는 아름답고 풍성한 남빛 비단 치마와 진홍색과 푸른색이 조화된 비단 저고리를 입고 있었는데 그 목 부분은 산호장식이 되어 있었다. (중략) 특히 흥미로운 주제로 대화를 나눌 때 그녀의 얼굴빛은 지성미가 넘쳐흘렀다."

1894년부터 여러 차례 조선을 방문했던 영국의 지리학자이며 작가인 이사벨라 버드 비숍이 남긴 한국 견문록 『조선과 그 이웃나라들』에 수록된 내용이다. 왕비와 오랫동안 친교를 나눈 릴리우스 호톤 언더우드는 "명성황후의 삶은 하나의 투쟁이었다."라고 말했다.

당시 조선에 거주하며 왕비를 한 번만이라도 대면했던 외국인들이 남긴 왕비에 대한 공통적인 인상기는 '국가를 지키려고, 백성과 나라 발전을 위해서 부단히 노력하는 강한 의지와 총명함을 지닌 여왕'이었으며 '왕비는 기민하고 유능한 외교관'이었다는 것이다.

그처럼 불꽃같은 영욕의 삶을 살다간 명성황후 사후 고종은 황후의 내전 시비였던 엄상궁의 치마폭에서 다시 한번 휘둘리는 희한한 작태를 연출했다. 조선 시대의 공식적인 후궁을 통틀어 엄상궁처럼 늙은 나이에 볼품이라고는 없는 외양으로 승은을 입은 여자는 없었다.

궁안에 널린 게 아리따운 여자들이었기에 해보는 뒷담화다. 이는 단순히 외모를 놓고 폄하하는 문제 이전의 여성 편력에 대한 고종의 심층을 엿보자는 뜻이다. 못생긴 엄상궁이지만 그녀의 내성은 비범으로 반짝였다. 혹자는 엄상궁을 모과처럼 생긴 여인이라 평했지만 더하여 호두알 같은, 밤송이 같은 여자였을 것만 같다. 딱딱한 가시로 덮인 껍질 속에 박혀진 한 알의 과육과도 같은.

다른 여인과는 분명하게 특화된 비범성이 조강지처인 명성황후나 후궁 엄비에게는 있었다. 그 특질은 곧 그녀들을 규정하는 아우라이며 공통된 유산으로 고종이 여자들에게서 무의식적으로 갈구한 기대고 싶은 언덕이었다.

비록 왕비의 첩지는 받아내지 못했어도 분명한 건, 엄상궁이 명성황후의 공

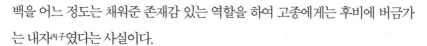

백을 어느 정도는 채워준 존재감 있는 역할을 하여 고종에게는 후비에 버금가는 내자^{內子}였다는 사실이다.

한마디로 명성황후와 귀비 엄씨는 고종에게는 결핍되었던 비상한 기질의 소유자들이었다. 생긴 기질이 탁월해서 여걸이 되었는지, 고종의 배후자라는 후광으로 여걸로 만들어졌는지는 알 수 없다. 다만 고종을 키운 것은 8할이 여자로, 그 두 여인의 영향력이 지배적이었다는 사실은 부정할 수 없다.

신분상으로 왕비와 그 왕비의 시녀라는 비교될 수 없는 위계상의 대척점에서 있었던 명성황후와 귀비 엄씨, 태생부터가 다른 출발선상이었다. 그런데도 운명적으로는 고종의 공식, 비공식 배우자로서 양옆에 섰던 두 여인의 인생 유전은 이 또한 풍운의 시대가 탄생시킨 결과물이다.

황제국의 위상을 과시하려는 고종이 묘안을 짜낸 묘수 중의 하나가 바로 엄상궁의 순비 책봉이다. 자신을 사지에서 구해낸 일등 공신이었고 동지이며 막내아들 영친왕을 낳아준 후궁 엄씨에게 고종은 황귀비라는 듣도 보도 못한 첩지를 내렸다.

왕국에서는 정실부인에게나 내리는 무품의 '비' 첩지가 황제국에선 후궁 최고의 품계다. 왕비는 '후^后', 즉 황후로 격상이 되는 이치와 같다. 고종은 이 점에 착안하여 황귀비의 책봉을 통해서 자신이 대한제국의 황제라는 사실을 세상에 재천명하고 과시하는 기회로 삼으려 했다.

대한제국 시대의 공식적인 후궁은 엄씨 한 사람뿐이다. 물론 첫사랑의 연인 영보당과 내안당 이귀인이 살아는 있었지만 그들은 이미 잊혀진 옛사랑의 희미한 그림자일 뿐. 이렇게 정리가 된 환경적인 이점으로 귀비 엄씨는 고종을 모신 단 한 사람의 유일한 후궁으로 실제적인 황제의 부인 노릇을 할 수가 있었다.

그러나 엄상궁에게 끝내 황후가 되는 광영만은, 그 영광스러운 내전 최고의 주인이 되는 행운은 주어지지 않았다. 미천한 출생의 벽이 그것을 가로막았다.

그래도 영악하고 끈질긴 뚝심으로 다른 사람이 황후로 책봉되는 꼴만은 필사적으로 막아냈고 결국 대한제국은 황후가 부재한 비정상적인 황실로 끝이 났다.

황후가 책봉되는 순간 자신의 입지는 추풍낙엽이요, 낙동강 오리알 신세가 되리라는 사실을 영악한 그녀는 누구보다 잘 알고 있었기에 모든 수단 방법을 가리지 않은 필사적인 방해 공작으로 다른 여인이 황후가 되는 꼴만은 막아냈다. 그런다고 해서 중전을 비워둔 채로 황실의 막을 내린 임금이 더 문제적인 인물임은 재론의 여지가 없다.

비록 선원록과 종묘에는 배양되지 못했다 해도 황제의 유일한 부인으로 자신의 입지만큼은 끝까지 고수했으니 엄상궁은 대단한 여인이었다. 어쨌거나 귀비 엄씨는 황제의 재혼까지도 막은 능력녀로서 대한제국의 안방을 접수했다. 귀비 첩지까지 꿰찬 엄상궁은 신생 대한제국 최고의 수혜자가 되어 사실상의 퍼스트레이디로 군림했다. 이 또한 난세의 기류에 휩쓸린 고종의 치세를 무개념의 시대로 평가절하시킨 단초가 된다.

여기서 짚고 넘어가야 할 문제가 대두된다. 대한제국 시대에는 전조에는 없었던 내명부의 새 호칭이 등장했다. '황귀비'라는 '비妃'의 품계다. 본시 왕국에서 후궁 최고의 직첩은 정1품 '빈嬪'이다. 조선조 오백 년 내내 그러했다. 영조의 생모 '숙빈 최씨'나 '장희빈', '의빈 성씨', '수빈 박씨'처럼 후궁이 왕자나 원자를 생산하면 왕은 거의는 예외 없이 정일품 '빈' 또는 종일품 '귀인'으로 봉했다.

그런데 조선왕조에서 특수하게 마지막 13년의 대한제국은 황제국이었다. 그에 따라 고종과 순종은 황제로 등극했다. 이는 고종의 비妃인 중전 민씨가 명성황후로 추존된 단서이며 순종의 비妃는 순명효황후, 순정효황후 그리고 대비는 왕태후로 진봉된 이치와 같은 맥락이다.

황제국의 품계에 맞춰 '비妃'가 '후后'로 격상되면서 내명부의 품계도 한 단계 올라가서 후궁의 최고 직첩인 빈 위에 '비妃'의 품계가 더해진 이치다. 따라서 '귀비'의 호칭은 왕국의 '빈'으로 황제국이라는 배경이 파생시킨 시대의 부산물이었다.

1901년 귀비 첩지를 받은 대한제국의 '황귀비'는 왕비가 아닌 후궁의 최고 직첩에 오른 것이다. 혹자는 '비'가 황후와 빈의 중간 위치로 황후보다는 낮고 빈보다는 높은 신분이 아닌가라는 생각을 할 수도 있지만 왕비로 책봉을 받지 못한 측실은 단지 후궁, 그 이상도 이하도 아닌 왕의 첩이다.

엄상궁이 내전의 안주인 행세를 할 수 있었던 배경은 오래된 왕조가 망국으로 치달으며 왕실 법도가 유명무실해졌던 국조 말의 기풍과 무관치 않다. 수백 년 왕실을 지탱해 온 원력은 서릿발 같은 왕실 법도다. 정상적인 상황에서는 있을 수 없는 후궁의 내전 장악이라는 월권 행위가 용인될 수 있었던 배경도 귀비 엄씨를 계비로 착각하게끔 만든 착시 현상이었다.

재론하면 대한제국 시대에 황제국의 위상을 과시하려 엄상궁에게 내려졌던 귀비 첩지는 외부 세계를 의식한 의례용이었다. 아무리 '황귀비'라는 극존칭을 갖다 붙여도 황후의 책봉문이 아니기에 정일품 '빈'의 위치와 다르지 않다. 주지하거니와 대한제국의 엄귀비는 고종황제의 계비나 후비가 아닌 일개 후궁의 신분이었다는 사실이다.

그것은 대한제국이 멸망하고 식민지 통치가 개막된 1910년 8월 29일 메이지가 공포한 조서를 통해서도 공식화된 문제다. 그 내용 중 가장 중요한 부분은 황실 가족의 신분과 호칭에 관한 조항이었다.

'이태왕'으로 강등된 고종에 대해서는 적실인 '태왕비'에 대한 언급만이 있을 뿐 실재하는 후궁인 '황귀비'에 대한 언급과 처우와 관련된 사항은 아예 거론되지도 않았다. 후궁에 대한 봉작 자체가 무용한 일이었기 때문이다. 엄씨는 고종의 정식 배우자가 아니므로 '태왕비'로 불릴 수가 없었고 그렇다고 사라진 제국의 직첩인 귀비라고도 더는 칭할 수가 없으니 부르기 좋은 말로 '경선궁전하'로 불리었다.

엄씨가 순비에 책봉되었을 때 받은 '경선궁'의 궁호에 이왕가 사람들에게 붙여진 '전하'라는 경칭을 조합한 호칭이다. 허나 '경선궁전하' 또한 공식적인 호칭은 될 수 없었다. 망해버린 제국에서 그녀의 정식 직첩은 순빈이다.

일부 전문가들조차 때로는 이 '비妃'라는 칭호에 걸려 귀비 엄씨의 신원을 잘못 표기하는 경우를 보게 된다. 심지어는 엄씨의 묘소 영휘원의 안내판에서도 버젓이 '후비后妃'라고 오기되어 있었다. 후비와 후궁은 엄연히 다르다. 이는 종래의 왕비를 뜻하는 '비妃'란 호칭에 대한 혼동 때문으로 황제국인 대한제국의 특수성을 고려한 위상 변화를 간과한 데에 따른 오류로 지적된다.

이점이 왜 그렇게 명확해야 하는 문제인가 하면, 철저히 신분사회였던 조선에서 왕비와 후궁의 차이는 비교 자체가 불허된 위계상의 질서 때문이다. 역사의 행간을 바로 이해하자는 측면에서 귀비 엄씨에게 중전을 뜻하는 왕비니, 계비니, 후비니 하는 오해는 수정되어야 한다는 생각이다.

이것은 당나라 현종의 후궁 '양귀비'도 측실이었다는 사실과 동일한 이치다. 실은 엄귀비의 '귀비'는 양귀비에서 따온 착상이었다. 정궁이 비어 있는 내전에서 한 사람뿐인 후궁이 왕의 부인 '노릇'을 했다고 하여 월권이 그 신분 자체로 용인되는 것은 아니다. 바로 이런 신분적인 한계를 누구보다도 절감했기에 엄씨는 황후로 책봉을 받아 명실상부한 왕비가 되어보려 부단히 애를 썼다.

명성황후 사후 고종은 다시는 왕비를 들이지 못했다. 그러니 고종황제의 정비로서 왕비라 불릴 수 있는 여인은 왕실 족보 선원록에 이름이 올라가 있는 명성황후 단 한 사람뿐이다.

명성황후가 시해되고 5일 후, 엄상궁이 재입궁 한 날로부터 고종이 퇴위당한 1907년 8월까지 장장 12년 동안을 고종은 엄상궁의 기세에 눌려서 새 중전을 맞이하지도 못하고 황제국의 막을 내렸다. 한시도 비워둘 수 없는 곤위를 소위 군왕이란 이가 방임한 초유의 사태를 초래한 것이다.

신분의 벽을 뛰어넘어 황실 최고의 여인이 될 수 있었던 사실이 증명하듯 엄상궁은 불세출의 여인이었다. 서른두 살이라는 몇 물이나 지난 나이도, 볼품없이 생겼다는 외모도, 내전의 시위상궁이라는 출신의 미천함도 임금이라는 최고의 권력 실세로부터 선택을 받는 데 아무런 장애가 되지 못했다.

예나 지금이나 사람 사는 세상은 눈치도 특출난 능력인데 엄상궁은 뛰어난 수완으로 시류에도 밝아 눈치껏 엄청나게 치부한 발군의 실력을 발휘했다. 독점욕과 권력욕, 탐욕, 그리고 통이 큰 화끈함과 변덕스러움까지 타의 추종을 불허한 여장부다. 손이 큰 엄상궁은 기분이 동하면 수하에게 집 한 채도 선뜻 주었다가 변덕이 나면 줬던 집을 도로 내놓으라 으름장을 놓는 일도 있었다.

고종은 생애에서 태생은 다르나 결과적으로는 흡사하게 닮은 데가 있는 대가 센 두 사람의 부인을 만난 격이 되었다. 새초롬한 명성황후가 존재의 자체성만으로도 빛나는 다이아몬드라면 귀비 엄씨는 루비 원석처럼 빨갛게 불타오른 정열적인 여자였으리라.

사람의 욕망에는 끝이 없다. 엄귀비는 언감 꿈도 꾸지 못할 출세를 하고서도 황후가 되려는 야망으로 온갖 권모술수를 총동원하여 여론을 조성해갔다. 태산같이 쌓아둔 재물 창고를 풀어서 원로 대신은 물로 심지어는 재야의 유림에까지 손을 뻗쳐 황후 진봉을 요청하는 상소를 올리도록 유도했다.

그렇게 황후가 되려는 만반의 준비를 하고 밤이면 베갯머리 송사로 심지가 약한 고종을 압박했다. 그녀의 무기는 눈에 넣어도 아프지 않을 늦둥이를 황제의 품에 안겨준 황자 유길曠吉이었다. 그러니 황후로 책봉되는 것에 한 치의 의심도 없었는지 엄씨는 책비 때 입으려고 대례복인 청, 백, 홍, 황, 흑의 오색실로 12층의 꿩 무늬를 수놓은 적의까지 미리 만들어놓고 김칫국부터 마시느라 희희낙락이었다.

적의翟衣는 덕복의 상징으로 오직 왕실 최고의 여인인 왕비만이 입을 수 있는 의례복이다. 적의뿐만이 아니었다. 김칫국이 오죽이나 자심滋甚했으면 황후가 입는 예복인 황후 육복까지 선수를 쳐서 지어놓고는 책봉식 날만을 손꼽아 기다렸다. 그녀는 실제로 왕비만이 입을 수 있는 붉은색 대란 치마를 스스럼없이 입고 다녔다. 비록 후궁이라는 딱지를 떼어내지는 못했어도 왕비의 권리를 마음껏 누리고 원 없이 행세한 여인이다.

고종은 그마저도 모르는 척 눈을 감아주었다. 그때까지도 후원의 수인당에서 이 꼴 저 꼴 별의별 눈꼴이 시러운 후궁의 꼬락서니를 말없이 다 지켜보면서도 병어리처럼 할 말을 잃은 왕태후 효정왕후는 참으로 가련한 비운의 대비 마마다.

고종 또한 비어 있는 내전을 대체할 인물로 한때는 속 편하게 귀비 엄씨를 황후로 책봉하려는 의사를 갖고 있었다. 강한 여자에게 한없이 나약한 고종의 특질상 마냥 거부하기도 어려웠을 것이며 황태자로 책봉된 막내아들 유길의 앞길을 위해서라도 그편이 차라리 편할 것으로 판단한 듯하다.

무엇보다 이는 아관망명이라는 초극의 상황에서 구원의 여신이 되어준 엄상궁에 대한 일말의 부채 의식이며 의리라고 생각했다. 그런데 숙종 때 장희빈이 관련된 '무고의 옥'이라는 참혹한 사건이 있었다. 이를 기화로 후궁이 왕비로 승차한 데 따른 폐단과 정치적 파장을 절감한 숙종은 이후 후궁이 왕비로 승격되는 일을 엄금하라는 명을 내렸다. 곧 조선왕조의 가법家法으로,

"궁녀 출신의 후궁이 말대에까지 중궁의 자리에 오르는 것을 엄금한다"

는 법도를 법제화한 것이다. 이후 200년간 일곱 명의 선왕이 재위하는 동안에 단 한 번도 후궁이 왕비에 오른 일이 없었다. 바로 숙종이 내린 이 가법으로 하여 후궁이었던 영조의 생모 숙빈 최씨도 코앞에서 왕비 자리를 놓친 인물이다. 그만큼 선대왕이 금기시한 궁중 법도를 왕실은 엄격하게 지키고 계승해 왔다.

고종은 그 점이 가장 걸렸다. 숙종대왕이 엄명하고 이후 역대 선왕들이 제도화한 가법을 자신의 대에서 허문다는 부담과 한편으로는 죽은 명성황후에 대한 의리와, 황태자에게 민망한 짓이라는 심사가 더해져 결국 뜻을 거뒀다. 실제로 아관에서 모후의 시위상궁이었던 엄상궁을 부왕이 총애하는 사실을 알고

태자는 당혹감을 금치 못했다.

그보다도 더 결정적인 이유는 영선군 이준용의 사활을 건 반대 상소의 영향이 컸다. 엄귀비의 황후 책봉 문제가 거론되자 흥선대원군의 맏손자 이준용은 엄상궁의 황후 책봉 반대 운동을 벌여나갔다. 그에 앞서 이준용은 엄상궁의 순빈 책봉과 귀비 책봉 때에도 결연한 반대 상소를 올렸다. "신분이 낮은 자가 국왕의 총애를 핑계로 조정을 흔들고 있다"는 이유에서다.

고종이 중심을 잡지 못하고 후궁의 치마폭에서 휘둘린 대한제국 시대에 반정부 운동이 일어날 때마다 이준용은 항시 고종의 대안으로 떠오른 인물이다. 정치력의 부재가 대두되었던 고종과 병약한 태자를 대체할 인물로 국가를 능히 운용하고도 남을만한 기백과 자질을 갖춘 영선군 이준용이 때마다 거론되었다.

흥선대원군은 고종을 폐하고 장손자 영선군을 용상에 앉히려고 끊임없이 시도했고 호시탐탐 때를 노렸다. 만일 아관망명의 거사가 불발이 되었다면 흥선대원군의 이 계략은 아마도 성공했을 것이다.

그러니 친조카 이준용이 고종에게는 보위를 위협하는 최대의 정적이었다. 엄상궁이 황후가 되지 못한 결정적인 사유도 이준용의 반대가 절대적인 변수로 작용했다. 엄상궁에게도 영선군은 그냥은 두고 볼 수 없는 최대의 숙적이었다. 1899년 한 해만 해도 흥선대원군의 추종자들에 의해 이준용을 추대하려는 역모가 무려 세 번이나 적발되었을 정도니 영선군 이준용은 언제나 용상의 대안 변수였던 셈이다.

고종은 그때마다 보위를 위협하는 친형의 아들 준용을 제거하려 일본까지 자객을 보냈지만 성공하지는 못했다. 귀비 엄씨 또한 비밀리 자객을 급파하여 영선군을 제거하려는 음모를 꾀했으나 그 역시 번번이 실패했다.

당시 일본에는 유길준, 조중응, 권길진 등 정치적 망명객들을 중심으로 엄귀비 황후 책봉 반대 운동이 대대적으로 전개되었다. 여기에 이준용이 가세하여,

"간신배들이 벼슬을 얻기 위해 미천한 엄씨를 황후로 책봉하려 기도한다. 신분이 낮은 자를 황후로 책봉하는 것은 국가를 위태롭게 하는 조치다."

라고 엄씨의 황후 책봉 반대를 결의하고 궁내부대신 이재순에게 충고서를 발송했다. 이처럼 종친들을 중심으로 심화된 엄씨의 황후 책봉 반대 운동이 대대적인 반대 상소로 이어지자 고종은 차라리 심적인 부담을 털어내고 뜻을 거두었다.

스무 살이나 위인 이복형 의친왕 이강을 제치고 자신의 어린 아들 유길이를 황태자의 자리에 버젓이 올려 놓은 엄상궁이다. 그만큼 능수능란한 수완이었지만 거기까지가 끝이었다. 자신이 담을 수 있는 한계를 넘어서 이미 분에 넘치도록 특대를 받은 엄상궁이었다.

술수에 능한 귀비 엄씨에게도 오르지 못할 산은 있었다. 후궁이라는 한계를 뛰어넘어 마침내 내명부의 품계를 초월한 여인 엄상궁! 하지만 조선 최고의 귀부인인 황후의 좌를 넘보기에는 그녀가 타고난 미천한 신분의 벽이 너무도 두꺼웠다.

유약한 황제를 등에 업고 난파선이 된 대한제국의 권력과 금력을 원도 한도 없이 쓸어 담은 막후의 실력자가 되었어도 엄상궁에게 황후의 위격位格만은 끝내 허락되지 않았다.

황후의 좌는 결코 아무에게나 그 위位를 허하지 않는 높고도 존귀한 곤위다. 왜놈들의 과녁이 되어 무참하게 희생된 명성황후에 대한 도리로나 다음 대의 보위를 이을 순종을 위해서도, 그리고 무엇보다 종사를 위해 다행한 일이었다.

황궁의 겨울

노루 꼬리만큼 짧아진 햇살이 인왕의 능선 위로 넘어가면 땅거미 내리는 황궁에는 속속 한기가 스며든다. 이 무렵 임금이 계신 궐의 수많은 굴뚝에서는 연기가 폭폭 솟아오른다.

잿빛 연기가 마치 승천하는 청룡들의 행렬인 양 머리를 풀어 헤치고 아스라이 하늘로 퍼져 올라간다. 제 키만큼이나 높고 깊숙한 전각의 아궁이에는 복이처 내인과 무수리들이 우중충한 군청색 치맛자락을 돌돌 여미고 앉아 군불을 지피고 있다.

임금이 거하시는 함녕전과 웃전에는 온돌이 식지 않도록 하루에 네댓 번씩 불을 넣는다. 그러나 궁인들이 기거하는 처소의 얕은 아궁이에는 오직 저녁 한때 일제히 군불을 지피기 때문에 이 무렵 궐 안은 온통 백탄 타는 매캐한 연기내가 자욱하다.

궐에서는 민가와는 달리 생장작을 쓰지 않고 화력이 센 백탄이라는 참숯으로 난방을 했다. 불씨가 거의 사그라질 때쯤 무수리들은 고단한 하루의 노역을 접고 궐밖 자신들의 누거로 돌아가려는 채비를 서둘렀다.

태후전 수인당에도 연기가 자욱하게 피어올랐다. 인기척 하나 없는 어둑한 하늘 위로 힘없이 퍼지는 새포름한 저녁 연기의 처량한 정경은 대비전에 드리운 암운만큼이나 을씨년스럽게 느껴진다. 태후마마가 몸져누워 계시니 구들장에 냉기라도 들세라 아궁이에 온종일 신경을 쓰지만 인적이 없는 태후전은 절간처럼 스산하기만 하다.

계묘년 시월 초순. 그러니까 약력으로는 1903년 11월 하순께로 접어든 초겨울이었다. 명성황후가 홀연히 떠난 을미년의 그날로부터 궐에서는 웃음소리가 들리지 않았다.

중전과는 우애가 깊어 사가의 동기간처럼 허물이 없었던 왕태후 효정왕후는 중전이 그리 허망하게 떠나자 안존하신 성정에 웃음기를 잃어버렸다. 감정의 희비 곡선을 좀체 얼굴에 드러내지 않는 태후마마이지만 한동안 넋을 잃은 사람처럼 초점 잃은 눈망울을 굴리고는 했다.

암울한 기운이 황궁을 포위하듯 옥죄어오고 있었다. 제국의 앞날에 음습한 전운이 감도는 서글픈 낙조의 그림자였다. 색색의 오묘한 빛깔로 황궁을 황홀하게 물들이던 단풍잎들이 소낙비처럼 우수수 쏟아져 내린 후정에는 이따금씩 괴악한 울음 소리를 내며 삭풍이 지나간다. 저녁 수라가 이른 궐에서는 이내 긴긴밤이 찾아든다. 아직 동지가 남았건만 해가 저문 궐은 마치 극월처럼 음산하고 삭막하였다.

저녁 수라를 마친 황제가 귀비 엄씨를 대동하고 수인당으로 납시었다. 함녕전 동북쪽 후원의 태후전으로 문우를 들었다. 고종이 효명세자와 조대비 양자로 입적이 되었으니 굳이 왕실 족보로 따지자면 헌종의 계비인 효정왕후는 황제에게는 형수뻘이 되는 촌수다.

실제로 조대비와 철인왕후가 승하하자 내전에는 왕대비 효정왕후와 중전 민씨만이 남았다. 나이로는 스무 살 차이가 나지만 이때부터 두 왕비는 서로에게 의지한 정이 동서지간마냥 우애로웠다.

왕조를 지탱한 구심력이었던 지엄한 왕실 법도마저도 유명무실해져 간 구한말의 대한제국 황실에서 그나마 명헌태후 효정왕후만이 왕가의 정통성을 오롯이 잇고 계신 내전의 최고 어른이었다.

"자전마마, 저녁 수라를 진어하셨나이까."
"오오 금상 어서 드세요. 염려 덕에 잘 뜨고 있습니다. 초려치 마세요."

나인들이 황급히 등촉을 밝혔다. 건청궁에 이어 1900년 4월 10일에는 한성 전기회사의 사옥 주변으로 가로등 세 개가 점화되었다. 일반 백성들이 접한 최초의 전깃불이었다.

이듬해부터 일본인의 상가가 밀집된 본정통을 시작으로 전등 보급이 점차 민간으로까지 확대되어갔다. 달걀귀신이 활보하던 칠흑 같은 전설의 밤이 전등불에 밀려난 문명개화의 신호탄이었다. 낮처럼 환해진 전깃불은 밤의 문화마저 급속히 바꿔놓은 신식의 최첨단 도깨비불이었다.

대한제국 황궁인 경운궁에도 1901년 6월 17일 각 전각마다 전깃불이 들어왔다. 그러나 왕태후는 깜빡 깜빡거리다가 툭하면 나가기를 반복하는 신식의 도깨비불에 마음을 붙이지 못하여 수인당에서는 아직도 등촉을 밝히고 있었다.

"태후마마 환후 미령하심이 어떠하시니이까."

"오오 귀비도 왔구려. 차도가 좀 있는 듯도 합니다. 허나 이제는 가야 할 때가 된 게 아니겠소. 참 유길이는 무탈하게 자라는가?"

태후는 후궁이지만 기세등등한 귀비에게 반존대와 하대를 섞어가며 언질을 했다.

"호호호 예 마마. 할마마마께옵서 귀애하여 주시는 성총으로 황자가 무럭무럭 잘 자라고 있나이다."

"암 그래야 하고말고. 적적하기 이를 데 없는 황실이오. 궐에서 아이 소리가 들려온 게 얼마 만인가. 영특한 어린 것의 재잘거리는 소리가 예까지 들려오니 생기가 감도는 것 같았다오. 아기 웃음소리만 한 명약이 어디 또 있겠는가."

"감사하여이다 태후마마. 할마마마께오서 그리도 편애하시니 황공하여이다."

"일전에는 고 어린 소견에도 할미가 궁금했던 게야. 아기가 수인당에 의젓하게 걸어오더니 대청마루에 턱하니 걸터앉는 게 아니겠나. 어찌 그리도 호걸스런 사내인지. 내 하도 기특해서 그만 모든 시름이 걷히는 것 같았다오."

"허허허 고놈이 할마마마께 그리 효성을 드리더이까, 자전마마!"

"그리했습니다. 주상!"

"호호호 왕자더러 문안이 계오신^{편찮으신} 할마마마를 자주 찾아뵈옵고 문안 여쭈어야 하오이다, 하고 일렀나이다."

"오오 귀비가 그리 잘 훈육했구려. 아기가 반듯하고 영특하오. 유길이 나이가 올해 일곱 살이라 했지?"

"예 태후마마. 세월이 정녕 빠르옵나이다. 호호호."

"우리 유길이가 이 늙은이에게도 위안이라오. 황실의 홍복이오."

"감사 지극하여이다, 태후마마. 어서 쾌차 하오소서, 소인이 성심을 다해 탕제를 올리라 했나이다. 수라 나아올 적마다 시저^{수저}를 꼭 드시오소서. 그리하셔야 하옵니다. 홍반^{찰밥}에 곽탕^{미역국}을 드시옵고 황육과 적계^{꿩고기}도 때마다 진어 하시오소서. 면부^{얼굴}에 기력이 감도셔야 하옵니다."

"귀비의 마음 씀이 깊으니 내 그리하리다."

"자전마마! 환우를 털고 나아오소서. 자전께옵서 미령하시니 아모라타 없이 측량할 길 없이 망극할 따름이나이다. 황실에 누가 계셔 소자를 이끌어 주시겠나이까. 어느 열성조의 가호가 있어 황실을 보호해 주실 것이니이까. 자전마마! 마마께오서는 소자가 뫼시기 이전부터 내전을 지켜오셨더니다. 미거한 소자 주마등처럼 스쳐가는 세월을 어찌 어제 일 같다고 하지 않을 수 없겠나이까. 지월이 지나면 자전께오서 입궁하신 지도 갑년이 되나이다. 명년에는 대소신료들을 입조케 하여 마마의 만수무강을 축원하는 향연을 베풀까 하나이다."

"오오 고맙습니다 주상! 밥그릇만 축낸 세월이 그리도 무심히 흘러갔지요. 주상께서는 재작년 이 늙은이의 망팔에도 진찬을 베풀어 주셨습니다. 그것으로 족합니다."

"자전마마! 마마께오서 미령하시면 황실은 더욱 의지할 데가 없나이다. 불민한 소자가 바라옵기는 부디 강령하시어 날로 미혹해져 가는 황실을 이끌어 주오소서."

"고맙습니다, 주상! 정녕 자애한 어심이시오. 왕실의 여인네로 오랜 성상을 나는 주상과 함께하였지요. 험난한 세월의 바다를 주상의 뒤에서 건너고 보니 이제는 항구에 다다른 느낌입니다. 길고 먼 항해였어요. 주상께서는 뒷방 늙은 이를 변함없는 자애로 살펴주었지요. 고맙습니다. 주상!

해가 지면 이제 내 나이 일흔넷이라오. 날마다 고단함이 더해지니 열성조께로 가야 할 날이 머지않았나 봅니다. 생전에는 그리도 무심터니만 헌종대왕께서도 별일로 다 보이시오. 먼저 떠난 우리 중전이 근자에는 선몽하시곤 합니다.

어서 오라, 내 손을 잡아끄는 것만 같았소이다. 가슴이 아득하고 편안했어요. 내 이제 열성조의 품으로 돌아가면 여한이 없겠소만 차마 발걸음이… 주상! 힘을 내셔야 합니다.”

“자전마마 망극하옵나이다. 바라옵건대 심기를 굳건히 하소서. 마마께오서는 황실을 지켜주시는 음덕이나이다. 의지할 데 없는 소자를 두고 홀로 떠난다, 그리 여념치 마소서.”

“그리하리다. 내 심기를 굳건히 하리다. 주상도 그리하셔야 하오. 어떤 경우에도 종묘사직을 생각하셔야 합니다. 험난한 길을 헤쳐 온 주상이 아니십니까. 이제 다시금 창대한 세상이 열리겠지요. 그리 알고 떠나렵니다.”

“자전마마 …!”

“이리 문안해주어 고맙기 이를 데 없습니다. 주상! 밤길 살펴 들도록 하세요.”

성격이 활달한 엄씨는 태후의 기수요 밑에 친히 손을 넣어보고 방바닥의 온기를 살폈다. 대비전의 지밀상궁에게는 조석으로 황기인삼차 올리는 걸 잊지 말라고 당부했다. 그리고 황제의 뒤를 따라서 수인당을 물러나와 총총 영복당으로 돌아갔다.

왕이 즉위한 건물이라는 뜻의 즉조당卽祚堂은 조선왕조에서 여러 임금들이 정사를 펼친 경운궁의 유서 깊은 전각이다. 육조거리가 끝닿는 정릉동에는 월산대군의 후손인 계림군의 집이 있었다. 경운궁은 일찍이 세자빈 인수대비가 분루를 삼키며 두 아들과 살았던 성종의 잠저다.

권력 지향적인 세조의 맏며느리 인수대비는 드물게 학식과 식견을 겸비한 반가의 여인이었다. 장차 왕비가 될 세자빈에서 남편인 의경세자가 스무 살에 돌연 요절하자 그녀는 두 아들을 끼고 궐 밖 수양대군 세조의 잠저潛邸로 나왔다.

요행이라고 할까. 시동생 예종마저도 재위 14개월째 돌연 승하했다. 무슨 마가 붙었는지 세조의 아들인 의경세자와 예종은 스무 살 똑같은 나이에 형제가 연이어 요절했다.

숙부의 뒤를 이어서 인수대비의 둘째 아들 자을산군 이혈李娎이 제9대 성종으로 보위에 올랐다. 뜻하지 않게 용상이 굴러들어 임금의 모후가 된 그녀가 마침내 개선장군처럼 환궁하던 날까지 월산대군, 자을산군을 품에 끼고 12년 동안을 은인자중한 집이 경운궁의 즉조당이다.

임란이 끝나고 몽진에서 돌아온 선조 앞에는 마땅히 머물 거소조차 없었다. 선조는 계림군의 집을 정릉동 행궁이라 칭하고 즉조당을 정전*으로 삼아 국사에 임했다. 끝내 법궁으로 돌아가지 못하고 눈을 감은 선조가 석어당에서 승하하자 다음날 광해군이 즉조당에서 즉위하였다.

임진왜란의 영웅 광해군은 조선 중기 명과 후금과의 사이에서 중립 외교라는 고단수의 줄타기 전술로 왜란 후의 난맥상亂脈相이 된 국정을 훌륭하게 이끌어 갔다. 실리를 꾀한 현명하고 노련한 군주였으나 역사에 기록된 광해군에 대한 평가는 야박하기 짝이 없다. 패자의 기록으로 남겨진 까닭이다.

광해군은 전쟁통에 소실된 창덕궁을 중건하는 동안 정릉동 행궁을 대대적으로 확장하였고 1611년 경운궁이라 궁호를 내렸다. 왕족의 사저였던 행궁이 궁궐로 격상된 시점이다. 경복궁의 서쪽이라서 서궁이라고도 불리었다. 인조반정이 성공하자 주모자인 능양군은 인목대비가 유폐되었던 서궁의 즉조당에서

---

* 정전(正殿) : 조선시대 왕이 매일 아침마다 신하들을 접견하는 의식인 조회(朝會)를 거행하던 궁전.

1623년 제16대 임금으로 즉위하였다.

그로부터 274년이 흘러간 구한말, 경운궁은 대한제국의 황궁이 되어 역사의 전면에 다시금 화려하게 부상하였다. 법전이 중건되기 전까지 즉조당은 중화전이라는 현판을 걸고 황궁의 정전 역할을 했다. 중화전이 건립되자 고종황제는 즉조당을 편전으로 삼고 정사를 펼쳤다.

이렇듯 즉조당은 국난 때마다 왕조의 피난처가 되어준 성스러운 장소다. 임금의 영역이었던 이 전각에는 황태자 순종도 머물렀다. 고종의 뒤를 이어 대한제국의 제2대 황제로 등극한 순종황제는 곧바로 창덕궁으로 이어했다. 그날 이후부터 황궁이었던 경운궁은 태황제가 거하는 덕수궁으로 명명된다.

그런 유서 깊은 경운궁에서도 가장 오래된 전각이 즉조당이다. 거기 임금들의 터인 즉조당에서 1911년 7월, 귀비 엄씨가 눈을 감았다. 전날 저녁에 석조전에서 활동사진을 보았는데 갑작스런 토사곽란으로 엄씨는 처소로 돌아갈 경황도 없이 가까운 즉조당으로 옮겨졌다.

허무하게도 다음 날 새벽에 임종하니 전후 사정이야 어찌되었든 즉조당에서 대한제국의 후궁 엄상궁이 대단원의 대미를 장식한 꼴이 되었다. 왕모도 아닌 일개 후궁이 임금들의 터인 즉조당에서 죽음을 맞았으니 그녀는 황제국의 한 자락을 확실하게 풍미한 셈이다. 이 한 가지 사실만으로도 대한제국 황실에서 엄씨가 차지한 위상이 어떠했는지를 짐작할 만하다.

중궁전은 왕비로 책봉된 조선 최고의 여인만이 거할 수 있는 구중궁궐의 내전이다. 그런데 대한제국의 황궁에는 아예 중궁전이 존재하지도 않았다. 황후가 부재한 까닭이었다.

엄상궁은 황후가 없는 내전에서, 바로 그 내전의 시위상궁이었던 자신이 쥐고 흔들었다. 그러니 엄상궁은 시대를 넘어 가장 입신양명한 조선 여자의 본보기가 아니었을까. 모르면 몰라도 명성황후가 지하에서 눈을 부라리고 치를 떨며 이를 바득바득 갈았을 법하다.

앞서 고종은 간절한 심정으로 태후전을 물러 나왔다. 울적한 심회가 일었다. 중전을 잃고 황후를 다시 맞이하지도 못한 터에 태후전마저 여의면 웃전이라고는 없는 허전한 황실이 될 것임은 불을 보듯 자명한 이치다. 근본 없는 자식처럼 태후전에 의지해온 황실의 권위마저도 무너져 내릴 판이었다.

천방지축 열두 살 종친 소년으로 등극했을 때만 해도 조선의 앞날은 창대했다. 궐에는 대왕대비 신정왕후와 헌종비이신 왕대비 효정왕후, 대비가 되어 막후원으로 물러앉은 철종의 원비 철인왕후, 이렇게 세분이나 되는 웃전들이 생생하게 살아계셔서 내전의 권위가 엄엄했었다.

그런 만큼 조석으로 대비전을 찾아서 문안인사를 올리는 일과만도 철딱지가 없었던 어린 왕에게는 꾀가 나는 고된 일상이었다. 그만큼 웃전들이 어려웠고 법도는 엄엄했다.

헌데 가장 연소한 철인왕후가 먼저 세상을 뜨시더니 13년이 지난 신묘년¹⁸⁹¹에는 대왕대비 신정왕후가 승하하셨다. 뜬금없던 날에 자신을 덜컥 보위에 앉힌 왕실 최고의 어른이신 조대비다. 안김의 세도정치에 이어 풍양 조씨의 세상을 열어간 대왕대비 조씨가 승하하자 북적대던 후원은 예전의 영화를 잃고 하루아침에 적막강산으로 변해갔다.

왕태후 효정왕후는 본시 행동거지에 소란이 없고 얼굴에는 언제나 잔잔한 미소가 감도는 온유한 성정의 여인이시다. 열네 살에 헌종의 계비로 간택되어 입궁하였으나 젊은 남편 헌종의 사랑을 독차지한 이는 삼간택까지의 맞수였던 한 살 아래의 경빈이었다.

경빈에 대한 연모로 헌종은 후궁에게 별궁까지 지어 바치고 그곳에서 총희와 함께 머물렀다. 젊은 왕의 몸과 마음은 오로지 경빈에게로만 향해 열려있었다. 그래도 효정왕후는 시앗을 투기하지 않았다. 그만큼 법도에 죽고 사는 인생이 내전 여인들의 숙명이었다.

만년의 효정왕후는 경빈 김씨를 늘 기다렸다. 경빈이 언제나 오느냐? 묻기도

하고, 인생사 모든 풍파를 넘어서 이제는 둘도 없는 벗이 된 시앗을 날마다 기다리고 버선발로 내려가서 두 손을 맞잡아주었다. 안국동 본가에서 홀로 지내던 경빈 김씨는 이따금씩 수인재로 태후께 문안을 들었다. 도란도란 지아비 헌종을 입에 올리고 그럴 때면 두 여인의 얼굴에는 홍조가 감돌았다.

60년 세도 집단인 안동 김씨의 대모로 막강한 권력의 중심부에 있었던 시할머니 순원왕후나 철종이 승하하자 종친 이하응과 결탁하여 번갯불에 콩 구워 먹는 기습 작전으로 고종의 시대를 열어준 시어머니 조대비처럼 효정왕후는 이렇다 할 야심이 없었다. 권력에 사심이 없는 담백한 여인이었다. 그러니 평생을 아첨배 하나 얼씬거리지 않는 외로운 대비전이었다.

유일한 태후가 되어 황실 최고의 웃전이건만 다만 후원 한쪽의 태후전 수인당에서 날로 쇠락해져만 가는 왕조의 조락을 소리도 못 내고 지켜보느라 가슴속은 피멍이 들었을 것이다. 그러니 말 없는 그 심사인들 오죽했으리. 그런 자전께옵서 이제는 지상의 허물을 벗어내려 하신다.

조대비가 승하하시고, 우연인지 또다시 13년이 오는 해다. 순간 고종의 뇌리에 스치는 예감이 있었다. 아하, 13년이라! 철인왕후께서 승하하시고 13년이 되던 해 조대비가 붕어하셨다. 헌데 우연의 일치인가? 다시금 13년이 되어오는 이때 태후의 환후가 심상치를 않다. 쾌차를 바라기는 부질없는 소망이 되었으니 이 무슨 조화인고.

부대부인이신 운현궁의 어마님은 자식으로는 십일 년을 그 슬하에서 머물렀을 따름이다. 허나 태후전은 40년이나 궐에서 대비로 모셨으니 이제는 오직 한 분 남아계신 어마님이요 자전이었다. 동고동락해온 누란의 세월을 그 누가 짐작인들 할 수 있으리.

주상은 대비께 큰 불효를 저질렀다. 비록 아관에 당도한 그 시로 교서를 내려 경운궁으로 모셔오도록 하였다. 허나 불생불사의 결기로 아관으로 피신했던 그날 새벽, 경복궁에는 아무런 영문도 모르는 태후마마가 남아계셨다. 동궁

전에 태자빈이 있었으나 황망 중에 왕실의 어른으로 얼마나 망연자실 하였을
고, 그 원통하고 분한 속이야 누가 헤아릴 수 있었으랴.

철천지원수 놈들에게 중전을 잃은 것으로도 모자라서 국본이요, 만백성의 어
버이인 상감이 꼭두새벽 날도깨비처럼 아라사관으로 도망을 쳤으니 늙은 대비
의 심정이 오죽이나 처참했으리. 오장육부가 틀어지는 통한이 사무쳤을 것이다.

불운했던 역사의 고비마다 한 마디 내색도 없이 다만 소리 없는 가호로 곁을
지켜주었던 자전마마! 비록 화려한 부귀화의 영화는 누리지 못했어도 어둠을
사르는 한 가닥 심지처럼 은은한 등촉이 되어주신 인자한 대비께서 이승의 줄
을 놓으려고 하신다.

즉위 이듬해 대왕대비전의 하명으로 운현궁의 중건이 완성되자 기념 다례가
있던 날이었다. 어린 왕이신 고종은 대왕대비전과 왕대비전 두 모후를 모시고
잠저로 거둥을 하였다.

그날 자전께서는 "노락당 대청에서 올려다보이는 하늘빛은 유난히 푸르기도
합니다" 하고 궁의 내전만큼이나 웅장하게 세워진 운현궁의 안채에서 덕담을
건네셨다. 그 음색에는 절제의 미덕이 배인 궁정 여인의 애수가 깔려있었다.

서양 선교사에게서 진상을 받은 가비차를 처음으로 올렸을 때는 한 모금을
간신히 넘기시고는,

"에이구머니나, 이렇게 쓴 약을 주상께서는 그리 즐겨 음복하신다지요? 나는
구식 노인넨가 봅니다. 입에 쓴 서양 차보다는 생과방에서 들이는 사미차柶米茶
가 더 맛있습니다." 하시고 가비차의 쓴맛에 이마까지 찡그린 자전이셨다. 아직
은 살아계시니 수인당으로 들면 마마의 고우신 면부를 뵈올 수 있으리마는 벌
써 떠나고 아니 계신 어마님처럼 왜 이리 가슴 밑에 허한 바람이 드는 것인가.

전장의 장수처럼 걸걸한 엄씨가 영복당으로 돌아간 뒤에도 황제는 침수에
들지 못했다. 용상에 앉은 이래 숱하게 지친을 여읜 왕이다. 양친인 대원위대감

도 부대부인 민씨도 황제의 나라가 선포된 이듬해, 그러니까 광무 2년, 새해가 열리기가 무섭게 앞서거니 뒤서거니 이십여 일간의 시차를 두고 세상을 하직하셨다. 나라 꼴이 허망했으나 자식이 황제에 올랐으니 한이 깊은 와중에도 여한은 덜었으리라.

태어나기가 무섭게 세상을 등진 어린 자식들. 어느 자식인들 부모 가슴에 묻지 않을 수 있으랴마는 달덩이처럼 훤한 대장부의 기상으로 태어나서 온 왕실에 홍복을 주었던 맏아들 완화군이 있었다. 고종은 그리도 반듯한 용모로 헌헌하게 자라고도 열세 살 때 홍역으로 허망히 잃은 첫아이 완화군을 잊지 못했다.

사내의 용솟음치는 동정을 바쳐 몸과 마음을 불살랐던 연상의 여인 영보당! 완화군은 첫정의 영근 결집체로 이상궁의 배를 빌어 태어난 첫아이다. 중전의 복중에서 태이었다면 귀하고 존귀한 몸이 되었으리만, 그리 허망하게 가지는 않아도 되었으리만, 안쓰러운 이별이었다.

서슬 퍼런 중전 밑에서 하찮은 궁인의 태를 빌어 나왔기에 마음 편히 아비의 정을 내보이지도 못하고 사별한 완화군을 고종은 가슴속 깊은 데에 묻었다.

그러나 하늘 아래 그 어떤 서러움보다 고종의 가슴속에는 속수무책의 피울음으로 묻고 또 묻어두어야만 하는 아내 중전 민씨가 있다. 그 정도의 곡절을 겪었으면 이제는 굳은살이 박일 법도 하련마는. 이제 한 분 남아계신 태후마마와의 이별을 목전에 두고 있다. 그간에 미처 헤아리지 못한 사모의 정이 황제의 심경에 사무쳤다.

홀로 함녕전 대청을 서성거리며 고종은 끝도 모를 회억에 젖었다. 또다시 이별을 목전에 두고 있다. 쉰 고개를 넘어선 왕의 안정에서 용루가 주르르 흘렀다. 인적 없는 싸늘한 정적 속에 황궁의 겨울밤이 깊어만 가고 있다.

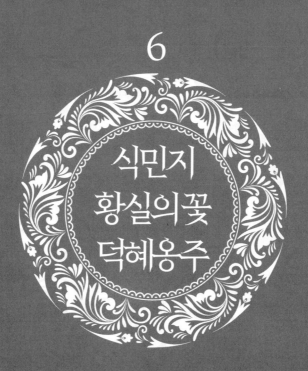

6

식민지
황실의꽃
덕혜옹주

덕혜옹주네 집

덕수궁은 덕혜옹주네 집이다. 현재진행형을 쓰는 이유는 덕수궁이 이미 왕실 소유가 아닌 국가 재산으로 넘어간 지도 까마득한 옛이야기가 되었지만 그곳에서 나고 자라고 마지막까지 그 궁궐에서 살았던 왕족이 덕혜옹주이기 때문이다.

덕혜옹주에게 있어 덕수궁은 자신이 태어난 생가이며 어린 시절 귀하디 귀한 왕녀로서의 온갖 추억과 이야기와 그리움이 사무친 집이기에 언제까지나 덕수궁은 덕혜옹주네 집이라는 생각이 든다.

1912년 5월 25일 덕혜옹주는 고종 태황제의 고명딸로 태어났다. 무심한 세월의 부침 속에서 지금은 흔적도 없이 자취가 사라진 덕수궁 후원에는 아담한 전각 복녕당이 있었다. 옹주가 태어난 산실이다.

대한제국의 황궁으로 후에는 태황제의 연거지소燕居之所*가 된 당시의 덕수궁 궁역은 현재의 서너 배가 되는 넓은 면적이었다. 세종로 코리아나 호텔 일부와 시청 앞 광장 부분까지, 뒤쪽으로는 예원학교 부지와 옛 경기어고 일대를 포함한 널따란 영역이었다. 현재의 위치로 상상해보면 서울 시의회 부근의 후원쯤에 복녕당이 있었을 것이다.

고종황제에게는 세 명의 따님이 더 있었지만 "이씨 왕실의 딸은 안 된다"는 속설때문인지 태어나자마자 일 년을 못 채우고 모두가 조졸하여 넷째 따님인 덕혜옹주만이 고명딸로 남았다.

1907년 헤이그 만국평화회의에 극비리 파견한 밀사 사건이 그 화근이 되었다. 일제는 특유의 빼어난 정보력으로 출발부터 세세한 노선까지 밀사들의 경

---

* 연거지소 : '편안한 마음으로 한가로이 머무는 곳'이라는 뜻으로, 임금이 주거하며 일상 생활을 보내는 장소를 말한다.

로를 추적하고 있었다. 천하의 호재거리로 그물 안에 제대로 걸려든 고기라 여긴 그들은 일부러 모르는 척을 하면서 결정적인 한 방을 날려 고종 퇴위의 구실로 밀어붙였다.

양위를 강요한 이토 히로부미와 이완용 등 친일 매국노들의 집요한 협박을 견디다 못한 광무제 고종은 황태자에게 양위하고 결국은 태황제로 물러앉았다. 44년간 지켜온 용상에서 억지로 물러나는 처지가 되었으니 아얏 소리 한마디 못 내고 걸려든 올가미다.

퇴위당한 고종은 덕수궁으로 궁호가 바뀐 황궁에서 '태왕전하'로 격하되었다. 평생을 통치자로만 살았던 권세의 뒤울에서 울분을 삼키고 분기를 짓씹으며 쓸쓸한 만년의 소회를 반추했다. 조선왕조는 서글프도록 처연하게 서쪽 하늘을 물들인 저녁노을처럼 석양으로 기울고 있었다.

억압으로 권력을 잃은 황제. 이빨 빠진 태황제가 되어 세상사 무상함이 뼈에 사무치던 그때 하늘이 내려준 보물처럼 덕혜옹주가 태어났다. 복녕당 양씨에게서 얻은 암반수와도 같은 따님이다. "환갑에 본 자식은 아비를 쏙 빼닮는다"고 한다. 이 속설을 증명이라도 하듯 덕혜옹주는 여자아이치고 신기하도록 부왕의 얼굴을 쏙 빼닮았다. 순해 보이는 입 매무새와 유난히 넓은 이마까지도 그대로 고종의 인상을 보는 느낌이다.

덕혜옹주는 대한제국의 안방마님으로 기가 승했던 엄귀비가 눈을 감은 지 꼭 10개월 5일 만에 태어났다. 상전인 명성황후를 본뜨고 싶었는지 시앗 꼴을 절대로 용납지 않았던 으악스런 엄씨가 죽지 않고 살아있었다면 세상 빛을 보지 못했을 옹주다.

귀비 엄씨는 1911년 7월 20일 토사곽란土瀉癨亂으로 갑자기 세상을 떠났다. 총독부에서는 공식적인 사인을 장티푸스라고 발표했지만 엄씨가 병으로 격리되었다던가 열이 불덩이처럼 떠서 앓았다는 흔적이 없으니 그 또한 조작일 것이다. 장티푸스는 필요상의 병명이고 실제로는 저녁 먹은 게 급체하여 사망에 이르렀다.

이른 저녁 수라상을 물린 귀비는 태왕을 모시고 석조전에서 활동사진을 보려고 자리를 잡았다. 워낙에 처음 보는 신기한 물건인지라 궁인들까지 다들 모이라 선심을 쓰는 바람에 일과를 마무리한 상궁과 내인들이 하나둘 모여들었다.

그 가운데는 며칠 뒤면 뜬금없이 승은을 입게 될 덕혜옹주의 생모 양춘기도 끼어 있었다. 그리고 귀비 엄씨가 떠난 태왕궁에서 줄줄이 승은을 입은 광화당 이씨, 삼축당 김씨, 보현당 정씨 같은 상궁 내인들도 신기하게 생긴 신문물을 구경하겠다고 서둘러 석조전으로 모여들었다. 철이 들자 궐살이가 시작된 이들에게 희한한 신문물이 쏟아내는 위력은 신기루와도 같았다.

육군 대장 출신의 총독 데라우치 마사타케는 강제병합 이후 조선의 초대 총독으로 부임하여 6년간 군림한 자다. 거저 집어삼킨 대한제국을 다시 조선으로 격하시키고 영구적인 식민 통치의 기반을 착실하게 다져간 교활한 인사였다.

국가의 행정권을 비롯하여 입법, 사법권을 장악하고 법관을 임명했으며 왕실 관리기구인 이왕직과 귀족들의 감독권까지 한 손에다 쥐고 흔들면서 절대적인 통치권을 행사한 그는 식민지의 왕이었다.

돈덕전에서 즉위한 순종이 창덕궁으로 이어하자 황궁이 된 창덕궁에는 유폐당한 융희제 순종이 쓸쓸히 계셨다. 반항 한마디 할 줄 모르는 황제! 자신의 뜻을 단 한 가지도 관철시킬 수가 없었던 이왕전하 순종은 유순하고 착하기만 한 허수아비 왕이었다.

그래도 그는 조선의 백성들이 가슴속에다 품고 의지하고 황제폐하를 목 놓아 외칠 수가 있었던 창덕궁에 계신 조선의 마지막 임금님이었다. 그러나 일제의 철통같은 감시와 견제로 허울뿐인 황제는 신민들에게 단 한 뼘의 그늘도 되어주지 못했다.

순종은 본시 효성이 지극하고 유순한 성품을 타고난 귀인이다. 그에게는 적대심이 없었다. 좀 모자라 보이도록 착해빠진 임금님은 궐에서 누구를 만나던

지 사람 좋은 인자한 미소로 반갑게 인사를 받아주었다.

그가 옛 신하이거나 비록 자신을 감시하려고 파견된 일본인 관리라 하더라도 묻고 따지지 않았다. 그저 다정하게 상대방과 가족의 안부를 물어보고 선물을 주고 언제나 미소 띤 얼굴로 온유한 눈길을 보내주는 '미소의 왕'이었다.

남산 왜성대 총독부 관저에서 시시콜콜 덕수궁을 염탐하고 태왕을 감시하는 데 촉각을 곤두세운 총독 데라우치가 한 달간 도쿄를 다녀왔다. 덕수궁 이태왕에게 귀경 인사 겸 선물을 드린다며 입궐한 데라우치는 내지를 다녀온 기념이라면서 독사 같은 얼굴에 억지웃음을 흘렸다. 무슨 큰 선심이라도 쓰려는지 그의 손에는 둥그런 영사용 필름 한 개가 들려져 있었다.

총독은 도쿄에서 배움에 여념이 없으신 왕세자전하가 얼마나 훌륭하게 생활하고 계시는지 태왕전하께 보여드리고 싶노라 말했다. 시절이 시절이니만큼 민가에선 영사기를 돌리는 건 고사하고 영사기가 어떻게 생겼는지도 모른 어두운 시절이었다. 태왕이 계신 궐이었기에 누리는 호사이고 특권이었다.

활동사진

"어머나 폐하! 오래 살다 보니 별천지를 다 보옵니다. 필름이라나 뭐라나 하는 거로 가만히 앉아서 물 건너 바깥세상을 구경하다니요."

"허허, 그게 활동사진이라는 거지. 움직이는 사진이라는 뜻이오. 문명국에서는 사진을 박은 필름으로 영화를 만들어 돌린다고 하네. 코쟁이들이 사진기를 둘러메고 어디서나 찰각찰각 박지 않던가. 도화서 화원들이 몇 달 몇 년을 공들여서 그리는 초상화를 사진기는 찰각하는 한순간 똑같이 박아내지 않더냐."

"폐하 우리 왕실에는 화원들이 그린 역대 제왕님의 어진御眞을 많이 모시고 있지 않사옵니까."

"그렇고말고. 본시 조선은 세계 제일가는 초상화의 왕국이니라. 효심으로 조상의 초상화를 그려서 가보로 전하느니라. 숙종조부터 영정조, 순조 연간에 이르기까지 도화서 화원중에는 단원 김홍도와 이명기, 조영석, 혜원 신윤복 등 기라성 같은 도화선들이 출연했었네. 역대 제왕의 어진을 그린 화원들에게는 지켜야 할 원칙 하나가 있었느니라."

"그게 무엇이었더니까."

"일호불사 편시타인一毫不似 便是他人이라. 터럭 한 올이라도 같지 않으면 곧 그 사람이 아니라는 뜻으로, 정조조에 회자된 당대 제일의 도화선 이명기와 김홍도가 있었지. 이자들 둘이서 서직수라는 까다로운 사대부의 초상화를 그렸는데 마치 살아 움직이는 인물처럼 희대의 걸작이었다. 헌데 그 초상화가 당시는 타박 덩어리였느니라. 정작 당사자가 완성된 자신의 초상화를 보더니 한마디로 일갈했기 때문이지."

"무어라 했더이까."

"'그림에 이름난 두 사람이건만 한 조각의 정신도 그려내지 못하였다.' 하고 신랄하게 악평을 쏟아부었다네. 허니 죽도록 공을 들여 그려주었는데 어디 화대나 챙겼겠는가 하하하. 이 말이 뭐고 하면 조선의 사대부들은 얼굴 생김새뿐 아니라 초상화 속에 그 사람의 혼까지도 담아 넣어야만 제대로 된 그림이라고 생각했느니라. 혼을 담기를 주문했던 조선의 초상화 실력은 세계 어디서도 흉내를 낼 수 없는 최고의 경지였느니라."

"신첩이 보옵건대 폐하의 어진에도 얼이 담겨져 있지 않사오니까."

"허허허. 무술년1898에 미국사람 휴버트 보스Hubert. V.가 입궐하여 짐의 어진을 그렸도다. '어찌 저리 사진을 박은 듯 똑같을 수가 있는고?' 하고 감탄했더랬지. 어진 속의 면부에는 혼도 약간은 박힌 듯이 여겨졌다."

"오오, 진정 어진 속에 혼까지도 박혀 있었사옵니까?"

"그렇지. 임인년1902에는 법국에서 온 드 라네지에르가 과인과 창덕궁 황제의 어진을 그렸노라. 이때 그자가 짐에게 간청하였느니, '폐하! 따로 폐하의 초상화를 한 점 더 그려서 소장할 수 있는 영광을 부디 윤허해 주옵소서.' 그렇게 이듬해 그는 〈조용한 아침의 나라 황제〉라는 부제로 그때 그린 초상화를 제 나라에 돌아가 『극동의 이미지』라는 잡지에다 수록하였지. 몇 달씩 고생하며 그린 초상화가 이제는 사진 한 장 찰칵 박는 순간에 생긴 것과 똑같이 박혀서 눈앞에 나타나니 세상 참 무서워졌도다. 그렇게 찍은 필름으로 활동사진을 만드는가 보이."

"그런가 보옵니다 폐하! 신첩도 일전에 언더우드가 궐에서 정신을 빼놓고 사진을 박는 걸 보았사옵니다. 허나 아무리 그래도 그렇지요. 도화선이 정성껏 그린 어진만이야 하겠나이까. 호호오."

"헐버트에게 내 전에 들은 바로는 뉴욕에 사는 에디슨이 전구를 발명해서 신세계를 만들어놓았다 하데그려. 밤도 낮처럼 환해지고 이런 활동사진도 집집마다 틀어놓고 본다고 하네. 여기 석조전의 저 백열등도, 저쪽에서 돌아가는 영사기도 모두가 에디슨 회사에서 만들어다 만방에 팔아먹는 물건들이다."

"그러하옵니까. 신첩은 이제야 아옵니다."

"내 가끔씩 창가를 듣곤 하는 축음기도 에디슨이 만들었느니라. 어디 그뿐이던가. 창덕궁 황제가 아침마다 문우를 올리는 따르릉 전화기도 알고 보면 모두가 다 에디슨이 만든 발명품이니라."

"기해년1899 구월 노량진에서 제물포까지 개통된 경인선 철도도 그렇지 않사오니까. 벌써 네 해나 지나갔사옵니다. 정미년1907 12월의 한겨울 날이었지요. 만주환을 타고 일본으로 출항하려고 남대문 역에서 경인선 열차로 떠난 우리

태자가, 아바마마가 계신 황궁을 보고 또 뒤돌아보면서 기차에 올라탔다 하지 않았사옵니까."

"옳거니 귀비는 기억력도 딱 부러지도다. 그날 일을 사진기처럼 찍어놓는구먼. 맞느니, 그 철도도 다 에디슨의 발명품이지. 건청궁에 처음으로 들어온 전깃불! 으음…. 오오라 병술년1886 극월極月이었느니. 태양력으로 따지자면 정해년1887의 새해 벽두였느니라. 병술년 시월에 미국에 있는 에디슨 전기회사와 계약을 맺었느니라. 다음 달로 득달같이 전등기사 매케이MeKey란 자가 그 머나먼 지구의 끝에서부터 태평양을 건너와 과인을 접견하였도다."

"그 먼 나라에서 그리도 빠르게 당도했나이까?"

"그렇다네. 오자마자 매케이는 건청궁에 설치할 전기발전소 터를 찾는다고 부지런히 여기저기를 수색하고 다녔느니라. 마침내 향원지 남쪽에다 전기등소를 지었지. 향원지의 물을 뽑아 올려서 전기를 생산하는 발전소니라. 허허 세상 참 신기하지 않은가. 기계로 물을 퍼다 불을 만들다니! 그런 연고로 전깃불이 '물불'이 되었느니라."

"오호라 그리하여 '물불'이 되었사오니까. 신첩 궐 밖에서 살던 때인지라 오늘에야 그 내력을 세세히 아나이다. '물불'이라 하길래 대체 무슨 물불을 못 가려서 저리도 멍청한 이름이 붙었는가, 정녕 궁금했더니다."

"어허허허, 진정 그리 생각했더란 말인고. 귀비는 과연 재치 있는 사람이로고. 딴에는 물불도 못 가린다는 말이 딱 맞아떨어지누나. 물을 퍼다가 불을 만들었으니 맞는 말이 아니고 무엇인고."

"호호호 그러니이까 폐하! 경복궁의 어디에 맨 먼저 전깃불이 들어왔나이까?"

"건청궁이니라. 장안당과 곤녕합의 대청과 향원정 앞으로 전봇대를 세우고 불을 대낮처럼 훤히 밝혔느니라. 대명천지가 따로 없었다. 황후는 명절날 설빔을 한 어린애마냥 즐거워했느니라. 마음이 들떠 잠도 자지 못하였다. 못내 신기한지 야밤에 대낮처럼 환해진 옥호루를 서성이다가는 곤녕합에 물러앉아 서책을 펴고 독서삼매경에 빠져들곤 하였지. 황후는 대낮처럼 훤해진 밤에 잠들기가 아깝노라고 했다. 그런 전깃불이 자주 심통을 부렸느니라."

"심통이라 하셨사오니까."

"밤이 깊어 서책과 벗하고 있을라치면 '물불'이 철없이 훼방을 놓아 깜빡 깜빡거리다 탁하고 나가느니라. 그럴 때마다 건청궁은 바닷속 같은 심연으로 빠져들었지. 밝았다가 어두우니 더 캄캄하지 않겠는가. 여기저기서 등촉을 찾는다고 법석을 떨고 그 후로는 백열등 아래에 등잔을 항시 대령해 놓았다. 건달꾼이 제멋대로 몸을 건들건들 흔들어대는 것처럼, 하룻밤에도 몇 번씩이고 들어왔다 나갔다를 반복하며 백열등이 제 몸을 하도 흔들어대는 통에 이를 가만히 눈여겨본 중전이 오호라! '건달불'이로다 하고, 물불을 건달불이라 개명해 주었느니라."

"호호호, 그리도 좋아하셨나이까."

"지금이야 상전이 되었다만 그래도 가끔씩 건달불이 되지 않느냐. 전깃불이 들어오자 대명천지가 되었다고 그리도 좋아하더니만. 중전이 살아계실 때 '건달불'이나마 전기를 밝혀줄 수가 있어 에디슨에게 내 진정 고마웠으이."

"원통하게 승하하신 황후폐하를 생각하면 신첩 또한 억장이 무너지나이다. 그래도 훤한 문명개화를 보시고 승천하셨사오니 다행스럽나이다. 그게 다 에디슨의 덕인 줄을 신첩은 이제야 알겠나이다. 폐하!"

"북궐에 만들어 놓은 전기등소가 극동에서는 그중 먼저 세운 발전소니라. 정해년1887 이월이니 쩍하면 싸움판을 벌이려고 달려드는 왜놈들도, 대국이라는 청나라의 아둔한 오랑캐들도 생각지도 못한 때에 조선은 그중에 먼저 전깃불을 밝혔느니라. 조선의 문명개화가 실상 앞서간 것도 따지고 보면 서양의 신문물을 받아들여 삼천리강산을 대명천지로 만들겠노라, 잠을 안 자고 궁리를 한 황후의 덕분이었도다."

"정녕 그러하옵나이다 폐하!"

"1882년 조미수호통상조약이 체결되었느니라. 미국 조정은 푸트Foote. L. H.를 짐에게 보내어 문안케 하였다. 아서Arthur. C. A. 미국 대통령에 대한 답례로 양국 간의 친선을 돈독히 하려고 짐은 계미년 7월에 사절단을 파견했느니라."

"보빙사를 말씀하시는 것이오니까."

"그렇지. 민영익을 전권대신으로 부대신에 홍영식, 종사관 유길준, 서광범, 현응택, 최경석, 변수, 고영철과 청국인 오례당, 왜인 미야오카, 미국사람 로웰 Lowell. P. 등 총 열한 명의 보빙사를 뉴욕으로 파견하였다."

"그들이 어떤 문명을 보고 왔다 하였사옵니까."

"보빙사는 40여 일간 미국 땅을 순회하고 정치인들을 만나 조선에 필요한 물적 자원과 인재 양성을 위한 인적 자원, 즉 물질과 사람을 지원해 달라고 애걸했다. 보빙사는 박람회를 참관하고 병원과 신문사도 둘러보고 장교를 양성하는 육군사관학교를 두루 다 살펴보고 돌아왔느니라."

"폐하! 보빙사가 보고 돌아온 신문물이 조선에 접목이 되었나이까?"

"어험, 귀비는 한 번도 핵심을 지나치는 법이 없구먼. 이자들이 보고 온 신문물은 그 후 육영공원과 신식우편제도를 만드는 데 적용되었느니. 또 천수답에만 의지했던 농사에 농무목축시험장과 신식 농기계를 만들어서 공급했느니라. 그때 보빙사가 권면하였고 서재필, 윤치호 같은 소위 신진 개화를 주장하는 자들이 짐에게 간청한 바가 있었다. 미국의 의회 정치를 본떠 조선도 미국처럼 개혁해 달라는 요구였지. 짐이 그때 통 크게 그자들의 요구를 한번 들어나 줄 것을 그리 못하였도다. 나라 꼴이 이 지경이 되고보니 천추의 한으로 남는도다. 돌이켜보면 다 과인의 부덕의 소치니라. 그것이 원통하고 분하니라."

"어이 부당한 말씀이니이까 폐하! 지당하지 않사옵니다. 폐하께오서 조선의 부국강병을 위해 노심초사하신 줄을 삼척동자도 모르리이까. 왜놈들이 길을 막았나이다. 국운이 그만하여 이리 곤욕을 치르시는 것이오니다. 폐하! 한 가지 빠트리신 것이 더 있나이다. 건달불 이야기 말씀이옵니다."

"허허 귀비가 또 일깨워 주는구려. 보빙사 그자들이 사십여 일 만에 돌아와 서는 한다는 말이 궐에다가 전깃불을 달으라는 거였느니라. 수천 년을 불이 없 이도 잘 먹고 잘 살아왔고 반딧불이를 벗 삼아서 형설의 공을 이뤘거늘 무슨 날도깨비 같은 전깃불 타령인고, 하였더니 그자들 한입 같은 대답이 참 걸작이 었다."

"무엇이라 했더이까."

"그자들 하는 말이, '전하! 칠흑 같은 밤이 대낮처럼 환해지니 인왕산 범들이 감히 후원을 범치 못할 것이옵니다. 전각을 순식간에 혹 태워서 한 줌 재로 날 려버리고 마는 화마에서도 벗어날 수가 있을 것이옵니다. 무엇보다 전하의 치 세가 밝은 대낮처럼 창망해질 것이옵니다.'라고, 그 말이 하도 그럴 듯하여 내 가 통 크게 허락했느니라. 신세계가 다름 아닌 건달불이었던 줄을 그때야 알았 느니라. 에디슨 그 양반한테 내 두고두고 신세를 졌나보이."

"어머나 건달불이 들어왔네. 폐하! 활동사진이 다시 돌아가옵니다. 왜놈들의 나라가 어찌 저리도 번듯하옵니까. 문명국 흉내를 있는 대로 다 내고 사나 보 옵니다. 왜왕이 사는 궁전은 어찌 저리도 웅장하여이까. 동경이라는 곳에는 높 은 집들이 많기도 하옵니다. 왜인들이 모다 찔뚝찔뚝 게다짝을 끌고 오금 저린 년들마냥 살살 잘도 걸어가옵니다. 호호호."

"허허. 섬나라 일본이 미국과 억지로 화친조약을 맺은 게 갑인년1854이었느 니. 우리네보다 고작 이십여 년 앞서갔느니라."

"어머나 호호. 폐하! 하필이면 심술 맞게 왜 갑인년이나이까. 신첩이 귀 빠진 해가 아니오니까. 호호호."

"허허허 그러하구먼. 자네 연수 보니 같은 해로고, 쉰일곱 해 전의 일이로다."

"호호, 그리되었나이다 폐하."

"왜국은 자본주의 열강이었던 아라사와 화란, 법국, 영국과도 통상 조약을 맺 었느니라. 따져봐야 우리보다 겨우 이십여 년 앞서갔느니. 영국과 일본은 본시

땅덩어리의 맨 서쪽과 동쪽 끝에서 마주 보고 있는 섬나라니라. 서로를 비춰주는 거울이라나, 뭐라나 추켜세우는 꼴들이 가관이 아니니라. 정묘년¹⁸⁶⁷에는 대정봉환大政奉還을 이루었고 메이지가 들어선 게 따져봐야 40년 남짓이거늘 그새 딴 세상으로 환생했나보이. 유신으로 배가 부르고 힘이 생기니 죄 없는 남의 나라를 제 아가리에 톡 털어 넣었도다. 천하에 고얀 왜구 같으니.”

“저 돌아가는 활동사진기를 보니 신첩도 겁이 나옵니다. 왜놈들이 어느새 선진 문명국이 되었다고 저런 기계도 예사로 쓰고 살다뇨. 신첩은 생배가 아프고 등짝에 소름이 돋나이다.”

“어디 그뿐인가. 왜국은 갑오년¹⁸⁹⁴에 청국에 시비를 걸더니 단숨으로 무찔러버렸고 갑진년¹⁹⁰⁴에는 무적함대라는 아라사마저도 거뜬히 해치웠네. 두 번씩이나 연전연승하지를 않았느냐. 어느 누가 아라사를 왜놈들이 쳐 넘길 줄 상상인들 하였겠느냐. 그다음의 해코지가 이 나라 조선이니라.”

“어마나 폐하! 심기를 편히 하오소서. 애그머니나! 아니, 저기 저 아이가 누구인가. 저기 저 저, 우리 태자 우리 왕자 유길이 아니오니까?!”

“……”

건달불이 깜빡거리다 들어오니 영사기가 다시 돌아갔다. 마침 그때 일본 육사에서 군사 교육을 받고 있던 영친왕 이은의 모습이 화면 가득히 나타났다. 허름한 훈련복을 입고 황량한 들판에 주저앉아서 주먹밥을 입에다 쑤셔 넣고 있는 모양이 때마침 돌아가고 있었다.

“아니 잠깐, 오호라, 저기 저 작은 아이가 누구인가? 우리 황태자 아니신가! 아니 저런 저 쳐죽일 놈들이! 아니아니 저건 또 뭐야! 낡아빠진 저 군복은 어디서 주워다가 입힌 것이냐. 우리 태자 손에 들고 있는 저 주먹밥은 웬 것이란 말인고. 아이고 우리 태자, 우리 태자가…!”

“……”

"편히 공부 잘하고 있다던 우리 태자가! 신문물을 견학하고 배워서 탁월한 제왕의 자질을 갖추도록 가르치려 고이 모시고 다녀온다더니, 이자들이 지금 무슨 짓을 우리 태자에게 저지르고 있단 말인고, 아이고 저 악귀 같은 군사 훈련이 그 잘난 공부더란 말이옵니까! 아이고 아이고 이게 무슨 난리옵니까 폐하!?"

얼이 다 빠져버렸다. 너무도 기가 막힌지 허둥거리던 귀비 엄씨는 두 손으로 눈을 문지르며, 돌아가다 말고 멈춰선 활동사진을 뚫어지게 쳐다보았다. 그녀의 두 눈에서 불꽃이 튀었다. 그러다 안색이 변하고 토악질을 해대며 배를 움켜쥐고 나뒹굴었다.

너무도 갑작스럽게 닥친 충격으로 저녁 먹은 것이 급체해서 벌어진 토사곽란이었다. 경황 중에 엄씨는 석조전에서 가까운 즉조당으로 옮겨졌다. 겨우 그밤을 넘기더니 다음날 새벽 운명했다. 그녀의 나이 쉰여덟. 눈을 감지도 못하고 떠난 주검이었다.

입이라도 하나 덜으려고 상궁 고모의 손에 이끌려서 다섯 살에 생각시로 궐에 들어와 황태자의 생모가 되고 황귀비에 오르기까지 그녀의 인생은 실로 파란만장했다. 바위처럼 단단한 귀비 엄씨에게 닥친 불행한 죽음의 그림자다.

황제의 나라 13년은 엄상궁이라는 한 걸출한 조선의 전직 내전상궁을 위해서 열린 황국이었는지도 모른다. 그녀의 재등장에 맞춰 제국의 문이 열렸고 제국의 소멸과 함께 그녀도 사라졌기 때문이다. 그러니 대한제국의 존재 이유가 바로 제국의 황귀비였던 엄상궁을 위한 세상이었는지도 모를 일이다.

귀비 엄씨의 죽음

못생긴 죄로 박색이라는 마패를 천형처럼 달고 다닌 엄상궁이었다. 그래도 영민한 두뇌와 상대방을 무장 해제시키는 묘한 카리스마가 있어 그녀 곁에는 항시 사람이 꾀었다. 엄상궁은 한마디로 보스 기질이 농후한 여자다.

그 얼굴로 늙은 나이에 승은을 입은 전설 같은 일화도, 지존의 사랑을 한껏 독차지할 수 있었던 뚝심도 따지고 보면 그녀가 발산하는 특유의 아우라에 기인했다. 명성황후도 사람을 당기는 엄상궁의 이런 특질에 이끌려서 지척에다 두고 부렸을 것이다.

죽음을 불사하고 쟁취한 자리다. 비천한 자신에게 분에 넘치는 부귀와 영화, 아무리 누리고 채워 넣어도 싫증이 나지 않는 권세와 재물까지, 생각하면 이 모든 천복의 근원은 아관에서 수태한 황태자 유길이었다.

눈에 넣어도 아프지 않을 귀하디 귀한 내 아드님! 귀비가 된 엄씨에게 유길은 존재의 이유를 넘어서 자신의 목숨보다도 더 소중하게 지켜야 할 보옥이었다. 엄씨는 언젠가는 제국의 황제가 될 태자의 장래를 위해서라도 왕비가 되고 싶었다.

그렇게 금방이라도 손안에 잡힐 것처럼 어른거리던 황후 좌이건만 상전이신 명성황후가 앉으셨던 비단 보료가 그리 녹록히 아무에게나 허락되는 보좌는 아니었나 보다.

그런 태자가 왜놈의 땅에서 학업의 연마는 고사하고 혹독한 군사 훈련에 시달리고 있었을 줄이야! 내 뼈를 갈아 먹여도 시원찮을 태자가 흙바람이 날리는 땅바닥에 주저앉아서 얼어 터진 주먹밥을 손아귀에다 틀어쥐고 입에 넣는 저 꼴이라니! 으흑 으흐흑….

학습원을 졸업한 왕세자 이은은 일본 육군사관학교에 입교했다. 그의 나이 15세. 천황가에 속한 사내라면 거쳐야만 하는 필수적인 과정이었다. 헌데 요상한 것은 따로 있었다.

왕세자가 고된 군사 훈련 중에 하필이면 생도들과 주먹밥을 먹고 있는 광경을 데라우치 총독은 무슨 맘을 먹고 군이 필름에까지 담아온 것인가. 게다가 친절하게도 그걸 선물이라고 있는 대로 생색까지 내가며 대체 왜 덕수궁에 건네주고 간 것일까?

명성황후가 시해당한 지 5일 후, 고종은 엄상궁을 대전으로 불러들였다. 보통 사람의 상식으로는 납득이 가지 않는 해괴한 처신이었다. 상황 논리로 치자면 궐 안에서는 단 한 사람 믿을 자가 없었던 당시의 긴박한 처지가 군이 이유라면 이유가 되기는 했다.

그런 태왕이 이번에는 엄씨가 죽자마자 손가락으로 날짜라도 세고 있었던 사람마냥 그날로부터 꼭 10개월 5일이 되는 날에 보란 듯 옹주를 생산하는 기염을 토했다. 완력이 드센 엄씨가 영복당에서 두 눈을 부라리고 있던 시절에는 언감 임금의 밤 나들이는 꿈도 못 꿀 낭만이었으리라. 시앗 꼴이라면 치를 떨고 혹독하게 처분했던 상전에게서 보고 들은 게 전부인지라, 귀비는 제 상전의 흉내를 한 술 더 떠서 냈다.

시앗 꼴을 절대로 용납지 않았던 엄씨의 등쌀은 본처의 투기보다도 더 혹심한 시앗의 적반하장이었다. 하시라도 승은만을 고대하며 날마다 밤마다 만년 대기 상태로 덕수궁의 꽃 같은 내인들은 푹푹 내쉬는 한숨 속에 시들어 갔다. 그런 궁녀들이 살폿살폿 풍겨대는 분 냄새가 고종에게는 고문이었을 것이다.

"허허 손안에 쥘 수 없는 미망이로고!"

드센 치맛바람 아래서는 일단 꼬리를 착 내리고 보는, 절대로 강녀強女와는 맞붙지 않는다는 철칙을 고종은 평생 고수하고 살았다. 그런 태왕의 성정으로 미루어 남몰래 나오느니 단내 나는 한숨뿐이었으리라.

궐은 본시 비밀이 없는 장소다. 카메라도 문자도 이메일도 더더구나 핸드폰 같은 문명의 이기가 있을 리 없는 어둑한 시절이었다. 하건만 작금의 정보전을 능가하고도 남을 정도로 전각마다 거미줄처럼 촘촘히 박힌 첩보망의 위력은 실로 대단했다.

금상이 머무시는 편전의 움직임은 일거수일투족이 실시간으로 생중계되었다. 새벽에 젊은 내인이 치마를 뒤집어 입고 나왔다는 입소문이라도 나도는 순간, 그 궁녀는 그날 그 시로 쥐도 새도 모르게 시야에서 사라져버렸다. 아니면 반죽음이 되어 궐 밖으로 내처졌다. 전날의 엄상궁처럼.

귀비 엄씨는 자신처럼 출세할 '제2의 엄상궁'을 결단코 용납치 않았다. 밑바닥에서부터 기어 올라와 귀하신 몸이 된 입신양명의 그 세계! 그 비법을 너무나도 정확히 꿰고 있는 엄상궁이기에 스스로가 알아서 쳐 놓은 철벽 방어선이다. 머리가 핑핑 잘도 돌아가는 엄상궁은 상전인 명성황후보다도 한술 더 떠서 고종의 색기에 쐐기를 박았다.

그렇게 오기 덩어리로 뭉쳐진 엄씨의 아집도 자기 자식에게만큼은 한없이 무른 모정이어서 태자로 인해 받은 단 한 번의 충격만으로도 하룻밤을 못 버티고 불귀의 객이 되고야 말았다. 허망하게 떠난 귀비의 죽음이었다.

고종은 정궁과 후궁 두 아내 모두를 결국에는 일본의 손아귀에 죽임을 당하게 한 꼴이 되었다. 명성황후와 귀비 엄씨! 정반대의 대척점에 서 있었던 두 여인이지만 한편으로는 같은 운명을 타고난 고종의 비빈이다.

엄씨가 세상을 뜨던 해 고종의 나이는 예순이었다. 그 시대 예순 살이면 살 만큼 산 늙은이로 헐벗은 대다수의 백성들은 수명이 길어야지만 살아서 환갑상을 받을 수가 있었던 시절이다.

그 나이가 되어서야 태왕은 비로소 완전한 자유인이 되었다. 물 만난 고기처럼 무방비적으로 해제된 고종의 여성 편력은 이때를 정점으로 만개한다. 못다 푼 한풀이라도 하려는지 시도 때도 모르고 태산처럼 부풀어 오르는 남근을 들이대면서 고종은 젊디젊은 꽃들에게 가차 없이 수작을 걸었다.

엄씨가 죽은 1911년 7월 20일부터 고종황제가 승하한 1919년 1월 21일까지 정확히 7년 반 동안, 공식적으로 알려진 후궁들만 해도 여덟 명에 이른다. 그 외 직첩을 받지 못한 승은상궁들도 있었다.

그들 중 제일 먼저 수태한 행운을 입은 복녕당 귀인 양씨에게서 1912년 5월 25일 덕혜옹주德惠가 태어났다. 두 해 뒤에는 광화당 귀인 이씨가 황자 육堉을 낳았고, 이듬해 8월 보현당 귀인 정씨에게서 황자 우堣가 태어났다. 엄귀비의 갑작스런 죽음으로 요행히 뒤늦게나마 세상의 빛을 본 '아기시'들이다. 혼령이 된 엄씨가 이를 박박 갈았을 법하다.

그 시절의 풍경을 상상만 해도 절로 입가에 웃음이 번진다. 경운궁의 중전마마처럼 쩌렁쩌렁했던 엄씨가 살아있었다면 감히 가당키나 한 일이냐. 그 많은 애착을 놔두고 원통하게 급사한 엄씨는 생전에 눈을 부라린 노심초사와는 정반대로 태왕에게 왕자녀들을 우르르 선사해준 꼴이 되었다.

세상사 허무한 노릇이다. 태왕은 밤이고 낮이고 가리지 않고 젊디젊은 궁녀들을 품으며 폐부의 허기를 달랬다. 우상처럼 떠받들고 살았던 명성황후도, 능수능란하여 편안한 늑대 같았던 후궁 엄씨도 떠나고 없는 지금이야말로 고종은 이 꽃송이, 저 향기 속으로 훨훨 날아다니는 한 마리의 호랑나비가 되었다.

단꿀을 찾아서 날갯짓하는 호랑나비가 되어 매인 데 없는 사냥질을 그는 원 없이 맘껏 즐겼다. 하기는 망해버린 나라의 폐왕이 된 그에게 여색이 아니면 무엇으로 허기를 달랠 것인가. 그제야 고종은 진정한 해방감이 뭔가를 알 것 같았다. 진정한 허무가 뭔지도 알 것 같았다. 또다시 손도 발도 다 묶인 인질 신세가 된 몸이다. 옛 황궁에 유폐시킨 이빨 빠진 늙은 태왕에게 후원의 젊고 아리따운 궁녀들이 풍겨대는 살냄새만큼 울분을 잊게 해주는 묘약이 다시 없었다.

음울하고 칙칙한 기운이 감돌던 후원에는 살랑살랑 자스민 향기 같은 살내가 아지랑이처럼 피어올랐다. 오늘 밤 태황제의 승은을 고대하며 몽롱한 단꿈에 젖은 궁녀들의 공연한 꾸밈새로 후원에서 풍겨대는 지분 냄새가 실바람을 타고 궐을 진동시켰다.

방귀가 잦아지면 뭐가 나온다고 했던가. 아니나 다를까. 태황제의 밤마실이 잦아지나 싶더니 즐거운 일도 기대할 꿈도 없었던 지루한 덕수궁에 때아닌 산파와 전의와 일본인 신식의사들의 행렬이 줄을 이었다. 궁녀들의 배가 하나씩 동그라니 불러왔다. 후원에선 때아닌 출산 바람이 일었다.

칙칙하고 암울하기만 했던 삭막한 태왕궁에 옹주와 왕자 아기시들이 고물고물 잘도 태어났다. 배냇짓에 잦아드는 옹알이 하며 그 울음소리 하며 갑자기 덕수궁이 얼마나 생기발랄하고 맑고 밝은 기운으로 충만하였겠는가. 졸지에 유아원을 차리고도 남았을 것이다.

고종황제 평생에 이때처럼 다복하고 따스하여 환희에 젖은 순간은 다시없을 것이다. 날마다 벙글벙글 함녕전에서 후원의 복녕당으로, 광화당으로, 보현당으로 태황제가 납시었다.

그리고 가장 귀애했으나 수태치 못하여 특별상궁으로 두어야 했던 삼축당 김상궁에게로 동분서주했을 노왕의 모습이 눈에 어린다. 노회한 일제가 유도한 대로 고종은 거가 댁 덕수궁의 대갓마님으로 그렇게 변신해 가고 있었다.

옹주의 어린 시절

오월의 덕수궁은 만 가지 봄꽃들의 향연으로 눈이 부시다. 1912년 5월 25일 꽃내음 진동하는 나른한 봄날이었다. 중화전 너른 뜰 아래서 머물던 한낮의 햇살이 새문안 뾰족탑 위로 기운 저녁무렵, 후원의 한 전각에서 아기가 태어났다. 15년 만에 궐을 깨운 고고일성이었다. 고종의 외동 따님 덕혜옹주가 탄생하였다.

연두빛 신록이 초록으로 번진 오월은 대지에 영감이 흐르는 달이다. 꽃은 붉게 하얗게 피어나고 숲은 구슬처럼 푸르게 반짝이는 눈부신 오월! 아메리칸 인디언들은 오월을 "생의 기쁨을 느끼는 달"이라고 말했다.

호들갑 떠는 상서로운 계절의 환대를 받으면서 이 세상에 오기 때문일까. 오월에 태어난 아이들은 감수성이 유난히 섬세하다. 나이팅게일도 브람스도, 희대의 바람둥이였지만 멋과 매력이 철철 넘쳤던 사내 존 F. 케네디도, 그리고 서정주도 윤석중도 모두가 오월에 태어난 지구의 푸른 나무들이었다.

온갖 꽃들이 만개한 오월. 비록 패망한 황실이라지만 고종 태황제의 고명따님으로 덕혜옹주는 삼신할머니의 점지를 받고 덕수궁에 내려왔다. 사라져간 제국이라고는 해도 반천 년을 지속한 황국의 딸이다.

옹주는 따로 누가 시作법을 가르쳐주지 않았는데도 작문에 천부적인 재능을 타고났는지 아기 때부터 동시를 썼다. 어린 아기시가 함녕전과 복녕당 마루에다 서안을 놓고 다소곳이 앉아서 시를 짓고 있는 모습이 궁인들의 눈에는 너무도 앙증맞았다.

그렇게 쓴 동시가 준명당 유치원 시절에는 상당수가 되었다. 이 소문은 현해탄을 건너가, 일본 음악계의 거봉이었던 작곡가 구로사와 다카도모가 덕혜옹주의 동시 「비」와 「전단」에 곡을 붙여 동요로 불린 일화는 유명하다.

비

모락모락 모락모락

검은 연기가

하늘 궁전에 올라가면

하늘의 하느님 연기가 매워

눈물을 주룩주룩 흘리고 있어.

전단

남쪽 하늘에서 날아 온

커다란 날개 단 비행기가

전단을 수도 없이 날리고 있다

금색 전단 은색 전단

난 그걸 갖고 싶지만

바람의 하느님이 데리고 가네

어디로 가는지 보고 있자니

솔개 옆에서 놀고 있네.

  － 1923년 作. (혼마 야스코 『덕혜옹주』)

　1925년 3월 열네 살이 된 덕혜옹주는 유학이라는 미명으로 사실상의 인질이 되어 일본으로 끌려갔다. 고종황제의 모습을 떠올리게 하여 나라를 잃은 백성들에게 애처로움을 주고 가장 많은 관심과 사랑을 받는 옹주가 일본은 못마땅했다.

　견제의 대상도 못 되는 어린 옹주의 유학도 실은 조선 백성들로부터 옹주를 떼어놓으려는 계산된 음모다. 그때까지만 해도 백성들에게 정신적인 구심점이었던 죽은 태왕의 흔적을 지우는 일이라면 일제는 못 할 짓이 없는 자들이었다.

같은 해 일본의 유수한 동화 잡지 『긴노 호시』에 덕혜옹주를 천재 시인으로 소개한 글이 실렸다. 도쿄에서 학습원을 다닐 때도 덕혜옹주는 하교하면 혼자서 방에 틀어박혀 시작에 몰두했다. 그것이 외로움을 삭이는 옹주 나름의 방식이었다. 순탄하게 살았으면 창조적인 전문가로 성장할 수도 있었을 심미안을 넘치도록 타고난 아이가 가해자의 폭압으로 무참히 꺾인 비운의 왕녀로 전락하고 말았다.

덕수궁 소주방 나인이었던 덕혜옹주의 생모 양귀인은 1911년 서른 살에 승은을 입었고 이듬해 옹주를 출산했다. 덕혜옹주가 태어난 날의 행적은 『덕수궁 찬시실 일기』에 소상히 기록이 되어 있는데 한국학중앙연구원 장서각에 전량 보존이 되어 있다.

"1912년 5월 25일 오후 7시 55분 내인 양춘기에게 여자 아이가 태어났다. 8시 20분 태왕전하가 복녕당에 납시었다. 같은 시간 태왕전하가 동경의 오거판에 있는 왕세자에게 전보하였는데 전보의 내용은 다음과 같았다.

이 전보는 찬시 서병협이 받들고 나와 사무실에 전하여 타전하게 하였다. 전보 전문은 궁인 양씨가 이번 25일 오후 7시경 여자아이를 순산하였으니 다행스럽다,라는 내용이다.

오후 8시 40분에 조선총독부 의원장 등전사장, 부인과장 등정호언, 의원 호천금자, 창덕궁 전의 박준승, 전의보 지부의웅, 의사 영목겸지, 조助 안상호가 함께 들어왔다가 나갔다.

이희 공 전하, 후작 이재완과 이달용이 복녕당으로 가서 태왕전하를 알현하였다. 11시에 태왕전하가 복녕당에서 함녕전으로 돌아왔다. 11시에

『승정원 일기』에 해당되는 『덕수궁 찬시실 일기』에 따르면 덕혜옹주의 출산
은 1912년 5월 25일 오후 7시 55분이었으며 전의典醫뿐만 아니라 일본인 의사
들까지 협진했음을 알 수 있다. 당시 일본 의사들은 신교육을 받고 상당한 의
학 지식을 갖춘 전문의들이었다. 덕혜옹주는 태어나서 처음으로 종래의 한의
뿐 아니라 신식 의사에게까지도 진찰을 받은 최초의 왕손이다.

그 시대는 아이가 출생해도 이름을 즉시 지어주지 않는 게 예사스런 일이었
다. 대개는 별호로 불렀고 그것이 일반적이었다. 유사가 많았기 때문인지 태어
나고 몇 년이 지나서도 죽지 않고 살아있으면 그때 가서나 이름을 지어 호적에
다 올렸다.

이 왕녀도 몇 해가 지나도록 이름이 없었다. 옹주는 생모 양귀인의 당호인
복녕당을 붙여 '복녕당 아기시'로 불리었다. 덕혜옹주는 아바마마이신 고종황
제와 판박이 한 얼굴이다. 순해 보이는 온화한 인상까지도 똑같이 닮아서 사진
을 놓고 대조해보면 신기하리만치 같은 얼굴이다. 나라를 잃은 울분 속에서 암
울했던 시기에 부왕에게 삶의 의욕과 위안, 그 자체가 되어준 눈에 넣어도 아
프지 않을 고명따님이었다.

본래 고종에게는 9남 4녀의 자식이 태어났다. 그러나 거의가 돌도 지나기 전
에 조졸했고 성장한 아이는 순종과 의친왕 이강, 영친왕 이은, 그리고 덕혜옹주
네 아이뿐이다. 아무리 유아 사망률이 높았다 해도 왕실에서 삼 분의 일 타작
도 못했으니 자식 농사는 실패하였다. 조선 제일가는 명의인 전의들에게서 최
고의 의료 혜택을 받은 왕실이라는 배경을 고려하면 왕가의 유아사망률은 이

해가 되지 않는 측면이 있다.

앞서 언급했듯이 궁궐은 아이들이 자라는 데는 그리 좋은 환경이 되지 못한 장소다. 왕이라는 한 남자, 절대 지존을 사이에 두고 비빈들의 피 터지는 암투와 치열한 권력 다툼이 벌어지는 살벌한 공간이었기 때문이다.

신분 상승과 부귀영화가 약속된 백지 수표인 왕자녀를 출산하는 일은 비빈들에게는 필생의 소망이었다. 이를 반대급부적인 상황 논리로 해석하면, 왕의 자식은 그만큼 목숨이 무방비적인 위험에 노출되어 있다는 공식이기도 하다. 그 연장선상에서 손쉽고 완벽한 수단으로 자행된 수법이 치독이었다.

열한 살 때 일본으로 끌려간 고종의 막내아들 유길의 나이가 벌써 열여섯이 되었다. 허니 이제 갓 태어난 외동딸 덕혜옹주의 출생이 늙은 태왕에게 얼마나 큰 위안이 되었을지 짐작이 가고도 남는다. 덕혜옹주의 탄생은 음울했던 태왕궁의 모든 이들에게도 신선한 청량제가 되었다.

그렇게 온누리의 축복 속에서 태어난 옹주는 부왕의 사랑을 한껏 받으며 자랐다. 『순종실록부록』에는 덕혜의 탄생이 고종에게 얼마나 큰 감동과 기쁨을 가져다주었는지를 짐작케 하는 기록이 보인다. 왕녀로 태어나서 이처럼 온 왕실의 환영을 한 몸에 받은 아이도 없었을 만큼 옹주에 대한 부왕의 환대는 깊고 지극하였다.

고종은 아기가 태어난 지 49일째가 된 7월 12일에 갓난아기 옹주를 아예 함녕전으로 데려와서 키웠다. 항시 아기를 눈앞에서 보고 싶은 부정의 발로다. 아무리 부모와 자식 간이어도 부왕과 그 자녀가 편전에서 같이 기거할 수는 없는 노릇인데. 그것이 법도이고 또 그런 경우도 전무했던 만큼 파격을 넘은 대단한 환대가 아닐 수 없었다.

그뿐인가. 임금이 계신 자리에서 공식적으로 드러누울 수 있는 단 한 사람의 여자가 유모 변복동이었다. 함녕전의 덕혜옹주 방에서 유모가 옹주를 잠재우려고 젖을 물리고 있을 때 태왕이 불쑥 들어오시자 유모는 기겁을 하여 일어났다. 고종은 "아기가 깨면 어찌하느냐, 그대로 있거라." 하고 유모를 안심시켰다.

고종은 말년에 얻은 막내 따님을 쥐면 깨질까 불면 날아갈까 금지옥엽으로 애지중지하며, 무릎 위에 올려놓고 어르고 품에 안아도 보고 새싹 같은 여린 손을 어루만졌다. 그런 자애를 아는지 영특한 덕혜옹주는 아바마마의 뒤를 졸졸 따라다니다가, "난 아바마마와는 잠시만 떨어져 있어도 굉장히 보고 싶어요. 어머님은 그렇지 않은데." 하고 쫑알대어 부왕을 웃음 짓게 해드렸다.

옹주가 태어나고 3일째 되던 날, 고종의 친형 흥친왕 이희를 비롯한 황족들의 인견이 있었다. 생후 7일째에는 창덕궁 순종황제 내외가 막내 누이를 친견하려 덕수궁으로 거둥하였고 부왕을 모시고 점심 수라를 든 후 복녕당으로 아기를 보러 갔다.

신체상의 결핍으로 자식을 가질 수 없는 큰오라버니 순종황제와 덕혜의 첫 상면이었다. 덕혜가 태어난 지 삼칠일째 고종은 종척과 이왕직의 장차관, 칙임관 이상의 직분을 가진 자들을 불러서 축하 연회를 성대히 베풀었다.

그 사이 해마다 왕자 육㙷과 우㙊가 차례로 태어났다가 차례대로 세상을 떴다. 광화당 이귀인에게서 태어난 육㙷은 한참 재롱이 늘던 19개월 만에 떠났고, 보현당 정귀인이 낳은 아기 우㙊는 미처 돌잔치도 못한 채로 세상을 등졌다. 다투어 우르르 태어나더니 얼굴만을 살짝 비춰주고는 황자들은 떠나갔다. 그러니 겨우 하나 살아남아서 재롱을 부리는 덕혜옹주를 부왕이 얼마나 편애했을지 짐작이 가고도 남는다.

옹주의 생모 복녕당 양귀인은 동그란 얼굴, 하얀 피부에 눈이 크고 용모가 훤칠해서 순해 보이는 인상이다. 머리가 좋은 현명한 여인이었다고 한다. 그러나 친정집의 내력이 하찮아 복녕당의 오라비는 대갓집을 상대로 육간 행상을 하는 하층민이었다. 미천한 오라버니는 운이 좋게도 누이가 태왕의 후궁이 되어 옹주를 생산하는 바람에 어느 날부터인지 당상관 조복을 입고 덕수궁 정문을 드나드는 팔자로 바뀌었다.

김용숙 교수의 『조선조 궁중풍속 연구』에는 몇십 년 전만 해도 심심찮게 듣고 살았던, 사람 팔자 알 수 없다는 뜻의 "양상관이 팔자가 그렇게 될 줄을 누가 알았겠어?", "양상관이 팔자 부럽지 않네." 하는 비유어가 흔히 쓰였다. 바로 그 '양상관'이가 덕혜옹주의 외삼촌인 '양상관^{楊相官}'에서 비롯되었다니 '양상관'이가 그 양상관인 줄을 이제야 알겠다.

덕혜옹주는 사람을 구별하는 눈이 영악했다. 왕정 시대에 우월적인 신분으로 습득된 영특함일 것이다. 어린 옹주의 눈에도 상민인 양상관이가 하찮아 보였는지 외삼촌이 들어오면 "저기 양상관이가 온다." 하고 대수롭잖게 여겼다고 한다. 궁인들이 "아기시의 외갓집은 어디인가요?" 하고 물을라치면 일고의 망설임도 없이 "죽동 집이야."라고 대답했다.

어린 마음에도 자신의 외가댁을 신분이 미천한 생모인 양귀인의 계동에 있는 친정집이 아닌, 장안에서도 내로라하고 떵떵거리며 제일가는 명문가로 꼽힌 적모이신 명성황후의 죽동 댁을 지목하는 것이다.

생모 양귀인은 척실이기에 비록 자기 뱃속으로 낳은 자식이라도 존귀한 옹주에게 하대를 할 수 없었다. 둘만이 있을 때도 "아기시 그랬습니까? 이러했습니다." 하고 공대를 바쳤다. 임금의 자식에게는 왕비만이 해라를 쓸 수 있었다. 후궁은 단지 태^胎를 빌었을 뿐 임금의 핏줄은 법으로 왕비의 자식이기 때문이다. 어떤 여인이 낳았든 왕실법도로 왕의 씨는 모두가 왕비의 자식이었다.

옹주가 다섯 살이 된 1916년 고종은 눈에 넣어도 아프지 않을 따님을 위해서 덕수궁 준명당에 황실 유치원을 개원했다. 우리나라 최초의 국립 유치원이다. 유치원에는 풍금 한 대를 들여놓아 한일 양국의 동요와 율동을 가르치고 야외 학습으로 후원의 뒷동산에서 들꽃을 따며 자연 공부를 시켰다.

아이들 모두가 한복을 입고 찍은 준명당 유치원 시절의 사진을 보면 한가운데 서 있는 옹주는 그중 어린 아기인데도 당당하고 얼굴에 자존감이 가득히 서린 당찬 인상이다. 1916년 5월 8일 개원한 준명당 황실 유치원 원아들의 교육은 일본인과 조선인 보모인 교구치 사다코와 장옥식이 맡았다. 원아들은 귀족 집안의 여식 5~6명에 옹주의 몸종인 두 소녀까지 합쳐 칠팔 명이었다. 그 아이들 중 옹주가 그중 어렸는데 인상은 왕녀답게 가장 의젓했다.

말할 때는 유치원생과 보모들이 "아기시 그러하옵니다, 이리하오소서." 하고 공대를 바친 반면에, 옹주는 나이 불문하고 이름을 부르며 "덕임아 ~~하거라" 식의 해라를 썼다.

고종은 귀여운 늦둥이 따님을 위해서 매일 아침 눈앞의 준명당 유치원으로 등원시킬 때도 유모와 유복현이라는 나인을 딸려 사인교에 태워 보냈다. 때때로 친히, 혹은 창덕궁의 황제라도 문안을 들면 준명당 유치원으로 함께 가서 천진난만하게 노는 옹주의 모습을 물끄러미 바라보는 걸 말년의 낙으로 알았다.

어린 옹주는 유치원 동무들과 생기발랄하게 놀다가도 문득 아바마마의 얼굴이 생각나면 앙증맞은 유현문의 문지방을 넘어서 함녕전으로 뛰어가곤 했을 것이다.

옹주는 학교에 가기 전인 1921년 5월 6일에야 "복녕당 아기시", "관물헌 아기시"에서 "덕혜德惠"라는 정식 이름을 받았다. 덕혜옹주가 적녀가 아닌 서녀라는 핑계를 대며 황적에 포함시키지 않으려 했던 조선총독부의 술책으로 뒤늦게야 입적이 되었다. 살아생전에 고종은 덕혜의 왕공족 등록을 위해서 노심초사했다. 그런데도 열 살이 되어서야 이 어린 왕녀는 비로소 자신의 이름을 가질 수가 있었다.

'이덕혜!' 1921년 덕혜는 일본인 거류민 아이들을 위해 설립된 충무로 5가 경성일출심상히노데소학교 2학년생으로 편입했다. 순종은 어린 누이를 흑마 두 필이 끄는 여마에 태워서 등하교를 시켰다. 등교 때는 하오리를 걸치고 게다를 신은 일본식 복색으로 학교에 다녔는데 궁으로 돌아와서는 한복으로 갈아입었다.

덕혜옹주는 소학교 급우들 가운데서 두드러지게 총명했다. 한 번 들은 말은 절대로 잊어버리는 법이 없었는데 이런 특출난 기억력은 순종과 영친왕도 마찬가지다. 명석한 기억력은 고종황제 가문의 내력이었던 듯하다. 덕혜는 손재주나 그림 실력도 탁월했고 필체도 유려했다.

『매일신보』와 언론들은 덕혜를 시가詩歌의 천재라고 칭찬을 아끼지 않았다. 동시를 쓰는 일이 학습원 고등과 때까지도 꾸준히 이어진 것을 보면 시가와 아동문학에 소질 이상의 천부적인 재능을 타고난 영재였음을 알 수 있다.

덕혜는 학습원에서 고등과 5학년에 가장 우수한 성적으로 승급했다. 일본 황족과 왕족, 귀족 아이들이 다니는 학습원에서 남의 나라말로 공부를 하는데도 영친왕과 덕혜옹주는 매번 일본 아이들을 제치고 가장 우수한 성적을 냈다.

이렇게 문학적이고 예술적인 소양의 잔잔한 성격으로 미루어 덕혜옹주는 내성적이며 자존감이 강한 섬세한 기질의 소유자였으리라 짐작된다. 그리고 이런 내성화가 후일 극복하기 어려운 현실의 벽에 부닥쳤을 때 자기 속의 감옥에 스스로를 가둬버린 패인이 되지 않았나, 하는 생각이 든다.

고종의 갑작스런 붕어는 어린 덕혜옹주의 운명에 치명적인 불행으로 작용했다. 고종황제의 기년 상을 마치고 함녕전에 모셨던 빈전을 창덕궁으로 옮겨간 것과 때를 같이하여 덕혜는 덕수궁을 떠났다.

1920년 1월 아바마마의 빈전과 함께 덕혜옹주는 자신이 태어나고 자란 집, 전각 구석 구석마다 자애로운 아바마마의 옥음과 숨결이 서린 모궁을 떠나서 창덕궁으로 거처를 옮겼다. 돌이켜보면 그날이 덕혜옹주에게는 덕수궁과의 영원한 이별이 되었다.

창덕궁으로 옮겨간 덕혜옹주는 관물헌에서 기거했다. 큰오라버니 순종의 자상한 보호 속에 유학을 빌미로 도일하기까지 5년여간 어머니 양귀인과 정온히 생활했다. 이때가 왕녀로서의 삶이 보장된 옹주 생애 마지막의 평온한 시기가 아닌가 한다.

관물헌은 큰오라버니 순종황제가 태어나신 창덕궁의 유서 깊은 전각이다. 관물헌에서 덕혜옹주의 생활은 절도 있고 규칙적이었다. 혼마 야스코는 그 시절 덕혜옹주의 하루 일과를 『덕혜희』에서 눈으로 본 사람처럼 기술해 놓았다.

> "덕혜의 하루는 매일 아침 7시 30분에 일어나 세수를 하고 눈처럼 하얀
> 소복에 검정 댕기를 드린 후 낙선재로 건너가서 순종황제 내외에게 아침
> 문안을 올리는 순서로 시작되었다."

처소로 돌아오면 어머니와 아침을 먹고 오전에는 귀족 따님인 한효순, 민용아, 이해순과 일어, 산수, 그림, 서예 같은 학과 공부를 마치고 효덕전의 점심 주다례에 참배했다. 오후에는 학우들과 산책하고 화초 가꾸기와 놀이를 하는 야외 학습을 주로 하다가 빈전의 저녁상식에 참배하는 것으로 하루의 일과를 마쳤다.

창덕궁 관물헌에서 덕혜옹주의 삶은 오라버니 순종에게 드리는 아침 문안으로 시작해서 아바마마께 올리는 저녁상식夕上食으로 일과를 마감했다. 살아계신 왕과 돌아가신 부왕께 올리는 문안 인사로 하루를 열고 또 하루를 닫는 안존한 생활이었다.

피아노와 풍금 연주를 좋아했지만 부왕이 승하하신 뒤로는 풍악류는 일절 손에 대지도 않았다. 옹주의 나날은 단조로웠으나 계획적인 일과 속에서 규칙적으로 움직였다. 1921년 7월 6일자 동아일보 3면에는 창덕궁의 풍경이 전개된다. 부모와 자식 같았던 순종황제와 덕혜, 오누이의 모습이다.

> "양위전하께서는 오직 덕혜옹주의 귀염을 보는 것을 큰 낙으로 삼으셨
> 다. 학교에 다녀오신 덕혜옹주는 반드시 그날 하루 배운 것을 양위전하의

무릎 앞에서 총기 있게 아뢰어 바쳤다. 순종황제 내외는 덕혜옹주의 귀가
시간이 조금만 늦어도 왜 아직도 옹주가 귀가하지 않느냐, 무슨 일이 생겼
는지 알아보라고 하문하셨다."

부왕은 비록 떠나고 안 계시지만 순종황제의 귀애를 받으며 덕혜가 어머니
양귀인과 안전하게 생활하고 있었다는 것을 알 수 있다. 그러나 이런 평온한
생활도 그리 오래 지속되지는 못하고 관물헌에서의 삶을 끝으로 종말을 고한
다. 1925년 3월 28일 열네 살이 된 왕녀가 일본으로 떠났다.

그 후로도 덕혜옹주는 분명 살아있었다. 생존하기는 하였으되 그녀의 삶은
일본으로 떠난 그날을 기점으로 슬프고 뼈가 저린, 사무치도록 외롭고 유린당
한 어둠의 골짜기에 처박혀졌다.

일본살이

평생 자식을 갖지 못한 순종에게 서른여덟 살이나 아래인 누이는 자식 같은
막둥이었다. 덕혜옹주도 자애한 큰 오라버니 임금님을 부왕처럼 따르고 의지
했다. 총독부는 황태자 이은뿐만 아니라 의친왕의 아들 이건과 이우 등 황실의
아이들을 정책적으로 일본으로 끌고 갔다. 명목상은 유학이지만 황족의 신민
화를 꾀한 이른바 황국화, 내선융화^{內鮮融和}*의 책략이었다.

신문명, 신학문을 가르친다는 그럴듯한 명분 뒤에는 어린 황족들을 열도에

---

* 내선융화 : '일본과 조선이 융화해야 한다'는 의미로, 일제강점기 당시 조선의 민족성을 말살하기 위해
일본이 내세운 표어.

가둬두고 탈 조선화를 획책한 음흉한 간계가 도사리고 있었다. 무엇보다도 그들의 진짜 목적은 순수 조선 왕가의 피에 일본인의 피를 섞어 조선왕조의 혈통을 괴멸시키는 음모의 실행이었다.

황녀도 그 마수에서 예외가 아니어서 고종이 생전에 그토록 우려했던 덕혜옹주의 도일 사태가 벌어지고 일본 귀족과의 결혼이 현실로 다가왔다. 창덕궁을 하직한 덕혜옹주는 1925년 3월 30일 도쿄에 도착했다.

작은오라버니 영친왕 부부의 자택 일곽에 머물며 덕혜는 도쿄 아오야마의 학습원 여자 중등과에 입학했다. 궁내성이 관할하는 황족과 귀족 아이들을 위한 최고의 교육기관이다. 이때부터 덕혜옹주는 치독의 두려움 때문인지 언제나 보온병을 소지하고 집에서 담아온 물만을 마셨다. 독살당한 아바마마의 죽음이 어린 왕녀의 가슴에도 지울 수 없는 상흔으로 새겨져 있었다.

말이 좋아 남매간이지 생후 한 번도 같이 살아 본 적이 없는 서먹한 작은오빠 영친왕과 일본 황족인 올케 마사코에게 덕혜는 마음을 붙이지 못했다. 비록 부왕의 피를 나눈 이복의 남매라지만 같은 환경, 같은 추억을 공유하지 못한 익숙지 않은 사람에게 갑자기 혈육의 정이 우러날 리는 만무하다.

덕혜에게 의민태자 영친왕은 오라버니의 정이 느껴지지 않는 낯이 설은 가계상의 가족이었다. 그들 남매에게는 둘 사이를 연결해 줄만한 공통된 관심사나 그리움, 그리고 함께 회상할 수 있는 추억이 없었다.

영친왕이 열한 살에 도일할 때는 궁에서 여러 명의 근친들이 따라갔다. 그때만 해도 황제의 막내아들로 대한제국의 황태자 신분이었고 생모 엄씨가 살아 있어 떵떵거린 시절이었으므로 그 후광이 대단했다.

영친왕에게는 동년배인 외사촌 엄주명과, 또래의 일본 아이를 딸려 보내어 학습원을 함께 다니도록 하는 배려가 이루어졌다. 그림자처럼 수행하여 타국에서의 불편이나 소외감을 느낄 새가 없도록 세심히 보살핀 조치다. 그의 곁에는 수족처럼 움직이는 동궁대부 고의경과 시종무관 조동윤이 언제나 그림자처럼 수행을 했다.

　그러나 덕혜옹주의 경우는 달라도 너무나 달랐다. 대한제국이 멸망한 뒤 일본에 귀속된 상황에서 덕혜는 식민지의 일개 옹주에 불과했던 것이다. 부왕인 태왕마저 아니 계시니 힘을 받칠 곳이 없었고, 그나마 큰오라버니 순종이 창덕궁에 계신다지만 허울뿐인 식민지의 왕이었다.

　큰오라버니는 그렇게도 애지중지한 어린 누이의 강제적인 도일 하나 막아주지 못한 무력한 왕이었다. 순종은 덕혜마저도 일본으로 끌려가는 것이 한스러운지 "여학교를 졸업할 때까지 만이라도"라는 단서를 붙여가며 어떻게든 도일만은 막아보려 애썼지만 일본은 순종의 그런 부탁쯤은 아랑곳하지도 않았다.

　처량한 신세가 된 덕혜옹주는 수하의 보살핌을 받을 수 있는 기본적인 배려마저도 생략된 채로 낯이 설은 영친왕의 대저택 한켠에 방치된 처지나 다름이 없었다. 지금까지 살아온 궁궐에서의 친밀하고 특별하고 따스했던 환경에서 하루아침에 분리가 되어 절해고도 침략자의 땅에서 고립무원이 되었다.

　궁궐에서의 덕혜옹주는 왕녀로서 기품을 지닌 고귀하고 특별한 사람으로 누구에게나 떠받들어지며 자랐다. 그런데 한참 예민한 사춘기의 소녀가 일본으로 끌려간 뒤에는 집안이나 학습원에서나 잘 어울리지를 못하는 외톨이가 되어 혼자서 겉도는 생활이 이어졌다. 갑작스럽게 뒤바뀐 환경상의 간극이 너무도 컸다.

　옹주는 점차 말을 잃은 우울한 소녀로 변해갔다. 급변한 환경에 적응도 못했는데 도일 13개월 만인 1926년 4월 26일, 절대적인 의지처가 되었던 큰오라버니 창덕궁 황제가 돌아가셨다. 아바마마가 승하하시고 그 후로는 덕혜에게 또다른 아버지가 되어주신 순종황제가 세상을 떠났다.

　순종이 위독하다는 전보를 받고 1926년 4월 8일 귀국한 덕혜는 2주간 침식도 잊은 채로 병상의 임금 곁에 매달려 간병을 했다. 그렇게 애쓴 보람도 없이 순종황제가 승하하자 몇 날 며칠을 두고 하도 애절하게 흐느끼는 바람에 궐 안 모든 사람의 애간장이 다 녹아내렸다.

장례는 6월 10일이었지만 막상 한 달이나 앞서 덕혜는 홀로 도쿄로 돌아갔다. 아니 돌려보내진 것이다. 순종의 국장에 참석하는 것조차도 일본은 허락해주지 않았다. 큰오라버니 임금님을 여의고 비탄에 젖어서 흐느끼는 하나뿐인 왕녀의 가련한 모습을 연도의 백성들에게 보여주고 싶지 않았던 모양이다. 덕혜옹주를 애달파 하는 백성들의 시선를 염려한 조치였을 것이다.

일제의 술수는 치밀하고 무자비했다. 5월 10일 덕혜옹주는 추적추적 비가 내리는 경성역을 출발하면서 큰오라버니가 잠드신 산하를 뜨겁게 흘러내리는 눈물 젖은 눈으로 돌아보고 또 뒤돌아보며 일본으로 향했다.

그로부터 3년이 지난 1929년 5월 30일 덕혜에게는 또다시 가슴이 무너져 내리는 슬픔이 닥쳤다. 유방암으로 투병 중이던 어머니 양귀인이 심장마비로 별세했다는 부음訃音이 날아들었다. 순종황제가 승하하신 뒤로는 마음을 둘 곳이라곤 오직 한 분 남아계신 어머니뿐이었는데.

순종 사후 얼마 지나지 않아 양귀인은 옹주와 지낸 관물헌을 떠나서 계동의 친정집으로 거처를 옮겼다. 악화된 지병으로 더는 궐 안 생활이 어려웠다. 가엾은 옹주만을 침략자의 땅에 남겨놓은 채로 마흔여덟에 세상을 하직해야 했으니 양귀인의 심정인들 오죽 처연했으랴.

유방암으로 중병이 든 사람이었으니 양귀인의 죽음이 어느 날 갑자기 닥친 일도 아니었다. 그런데도 임종을 코앞에 둔 어머니와 옹주의 재회를 일제는 허락해 주지 않았다. 사악하고 비정한 처사라 아니할 수 없다. 큰오라버니 순종황제 때처럼, 단지 며칠만이라도 어머니 곁에서 이별을 고할 수 있는 시간을 주어 마음의 준비를 하도록 배려했다면 다행이었을텐데. 그랬으면 이후 덕혜옹주의 인생이 그렇게까지 산산이 허물어 내리지는 않았을지도 모를 일이었다.

그러나 일본은 사별을 앞둔 모녀에게조차 일말의 배려가 없었다. 양귀인의 신분이 왕공족이 아니라는 이유 하나를 핑계로 사후 통첩만을 그것도 마지못해서 해주었다. 지난 세기 식민지를 지배했던 제국주의자들이라고 일제처럼 다 그렇게 악랄하고 비인간적으로 굴지는 않았을 것이다.

10년 사이 덕혜옹주는 세상에서 그녀가 가졌던 소중한 모든 것을 다 잃어버렸다. 부왕이신 아바마마도, 큰오라버니 순종황제도, 그리고 한 분뿐이었던 어머니마저. 이제 덕혜는 자신을 사랑하고 보호해주고 자존과 위안의 원천이었던 모든 소중한 이들과 작별을 고해야만 했다.

언제나 넘치도록 자애를 부어주신 아바마마 광무황제! 커다란 병풍이 되어 바람막이가 되어준 두 번째 아버지 큰오라버니 융희황제! 그리고 한 마리 젖은 새처럼 날아들면 언제나 품 안에다 녹여주었던 어머니 양귀인마저 다 떠나가고 덕혜에게는 이제 아무도 남지 않았다. 홀로 외톨이로 버려진 덕혜가 침략사의 땅에서 울고 있었다.

오직 하나뿐인 어머니를 여읜 상주임에도 덕혜옹주는 상복을 입지 못했다. 일제가 만든 '왕·공가궤범王公家軌範*'이라는 괴물의 덫에 걸려서 어머니를 위한 복상조차 허용이 되지 않았기 때문이다.

그뿐인가. 일본은 덕혜옹주가 어머니의 장례식에 참관도 하지 못하도록 막았다. 연도의 백성들 앞에 가엾은 옹주가 나타나는 그 자체를 꺼린 듯하다. 양귀인의 임종 이틀 만에 덕혜옹주는 또다시 도쿄로 힘없는 발걸음을 돌렸다.

구황족을 구속하는 방편으로 일본이 제멋대로 만들어서 아무 때나 폭력적으로 휘둘렀던 법령이 덕혜에게는 매번 가장 비인간적이고 사악한 형태로 적용되었다. 부모를 잃은 식민지의 가엾은 옹주 따위는 그들에게는 안중에도 없었

---

* 왕·공가궤범 : 일제강점기에 내려진 "조선총독부 황실령"으로, 왕과 왕공족의 각종 특권과 그에 대한 규제를 동시에 명문화한 법령. 실제적으로는 규제만을 위해 집행되었다.

다. 피도 눈물도 없는 일제의 '왕·공가궤범'이 있을 뿐이었다.

일본은 고종의 후궁들을 끝까지 왕족으로 인정해주지 않았다. 오직 왕비만을 인정하였고 후궁은 존재는 하되 법적으로는 허용하지 않는 임금의 개인적인 첩으로 치부했다. 황후가 부재한 대한제국에서 고종의 부인 노릇을 한 귀비 엄씨조차 '왕·공가궤범'상으로는 인정을 받지 못한 개인적인 첩실에 불과했다.

그러나 귀비 엄씨는 왕세자의 생모라는 입장이 십분 참작되어 매사 예외적으로 적용이 되었기 때문에 후궁이라도 궐에서 죽을 수가 있었다. 물론 그 죽음이 워낙에 돌발적으로 닥친 이유도 있었거니와 장례 절차 또한 왕비에 버금가는 격식으로 성대히 치러진 걸 보면 고종은 엄귀비에게만큼은 끝까지 의리를 지킨 듯하다.

식민지 당시 고종의 공식적인 가족으로 추인을 받기 위해서는 호적부인 「이태왕가첩적李太王家牒籍」에 올라가 있어야 했다. 그래야만 왕족으로서의 특권적인 신분을 보장받을 수가 있었다.

그런데 양귀인은 「이태왕가첩적」에 오르지 못한 단순한 고종의 첩이므로 '왕·공가궤범'상으로는 궁인의 미천한 신분에 지나지 않았다. 덕수궁 이태왕이라 불린 고종에게 승은을 입은 여타의 후궁들의 처지가 이와 같았다.

그런 이치대로 양귀인은 왕족인 덕혜옹주와는 법령상의 모녀 관계가 성립되지 않으므로 모친상에도 복상은커녕 장례식마저도 참석이 거부당한 것이다.

마음 붙일 데라곤 어느 한군데가 없었던 극한의 외로움 속에서 덕혜는 스물스물 정신을 잃어갔다. 본능이 통째로 억압당한 상실감은 수줍음 많고 감수성이 예민한 소녀에게는 극복하기 어려운 상처로 곪았다. 사실 이때 덕혜에겐 무엇보다도 속마음을 터놓고 하소연을 들어주며 같이 울고 웃고 정을 나눌 수가 있는 피붙이 같은 한 사람의 지기가 절실했다.

오라버니라고 가장 가까운 혈육인 영친왕은 덕혜가 태어나기도 전에 덕수궁을 떠난 사람이다. 이미 일본식 사고방식에 동화되어 철저히 일본인처럼 개조된 사람과 정을 주고받고 운운할 처지도 되지 못했다.

황족 나시모토노미야 마사코와 결혼을 하고 일본 황족보다도 더 호사스런 안락함에 젖어서 살고있는 영친왕에게 덕혜가 들어갈 자리는 없었다. 영친왕은 천황가 다음으로 많은 세비를 일본 황실과 이왕직에서 각각 받고 있었고 세비 이외에도 본국으로부터 매달 송금되는 자금이 막대했다.

열다섯 살이나 위인 배다른 오빠 영친왕도, 유복하게 자란 황족으로 누구를 한 번도 보살펴 본 적이 없는 올케 마사코비도 덕혜에게는 마음을 붙이고 의지하기가 어려운 상대일 뿐이다. 정서적으로 공유하지 못한 이복 남매의 한계 때문인지 자상한 보살핌을 기대하기도 어려웠다. 그저 신변 보호나 책임을 진 윗사람일 뿐, 생각하면 천지간에 이보다 더 막막할 수가 없는 덕혜옹주의 주변이었다.

『대한제국의 황궁 비사』를 쓴 곤도 시로스케는,

"옹주는 왕세자비전하의 교양을 접하면서 교육을 받으시게 되었다."

라고 기록했다. 정들고 익숙했던 모든 환경으로부터 유리되어 홀로 지배국에 내던져진 사춘기 소녀 덕혜옹주에게 필요한 것은 일본인 왕세자비전하의 교양을 접하는 것이 아니었다. 슬픔과 극도의 상실감을 위로받을 수 있는 모성적인 존재의 따뜻한 보살핌이 절실했을 뿐이다. 그런데도 덕혜옹주에게는 이모든 기본이 차단되어 있었다.

그때 만일 덕혜에게 젖을 물려 키워준 변복동 유모라도 한 사람 딸려 보내서 옹주를 보살피도록 해주었더라면 얼마나 다행이었을까. 처음 도일할 때 동행했던 시녀 두 사람을 되돌려 보내지만 말았어도 좋았을 것이다. 그들도 옹주곁에 남기를 원했던 만큼 곁에서 시중을 들고 보살피게 해주었다면, 그렇게만 되었어도 덕혜옹주가 어린 나이에 정신병까지 얻어 불행한 삶을 소비한 따위의 비참한 운명만은 피해 갈 수 있었을 것이다.

옹주의 정신병은 십 대의 가장 예민한 시기에 감당할 수 없도록 내몰린 외롭고 살벌한 환경에서부터 비롯되었다. 특히 마음을 붙일 만한 후견인이 단 한 사람도 없었다는 처절한 괴리감에서 발병된 정신병이었다. 일본은 덕혜옹주에게 참으로 비정하고 잔인하게 굴었다.

어머니를 여읜 슬픔과 때맞춰 공개적으로 일본 황족 산계궁 등마왕과의 사이에 오갔던 혼담마저도 일방적으로 취소가 된 상황 또한 상실의 기폭제가 되었다. 자기부정에서 헤어 나오지 못한 덕혜는 점차 말을 잃어갔다. 사람을 기피하고 방에 틀어박혀서 식탁에도 마주 앉지 않았다. 말을 걸어도 무반응이었고 무표정하게 정원을 거니는 횟수가 늘어났다. 이미 정신병의 시초를 앓고 있었다.

불면증에 시달리던 어느 날에는 말없이 집 밖으로 나가 하염없이 아카사카 미츠케의 밤거리를 걸어가기도 했다. 때로는 뒷문으로 키오이쵸의 저택을 빠져나가서 망연히 거리를 헤매는 걸 학우들이 발견하고 집으로 데리고 와준 날도 있었다.

어머니와 사별한 이듬해 봄부터 덕혜에게 나타나기 시작한 몽유병의 증세다. 고립감이 심화되자 2학기부터는 학습원의 등교마저도 거부했다. 이즈음부터 이상 증상이 빈발하였고 조발성 치매증으로 진단받기에 이른다. 어린 나이에 발병한 정신병이었다.

이 글을 쓰면서 덕혜옹주를 생각하면 지금도 낙선재에 살아있는 사람처럼 다가와서 가슴이 먹먹하다. 일제는 왜 그렇게까지 어린 옹주에게 무자비하게 굴었을까? 얼마나 하찮게 생각하고 마음대로 처분해도 되는 물건이라 여겼으면 죄도 없는 어린 왕녀를 그렇게까지 가혹하게 짓밟을 수가 있었는가.

조선의 백성들이 애처로워하고 가슴속에 품었던 고종황제의 고명딸님 덕혜옹주를 그렇게 짓이기고 뭉개서 그들 제국주의자들이 얻은 것은 무엇인가. 결국에는 정신병자를 만들어 놓고 귀한 왕녀의 인생을 송두리째 앗아가 버린 것이 일본이란 나라가 진정 원한 일인가.

덕수궁의 꽃으로 태어나 부왕의 자애를 독차지하며 생기발랄 피어나던 덕혜옹주가 얼마나 현실의 벽에서 도망을 치고 싶었으면 정신병 속으로 자신의 존재를 감춰버린 것일까. 꽃같이 귀한 왕녀의 인생을 송두리째 망인의 넋으로 박제한 일본! 그 일본은 조선 민족에게, 그리고 덕혜옹주에게 아직까지도 씻지 못한 구원舊怨을 새겨놓고 있다.

정략결혼

일본정부는 덕혜옹주와 일본 귀족과의 혼사를 강요했다. 처음부터 계획된 음모의 일환이었다. 그런데 상대가 영친왕과 나시모토노미야 마사코처럼 비슷한 황족이 아닌 백작으로 화족 신분이라는 점이다. 이 사실을 통보받은 옹주는 사흘 동안이나 식음을 전폐하고 울었다.

신분사회에서 계급의 메커니즘에 길들여져 살아온 덕혜옹주에게 황족에서 일개 귀족 부인으로 신분이 강등된다는 사실은 쉽게 받아들이기 어려운 비감한 현실이었다. 그것도 스스로의 선택이 아닌 강제적인 혼사였기에 상실감은 더욱 배가되었다.

신분을 초월한 위치에서 세상을 아래로만 내려다보고 살아온 왕녀로서는 견디기 힘든 부조화가 아닐 수 없었다. 이런 당혹감은 비단 덕혜옹주에게만이 국한된 문제는 아니어서 이왕직의 입장에서도 불쾌감을 숨기지 못했다.

그렇다고 누구 하나 이 문제를 들고나서 토를 달아주는 사람은 아무도 없었다. 고종황제도 순종황제도 아니 계신, 엄밀히 따지자면 덕혜옹주는 소멸된 제국의 천애고아 신세나 다를 것이 없었다. 어차피 거역할 명분도, 선택의 권한도 없는 정략결혼이었다.

일본 황실의 타이메이 황후가 주관한 덕혜옹주의 결혼에는 음모가 도사리고 있었다. 일본은 한일병합에 끝까지 애를 먹였던 고종황제를 증오했고, 그 황제를 연상시키는 옹주를 유난히 박대했다. 그들은 고종의 딸인 옹주와 일본 귀족 간의 결혼을 통해서 조선인들의 기억 속에 잔재한 덕혜옹주의 그림자를 완전히 걷어 내려는 작정을 했다.

공작은 대성공작이었다. 옹주와 일본 귀족의 혼사에 분노한 조선의 언론에서 옹주의 결혼 기사를 끝으로 덕혜옹주와 관련된 그 어떤 보도도 자취를 감췄기 때문이다. 그들의 작전대로 덕혜옹주는 조선 백성들의 뇌리에서마저 완벽하게 지워져 갔다.

예로부터 조선은 대마도 당주를 신하의 예로 대했다. 그런데 하필이면 고종 태황제의 따님이 고작 대마도 백작과 혼사를 맺다니. 제아무리 망국의 옹주라 해도 일본에서도 변방인 대마도 번주 소 다케유키와의 혼사는 말이 안 되는 수모라고 느끼기에 충분한 조건이었다. 그 소식을 접한 조선 백성들은 분노했다.

학습원 고등과를 졸업하고 만 열아홉 살이 된 덕혜옹주는 1931년 5월 8일 우여곡절 끝에 혼인하였다. 옛 쓰시마 번의 마지막 당주로 영주 가문을 계승한 제36대 소 다케유키 백작과 도쿄의 자택에서 결혼식을 올렸다. 가엾게도 결혼 일 년 전쯤부터 발병한 정신병을 옹주는 이미 앓고 있었다. 타이메이 황후가 이 사실을 몰랐을 리는 없었을 것이다.

마사코 영친왕비는 덕혜옹주의 결혼식 날 무슨 일이 벌어질지 염려스러워 조마조마했다고 고백했다. 다행인지 덕혜옹주의 정신이 결혼식을 즈음해서는 별다른 이상 증세를 보이지 않았다. 소 다케유키 백작이 덕혜의 정신병을 알고도 황후의 명에 따른 것인지, 아니면 전혀 모른 상태에서 정략결혼에 임한 것인지는 알 수 없다.

결혼 직후 조선 황족의 가족 모임에 수차례 동부인했던 정황으로 보면 일시적으로 옹주의 병세가 호전되었던 것은 사실이다. 그러나 혼인 15개월 만인 이듬해 8월 14일 외동딸 정혜마사에를 출산한 직후부터 옹주의 정신병은 악화되었다.

그로 해서 여러 난관에 봉착했을 이후의 삶이 예견된 불행의 연속이었음은 두말할 나위 없겠다. 덕혜옹주의 삶은 점점 더 끝 모를 나락으로 떨어지고 옹주의 실체는 점차 잊히어 갔다. 옹주만이 홀로 미쳐가고 있었다.

일본의 근대여성사 연구자 혼마 야스코가 1998년 펴낸 『덕혜희』가 2008년 『덕혜옹주』로 번역되었다. 이 책을 통해서 그동안 일본의 의도대로 까맣게 잊혀졌던 덕혜옹주 일생의 새로운 사실들이 조명되었다.

덕혜옹주 편의 이 장 또한 전적으로 혼마 야스코의 『덕혜옹주』에서 자료와 영감을 얻었거니와 그 이후에 나온 덕혜옹주 관련의 대다수 성과물들은 이 저서를 텍스트로 하고 있음을 알 수 있다. 숨겨지고 잊힌 마지막 왕녀의 인생을 추적하여 역사의 무대로 불러내 준 저자에게 감사드린다.

혼마 야스코는 한국과 대마도를 수차례나 오가며 관련 자료를 발굴하였고 옹주의 자취를 추적하여 『덕혜희』의 집필을 완성했다고 한다. 특히 그때까지 국내에서는 전혀 알려진 바가 없었던 옹주의 남편 소 다케유키 백작에 관한 새로운 사실들을 비교적 객관자의 입장에서 조명해 주었다. 아니 딱히 객관적 입장이라기보다는 변론자의 심정이었을 수도 있을 것이다.

동기야 어떻든 이 한 권의 책은 오해와 편견으로 얼룩졌던 소 다케유키 백작과 덕혜옹주의 삶에 깊은 인식의 장을 제공해 주었다. 소 다케유키 백작에 대한 이해가 곧 덕혜옹주 삶의 궤적으로 연결이 될 수 있기 때문이다.

혼마 야스코의 『덕혜옹주』를 거듭 숙독하면서 같은 인간으로서 덕혜옹주의 남편이었던 소 다케유키 백작이라는 한 이국의 남성에 대해 깊은 연민과 감동을 받았다는 사실을 말하지 않을 수 없다. 이 책을 집필하게 된 동기부여 또한 바로 『덕혜희』라는 한 권의 책으로부터 발현되었음을 고백하고 싶다.

혼마 야스코는 "덕혜옹주의 생애를 더듬어 간다는 것이 자신에게는 한일 근대사를 공부하는 것과 마찬가지"라고 고백했다. 나 역시 그러하다. 식민지 옹주와의 정략결혼이라는 거부할 수 없는 정치 권력의 희생 제물이 되어야 했던 소 다케유키 백작의 운명은 깊은 공명을 남겼다. 정략결혼으로 옹주와 맺어졌던 그의 삶이 매우 불행했기 때문이다.

소 다케유키는 부친 요리유키의 양자 관계로 성립된 외가인 쿠로다 가문에서 출생했다. 다케유키가 본래의 친가로서 후계가 단절된 제35대 소※ 백작 가문의 대를 잇기 위해 대마도 이즈하라에 도착한 것은 그의 나이 열한 살인 1918년이었다.

도쿄에서 멀고 먼 오지인 쓰시마에 혼자 당도한 다케유키는 이즈하라 심상고등소학교 교장 선생 댁인 히라야마 타메타로의 집에서 유숙하였다. 자신이 다니는 소학교의 교장 선생 댁에 보육이 위탁된 것이다.

이즈하라 소학교와 대마중학교를 졸업하고 다케유키는 학습원 고등과에 입학하려고 1925년 3월 도쿄로 귀경하였다. 그때까지 대마도에서 생활했던 7년 동안 어린 당주 소 다케유키를 양육해준 히라야마 타메타로 교장 선생 댁이 바로 혼마 야스코의 외갓집이다. 히라야마 교장이 혼마 여사의 외조부다.

그런 배경적인 이점으로 혼마 야스코는 소 다케유키 백작의 일생에 대한 사실적인 근거에 비교적 쉽게 접근할 수가 있었던 인물이다. 또 그의 정신세계의 총체인 시문의 분석을 통해서 소 다케유키와 덕혜옹주, 그리고 짧은 생을 마감한 외동딸 마사에正惠에 관해서도 비교적 소상한 근거를 제시해 주었다.

소 다케유키는 도쿄제국대학과 본 대학원 문학부 영문과 출신이다. 시인이고 화가며, 영문학자로 그 분야에서 평가받는 인텔리였다. 그는 많은 제자와 친지들의 존경을 받았고 생애 대부분을 교수로, 작가로 가르치는 일과 예술에 헌신한 사람이다. 그와 교류한 이들의 증언에 의하면 소 다케유키는 과묵하고 선량하며 부드러운 소양을 지닌 인격자라고 한다.

그는 전후 일본사회의 대표적인 지성인이었다. 왼쪽 눈에 약간의 사시가 있다고는 하지만 외모가 준수하고 훤칠한 호감이 가는 미남이다. 비록 정략결혼이었지만 두 사람 사이에서 외동딸 마사에가 태어났고 덕혜의 정신병이 심화되지만 않았다면 소 백작의 온화한 품성으로 보아서 순탄한 결혼 생활이 유지되었으리라 생각된다.

결혼으로 일시적인 소강 상태를 보였던 옹주의 정신병이 의외로 신속히 재발되었다. 결혼 6개월 후인 1931년 10월 30일, 덕혜옹주 부부는 동반했던 것으로는 처음이자 마지막이 된 영지 대마도를 방문하고 기념식수紀念植樹를 했다.

백작 부부의 결혼 후 첫 영지 방문을 기념하여 대마도에 살고 있던 조선인들이 세웠다는 덕혜옹주 결혼봉축기념비가 무심한 그날의 증표인 양 기네이 성터 한쪽 모퉁이에 이끼 앉은 성채로 서 있었다.

본래 세웠던 비석은 옹주 부부가 이혼하자 일부 대마도민들에 의해 해체되었다고 한다. 그 후에 비록 다시 제작된 기념비지만 대마도에서 덕혜옹주와 관련된 유일한 흔적이므로 바라보는 후인의 가슴은 내내 뭉클했다. 혼마의『덕혜희』에는 그날에 백작 부부를 맞이했던 히라야마 타메타로의 일기가 수록되어 있다.

"1931년 11월 3일(화) 구름.

오전 11시 코모리 댁에서 백작을 뵙고 그저께 와주신 것과 선물을 내려주신 것에 대한 인사 말씀을 드렸다. 코모리 씨, 사이토 관리인, 백작과 네 사람이 그림에 관한 이야기와 난초 재배 등에 관해 오랫동안 이야기를 나누었다. 그러던 중 덕혜 부인이 느닷없이 자리를 함께하였다. 인사를 드렸지만 한마디 말도 없이 답례만 할 뿐, 그리고 끊임없이 소리를 내서 웃기를 몇 번이나 했던가. 정말 병적인 거동이었다. 백작의 가슴속은 과연 어떨까. 안타깝기 짝이 없다. 그 집에서 점심을 먹고 케치 사령관의 초대로 아소만을 보러 출발하신다 하기에 배웅하고 집으로 돌아왔다.(중략)"

뜻하지 않게 덕혜옹주의 발병을 목격한 히라야마 씨가 7년간이나 자식처럼 돌보았던, 이제 막 결혼해서 자신의 영지를 찾아온 소 백작을 생각하고 가슴이 미어진 정황이 일기에 고스란히 담겨있다. 덕혜옹주의 정신 분열증이 결혼 직후 뜻밖에도 신속히 재발했다는 사실을 알 수 있다.

분명한 건 덕혜옹주의 정신병이 이들 부부의 결혼 생활에 파탄의 직접적인 원인이 되었다는 사실이다. 그리고 무엇보다도 패전 후 연합군 사령관에 의해 일본에서 시행된 화족제도의 폐지는 그간 부유한 특권층으로서의 삶을 영위해온 귀족 가문들을 일시에 궁핍한 처지로 내몰았다는 점이다.

즉 신적강하臣籍降下*로 인한 경제적인 궁핍 요인이 덕혜옹주와 소 다케유키 백작에게는 관계가 더이상 지속되기 어려운 이혼의 원인이 되었다. 이것은 소 다케유키가 덕혜옹주를 정신병원으로 입원시킨 직접적인 사유가 된다.

날로 정신병이 심화되자 동거 자체가 불가능하게 되어버린 아내 덕혜옹주를 소 백작은 두고두고 사무쳐 했다. 이런 그의 정신세계가 시를 통해서 절절한 편린으로 묻어난다. 그 사이에 덕혜옹주는 악화된 정신병으로 자택에서 유폐된 생활을 십수 년간이나 이어갔다.

일본이 패망한 직후인 1946년 가을, 소 다케유키는 도쿄 인근의 도립 마츠자와 정신병원에 옹주를 입원시켰다. 두 사람이 결혼한 지 만 15년 만의 별거다. 소 백작가가 카미메구로의 대저택에서 시타메구로의 비좁은 집으로 이사를 간 무렵이었다. 소 백작은 덕혜옹주를 위한 공간을 따로 마련할 수가 없는 옹

---

* 신적강하 : 일본의 주류층이 황족과 귀족의 신분을 잃고 일반 백성으로 내려간 것을 의미한다.

색한 집으로 옮겨갔다.

연합군 최고사령관 맥아더 원수는 전범 국가 일본에 대한 단죄와 개혁의 조치로 1947년 5월 신헌법으로 제정된 '화족제도의 폐지'를 선포함과 동시에 이들에 대한 면세 특권을 전격 박탈했다. 이는 곧 신분제도의 폐지를 뜻하는 것이었다. 천황가의 직궁 3가를 제외한 490가문에 달하는 화족이 신적으로 강하되어 그 작위를 박탈당하고 평민 신분이 된 사실을 의미한다.

그동안 일본을 지배하며 세습되어온 귀족제도가 이때 이르러서 폐기되었다. 귀족의 신분적인 특권을 일시에 박탈한 이 신헌법은 전후의 일본사회에서 가장 충격적인 사건이었다. 후속 조치로 연합군 최고사령부는 구화족들에게 재산의 70~80%에 달하는 엄청난 재산세를 기간 내에 납부하도록 명령했다.

납세 대상이 된 대부분의 황족과 화족들은 재산세 법에 따라서 부과된 납세고지서를 받아들고는 경악했다. 소 백작가 역시 같은 처지에 놓이게 되었고 영친왕 일가도 예외가 아니어서 평민으로 신분이 강하되었다.

1952년 영친왕 이은은 30년 가까이 살아온 도쿄의 아카사카 궁을 세이부 그룹 창업자 쓰쓰미 야스지로에게 매각했다. 재산 평가액의 무려 78%에 달하는 거액을 재산세로 납부해야만 했던 것이다. 영친왕의 아카사카 궁은 1955년 도쿄 최고의 특급 호텔, 그랜드프린스호텔 아카사카로 개관하여 오늘에 이른다.

옹주와의 정략 결혼으로 15년간 함께 살았고 정혜가 태어나고 자란 카미메구로의 소 백작 저택도 이때에 처분되었다. 화족에게 부과된 재산세를 납부하려고 집을 매각한 소 다케유키는 딸 마사에와 시타메구로의 협소한 집으로 이사를 갔다.

그간 대저택을 유지하는데 필요했던 열 명이 넘는 시종들은 경제난으로 이미 오래전에 내보낸 뒤다. 이제는 덕혜옹주를 돌봐 줄 하인을 따로 고용할 처지도 못 되는 궁핍한 형편으로 떨어졌다. 숨 막히게 진행된 전후 일본사회의 변천사가 덕혜옹주를 정신병원으로 내보낸 결정적인 원인이 되었다. 여기 이르면 소 다케유키라는 한 인간의 고뇌가 느껴진다.

아무리 국가가 개입된 정략결혼이었고 자기 아내가 비록 조선왕의 딸이었다고는 하지만 일본인의 눈으로 보면 대한제국은 이미 옛날에 망해서 없어진 일본의 일개 식민지 반도에 불과한 땅이었다. 더욱이 덕혜옹주는 부왕도, 지켜줄 가신도 하나 없는 천애고아가 된 가엾은 이방의 여인일 뿐이었다.

그런 아내가 미친 여자라는 사실을 신혼 초에 알아차린 남자라면, 만일 그가 불특정 다수로 상정된 한 남자였다면 어떻게 행동하고 싶었을까? 아무리 처인 이왕직으로부터 막대한 세비를 받는 입장이었다 해도 15년간이나 함께 할 남자는 그리 흔치 않을 것이다.

한 인간에게, 특히 앞길이 구만리 같았던 귀족 남자에게 가장 젊고 활기찬 시절. 장래에 대한 희망과 넘치는 에너지로 충만했던 이삼십 대의 그 장장 15년이란 세월은 그렇게 간단히 치부할 수 있는 인생의 시간대가 아니다.

'미친 아내'와의 동거를 감내하기에는 소 다케유키는 너무도 새파란 젊은이였고 그 사회의 전도유망한 인텔리었다. 혹독한 불행을 찍소리도 못 내고 감수하기에는 그의 창창한 인생 구도가 너무도 가혹하고 참담했을 것이라는 생각이다.

덕혜옹주에게 소 백작이 그러했듯 다케유키에게 덕혜옹주 또한 그 시작은 비정한 정략결혼의 상대였을 따름이다. 죽기 살기로 사랑하여 맺은 혼사가 아니기에 더욱 그랬다. 그런데 소 다케유키가 아내인 덕혜옹주에게 보여준 태도는 과묵한 정인의 마음이었고 끈기가 있고 성실하고 깊었다.

소 백작의 집인 카미메구로 저택의 2층 큰 다다미방에는 항상 두 채의 이부자리가 펴 있었다. 퇴근하여 돌아온 소 백작이 밤에만은 반드시 아내 곁에서 잠을 자며 돌보았다는 뜻이리라.

그녀와의 사이에서 마사에라는 외동딸이 태어났다고는 하지만 그렇다 해도 누구나가 다 소 백작처럼 온유하게 감당해 낼 수 있는 현실은 분명 아니었다.

'정신병'을 이유로 얼마든지 초장에, 아니면 그 후 어느 시점에라도 헤어질 수 있는 명분은 충분했을 것이기 때문이다.

1951년 5월 조선 황족의 정략결혼에 주도적으로 관여했던 테이메이 황태후가 죽었다. 태후가 죽자마자 영친왕비의 외사촌인 마쓰히라 요시코와 정략결혼을 했던 의친왕의 장남 이건은 그 즉시로 파혼해버렸다.

이때만을 기다려온 사람답게 그 달이 채 끝나기도 전에 이혼을 강행하였다. 황태후의 죽음으로 굳이 정략결혼 상태를 지속할 필요성이 상실된 억제 장치가 풀렸기 때문이다. 하기는 이미 해방된 조선은 더이상은 일본의 식민지도 아니었다.

시타메구로의 작은 집으로 이사한 것과 때를 같이하여 도쿄 도립 마츠자와 정신병원으로 격리된 덕혜옹주는 실상 이때를 기점으로 가족들의 시야에서마저도 잊히어 갔다. 아니 세상 밖으로 사라졌다 함이 마땅한 표현이 될 것이다. 그녀는 홀로 잊히었다. 나라는 해방이 되었건만 덕혜를 낳아준 대한제국은 식민지 시대보다도 더 형체가 묘연해진 가뭇없는 역사가 되어 저 언덕 너머로 사라져갔다.

1945년 8월 15일 일본의 패망으로 해방이 된 대한민국은 나라를 멸망으로 이끈 조선왕조의 옹주 따윈 더이상 기억하고 싶어 하지도, 관심을 보이지도 않았다. 백성이 아닌 민국의 뇌리 속에 고종의 따님 덕혜옹주는 까마득히 잊힌 존재가 되었다.

아무 죄도 없는 왕녀를 끌어다가 불행의 늪으로 처박아버린 괴물 같은 일본 제국주의 또한 언제 그랬냐는 듯 스스로가 망가트린 옹주의 인생 따위는 안중에도 없었다. 성씨도 가족도 국적도 없어진 덕혜옹주가 절해고도 일본의 정신병원에 갇혀 무국적자가 되어 있었다.

남편 소 백작에게, 하나뿐인 외동딸 정혜에게까지도 방치될 만큼 덕혜옹주는 세상 사람들로부터 철저히 차단되었다. 심성이 여리고 예민한 마사에는 정신병원의 어머니를 단 한 번도 찾아가지 않았다고 한다. 생각만으로도 가슴이 처연해지는 상처가 많은 아이였다.

옛 식민지의 왕녀라고는 하지만 그들이 말하는 조센징에다 미쳐버린 어머니가 마사에에게는 사랑할 수도, 미워할 수도 없는 인생 최대의 걸림돌이 되어 정신을 옥죄는 사슬이었다.

그로부터 9년 만인 1955년 6월. 덕혜옹주와 소 다케유키 두 사람은 마침내 법적인 부부 관계를 청산하고 이혼에 서명했다. 한국과 일본 양국이 해방과 패망을 동시에 겪은 지 10년 후의 일이다. 덕혜의 나이 44세, 소 다케유키는 48세였다. 와세다대학 영문과를 졸업한 정혜는 24세가 되었다.

이혼은 소 백작과 영친왕 부부가 의논하여 내린 결정이라고 한다. 어차피 세상 밖에 있는 옹주로서는 아는지 모르는지 별 의미도 없는 이혼통지서였다. 덕혜옹주와의 결혼 생활 24년은 본인의 표현대로 소 다케유키에게는 인생의 공백기로 사라져버린 세월이었다.

끝내 정신이 돌아오지 않은 아내를 두고 24년간이나 호적이라는 종이 한 장에 묶여서 애간장이 녹아내린 소 다케유키 백작의 운명은 또 얼마나 가여운 인생이었나. 이혼 몇 개월 후인 1955년 가을, 소 백작은 가츠무라 요시에라는 여자와 재혼을 했다. 새 부인과의 사이에 2남 1녀를 두었고 인생 후반기에 접어든 그의 삶은 평온하였다.

마사에

아버지 소 백작의 재혼 직전에 마사에의 결혼식이 먼저 있었다. 정혜보다 세 살 위의 남편은 와세다 대학 영문과 출신 동문으로 중학교 영어 교사인 스즈키 노보루다. 도쿄 대마회는 층이 지는 이 결혼을 몹시 반대했다고 한다. 그래도 정혜가 뜻을 굽히지 않자 소 다케유키는 소(宗)씨 가문을 계승한다는 조건부로 이 결혼을 허락해 주었다.

그런데 신혼생활 일 년도 채 못 된 1956년 8월 26일 마사에가 가출한 사건이 발생하였다. 야마나시 현과 나가노 현의 경계 지점인 "야마나시현 아카나기 코마가다케 방면에서 자살하겠다"는 짤막한 유서 한 통을 남기고 가출한 정혜는 영영 행방불명이 되었다.

"시원시원한 성격으로 거만하지 않고 기분 좋은 사람"이었다는 아이. "마음 씨가 고운 순한 성격"이고 "약한 위장과 신경 쇠약으로 괴로워 했다"는 아이. 마사에의 가출 원인이 신경 쇠약으로 보인다는 결론이 내려졌지만 진짜 이유가 뭔지는 아무도 모른 채 이제 겨우 스물다섯 살이 된 새 신부 마사에가 집으로 돌아오지 않았다.

부모를 닮아서 감성이 여리고 섬세했던 마사에는 어머니의 영향인지 신경이 쇠약했다. 그런 마사에는 자신이 선택한 결혼 생활이 일 년도 못 돼서 풍파가 일자 상처받은 자존감을 견디지 못하고 극심한 회의에 시달렸다. 이것이 극단 적인 선택으로까지 몰고 간 가출의 원인이 아니었겠나, 하는 추측만이 무성했 을 뿐이다.

정혜는 태생적으로도 결핍을 타고난 아이다. 태어나서 죽는 날까지 그 아이 에게는 어머니가 있었지만 실은 어머니가 없는 아이였다. 정혜는 한 번도 어머 니가 만들어준 음식을 먹어보지 못했고 '마사에!' 하고 어린 딸을 다정하게 부 르는 물기 서린 어머니의 음성을 들어보지도 못했다.

어머니가 어린 마사에의 학교를 방문해 준 적도 없었으며 집으로 친구를 초대해서 엄마에게 인사를 시켜드리고 같이 놀아본 일도 없다. 정혜의 가슴속에는 세상 모든 사람들이 다 아는 비밀인 조센징 왕녀에다 미친 여자라는 어머니의 실체가 평생동안 맷돌처럼 가슴을 짓누른 슬픔이었다. 정혜에게 어머니 덕혜옹주는 이 세상에서는 극복할 수 없는 연민이며 멍에이고 혼돈이었다.

정혜에게 있어 미쳐버린 어머니는 언제나 집안 가장 깊숙한 안쪽의 다다미에서 움직이지도 않고 다소곳이 앉아있는 그림자 같은 존재였다. 커다란 눈망울로 하염없이 멀고 먼 데를 응시하며 오도카니 앉아있는 소리 하나 없는 어머니의 실체.

한 번도 성내거나 딸에게 말을 걸어온 적도 없는 어머니! 아무도 알 수 없는 혼자만의 제전에서 뚫어지도록 응시하고 있는 초점 그 너머의 하늘 밑에는 어떤 세상이 있는 것일까?

젖줄기처럼 넓고 긴 강물이 동에서 서쪽으로 흘러가는 땅. 병풍처럼 겹겹 높은 산자락 아래 버섯 같은 집들이 다닥다닥 누워있는 동네. 성벽 안에는 흰옷을 입은 가난한 사람들이 살아가는 도성이 있다 하였지. 거기가 어머니의 집 조선의 오래된 궁전이 있는 그곳일까? 조선 황제의 딸인 어머니는 비록 정신을 잃었다고는 해도 한 번도 등을 구부리거나 고개를 숙인 적이 없는 고귀한 왕녀다.

정혜는 어머니가 등을 구부리고 앉아있는 걸 본 적이 없다. 어머니는 미쳤을지라도 언제나 꼿꼿이 무릎을 딱 붙이고서 요조숙녀처럼 다다미에 조신하게 앉아있었다. 어쩌다 초점이 돌아온 어머니의 맑고 깊은 눈망울에는 하염없이 어리는 서리 같은 그리움이 맺혀 있었다. 비록 미쳐버렸을지라도 기품이 다른 어머니를 정혜는 슬프도록 가슴속에 묻어야만 했다. 당연히 내성적이고 속이 깊은 아이로 자랐을 것이다.

마사에와 소 다케유키! 그들 부녀에게 숙명이었던 덕혜옹주는 남편 소 다케유키가 그의 시 「사시미라」에서 고백하였듯이,

"미쳤다 해도 성스러운 신의 딸이므로 그 안쓰러움은 말로 형언할 수 없다."

라고 토해낸 소 다케유키의 아내요 정혜의 어머니다. 외동딸 마사에를 소 백작은 지극히 사랑했다. 함께 할 수 없는 아내의 빈자리를 대신해서 마사에와 영지 대마도를 여러 차례 방문했고 조선 황족 모임에도 어린 마사에의 손을 이끌고 참석하였다.

휴일이면 부녀는 안 가본 산이 없을 만큼 등산에 열중했다. 아버지는 딸을 위해서 함께 행복하게 할 수 있는 일로 산행을 생각했나 보다. 그렇게라도 아내의 빈자리를 메워주고 싶었던 애처로운 부정이었다.

점점 성장하면서 자신의 몸속에도 조센징의 피가 흐르고 있다는 자각은 그 시대 일본의 귀족 아이 마사에에게는 피해갈 수 없는 상처로 분열의 인과가 되었을 것이다. 이것은 마사에의 영혼을 갉아먹는 좀벌레가 되었다.

당시 대다수의 일본인에게 '조센징'은 미개한 식민지민으로 마음 놓고 무시하고 짓밟아도 되는, 아니 설령 때려죽여도 죄도 안 된다고 믿고 싶었던 벌레만도 못한 인간의 대명사였기 때문이다.

배타적인 일본인들이 체질적으로 멸시하는 하류 인종의 대명사가 조센징이다. 자신에게도 그런 조센징의 피가 흐르고 있다는 자각은, 더더구나 어머니가 '미친 사람'이라는 빠져나올 수 없는 현실이 정혜의 정신을 얼마나 옥죄인 쇠사슬이 되었을지 상상이 가고도 남는다.

의학이 발달된 현재와는 달리 이들이 살아갔던 20세기 초중반에 정신병은 어떻게도 해볼 도리가 없는 수치스런 천형이었다. 정혜에게는 태어나면서부터

단 한 번도 제정신으로 돌아와 준 적이 없는 어머니 덕혜옹주가 극복하기 어려운 천형이며 형벌이었다.

신혼의 정혜를 자살로까지 몰고 간 짧은 결혼 생활의 파탄이 아마도 '어머니'라는 원인과 '조센징'이라는 원인이 합쳐진 이유의 결과물이 아니었을까 하는 생각이 든다. 결국 어머니 덕혜는 정혜가 짊어져야만 했던 치명적인 형벌이었고 그 상처에 목숨을 베인 운명의 덫이었다.

그리고 무엇보다 결정적인 것은 그 무렵 정혜에게는 답답한 속내를 터놓을 수 있는 상대가 아무도 없었다는 사실이다. 일찍이 덕혜옹주가 고립무원의 처지로 처절하게 방치되었던 것처럼. 이 세상에서 오직 믿고 비밀이 없었던 단 한 사람이 정혜에게는 아버지 소 다케유키 백작이었다. 그런데 그 아버지가 다른 여자와 재혼을 하여 딸의 곁에서 떠나갔다. 정혜는 아버지와도 점점 멀어진 거리에 홀로 있었다.

이제서야 겨우 제대로 된 새 가정을 이루고 평온해진 아버지를 정혜는 방해하고 싶지 않았을 것이다. 딸의 여린 심성에서 부녀간에도 모르는 사이에 쳐진 소외의 담장이 마사에를 결국은 죽음의 골짜기로 몰아넣은 단서가 되었다.

어머니 덕혜옹주가 가슴을 터놓을 수 있는 그 단 한 사람이 없어서 차라리 미쳐버린 것처럼, 정혜가 마음속의 갈등을 아버지에게 내보이고 치유받을 수만 있었다면 극단적인 선택은 막을 수가 있었을 것이다. 사랑하는 딸을 잃은 소 다케유키는 「빛 방울」이라는 시에서 마사에를,

"갈고 닦아 기품 있고 그지없이 아름답게 자란 내 아이여"

라고 노래한다. 시신을 찾지 못한 마사에의 장례는 작은 항아리에다 한 알의 진주를 담아서 치렀다는 것, 그리고 아버지 소 다케유키는 그의 생전에는 마사에의 사망 신고를 내지 못했다.

딸을 잃은 아버지에게 마사에는 아직까지도 집에 돌아오지 않고 있는 아이, 언제까지나 기다리고 싶은, 어딘가에는 꼭 살아 있을 것만 같은 내 아이였다. 아내 덕혜의 정신이 다시는 남편의 곁으로 돌아오지 못한 것처럼 한 번 떠난 마사에의 육신도 다시는 아버지의 품속으로 돌아오지 않았다.

1932년생인 정혜가 죽지 않고 살아있었다면 올해로 만 여든아홉 살이 되었다. 이마에 주름이 깊이 패인 곱상한 노부인의 얼굴을 하고 있었을 것이다. 이 제쯤 늙어진 정혜는 어머니 덕혜옹주가 언제나 뚫어지게 응시했던 그 하늘 아래. 넓고 긴 강이 동에서 서로 흐르고 높은 산들이 병풍처럼 빙 둘러쳐진 도성의 덕수궁과 창덕궁을 몇 번이고 찾아와 주었을 것이다.

어머니 덕혜가 만주환을 타고 건너갔던 현해탄의 검푸른 바다를 정혜는 비행기를 타고 단숨에 날아와서 어머니의 집, 어리신 옹주님이 아장아장 밟고 다닌 덕수궁의 전각 사이사이를 홀로 거닐어보기도 했을 것이다. 어머니 덕혜옹주가 마지막 날까지 살다가 일본으로 떠난 창덕궁 관물헌의 그리운 그 마루에 걸터앉아서 옹주마마의 모습을 가만히 그려보았을 것이다.

덕혜옹주가 귀양지 일본에서 환국하여 마지막 날까지 몸을 담았던 낙선재 일곽의 수강재. 그 단아한 전각에 앉아 정혜는 하염없이 오래된 대청마루의 틈새마다에 서려 있는 어머니의 냄새를 맡았을 것이다.

옹주님이 누워있었던 수강재의 온돌에 자기 얼굴도 갖다 대어보고 했을 것이다. 한국과 일본이라는 불행했던 역사의 뒤안길로 스러져간 슬픈 역사의 한 페이지를 그렇게 마사에가 이어주고 있었을지도 모를 일이었다.

환국

마츠자와 도립 정신병원에 갇힌 지 15년 만인 1962년 1월 26일 쉰한 살이 된 덕혜옹주가 환국했다. 일제강점기의 대표적인 저널리스트 김을한이 각고의 노력을 기울인 끝에 성사시킨 옹주의 환국이었다.

꽃봉오리 같았던 열네 살 때 일본으로 건너간 지 37년 만의 회향이었다. 운현궁의 마지막 안주인 이우공비 박찬주가 차남 이종※을 데리고 일본으로 가서 옹주를 직접 모시고 돌아왔다.

덕혜옹주는 하네다 공항 특별기 앞까지 앰뷸런스를 타고 왔다. 휴일이었음에도 그날 도쿄 하네다 공항에는 궁내청과 외무성의 관계자들이 나와서 고국으로 귀환하는 대한제국의 왕녀를 환송해주었다. 사람을 알아보지 못하는 덕혜옹주는 이 현실이 꿈인지 생시인지도 모르고 화등잔만 한 눈을 껌뻑거렸다.

30여 년 전의 학습원 친구들이 이른 아침인데도 십여 명이나 나와서 환송해준 석별의 인사에도 아무 대답이 없이 가엾은 '이국의 왕녀'는 트랩에 올랐다. 그렇게도 간절하게 돌아가고 싶었을 환국이련만 오는지 가는지도 모르는 애처로운 무표정은 오래전에 레테의 강을 건너간 옹주의 기억을 상징하고 있었다.

철선을 타고 하염없이 현해탄을 건넜던 덕혜옹주는 왕국을 떠난 지 37년 만에야 모국의 품으로 돌아왔다. 어머니 양귀인의 장례식에 잠시 다녀간 뒤로는 33년 만의 귀향이다. 12시 35분 NWA 기편으로 옹주가 탄 비행기가 김포공항에 착륙하자 흰색 한복을 정갈하게 차려입은 한 노인이 비행기를 향해서 큰절을 올리며 "아기시"를 부르고 목 놓아 울었다. 일흔한 살의 노인이 되어서야 '아기시'와 상봉을 한 옹주의 유모 변복동이었다.

고종 태황제의 편전에서 유일하게 누워서 아기에게 젖을 물려도 괜찮았던 여인. 변복동 유모는 옹주의 귀국을 누구보다도 애타게 기다리다가 마중을 나온 이제는 몇 명 남아있지도 않은 궁중의 여인이었다. 그때만 해도 운현궁의 친척들과 낙선재에서 순정효황후를 모시고 살고 있던 여러 상궁들이 아직은 살아있던 때라 그리 외롭지는 않게 정중히 대한제국의 옹주를 맞이해 주었다.

김포공항에는 의친왕의 6남으로 구황실 재산관리총국장이었던 이수길을 비롯하여 준명당 황실 유치원의 동기생들 몇 사람이 나와 있었다. 그밖에도 충무로 일출소학교의 유일한 한국인 동창생이었던 민용아와 진명여고 학생들이 옹주를 환영하는 꽃다발을 들고 비행기에서 내리는 왕녀를 맞이했다.

운현궁 이우 공의 미망인 박찬주와 그의 아들 이종, 7촌 조카 이혜선, 덕혜옹주의 환국을 성사시킨 기자 김을한 등 친지들의 부축을 받으며 트랩을 내려오는 덕혜옹주의 모습이 시아에 들어왔다. 그토록 사무친 귀환이련만 아무것도 모르는 그 무표정은 하네다공항에서와는 또 다른 슬픔을 자아내어 환영객들의 눈시울을 적셨다.

이제는 그리운 아바마마 고종황제도, 큰오라버니 순종황제도, 꿈속에서라도 한번 보고 싶었던 어머니 양귀인도 떠나고 아니 계신 땅. 자신의 집 덕수궁은 옛날의 자취를 찾아볼 길 없는 모두가 가뭇없이 사라져간 과거의 흔적이 되었다.

그러나 덕혜옹주의 나라 대한제국을 계승한 대한민국은 어리둥절 겁먹은 무표정으로 커다란 눈망울을 굴리면서 트랩을 내려오는 황제의 딸 덕혜옹주를 구황족의 신분으로 정중하게 맞아 주었다.

덕혜옹주는 공항에서 곧바로 낙선재로 환궁하여 순정효황후 윤씨에게 문안 인사를 올렸다. 개인적으로는 큰오라버니 순종의 부인이니 시누이와 올케 사이다. 그런데 그날 미처 생각지도 못한 신기한 일이 벌어졌다. 덕혜옹주가 황후에게 하례의 인사를 올리면서 옛 황실 예법을 그대로 답습한 것이다.

황실의 큰 어른이신 순정효황후에게 옹주는 모로 꺾은 자세로 반듯하게 큰절을 올렸다. 그리고 아랫사람인 이우 공비 박찬주에게는 바로 앉아서 고개만 까딱이며 궁중 예법 그대로 절을 받았다.

본시 왕실에서 임금 부처에게 절을 올릴 때는 민가에서처럼 마주 보고 절을 하지 않는다. 90도로 꺾은 방향, 즉 직각의 위치에서 절을 올렸다. 그런데 수십 년 만에 돌아와 황후에게 절을 올리면서 정신이 나간 지 수십 년도 넘는 옹주가 그 순간에 어떻게 궁중 예법을 완벽하게 기억해 낼 수가 있었을까. 황실의 예법을 어떻게 그리도 딱 부러지게 재현할 수가 있었을까.

생각지도 못한 옹주의 반듯한 법도에 그 자리에 있었던 친지들은 흐르는 눈물을 감추지 못했다. 모두들 돌아서서 눈물을 훔쳤다. 옹주의 정신이 잠시 잠깐 옛 궁정의 그날로 온전하게 돌아왔던 것인가? 아니면 무의식 속에 잠재했던 너무나도 그립고 친숙한 환경에 접한 순간, 자신도 모르게 나온 습성이었는지는 알 수 없다. 덕혜옹주가 환궁했던 날에 모두를 눈물짓게 한 낙선재의 풍경이다.

순정효황후께 귀국 인사를 마친 덕혜옹주는 그 길로 서울대학병원 신경정신과 제5병동 19호실에 입원했다. 덕혜는 젖을 물리며 키워준 유모의 얼굴도 알아보지 못하는 먼 정신으로 금세 되돌아갔다. 하지만 주변의 호의적인 눈빛과 다정한 말과 애정 어린 따뜻한 낯빛들 속에서 점차 얼굴에는 생기가 돋았다.

친지들의 극진한 보살핌과 고국의 온화하게 감도는 공기를 호흡하며 안도와 평안함을 느낄 수가 있었을 것이다. 자신이 존중받고 있다는 생각에서인지 덕혜옹주의 병세는 일시적인 호전 양상을 보이기도 했다. 그러나 30년도 넘게 묵어서 고질이 되어버린 병세가 그렇게 쉽사리 고쳐질 리는 만무했다.

서울대학병원에 입원한 지 7년째가 된 1968년 가을, 덕혜옹주는 자신의 집 창덕궁 낙선재 궁역의 수강재로 돌아왔다. 수강재는 세조와 단종이 거했던 옛 수강궁 터로 헌종 때에 대왕대비 순원왕후 김씨를 모시려고 지은 전각이다. 고종황제도 순종황제도 낙선재에서 한동안씩 머물렀었다.

창덕궁 옛집으로 돌아오자 간간이 기억이 되살아나는지 궁원을 산책하던 덕혜옹주가 어느 날은 눈물을 흘렸다. 15년간이나 갇혀 있었던 일본의 살벌한 정신병동을 떠나서 어머니 양귀인과 함께 살았던 '관물헌'이 있는 대궐로 옹주의 정신은 이따금씩 돌아와 주었나 보다.

인자하신 아바마마와 순종황제의 귀염을 독차지하고 자란 옛 궁궐로 돌아왔다는 사실 하나만큼은 덕혜옹주가 인지했을 것이라고 믿는다. 자신의 궁으로 환궁했다는 그 자체만으로도 안도한 그녀의 정신은 치유를 받고 있었을 것이다.

덕혜옹주는 수강재에서 변복동 유모와 상궁들의 보살핌을 받으며 살았다. 어쩌다 간혹 정신이라도 돌아오는 순간이면 사무친 모정인지 흰 종이에 '정혜!'라고 딸의 이름자를 적었다. 또 어느 날에는 "마사에! 마사에!" 하고 딸의 이름을 허공에다 대고 불렀다. 남편 소 다케유키 백작과의 이혼, 그리고 정혜의 결혼과 먼저 떠나고 없는 딸의 죽음을 덕혜옹주는 알 리가 없었다.

옹주는 간혹 기분이 좋아지면 수강재의 온돌방에서 옛 상궁들과 둘러앉아 화투를 쳤다. 1983년 정신이 잠시 맑아졌던 어느 날인가 덕혜옹주가 쓴 낙서 한 장이 낙선재에 남아있다.

> "나는 낙선재에서 오래오래 살고 싶어요.
> 전하! 비전하! 오래 보고 싶습니다.
> 대한민국 우리나라."

시간이 흐르면서 덕혜옹주의 주변도 점점 헐거워져만 갔다. 수강재에서 어머니처럼 옹주를 살뜰히 보살펴준 스무 살 위의 유모 변복동이 가엾은 아기시를 남겨두고 못내 감기지 않는 눈을 비비며 아기시에 앞서 세상을 하직했다.

조선 시대의 왕가는 아기에게 직접 수유를 하지 않았다. 대신 젖이 풍부하고 말수가 적고 심성과 행실이 바른 유부를 물색하여 유모로 들였다. 변복동은 결혼한 여자였지만 귀한 왕녀의 유모로 발탁이 되자 남편에게는 다른 여자를 얻어주고 입궁한 사연이 있었다.

그날로부터 귀하디 귀한 '아기시'는 유모의 인생이 되었다. 그녀의 사명은 오로지 갓난아기 덕혜에게 신선한 젖을 풍족하게 먹여서 아기의 몸을 건강하고 통통하게 살찌우는 일이었다. 그러니 유모는 덩치만 컸지 아직도 말문을 열 줄 모르는 '아기시'를 남겨두고 먼저 떠나야 하는 이승 길에서 두 눈이 감기지 않았을 것이다. 덕혜는 그렇게 또 하나의 어머니와 작별을 고했다.

예닐곱에 입궁하여 한평생을 왕가의 상전을 떠받들었던 박창복, 김명길 같은 충직한 상궁들도 앞서거니 뒤서거니 세상을 하직했다. 그때마다 낙선재는 그만큼씩의 훈기가 빠져나갔다. 이제 덕혜옹주는 언제나 혼자였던 그 옛날 영친왕저의 아카사카 궁에서처럼 또다시 방자비가 돌봐줘야만 하는 외로운 처지로 되돌아갔다.

봄이면 세상의 온갖 꽃들이 화사하게 피어나고 추운 겨울에는 넓고 너른 궁원이 새하얀 설원으로 변해가는 적막한 겨울밤. 아궁이 속에다가 듬뿍 지핀 장작불이 자작자작 타들어 가는 수강재의 따스한 동온돌에선 이따금씩 늙은 상궁들의 함박 같은 웃음소리가 터져나왔다. 일부러 '아기시'를 웃게 해주려고 옹주 곁에 바짝 달라붙어 앉아 벌리는 화투판이다.

추운 겨울밤이면 으레 유모는 살그머니 수라간으로 내려가서 항아리 속에 담가 놓은 살얼음이 동동 뜨는 식혜를 한 대접 떠다가 옹주 아기시를 즐겁게 해주었다. 덕혜는 아바마마를 닮았는지 살얼음이 동동 뜨는 식혜를 유별나도록 좋아했다.

덕혜옹주는 울긋불긋 꽃 그림이 화려하게 그려진 화투로 짝을 맞추는 놀이를 좋아했다. 심심하면 혼자 앉아서 똑같은 그림을 찾아내어 짝을 맞추다가 확 흩트려놓고, 또다시 맞춰보다가는 흐트러뜨리는 게 옹주의 유일한 오락이었다.

동지섣달 정이월의 춥고 기나긴 겨울밤이면 옛날 함녕전에서는 윷판이 벌어졌다. 저녁 수라를 드신 아바마마는 서온돌 큰방에다 자리를 펴게 하고 내인들을 불러모아 윷놀이를 시켰다.

옥신각신 말판에서 쫓고 쫓으며 도망을 치느라 다투던 말들이 조마조마하게 역전이라도 당할라치면 말판에 훈수를 두시던 아바마마는, "옳거니 '도'가 '모'를 잡아먹었구나. 도진개진이로다." 하고 무릎을 탁 치며 전각이 떠내려가게 박장대소를 하셨다.

대여섯 살의 어린 덕혜는 아바마마의 발치에 찰싹 달라붙어서 덩달아 고사리 같은 손뼉을 치면서 깔깔댔다. 언제나 다음 순서로 아바마마는 살얼음이 동동 뜨는 식혜를 내어오라 명하시고 아주 달게 한 그릇을 비우셨다.

그때마다 태황제는 식혜를 이 세상에서 제일 맛있게 담그셨다는 운현궁의 어마님 얘기를 들려주었다. 상궁들은 태황제가 좋아하시는 식혜에 청량한 맛을 더하려고 인왕산 바위 틈새에서 한 방울씩 떨어지는 석수를 받아다가 우정 식혜를 담갔다.

"아바마마! 이가 시리옵니다. 식혜 맛이 꼭 한강의 얼음장 같사옵니다."

어린 옹주 아기씨는 좋알대면서 아바마마가 드시는 식혜의 살얼음을 떠서 먹었다. 함박눈이 펑펑 쏟아지는 동지섣달 밤에 후루룩 들이마시는 살얼음 동동 뜨는 식혜 한 그릇. 그 맛은 이 세상 어느 별식과도 비교가 안 되는 별미 중의 별미다.

아바마마가 좋아하시는 거면 뭐든 가리지 않고 그대로 흉내를 내고야마는 어린 옹주에게 부왕은 "허허 우리 아기 보는 데선 아비가 찬물 한 모금도 못 마신다니까." 하시고 껄껄 웃으셨다.

그리운 아바마마의 품이 문득 생각나는 것일까? 수심이 스치는 옹주의 표정을 놓칠 리가 없는 살가운 유모가 살얼음이 동동 뜨는 식혜를 뜨러 나가는지 살그머니 마루를 내려섰다. 대찬 바람이 휘몰아치는 겨울밤 수강재 뜰에는 함박눈이 펄펄 날리고 있었다.

이렇듯 덕혜옹주를 둘러싸고 화기애애한 수강재이지만 하나씩 늙은 상궁들이 돌아가면서 점점 적막강산으로 변해갔다. 사람이 드는 자리는 몰라도 난 자리는 안다고, 오랫동안 정이 묵은 한 사람의 훈기가 빠져나갈 때마다 무엇으로도 메울 수 없는 그 빈자리가 몹시도 시리고 서글펐다.

덩그런 늙은 애기 같은 옹주의 얼굴에도 자주 수심이 드리웠다. 날이 어둑해지면 옹주는 어미 잃은 짐승처럼 화등잔만 한 눈동자를 깜박거리며 몸을 움츠렸다. 옹주에게는 또다시 그 옛날 카미메구로의 다다미에서처럼 어딘지 알 수 없는 먼 데를 뚫어지게 응시하는 버릇이 생겨났다.

옛날 마사에를 낳고 덕혜옹주의 정신은 다시는 돌아오지 않는 레테의 강을 건너갔다. 결혼을 전후해 소강상태를 보였던 정신병이 출산의 영향인지 마사에를 낳은 후에는 바짝 심화되었다. 그때부터 덕혜옹주의 정신은 현실과 비현실 사이를 넘나들며 거의는 현실의 세계로 다시 돌아오지 못했다.

기와를 얹은 담장이 길게 둘러쳐진 정원의 가장자리에 떡갈나무 숲이 무성한 소 백작의 저택. 본채 2층 어둑한 복도를 따라 걸어가면 왼쪽으로 꺾어지는 가장자리 모서리에 큰방이 하나 있다.

장지살 너머의 다다미에는 눈처럼 새하얀 옷을 입고 비석처럼 앉아있는 귀부인이 있었다. 한마디 말도 없이 먼 데를 뚫어지게 응시하는 카미메구로의 안주인 덕혜옹주다. 그 옛날 카미메구로의 다다미로 덕혜옹주의 정신은 다시금 돌아가고 있었다.

무엇을 바라보고 있는 것일까? 먼 데! 그곳은 품어보지도 못하고 보낸 가엾은 딸 마사에가 잠들어 있는 환상 속의 세계인가? 한 번만 더 안겨보고 싶은 아바마마의 하늘 같은 너른 품속인가? 아아 사무치게 불러보고 싶은 어머니 양귀인과, 아버지가 되어주셨던 자애한 큰오라버니 순종황제!

그리고 이때껏 아무에게도 입 밖에 내어보진 못했어도 미안했다고, 또 고마웠다고, 꼭 그렇게 전해주고 싶었던 단 한 사람. 남편 소 다케유키 백작이 먼저

가서 기다리고 있는 환상 속의 그 먼 세계를 옹주는 응시하고 있는 것일까? 갈수록 그늘이 깊어진 덕혜옹주의 안색에서 점점 핏기가 사라져 갔다. 그런 날은 수라도 뜨려고 하지 않았다.

낙선재 소슬한 뜰을 홀로 지키고 있는 의민황태자비 방자 여사도 병으로 몸 져누운 지가 오래되었다. 그녀의 나이 89세가 되었다. 적막한 낙선재 처마 위로는 낙조 빛이 처연히 감돌고 있었다.

오백 년 왕조가 스러져 간 자리에 마지막 남은 두 사람의 황녀들도 이제는 떠날 채비를 하고 있었다. 옛 상전을 고이 받들었던 늙은 상궁들은 이제 다들 가고 없다. 역사 저 너머 하늘가로 사그라져간 대한제국의 가없는 운명처럼 오백 년 왕조의 찬란했던 영화는 멀리, 저 멀리 아득한 뒤안길로 흩어져갔다.

의민 황태자비 마사코와 덕혜옹주! 생각하면 기구한 인연으로 엮인 여인들이었다. 인질로 잡혀가서 적국의 백작과 혼인을 해야만 했던 식민지 황제의 딸 덕혜나, 가해자인 일본 황족의 딸로 태어나 사라진 제국의 마지막 황태자비가 되어 돌아온 나시모토노미야 마사코는 어딘지 비슷한 운명을 타고난 황실의 마지막 여인들이었다.

스러져 간 황국의 잔재처럼 텅 빈 궁궐 낙선재에 달랑 남겨진 두 황녀만이 마지막 황가의 흐릿한 광채를 온몸으로 발산시키고 있었다. 대한제국의 상궁들이 떠나간 자리는 두 사람의 대한민국 간병인들로 대체가 되어 덕혜옹주의 마지막을 보살폈다. 흥선대원군 증손주 며느리로 큰아들 이청 내외와 운현궁을 지키고 있던 이우 공비가 한 번씩 낙선재에 들어와서 옹주 고모님과 영친왕비께 문안을 여쭈곤 한다.

그래도 두 살 아래 조카며느리로 일본까지 건너가 옹주님을 모시고 돌아왔던 운현궁의 마지막 안주인 박찬주가 가까이에 살고 있어서 퍽 다행한 일이었다. 옹주의 마지막 길을 지켜봐 줄 혈족이 한 사람이라도 남아있었으니 그녀의 배웅을 받으면서 떠날 수 있었기에 덕혜옹주가 조금은 덜 외로웠으리라.

소 다케유키 백작

소 다케유키의 만년은 평온했다. 첫 아내 덕혜옹주와의 사이에서 태어난 맏딸 마사에는 그의 가슴속에 묻은 자식이었다. 48세에 재혼한 후처와 2남 1녀의 자식을 낳고 소 다케유키는 레이타쿠 대학의 영문과 교수로, 시인으로, 또 화가로 주변의 존경을 받으며 온화한 삶을 살았다.

만년에는 시작과 회화에 몰두하여 출판 기념회와 개인전을 수차례 열었고 생애의 마지막 시기까지 예술적인 열정을 불태웠다. 대마도 이즈하라 기네이 성터 부근 역사자료관 입구에는 소 다케유키 백작의 유화가 걸려 있다. 푸르고 평온해 보이는 풍경화다. 그는 아무리 기다려도 돌아오지 않는 딸 마사에와 끝까지 지켜주지 못한 아내 덕혜옹주에 대한 빚을 평생 안고 살아갔을 것이다.

세상을 떠나기 10여 년 전쯤, 소 다케유키는 창덕궁 낙선재로 옹주를 찾아왔다. 그의 나이 60세를 지난 무렵이었다. 끝까지 지켜주지 못하고 떠나보내야만 했던 아내의 손이라도 마지막으로 잡아주고 싶은 진심 어린 심회였으리라.

그러나 두 사람의 재회는 거부되었다. 덕혜옹주가 원하지 않았기 때문이라고 한다. 무슨 정신이 있다고 옹주가 원하고 말고 할 것이 있었겠는가. 갖은 오해와 억측으로 얼룩졌던 주변인들이 두 사람의 만남을 막았을 것이다.

노구를 이끌고 현해탄을 건너 창덕궁을 찾아와서 바로 눈앞에 두고도 소 다케유키는 덕혜옹주를 다시는 만나지 못하고 뒤돌아섰다. 낙선재의 방자 황태자비와 한잔 차를 나누면서 못다 한 회포를 전했을 것이다. 덕혜옹주와 마찬가지로 국가 권력이라는 강요된 구도 속에서 정략결혼의 희생물이 되어야만 했던 소 다케유키 백작과 덕혜옹주의 슬픈 인연은 이것으로 마지막이 되었다.

1956년 4월, 그러니까 덕혜옹주와 이혼한 후의 이듬해 봄에 소 다케유키의 첫 시집 『해향海鄕』이 출간되었다. 시집에는 아내 덕혜옹주를 그리는 상념으로 여겨지는 여러 편의 시가 수록되어 있다.

재혼한 지 6개월 후에, 첫 시집을 낸 그즈음이 소 다케유키에게는 비로소 제 2의 인생이 시작되고 안정을 찾기 시작한 무렵이었을 것이다. 가슴속 한구석에 는 마쓰자와 정신병원의 덕혜옹주에 대한 연민이 왜 없었을까마는, 그래도 그 쯤이면 새로 이룬 가정에서 안정기에 접어들었을 시기라 여겨진다.

　이국의 왕녀와 정략결혼으로 산산조각이 나버린 젊은 날의 뒤엉킨 운명의 매듭을 풀고, 이제는 귀족도 아닌 한 사람의 평범한 시민으로 돌아가서 지난 인생을 회고하는 심정으로 시집을 정리했을 것이다.

　첫 시집 『해향海鄕』에는 총 30연에 이르는 장편 시가 수록되어 있다. 이 시는 「사미시라」라는 제목에 '환상 속의 아내를 그리워하는 노래'라는 부제를 달고 있다. 미쳐버린 아내 덕혜옹주를 생각하며 적은 연모의 시로 느껴진다.

　　　　미쳤다 해도 성스러운 신의 딸이므로

　　　　그 안쓰러움은 말로 형언할 수 없다.

　　　　혼을 잃어버린 사람의 병구완으로

　　　　잠시 잠깐에 불과한 내 삶도 이제 끝나가려 한다.

　　　　……

　　　　빛바랠 줄 모르는 검은 눈동자

　　　　언제나 조용히 응시하고 있는 것은 환상 속의 그림자

　　　　현실 속의 자신이 어디 있는지도 모르네.

　　　　물어도 대답 없는 사람이여.

　　　　……

　　　　정상이라고는 할 수 없는 모습이 된 지

　　　　이미 봄가을이 손가락으로 세고도 남을 정도로 지났다.

　　　　귀엽다고도 사랑스럽다고도 보았다.

　　　　그 소녀는 이름을 사미시라라고 한다.

나의 넓지 않은 가슴 한켠에

그 소녀가 들어와 자리 잡은 지 이미 오래인 것을.

마치 마음 놓고 쉴 틈도 없는 것이라도 되는 것처럼

조신하게 무릎을 딱 붙이고 앉아있다.

하룻밤도 침실로 들이지 않고

꽃잎 같은 입술도 훔치지 않지만

아내라고 부를 것을 내게 허락해다오.

나이 먹지 않고 언제나 어린 아름다운 눈썹의 소녀여.

어떤 때는 당신이 가리키는 입술을

저녁노을 구름 사이로 보이는 붉은색의 요염함에 견주었다.

네 눈동자가 깜박거릴 때의 아름다움은

칠월칠석날 밤에 빛나는 별 같았다.

……

아아~ 신이여, 그리움의 처음과 끝을

그 손으로 주무르실 터인 바.

수많은 여자 가운데서

이 한 사람을 안쓰럽게 여겨주실 수 없는지요.

내 아내는 말하지 않는 아내

먹지도 배설도 안 하는 아내

밥도 짓지 않고 빨래도 안 하지만

거역할 줄 모르는 마음이 착한 아내.

이 세상에 여자가 있을 만큼 있지만

그대가 아니면 사람도 없는 것처럼

남편도 아이도 있을 텐데

현실에서도 꿈속에서도 나는 계속 찾아 헤맨다.

……

현실 세계에서 너를 만나지 못했는데

어찌하여 내세를 기약할 수 있을까.

환상은 마침내 환상에 지나지 않으며

꿈은 꿈으로 깨어나지 않을 뿐이라 할지라도.

……

봄이 아직 일러 옅은 햇볕이

없어지지 않고 있는 동안만 겨우 따뜻한 때

깊은 밤 도회지의 큰길에 서면

서리가 찢어지듯 외친다. 아내여, 들리지 않니.

－소 다케유키, 「사미시라」 (혼마 야스코, 『덕혜옹주』)

　　소 다케유키는 1985년 4월 22일 치바현 카시와시에서, 덕혜옹주는 1989년 4월 21일 오전 11시 40분 낙선재 일곽의 수강재에서 각각 생을 마쳤다. 혹한의 겨울이 지나고 만상이 연녹빛으로 번지는 푸른 봄에 이 세상에 내려온 덕혜옹주는 창덕궁이 또다시 꽃대궐로 변한 화사한 봄날에 길을 떠났다.

　　소 다케유키 백작과 덕혜옹주는 우연인지 똑같이 77년간의 생애를 살고 갔다. 미리 약속이라도 해둔 연인처럼 떠나는 날짜도 하루 사이로 서로를 배웅하고 마중해 주었다.

　　옹주는 만 77년간의 생애 중 59년을 정신병 속에 자신을 가두고 살아야 했다. 죽는 순간에도 말 한마디 남기지 못하고 소리 없이 갔다. 얼마나 많은 걸 첩첩 묻어두고 살아야만 했으면 끝내 그 무거운 말문을 다시 트지도 못하고 떠나갔을까.

앞서 영면한 의민태자 영친왕 이은도 옹주처럼 똑같이 말 한마디 못 남기고 떠났다. 유구무언! 실어증은 다름 아닌 일본 제국주의가 그들 대한제국의 황태자와 옹주에게 다시는 입을 열지 못하도록 봉인을 해둔 대못이었다.

말년의 덕혜옹주는 하염없고 쓸쓸했다. 낙선재의 방자비가 일주일에 두어 번 간간이 건너와서 병세를 살펴보지만 아무도 찾아주는 이 없는 적막강산이었다. 어쩌다 인사차 들르는 종친들의 문안이 고작일 뿐. 스스로는 수강재 온돌 밖으로 나서는 일도 없었으니 또다시 홀로 남겨진 처절한 투병이었다. 격주로 한 번씩 정신과 의사가 왕진을 오지만 아무 차도를 보이지 않았다.

1989년 4월 22일자 경향신문은 그동안 옹주를 치료했던 주치의와 간병인의 말을 빌려서 "그분의 병은 한마디로 망국의 병"이라는 진단을 내렸다. 옹주의 병환이 깊었을 무렵 방자 황태자비가 덕혜옹주의 머리맡에서 고개를 숙여 가느다란 목소리로 소곤거렸다.

"빨리 일어나세요, 옹주님! 이대로는 너무나도 일생이 슬퍼요."

덕혜옹주는 '비전하'의 그런 당부를 알아듣고는 있었을까? 장애인의 어머니라고, 한국에서 가장 존경받는 일본인이라고 칭송받은 의민황태자비 이방자도 덕혜옹주가 그렇게 떠나고 나자 9일 만에 눈을 감았다.

방자 황태자비는 1989년 4월 30일 89세를 일기로 낙선재에서 영면에 들었다. 직장암으로 투병한 시간이 길었음에도 지켜주고 싶은 시누이 덕혜옹주가 눈에 밟혀서 그랬는지 그 조신한 품성에 차마 먼저 발길을 떼지도 못하고 기다려준 모양이었다. 앞서거니 뒤서거니 총총히 떠난 두 황녀의 작별이었다.

방자 황태자비는 책봉은 받았지만 즉위하지는 못한 영친왕의 곁에서 허울뿐인 이국의 왕비로 일생을 마쳤다. 이미 중병이 든 남편, 실어증에 걸려 말 한마디 못 하는 영친왕을 따라 영구 귀국한 이래로 방자비는,

"내가 살 곳도 대한민국이요, 내가 묻힐 곳도 대한민국."

이라고 말하며 기꺼이 대한민국의 국민이 되어 구황실 가족의 일원으로 생을 마감했다. 비록 다스릴 백성과 왕국은 본데없이 사라졌으나 옛 황실의 왕비라는 존재감을 망각하지 않고 사회의 그늘진 곳을 찾아서 버려진 아이들의 어머니로 살아주었다. 그녀는 일제가 조선인에게 저지른 헤아릴 수 없는 만행에 대해 수도 없이 고개를 숙이고 사죄했다.

그리고 마지막 생이 다하는 순간까지 영왕비로서의 절제된 품위를 지키고 대한민국에 헌신했다. 비록 조선왕실이 원하지 않은 탄압국의 황녀였으나 그녀 또한 국가권력이라는 거부할 수 없는 구도 속에서 대한제국과 운명을 함께할 수밖에는 없었던 숙명을 짊어진 황가의 여인이었다.

대한민국은 의민황태자비 이방자에게 경의를 표하고 정중한 예를 갖춰 역사의 저 언덕으로 마지막 왕비를 보내드렸다. 의민황태자비 나시모토노미야 마사코는 그녀 생전의 유지대로 고종황제 일가의 능원이 있는 금곡 홍유릉 영친왕 이은 곁 영원에 합장되었다. 이제야 파란만장했던 대한제국은 영원히 안녕을 고했다.

인질로 잡혀간 이국의 황녀와 지배국 대마도 백작과의 슬픈 결혼 이야기는 이제는 전설이 되었다. 한국과 일본을 잇는 견우와 직녀의 애달도록 슬픈 이별 이야기 같기도 하다. 하지만 불과 32년 전까지만 해도 그들 왕녀들은 옛 황궁의 낙선재에서 숨을 쉬고 살아갔던 대한제국의 황족이었다.

소 다케유키 백작은 후나바시에서 길고 긴 영면에 들었다. 그의 유언대로 소 백작 문중 선대 당주들의 묘가 있는 대마도 반쇼인에 분골하여 묘비를 세우고 조상들의 곁으로 돌아갔다.

대마중학교 학생 때 급우들과 어울려서 다케유키가 처음으로 술을 마셨다는 곳. 삼백여 개나 되는 계단을 올라가야 닿는 숲길에는 삼나무가 울울창창 하늘을 가린 선조들의 묘역에서 그도 이제는 안식에 들어 있다. 그리고 끝내 돌아오지 않은 딸 마사에를 다시 만났을 것이다.

마지막 당주로 그의 영지 대마도는 소 백작이 평생을 그리워하고 잊지 못한 가슴속의 푸른 바다였다. 아소만의 수평선 너머로 가물거리는 아스라한 바다 건너 저 너머에는 가엾은 아내 덕혜옹주의 집 조선의 궁궐이 있다.

덕혜옹주와 작별한 낙선재는 이제 역사의 수면 속으로 들어갔다. 낙선재가 마지막까지 섬긴 의민황태자비와 조선 임금님의 고명따님 덕혜옹주를 그들의 조상들에게로 돌려보낸 것을 끝으로 낙선재는 다시는 누구에게도 그 품을 내주지 않을 것이다. 그렇게 대한제국의 역사는 대단원의 막을 내렸다.

그때 그 사람들은 이제 다들 가고 여기에 없다. 다만 그들이 살다가 떠난 궁은 조선 오백 년 왕조의 흔적이 되고 역사가 되어 세세대대 옛이야기를 들려주며 언제까지나 살아있는 언어로서의 존재를 지속할 것이다.

덕혜옹주가 눈을 감은 지 6년 후인 1995년 7월 13일, 81세가 된 박찬주도 서대문구 북아현동 자택에서 영면에 들었다. 의친왕 이강의 차남인 운현궁의 이우 공은 드물게 민족주의적인 성향을 지닌 황족이었다. 일본제국주의를 몹시 증오했던 이우는 강제적으로 일본육사를 졸업하고 일제의 장교가 되었다.

영친왕과 일본군 장교로 제2차 세계대전에 출전했던 이우는 그렇게도 고대한 일본의 패망과 더불어 조국의 해방을 불과 8일 남겨둔 날에 생을 마감했다. 1945년 8월 7일 임지 히로시마에 투하된 원자폭탄에 피폭되어 희생되었다. 그의 나이 34세. 말을 타고 일본군 제2총군 참모본부로 출근하던 길이었다.

어머니 박찬주와 일본까지 건너가서 덕혜옹주를 모시고 돌아온 차남 이종은 서울대학교를 졸업하고 미국 브라운대학에서 수학하던 1966년 12월 25일

크리스마스에 일어난 교통사고로 불귀의 객이 되었다. 단지 둘 뿐인 아들 중에 하나를 잃었으니 박찬주도 쓸쓸한 만년을 보내야만 했을 것이다.

흥선대원군 장손자 이준용의 양자로 입적되어 운현궁의 4대 종주가 된 흥영군 이우 공비 박찬주는 1992년 평생을 지킨 운현궁을 서울시에 매각하고 운현궁이 보유하고 있던 귀중한 유물들을 국가에 귀속시켰다.

운현궁을 이제는 국가에 맡겨야 하는 시기가 되었다고 그녀는 말했다. 이로써 조선 왕실의 모든 궁궐은 대한민국 보물로 귀속되었고 운현궁에 얽힌 숱한 비화들도 역사의 유산으로 계승되었다.

덕혜옹주가 가해국 일본의 정신병동이 아닌 자신이 태어나고 자란 아바마마의 궁궐로 환궁을 해서 존중과 배려를 받으며 생을 마친 것은 참으로 다행한 일이었다. 왕녀의 생애를 위해서도 그렇거니와 오백 년 사직을 위해서도, 그것은 이 민족의 위대한 역사 앞에 경의를 표한 일이었다.

무엇보다 대한민국의 미래를 위해, 그리고 가해자 일본을 위해서도 참으로 잘된 배려라고 생각한다. 뒤돌아볼 수 있고 추억할 수 있으며 화해할 수 있는 여지를 남겨놓고 떠났기 때문이다.

한 많은 덕혜옹주의 영결식은 1989년 4월 25일 수강재에서 전주 이씨 대동종약원 주관으로 엄수되었다. 유해는 경기도 남양주시 금곡동 고종황제와 적모이신 명성황후, 그리고 큰오라버니 순종황제와 두 분 황후와, 먼저 떠난 작은오빠 영친왕이 잠들어 있는 홍유릉의 부속림에 안장되었다.

이제 정한을 넘어 선조들의 품으로 돌아간 덕혜옹주는 아바마마의 자애한 품에 안겨 활달하고 영민했던 유년의 총기를 되찾았을 것이다.

다만 여기 함께하지 못한 한 남자가 아이를 품에 안고 서성거리고 있다.

바람이 갑자기 인다. 그 해궁의 문 옆 향나무 가지에.

파도가 쳐 올라온다. 내 배가 있는 곳간 밖까지.

바다 위로 흰 구름이 북쪽을 향해 흘러간다.

밀물도 북쪽으로 서둘러 흘러간다.

그리운 아내여, 해궁의 회랑에도 바닷물 치는 소리가 들리는가.

많은 새들이 무리 지어 날개 치고 있는가.

당신은 외딴집 붉은 서까래에

내가 준 하얀 진주를 걸어놓고 홀로 한숨짓고 있는가.

그리운 아내여, 이젠 오갈 길마저 끊어져

사랑하는 아이를 나는 그저 안고 내내 서 있을 뿐이오.

　　　　　－소 다케유키, 「한회閑懷」(혼마 야스코 『덕혜옹주』)

　소 다케유키 백작은 정신이 돌아오지 않는 아내, 현실 속에서 끝내 부재했던 아내 덕혜옹주의 이름을 부르고 또 불렀다. 그는 "고대 일본 신화에 등장하는 호호데미의 마음"을 빌어다 아내에 대한 사무치는 정한을 노래하였다.

참고문헌

『고종실록』, 『순종실록부록』
『승정원일기』, 『선원보감』, 『찬시실일기』
『대한매일신보』, 1918. 1. 25. 1928. 3. 10.
『조선일보』, 1913. 8. 29, 「100년 전의 기억 대한제국」, 2015. 5. 황태연, 2016. 1. 18. 이태진,
    2017.1.16.
『경향신문』, 1962. 1. 26.
『동아일보』, 1920. 4. 1, 1921. 5. 9, 7, 6, 1932. 8. 16.
『LA헤럴드』, 「조선의 시해된 왕비」, 1895. 1. 18.
제레드 다이아몬드, 「일본인의 뿌리」, 『디스커버』, 1996. 6.
차길진, 「명성황후의 한」, 『일간스포츠』, 2015. 2. 3.
탁효정, 「조선의 마지막 원당, 백운사(上)」, 『불교신문』, 2959호, 2013. 11.
문갑식, 「우장춘 박사 알리기 나선 세계적 육종학자 한상기」, 『월간조선』 438호, 2016. 9.
『한국사 18. 19』, 국사편찬위원회, 1984.
황현, 『매천야록』, 서해문집, 2014.
정교, 『대한계년사』, 국사편찬위원회, 1957.
윤효정, 『우범선 최후사』, 오사카 간행, 필사본, 1902.
김용숙, 『조선조 궁중풍속 연구』, 서진인쇄사, 1987.
이방자, 『비련의 황태자비』, 범우사, 1989.
혼마 야스코, 이훈 옮김, 『덕혜옹주』, 역사공간, 2008.
오타베 유지, 황경성 옮김, 『낙선재의 마지막 여인』, 동아일보사, 2009.
김을한, 『영친왕』, 페이퍼로드, 1910.
국립고궁박물관, 『100년 전의 기억, 대한제국』, 서울대학교규장각 한국학연구원, 2010.
국립고궁박물관, 『덕혜옹주』, 2012.
한국학중앙연구원장서각, 『숙빈 최씨 자료집 1』, 2009.
한국학중앙연구원장서각, 『왕실문화강좌』, 2017.
한국학중앙연구원장서각, 『정조와 그의 시대』, 2017
이덕일, 『근대를 말하다』, 위즈덤하우스, 2012.
신봉승, 『신봉승의 조선사 나들이』, 답게, 1996.
박영규, 『조선왕조실록』, 들녘, 1996.
박영규, 『조선의 왕실과 외척』, 김영사, 2003.
서울문화사학회, 『조선시대 서울사람들』, 어진이, 2003.
릴리어스 호톤 언더우드, 김철 옮김, 『언더우드 부인의 조선견문록』, 이숲, 2008.
곤도 시로스케, 이인숙 옮김, 『대한제국 황실비사』, 이마고, 2010.
조르주 뒤크로, 최미경 옮김, 『가련하고 정다운 나라 조선』, 눈빛, 2001.

송우혜, 『못생긴 엄상궁의 천하 1』, 푸른역사, 2010.
송우혜, 『황태자의 동경 인질살이 2』, 푸른역사, 2010.
신명호, 『궁중문화』, 돌베게, 2002.
신명호, 『조선공주실록』, 역사의 아침, 2009.
운정란, 『조선왕비 오백년사』, 이가출판사, 2009.
강재언, 『한국근대사연구』, 한울, 1984.
이순우, 『정동과 각국공사관』, 하늘재, 2012.
최종현, 『오래된 서울』, 최종현, 김창희, 동하, 2013.
최종덕, 『창덕궁』, 눌와, 2012.
혜문, 『의궤』, 동국대학교출판부, 2011.
김종성, 『최숙빈』, 부·키, 2010.
김종성, 『왕의 여자』, 역사의 아침, 2011.
김석준, 『역사를 바꾼 난세의 지략가들』, 내외신서, 2013.
김동진, 『명성황후 시해사건과 헐버트의 활약』, 헐버트박사 기념사업회, 2016.
김동진, 『파란 눈의 한국 혼 헐버트』, 참좋은친구, 2010.
김동진, 『헐버트의 꿈 조선은 피어나리』, 참좋은친구, 2019
「한말기 헐버트의 한국독립운동에 대한 일본 측 반응과 대응」, 나가타 아키후미,
    헐버트박사 기념사업회, 2016.
「헐버트의 내한초기 활동과 한국독립운동」, 헐버트박사 기념사업회, 2016.
H.B. 헐버트, 신봉룡 역, 『대한제국 멸망사』, 집문당, 2013.
우당기념사업회, 『우당이회영선생 순국 84주기 추모학술회의자료집』, 2016.
김석준, 『역사를 바꾼 난세의 지략가들』, 내외신서, 2013.
최종현 · 김창희, 『오래된 서울』, 동하, 2013.
이해경, 『마지막 황실의 추억』, 유아이북스, 2017.
역사건축기술연구소 『우리 궁궐을 아는 사전1』, 돌베개, 2015.
한국문화재 보호재단, 『세시풍속』, 2003.
홍석연, 『조선왕조 비사』, 삶과 벗, 2009.
호즈미 가즈오, 이용화 옮김, 『메이지의 도쿄』, 논형, 2019.
현대고 역사탐방자료, 2014.
국방일보 칼럼, 노인동, 2012.1.
문화재청, 『홍릉 유릉』, 2012.12.

고종황제와 제국의 마지막 여인들

구름재의 집

안윤자 저